锦绣嫡女

第一部

下

醉疯魔

ZUI FENG MO WORKS /著

重庆出版集团 重庆出版社

目 录

CONTENTS

CHAPTER 18

第十八章 险象迭生幸平安

一夜过去，大早上云卿坐在梳妆台前，还有些迷迷糊糊，都怪昨天御凤檀来闹了那么久，害她昨晚睡得太晚。

采青拿起梳子要梳头，却“咦”了一声：“小姐，你昨晚怎么戴着钗子睡觉的啊？”

她伸手将簪子取下来，放在梳妆台上，流翠拿起来看了看，奇怪道：“这簪子好似从没见过啊。”

云卿这才望向她手中拿着的钗子，不正是昨晚御凤檀拿来的那支海蓝色刚玉钗子，她当时只记得他将镯子扣在她手腕上了，什么时候钗子也戴在了她的头上，她都没有发现。

想起昨晚那人的行为，云卿心头涌上一股恼怒，手腕上还沉甸甸地戴了个东西，以后也不能取下来的，这不是存心让人看到她突然多了一样东西出来？这个人……

她真是不知道该如何形容，说他坏，他做的也不是什么人神共愤的事情，说他好，半夜闯入女子闺房，还硬将东西戴在她手上。

她若无其事地将钗子拿了过来，又拉起袖子，笑道：“这是爹上次出海回来，送给我的。”她说完，半垂了眼帘，看起来有几分淡淡的忧思。

流翠一见她如此神色，纵使脑中记得这镯子和钗子她没有见过，可是小姐她是深信不疑，再听到云卿说的话，想起老爷这段时间生死未明，昨晚小姐指不定在思念父亲，将这钗子戴上去的，是对老爷的一种思念，她再说下去，岂不是让小姐徒增悲伤？

想到这里，流翠立即就转移了话题：“这钗子的确好看呢，不如今日小姐就穿和这钗子配套的衣裳吧，一定熠熠生辉，衬得人更加鲜亮的。”

听流翠将话题转开了，云卿自然是愿意的，她想了想，还是将钗子交给采青道：“你把这个收起来吧，头上还是莫要太艳的好，换那支犀角簪子吧。”

这支犀角簪子，也是云卿特意做的，简单又大方，而且很好配衣裳，最重要的是，它两头尖尖的，是一个最好的自卫武器。

云卿走在路上，忽而不放心地扶了扶发髻，问道：“流翠，我今儿个的样子，瞧着可还精神？”

流翠仔细地看了看：“若是细看，还是有点憔悴，不过一般是看不出来的，小姐无须担心。”

云卿笑了笑，她昨晚睡得不大好，等会见了谢氏，只怕她看到了又担心，倒是采青看着云卿，好似有话要说，又嗫嚅了半天，到底没开口。

“有什么话就直说，要么就别说。”云卿睨了她一眼，淡淡地开口道。

采青顿时有些尴尬，低着头道："奴婢是想说，小姐还是莫要每天出去抛头露面的好。"

"噢？怎么了？"云卿这时才侧过头来，语调轻缓，不动声色却带着威严。

既然已经开了个头，采青也大了胆子，咬了咬嘴唇，垂头道："小姐是大家千金，每日里抛头露面的，如今外头对小姐的议论颇多，奴婢觉得外头的事小姐还是莫要插手的好，李管事他自然会处理好的。"

云卿没有说她说的是对还是错，反问道："他们说我什么？"

采青壮起胆子："说，说小姐贪恋沈家富贵，又不守妇道，出去招蜂引蝶，还要招婿入赘，不肯给老爷办丧事，是大逆女，不知……"

流翠听得脸都气红了，对着采青的背就是一下子："你胡乱嚼些什么，那些人说的，你也信吗？"

采青被她捶了一下，不服道："我哪里胡乱说了什么，本来外头人就这么传的，我是为了小姐好，这整日里出去抛头露面的，给人说闲话，女子整日里出去本来就是不对的。"

云卿看着采青满脸的郁色，淡淡地蹙起了眉头，这些日子她忙于外头，显然没有分太多精力在身边人身上，而采青大概在这个变故里，生出了其他的心思了。

她也没有将话点破，缓缓地说道："如今府中出现变故，我是沈府的长女，不撑起这一片天来，是不可能的。若是只要名声，不管其他，这一点，我做不到，这些时日，你们陪着我在外头东奔西走的，整日里抛头露面也的确不太好，若是不愿意的，可以留在府中，我绝对不会见怪。"

采青闻言，脸红了起来，却没有吭声，而流翠狠狠地瞪了采青一眼，咬牙道："小姐在哪，我就在哪。"

人与人之间的感情，并不是一时半会就出来的，流翠之所以和云卿有如此深厚的情分，也是因为从小一起长大，这种主仆感情中夹杂了类似少女之间的友情，所以流翠可以毫不犹豫地跟着云卿在外面跑。

但是采青不同，她虽然对云卿忠心，但是这种忠心，是建立在一切都平和的时候，像如今府中发生了变故，云卿在外面处理事务，作为贴身丫鬟的她们，肯定要随身跟随，那么她们的名声也会和云卿一起被损坏。

采青不愿意，云卿也不勉强，人心这个东西，本来就最是善变，也最不能强求。

"刚好这些时日我不在院子里，院子也显得有些乱，采青就留下来管理吧。"云卿淡淡一笑，转身便往外头走去。

采青望着前面那个窈窕的背影，咬着下唇不说话，她知道，今日这一番话说出来，以后小姐对她也只是一般的情分了。可是她虽然是个奴婢，也同样是个女子，每日里在市井、染坊这些男人堆穿来穿去的，底下的人说得难听得要命。小姐当然好，她再怎么也有钱在后头撑着，没了名声也会有好男人来娶的，可是她呢，本来就卑贱了，要是名声再被传得稀烂，只怕嫁个小管事都不行了。

流翠愤愤道：“小姐，采青她太过分了，为了几句话就大着胆子跟你说这个，她也不想想，她进府这一年里，你对她如何！”在她心里，采青在这个时候说出刚才那样的话，岂不是火上浇油，连小姐身边的人都被那些个流言吓退了，那其他人不是更加来劲地诋毁小姐。

云卿淡淡一笑望着她，望着流翠那气得圆鼓鼓的脸又有着三分感动，上一世流翠便是这么不离不弃地守在她身边，如今这一世，云卿对她并没有太特殊，流翠却还是如此。“不要用自己的要求，去要求别人，她有她的追求，到时候我给她安排个人嫁了便是。”

流翠一听便明白了，大雍朝的女子十五岁及笄，十六岁出嫁是正常的，像采青流翠这种一等丫鬟，一般主子都要多留几年，十八九岁的时候才会配出去。主子喜欢的就会配个得力的管事，留在身边再做管事媳妇，采青今年才十五，云卿说要嫁出去，采青在云卿心底的地位可见一斑，嫁了人的丫鬟是不可以再伺候小姐的，待遇肯定不同如今。

这也是她该，流翠心道，若是这个时候能顶住压力陪着小姐撑过去，到时候小姐肯定是在心中给记上一功的，只怪采青太急躁了。

转眼又过了两天。

“小姐，李管事说，薛大户今天又出来了。”流翠将外头小厮的话[illegible]地一笑，鱼儿总算是要上钩了。

阳光灼热地洒在地上，薛有财换好了衣裳，准备出门之时，被一[illegible]唤住：“你个杀千刀的，又要死去哪风流啊？”

薛有财顿时脚下一顿，转头看到一个满脸杀气，长得非常福气的妇人正叉腰站在那里，怒目望着他。

他心内一惊，转过来却是满脸巴巴的笑容，讨好道：“夫人，你今儿个怎么没睡午觉就起来了，不睡午觉可对皮肤不好的。”

“我不起来，你就要偷偷溜出去是吧！”薛夫人凶狠地问道。

对于薛有财，她是一百个不放心，总觉得他每天出去都不是做什么坏事，可是派人跟着，又没看出来他有什么不同。

“没，没，我这不是和裘掌柜约好了的去谈生意吗？哪里是偷偷的，昨天都和你说过了，你不是都知道的吗？”薛有财义正词严地说道，那一番样子正儿八经的，作不得半点假。

薛夫人上上下下地打量他几遍，看他没有什么异常，这才哼了声：“去吧。”想要找女人，也得有银子才成，薛家铺子的掌柜，可是一分银钱都要经过薛夫人许可才会给薛有财的。

终于得了这放行令，薛有财擦了擦脑门的汗，暗骂死胖子，每次出门都要问三问四的，真烦死人了！他走出了薛家的大院，往着东边走去，待行了一刻钟的样子，便让车夫将马车停了下来，到珠宝店溜达了一圈，从后门出去，拐进了一条窄巷胡同里。

在门上有节奏地敲了五下后，里面便有人过来开门，只见一个穿着桂花花纹水红抹胸的女子，外头罩着一件松散的半透明纱衣，头上梳着桃花髻，插着一支碧绿色松珠流苏的钗子，

整个人带着一股浓浓的风尘味。

一瞧见薛有财，斜睨的眼便媚态横生，一手执着扇子，拉着薛有财的腰带就往里拖，口中嗔道："死鬼，你还舍得来了，这都快五天了，你没死在那胖婆娘的身上吗！"

"心肝啊，你这话可冤枉我了，在那个婆娘身上，我怎么也不会死的啊！"薛有财十几天前在路上遇见这美貌的小妇人，一下就被迷得五六不分的。他现下一把拖了那女子在怀中，淫邪地笑道，"要死，也得死在你这朵石榴花下，我才会甘心啊！"

"你真讨厌……"女子在他胸口画着圈圈，口中道，"你什么时候才把我娶回家啊，你不是说，这次赖了沈家的银子，够你另外起家了吗！"

薛有财一听另外起家，暗道，这怎么可能，他本是一个小农民，靠着娶了薛夫人这个财主的女儿，才有了今日的家底。若是自己另外再开店，先不说薛夫人会不会直接打死他，就是那种从头开始的滋味，他也不想再来一次。

可是眼前这朵娇嫩的花儿，他也舍不得放弃，在她身上，他才体会了做男人的滋味，享受到被人娇嗔，被人崇拜，这是在他家那个胖婆娘身上绝对感受不到的东西，所以他才豁出去了，在薛夫人严密的监视下，也要和这朵新得手的花儿翻云覆雨。

他哄道："沈家的银子虽然我是弄了一部分，可是那胖婆娘心底还是有数的，如今就拿着这一两千两银子，能做什么，还不够给你买两套头面呢，等弄多点再说吧。"他一面说着，一面从衣兜里掏出一支赤金的宝石簪子，"心肝，来，你看，我给你带了支簪子，花了一百两呢，掌柜的说是如今京城最流行的款式，来，心肝，我给你戴上，看看美不美啊……"

见有了首饰，女子咯咯地笑了起来，娇笑道："你真是讨厌……就取笑人家……"

"哪里，在我心中你就是最美的……来给我亲下……"

给了银子就好办事，干柴烈火一点就燃。

就在他们两人酣战最盛，投入得最忘情的时候，房间的门突然被撞开了，三个人影从外面走了进来，望着床上的两个人嘴角带着阴笑。

女子吓得一把扯过被子盖在胸上，薛有财也忙扯了一个角挡住自己的下半身，目光流连在三个进来的男人脸上，却发现一个都不认识。

"你们……你们干什么？"薛有财这个时候还不忘把女人挡在自己的身后，虽然害怕，仍然壮着胆子问道。

"不干什么！刚才路过这里，听到院子里有莫名欢快的声音，我们兄弟就进来看看。"为首的一个男人邪邪地一笑，眼底满是不怀好意的光芒。

"这青天白日的，你们擅闯民宅，算什么！"听到是不小心进来的，薛有财略松了口气，只要不是那胖婆娘派来的人就好。

谁知那三个男子听到这话，却是哈哈大笑，道："这里好像不是你家吧，我记得原来住这里的可是我兄弟啊，怎么今儿个进来是你睡在床上啊，难道我兄弟变了样子了？！嫂子，你说是不是啊？"

后一句话明显是问那女人的。

薛有财转头往那女人看了一眼，眼底都是诧异。他倒是知道这女人是个妇人，可他被迷得颠三倒四的，又看这么久屋中都没男人，以为是个寡妇，看眼下这情形，这妇人还是有男人的。

女子扯着被子，满脸通红地解释道："我男人长期在外做生意，我……他们是他兄弟……"

薛有财听了这么一番话，本来刚才松了的一口气，又全部吸了上来，这……寡妇和有夫之妇之间的区别太大了，若是给人看到了，那就是通奸啊。

他那善于做生意的口才，立即变得有些结巴："那……那你们想怎样？"

"嘿嘿，我认得你，你就是薛大户吧，我可记得，你老婆是个母老虎吧，若是今日这事给她知道了，你说会怎样？"一个人笑得十分奸诈地问道。

会怎样？会被打死的！

薛有财想到薛夫人手持菜刀，追到他面前，将他剁成十块八块的模样，就浑身发颤。他平日里在府中多看美貌丫鬟两眼，就会被擀面杖伺候，如今不管是美人，丑人，在薛夫人面前，他是绝对不会看的。若不是一直忍了这么久，他也不会一下被后面裹着被子的女人迷住。

能将生意做大的人，都不是蠢人，薛有财忍着肉痛道："你们要多少银子？"

"哟，不愧是薛大户，生意大口气就是大，你给多少啊？"为首的男人笑着问道。

"一百两！怎样，够了吧，可以够你们花天酒地一个月了！"薛大户其实还是很肉痛，他好不容易在沈家的账目上抠出了一千多两私房钱，今日给这女人买个钗子就花了一百两，再这么下去，他哪里还有私房钱啊。

"一百两？你当打发叫花子吗？哼！"男人狠狠一笑，从怀中掏出一张纸摆在薛大户的面前，薛大户伸长了脖子一看，汗水哗啦啦地往下掉，忍不住用手抹了下额头，七月的天气实在是太热了，这薄薄的被子简直要捂出他一身痱子来："这，这个不可以啊！"

"不可以是吧？行，兄弟，将这两个奸夫淫妇绑了，送官府……不，还是直接送到薛夫人那去吧……"男人立即挥手，后面的两个男人就要冲上来绑薛有财。

"别，别，别……我签，我签……"薛大户抹了抹汗，后面的男人早就拿了一支笔和印泥过来给他，站在一旁瞪着他，虎着脸道："你快点！我可没那时间跟你耗！"

薛有财脸如死灰，颤颤抖抖地将自己的名字签了上去，又按了手印，目光如同看着自己的命一般看着纸张被男子吹干后，折好放在衣襟里。

"好了，你们两个把衣服穿好了，我主子等会进来有话跟你说。"男子笑了一下，带着另外两个男子走了出去。

薛有财好像还没反应过来，直到后面的女子拍了一下他的后背："你还不去吗？等会他们又要来催了！"

薛有财转头望着女子妖媚的容颜，心头顿时涌上了一股不好的感觉："刚才那纸上所写你知道是什么吗？"

“我又不认识字，怎么知道，难道他们打算长期敲诈你？那可就不好了，老爷，你赶紧起来，换上衣服去，别被薛夫人知道了，那可就麻烦了。”女子一脸体贴地翻出凌乱散在地上和床上的衣裳，给薛有财穿上。

薛有财一边享受着女子的体贴温柔，一边想到薛夫人的暴力和凶猛，心里打了个战，干脆自己将衣服胡乱地系好，就匆匆地走了出来。

外面一辆青色的马车正在候着，三个男子站在院子门前，正等着薛有财。

这条巷子住的人很少，静悄悄的好似没人在，这也是薛有财敢来这里私会情人的原因，他不害怕人看见。

可是如今……

马车里一只纤纤素手掀开了厚重的帘子，露出了端坐在里面女子白玉似的面容，嘴角展开一朵笑容，温柔地开口道：“薛大户，好久不见。”

薛有财看到里面那个凤眸含笑，面如牡丹的女子，顿时明白了刚才所发生的一切，他和那里面女子的“偶然”相遇，今日时间刚刚好的“抓奸”，这一切，都只是里面这个不足十五少女的安排，他抖着唇道：“你……你竟然用这样下三流的手段！”

“你说什么呢！”刚才负责抓奸的为首男子喝道，正是流翠的表哥六子。

薛有财一看到他，就想起刚才所签下的那张纸，顿时蔫了般地耷下头：“你到底想怎么样！”

对于下三流这句话，云卿不置可否地笑笑，手段这东西，对于先犯恶的人来说，只要有效，她都不会避讳地使用。

“薛大户不要气愤，云卿不过是想和你聊聊关于上个季度欠款的事情，毕竟这事都过去了一个月了，我想，你也该周转过来了吧。”

薛有财自看到云卿起，就知道大概是为了这事而来。这一个月来，整个扬州城最火的人物就是沈家的这个大小姐，在沈茂出事之后，将沈家的生意接了过来，漂亮地将接二连三挑事的人打下去，又杀鸡儆猴让沈家的工人对她存了畏惧。沈家的生意在这样的变故之中，也只比平时掉了两成不到。

莫说是女子，就是男子也不一定做到如此漂亮的成绩。

这一个月，关于账务的事情，她一直没有正面与商户冲突过，他以为沈家小姐是准备将这笔损失默默吞下，谁知道她的后手在这里。

如今自己有把柄在人家的手里，他就算不甘心，肥肉也得吐出来，态度便变得油滑了起来，“是的，是的，前段时间是销路不好，所以压了钱，等会我回去，就让账房将钱给准备好，明日你就派人来拿吧，我们两家合作了这么久，当然是不会少了银子的。”

睁眼说瞎话，当人是傻子呢。

云卿也不揭穿，点点头道：“薛大户在扬州也是有名望的人了，自然是不会如此，可是眼下，你的账目清了。还有一些人周转得也不太好，薛大户认为，有没有办法可以解决这些事情呢？”

“他们各家有各家的问题，我也不知道该怎么解决嘛。”薛有财开始打起了太极。当初是他首先开了头不给账的，那些人才跟在他后头学样，也有不少是他在后面说了话，之前他的打算就是法不责众，大家都不给，沈家就难办了。

“哦，这样啊，素闻薛夫人对你感情颇深，这样的女子，云卿也想要结识一番，不如我哪天登门去拜访，不知可好呢？”云卿轻轻柔柔地一笑，眼底透出的光一点点的似钻石闪烁。

她坐在车厢中，光线从窗户的棉白纱透进来，过滤得相当纯净，好似一片明亮的月光落在白皙的脸颊，整个人仿若玉雕的一般，美，也冷。

薛大户知道云卿这话意味着什么，目光不由得透出几分阴狠：“你这是威胁我？”

仿若没有看到他的眼神，云卿依旧笑得端庄典雅，软糯的嗓音凉薄地吐出几个字。

“很明显，就是。”

薛大户头上忽然就冒了冷汗，他觉得那凤眸里噙着的光亮再不是钻石的光亮，而是刀锋的光芒，一下将他集起的恨意就这么砍掉。

“要说服他们，没那么容易……总要点时间的。”

“无妨，我给你七天，相信以薛大户商行副会长的能力，一定能解决这个问题的。”云卿非常体贴地一笑，视线落到薛大户合了又松，松了又紧的胖手上，垂眸一笑，“我们沈家的钱到了，这张纸我自然也会还给你。”

“你不准去找我夫人！”薛大户立即道，他还记得之前云卿说要去和薛夫人聊一聊，喝喝茶的话。

“这七天，我当然不会去。七天后，就由你决定了！”云卿弯了唇角，清雅的笑容丝毫看不出她是在威胁人。

薛有财满肚子的腹诽，这下可好了，他都已经私下挪动了沈家账务里的几百两银子了，还要想办法用自己的私房钱填进去，这七天还得为了沈家的账目跑断腿，真是吃力不讨好，一分银子的好处都没赚到，赔得更狠了！

想到七天这个时间，薛有财不敢再多留，赶紧转出了巷子，去为账目而忙活了。

过了一会，院子里的女子走了出来，朝着巷子口讽刺地勾起残留朱红口脂的红唇，斜挑了眼角道：“戏还要演下去吗？”

云卿坐在马车里，没有开口，流翠道：“七天后，他给账目，你走人，五百两银子和你的卖身契，自会有人来交给你的。”

“那就好。”女子没有丝毫礼仪地打了个哈欠，撩了一下长发，带着倦意，“好困，我去睡觉了。”

半个月前，有人来青楼找了她，让她去勾引一个人，配合着出演一出“仙人跳”，代价是替她赎身和五百两银子，她能有什么不肯的。五百两银子，足够她到镇里买间小院子，开家小店衣食无忧地度过下半生了。

接下来的七天，不断地有商户主动过来跟沈家结了上半年的账目，而这些商户，云卿都一一记下了，以后和他们的账，都改为半月一结。

她不是圣人，既然这些人会为了贪小便宜而抛弃了商人诚信的原则，她也不必要太顾情面。

云卿在支撑沈府，而御凤檀寻找沈茂的事，也没有耽误下来，除了官府还在寻找外，沈家也一直派人在打捞，就算找个残肢断臂的，也要找出来。

一个月过去了，残肢断臂没有打捞到，尸体也没有找到。

这对于谢氏和云卿来说，是个坏消息，也是个好消息，一旦打捞到了尸体，那就等于没了希望，现在这种情况，好歹也有个盼头。

御凤檀身边的易劲苍是原先大内的密探。经过他严密的分析和判断，他认为当初泥石流将人往山下冲，可能会被冲入了下游的浅滩上，也有可能被两岸的渔民救了下来。

这个判断御凤檀也赞成，将主要的力量调集在周边的大小村落里寻找，终于获得了消息，下游的一户渔民家，在二十多天前，的确救上了一名男子。

得到这个消息的御凤檀狭眸一亮，问道："那人你带回来了吗？"

"但是不是沈茂，而是同一天与他一起掉落下去的那个商户。"易劲苍在打听到那人的下落后，就赶紧派人去接，结果传来的消息是那人不是沈茂。

"这就是你给我带回来的消息？"

易劲苍见御凤檀狭眸微微眯起，全身的气息陡然变冷，浑身一紧，接着道："他们是同一时间，同一地点掉落的，所以属下推断沈茂十有八九也会在附近。"

听到这个消息，御凤檀脸色才稍缓，磁性微凉的嗓音慢悠悠道："其他人的消息我不需要。"

"是。"随着一阵微风，易劲苍的身影消失在了屋内。

过了一会，外面又吹进了一阵风，另外一个黑色的人影出现在了屋中："主子。"

御凤檀冷眸一扫，朱唇勾起薄凉的笑："查到了吗？"

"查到了，明帝除了让世子您南行外，私底下还另外派了一人。"跪下的黑色人影身形笔直。

"谁？"

"四皇子。"

"他果然也来了。"御凤檀，从卧榻上站了起来，走到窗前，望着窗外残阳如血，将半边天染成了万丈红绸，嘴角的笑容也染上了几分嗜血。

明帝表面上虽然封他做了"镇西大将军"，看起来帝恩正盛，却没人知道，其实西戎的战事才刚刚结束，还未稳定之时，明帝就下诏要他回京，暗地派了边境指挥使相送，实则害怕他在军中建立威信，成为瑾王之后又一个当世大将。

此行来扬州也是如此，表面上是他来负责御驾南行前的安保工作，实则暗地里将四皇子派来监视，生怕他有何不轨的行为。

该做的他都会做，不该做的，看他心情，才决定该做不该做。

御凤檀如是想，而在扬州的另外一个角落，也有一群人在动着不同的心思。

“你看看，如今沈家的生意没有半点衰落的迹象，反而让那丫头赢得了时间，如今薛有财他们的账目都已经结了，闹事的商家也渐渐没了，我们难道就看着沈家的一切都被那丫头得了去，你甘心吗？”莫氏满脸气结，眼里又是心痛，又是纠结。

自上次被云卿拔剑驱逐他们之后，他们就一直等着云卿被生意上的事情忙得手忙脚乱之后，再趁机上门要求帮忙。可是云卿不但没有手忙脚乱，还渐渐地让扬州的生意走上了原来的轨道，按照如今的形势来看，半年的样子，云卿就可以将沈家扶回以前沈茂在时的模样，到那时，就完全没有他们的事了。

沈平坐在一旁，眼底的光芒阴冷不定，他自懂事后，就对沈茂颇为不服，沈茂虽然比他辈分小，可是两人年龄却相差不多，自幼经常被拿来作比较。

他自问聪明不下于沈茂，只是没有投到沈家那样富裕的家中，若是他能有沈茂那样的好家底，成为扬州首富肯定是随便能成的。

日积月累，他便起了阴毒的心思，恰好遇见了虽然考中了举人却无法谋得官位，在青楼买醉的唐生，两人一样愤愤不平，一来二往的就成为了好友。

意外得知沈茂身边的白姨娘是唐生的青梅竹马，他便试探地出了个主意，让沈茂从此以后无子，这样一来，只要沈茂出了点事故，那么沈家的一切就能由族中接手了。

而他答应将沈家一成的财产分给唐生，沈家的一成财产已经足够唐生用钱打通关节，走上官途，即便是不做官，也能舒舒服服地过完几辈子了，所以当他说出这个要求的时候，唐生马上就答应了，并且找了机会“巧遇”了白姨娘。

做姨娘的日子并不好过，即便是在宽厚的谢氏手下。当白姨娘遇见以前的青梅竹马，得知他如今是举人老爷的时候，就开始后悔，后悔当初没经得起金钱的诱惑，嫁给了商户做妾，如果她坚持两年的话，如今就是举人夫人了。

后悔一旦开始，贪欲就接踵而来，在唐生不断的撺掇之下，白姨娘认为一切都是谢氏的错，是谢氏阻止了她的大好前程，做了人的妾室，带着这种不正常的报复心理，白姨娘心安理得地开始在沈家下药。

之后的事情发展得很顺利，沈茂一直没有子嗣，他在等一个恰当的时间和机会，让沈茂“意外而亡”便可以夺了沈家的财产，可惜事情就在去年发生了变化……

直到现在，最终还是走回了他所希望的道路，沈茂出了事，而那两个男孩根本就不成气候，只是没有想到，沈云卿竟然有如此手段，这大大超出了他所计划的范围。

“哼，就凭那丫头，她吞得下那么多东西吗！”族长冷哼了一声，十分的不屑，想起那日沈云卿拿起剑指着他的样子，他如今还有点害怕，一个屁大的丫头，怎么就有那样的胆子！

“老大，你有什么好的法子？”族长转头问向沈平。

“你们看，如今的沈家，也只有沈云卿在支撑着了，若是她发生了什么事，不能支撑了，那么沈家会怎样？”沈平脸色平缓，只有眼底的光芒带着深深的恶毒。

莫氏不屑地嗤笑：“没了那个丫头，余氏那个老东西在床上如今都爬不起来，谢氏虽然没倒下，但是管理内宅她是不错，外头的产业，她可就不行了。至于那两小的，不提也罢！”她说完，族长忽然灵光一现，转头道：“老大，你的意思是……？”

沈平重重地点头道：“就是爹所想的，没有了沈云卿，我看沈家还怎么支撑得下去！”

“你有什么好的法子？”族长老眼里冒出了贪婪的光芒，连忙问道。

沈平阴阴地一笑：“儿子早有准备，爹明日就看着吧！”他就要看看，沈云卿能不能过了他这一关，若是过不去，那就不怪他了。

云卿处理了手中的事情，正准备再去商行里走上一圈，刚换好了衣服，就听到问儿来报：“小姐，族长带着人又来了。”

云卿微微蹙了眉，这些人怎么又来了，离上次拔剑事件才半个多月，他们又耐不住寂寞地跑来了，看来沈家这肥肉当真是太诱人了，让人一而再，再而三不气馁地赶着来瓜分。

她拉了拉衣襟，刚好换上了衣服，就去会一会他们，看看如今他们还有何事要闹。

到了前厅的时候，云卿发现，今日来的人非常多，不仅族长，长老来了，还有沈平，莫氏，他们的儿子，族中的年轻人到场的也不少。

她走了进来，首先朝着所有人扫视了一圈，才轻巧地一笑：“不知今日刮的什么风，族长和长老又来沈家了。”

族长和长老看到她，还是有些忐忑，毕竟那日她手持利剑，全身溢满杀气的模样实在让人难以忘怀，不由得笑得便有些不太自在，再看她今日又是笑语盈盈，族长便定了定心神，口气和缓地开口道：“我们今日来，自然是有要事要商量，你爹如今有了消息吗？”

“暂时没有，怎么，族长有我爹的消息了吗？”云卿脸色淡淡的，看不出太多的情绪，悲伤和喜悦都不会在上面浮现，让人猜不出她心底的真实想法。

“我们要是有，早就告诉你了，何必问你呢！”族长不满意她的态度，哼了一声，知道云卿自上次之后，多半是不买他们的账了，便单刀直入道，“你上次不是说若你父亲不在，你便要招婿入赘，如今你爹一个月都没有音讯了，你也该准备了！”

“准备什么？”云卿抬眸看了一眼族长，好似什么都不知道地问了一声。

“你一个未出阁的女子，天天在外头抛头露面，在染坊、桑园这些男人成堆的地方走来走去，像个什么样子！”族长呵斥道。

“族长这话我就不懂了，这些天我在外头，每日里都是戴着面纱，并没有抛头露面，而且如今沈家的生意没有人管理，我作为家主，难道就整日里袖手旁观，什么也不管，什么也不顾地坐在后宅！若这是你们的想法，那我也没有办法，但是我，绝对不会这样做！”云卿不以为然地反驳道，她也不想太费力地去说什么，这些人既然是抱着贪婪的心态而来，那么她说得再多，他们也不会停止那种心态。

族长就如同云卿所想，他根本就不耐烦听云卿说话，待她话音一落，手臂便在半空中一挥，非常果断道："你既然是要招婿入赘，就早早地找上一个人入赘沈家，让他在外头替你打点一切，这样就能两全了！"

"就是啊，女子在外面行走，总是不太好，又不安全，指不定就出了什么事呢！"莫氏笑着插上了一句，话语里貌似都是满满的关心。

"噢，是吗？那你们可记得当初我是怎么说的吗？若是父亲出了事，我才招婿入赘，但父亲至今仍然下落不明，我怎可自作主张呢！"云卿不会被这些虚假的语言所欺骗，浅浅地笑道，那笑容里说不出究竟是讽刺，还是一个无意识的动作。

沈平望着她，手指在座位上摩挲着，这个沈云卿轻易不动怒，不是个好对付的人，难怪可以在一个月内让扬州这边的生意稳定下来。

他站起来，走到厅中："沈云卿，你父亲出事一个多月，你不给他办丧礼也就罢了，如今你一个女子，霸占着沈家的财产，不肯松手，又不肯招婿入赘，这让我很怀疑你的用心，你是不是想要一个人将整个沈家吞了下去，将沈家变成你自己的东西！"

他的声调越来越高，到最后有一种指责的意味，将所有的矛头都指向了云卿。

云卿也从座位上站了起来，微笑地对着众人一看，突然轻笑了几声，再开口道："什么叫作将沈家变成我自己的东西！敢问在座的，你们可知我父亲是谁，又知我母亲是谁，又知道我是谁！我爹叫沈茂，是沈家的独子，我娘是谢文娘，是沈茂明媒正娶的正妻，而我，沈云卿，是沈家嫡出的长女！户部名册上我是沈家的人，血液里流着的是沈家的血，你凭什么说我要将沈家变成我自己的东西！我不需要将一切变成我的东西！因为沈家就是我的家！这里的每一个人都尊称我一句'大小姐'。"

"混账！你一个女子，早晚要嫁出去的！"族长气得暴跳了起来！

"我说过，招婿入赘！难道族长真的是年纪大了，听不懂人话了吗？！"云卿冷冷地朝着族长一笑，脸上都是轻蔑。

沈平立即接着道："既然你如此说，那么就招婿入赘！否则的话，我们很怀疑你的用心！到时候你将沈家全部掌控了之后，再带着沈家的产业嫁人，谁还管得了你！"

好！

云卿终于知道了他们今日来的目的了，他们是要逼着她赶紧招婿入赘，而这婿，不用说！这旁边的一圈人，就是他们给她预定的对象了！

"那你们想怎样！"

话题终于转到了这上面，族长眼中一喜，目光停留在站在椅后的年轻人身上，笑道："今日来的，都是族中品行高尚，尚未婚配的男子，他们本就是沈氏的族人，就算入赘了以后，你也不必担心他们有何坏心，必定是能帮上你忙的！"

云卿目光望着那一圈族长特意给她选好的品行高尚，尚未婚配的男子，淡淡地一笑，素手一抬，指着其中一个男子道：“这个……”

“这个吗？好好……”族长没想到云卿这么快就选定了，眉头都喜得飞了起来。

岂料，云卿压根不理会他，自顾自地说下去：“这个，沈尔，左脚歪瘸……”

“这个……天性好赌，将家中钱财全部输光了之后，如今天天借住在城隍庙中，偷蒙拐骗，无所不为……”

她说完，手指又指向另外一个矮胖的男子：“沈又沙，喜好喝酒，醉酒之后最爱打老婆，原配便是酒后被活活打死……”

她一个个地说下去，将每个人的底细都说得明明白白，清清楚楚，最后指到站在莫氏身旁的一个男子身上：“族长的幼孙，十二岁开始屋中丫鬟全部开脸，院中所有的丫鬟媳妇，只要能碰的全部碰过，但凡他看上的，一旦不从，便将人强后卖入勾栏……”

族长未曾想到她竟然对每个人的底细都这么清楚，特别是最后一个，竟是自己的孙子，立即大吼道：“够了，让你招婿入赘，不是让你在这数家底！”

云卿对着族长看了几眼，摇了摇头，指着这旁边的数位男子道：“我不是在数家底，我是在看，族长拉到沈家来的人，究竟是有多么的‘品行高尚’，又是如何能尽心尽力地帮助沈家，帮助我打理生意！”

族长一双老眼死死地瞪住云卿，沈茂的这个女儿，到底是人还是妖精，怎么就能将这些人的底细都摸得清清楚楚的，那他今日放人入沈家的意图不是又要失败了！

沈平望着眼前的一切，眼底却是划过一道精光，带着几分隐晦的阴暗，向前两步道：“好你个女子，你竟然当着大家的面，损害族中男子的名声，世上的人谁没有个缺点，若按你的要求，那你岂不是一辈子都寻不到人嫁！”

云卿冷冷一笑：“那你的意思，就是逼着我在今日招婿入赘吗？”

“你若是不选，那便是意图谋害沈家的财产，今日就算你拔剑，我们也不会就此罢休！沈家的家业怎么也不能让你带着给外姓人！”沈平义正词严地一拍桌子，厉声开口。

周围围着的那些年轻男子也顿时开口你一言，我一语地诋毁云卿。

“你一个整日在男人堆里行走的，还想要怎样的，便是我这样的，你以后想找也找不到了！”

“啊呸，不知道是不是早被人睡过了的，在这装成黄花闺女，做什么样子给谁看！”

一句比一句下流，一句比一句难听，流翠在一旁听不下去，站出来就跟着他们对骂了起来，骂着骂着不知怎么，人群里就开始推搡了起来，那些年轻的男子和云卿后边的丫鬟婆子乱做了一团，云卿被他们围在了后方，推搡之间将桌上的茶具和茶杯，还有摆放在周围的东西都打碎了！

似乎觉得闹得太过了一些，沈平突然开口大吼道：“住手！”

那些推搡的年轻人被他吼了一句，终于停下了手来，不甘不愿地站回了原处，而云卿此时脸色已经冰冷得吓人，望着眼前的一片狼藉，她深深地凝视着这些人，凉凉地开口道：“诸位今日到沈府来，便是带着一干休妻抛家的人，逼着我在他们其中选了吗？若是如此，今日云卿将话说在前头了，你们可以说我抛头露面，可以说我不顾脸面，也可以在背后觊觎沈家，撺掇人来沈家铺子闹事，这些事情，你们莫以为我不知道，只是看在是族人的面子上，我并没有说出！可是有句话说得好，狗急了会跳墙，兔子急了会咬人，你们若是硬要一而再，再而三地做出如此的事情来，那么我沈云卿也不是随便任人揉搓的人，既然你们觉得名声不重要，要做此等逼迫女子的事情，那么我也不会客气，大不了鱼死网破，咱们谁也别得了好！”

其他人没有想到云卿竟然会说出这样的话来，她上次拔剑，到底还是因为被人逼急了，想要保住沈家的财产，可是这次，她所说的明明白白只有一个意思，那么就是，若他们还要逼迫，她将不管一切地要和沈氏一族脱离关系，将沈家和沈氏一族分离开来！

这么多年，沈氏一族虽然在扬州还算是大族，但是族中人才不多，已经渐渐没落了，族人中最有出息的便是沈茂，也是靠着沈家，沈氏一族在扬州才算有一席地位，毕竟沈家虽然是商人，但是在扬州百年，也算得上是根深蒂固，若是沈家和沈氏一族划清关系，其中很多的牵扯便要断掉，相当于拆掉了沈氏一族的顶梁柱！

闻言，厅中静了下来，族长似乎也有些踌躇了，脱离族宗的做法，在这个时代的人，是轻易不会用的，但是……

他抬头看着站在那不慌不忙的云卿，她的性子，既烈且刚，说不定真的会如此作为！

沈平似乎也被云卿的一番话吓到了，他静静站了一会，然后转头对着族长道：“族长，也许是我们逼得太紧了，此事再稍微等一等，到时候传出去给人听到，也对我们沈家族人的名声不好，于所有族人都没有利。”

族长看大儿子都这么说，一怔之后，思忖了一会，也点了点头。

沈平见此，便走上前对着云卿拱手道：“今日之事，也是我们操之过急了，只是最近扬州传言太过难听，我们才会有此一举。”

云卿望着他，并不说话。

沈平丝毫不见尴尬，依旧笑道：“看孙侄女还在生气，那堂舅姥爷我也只有倒上一杯茶赔罪了！你们去倒两杯茶来！”

沈平吩咐道，但是那些丫鬟没一个人动身的，都在等着云卿的指令。

云卿看着他的样子，当着这么多人面，他给自己赔罪。若是她不接，传出去便是她不尊敬长辈，兀自狂妄，这和之前的事情那么就有了本质的区别。

如今沈家的变故才刚平静一点，若是真一下和族里闹翻，必然会掀起第二个巨大的波澜来，此时此刻的沈家再经不得其他风浪。

即便是心内不喜，云卿还是点点头。过了一会，一个小丫鬟端了一个方木的红盘子进来，将茶水端起，给云卿和沈平一人一杯。

沈平举起茶水，笑道：“喝完这杯茶水，希望云卿莫要再生气了。以后我们必当是全力支持沈家，不会再逼迫于你。”

他说完，就以茶代酒喝了下去，将茶杯对着云卿一举。

云卿微眯了眼，突然盈盈一笑，红唇勾起：“有了族中的支持，我也会更高兴的。”她抬袖掩唇，也一口将茶水喝下。

眼见这和好的茶水都已经喝了下去，族长就是再有想法，也没了想法了，他心痛地看着沈家装饰得富丽堂皇的屋檐，家具，恋恋不舍地带着那一群年轻人和两个长老，出了门去。

待送走了他们，流翠便开口道：“这些人真够无耻的，带着一群歪瓜裂枣的人给小姐挑选，竟然还说什么品行高端，也亏得他说得出来！脸皮比西瓜皮还要厚，厚得没救了！”

云卿被她说得一笑：“你这可不是冤枉人家西瓜了，咱们刚吃的那个西瓜，可是薄皮瓜。”

流翠捂着嘴，顿时又好笑又好气道：“小姐，就你还有心开玩笑，你是心胸宽广不在意，可是你看看他们刚才那样子，开始就气势汹汹地要逼着你选个人。一看没办法了，立即就说要喝茶和好，真是做鬼也是他们，做人也是他们，反复无常最小人了！”

云卿侧过头，望着她道：“好了，既然知道他们是那样的人，你又何苦再生气，气到的还不是自己，反正知道他们是这样的人就好了，以后他们要是再来，也知道怎么应付。”

“不过小姐啊，这外头的人如今说得的确也很难听，就是府里的下人都偷偷议论，奴婢都听见过两回了，这老爷也不知道如今在哪了，还不早点回来！”流翠撇了撇嘴，很是替云卿着急。

“好了，别想了，去准备下，我们按照计划，今日是要去商行的。”云卿吩咐完，思绪却是在想另外一件事，今日族长他们一行人来势汹汹，带着一大群人，看起来是不会随便罢休的模样，可是为什么到后来，却一下子收了手，又带着人回去了呢。

她觉得事情没有这么简单，既然出动了这么多人，安排了这么一大出戏，也许这背后有她不知道的什么事情，他们都在暗中进行见不得人的勾当。

云卿突然觉得，有这么一群人做族人，简直是在明处给自己安排了一大堆刺刀，等着随时扎上去。

马车在轻轻晃动，外面的光线明明灭灭地从抖动的窗帘中投了出来，云卿望着那在阴影中透出来的一条金色的阳光，眯着眼细细想道：族长他们究竟有什么阴谋？

翌日，天色稍暗，云朵集在天空中，飘浮不定，阳光透过云层投在地上，留下大朵棉花般的阴影。

秦氏和韦沉渊两人也到了沈府来，之前他们也曾经来看望过谢氏，后来见府中事务多而繁忙，便没有再上门。

谢氏请他们坐下之后，韦沉渊先给谢氏行了礼，然后坐在一旁。

秦氏脸色已经好了许多，如今站着也无须人扶，就连韦沉渊也褪去了原本的菜色，如今面目清朗，俊俏的容貌配着清瘦的身姿，好一个翩翩公子。

几句平日里的客套话后，秦氏端着茶盏，便开口道：“不知夫人可有帮云卿挑好入赘的女婿？”

闻言，谢氏一怔，眉头蹙了起来，秦氏前来问此话的意图是什么，难道说……谢氏狐疑地看了一眼韦沉渊。

秦氏将她的神色收于眼底，她将茶盏放下来，又接着道：“昨日沈氏族长带人大闹沈府的事我也已经听闻了，你家老爷已经是一个多月失踪不见人影，如此大的家业亏得云卿慧敏果断地支撑着，当初你们母女对我和小渊恩重如山，如今也是我们报答你们的时候了。”

云卿闻言一愣，秦氏这一番话究竟要说什么，谢氏问道：“报答？”

秦氏转头看了一眼韦沉渊，眼底透露出一点不舍，却定了定眸，转头道：“我家虽然贫困了些许，可到底你对我家都是知根知底的，这些人趁着这事逼着云卿随意找一个入赘，不如就让我家小渊入赘了，虽然他也没多好，可小渊这人是我儿子，他其他不成，但还是个有责任感的。”

听了这话，谢氏是明白了，原来秦氏是知道昨日族长上门逼亲的事，今儿个带着韦沉渊来，就是要让韦沉渊上门入赘报答恩情了。

云卿在一旁听得倒是没有半点儿女孩的娇羞，觉得有些哭笑不得，这……这是什么事啊？她抬头望着韦沉渊，只见他穿着一身天青色的长布袍，脸色不喜不悲，眼神很平静，与一年前的样子已经有了很大的不同，但是她同样也看得出，韦沉渊对于上门入赘的事，虽然没有表示反对，也没有什么欣喜。

想想便知，如今韦沉渊在书院饱受夫子的青睐，前途是广阔而灿烂的，为了报恩，如今入赘，即便是上了仕途，也会变成一个笑话。

更何况……云卿暗地里笑笑，韦沉渊和她两个人似朋友更多一点。儿女私情这种东西，在两个人之间似乎没有出现过。

若是真要让韦沉渊入赘，还不弄成了两个怨偶啊。

不过云卿对秦氏的这种做法还是很感动的，毕竟秦氏对韦沉渊的期望，她一直看在眼底。如今为了报恩，她可以让韦沉渊入赘沈家，这样的决心并不是每个人都能做得到。

当即，她也不等谢氏开口了便道：“秦伯母，招婿入赘一事暂且还不提，就在前些日子，与我父亲一起掉落江中的那位商户已经回来，料想我父亲的下落很快就会明了，到底婚姻之事还是需要父母做主的。”

这话等于委婉地告诉了秦氏，她不需要韦沉渊入赘。

秦氏闻言，眼底闪过一丝喜色，就算是没有韦沉渊的那一层身份，一般但凡好点的男子，哪肯入赘的，单单在名分上就得被个女人压上一辈子。可是沈府这一年来对他们母子的照拂，如今谢氏母女出了这等事情，面对如此大的困境，若她在一旁就这么看着，她也觉得良心不安。

所以，当听到云卿这句话的时候，秦氏全身仿若松了一口气般，脸上的笑容也自然了许多，点头道：“既然如此，那就等沈老爷回来后再议，今日这话就暂且不提了。”

谢氏刚开始听到秦氏的提议时，的确是动心的，且不说韦沉渊人品好，外貌也属上等，就是秦氏这样简单的亲家，她也愿意结亲，更何况韦沉渊如今还是有秀才在身的，怎么也算得上有学识的人。

若是以前，谢氏可能不会如此青睐韦沉渊，可是如今情况不同，看事情的角度自然是不同了。

当听到云卿说起沈茂的时候，又觉得此事还是不宜早下定论。若是到时候沈茂回来，看到女儿娶夫入赘了，还不知道得气成什么模样。

用过午膳，将秦氏和韦沉渊送走了之后，云卿转身回到了归燕阁里，便要午睡，如此过了一个时辰，流翠进去按吩咐喊云卿起来，接着就发出了一声尖叫："小姐，你怎么了……"

整个归燕阁顿时乱做一团，当那些丫鬟进来看到云卿脸的时候，一个个都满脸惊恐，说不出话来。

天色匆匆，有一个男子在急急忙忙地赶着路，他穿着上下两分的棕色粗布衣，却感觉那衣服好似大了一些，挂在他身上显得有些空荡，又与他整个人那种气质不和谐。

他面容上带着焦急，布鞋上沾染上了尘灰，在踏入了扬州城内后，眼底就闪着奇异的光芒，原本疲惫的步伐突然加快了起来。

他就是沈茂，在跌入了江水之中时，他凭着最后一点知觉，往水流不急的地方栽了下去。结果醒来的时候，已经在一家农户家中了，据说已经昏迷了半个月，由于身上的盘缠全部掉落在了河底，又摔伤了腿骨。没能第一时间赶回来，如今一好，他便借了几两银子一路疾行，往家中而去了。

黑沉沉的天幕好似要下雨了一般，沈茂越发地加快了脚步，一个多月的时间不见妻儿，他的心中每日每夜都在思念着家中的一切。

今夜的风刮得有些大，沈茂走了好久，终于走到了沈府的前方，抬头看着那高门大院，从未觉得有如此亲切，让他看着看着眼里都蓄上了泪水。

还好，还好，他马上就可以回家了。

沈茂站在那激动着，丝毫没有注意周围的角落里，有一些不怀好意的人纷纷将目光注视着他，他拉了拉衣摆，虽然穿得朴素，也要整理一下衣襟的。

就在他往前，准备上去敲门的时候，横里却站出了两个身形高壮的男子，站在他的面前，挡住了他的去路。

来者不善。

这是沈茂的第一感觉，不过近在眼前的宅院让他生出一种迫切的心情，他笑道："两位可有事？"

那两人互相对视了一眼，转过头来问道："你是谁，半夜在这沈府外面鬼鬼祟祟的，莫非是贼人？"

沈茂一听这话，当即就反驳道："两位可能搞错了，我不是贼人，而是这府中的亲戚，前来探亲的。"他毕竟走南闯北的看得多了，眼前这两人浑身散发着不好的气息，就没有说出自己的身份。

那两人却是一笑："什么亲戚？沈府可没有什么亲戚会半夜里来！看你这身穿着，怎么也跟沈府没有关系吧！"

沈茂怎么也想不到有一天，他会因为穿着而被人歧视，苦笑道："在下正是因为有事，才来沈家求亲戚帮忙的，两位为何拦在我的前面？你们似乎不是沈府的人吧！"

眼看这两人莫名其妙地拦截，一开始他还以为是沈府里的护卫，可是若真正是护卫，不会认不出他来的，两人一定是别有所图。

"嘿嘿，既然知道我们不是沈府的！那就一定是沈老爷了！"那两人笃定一笑，眼底有着阴毒的光芒。

沈茂暗道不好，往后退了几步："你们这是做什么……"

这两人不给他说话的机会，一人虎爪朝前，对着沈茂的胸口狠狠地抓过去，那手法，如石坠下，惊得沈茂冷汗涔涔，就地一滚地倒了下去，险险地避开这一爪！

只听地面一声撞击，若是打在人的胸口，只怕不死也要吐上一大口血！

那两人见一击失手，立即又转身向前，四只手纷纷朝着沈茂抓来，任沈茂身形灵活，对上两个习武的人，根本就没有任何的胜算！

他心中莫名一阵悲凉，都到了家门口了，却偏偏不得进去，这究竟是何人所托！心中这样想，口中便吼了出来，便是要死，他也要死个明白！

"你说是谁呢，如今沈府里都是由着大小姐打理，所有的一切都由她支配，若是你回来了，她不就什么都没有了吗？！"

那两人似乎是要成全他的心愿，飞快地回答了他的问题！

天空云层叠叠，一道惊雷半空中劈下，似乎传入了沈茂的耳中，令他半步不能再动，眼前一片发黑，这两人竟然是云卿派来的，日日守在宅院门前，就是害怕他回来了，她不可以掌管沈家了吗？他不在的日子里，沈家的一切都是给云卿在管理？母亲怎样了？谢氏怎样了？墨哥儿、轩哥儿如今又怎样了？

他沉浸在这一条比惊雷还要震动的消息里面，全身几乎颤抖如风中的落叶，实在是太过震惊了！

要他死的，是他疼如珠宝，爱如生命的女儿吗？他不信，他不信……

可是眼前已经要逼上喉咙的利爪又由不得他不信……

忽然面前一阵剑光闪过，已经到面前的利爪齐齐被斩断，接着又是一道银光合着漫天的闪电，在天地之间打开了一道缝隙，照亮了面前两人痛不欲生的面容。

易劲苍将剑收入剑鞘，看着倒在地上，两眼发怔的沈茂，皱眉说道："你现在可以回去了。"

世子吩咐他要多关注沈府的动向，他今日得了消息，说数天前在路上有人看到一人酷似沈茂，根据他的估计，如果是沈茂的话，今日应该到了扬州，所以他前来查看。

结果一来，就看见两个恶汉正准备将沈茂置于死地，立即拔剑而出，因形势逼迫，他的剑去得太急，一下将两名恶汉刺死！不由得皱了眉。

倒不是因为杀了人，像恶汉这种人，要取人性命，十有八九都是恶贯满盈之人，他们在皇宫做过大内侍卫的，处理尸体保证让人查不到痕迹。

只是，沈茂的表情有些奇怪，此时的他慢慢地从地上爬起来，望着沈家的大门，眼底出现的不是惊喜，反而是惧怕，不解，愤怒，惊疑等各种情绪混杂在一起。

“谢壮士相救。”沈茂站了起来，对着易劲苍深深地一揖，大恩不言报，今日这救命之恩，如今的他也没办法相报。

他的心头一直都在想着那两个恶汉说的话，是云卿派他们守在这里的，是云卿……

“你还不回去吗？”易劲苍有些奇怪地看着他，听说沈茂是个顾家的人，对妻女都颇好，可是眼前的男子离家一个多月了，怎么看样子却不急切着回家了。

沈茂抬头望了易劲苍一眼：“你知道我是谁？”

“当然知道。”这半个月来每日都在寻找沈茂，易劲苍如何能不把这张脸记在心中呢，“既然回来了，就早点回去吧。”

沈茂摇了摇头，如果是云卿派出来的人，那么他回去只会有更多的麻烦，还不知道回去了之后，他能不能再恢复到以前的身份，还有刚才那两个人对他所出的杀意，府中不知道是不是也有这样的人……

沈茂心中百转千回，他实在是没有办法想到这一点，可是，那两个人在最后说的话，又让他不得不怀疑，否则的话，他们说那样的话做什么呢。

若是家中人不欢迎他，他……

沈茂抬头又看了一眼沈家的大门，慢慢地朝着另外一个方向走去……

这一个多月他在外面，心中牵挂的不是沈家的大笔财产，也不是家中的荣华富贵，他一直都是想着谢氏的温柔贤惠，女儿的娇美懂事，儿子的可爱憨态，还有家中年迈体弱的母亲。以前从未强烈地觉得，一家人在一起，是多么的美好和幸福，正是这样对家中美好的憧憬，让他不分日夜地步行归来，可是刚才那两人说的话，对他的心灵可谓是重重的一击。

易劲苍微微一惊，这……

他沉吟了一会，立即几步站定在沈茂的面前：“沈老爷，若你没有落脚的地方，就到在下那住上一晚，洗去风尘明日再见也不迟。”

沈茂此时心下茫然，也有着深深的失望，便跟着易劲苍去了一所小院子里，易劲苍给他拿了一套干净体面的衣裳，又弄来了热水，沈茂多日没有清洗过，浑身上下也脏不可言，并没有推托，进了浴房内。

过了一会，一道身影翩然地落在了小院的中间，白袍在半空之中滚出一道明月清风，徐徐落下。

“世子。”易劲苍转过身来，才看到那道身影出现，立即行礼道。

“沈老爷为何不回去？”慢悠悠地走到屋檐下，御凤檀靠在木门前，抬头望着天空，月无星无的天空在惊雷和闪电交加之后，稀稀拉拉地掉下了黄豆大的雨滴，在地上砸出一个个湿润的圆点。

易劲苍将刚才他赶到的时候所看到的一切都说了出来，御凤檀听得眉头皱紧，风儿刮过他披散的长发，一缕两缕地拂上了他的脸，落在了薄唇之上。

御凤檀嘟唇一吹，将发丝吹开，轻笑了一声，转身便往屋内走去。

沈茂洗干净一身的疲惫，眼内却没有半点久别即将要重逢的喜悦，听着外面淅淅沥沥的雨声，心内说不出的矛盾和惆怅。

他走到正屋，正要跟易劲苍道谢，却发现他站得笔直，抬头一看，屋中多了一人。

屋中的凉椅之上一位男子穿着一件纯白色的袍子，衣襟是苏绣的古龙纹形图案，在简单的白袍之上，又添了一抹贵气。他头上簪着一支翠绿的凤头古簪，玉色在灯光照耀下，如一波碧水在青丝之间凝结。

他正支着下颔，一双狭长的凤眸似笑非笑地望着沈茂，见沈茂出来，便斜撑了身子坐起来，露出腰间与头簪同色的玉带。

沈茂心下微微一惊，大雍朝能佩戴玉带的人必须是朝中二品以上的官员，以及世子郡王以上的皇亲国戚才可以。眼下这男子，虽然举止十分的慵懒散漫，却处处彰显了他身份的贵气与不凡，当下也不敢轻心，却先转头问道：“请问恩公，这位是？”

“我家公子。”易劲苍十分简单地回答道，知道了御凤檀的身份对沈茂也没好处，反而会多想。

沈茂早就发现易劲苍的武功高强，气质不卑不亢，绝不是一般人。此时见他对这个公子恭敬，想来这公子起码都是哪家的小侯爷了。

“多谢公子的救命之恩。”沈茂道。

“既然是救命之恩，沈老爷也要拿出相应的东西来报答我吧？”御凤檀丝毫没有大恩不言谢的自觉，勾唇带笑，眼底的意味看不真切。

相应的东西？

沈茂一愣，当即就苦笑了起来，他如今身无分文，就连身上穿的衣裳，都是易劲苍拿给他的。“沈某只怕拿不出什么东西来报答这份恩情了。”

他的话语平淡中夹杂着一股深深的沮丧，令御凤檀眉头轻微蹙了起来，话语里却带着调笑道：“沈老爷这话可是让人不解了，沈家虽不说富甲天下，可拿出东西来酬谢人，还是可以做到的吧。”

御凤檀轻轻地笑了一声，接着道：“还是沈老爷以为，你的家产已经被族人吞并了去，沈府再也没有钱了呢？”

沈茂本来沉浸在开始那恶汉的话语中，心中矛盾得很，此时听到御凤檀的话，眼底闪过一抹惊异："你说什么？什么族人吞并了？"

看来沈茂并没有听到什么消息，还不知道沈家在这一个月所发生的一切，易劲苍便接着道："在你下落不明的这一个月内，沈氏族人一直要求将沈家产业归于族中。"

"什么！"沈茂听后站了起来，不敢置信道，"我有两个儿子了，他们凭什么吞了沈家的家产！"

若是家产给吞并了，那谢氏和云卿、母亲，以后都怎么办！

易劲苍见此越发地奇怪，沈茂很明显牵挂着家人，为何过门却不先入，不过他还是接着道："他们不承认你所生的儿子，大闹沈家，沈老夫人病倒，沈夫人也其力不支，最后是靠着沈家大小姐立下招婿入赘的誓言，才将他们逼退的。"

招婿入赘！

沈茂的脸色变得更加苍白，他没有想过这些平日里与他关系甚好的族人，竟然会做出如此的事情，趁着他下落不明的时候，上门来逼要沈家的家产，并且还不承认墨哥儿和轩哥儿的身份。

只是，这招婿入赘，让他不得不想到那两个恶汉所说的话，云卿难道真是如此的吗？

他不相信，不相信！

人有一种害怕的心理，在面对自己最心爱的人时，这种害怕面对现实的情绪便会无限扩大，他怕看到真正的事实会让自己无法接受，潜意识里面就会想逃避！

沈茂如今便是如此，他的脸色呈现一种痛苦的色彩，他想回去，却因为那两个恶汉夺命的冲击，心情越发矛盾！

御凤檀拧着眉头注视着他，如墨玉般的狭眸里掠过一道光芒，缓缓地说道："你是不是听到什么不利的传言了？"

这几天，不知从哪来的消息，说沈家大小姐放出招婿入赘的消息，便是想要趁沈茂死了，幼弟尚小之时，将整个沈家变成她的囊中物。

沈茂闻言抬头，对上那一对清透的狭长凤眸，只觉得那眸中似乎映着自己心中所想，略有些复杂地将头垂下："没什么。"

"他们说的话，不可信。"

御凤檀的话音一落，沈茂就猛然抬头问道："他们说的是假的？"

果然是那两个恶汉说了什么，造成沈茂失魂落魄的模样。御凤檀此时十分笃定，轻轻点头道："你相信他们还是相信亲人？"

沈茂的表情渐渐变得有些释然，是啊，他为什么要相信那两个要取他命的人呢，如此一来，便有些释然了："如今沈家究竟如何了？"

说来说去，他内心里还是关心着沈家的一切的。

御凤檀将他的变化收于眼底，淡淡地一笑："沈家如何，你明日回去就会看到，至于其他……还是来说说，你怎么还我救命恩情的事吧？！”

沈茂此时对御凤檀和易劲苍都充满了感激，虽然不明白两人为何莫名地出手援救，可是总之两人是救了他的性命，于是拱手道：“公子请说，只要是沈某有的物品，定当给予公子。”

闻言，御凤檀的神色却有一瞬间的阻滞，如画的眉目间夹杂着打量，在沈茂的眼眸和神色之间穿梭，确定他的话没有作假之后，才开口道：“我要一块玉片。”

沈茂以为他会要千金万银的酬谢，谁知道他提出的只是一块玉片，随即又明了，所谓黄金有价玉无价，这种高门公子也许就爱收集玉片，便点头道：“公子所要玉片的成色，年份，出土的矿井，都可以告知在下，在下一定会竭尽全力，帮忙寻到。”

“不用如此麻烦，你只需将家中所有玉片都取来给我看，我挑选合适的便可了。”御凤檀一甩宽袖，从椅上坐正了身子，如此一句话，倒让沈茂更加奇怪，不过既然人家提出了要求，他便也只得点头应下。

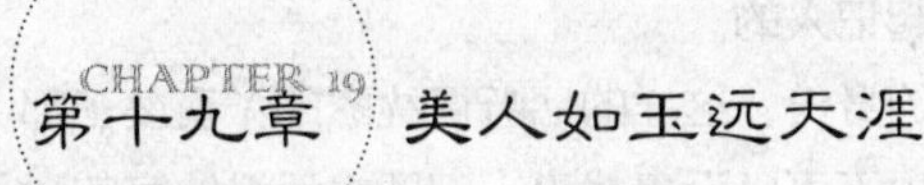

CHAPTER 19 第十九章　美人如玉远天涯

大雨洗刷了一整晚，整个扬州沉浸在一片烟雨朦胧的美好景象之中，柳枝长垂，拂过草地，拂过清水，一圈圈的涟漪荡开在弯弯的小河之中。

清早雾还未曾退散，族长带着长老，沈平以及族人再一次登门，而这一次他们的气势比谁都要凶猛，推开在门前阻拦的小厮和婆子，口中高喊道：“我们要见沈云卿，让她出来！”

众人没有发现，有一道灰色的身影，趁着大门处众人纷挤之时，也低头混入了其中。

高高的喊声在清晨的街上格外的响亮，从前院传到了后院。

“到底是怎么回事？”谢氏皱着眉头问道。

李嬷嬷眼底闪过一抹担心，道：“族长他们又来了。”

“怎么又来了！他们到底把我们当成了什么，怎么一而再，再而三地登门！”谢氏顿时瞪大了眼眸，眉宇间怒意盈然而上。

“他们说要大小姐出来，说是族中有事要商议。”李嬷嬷只是心底知道族人上门，肯定是没有什么好事，大小姐三番两次地弄退他们，他们没占到便宜怎么会甘心。

“不是说云卿这两天病了吗？她怎么出去见客，让她不要去了，我去便可以了。”谢氏这两日要去看云卿，却被云卿说身子不舒服，不想见人，她心内着急，此时不想女儿前去再见这群没廉耻的人。

翡翠得了令，转身就让人去阻止人通知归燕阁那边，过了一会，丫鬟带了话回来，说大小姐已经爬起来，换好了衣裳，去了前院了。

想到女儿病重之中还要去见那帮子畜生，谢氏便横生一股怒意，她一直都未曾和族人对

上过，今日她也要去看看，人究竟可以无耻到什么程度。

依旧是在前厅，依旧是那些人，只不过这次云卿脸上戴着轻纱，两旁的丫鬟也没有扶着她，她进门之后，便先请各位族人坐下。

族长见她戴着轻纱遮面，白纱之下，看不清她的容貌和表情，眼底却流露出喜色："云卿这是怎么了，出来还戴着纱帽了？"

云卿轻咳了两声，声音清亮却带着点孱弱："实在是不好意思，云卿前两日受了风寒，所以不敢轻易见风，以免病才稍好一些，便又加重。"

随着她咳嗽，族长和沈平微微地避开耳鼻，面上有些奇异般的兴奋。

族长越发和蔼道："自上次让你挑婿入赘之后，我们便回去商量了，既然如今沈家是你做主，那么你的名字也要正式纳入沈家的族谱才好。今儿个我带着族中人便是让他们一同看看你，然后商定日期，正式将你当作沈家后人。"

女子在出嫁之前，只是在族中有一个名字。只有嫁人之后，随着一起写入丈夫的宗族里，而这一待遇，也只有正室才会拥有，妾是不会被一起记入的。

如今他们这样说，便是打算承认云卿沈家家主的身份，这样的话听得沈家的丫鬟婆子都是一喜，只要将大小姐的名字记录进去，以后族人再不可以没事找事上门要求吞没沈家的财产了。

谢氏进门便听到这么一句话，心中却是喜悲交加，如今都四十天了，依旧没有沈茂的消息，其实她内心深处只是将沈茂还活着当作了一个希望，也是支撑她的一个信念，如今家中的重担已经压在女儿的肩膀上，只要族人承认，那便能轻松许多。

可惜，云卿并没有就此答应，她反而犹疑了起来，有些不确认道："这个不太好吧，我一个女儿家到宗祠里去，这……"

她声音里的不确定越多，族长的眼睛就越亮，他紧紧地盯住云卿，反驳道："你既然说了要招婿入赘，那么依着族中的规矩，定然是要上族谱的，如此你才能名正言顺地管理沈府的家产。若是你不去，那我还是要怀疑，你这般做法究竟是为了什么，是将沈府的财产都弄到手后，再嫁给他人！"

云卿立即厉声辩道："族长你休要乱言，我从未有这种想法，你们却总是想将这顶居心莫测的帽子往我头上戴，只怕你们还是在觊觎沈家的财产！"

族长对于这种论调丝毫不在意，他冷笑了几声："那既然如此，今日就在族中各长老叔伯面前好好地给认识一番，择日我便将你的名字写上宗谱，如此一来，对你沈家也有好处，对你更是名正言顺，你为何不肯！"

"是啊，族中都愿意接受你做家主了，你为何不肯与叔伯们认识一番，以后也好参加族中事务……"族中的宗人在一旁不解地说道。

面对众人的议论声，云卿身子好似有些孱弱地靠在了一旁的扶手上，强撑着一口气力道："云卿今日身子不舒服，改日再讨论此事可以吗？"

“这有什么，身子不舒服，与大家见一见便好了，你为何不肯摘下纱帽给各位认识一番，一个简单的事情为何到了你的手中就如此之难！难道说你不是真正的云卿？”族长说着，语调就有些阴阳怪气。

闻言，众人皆知，目光里猜疑，惊讶，疑虑。这些日子沈云卿所爆发出来的智慧让人惊讶，可若是眼前的人不是沈云卿，那就代表着沈家的一切全部都落在别人的手里了。

沈家若是无人接手，那么便可落入族中，人人可分一杯羹，此时在座的众人也都坐直了身子。

“谁说我不是真正的沈云卿了！你们可有什么证据！”

大长老在一旁摩挲着膝头道：“你也别动怒，既然今日大家都在，那么你便将纱帽摘下来，只要我们看到了容貌，便可知是不是你。”

大长老的话比起族长可是好听了许多，谢氏此时也从旁边走了出来，望着云卿道：“你便取下来给他们看一眼吧，免得他们说那些有的没的。”

她是为了云卿着想，可是云卿却飞快地往后面退了两步，避开了谢氏迎上来的手，这个举动让谢氏心中也是一惊。

女儿平日里和她最是亲近，此时竟然避开她，这……

她想着这两日云卿不让她进归燕阁，又看到今日她竟然可以入宗祠而不肯脱了纱帽，心中也起了疑云，难道，真正的云卿已经遇害了？

想到这个结果，谢氏只觉得身子摇摇欲坠，幸亏翡翠不着痕迹地扶着她。

而族长和沈平看到云卿退避的这一个举动，相互交换的眼神更加愉悦和欢快，看来他们办的事成了，百分百成了！

沈平立即站起来道：“云卿，既然你说不是，那么就在众人前给我们看一下，我们也不会纠缠于此了，你何苦要将小事化大呢！”

苦口婆心的话语得到了众人的支持，云卿在这种步步紧逼的环境下，轻纱下的容颜几乎可以看得到愁眉紧皱，一双凤眸扫过所有的人，最后目光停在了站在最后面的一个地方的一人身上，眸光中掠过了一道奇异的光。

她带着欲哭的腔调，很不愿意般地问道：“你们一定要看吗？”

“当然，我们只要确定真假，便可了！”族长道。

“那便给你们看好了。”云卿的声音带着一丝胆怯，还有一丝不甘，伸手将戴在头上的纱帽取了下来。

只见她一取下纱帽，一张漫布了点点红色小包的脸就出现在了众人面前，那红色包尖上还有微微的化脓痕迹，本来一张绝色的面容，此时落在他人的眼底，简直是一片惊悚。

沈平第一个大叫了起来：“这……这不是天花吗？”

此语一出，众人全部往后面退去，其中那些离得近的几乎是不要命地往后退。

天花，不分男女老幼包括新生儿在内，均能感染。传染性特别强，一旦传染上了，极难治好。

所以不仅仅族里的众人，便是云卿身后的一些丫鬟婆子都不可控制地往后退了几步。

云卿看着众人鄙夷的目光，泪水流了下来，她无法忍受众人嫌弃的目光，对着他们道："我之所以不能揭开的原因便是如此了，现在你们便可看到了！这样的我，还如何见人！"

而沈平在退了几步之后，脸上出现了惊喜的神色，口中大叫道："你既然得了天花，那就应该早早去外面的隔离所，怎可一直在家撑着！"

而谢氏也浑身发抖，她和其他人完全不同，她往前几步，眼眸睁大，不敢置信地问道："云卿，你怎么会染了天花，怎么会染上这种东西！"

天花不是随随便便的传染病，扬州城内一直都没有人染上，云卿这段时间又没有出去，接触的人也没有听说得病，怎么会染上天花啊……

她往前走，云卿一步步地往后退，随着云卿往后退的步子，谢氏泪流满面，泣不成声："云卿，你给娘看一下，看一下究竟是怎么回事啊？"

"不，不，娘，我也不知道怎么回事，自那日族长他们来了之后，第二天我就觉得不舒服，脸上长了疹子，结果，结果……就成了如今的样子了！"云卿摇着头，不让谢氏碰到她，"娘，你别过来了，天花会传染的……"

"对，天花是传染性极强的！赶紧让人把她送到隔离所去，这样才不会传染给别人！"沈平高声地喊道。

谢氏转过脸来，冷光透过泪水传了出来："不送！我决不要云卿送去隔离所，那地方偏僻又没有人照顾，谁知道有没有人管她，你们休想送我的云卿去那里！"

谢氏一把冲了上去，将想要拖云卿走的人推开："你们给我走开！走开！不许送云卿去隔离所！不许去！"

她两眼发红，如同护着幼仔的母狼，其他人都被她的气势镇住！

但是不过一会，人群又骚动了起来："要送，一定要送出去，要是传染出去，整个扬州城就完了啊！"

族长和沈平两人眼中闪过得意，眼下的情形不用他们再动手，其他的人也会害怕被传染，要将云卿送出去的，只要云卿送到隔离所，那么沈家的生意便无人管理，他们插手再也没有人可以阻拦了！

到时候再将谢氏偷人的事情掀开，将她和两个野种一起浸死……

想到这一切，他们两眼的光芒亮得惊人！

就在这时，忽然外面传来了一阵骚动，沈府的管事六子捆了一个丫鬟进来，丢在了地上，她一见到云卿，就吓得全身发抖，拼命摇头道："大小姐，你的脸，你的脸……"

云卿看着那个丫鬟，这是在她院子里的一个三等丫鬟，叫作小梅的。流翠在前头开口问道："小梅，你不是请假说要回家探亲么，怎么在这里出现呢？"

六子恶狠狠地对着那小梅踢了一脚："快点说，你前天鬼鬼祟祟地在茶水房做什么？"

小梅被这么一踢，浑身发颤，抖抖索索地道："大小姐，大小姐，你原谅奴婢吧，奴婢不知道那药粉是天花病毒啊，不然奴婢怎么也不敢下毒的啊！"

"什么，是你下的毒？！"流翠大声责问道。

"奴婢是收了银子，可是奴婢不知道那是天花病毒！求大小姐饶恕奴婢，饶恕奴婢！"小梅弓着身子，不断地将头磕在地上。

可是云卿没有半点动容，她望着那个丫鬟，眼底都是冷意："你告诉我，是谁指使你的？"

沈平突然插口道："奴婢可以等下再审问，你如今满身都是天花病毒，还不赶紧去隔离了起来，免得传染给大家！"

"要传染早传染了，再急也不急这么一会！"这一次，是谢氏毫不留情地说出硬气的话来，她两眼瞪着小梅，冲上去对着她就是一巴掌抽了下去，"说，究竟是谁指使你的！"

小梅只拼命地磕头，满口求饶。

谢氏看着她额头上的血，却一点都不心疼，忽然对着小梅冷笑一声："你不说是吧，我记得你是家生子，好，既然你不说，来人，将小梅和其家人，全部发卖出去！卖得越贱越好！"

卖得越贱越好的意思，便是送到最下等的窑子里去。窑子不是青楼，青楼还是有讲究的，而窑子则是最下等的人去的地方，姑娘从白天到黑夜不停地接客，连睡觉的时间都没有，据说去了那里的，不到三四年，就会力竭而死！

而主子点名要卖得贱的，待遇更差，男人则是送去煤窑里挖煤，随时会被活埋在底下，这是最残酷的发卖方式！

小梅听后，睁大眼看着谢氏，摇头道："夫人，你怎么能这么残忍……"

"残忍？你将我的云卿害成这样，你可知残忍了！"谢氏眼中没有一丝的怜悯，挥手道，"既然你不说出来幕后主使者，那么就是这个下场了！来人啊……"

一听谢氏发话，再没有回转的机会，小梅立即磕头道："夫人，夫人我说，我说，是沈平公子给了奴婢一包药粉让奴婢下到……"

突然一脚从半空中踢出，沈平将小梅踢得一下撞到了门上，咳出几口血来，他厉声斥道："一个奴婢的话，你们也相信，在这里拖延时间！沈云卿，你是想要将天花传染给大家！来人，赶紧把她给我拖出去，送到隔离所去！沈家的生意，由族中全部接手！"

几个男子手上戴着早就准备好的手套，开始蛮横地冲上前去，谢氏在前阻拦，还被推到了地上，云卿哭着大喊道："爹啊……你若是活着，就看看，看看他们是怎么对付我们的……"

"你不要喊了，再喊也没用，你爹早就死了，只有你们母女才傻乎乎地等着他回来！"眼看胜利就在眼前，沈平肆无忌惮地大笑了起来。

就在此时，只听一声大吼道："你们给我住手！"

众人皆被这饱含了怒意的嗓音震得停下了手，只见人群之中，一名穿着灰色长袍的中年男子走了出来，白面凤眸，看起来斯文儒雅，可此时脸上却全部都是寒冰一般的冷意。

谢氏看着突然出现的中年男子，一句话也说不出来，眼睛一眨都不眨地望着他，生怕一个眨眼眼前的一切就会变成幻象消失。

而李嬷嬷在激动之后，猛地大叫了一句："老爷，你可回来了！你看看，他们这些人，是要强行夺了沈家的家业啊！"

族长和沈平望着沈茂，一样的说不出话来，这么久不见，他们都以为沈茂死了，谁知竟然会在今日出现！他们安排在门口的人呢，怎么没有守住，竟然让沈茂进了府中，看样子，刚才的一切他都听到了！

沈茂不理会他们，走上去将谢氏扶了起来，谢氏这才反应过来，泪水如泉涌："老爷，老爷，你回来了……你终于回来了……"

面对爱妻的眼泪，沈茂心里发酸，可此时不是说话的时候，他点点头，然后转头望着一群突然静下来的人道："今儿个倒真是让我开了眼界了。"

他没有发怒，而是平平稳稳地这么一说，反而让族长和几位长老有几分意外，还是族长脸皮厚，反应快，立即道："你回来了，你回来了就好，既然你回来了，这沈家的一切也算是有交代了！"

沈平显然道行也很深，看到沈茂来，立即做出了哥俩好的神态，装出十分开心的样子，"你总算是回来了，这些天，我是担心死了！"

"担心我死不了吧，倒是让你们失望了！"沈茂冷冷地睨了他一眼，脑海里回忆他们刚才逼迫云卿和谢氏时那副嘴脸，手指紧紧地握成拳。

云卿站在后面，看着沈茂的动作，好，好，爹回来了，爹终于回来了。

她长呼了一声："爹，女儿苦等了将近一个半月，你终于回来了，如今女儿得了天花，也不能在家传染给了他人！"

她说着，走上前跪在沈茂和谢氏的面前，眼底含着泪花，凄楚道："爹，女儿得了天花，也不可能在家了，去了隔离所，不知道还能不能回来，只能给你和娘磕上三个头了！"

她不说话还好，一说话，抬起那张脸，沈茂心里就如同一把刀子在割着，他如花似玉，如珠如宝的女儿啊，竟然被这帮子畜生用这种方法陷害，他忍不住地伸出手要去摸云卿。可云卿见此却连忙往后退了几步，脸上都是泪水，一个退步不稳，便坐在了地上："爹，别碰，女儿有了天花，会传染给你的……"

沈茂前进一步，云卿就往后退一步，看着女儿眼眸里明明想要和他亲近，却因为天花而不敢的眼神，沈茂的泪水当即就流了出来。

外面传来熙熙攘攘的大叫声，一个婆子被推得摔了进来，口中嚷道："老爷，有官府的人来抓小姐了，说有人举报，小姐得了天花，要送去隔离所。"

一群如狼似虎的官兵戴着口罩，手中戴着厚厚的棉手套，冲进来便看到跌坐在地上的云卿，粗鲁地将她扯了起来，"方才有人去衙门举报，说贵府小姐得了天花，按照大雍的律例，得了传染病的一律关闭在城外隔离所！"

他们例行公事地说完，拉着云卿往外拖，谢氏和沈茂都跟了上去，谢氏伤痛欲绝地哭喊道："不，不，云卿啊……云卿……"一个步子不稳，谢氏就扑倒在了门槛前，翡翠和琥珀两人上去，怎么也拉不起悲痛欲绝的谢氏。

看着在一旁哼哼唧唧的小梅，谢氏劈头盖脸地就打了下去，完全没有平日里一点温婉的模样，她实在是气得太狠了。

李嬷嬷怕她把小梅打死，等会没人做证，赶紧阻止了她，谢氏口中喃喃地骂道，又想起是沈平指使的，便由翡翠和琥珀扶了她起来，走到沈平面前，厉声道："你这恶毒的，黑心肝的，是你去衙门举报的是吧，只有你知道云卿得了天花，才会速度这么快的叫了官差来！竟然给我女儿下天花病毒，沈府的财产你就如此觊觎吗？我家云卿一个女儿家撑起整个沈府容易吗？为何你们要一而再，再而三地和她过不去，如今她去了隔离所，那就是九死一生啊……"

谢氏骂着骂着将所有的痛苦都说了出来，她指着族长，指着长老道："你们一个个趁着老爷出事之时，想要谋夺我沈家的财产，谋夺不成便暗地里使坏，你们算长辈吗？算族中的长老吗？你们这帮子人简直是狼心狗肺，猪狗不如，老天打雷怎么不劈死你们这些人……"

族长和长老被谢氏骂得脸如猪肝一般涨红，族长首先顶不住地骂道："谢氏，你像什么话，你知道辱骂族长和长老是什么罪吗？光凭这一个罪名，就可以将你打死了！你若是还想做我沈氏的媳妇，就注意点！"

沈茂看着女儿被衙役拖走，生死难料，妻子所说句句属实，泪滴如血，他只觉得昏天暗地，看着那帮平日里靠着他吃饭的族人，突然觉得愤怒得很悲哀。

眼见到了这个时候，族长竟然还在指责谢氏，没有一点自责，他满腔的愤怒和悲凉，终究化为了一个动作，走上前将哭泣的谢氏搂在怀中，拉着脸对着族长一挥手道："下个月十五，我沈茂一支，分出沈氏宗族，从此以后和你们再无关系！"

旁边所有沈氏族人顿时都惊呆了，如今沈氏宗族的大部分人都是依赖着沈茂而活，若是沈茂分了出去，那族中的一切不都是会跟随着消失吗？

大长老首先站出来劝道："沈茂，此事绝对不可啊，我们沈氏一族数百年大族了，怎可你这样分出一支去，若让人知道了，对族里，对你的名声那都是有损害的！"

损害？

沈茂讥讽地一笑："你们在逼迫我妻儿的时候有想到名声吗？你们在给我女儿下天花病毒的时候，有想到名声吗？我沈茂别的不说，这么多年对族里一直都没有亏待。既然你们不曾真正将我视为族人，那么我也不必再念着族宗的一切！以后咱们各分各宗，各管各事！"

这下不止大长老，二长老也急了，知道今日是将沈茂彻底给惹疯了，面带焦急地劝道："沈茂，你别急，此事虽有不妥，但是族中也是为了你好……"

"欺负孤儿寡母是为了我好？真是天大的笑话！那劫匪杀光全家，还对你说，是对你好，你相信吗？！"沈茂虽然模样斯文，可骨子里并不是个好说话的人，否则也不能将沈家的生意越做越大。

大长老二长老到底脸皮薄，一下接不上话来，族长却气得胡子直吹，瞪眼道："好你个沈茂，你还有理了……"

方才的一切，沈茂都看到了，最可恶的就是族长和沈平，眸中染着怒焰，道："我当然有理，今日站在这里的沈氏族人，你们个个扪心自问，这些年，你们需要的，我能出便出，你们若是要人脉，我也动用自己的一切人脉。你们说族中祭祀缺钱，我也毫不犹豫地出钱，可是你们如今所做的是什么！在我失踪的日子里，你们不但不扶持，而且还落井下石，这就是你们的理了吗！"

一番话说得那些族人都惭愧了起来，他们是被一时的贪念蒙了心，想起平日里沈茂所做的，也的确挑不出什么错处来！

"你还在这里强词夺理……"族长厚颜，还在指责。

沈茂目光掠过他的脸色，冷笑了一声："我唯一做错的就是没有散尽万贯家财，把钱全部送给你们！"

他顿了一顿，冷着脸对着他们道："你们还不走是吗？"转头便吩咐道："叫护院和婆子全部过来，一刻钟内，要是还见到有沈氏宗族的人留在府内，全部用乱棒打出去！打出一个，老爷我重重有赏！"

他的话一出，那些护院和婆子纷纷找来了趁手的东西，刷子，扫把，反正是能拿就拿，只等着一刻钟过去，若是还有人留在里面，就上去死揍！

他们不仅是为了银子，也觉得这些人实在是太过讨厌！

眼看今日再没有回转的余地，其他族人灰溜溜地走了，大长老二长老也跟着走了，就在沈平也要转身走出去的时候，沈茂却叫来了人，直接拦住了他，将他捆绑了，和小梅一起送进了衙门，沈茂特意吩咐木森到账房支了一封厚厚的银子，让衙门的人好好"招待"他们。

接着又吩咐了李斯拿着银子，赶紧去给隔离所的看守官送银子，让他好好地照顾云卿，然后再请扬州所有有名望的大夫，看谁愿意去看诊，出诊费一百两起价，看好云卿后，沈家还有重谢！

沈家一事不到半日便在城中传得沸沸扬扬，沈茂回来的消息也让所有商家不由得一震，那些在这一个多月内动了手脚的，更是夹紧了尾巴，只想着怎样才能不惹怒沈茂，而当听到沈茂要自立宗祠时，便知道是一个好机会。

于是接下来，沈家族长，大长老，二长老所开的店铺，开始出现毁灭性的生意凋零，每日里的进账几乎为零，因为扬州的商人都知道，若是以后要和沈茂打好交道，那就绝不能再和沈氏的族长他们关系好。

失去了沈茂银钱支撑和名望支撑的沈氏宗族，一日比一日的败落，自此以后，渐渐没落，而沈茂这一支分支，日后渐渐成了扬州沈氏的主要支干。

当这事传到御凤檀耳中的时候，已经过了两天了，他刚从扬州周围的其他城镇回城，便听到这么一条消息，惊得几乎脸色都变了，素日里那轻佻肆意的模样瞬间从他脸上消失，一把跳上了马后，快马加鞭地往城外的隔离所方向而去。

云卿，云卿，怎么会得了天花呢？！

沈氏宗族的人实在是太可恶了，太可恶了！竟然给她下这种十人中会有八人丧生的病毒！

他只觉得心里有一只长着利爪的兽，在他的脏腑里翻腾，将他的心弄得七上八下，节奏全乱，他脑海里都是易劲苍所传来的消息。

云卿被衙门的人拖去了隔离所！

隔离所！

御凤檀眼中只有这么一个目标，手中的马鞭一下紧接一下。一看到郊外，那孤零零，黑乎乎的简陋屋子，他连下马的时间都不能等，就在马儿疾驰之时，用轻功踮脚飘落了下来，吓得隔离所的看守差点没惊到。

“两日前被送来的沈家小姐在哪？”御凤檀两手紧紧地握住看守的肩膀，着急地问道。

被他急切的模样所吓到，看守指着左手边的一处小屋子道：“在，在左手第三间屋子。”

话音才落，便见一阵白色的风瞬间刮进了屋内，御凤檀一脚踢开了门，看到屋中的女子……

金色的阳光从窗外透进来，洒在少女的脸上，云卿坐在向阳的小桌前，手里拿着一盒东西，正在对着镜子梳妆。

只听门口一声大响，屋外白影如光地闯了进来，还未待她看清眼前之人时，身子就已经紧紧地被人抱住了。

淡淡的檀香香味萦绕在鼻尖。

云卿在一瞬间的怔忪后，立即反应过来了，这个香味，她并不陌生，是御凤檀，不过，他这个时候出现在这里是为了什么。

被紧紧的一抱之后，御凤檀又松开将云卿身子推在他面前，视线死死地扣在她面上的红点上：“你……你怎么会得了天花的？”

云卿被他握住肩膀，那处传来的大力让她略微蹙眉，不自在地耸动了一下，想要将施力的手松开，可是御凤檀握得那样的紧，好似生怕一松手，云卿就会消失在面前一般。

被人控制动作的感觉十分不好，云卿不悦道：“世子，你的手捏痛我了。”

御凤檀这才意识到他手使上了多大力气，略微放松了些，却没有将手从纤细的肩膀上移开，狭长的凤眸中带着闪烁不明的光芒：“你的脸，有没有请大夫来看过？”

容色绝美的小脸上布满了红色点点，看起来很是恐怖，御凤檀看着却觉得心疼，他伸出手就要去抚云卿的脸。

云卿见他手过来，迅速地转开脸，咬牙道：“世子殿下，天花是传染的，你还是早些离开的好！”

“我不怕，大不了我也得！”御凤檀此时心疼得不行，就几天没有关注她，她就惹了一身天花回来了，这些该死的沈氏族人！

“世子殿下就不要和民女开这等玩笑了！”到底由于不能转身，动作有了限制，御凤檀温凉的指腹还是擦过了她的脸颊，御凤檀抬头正要开口，望着云卿脸上划出来的一道红痕，狭眸中掠过一道暗光，垂眸看了看自己的指尖，也有一点嫣红落在上面！

他微眯了眸子，咬牙将双手从肩部改为扶住她的头：“要得咱们就一起得！”

他突然把脸对着云卿的面上靠了过来，放大的俊颜猛然侵袭过去，御凤檀将自己的脸狠狠地在云卿的脸上贴着用力地摩擦：“我不怕传染，要是传染了，我就跟你一起住在这里做个伴好了！”

突然而来的举动，将云卿吓了一跳，男子滑腻富有弹性的脸颊死死地和她的脸颊贴在一起，那温热的气息从一个人的毛孔透出传到她的毛孔之上，如此亲密，让她不由得一呆，心跳都有些乱了频率。她不知道御凤檀怎么发疯了做这个动作，直到他将脸在她左右两边贴了个够，终于分离开，而现出两边变得通红的脸颊时，云卿才知道，他还是发现了。

御凤檀的手指不由得收紧，望着云卿那双清透的眼，狭长的凤眸中透出复杂的光芒：“你要如何说？”

“我没有什么要说的。”云卿垂眸，转过身，望着小桌上水银镜子里女子满脸的残粉，拿起一块丝帕将脸上的残余擦拭掉。

“你为什么要这么做？”御凤檀的嗓音里有着轻微的颤抖，他在听到云卿得了天花后，第一时间便赶了过来，甚至让易劲苍立即给汶老太爷传信，让他立即将能诊治天花的方子传过来，当他带着火急火燎的心情来时，看到的是什么？

她的脸上，全部是用粉涂上去的“疹子”印记，这一切都是假的！她根本就没有中天花的病毒！

透过镜子，云卿看到自己花掉的容颜，而在她的背后，是男人好看到让人窒息的脸，同样残粉斑驳。素日里潋滟流波的凤眸，此时却夹杂了复杂的情绪，仿若一条清澈的溪流，在半途撞到了一处莫名的物品，无法再徐徐流下，积成了一汪深潭。

“没有原因，我就是愿意这么做。你现在看到了真实的情况，若是要告诉其他人，就快点去吧。”云卿似漫不经心地用帕子沾了花水，擦着脸颊。

这一句话，似乎将御凤檀给惹怒了，他一下子将镜妆前的女子拉起来：“你是故意的对不对，你是故意装作中了天花，惹怒你父亲，逼着他从宗族里分出来，对不对？！”

云卿望着面前男子带着薄怒的面容，却又像是心疼的表情，很确定地点头：“世子果然聪明。”

当初沈平带着一群人和家中婆子推搡的时候她便觉得不对了，再到后来沈平突然态度转好，要喝茶以示友好，她心中便存了芥蒂。虽然当时并不知道杯子上抹的是天花病毒，可她生了戒心，根本就没有用手接触杯子，而是用衣袖包住，倒在了袖口里。

事后她让人将小梅关了起来，再一审问，便知道了事情的前因后果，又查出那在杯中的是混杂了天花病毒的粉末，心中便生了一计。

当然，沈茂的出现是一个意外因素，本来她只打算彻底将族人关在沈府的门外，沈茂的出现，让她将中了天花这个事坚持扮下去。

她知道，要让沈茂脱离宗族，之前发生的事还不够，只有在眼前给他的冲击还有可能，而她这个女儿被官府拖走的一幕，绝对能给沈茂重重一击。

对于她的赞誉，御凤檀没有半点欣喜，反而更加生气，他指着隔离所周围的物品和东西，“你这样的确是可以达到目的，可是这隔离所住过的都是有传染病的人，你有没有想过来这里，也许真的会被传染。”

“这里上上下下都消毒了，我住的地方是重点让人打理过了的。”这些根本就用不着云卿操心，沈茂早就将隔离所的所长和看守用银子打点好了，她住在这里，除了条件差点，没有人伺候，并没有什么大的区别。

望着云卿脸上根本就不在意的表情，那一种云淡风轻般的语调让御凤檀深感无力，他该如何跟她说，她不在乎不在意，可是他在乎他在意。

“你以后不要再如此费心机了，这里虽然是消毒过，可始终是不安全的，你若是想脱离宗族，告诉我便是，我有的是办法让他们答应。”

他的声音有些喑哑，在平日的慵懒磁性之中又夹杂了一种淡淡的愁绪，云卿抬头望着他，凤眸里浮起了一抹笑容：“世子殿下，你身份尊贵，想要做的事情，都可以凭借着天生的尊贵而做到，而云卿只是一介商女。我所要做的每件事情，都必须经过反复地想，反复地算计才可以做到，若是让我都不用心机，也许云卿早就死在这里了。”

重生以来，她所遭遇的事情，若不是她处处留心，如今她不知已经是什么身份了，是被齐夫人陷害成淫妇？还是被黄氏下药成为继室？或者是被贼人卖去做了青楼妓子？再或者，中了天花等老天爷决定生死？

她的神色很冷，眼底黑得如同沉沉的暗夜。御凤檀听着她的声音，在柔软的嗓音里透着一股深藏的悲凉，他一直都觉得她很聪明，还有些女子的狡黠可爱，如今他才发现，在她的外表下，心内似乎藏了一个很深很深的秘密，她不愿意告诉任何人，也不愿意对人开放心扉。

这个任何人，也包括了他。

“我不是那个意思……”望着云卿那挺直的腰背，冷静倔强的表情和那双明明如同烈焰在燃烧却偏偏带着生人勿近气息的双眸，御凤檀只觉得喉咙有些干涩，说起话来远没有开始那样利索，云卿的心里，究竟藏着什么，她才十四岁，又有什么深不可见光的东西藏在心底呢。

“世子的意思如何并不重要，只是如同世子所言，隔离所里都是传染病人居住过的，还请世子早点出去，以免染上病毒，届时连累云卿！”她冷淡地抬起眼眸，轻轻的声音将御凤檀的怒火彻底地点了起来，他一把将云卿拉到了面前，狭眸里的光芒几乎要从他的眸中折射到云卿的脸上。

“沈云卿，你究竟知道不知道我为何要来这里，这么久，你连一点儿我对你的心意都感觉不到！一点也感受不到！”

痛愤的气流从薄唇中吐出，刮过云卿的肌肤，御凤檀的狭眸几乎眯成了上飞的斜线，他的声音带着深藏压抑的痛苦。

“我知道，我当然知道，你们这些皇孙贵胄，看上了的东西，就会拼尽全力去得到，如今云卿便是你看中的一样物品，就像一个别致的花瓶，你费尽全力地想要得到，想要收藏起来！”

御凤檀心头涌上一股喷薄出来的恼意，他是想要得到她，想要将她收藏起来，可是他想要的“收藏”和她所说的完全不同！

光线暗淡的屋内，靠着墙角的烛火，将整个屋子照得透亮，烛火朦胧，云卿的容颜映出一层红粉，晶莹得似能反射剔透的光芒，嫣红色的长裙裙摆绣着晶亮的月石，如同一颗颗星子在闪耀，衬得佳人越发夺目，美人如玉。

可这个美人，近在咫尺，远在天涯。

今日御凤檀冲门而进的举动，若是她再不明白，也实在是矫情了些，经历过上一世的短短一年的婚姻，她也知道男女情爱。

御凤檀冲进来的时候，那双漂亮的狭眸中夹杂的担忧和焦急并不作伪，可偏偏是这种不作伪，让她更要保持和他之间的距离。

他三番五次地刻意接近，默默地出手相助，面对如此出色的男子，作为上一辈子也不过二十出头的云卿来说，没有一丝的悸动，那绝对是谎话。

但是，这种悸动不代表她冲动，她更清楚现实的一切。

他是天子的侄子，他是瑾王的世子，他是京城里风头最盛的男子，所有美好的，尊贵的头衔都集中在他头上。

天之骄子，要配的都是金枝玉叶，高门闺秀，而她和他之间的距离，不是一条鸿沟可以概括的。

上辈子她嫁给了耿佑臣，他还只是一个侯爵，她便在众人的嘲讽和轻视中度过。每一次出席宴会，面对的全部都是不屑的目光。

她只愿这一生，能与家人平安，与父母，祖母，弟弟一起好好地过完。

他们不适合。

既然不适合，那便早些断了。

再说……

云卿眨了下眼，上一世里，御凤檀剩余的时间，只有几年了……

不知怎么，这个认知，让云卿的胸口如同被锤子捶打得胸腔里一阵阵震动，似乎痛又似乎闷。她抬起头来，却望到那双平日里流光溢彩的眸子，此时透出一丝让人心软的黯淡，他眨了眨眼，浓密的睫毛因为两人过近的距离，带起的风好似都能掠过云卿的脸。

“云卿，我喜欢你。”

他的嗓音沙哑里夹杂着隐藏的霸道，像是表白，又像是宣誓，眸子定定地望着云卿，似乎要将她脸上的每一个表情，每一个细节看得清楚明白。

扑通。

心脏突然一下乱了一个节拍，美好的俊颜就在眼前，云卿觉得空气里都有一种压迫感，她的呼吸变得阻滞。

御凤檀在说什么？

仿若知道她心里的问话，又或者这一刻，她心里的所想都没来得及掩藏在心底，御凤檀慢慢地俯下身子，在她耳边重复道：“云卿，我喜欢你。”

假如她不清楚，不明白，那么他就说清楚，说明白。

呢喃般的轻语从耳边钻入了脑中，仿若一下子顺着血管钻进了心底，云卿觉得身体传来一瞬间的酥麻。

她侧头，正好看到男子的大半个侧脸，完美的弧度勾勒出他绝美的容颜，他的嘴角微微翘着，有着平日里的风流肆意，眼底却是一片认真。

两人便如此对视着，待到那酥麻的感觉消失后，云卿才眨了一下眼，仿若要将所有的一切都隔离在睫毛之外：“可是，我不喜欢你。”

御凤檀先是一呆，接着一笑：“没事，我不在乎。”

没事，我不在乎。

这六个字，让云卿忽然想起，那一年，她在被人指责之时，遇见了出言相助的耿佑臣，那时候的她饱受众人的讥笑，只有他轻声言语，好似天神一般，她就被他温柔的模样所吸引。

再后来，两人时不时地巧遇，一颗芳心渐渐就落在了他的身上。

直到有一天，他说要对父母提亲，要娶她做正妻，那时候她是怎样的心情，雀跃的，欢喜的，也夹杂了不安和忐忑。

她问他：“我只是一介商贾的女儿，你却是侯爷，娶我，这样好吗？”那时候的她，也一样担心两人地位的悬殊。

他的脸上满满的温柔和爱意，轻柔地拉起她的手：“没事，我不在乎。”

后来，又变成了什么样子呢……

耿佑臣在娶她的同一天，也迎娶了韦凝紫，新婚之夜的他，留了半夜，就去了另外一个女人的床上。婚后三个月，他又纳了小妾。这些她以为早就忘记了的记忆，一下就涌了上来。

最后，她由妻变妾，成为了笑柄之后，再用全家人的鲜血给耿佑臣的官途铺就了道路。

她和御凤檀也如此，相差得太远，太远，他如今的“没事，我不在乎”也许在以后的某一天也会同样变成一把倒悬在梁上的剑，说不定什么时候就会掉下来刺穿她的身子。

同样的错误，犯第一次，可以说是无知，可以说是不小心。若是再犯第二次，那便是愚蠢，即便下场凄惨，也由不得人同情。

沉默了许久后，云卿才开口道："以后世子不要再突然闯入我的房间，否则我会对你不客气。"

御凤檀闻言身子一僵，垂眸望着她，她那双凤眸又好似有雾气弥漫，看不透里面的神色，"你……很讨厌我？"

讨厌他？云卿心内摇头，她若是讨厌他，也不会一而再，再而三地允许他接近自己了。

见她并没有点头，御凤檀心下稍松，至少云卿不是讨厌他，那么他还有机会的。"你早点'好'，早些离开这里，我……先走了。"以后还会来看你的。这句话，御凤檀并没有说出来，这个时候，他不能再惹云卿生气了。

见他就要离开，云卿点点头，准备目送他离开，谁知他转身往外走了几步，突然翻身，趁云卿没注意，飞快地在她脸上亲了一下，然后纵身，又如进来时一般匆匆而去。

"你别走！"云卿瞪大了眼睛，高声呼唤。

御凤檀好不容易偷香了一下，岂会再停下来给云卿再骂，连奔带跑，愉悦地翻身上马随风而去。

云卿摸了摸脸颊那轻轻的触感，只觉得脸颊发烫，站着发了一会呆，喃喃道："这傻子，满脸的红色胭脂跑出去，喊都喊不住。"

在隔离所住够了十五天之后，官府派来的三名大夫一齐诊断确认云卿的"天花"奇迹般地好了。既然病已经好了，自然再没有理由将她关在隔离所，自然送回沈府。

沈茂回来，沈府里又恢复了往日的景象，借着这次装病事件，云卿还除去了府中另外几个深藏的"探子"，不知怎么，这一次她回来，总觉得所有都不一样了。

谢氏和沈茂早早就站在院子门前等待着，一看到云卿，谢氏便泪眼盈盈，这些日子她为了给云卿祈福，日日吃斋念佛，只求老天爷能让云卿好。

此时谢氏拉着云卿仔仔细细看过了之后，见她无恙，又是激动又是开心，李嬷嬷更是双手合十，望着天道："老天爷还是有眼，大小姐好了，好了，多谢老天爷。"

谢氏也点头道："过几天，我们去还愿，多谢菩萨保佑。"

沈茂站在一旁，脸色也颇为激动，但究竟是男人，并没有像谢氏那样外露，可是眼底的神色还是流露出他心中巨大的喜悦。

在谢氏这坐了一会后，云卿又去给老夫人请安，自沈茂回来后，老夫人的病也一天天好了起来，似乎大病之后，老夫人的性格也变得柔和了许多，如今手中拿着一串佛珠，谈笑间平和了不少。

一家人和和美美地吃饭说话，仿若上一个月的事情都不存在过一般，既然过去了，就不要再提起了，沈氏宗族的人后来也曾寻上门几次，可是都被挡在了门外，只等十五一到，沈茂就将自己这一支迁出，以后再选宗庙地址也不迟。

云卿微笑着，微垂了眼，吃着谢氏夹的菜，无比的舒心。

待到第二日，沈茂却让人将云卿叫到了前院书房，云卿到了书房的时候，推门进去，只见沈茂站在书桌前，看着一幅大展宏图的画作，若有所思。

“爹。”

听到女儿的声音，沈茂转过头来，眼底都是疼爱：“你来了。”

“嗯，爹叫女儿过来有什么事？”云卿坐到了椅子上，望着沈茂，见他神色凝重，脸色肃正，显然是有正经事要说，而且，还是大事。

沈茂见云卿脸上神色，便知她已做好心理准备，泰然转身，走到另一处的椅子上坐好，方徐徐开口道：“李斯与我说了，这一个半月你掌家，做得极好。”

做得极好。

这句话是沈茂给予人的最高评价，他作为商业巨贾，自己本来又极具才能，能这样让他夸奖的人不多，更何况是对着自己的女儿，这便是真正不带一点虚假的夸语了。

她望着这次回来后，眼底明显多了一些东西的沈茂，露出了和软的笑容：“有爹教导，才有女儿的今日。”

沈茂一顿，然后重重地点点头，女儿若是男儿身，就更好了。

书房内静悄悄的，秋日的高阳照进来，明晃晃地将飞舞的灰尘都衬得肉眼可辨，一缕光芒俏皮地停在云卿蓝色的绣鞋珠子上，好似温顺的小动物，散发着暖意。

“今日爹让你来，是想和你商议事情，你已经知道‘瑶光缎’之事了。”沈茂抬头，看着女儿越来越出众的面容。

“爹是要说参加今年皇商竞选之事吗？”和瑶光缎扯上关系，又是这个时间，云卿隐约知道父亲要说的是什么事了。

沈茂点头：“你之前已经上报‘瑶光缎’参加皇商竞选，此事和我想法一样，如今缎料我已经安排人送到了官府那边，也打点好了，我们沈家一直以来，都安居江南，没有参加过皇家的任何竞选。此次做出这样的举动，也是形势所逼，柳府如今败落，我们这一支又从宗族分出来，会面对各方面的问题，能选上皇商，自然能让各方面有所顾忌。”

云卿垂着眼眸，父亲如此和她交谈，已是完全在和她商议事情。在掌管沈家的一个半月，各路打秋风的亲戚，要好处的官员，数不胜数，在没有柳家的庇护下，的确要多许多的事情，自古民不与官斗，商人也是民，也不能和官斗，但若有了“皇商”这个名头挂上，也算是半官半商了。

沈茂见她认真在听，又接着道：“前两日我得知了一个消息，今年明帝登基二十年整，自运河冰破天暖之后，便令四皇子代其南巡，本月月底将会抵达扬州，明帝甚为有兴，御驾将亲临扬州。”

云卿心中扑通一声，还是来了。这一年，四皇子代帝亲自南巡，也是在这一年入住了沈家荔园，只是上一世明帝并没有亲自南巡。那时沈家倾尽全力地供着最好最佳的一切事物给四皇子使用，并展现了游龙十八柱给四皇子看，沈茂的本意是竭尽全力伺候好天之骄子，谁知最后竟然会惹来妒忌，导致沈家覆灭。

此时的沈茂心内是兴奋的，他没有注意到云卿有些发白的脸色，笑着道："其他的已经开始争取这次陛下南巡招待的机会，还好我回来得不算迟，如今刚好还是报上去了……"

"爹，招待皇家的事太过危险，万一出了什么，我们全家岂不是全部要牵扯进去。"云卿转过头来，飞快地说道。

沈茂没想到云卿会说出这样的话来，他本认为这事云卿一定会赞同，此时听到的却是反对的声音，不由得将视线转移到她的脸上。发现云卿脸色带着些虚弱的白，身子看起来也弱了，转而想到之前女儿应付了那样多的事务，定是心里害怕了。

再者，的确如同云卿所言，皇家招待好了，那么沈府一定是光荣之至，可若是一旦出了什么意外，沈府整个府中所有的人都会受到牵连。

但是作为一名成功的商人，也明白一句话——富贵险中求。

"你说得没错，但是我们沈家是第一次参加皇商竞选，比起其他参选的，并没有经验这方面的优势，若是能成为陛下南巡的驻跸之地，那么今年的皇商竞选，十有八九我们能上。"

云卿从一开始就明白沈茂的打算，可是上一世的记忆实在是太深刻了，她永远都记得当她知道沈府被灭门时，身体里每一寸血液都变得冰冷时的感受。

她抬起头，凤眸里的光芒幽闪，声音灼灼道："爹，虽然我们沈府没有这方面的优势，可是论起江南织造来，又有谁不知道沈家的名声。全国二十六个州府，江南的八州，又有谁不知道沈家的名号，光凭这一点，我们根本就不需要再靠接圣驾来争取了，再者若是此次接了圣驾，必定会让我们沈家在国中的名号广为传念。届时，谁不知道沈家的富贵，谁不知道沈家的银铸祠堂，祸事起于贪念，到时候若是再来像族长他们这样的人，又比他们更有权势，更加阴险，我们沈家又如何抵挡？！"

沈茂不敢置信地望着云卿，他没想到只是单单接驾一事，就能让女儿说出这样的话，心头涌出一股难以言明的滋味，却又不能发作。

因为这话，不无道理。

云卿见他已经犹豫，便再接再厉道："爹，我们沈家在江南已有两百年的历史，与大雍开国时间相差无几。即便是没有参天大树可以依靠，可凭着我们沈家的名号，也无人会随意陷害。如今家中有两个弟弟，若爹不放心，好好培育他们，他们参加科举，走上仕途，一样能庇护我们沈家。也许爹觉得女儿今日所言是有些危言耸听，可你不知道，这一个月来，女儿看过的嘴脸太多，他们所为的种种皆是为了'利'字，这天下大多数的人，都是为利来为利往，沈家在他们的眼中，就是毫无保护能力的肉，一旦暴露出来，那便会遭遇恶狼的利齿。"

她说着想起前世的事情，泪水不知不觉地滚落了下来，一滴又一滴地坠落在烟霞罗裙上。

沈茂忽然重重地叹了口气，站起来走到云卿的面前，低头看着泣不成声的女儿，将她搂在怀里，抚摸着柔软的发髻，只觉得心里一酸。

"别哭了，你真的是让爹意想不到，如此年纪，就要考虑如此之多。这一个月来，你受的苦太多了，都是爹没将你保护好。"

沈茂满脸的自责，若说宝贝，谁家的女儿有他的宝贝。他就这么一个掌上明珠，恨不得把所有的好东西都给她，可是就是这样捧在手心的女儿，却懂事得让他心疼。

没有经历过大苦大难的人，是看不透这些东西的，便是他，也没有想到那些地方去，只是想着能得了庇护，好好将沈家发扬光大。

云卿捏着帕子擦了擦眼泪，哭过这么一遭，心里似乎好了许多，又听得沈茂在头顶上说："本来爹还准备将荔园再修整一番，添些东西进去，再去打点一番，让知府和江南巡抚多推荐沈府，可今日你所言，也的确有理。沈府的名已经报了上去，我也不好再去将名号抽出来，以免被人构陷，说沈府不尊皇恩。若无打点，其他家的机会会更多一些。"

云卿心里惊喜，未曾料到沈茂如此顺利地就答应她的话，父亲一直是胆大求富的，她还以为自己必定要花上一番心思狠劝才能让他打消这个念头。

其实若是以前的沈茂，也许云卿很难说服他，可是经历了泥石流一事后再回来，沈茂已经有一种物是人非的感觉，面对那些曾经携手同游，举杯共饮的人，他只觉得心酸。

也是因为如此，他也知云卿所说的世人熙熙皆为利往这句话里面隐藏的危险。

"云卿。"沈茂忽然轻轻地唤上了一句，声音里都是疼爱。

"嗯。"云卿应了，抬头望着他，可以看到沈茂已有几丝皱纹的眼角含着的笑意。

"爹回来了，你不要再担惊受怕了，好好上学，做个每日里穿衣打扮，看书绣花的女孩就好了。"

云卿点头，她希望有一日，也可以如此安然。

在家休息了两日，云卿又重返了白鹿书院，停了快两个月的课，再出现在学堂里，她都有一种恍惚的感觉，好似又再重生了一次，又坐在同样的地方。

这天，沈茂欣喜地走进屋中，手里拿着一幅卷轴，道："云卿，南巡陛下的驻跸之地已经选好了，就在咱们府中的荔园。"

不知怎的，听到这个结果，云卿毫不意外，有些事大概是避不过的，她淡淡地笑了笑："那父亲可要准备了，还有不到一个月的时间了。"

沈茂拿着这卷轴心情很复杂，一方面觉得是荣幸，一方面又想起云卿的话，此时看云卿面上表情却不是很反感的模样，脸上就显得精神了许多："是的，知府那边会派宫里先行的嬷嬷过来，将荔园中的一切按照宫中所用的改造一番，时间紧迫，府中也有很多事情要做。"

沈茂兴奋地走了两圈，然后又抬头道："知府还说，这次巡查，是瑾王世子和四皇子两人一致点了我们沈府，务必要招待好。"

一致都点了沈府？

云卿闻言心中微动，御凤檀点沈府，她多少还能理解。可四皇子，他为什么也点了沈府？没有上下打点，那些官员是不会在他面前说沈府的好话的。难道上一世南巡来沈府，也是四皇子钦点的吗？

不管云卿怎么想，这一世到底还是没有避开接驾之事，而沈府被钦点为圣驾驻跸之地一下就在扬州传开了，人人都知道沈府会成为天子的停歇地，对沈府更是高看一等。

“你说他们怎么就有那运气，扬州这么多豪商院子，偏偏就点了沈府的？”听到这个消息，谢姨妈气怒地抓着杯子就摔到了地上。

韦凝紫看了她一眼，咬了一咬嫣红的唇，道：“听说这次除了陛下外，皇后，四皇子都会来，沈府可是会好好露脸了。”

谢姨妈转头望着她，“那岂不是给沈云卿露面的机会？”年轻的皇子住在荔园，虽然有墙相隔，若是谢氏想要沈云卿夜里和哪个皇子勾搭上，那还不就勾搭上了。到时候就算是做了皇子的妾室，不是又比她身份高了一等。

“那咱们也借住到沈府去，就不相信没机会接近皇子。”谢姨妈厉声道。

韦凝紫叹了口气，道：“娘，如今你连沈府的门都进不去，如何借住，再说，咱们有院子在这里，又怎么找理由去住？”

谢姨妈抬头望着这装饰精美的屋子，咬牙狠了狠心道：“你等着，娘自有办法，沈府想一个人攀权附贵，没那么容易！”

傍晚一辆马车从韦府中驶出，到了一处偏僻的小酒楼里，停了下来，一个身穿海棠色锦缎袄裙的美妇从上走了下来，左右顾了一圈，迈进了酒楼中。

昏暗的烛光，陈旧的桌椅，酒楼生意凋零，掌柜不知去向，只有两个布衣汉子坐在椅子前喝着烈酒，样貌普通，眸中夹杂着非良民的神色，看到美妇人便笑了起来：“韦夫人，咱们还真是有缘分啊。”

那美妇人，正是谢姨妈，她望着两个胡子拉碴，一脸凶色的汉子，反倒没露出什么害怕的神色，以一种还带着点熟悉的语气道：“你们怎么来扬州了？”

其中一个汉子喝了杯酒，嗤笑道：“不到扬州来，怎么碰得到你啊，只是没想到，你还要来照顾我们的生意！”

浓浓的酒味在小小的空间里，加上周围摆设的陈旧腐味，混杂成难闻的味道，谢姨妈皱着眉捂了鼻子：“既然以前都谈过生意了，这次你们再帮我做件事。”

“什么事？不会你再要拼命去救谁吧？”那汉子哈哈大笑了起来。

次日夜晚，扬州城内突然发生了一起打劫案件，劫匪冲进韦府欲要打劫，幸得家丁拼死相护，不得进入。劫匪一气之下，将韦府用火箭点油烧燃，扬长而去。秋高气爽，韦府燃起了熊熊大火，待火被扑灭之时，韦府已经是焦黑一片，房檐塌方，草木焚毁，一片狼藉，不能住人。

此事一出，老夫人便让人将谢姨妈和韦凝紫两人接了进来，说到底当初她们两人在京城的时候救了她，如今出现这事情沈府于情于理都应该伸手帮一把。

“唉，扬州这十年都没这种祸事了，肯定是看着你们孤儿寡母的。”老夫人自从沈茂出事后，手里就多了一串佛珠，叹气劝道。

谢姨妈拿着帕子抹眼泪，哽咽道："府中重新修葺起码也得三四个月，如今我们母女可是无处可去了。"

老夫人抬头望了一眼坐在一旁的谢氏，见她不开口，便抬了眼，道："刚遭了贼人，你们母女出去住也不安全，若是住客栈，指不定他们还会不甘心寻去。这几个月你们就暂时住在沈府中吧，等韦府修葺好了再说。"

谢姨妈受宠若惊般地抬起头："多谢老夫人，能住在您这自比外头好得多了。"

谢氏虽不喜谢姨妈，见她和韦凝紫遇见这等祸事，也不会做得太过："你们就住在之前居住过的菊客院吧，我等会让人去收拾一下。"

韦凝紫抬起头，感动道："多谢姨母，若不是有你们，如今我们母女两人还不知如何是好。"

云卿在一旁坐着，看着这母女两人一番作态，冷笑一声，沈家刚成为圣驾驻跸之地，韦府就被盗贼打劫还火焚，时间掐得也太好了些。

云卿抬起头来，望着谢姨妈，浅笑道："真是太可惜了，那个院子姨妈才住进去不久呢。"

谢姨妈以为她在心疼那个院子的银钱，也叹了口气道："姐姐送给我居住的院子，被那贼人就这样烧毁了，真正是可惜姐姐这一片心意了。"

她这么一番话，自觉说得情深义重，心内虽然有一点心疼，到底觉得是沈府出的银钱，自己出的装修钱也不少，可是相比买院子花的钱，就不显得多了，沈家亏的是大头，她的是小头，反正到时候院子还是她的嘛。如此一来便舒服多了。

云卿似乎被吓了一跳，有些不懂地道："姨妈这话是客气了，找院子的事的确是父亲所为，到底只是损了一番心血，可姨妈就不好了，这一火烧再加修葺，又得费上不少功夫和银钱了，如今你铺子又没有收益，可能支出会有些大。"

谢姨妈吃惊地瞠目，道："那院子不是你府中给我买的吗？怎的又跟我铺子扯上了关系？"

云卿笑眯眯地摇头道："姨妈想岔了，当日你托李管事帮找院子，因为姨妈未曾给银钱，又将铺子交给李管事管理，我料想是您手头上的现银不够，猜测你的意思是用铺子的租期来购买，就将所有铺子和庄子抵押了五年出去。"

谢姨妈脸上的神情，有一瞬间的僵硬，目光中如带了刀子："你胡扯什么，我何时有意让你用铺子的租期来购买院子了？！"

云卿脸上立刻露出惊讶的神色，呼道："那姨妈的意思是不打算出银钱，让沈府给你购买院子吗？不可能吧，姨妈怎会是托人买东西而不想给钱的小人呢！"

谢姨妈此时宛若心头肉被一刀刀地割了下来，她之所以能狠得下心烧了那院子，就是以为是沈府出的钱，红着眼望着云卿："你不是说那院子是沈府给买的吗？"

云卿淡淡地看着她，唇畔勾起，看谢姨妈此时要吃了她的模样，那院子被烧之事，十有八九是她自己干的，为的就是不错过攀龙附凤的这个机会，还真是烧别人家的眼都不眨，烧自家的就要死要活。

“那院子是沈家帮忙买的，除了这个意思，当初我什么也没说。”云卿露出一丝委屈的神色，十分不解道。

韦凝紫在一旁已然明白，只怕当初沈云卿就挖了这个坑等着她们跳下来，即便不出现放火烧院子的事情，再不过多久，收不到年租的她们母女也会捉襟见肘，显出穷困的模样。此事只是将一切都提前罢了。

老夫人和谢氏看着两人对话，多少心里也明白是怎么回事，不过没有云卿想得深，只认为谢姨妈是打的好算盘，想要沈家给她家买院子。

话说到这里气氛就和开始完全不同了，各人有各人的心事，韦凝紫见机站起来道：“那就劳烦姨母安排人将我们东西搬去。”

到了菊客院后，谢姨妈想着五年的租期换来的院子，就一把火没了，重新整修又要花费不少，心里肉疼，却又不能将原因说出来，只能气呼呼地进了屋子。

韦凝紫望着她气怒的样子，劝道：“娘，算了，那院子已经烧了，你不要再气怒，以免给她们看出什么来，到时候引起她们怀疑也就不好了。”

未料，谢姨妈却是反手一个巴掌扇到了韦凝紫的脸上。

“你个没用的，说得那么轻巧，五年的租期啊，那是多少银子，你去赚来看看，当初买院子的时候，你怎么就没看出来沈云卿的阴毒呢？”她哪里坐得住，眉毛倒竖，美丽的面容变得狰狞。

她打骂韦凝紫出气，已经是一种习惯，从未想过，这种做法在韦凝紫的心中埋下了一颗种子，在接下来的一件大事中，起了翻天覆地的作用。

此时韦凝紫动了动脸颊，捂脸都没捂了，也许是打得多了，她有些麻木，只垂着头道：“那如今怎么办，房子也烧了，难道你还打算和沈府闹翻了不成？”

谢姨妈正在气头上，捏紧双手，转头来看韦凝紫，突然发现女儿平日里白皙娇嫩的脸，此时看起来带着几分森冷的色泽，令她止不住地浑身打战，怒意生生消散了一大半。她哼了一声，转过头道：“这个沈云卿老早就设计好了这一步，现在我们亏得太大！”

“她的确是厉害。”韦凝紫轻声道，心下却更觉得是谢姨妈愚蠢造成今日的后果，当初她几次三番地说要去沈府收了铺子租金，谢姨妈都推三阻四，想要多捞一笔，到现今这样的情况，也只能怪自己太蠢。否则早发现了，还会落入这种局面吗？

谢姨妈只要一想到自己铺子的银钱，便咬牙切齿道：“此事我绝不饶过她，待她哪天出门，让人弄死了她算了，以免看了我生气。”

韦凝紫此时抬起头来，眸中掠过一道不屑的光芒，道：“娘，她此时出事，陛下还会住到沈家的荔园来吗？若是陛下不来，那不是白烧了院子吗？”

谢姨妈这时才冷静下来，方才自己的想法是冲动了：“好在你反应快，提醒了娘，那就让她的命留到陛下南巡走后吧。”

第二十章　狠毒谋命阴谋破

云卿到了归燕阁，就托人去查那火烧韦府一事的真相，她心中隐约觉得，这劫匪无缘无故地出现，偏偏啥也没抢，啥也没做，光放了把火，又悄无声息地退了出去，简直就像专业纵火队，有些诡异。

过了几日，便得到了消息，听说有一帮劫匪是从北边而来，以前专门在京城犯案，因为专门做那与人勾结打劫、做戏之事，本来在京城待着一直都相安无事，不久前却不小心得罪了一位京城权贵，不得不出了京城往南逃，估摸着这次到扬州城放火的就是这帮子劫匪。

云卿听着却起了心思，若是一般时候，这个劫匪她或许不会想那么多，可是那日老夫人还说起在京城的时候，不巧遇见贼人，多亏谢姨妈奋不顾身地相救，她才得以脱身。

这样的巧遇，倒是十成十的像是这帮劫匪做的事情。

如此想来，她便去了老夫人那里。

余氏如今每日吃斋念佛，逗逗孙子，倒真是一副老人家平和祥静的样子，见云卿来了，便转身坐到了罗汉床上，唤了她进来。

"云卿见过祖母。"云卿微微一笑，端庄地屈膝行礼。

"起来吧，怎么，今儿个学堂休息？"老夫人又让云卿坐了下来，含笑着问道。虽觉得这个孙女做事过于勇敢了些，简直不把女儿家的名声放在眼底，可到底当初的情况她也见识了，那点不满也就放轻了。

"嗯。"云卿对着端茶过来的碧菱点了点头，然后才接着道，"我刚过来，便瞧见姨妈指挥人在搬东西呢。"

都进来几天了，还在搬东西，老夫人脸皮动了动："她们这一住大概也得好几个月，东西也得不少。"

"是啊，不过姨妈她们此时搬进来也不错，到时候圣驾到了，也可以一同瞻仰瞻仰龙颜呢。"云卿笑着道，表情真诚。

老夫人半垂了眼，转动翠玉佛珠的手顿了一下，点头道："也是，怎么说，她们也是我的救命恩人。"

"是啊，我听说，这帮子劫匪是从北方下来的，不知怎么，就刚好挑中了姨妈她们的住址，孙女不知道是不是多想了，总觉得这些人好似是报复姨妈一般。"

老夫人皱眉："不会吧，那次的劫匪也没这么凶悍。"

"那这批劫匪也太奇怪了，姨妈住的地方可是扬州富贵之人所居，就算劫匪要挑，也不会特意来城中做这样的事情吧，这样逃亡的时候也不方便啊。"云卿慢慢分析着。

“你这么说，倒也有道理，不过那批劫匪当初来打劫的时候，素玲也只帮着挡了一刀，那些劫匪就怕了似的走了……”

老夫人说到这里顿了一下，经云卿这么一说，她也觉得有地方怪异了，劫匪当初既然连人都敢砍，怎么在没抢到钱财后，就直接退了呢。

再联想到那日事情发生的前前后后，更觉得奇怪了。

她去郊外，怎地劫匪一出来，就对着她呢？她坐的马车可是京中贵胄姐妹的，一般的劫匪也要有几分眼色，不是谁家的马车都能去惹一惹的。

云卿将老夫人神色变化都收于了眼底，看来老夫人如今都有点生疑了。这事情果然古怪得紧，当初那场救命之恩，其中必定有隐情，若是府衙抓住了那劫匪，她必定要将此事也一同让人审问出来，以免谢姨妈总拿着这点子旧情赖在沈府。

待她走了没多久，谢姨妈也登门到老夫人这里，如今她每天都到老夫人这里请安，因为知道府里她唯一能巴结的也就是老夫人了。

甫一进门，谢姨妈就发现老夫人脸色淡淡的，她如何说话，老夫人都不似前几天那般提得起精神。

“老夫人，您昨晚没休息好吗？怎么看起来好似精神不大好的样子？”

老夫人抬起眼皮，吩咐道：“王嬷嬷，你们下去吧。”

王嬷嬷，碧菱，碧萍应声，和其他伺候的丫鬟婆子都退了出去，屋中一下就剩下老夫人和谢姨妈两个人，空气都变得窒息了起来。

谢姨妈隐隐觉得有些不对劲，这算是怎么回事，怎么突然就将所有人都撤下去了？难道有什么机密要事要与她商量？

“你还记得京城郊外你舍身救我的那次吗？”老夫人神情淡淡的。

谢姨妈看了半天，不知道为什么老夫人会问这个，转念一想，莫非是老夫人念着恩情，准备给她什么好处，便笑道：“那次情况那样的惊险，歹徒突然出现在郊外，我一看老夫人就要受伤，连忙扑了过去，幸而那一刀砍得不深，在背上只是流了血，躺了一个月也就好了。”

老夫人眼眸闪了闪，手一抖，握住的佛珠一次拨了两颗：“京城的治安真是不好，竟在往来的路上还出现劫匪，还偏巧就给你碰到了。”

这话隐隐透出不好的意味，谢姨妈有些不确定地开口道：“老夫人，人有灾有福，我不是住在城中也好好地给劫匪来烧了房子吗？”

老夫人这几个月修身养性是不假，可脾气却没真正修到家，此时语气就不善了起来，“我听说来烧你屋子的劫匪和京城劫我的那一批，可是一路的。”

她这话是带了试探的，可谢姨妈那是做贼心虚，未曾料到老夫人竟然突然发问，眼珠子左瞟右瞄的，否认道：“不是，怎么可能……不可能的……”

她这样子落在老夫人眼底，心下岂有不明白的，面色就越发地不好看：“官府可传了信来，说这批劫匪就是京城逃窜出来的那一批，你是不是惹了他们什么啊？”

“惹？”谢姨妈眼珠子一转，又连连点头，“是的，他们一定是记恨我，从京城来扬州烧我的院子！”

老夫人斜睨着谢姨妈，脸上的皱褶因为微眯的眼而变得更深：“烧了你的院子，连一点东西都不抢去的吗？”

“他们抢了，怎么没抢！我的一箱子妆奁都被抢走了啊！”谢姨妈惊声尖叫道，那群劫匪可不是什么好人，明明说好收了钱不动东西的，到底还是抢走了她一箱子金银首饰。

谢姨妈此时只顾着打消老夫人的顾虑，忘记她这一箱子妆奁可是没有给官府报备丢失的，原因就是她怕声张出来让那劫匪暴露她的意图，此时却成为了老夫人的证据！

老夫人猛地站了起来，指着谢姨妈怒道：“好你个谢素玲，你是不是和那些劫匪勾结，在我面前演一出救命恩人的好戏。如今你又来这一出，就是想死皮赖脸地住进来勾引皇子！”

谢姨妈一怔，她自觉一切都掩饰得很好，没想到老夫人这个平日里愚昧的人，竟然能说出她的意图，整个人都惊惶了起来：“你胡说，我根本没这个意思！”

她话还没说完，老夫人对着她就呸了一脸的口水：“枉我一直觉得你是个心善之人，还能舍身救人，如今看来，你就是蛇蝎心肠，竟然雇人来对我下手，看我不去告诉茂哥儿，让他派官府抓了你去！”

老夫人本就不笨，有些事一旦明了一个地方，其他的环节也会随之掀开，此时她对谢姨妈就是满心愤怒，从救命恩人，到蓄意谋害，这种变化一般人都是承受不起的，更何况本来就易怒的老夫人。

一听要来官府的人将她捉去，谢姨妈脸上露出惊骇的神色，她看了一眼门外，生怕老夫人的声音将外面的嬷嬷吸引进来，便扑了过去，捂住老夫人的嘴。

“我没有，我没有！不要送我去官府！我又不是故意的！”

谁知她越是如此，老夫人就越气，左右摇晃意欲甩开她的手，还抬手去扳谢姨妈的手指，嘴里依旧大喊道：“你竟然还想要杀了我，快来人啊……将这个谋杀的罪人拖到官府里去……”

老夫人的话断断续续地从谢姨妈的指缝里透出来，谢姨妈被她的话吓得只更加用力地顾着死死地蒙住她的口鼻。

“你不要喊了，你个老妇，我没那个意思！”

老夫人被蒙住口鼻，吸入不了空气，脸色开始涨红，求生的本能让她越发地挣扎得厉害，手指紧紧地抠在她的手上。力量的搏斗使两人齐齐倒在罗汉榻上，厚厚的软榻将跌倒的声音过滤到了最小。

“放……手……放……”

“你不告官了我就放手！”

谢姨妈看着老夫人张大眼睛瞪着她，就越发害怕，压在老夫人的身上一点儿都不肯松开手，伙结劫匪，故意谋害这个罪名她担当不起。

感觉到挣扎的力道渐渐变小，谢姨妈放开手，整理了一下衣襟，转头看老夫人还倒在罗汉床上不动，眼里微带疑虑，皱眉轻声喊道：“老夫人？”

罗汉床上的老夫人还是一动不动，谢姨妈又靠近了一点，看到她那闭上的眼睛，声音里带着颤抖，唤道：“老夫人……”

她连续呼唤了许多声，都发现老夫人不应她。脑中闪过一个可能，抖抖索索地伸出食指放在老夫人的鼻下一探，结果吓得差点惊叫了出来，连忙用双手捂住了嘴。

这个老妇怎么就没呼吸了，就这样死了……

她坐在地上好一会，突然站了起来，咬了咬牙，将老夫人拖了起来，使劲地往里面的内房里拖去。

费了九牛二虎之力将老夫人拖到了床上，用被子将她全身遮盖好了，这才站起来，望着帷帐里面，好似在安睡的老夫人，深深地吐了一口气。转到镜前，将乱了的发髻整理好又站了一会，将不断发抖的腿和手控制好，才转身出去。

出了院门，王嬷嬷她们还守在门口，见她出来，便要准备进去，谢姨妈冷静道：“老夫人刚头有点疼，睡下了，你们不要去打扰她。”

王嬷嬷点点头，老夫人这两日精神的确有些差。

而谢姨妈强忍着心中的害怕和恐惧，直直地往客居那边走，到了菊客院，她冲到韦凝紫的住处，让身边的丫鬟退下。

韦凝紫不知她这又是要做什么，将手头的针线往旁边刚一放，谢姨妈便锁好门，朝着她冲了过来，抓着韦凝紫的双手，开始剧烈地颤抖：“紫儿，娘……杀人了！”

“什么？！”纵使韦凝紫再镇静自若，也止不住双手发抖。

“我杀人了，我把老夫人给杀了！”谢姨妈此时面上的肌肉因为过分的纠结，而有一种诡异的狰狞，看得韦凝紫也莫名有些心惊。

她的手被谢姨妈捏得发疼，安慰谢姨妈，让她镇定下来，这才问道：“娘，你莫慌，究竟发生了什么事？”

谢姨妈将之前发生的事情全部说了一遍，韦凝紫眉头紧皱，心里也发紧，这下可是闯了大祸了，竟然将老夫人杀了。“你确认没有呼吸了吗？”她有一丝希望。

想起食指放在老夫人鼻下那种空荡感，谢姨妈便觉得食指发凉，好似有一股阴气在捂着老夫人口鼻的手掌里徘徊，她越发害怕，控制不住地哭起来。

韦凝紫此时没有心情管她，脑子里不断地想着该如何处理，她将谢姨妈所说的每一个细节都在脑海里回忆，道：“你出来的时候，她们发现老夫人死了没？”

“没……没有，我将她拖到床上，一时半会应该不会有人发现。”谢姨妈哽咽道，在害怕的眼神之后，飞快地又露出了狠毒，“你说，我们有没有办法，让人觉得是谢氏杀了她？”

反正那个老妇死了，不如嫁祸给谢文娘算了。

韦凝紫看着她惨白的脸色和惊骇的表情，摇了摇头：“你有办法引她去老夫人那吗？”

谢姨妈此时脑子里面乱成了一团麻，哪里有什么办法，她只是想将祸事引开罢了。韦凝紫星眸里掠过薄光，非常确定道："就算你现在引过去了，也不可能嫁祸到她身上了。"

谢氏若是要进去，身边必然也会有其他人跟随。这件事情牵扯到了人命，肯定会闹大，闹大了之后，谢姨妈去过老夫人的房里的事也会出来，依谢姨妈这种脑子，只怕很容易就会被人诈出来真话。

她不觉得杀了老夫人有多么可怕，可怕的地方是，谢姨妈这个蠢货，竟然在荣松堂，在那么多人都守在外面的时候，将老夫人杀了！

这根本就是无法掩饰的事情，如今的沈家对她们母女两人非常防备，她一时也没有更好的办法。

谢姨妈见她眼神闪烁，不发一语，哭喊着："紫儿，你要赶紧给娘想想办法啊，这要是给官府抓进去，你以后就连娘都没有，以后还有谁会疼你，会照顾你啊……要不，要不，这样……"

谢姨妈突然冲过去，拉着韦凝紫的手："娘想到一个绝妙的法子，你现在赶紧去趟荣松堂，然后假装和老夫人闹了起来，失手杀了她……"

"娘！你在说什么！？"韦凝紫厉声一喝，重重将谢姨妈的手甩开，眼神里带着不敢置信，杏眸怒睁。

娘竟然让她去荣松堂，假装杀了老夫人，这是要让她去顶这个罪吗？她怎么可以自私到这种地步，自己杀了人就罢了，还要推着自己的亲生骨肉去顶罪。

人人都说虎毒不食子，世界上最伟大的就是母爱，可是她的娘亲呢，动不动就对她打骂施加，对她完全不像是女儿，而像对一个丫鬟，这些她还可以忍受，怎么说她也是生她养她的娘亲。

可是今天她说什么？顶罪！

让自己去顶她的罪！

韦凝紫无法相信这是自己亲娘说出来的话！

谢姨妈哪里管她什么神色，又过去扯着她的手，哭求道："紫儿，你听娘说，你还没正式及笄，按照大雍的律例，是能从轻审判的。到时候你进去之后，娘再让人活动活动，将你放出来，你就没事了……要是娘抓进去了，那就可没活路了……"

谢姨妈说着说着，身子就往下坠，伏在地上呜呜哭泣。

她的手还拖着韦凝紫的衣摆，宛若一条毒蛇，在最后的挣扎里，还要拉着她一起坠入地狱。韦凝紫浑身冒出一股寒气，这股寒气让她眼里渐渐弥漫了雾气，化作一滴滴冰冷的泪水，从眼角流了出来。

她没有听错，没有听错，她的娘亲就是这么说的！还细心地替她想好了一切，给她想好了借口！

半晌之后，韦凝紫的手紧紧捏成拳头，低头望着匍匐在地的谢姨妈，忍着寒冷刺骨的痛意，问道："娘，你是说真的吗？"

谢姨妈以为她想通了，连连点头，抱着她的腿道："你相信娘，你是失手，又不是故意的，加上没有及笄，一定不会判死刑，到时候娘再多走动走动，肯定能将你救出来的。"

谢姨妈说得越来越伤心，泪水越来越多，恨不得将全身的水都哭出来，只要能打动韦凝紫就好。

韦凝紫的泪水就在这一瞬间停住了，尖尖的小脸坠着泪水，明明是梨花带雨的春色，却有一种冬日冰凌的尖锐，发白的唇瓣缓缓地张开，吐出一个字："好。"

她弯下腰来，将谢姨妈扶起来坐在椅子上，拿出帕子给她擦了擦脸颊，然后道："娘现在这样子走出去，给下面的丫鬟看到了，肯定觉得奇怪，到时候还会怀疑你的，我现在扶着你回房间。"

谢姨妈听了觉得有理，点点头，擦掉泪迹后，由韦凝紫扶着到了自己的房中。

进了房门后，谢姨妈便道："紫儿，你赶紧过去吧，不然等下她们发现老夫人已经没了，你怎么顶替也顶替不成了！"

牙根紧紧地咬住，韦凝紫胸腔里最后一抹希望都被眼前的妇人给打破。

这就是自己的母亲，杀了人以后，让她顶罪！想出来的绝妙法子，便是让她去坐牢！

说什么未曾及笄，不会判死刑，可是女子一旦被判了杀人罪，人生还有希望吗？进了牢里的女子，又有几个可以安然无恙出来的？

韦凝紫抬起头，眼底都是泪意："娘，女儿这一去，就没有办法再回来了，可容女儿给你泡最后一杯茶吧。"

望着她的泪眼，谢姨妈也有了一丝的犹豫，再怎么不喜欢韦凝紫，好歹也是她养育了十五年的女儿，虽然平日里不得她欢心，就算是养条狗，也会有点舍不得。

可是，相比之下，这点情意，远远不如被官府抓去斩首的恐惧来得多，怎么说她也养了她十五年，总要起点作用吧。而此时，便是韦凝紫起作用的时刻了。一瞬间，那一点的温情，就被自私的心给淹没，谢姨妈心内着急，生怕王嬷嬷她们进去发现老夫人死了，便有些不耐烦道："好了，你快去吧。"

韦凝紫红唇勾起，在白如雪的面上，好似两笔鲜血勾画而成，转身往茶水间走去。

仅仅一会儿，谢姨妈便如坐针毡，喊道："怎么泡杯茶要这么久？"

而此时的荣松堂，王嬷嬷看午膳时间到了，便准备去唤老夫人起床，老人家的肠胃不好，一天三餐更要注意准时，她走到床前，轻声唤道："老夫人，该起来了。"

等了一会，见没有反应，又加大了点声音："老夫人。"

平日里的老夫人睡觉极其易醒，有时候脚步声重了一点，都会惊醒，所以她们在听到谢姨妈说老夫人睡下时，才没有进来，只是在门前查看了一下。

此时觉出点不对了，该不是老夫人病了吧，王嬷嬷拉开帷幔，看着老夫人的脸色似乎是有些苍白，手放在额头一放，却是凉得冰手。

“老夫人，你怎么了？”王嬷嬷语气也焦急了起来，她转头唤道：“快去请大夫过来，还有……把夫人和大小姐也一起请过来。”

碧菱得了令，急忙走了出去，碧萍在一旁看着老夫人的样子，隐隐觉得有些不对，那种白色里面透着一股死灰，她飞快地伸手在老夫人鼻子下一探，收回手，再一探。

“王嬷嬷，老夫人……她没气了！”

碧萍往后退了两步，满目惊恐地说道，王嬷嬷心头一颤，冷汗顿时浮上了额头，她颤抖地将手也伸到老夫人的鼻子下，惊声叫了起来：“老夫人啊，老夫人啊……”

云卿正在屋中练字，流翠突然跑了进来，急促的脚步声将书房里宁静的氛围打散。

见云卿微微皱起眉头，流翠知道她练字的时候不喜人打扰，可是此时她却不得不进来，“小姐，荣松堂那边来人请小姐过去，说是老夫人病危了！”

病危？

云卿手沉沉地一顿，她上午去看祖母的时候，还是好好的，怎么才到中午就病危了，将笔往笔架上一放，云卿立即绕过书桌：“走，去看看。”

走到门口的时候，顿了一下：“将银针带上。”

流翠点头，飞快地进了书房，将云卿的银针抱在手中，跟在后头急急地走去。

到了荣松堂的时候，这里已经变得忙碌了起来，谢氏已经先云卿一步到了，脸色雪白的看着云卿：“你祖母……”

她说了几个字就说不出了，云卿快步地往内走去，流翠在前面撩开帘子，待到了床头，云卿再看老夫人的脸色，一把将她的手腕拿起来把了一下。

假死状态！因呼吸阻滞而导致的假死！

她心内惊讶，面上却是沉稳从容，转头问道：“大夫还有多久才回来？”

碧萍点头道：“碧菱出去大概一炷香的时间了。”

从沈府出去，就算最快，也得要半个时辰才能请得到大夫。以前的齐大夫因为上次一事，已经和沈府闹翻了，别的大夫就算来了，医术再高明，时间差上一点，都会让老夫人变得更加危险。

若是再拖下去，老夫人就真的没有救了。

虽然不想将医术暴露出来，可是此时祖母的性命就在面前，云卿做不到漠视，她吩咐道：“将窗户打开，无关的人都退出去，不要站在房间里。”

王嬷嬷和碧萍见她进来一系列的动作，先是吃了一惊，而后却觉得那柔软的嗓音里含着的威严，竟让她们不由自主地听从，便如她所说，将其他的人都赶了出去。

接着，云卿又吩咐流翠将银针拿出来，用烛火烧了一下，在老夫人身上的几个穴位精准地插入。

这是她第一次真正的诊断病人，以前练习穴位入针，她都是在自己的身上练习。云卿食指和拇指捏着银针，慢慢地细捻，全身紧绷，额头上冒出了细细的汗珠。

一开始她还有些紧张，可是慢慢地随着施针的展开，脑子里面关于各穴位之间的关系也非常清楚地显现出来，紧张感慢慢地被一种游刃有余的感觉所代替。

这大概就是汶老太爷所说的，针灸学得再好，最终都要化为实践，实践一次，顶得上背书一年。

人轻松，下针越发流利，随着又是一炷香时间流逝，屋子里的人个个都屏息凝气，寂静得可以听到每一个人绵长压抑的呼吸声。

谢氏站在一旁，担忧地望着床上的老夫人，又关爱地看着云卿，只盼着能将老夫人救活。

又是一炷香的时间过去，只听床上忽然传来两声微弱的咳嗽声，王嬷嬷首先就扑了过去，唤道："老夫人，老夫人，你醒了……"

而老夫人此时并没有苏醒，她只是刚刚缓过气来，身体本能地咳嗽，紧接着又陷入了昏迷中。

见此，云卿知道老夫人是救回来了，心内不由得长呼了口气，将银针一根根地拔出来，流翠过来接住银针，仔细地放回布包中。

云卿从床前站了起来，扫了一眼在室内的王嬷嬷和碧萍，"我走的时候，祖母还好好的，怎么一会儿就休克了？"

她的声音并不大，却夹杂着一股不容人忽视的威慑。

王嬷嬷想了想后，开口道："小姐走了没多久之后，谢姨妈也过来给老夫人请安，当时老夫人让我们退下去。过了大概小半个时辰，谢姨妈出来告诉奴婢，说老夫人困倦了，她扶着老夫人去床上休息了，让我们不要去打扰，奴婢便到门口看了两次，见老夫人的确躺在床上，便没有进去。待到中午的时候，再进来，便看到老夫人变成刚才那样了。"

"那你们可听到什么声音吗？"云卿问道。

"没有，因为隔了一个大屏风和外室，奴婢们站在外头，并没有听到什么异常的声音，只是……"王嬷嬷顿了顿。

"只是什么？"

"谢姨妈出来的时候，脸色似乎有些发白。"王嬷嬷也只发现了这么一个异常的地方。

"谢素玲，你竟然……要……闷死我……"一阵微弱的声音从床头传来，云卿立即转头去看，见老夫人紧闭着眼睛，手却在半空中扑腾，口中断断续续道，"你……谋杀……谢素……你……"

闻言，众人脸色一白，云卿更是往前一步，拉住老夫人扑腾的手，轻声地问道："祖母，我是云卿，你刚才怎么晕倒的？"

老夫人神志还是不大清醒，也没有睁开眼睛，倒是像做梦的人一般，听到云卿的问话，喃喃道："是谢素玲，她要杀我，她要闷死我……赶走她……赶走她……"

闻言众人脸色大变，面面相觑，脸上都有诧异之色，甚至出现了惊恐的神色，整个屋子一时静得可怕。

听老夫人昏迷中说的这话，意思是，是谢姨妈下手害的老夫人？

谁都可以看得出，如今沈府里的主子，不管是谢氏还是沈茂，还有云卿，对于谢姨妈都不欢迎。只有老夫人还念着谢姨妈的救命之恩，可以说府中最维护谢姨妈的就是老夫人了，她怎么会对自己唯一的靠山下手呢，这种行为简直就是愚蠢到了极点。

云卿此时也觉得十分惊讶，但是她隐约猜到了谢姨妈这个冲动的举动，也许跟她上午来和老夫人问的关于京城劫匪之事有关，当时老夫人眼底隐隐有着愠怒的神色，按老夫人的性格，说不定在得知真相之后和谢姨妈起了冲突。

而谢姨妈的性格，是做得出这等子事情的。

"王嬷嬷，大夫请来了。"碧菱掀开帘子，走了进来，再看屋子里的情况，好似比她出去的时候好多了。谢氏很是客气地请了大夫进来，让大夫给老夫人把脉。

就在此时，突然外面跑来一个跌跌撞撞的身影，声音如泣如惊，喊道："姨母，姨母，你快去看看我娘啊……"

韦凝紫满脸恐慌之色，跑进来时还撞在了门槛上，一把扯开门帘，身子直接往前摔到了地上，却连爬都顾不得爬起来，往前挪了几步，抬起满是泪水的脸，泣道："姨母，我娘在吐血，脸色发青，好像中毒的样子，你快去看看她吧……"

谢氏闻言脸色一变，抿了抿唇，虽然不喜欢这个庶妹，可到底也是和自己有血缘的亲人，而且怎么说，她如今也是借住在沈府中，要是出了人命，那是不祥的事情啊，沈府如今可是陛下南巡驻跸之地，一个不好，可能就会触动龙威。

再者，刚才她本来就是准备去找谢姨妈算账的，以前做的事情虽然离谱了，可到底只是陷害，今日这事，却是谋杀，这是涉及了人命的事。一个能狠得下心对老夫人下手的人，她不能再顾念亲情将她留在家中，这样的人实在是太恐怖了，也许有一天因为什么事，会对云卿下手，她不想自己的孩子发生类似于今天的事情。

所以，她转过身来，吩咐道："王嬷嬷你在这里守着老夫人，大夫，麻烦你跟我去看看另外一个人，云卿，你也和我一起去菊客院。"

王嬷嬷扑过来道："夫人，我要去，我一定要跟你们一起去，去看看这个被狗吃了良心的究竟在搞什么名堂！"

她是老夫人身边最得力的嬷嬷，此时老夫人出事，她心内最是气愤，想着往日里老夫人对谢姨妈那等的好，谢姨妈竟然还对老夫人下此毒手，真是让人心内发寒。

韦凝紫眼底闪烁着泪光，不解地问道："怎么，老夫人出了什么事了吗？"

王嬷嬷听她还要提问，不由得眼里射出两道凌厉的光，扑上去就要大吼，云卿见此，眉头微皱，立即喊道："王嬷嬷，大夫还在一旁候着，若有什么事，待以后再说不迟，如今还有病人在那等候着，咱们还是先过去看看再说。"

听到这话，王嬷嬷才冷静下来，望见站在一旁的大夫，面上微微发烫。今儿个这事她真的做过了，大夫还在一旁，她就差点要说出谢姨妈动手欲闷死老夫人的事了，眼见圣驾南巡即将入驻沈府，要是传出去这样的事情，岂不是一切都会打水漂？

她转过头看着韦凝紫，眼底带着厌恶的神色："表小姐，你还是赶紧起来在前面带路，不然的话，你娘出什么事了碍着别人可就不好了。"

韦凝紫眼中落着泪，难受地哽咽着，小丫鬟上去将她扶起，她这才站好，似没看到王嬷嬷那厌恶的眼神，点点头道："那就麻烦姨母和大夫快去看看我娘，我担心她撑不住了，开始来的时候我见她脸色已经发青。"

谢氏见此也不多说话，走在前面，云卿则走在她的后方，大夫和王嬷嬷跟在后面，一行人脚步匆忙地朝着菊客院去了。

一进屋内，就闻到空气中充满了血腥味，夹杂着一种怪异的味道。

谢姨妈已经吐了一大摊血，丫鬟正跪在她的身边，不断擦拭着从她嘴角流出来的血水，整个人面色如纸，隐隐透着一股黑气。

韦凝紫进了内室，泪水就开始掉下来，走到床前，大呼道："娘，娘，你怎么了？"

而那边大夫开始诊脉，望闻问切之后，脸色越发凝重。

"你们马上去端冷水给她喝下，然后再催她吐出来，记得一定要是冷水，温水热水都不行，另外，让人去熬绿豆水来。"大夫站起来，飞快地吩咐道。

丫鬟们赶紧按照大夫所说的去打冷水，煮绿豆水，房间里脚步声一直不停。

"沈夫人，我可否借一步说话？"这位大夫为人比较谨慎，他站起来，颇为有礼地说道。

见他如此说话，谢氏料想事情不会简单，可是在听完大夫所说的话后，她的脸色顷刻间就难看了起来，因为大夫说："沈夫人，这位夫人的症状，面色发紫，神志不清，四肢发颤，口吐鲜血，正是喝了砒霜的征兆！"

"什么？砒霜？"谢氏有些惊讶地开口，在说话的时候将声音压低了。

"是的，这位夫人喝下的砒霜，引起内脏衰竭损坏，所以在下才让人去打水让她喝下催吐。"大夫也没想到，好好地竟然会看到有人喝了砒霜，这些事情他以前接触得少，一时心里如同掀起了惊天波澜一般。

抬眸望着内室门前不停进出端着冷水进去，又端着呕吐物出来的丫鬟，谢氏低声道："她还有没有救？"

"这得看催吐之后的情况了，若是催吐了之后状况好的话，那就还有希望存活。"大夫并不敢打包票，只是尽责地说道。

"那就烦请大夫再进去看看，尽量将里面的人救下来。"谢氏此时心乱如麻，谢姨妈怎么会喝砒霜了呢？

那边云卿也看了谢姨妈的病状，并且听到了大夫处理的方子，心中对谢姨妈所中的是何东西已经有了定数，所以她不急不忙地站在那儿看着韦凝紫站在一旁焦急的模样，脑子里却在深思。

而王嬷嬷此时却沉不住气了，她本意是过来抓住谢姨妈这个贼人的，岂料过来却看到谢姨妈吐血，刚才她站在那看到大夫悄悄地和谢氏说话，立即过来抓着大夫问道："告诉我，她究竟怎么了，是不是中毒了？"

大夫被她一双手抓住，只觉得胳膊生疼，又听她问出的问题，皱着眉毛，却依旧有礼道："这位嬷嬷，这位夫人的事我已经告诉了沈夫人，若你要知道，可以问她便是。"

这下，王嬷嬷才松开了手，走到谢氏的身边，先是行了个大礼，然后道："夫人，你告诉奴婢，究竟谢姨妈她是怎么了，她是不是中毒了？"

谢氏扫了一眼内室，刚才谢姨妈的模样谁看到都会猜到是中了毒，只是有些奇怪，怎么会喝那么多砒霜，究竟是她自己喝的，还是有其他的原因。

想了想，谢氏叫了王嬷嬷和云卿到了偏厅里，才慎重地说道："刚才大夫告诉我，她中的是砒霜的毒，现在大夫正在施救，能不能救回还说不定。"

王嬷嬷脸色大惊，她开始只是看谢姨妈满脸发紫，又口吐鲜血，上午的时候还是健健康康的一个人，下午就这样了，只有中毒才会有这样的症状，她心内猜测的时候还是有点不肯定，如今谢氏说出来，她倒有些接受不了。

相比之下，云卿就镇定多了，在听到中毒之后，她脸上的表情基本也没什么变化，因为一开始她就猜测出来谢姨妈的症状是为何了。

此时她转头望向谢氏，口中带着疑问，秀眉微微地轻蹙起来："娘，谢姨妈中毒的事情，其中有古怪，王嬷嬷当初看到她离开荣松堂的时候还是好好的，怎么这会子就中了毒了，此事必定不简单。"

王嬷嬷闻言立即点点头，道："是的，她怎么会突然中毒，这必须要好好地审问在菊客院的丫鬟，不然老夫人的事就这样过了吗？"

谢氏很理解她的想法，也觉得此事确实不一般，砒霜这种东西，属于剧毒之物，不会随便就出现在平常人家中，谢姨妈现在生死不明，也不能开口说话，唯一的办法就是审问下面的丫鬟。

想到这里，她就要出去将丫鬟集中起来，云卿听到她的话后，目光里带着一丝否定，摇头道："娘，不可。"

王嬷嬷正准备转身，听到云卿阻拦，反过头便问道："怎么不可，此时要是不审问她们，如何解开砒霜之谜？"

云卿却是微微一笑，迎向王嬷嬷的目光中有着笑意，"王嬷嬷请不要心急，云卿并不是不审问她们，而是如今菊客院里面人员众多，手忙脚乱，若是将她们一起审问了，人多嘴杂的传出去不好。那些小丫鬟知道的也不多，不如问两个贴身伺候的大丫鬟会比较好，一来省了引起众人的注意，二来问到的内容也更有用。"

"的确是这样，刚才是奴婢欠考虑了。"王嬷嬷点点头，抬头望着谢氏，到底这个家中如今掌家的还是谢氏，只见谢氏点头，她便赶紧出去，将红霞和红袖两个大丫鬟唤到偏厅里来。

红袖和红霞就是之前沈府买给谢姨妈的四个大丫鬟里面的两个，另外两个因为伺候得不顺心，被谢姨妈贬去做了粗使丫鬟了。

她们两人一进来，便跪下来给谢氏和云卿行礼，虽说这两人不是她们的正经主子，可显然她们还是知道谢姨妈和韦凝紫一直倚靠的人是谁。

云卿的目光首先落到了红袖的身上，一开始进院门的时候，便是这个丫鬟在守着，据说当时是她推开门进去后，看到谢姨妈的状况，通知其他人的。

只见云卿坐在花梨木的圈椅上，抬起手抚了抚裙上微微的皱褶痕迹，缓缓地抬起脸道："你叫红袖是吧？"

那唤作红袖的丫鬟垂首道："奴婢正是。"虽然她极力掩饰自己紧张的情绪，但是声音里的微微颤抖还是让云卿听了出来。

"你莫要紧张，我只是问你，你家夫人怎么突然会变成这样，你将你看到的整个过程告诉我就是。"

云卿轻言慢语的，话语不急不促，让红袖心里微微一松，紧张的情绪稍许缓解了一点，缓了缓害怕的情绪，才开口道："事情是这样的，中午用膳的时间到了，小姐说夫人在里面怎么还未起来，便让奴婢进去将夫人喊醒。奴婢听了后，便推门进去，进了内室准备喊夫人，喊了几声后，见夫人没有反应，便走到床头去喊，结果就看见……看见夫人在吐血，脸色也发青……奴婢吓了一跳，大叫起来，然后小姐和红霞她们听见了，就跑了进来，小姐一看夫人这样，就急得上去大呼了几声，接着就跑了出去，说要去请大夫……"

后面的事情，自然就是开始那幕，韦凝紫去找谢氏，让她去寻大夫，结果找到了荣松堂去……

听完整个事情的过程，云卿脸上挂着一丝凝重，嘴角也微微抿紧，眸中带着一抹沉思，听红袖的话，她是进来后发现谢姨妈在床上中毒了的，且不说这个毒谢姨妈究竟是为什么要喝下去，就是这样多的砒霜，谢姨妈怎么会有呢。

"你们知道屋中有没有砒霜的？"云卿也不质问其他，一步步地将自己想要知道的事情问出来。

红袖抬头注视着云卿，轻声道："这个砒霜，是奴婢买的。"

谢氏听到此处，也经不住地开口问道："什么，你买这么多砒霜干什么？"她的声音里带上了一抹厉色，这砒霜可不是随便什么人都可以买的，一个丫鬟买这么多砒霜，难道是准备蓄意谋害吗？

红袖连忙摇了摇头，脸上带着惊忧，解释道："不是，不是，沈夫人，这个砒霜是夫人让奴婢买的……"

"浑说！谁会没事买这么多砒霜放在家中！"王嬷嬷在一旁听着，立即皱着眉呵斥道。

"没有，真的，真的，是夫人让奴婢买来的，夫人两个月前腿上生了一个大脓疮，一直都没有好，她后来请了大夫，大夫说已经生了腐肌，必须要将外面的腐烂的肌肉去掉才可以痊愈，他开的方子里面，有一味药便是砒霜，这砒霜便是当初夫人让奴婢去买来，每次都是按照大夫的方子，加上一点砒霜在里面的，这话，绝对没有假，就是红霞也是知道的。”红袖被王嬷嬷一吼，显然吓了一大跳，飞快地将事情的原因始末说了出来，免得自己被怀疑恶意买了砒霜来毒害主子，这可是天大的罪名啊。

红霞在一旁跪着，肯定地说道：“的确如此，这个方子夫人每日晚上都要配了，敷在脓疮上的，奴婢值夜的时候也是要配这个方子的。”

眼见红霞都开口说了，红袖眼底含着泪水，望着云卿和谢氏，希望能够证明自己的清白，“若是沈夫人和沈大小姐怀疑的话，你们可以去看看夫人的腿，还有开这个药方的大夫，就知道奴婢说的话是不是真的了。”

王嬷嬷还要开口说什么，云卿淡淡地看了她一眼，虽然不凌厉，也没有皱眉，可是王嬷嬷只觉得那要呵斥出来的话就卡在喉咙里，说不出来，眼底便带了三分的委屈。

云卿淡淡地叹了口气：“在书院的时候，夫子说过，砒霜虽然是大毒之物，可是同样也是属于医药的一种，用得恰当也可以为人体治病，红袖所说的确如此。”

想到谢姨妈之前在荣松堂对老夫人下了毒手，如今又吞了砒霜，这砒霜也是她自己让人买回来的，谢氏有了另外一种想法——

她稍许靠近云卿，低声道：“云卿，你说谢姨妈是不是畏罪自杀的？”

畏罪自杀？

云卿垂下眼帘，长长的睫毛衬着一双熠熠生辉的凤眸，宛若清晨沾露的玫瑰，艳不可言，眸中带着的却是些微的讽刺和怀疑。

谢姨妈会畏罪自杀？

这个可能性实在是不高，像谢姨妈那样自私自利的人，连自己亲姐姐都算计的人，就算是杀了人，第一时间大概也不是自责什么的，惊吓也许是有，但是这点惊吓就会让谢姨妈喝了砒霜自尽吗？云卿心里不是十分赞同这种想法。

但是仅凭个人的想法，也决定不了什么。云卿问道：“今日，你们可发现你们夫人或者小姐有什么异常的地方吗？”

“异常的地方，好似没有……”红袖想了一下，否认道。

“你们再认真想想！”王嬷嬷训斥道。

就在这个时候，红霞似乎想起了什么，低眉深锁之后，欲言又止，她那模样落在王嬷嬷眼中，自然是得不了好，立即就被点名道：“红霞，你有什么就说，不要吞吞吐吐的，在主子面前露出这样的神色，像什么话！”

被王嬷嬷这么一训，红霞抬头看着云卿，见她眉目温婉，眼眸里带着期待的光芒，定定心后，才开口道：“夫人回来之后，是小姐陪她进去坐了一会，夫人还将奴婢们都遣了出来，然后奴婢见小姐出来的时候，神色有些古怪，好似……”

“好似什么？”平日里沉得住气的王嬷嬷，今日一而再地急促，惹得谢氏都看了她两眼。

红霞一边回忆一边道："她的眼睛有点红红的，像是哭过的样子。不过，这也不算奇怪的事……小姐也经常哭。"谢姨妈脾气不好的时候就会拿着小姐出气，在韦府中也并不是什么大秘密，只是人人都装作不知道罢了。

可云卿直觉这事情有点古怪，谢氏回来之后若是要畏罪自杀，韦凝紫还进去做什么，为什么要遣走其他的奴婢，那一段时间她们母女又在里面做什么呢？

想到这里，云卿转过头来，却是对着谢氏道："姨妈中毒一事，还是要通知表姐才是，她应该要知情。"

她说的谢氏也赞同，"红霞，去将你们小姐请过来。"

红霞应了，大概片刻钟的时间，带着韦凝紫走了进来。此时韦凝紫的双眸红肿，眼里还含着一泡眼泪，给谢氏行礼的时候，声音带着哭后的沙哑，令人不由得生出怜意。

"起来坐吧。"谢氏语气淡淡的，没有太多亲热的感情，她此时心情颇为复杂，面对韦凝紫也不会表现出太多怜惜来。

韦凝紫捏着帕子擦了眼角的泪水，由红霞扶着坐在云卿对面的花梨木椅子上，这才道："不知道姨妈唤我来为何事？可是我娘出了什么事情了？"

她说最后一句话的时候，语气有些急切，目光一动不动地注视着谢氏，眸中有着期盼和担忧。

谢氏看了她一眼，缓缓道："你娘喝了砒霜，如今大夫正在救她！"

"我娘喝了砒霜？！"韦凝紫浑身一颤，反问道，"我娘怎么会喝砒霜，是不是有人给她下的毒？"

她转过头来，对着红霞和红袖，双眼里射出愤恨的目光："是不是你们给我娘下的毒？"

"不是，小姐，真的不是奴婢！"红霞和红袖被她的模样吓得连忙否认。

"不可能！若不是有人下毒，我娘才不会喝砒霜呢，你们不要狡辩了，一定是你们！"韦凝紫气得站了起来，指着红霞和红袖大骂道。

王嬷嬷看着红霞和红袖吓得浑身发抖的样子，心里不舒服得很，同样作为下人，她也有一种同病相怜的心理，哼了一声后，道："表小姐不要乱冤枉人，谢姨妈做了那样的丑事，哪里还需要别人下毒，就她自个儿都应该吞毒谢罪了！就是毒死她都是该的！"

"丑事？什么丑事？"韦凝紫听到她的话，飞快地转过头来，头上的水晶流苏钗因为动作太过猛烈，甩到脸颊旁，照得那双盈盈水光的双眸有着几分剔透的寒意。

"还有什么丑事，谢姨妈将老夫人闷死了，她跑回来吞毒自杀，这不是正常得很吗？"王嬷嬷愤愤地说道。

韦凝紫脸色立即从白到青，带上深深的惊恐，宛如电击，全身抖如风中的枯叶，惊恐地抬起脸，睁大了眸子望着王嬷嬷，好似要从她脸上找出一点儿作假的痕迹来，她看了好一会儿后，这才接受了现实，脸上带着果然如此的神色。"难怪，难怪，她开始会和我说那样奇怪的话……"

见她神色如此，口中喃喃自语，云卿观察着她脸色，问道："姨妈开始和你说了什么话？"

韦凝紫抬起泪雨朦胧的眼，看了一眼云卿，嘴唇颤动了几下，双手绞着帕子，缓缓地说道："上午的时候，娘突然到我房间里，抓住我的手，就开始流泪，我问她什么，她也不肯说。哭了一阵子后，我看她太伤心，就让她去休息一下，到了她的房间内，她将所有下人都遣了出去，就跟我说了很多话。她说我就快要及笄了，以后要好好照顾自己，学会当家做主，我当时听了这话就觉得奇怪，可是想着也许是我爹的忌日快要到了，娘伤心罢了，也没有注意……后来，我娘又说喜欢喝我泡的茶，让我冲一杯给她喝，我便泡了一杯给她，她接过去后，就说她累了，让我出去，不要让人来打扰她，我以为她是累了，要休息，便按照她所说的吩咐下人，直到用午膳的时候，才喊了红袖去叫她起来……谁知道最后……"

她一边说，泪水如同夏雨一般滂沱而下，满脸都是，渐渐地声音都哽咽了起来，便是本来怨愤的王嬷嬷都禁不住对她心软了起来。

红霞和红袖更是跟着她哭了起来，只有云卿没有被她的泪水所打动，神色如常地望着她。

若说能从韦凝紫的脸色看出什么来，除了伤心和泪水，看不出其他的神色，而且韦凝紫这一段话也没有什么地方有纰漏。

可是云卿就有一种直觉，她觉得这件事没有这么简单。

见韦凝紫哭得伤心，谢氏在旁边看了，也要说上几句话安慰，云卿觉得光坐在这里不行，于是站了起来，对着韦凝紫道："表姐，能不能让红袖陪我在外面看一圈？"

韦凝紫半垂着眼，点点头："表妹尽管去看，我是真的不敢相信，我娘怎么会做出那等子的事情，她和老夫人的感情一直都很好，怎么会如此，我不相信她会自杀，这肯定是有什么地方不对！"

此时她一句接一句，显得有些语无伦次，反复说着不相信谢姨妈会杀老夫人，不相信谢姨妈会自杀，凶手一定另有其人。

云卿仔细地在她面上盯了半盏茶的时间，发现她哭得似乎都有些接不上气来，那种伤痛到心里的表情，完全不似作假。

她收回目光，转身唤红袖一起走到外厅："这里是否有人动过？"

红袖红着眼睛摇头："没有，奴婢吩咐不许她们动这里的东西，以免官府来查的时候，找不出什么证据来了。"

云卿环视了一下周围，视线落在了左边一张桌子上，上面摆放着一只茶盏，走过去一看，发现里边还有剩余的茶渣。

云卿拿起来，放在鼻子下闻了闻，左右看了一眼，对着红袖道："把你头上的银钗取下来给我用用。"

红袖虽不知道她要做什么，依旧拔了下来，双手递到了她的面前，云卿接过后，将银钗往茶水里面一试，不到一瞬，银色的钗子接触到茶水的部分全部变成了黑色。

红袖见此，小声地喊道："这，这茶水有毒！"

"是的，这茶水里面的就是砒霜。"只要一接触有毒的东西，银子瞬间会变成黑色，依照钗子变色的剧烈程度，茶杯中砒霜含量绝对不小。

"那夫人就是喝了这杯茶才中毒的吗？"红袖看着那只盛着残茶的茶杯，眼底说不出的惊惧。

云卿点头，将茶杯放在桌上，然后四处查看了起来，她微微低头，在桌底发现了一张红色的纸张。红袖顺着她的目光也看到了那张纸，弯腰将它拾了起来，小心翼翼地对着云卿道："沈小姐，这个正是奴婢买的那包砒霜的包装纸，因为砒霜是剧毒物品，药店特意用大红色的纸包好区分开。"

视线落在她手上的红纸上，云卿认出上面沾染的白色粉末，正是砒霜无疑。

从目前的情况来看，谢姨妈让韦凝紫泡了一杯茶后，自己去取了砒霜放在茶杯里，顺手将包装纸丢在了地上，然后喝了下去，接着就自己走到床前睡下，默默地等着死神降临。

不管是丫鬟的说法，韦凝紫的说辞，还是现场的情况，都证明了谢姨妈是在以为自己闷死了老夫人之后，自己畏罪自杀的。

云卿望着那剩余着黄褐色残茶的瓷杯和包装砒霜的红色药纸，陷入了深深的沉思里面，以至于谢氏和韦凝紫，王嬷嬷，红霞从偏厅走出来的时候，她都没有发现。

当韦凝紫看到红袖手中的红纸的时候，刚刚才止住的泪水，又有冒头的趋势，她身体发软，红霞几乎是用了全力，才让她没有倒下去："娘就是喝了这些砒霜吗？"

红袖为难地看着韦凝紫，手中如同握了一块热炭，不知如何开口，云卿更是什么都不想说，一言不发地望着茶杯，红袖没有办法，只好道："也许是的，这个茶杯里面就有砒霜。"

她拿出那根银钗放在众人的面前："你们看，银钗一放入到茶水中，就变成了黑色。"

"这茶是我泡的，我泡的时候里面没有放砒霜啊，怎么可能有砒霜……"韦凝紫捂着嘴，尽量不哭大声。

谢氏叹了口气："她让你泡茶，大概是还想再喝一杯女儿亲手泡的茶吧。"谢氏从自己的角度分析，若是她知道自己要走了，估计最舍不得的也是女儿和儿子。谢姨妈那时对韦凝紫说的话，倒是真像临死之人的交代之语。

内厅的帘子掀了起来，小丫鬟引着大夫走了出来，韦凝紫望着大夫，急切地问道："我娘怎样了，大夫，我娘还有没有救？"

大夫抬眼望着她，只见她哭得体力不支，双眼红肿，神色焦急，暗道真是个好女孩子，只可惜……他遗憾道："韦夫人喝下的砒霜数量太大，幸而发现尚早，虽然毒已经到达内脏，经过催吐之后，胃中剩余的砒霜全部都出来了，可是这也只是让她没有性命之忧，尚有一口气罢了。若要看状况如何，大概三天之后，她若是醒来了，虽然身体亏损很大，也算是命大。"

"那若是不醒呢……"韦凝紫似乎听不得大夫长篇大论的，急忙追问道。

"若是不醒，只怕这一辈子都只能躺在床上，做个活死人了！"大夫将后果说出来，韦凝紫浑身一软，直直地晕厥了过去，倒在了红霞的身上。

菊客院里又是一阵手忙脚乱，好在韦凝紫只是伤心过度，大夫施针后，一会就醒过来了。

谢氏本来是来追究老夫人被谢姨妈闷杀一事的，谁知道事情竟然变成了这样，谢姨妈如今是中毒太深，人都未醒，所有事情都要等到三天之后才可以解开，而韦凝紫伤心到昏厥过去，她什么都不知道，谢氏也不可能对她发难，她一个长辈去对晚辈说什么做什么，都显得过分了点。

于是谢氏只好又说了几句话，让韦凝紫别太伤心，且等过这三日再说，就连王嬷嬷都不好出声，只站在那里望着谢姨妈。

韦凝紫靠在床头，看起来十分虚弱的模样，感激地望着谢氏，轻声道："姨母，我会好好守着娘的，一定要让她醒来，若是老夫人那件事真的是娘做的……"

她说着，就顿了顿，神色里说不出的哀伤，复又抬起头来："她一定会醒过来的，我相信娘不会这么做……"

谢氏不想和她争辩此事，不置可否道："等三天后，看你娘的情况再说吧。"

韦凝紫听得出谢氏不悦，垂眸道："姨母和表妹肯定也累了，你们先回去吧，我一定会好好照顾我娘的。"

谢氏一下午被连续两件大事弄得的确是疲乏了，也没说什么客气话，她还要回去看老夫人，于是让红霞和红袖好生照看着，自己和云卿从菊客院便走了出来。

刚到菊客院的门口，便看到沈茂一身风尘急急忙忙地也朝着这方向走来，他今日本来是去县城里面看朋友的，刚一进城，便听到李斯给他说这个事，连忙推了晚上的酒宴，急匆匆地回来了。

一见谢氏和云卿也在院子门前，急促地问道："母亲怎样了？"

谢氏知道他心内担心，连忙道："已经无大碍了。"

沈茂听后并没有松一口气，脚步匆忙地往里面而去，碧菱正端着一碗药在喂老夫人。老夫人的眼睛依然是闭着的，吹凉的药汁喂在她口中，一大半都顺着嘴角流淌了下来。

见自己的母亲如此状况，沈茂心中焦虑迈上前去，问道："老夫人如今怎样了？"

碧菱答道："大夫说问题不大，大概明天会醒过来。"

"把药给我。"沈茂从碧菱手中将药汁接过去，脸色沉冷，一口一口地喂着老夫人。

谢氏见如此，便让碧萍和碧菱出去，心内七上八下，如同有鼓在里面擂打，忐忑不安地观察着沈茂的神色，却见他一眼都不望向她，心内知道沈茂这次是真的生气了。

自己的妹妹寄居在沈家，沈茂一直都未说过一句嫌话，好吃好喝地供养着。谢素玲竟对老夫人下手，这如何让沈茂不生气，老夫人可是他的娘啊。

谢氏真心觉得自己理亏，满肚子的话想要说，却说不出来，只得木木地替老夫人擦拭嘴角，直到沈茂将一碗药汁都喂完了，才试探般地开口道："老爷，素玲她畏罪自杀，也许醒不过来了。"

沈茂顺手将药碗放在一旁的小几上，抬眸望着谢氏，忽然长长地叹了口气，又夹杂着掩饰不住的怒意："你不要再说她了！若是她命好能醒过来，我即刻就会将她送到官府里去！"

他从听到此事的前因后果后，一口气就堵在胸口里不上不下，也知道谢氏一直在观察着他，动作里也带着讨好。可是他能怎么说，谢素玲谋害的可是他的娘！

可是谢氏偏偏是谢素玲的姐姐！若是其他关系，他也许可以大发一通脾气，发泄自己的不满，可是此时谢氏小心翼翼的样子，又让他说不出话来，毕竟错的不是谢氏，谢氏也不能预料到谢素玲会做出这般丧心病狂的举动来！

于是沈茂干脆站起来："你别想多了，我没有怪你。"说完后，便走了出去，让碧萍和碧菱伺候老夫人。

谢氏看着他出去的背影，眼底有些泛酸，虽然沈茂说没有怪她，可是始终心底还是存了些芥蒂，否则的话也不会避开她而走了。

云卿站在院子外面，看高挂的艳阳渐渐垂落，眼底映着那霞光四射，凤眸里一片红艳似血。

次日，安知府也随之来报，负责御前开路的官员也已经到达扬州，提前数天在圣驾到达之前，先到沈府观察周边的环境以及安全问题。

沈茂丝毫不敢怠慢，跟在安知府后面，站在沈府面前迎接那官员，直到官员的马车停下来之后，走下一名身穿四品文官官服的俊秀男子。

一下车，便对着安知府拱手道："劳烦安大人了。"

"哪里，耿大人是为了陛下的安危而来，我是一定要前来陪同检视的。"此次圣驾能南巡，在扬州休息，若是接待得好，对安知府的官途便是添上一项大大的益处。

沈茂与耿佑臣曾经见过面，此时也丝毫不敢怠慢，深深地行礼道："耿大人，请跟随草民进府内，先休息一会。"

耿佑臣点头："沈老爷也辛苦了。"

"哪里，圣驾能驾临沈府，简直是沈家天大的荣幸，沈茂感恩戴德，哪里谈得上辛苦。"客套话沈茂说起来是一点都不费劲，和官宦中人打交道太多，他深知哪些话要怎么说才更得体。

耿佑臣此次作为御驾前行官员，必定是受到了陛下的青睐，他此刻代表的便是皇家，所以府中一应都是小心翼翼地伺候。

接下来的日子，沈茂带着耿佑臣查看荔园里面的一切所用和摆设，毕竟沈府是商户，有些规矩不如官家制得全面，虽然安知府已经派人来查看监工改制，可是谨慎一些总是没有错的。

就在沈府事情发生后的第三天，安知府也传话来，那日半夜放火烧了韦府的贼人已经抓了起来。本来一时半会是抓不到的，这群贼人虽然手段不高明，藏匿的手法倒是不差。

眼看圣驾就要到扬州，留下这么一伙贼人在也不安全，瑾王世子得知后，派人协助，将那群贼人抓获。

在此时犯罪，等于是让安知府心头不顺，于是在审查的过程中，衙役手段百出，贼人马上就交代了在京城所作下的事情，其中便有谢姨妈和贼人勾结，假装打劫老夫人，然后谢姨妈舍身去救的这一件事情。另外还有的便是谢姨妈这次和贼人勾结，假装房舍被烧，以图借住在沈家的事情。

当消息传到沈府的时候，大夫也再次来诊断，谢姨妈因为中毒损伤了内脏，深度昏迷，以后只能躺在床上，靠人照顾，做个“活死人”了。

两条消息传到沈家的时候，沈茂只觉得怒上心头，直接冲到了菊客院，看着床上一动不动的谢姨妈只觉得刺眼之极，咬牙切齿了半天，终于将目光转移到在一旁哭得眼睛肿得和桃子一般的韦凝紫身上。

“娘，你醒醒啊，你不要丢下女儿一个人啊，女儿已经没了父亲，你要再这么一直沉睡下去，那女儿岂不是以后没人再管了！”她边哭边摇着谢姨妈，声音已经嘶哑，人也仿佛瘦了一圈，好似随时都能被秋风卷走一般。

对于韦凝紫，沈茂一直说不上多喜欢，也算不得多讨厌，可是如今谢姨妈做下如此的罪行，竟然在京城的时候就对老夫人动了心思，而后又一而再地算计沈府，人都说“爱屋及乌”，其实当讨厌一个人的时候，连带着也会讨厌上她身边人的。

对于谢氏，作为十余年的结发妻子，沈茂虽然不舒服，可过几天也会释然，可是看着韦凝紫，沈茂就会想起谢姨妈，想起谢姨妈所做的一切，他不想看到她，虽然他觉得这一切和韦凝紫没关系，于是就语气淡淡地道：“韦府我会尽快派人修复好的，你不要担心房子的事情。”

韦凝紫只听得心口上咯噔一声，知道沈茂因为讨厌谢姨妈连带对她也不喜欢了，如今事情都发展到了这个地步。若是她不能留在沈家，守着谢姨妈这个活死人，一生的前途就真的毁了。

谢姨妈之所以费尽心思地要住进沈府，就是想要找个机会让她接近皇孙龙子，攀得一个富贵的机会。眼看机会就要到了，如果这个时候功亏一篑，岂不是前面的努力都要白费。

她知道如今依着自己的身份，是做不了皇子妃之类的，可到底韦家在京中还是名门望族，怎么也比云卿要强。若是有机会得了皇子的青眼，即便是做不了皇子妃之类的，她相信以她的聪明，即便是个妾室，也能用心计一步步地爬上去。妾室又如何，只要她能生下儿子，得到皇子的宠爱，就有可能升上侧妃的位置，若是运气再好一点，也许正妃的位置也不是那么难的。

送走沈茂，韦凝紫静静地坐在房内，筹谋计划着，眼下，她必须要争取，争取能留在沈府的机会，这是最基本的条件，也是目前她必须达到的条件。

翌日，云卿正坐在谢氏的院子里陪她聊天，听到外面一阵喧闹声，紧接着一阵子，外头就有个丫鬟过来报道：“夫人，大小姐，表小姐在菊客院自尽了！”

谢氏本来带笑的脸一下就被讶异的神色取代，抬眉道：“什么？”

“表小姐在菊客院里悬梁自尽了，刚刚被人救了下来！”那丫鬟回道。

云卿听到之后，倒是觉得有些怪异，韦凝紫这种人会悬梁自尽，她才不相信，韦凝紫这么做一定是有什么目的。

谢氏只觉得太阳穴都发疼，最近家中的事情一件比一件来得猛烈，每一件事情都是那样惊天动地，以至于她听到韦凝紫自尽的时候，倒没了太多的惊异，更多的是觉得一种从心头涌上来的烦躁。

“走吧。我们去菊客院看看，她怎么了。”

谢氏语气里带着一种烦意，这些时日，她和沈茂的关系也有一种若有若无的隔阂，想到这一切的源头就是谢素玲，她是一百个不想去菊客院。

可是家中在这个时候出现了有人自尽的事，她作为当家主母又不得不去。

当她和云卿走到菊客院的时候，却发现沈茂竟然比她们还先到了菊客院，而与他一起到来的，还有南巡开路的耿佑臣。

本来耿佑臣是不能进内院来看这种事情的，可他如今有了个检视沈府安全的头衔，发生了这样的事情，他被吸引来，倒也说不得什么。

到了屋子里，韦凝紫已经被人救了下来，躺在了床上，柔弱的面容如雪一般的白，一双杏眸大大地睁着，呆呆地望着门口，配合着她无一丝装饰的顺滑青丝，有一种孱弱到极点的脆弱美。

她一望见沈茂和谢氏，便似受到什么打击，从床上撑起来，泪水哗哗地从双眸中流出，“姨母，姨父，昨日得知那样的消息后，我满心的愧疚，后悔，只恨自己没有早点发现这些事。想着老夫人如今躺在床上不能动，我就觉得娘犯的实在是大错，可她如今也听不到看不到了，所有的过错，就让我承担了吧，我给你们一个交代……”

她哭得好不凄惨，耿佑臣却从她露出的一点脖子那看到了红色的勒痕，心中怜香惜玉之情油然生起。

当初韦凝紫就对他秋波频送，那时鲜妍美丽的少女，如今哭得如此惨痛，心生怜惜道：“究竟发生了什么事情，要逼她一个无辜女子自尽？”

云卿心底冷笑，韦凝紫真是会作态，她哪里是上吊自尽，分明就是知道耿佑臣在沈府入住，故意演出这么一出戏来给人看的。

沈茂听到“逼一个无辜女子自尽”时，眼底明显带着不悦了。

韦凝紫见此，转过头来对着耿佑臣，眼底的泪水如同珍珠坠落，神态楚楚可怜得让人心疼：“耿大人别怪姨父，这事都是我的错，只怪我娘走错一步，之后步步错。那时爹刚走，族中人对我们多有逼迫，她想来投靠姨母，又担心这么多年未和姨母联系，姨母不照顾她。可是我娘她不该，做出这样的事情，老夫人是长辈，她怎么能对老夫人下手呢，所以她惊吓之后，又自己吞了毒。但是她坏事毕竟是做了，我们母女两人来扬州后，就多靠姨父姨母的照拂，姨父知道事情的真相后，也让凝紫借住在府内，可凝紫心里几乎要被愧疚淹没，唯有一死，才能对得起姨父姨母的一片心意……”

云卿看了看耿佑臣，见他眸中都是怜惜的神色，果然还是和上辈子一样啊，耿佑臣就喜欢这种柔弱的女人，只要韦凝紫一露出这般楚楚可怜的姿态，他就心疼心软。

云卿突然有一种想法，既然这两人，一个喜欢装柔弱，一个喜欢柔弱的人倚靠他，要是这一世，还是将这两个人凑在一起，又会是什么样的情景。

CHAPTER 21

第二十一章　御宴堂前多事端

不过此时她只是缓缓地开口道："表姐，你知道圣驾六天后便要到达沈府了，这个时候你若是真的一死，只怕是你这对不起沈府的心意，反而会连累沈府吧。"

在一片凄凄惨惨的气氛中，云卿平淡得没有一丝感情的话，显得格外清晰。

一直被韦凝紫梨花带雨姿态吸引的耿佑臣此时也转身往后侧看去，由于云卿和谢氏来得比他们迟，所以一直是站在后方，并没有开口说话。

此时的云卿穿着水蓝色湘裙，头上戴着一支白玉簪子，整个装束素净大方，脸上也未着脂粉。应该显得素淡的人，却偏偏浓得好似画中最出色的一朵牡丹。

便是偏爱柔弱美人的耿佑臣，也不得不说，眼前的这幅美景，实在是太过赏心悦目，不需要任何陪衬和点缀，这张脸就称得上国色天香。

"沈小姐。"以前耿佑臣还觉得这样的美人娶回家做正室是绝好，如今时隔一年再看，只觉得这种美带着些惊心动魄，如此绝色，他娶回去倒是显得可惜，若是介绍给四皇子殿下，倒是不错的选择，若是能在四皇子那受宠，他的官途必定会更上一层楼。

看他那不断闪烁的眸光，云卿就知道他内心所想，这个热衷于权力的男人，只怕又在打着某种主意。

只是这辈子，耿佑臣再也别想将他的主意往她身上来打，上辈子的旧恨再加上这辈子的新仇，耿佑臣不一定有这个能力承受得住后果。

眼看众人的注意力一下都集中到了云卿身上，韦凝紫虚弱地咳了两声，将众人的注意力又拉回来，然后唱作俱佳地望着云卿："表妹，我未曾想那么多，只是满心的愧疚，又没有办法报答。如今我连唯一的母亲都躺在床上不醒，不是孤儿，形同孤儿，等搬出了沈府后，以后的路也不知道该如何走，不如就这么去了，一了百了吧。"

她伤痛欲绝地趴在床头，越发衬得身姿纤弱，耿佑臣往前走了一步，又觉得不妥地定住了脚步，转头望着沈茂道："沈老爷，我不知晓你们家究竟发生了什么事，可如今陛下就要入住荔园，沈府内的大小事务你一定要处理好，至于韦小姐，我看她心地纯善，如今爹娘都不能再替她主事，怕也只有依赖你们沈府了。我先行之时，陛下曾问及沈府，我说过沈府是江南行善大家，陛下颇为满意，你能得到这次的机会，以后沈家的生意必然能得到更多的恩

宠。”

沈茂心底很不高兴，耿佑臣这一番话是连威胁带安抚，今日他这样开口，就代表了韦凝紫以后必然是要住在沈府，沈府必须要供养着韦凝紫了。否则耿佑臣在陛下面前所说的行善大家，就是虚言，欺君是何罪，动辄可以连累全家，沈茂担不起这个大罪。

听到耿佑臣此话，韦凝紫眼底飞快地闪过一抹得意，脸上却是惶恐，哭得沙哑的嗓音带着惊讶，抬起头来摇头道：“耿大人切莫如此说，姨父姨母对我已经是十分的好了，我岂能再连累他们……”

悲痛的声音，小心翼翼的眼神，期盼的神色掩藏在故作无谓的脸色之下，云卿真心感叹，韦凝紫的演技真的到达了登峰造极的地步。她若不是重生一世，完全看不出她半点作假的样子，只会被她这一番真情所打动。

她转头看谢氏，果然见她神色里有着怜意，谢姨妈纵使有错，但是谢姨妈所有犯下的事情里，都没有韦凝紫参与的影子。她一直是置身事外，做一个乖巧温顺的女儿，而且所有人都知道，谢姨妈对这个女儿，并不爱护。

云卿又转头看沈茂，却意外地发现沈茂的神色里却没有不忍和怜惜，他眼底的神色十分复杂，在望着韦凝紫的时候，有一种云卿熟悉的光芒闪过，那是父亲在谈生意思考时所特有的神情，还加上了一抹无奈和恼色。

“姨侄女不要想太多了，你娘的事情与你无关，你便住在沈府就是，其他的无须担心。”

沈茂说出了这句话，终于让韦凝紫脸上换上了诚惶诚恐的表情：“多谢姨父，多谢姨母，以后我一定会好好报答两位，把你们当成亲生爹娘一样。”

好一个顺着杆子向上爬，这意思是打算入住沈府不离开了。

云卿看着韦凝紫，并不开口，她知道爹为何会说出这样话，圣驾就要到来，沈府如今所有的精力都要投入在接待圣驾之事上，韦凝紫若是一时还要做出什么事，届时冲撞了圣驾，沈府就完蛋了。

更何况今日之事又引来了耿佑臣，他明显偏帮韦凝紫，而如今他说的话，不管是不是皇上的意思，在外人看来，就代表着皇上的意思。

可是云卿不开口的原因却和沈茂不同，韦凝紫一直都想入住沈府。她今日若是不成，以后还会想要用手段进来，既然总是要去防备她在外面使什么手段，不如就成全她这桩心愿，让她入住进来，什么阴谋诡计都在眼皮底下反而更安全。

谢姨妈喝毒之事，虽然没有任何的证据可以指向韦凝紫，但是云卿相信，这件事与韦凝紫绝对脱不开关系。

若是谢姨妈死了，也许云卿会觉得自己猜错了，可是谢姨妈却偏偏没有死，只是变成了活死人，躺在床上。

如此一来，韦凝紫避免了谢姨妈醒来后，被沈家状告杀人罪，成为杀人犯的女儿，又避免了谢姨妈中毒而亡，导致要守一年的孝而不能抓住此次面圣的机会。

得到了入住沈府保证的韦凝紫此时披着外裳，由身边的丫鬟紫薇扶着往谢姨妈躺着的另外一间屋子走去，到了门口时，韦凝紫吩咐道："你们在门口守着，我进去看看夫人。"

紫薇点头，待韦凝紫进去后，将门关紧，站在门外。

屋内，韦凝紫望着躺在床上形容憔悴，紧闭双眸的谢姨妈，嘴角勾起一抹笑容，慢慢地走到床前，轻声道："娘，我可以住在沈家，你开心吧。"

她的声音极轻，脸色带着开心，又似乎嘲讽的笑意，整个面容显得格外怪异。

脑中却回忆起那日发生的事情——

"女儿，你放心，等你投案自首了，娘一定会尽力去救你出来的。"

谢姨妈哄骗温柔的话语仿若还在耳中回荡，韦凝紫的心却浮不起一点热气。

尽力，而不是绝对。

两个词，有着天壤之别。

还想哄她，哄她替她承担了这杀人的罪名。

她便是那时将心底最后的一丝顾虑抛弃，从柜中掏出砒霜，毫不犹豫地放进了茶水中。

她看着谢姨妈端起茶，吹了吹，一口全部喝了下去，看着她喉管一上一下，唇瓣动了动，始终没有开口。

韦凝紫静静地站在床头，眼帘半掩，只有一丝幽光从杏眸里透出来，将整个人照出了地狱一般的暗红色泽。

娘，你就好好地睡吧。

人既然是你杀的，你就要好好地负责，妄想将责任往女儿身上推，你实在不是一个好娘亲。沈家不是傻子，到时候一定会查出是你所为。杀死老夫人的罪，沈茂一定不会放过，一旦闹到官府去，从此以后我永远就要做一个杀人犯的女儿。背负着这个罪名，这一生也会过得十分艰难，再也不要想有个好姻缘了。

既然如此，反正你都会被官府抓住，不如舍了你这个烂棋，保全我吧。

韦凝紫默默地在心内说完这一段话，脸上却不知不觉的满是泪水，再多不好，始终都是她的娘。

她擦了擦泪水，然后推门走了出去，坐在院子里，看着院子旁大树上的枯叶，风一吹，摇摇晃晃地转上几圈，从空中坠落下来，掉落在地上。

时间飞快地过去，十月初三，扬州知府带着一干本地官员，早早地便在大运河的港口前等着，而在前头，分别站着瑾王世子御凤檀、耿佑臣，两旁的护卫队早就将官道肃清，不许闲杂人等出现。

直到日上中天，秋日的艳阳带着干燥的气息随着运河冲开的浪花划出一道气势磅礴的水纹，圣驾所在的龙头巨船驶进了扬州港口。

沈茂站在扬州官员之中，看着烈日下，穿着明黄便服的天子踏着龙步下了梯子，旁边人全部齐刷刷地跪了下去，高声齐喊：

“皇上万岁万岁万万岁！”

“皇后千岁千岁千千岁！”

在满城百姓沿街膜拜之中，天子住进了荔园，在荔园最华丽的东来楼里接见了赶来的扬州官员，听着他们歌颂天子南巡此举的高贵之处，直到夜晚，才一一散去。

而皇后也在歇息之后，让内侍传出话来，明日在荔园偏西的东花园中，宴请扬州一干贵妇及千金，并且感怀江南美景，可惜此趟来扬州已是秋季转冬，不能看到，便让一干千金作上一幅春日景图，可绣，可画，也好让她好好一饱眼福，到时候若是有出彩的，皇后娘娘还会厚赏。

由于圣驾入驻之地是在沈府，于是沈府内的小姐也接到了邀请。

当云卿听到这个消息的时候，正在书院内习字，手中握着大号的狼毫笔，闻言淡淡地一笑。

因为圣驾亲临沈府，沈府的丫鬟婆子都被主子说了要打起十二分的精神，显得格外有些兴奋，就是流翠眼底也有些雀跃，欢喜道：“小姐，你一定要画个最出色的，好好地在皇后面前出出风头。”

云卿好笑地看了她一眼：“我要出那风头做什么？”

这么一问，就把流翠问住了，不由得一愣，想了想才道：“皇后娘娘若是赏了小姐，小姐的身价自然就更高，就能找个更好的姑爷了！”

云卿将笔放在笔洗上，凤眸里闪过一抹墨色的光芒：“好姑爷和身价高没有关系。”身价越高，也许就越危险，婚姻也越不能由自己做主。

看云卿的脸色有些严肃，流翠想着自己是不是说错了话，有些自责道：“是奴婢说错了。”

她原是想让云卿开心的，云卿也知道她是一片好意，毕竟能得到皇后的青眼，在一般人看来都是一件极佳的事情。她斜睨了眸子，一脸正色地打趣道：“流翠，你就想着姑爷了，是不是自己想嫁人了？”

“小姐，奴婢哪有！”流翠哪曾想云卿话锋一转，竟然扯到了她身上，瞪了一眼云卿，小脸变得通红，找了个借口就出去了。云卿看着她的背影暗自微笑，转头望着窗外，院子里的花儿已经换了季，清风中送来的都是桂花的香味。

皇后要的东西，自然是不能耽误，云卿沉了沉眸，稍许深思了一会，便让青莲重新拿出一张画纸，磨墨挥笔画了起来，神情一片自然，没有半毫为难和苦思冥想之态。

而此时菊客院里韦凝紫听到这个消息后，心内则是激动不已，又觉得微微遗憾，早知道皇后这次也会来，她就应该要提前准备好的，可是如今只有一天不到的时间，绣品可以显示高超的手艺，时间上却来不及，作画倒也可以显示出才情，可……

韦凝紫想到杜夫子对云卿的评价，画意，画艺皆为上品，沈云卿一定也会把握这次在御前出头的机会，她若是没有出彩的地方，很难让皇后留意到她。她如今的身份，想要见到皇后这种身份至高的人的机会的确不多，若是这次能出彩，以后也许会多了很多益处，嫁给皇子的路也会走得更加顺利。

苦思冥想了许久之后，韦凝紫终于想到了一个办法，这个办法一定会让皇后注意到她的，也肯定会让她拔得头筹，让她在众人面前赢得重赏。

翌日，因宫宴设置在荔园，云卿准备得并不匆忙，早晨起来之后，吃了三块点心，就了一杯子茶，将肚子填饱后，她才让人给准备素淡点的装束。

上一世她穿衣都是有着压抑色彩的，偏爱深色的衣裳，又因郁郁不得志，眉眼里总带着深闺怨气，即便那样，容颜都出色。这一世，没有那些压抑，她的眉眼就越发浓丽，有时候自己偶尔看一眼镜子，都觉得太过惹眼。

这样的容貌总不是太好的，不然当初和李斯去染坊的时候，他也不会建议云卿戴上纱帽避免容貌被人窥视。所以云卿慢慢地将衣服换成了相对浅素的色彩，尽量将光芒掩下。

荔园和沈府本有偏门连通，如今圣驾驻跸，为安全着想，这道门已被侍卫守护。于是云卿也要和其他人一般，从沈府的正门出去后，再绕到荔园的正门进入。

刚出了归燕阁，便看到韦凝紫含笑道："真巧，我刚准备喊表妹与我一起的。"

云卿瞧着她今儿个的打扮，茜草红的裙子，打扮也是中规中矩，倒是头上的簪子很是出巧，金丝盘成的孔雀尾钗簪子在流云髻上，炫彩灿烂，孔雀的口里衔着一颗浅蓝色的小钻石，垂在了额头，脸上画着的娇羞妆容也清丽脱俗，就是到了众多小姐之中，也会脱颖而出。

"既然遇见了，那便一起吧。"云卿知道她一直等的便是今日能好好地表现一番，打扮上必然是用了心的。

她也不想阻拦，既然韦凝紫处心积虑都是要来的，那就让她来，只是去了之后能不能如韦凝紫的愿，那还是很难说的。

荔园门前已经有许多的马车，云卿和韦凝紫到了之后，便有人引了进去，到了东花园的时候，已有许多夫人小姐坐在里面，个个打扮得精致巧艳。

跟安夫人见过礼后，云卿又往周围看了一圈。这次的宴会是在东花园，东花园是荔园中第三大的花园，比不得南花园大气，但是胜在精致。周围有各种鲜花摆设成各种造型，入目丝毫没有秋日的萧瑟之感。可见沈府为了御驾亲临，在原有的基础上，又投入了多少人力物力在其中。

花园中间宽阔的地上铺着地毯，地毯上有着富丽堂皇的花纹，而在地毯的最顶端，则是皇后的宝座，而在宝座的两旁，还依次摆了四张红木宽椅，位置比其他人稍微高出一点，上次所坐的人，也比起其他人的位置更加高贵。

御凤檀坐在右边的第一个位置上，一身白色的大袍，领口处用金银双线绣出繁复精致的缠枝花纹，被阳光一映，闪耀夺目，与他那似笑非笑的潋滟眸光相互辉映，仿若一幅画般，引人瞩目，而他正勾唇笑着，望着对面的男子，口中在说着什么。

云卿转眸看去，只见他对面坐着的，是一个面生的男子，他有一双与御凤檀有几分相似的眸子，却少了一丝潋滟光泽，加上如山峰一样浑厚高挺的鼻梁，稍显深色的嘴唇，配合着那一袭紫色绣四爪龙纹的华服，都无不在彰显此人高贵尊显的地位。

这个人正是皇后的儿子，明帝的四皇子，御宸轩。

上一世，她与四皇子见面的次数屈指可数，但并非完全没有印象。这个人，就是下令将她沈府满门抄斩，所有财物充入国库的新帝。

时间和空间反复交替，云卿似乎又想起那一日听到韦凝紫在耳边的轻语，分不清此情此景究竟所为何时。

而坐在他下方的，便是一袭青色锦袍的耿佑臣，脸上带着得体的笑容，眼中却有着暗藏的谄媚。在看到进来之人时，便悄声附过去，唤道："殿下，方才进来的那位，便是本次圣驾驻跸沈府的独女。"

闻言,四皇子自然便转了过去,一眼就看见在众多紫红银蓝之中,那一身中规中矩的云卿。

光是这么一眼扫过去，四皇子的眼底便带出一道奇异的光芒，那日他微服到扬州，在沈家店铺外看到过那个戴纱帽的女子，听到周围的人唤她作沈家大小姐。

只见女子进来之后，没有如其他闺秀，对他及御凤檀投来各种娇羞，妩媚，钦慕的眼神，只是平静之极的打量……

耿佑臣仔细观察着四皇子的眼眸，没有错过他那不显山动水的眸底掠过的那一抹极其细微的欣赏和惊艳。若不是他跟在四皇子身边多年，也察觉不到这么稍纵即逝的瞬间。

他抬眸望向云卿，对面却有两道极为凌厉的视线，让他不得不收回目光，望向御凤檀。

只见对面容光如云的男子，一双细长的凤眸拉出的色泽仿若酒光浸润，看不出其底下究竟深藏着什么，却莫名让他心头一冷。

耿佑臣自问从未看透瑾王世子这个人，他在京中为质子，却从未有质子的困窘，风流肆意，活得比皇子还要潇洒。就在众人以为他会成为一名纨绔子弟的时候，却在西戎举兵进犯之时，在被明帝派出迎战之后，以众人完全不可估计的智谋，取得这场艰难战役的顺利，让世人对他再次改观。

在明帝对他心存芥蒂，心中忌惮的时候，又非常轻松地将兵权交给明帝，没有丝毫的揽权迹象，挂着"镇西大将军"的虚衔，手下无兵也没有任何怨恨。

他看不懂御凤檀，就如同他很难知道四皇子究竟在想什么。

御凤檀迎上耿佑臣的视线，毫无顾忌地将目光转到一直都未曾留意过他的云卿身上，却发现她的视线一直停留在四皇子的身上，似乎从开始进来之后，就没有半瞬的转移。

他眉目稍沉，目光转移到了御宸轩的脸上，嘴角的笑容越发的明媚，心中万般不是滋味。"四皇子，这江南万般春色，可是惹得你都动了凡心。"

御宸轩这才发现自己方才陷入了沉思之中，掩饰了眼底一刹那的诧异，随意道："江南景色的确与京城有着很大的区别。"

他意味深长地说道，却让人产生一种感觉，不知道他说的是人，还是景，还是两者皆有。

"皇后驾到！"就在这时，只听宫人拉长了嗓音，抑扬顿挫地喊道。

众人立即站了起来，齐齐恭敬地朝着声音来的方向望去，只见花园的入口藤蔓拱门处，一个盛装妇人被一群宫人花团锦簇般地簇拥了过来。

待走近了之后，众人便齐齐行跪拜之礼，口中唤道："参见皇后，皇后千岁千千岁。"

皇后雍容一笑，在宫女的服侍下，端庄地站在宝座之前，抬手道："诸位起来吧。"

这时，云卿才提了裙角，站了起来，望着那端坐在宝座上的妇人，一身大红色的展凤华服，华丽的缎料在阳光下如同一汪血水般流淌，高高的发髻上缀着九凤发簪，额间贴着红色的花钿，无不透露着皇家无上的威严。

虽然年岁已快四十，皇后却保养得十分得当，扑粉的肌肤在阳光下看起来也显得白皙，只是眉眼高挑，带上了皇宫内院女子特有的阴郁和森寒之气，便是秋日的高阳，也不能将这种阴郁的气息散去。

这位皇后，可是后宫的一个传奇，是宫中女子都想学习的典范。

那眉眼里的阴郁，来得并不是没有道理的。

云卿心内的思绪稍许展开，皇后已经面带微笑地端起桌上的玉杯，道："本宫是第一次来扬州之地，虽只昨天一日，但也可以观之一隅而得知江南富庶，今日特邀各位一起，与本宫一起赏着秋日的美景，感万岁盛世下的乾坤安定。"

她这一番话说出来，下面的人自然是少不得要再说上客气话，如此往来一番，宴会就正式开始。各家小姐的画作已经交了上去，皇后坐在上面，宫里的嬷嬷一幅幅地将作品摊开在她的面前，任她一一过目。

云卿坐在下方，平静地等待着结果，她画的是一幅海棠春睡图，立意喜气但并不算是很突出。这也是她今日的目的，只求无过，并不求突出。

岂料，皇后娘娘却在众多的作品之中，顺手拿起了一幅画，含笑道："这幅图手法细腻，色彩运用浓淡相宜，乍看几乎以为是真正的海棠绽放在眼前，实乃佳作，不知道是哪位千金的作品？"

旁边的嬷嬷立即接过皇后所拿的图，展现在众人的面前，云卿随之望去，竟然是她那幅海棠春睡图。

她心中立即有了不好的预感，对于书画，她上一世就有相当的水准。而这幅图，她特意只用了七分的力，虽然算得上不错，但是她相信在其他千金倾力而出的画中，她的不会显得很突出。

每幅画上都有各家千金的署名，皇后是有事要找她，而且，十足是麻烦！

可是此时画作已经展现了出来，她不得不站起来，行礼道："回皇后娘娘的话，此画乃民女所作。"

但见皇后抬眸，额前花钿在金灿的阳光下反射出刺眼的光芒，就连她的眼底也带上了一抹刺目的冷芒。她望着站在前方的女子，看到她的容颜时，手指不禁握紧，长长的赤金指套在椅上划出一条浅白的划痕。

"看你画上署名姓沈，莫非就是沈家英名在外的沈家小姐沈云卿？"皇后雍容一笑，满脸的慈爱将话里的锋芒掩饰住。

云卿暗暗一惊，皇后这话听起来可不是好事，“英名在外”这四个字若是形容男子，便是天大的殊荣，可若是说女子，那便是贬义了。她不知为何这位皇后初次见她，话语里便带着一股深藏的敌意，这股敌意让她觉得很不舒服。

就在那些心思活转的夫人都听出话中深意，皇后暗讽云卿不守女子规矩时，却听上面有人发出一声轻笑，众人便抬眸看去。

但见瑾王世子靠在红木椅上，微微一笑，如同春风吹拂在他的眉眼之间，微微舒展嘴唇，道：“皇后娘娘此言真是不错，臣来扬州之时，也时闻沈家小姐之名，若不是她一心护家，如今陛下的圣驾可就不能欣赏到江南最美的园林——荔园之美了。”

云卿本半垂着头，听到御凤檀的话后，微微抬起了眼，却与那双潋滟的凤眸在半空之中对上，微微一转，便又移开。

而皇后本来带着责怪的话语，在御凤檀一番话下，便彻底转了意味，反而像是要褒奖云卿一番，这让皇后侧头望了御凤檀一眼，眼底划过一丝恼意，飞快地淹没在华贵的眉眼之中。

“原是如此，那真是让本宫刮目相看了。”皇后仿若这时才知道云卿名声在外的原因，满脸的赞赏之色。

只有云卿知道，既然圣驾要驻跸沈家，沈家的一切早就全部打探得清清楚楚。虽然不知道皇后为什么一见自己就给了下马威，但是这位皇后娘娘不喜欢她，是显而易见的事实。

接下来，皇后身边的那位嬷嬷在睨了一眼云卿之后，语气深远地开口道：“皇后娘娘，这位沈家大小姐不只英名在外，就连芳名也是江南无人不知的呢，还有文人写诗歌颂过。”

这位嬷嬷是皇后身边得力的米嬷嬷，但凡她说的话，十有八九是皇后的意思。所以她一开口，云卿全身就绷紧起来，等待着后话。

果然皇后问道：“是何诗？”

“庭前芍药妖无格，池上芙蕖净少情。唯有牡丹真国色，花开时节动京城。”米嬷嬷一字一句地念着，随着她最后一个字落音，皇后的脸色便有些不悦了，重复道：“唯有牡丹真国色？此诗倒是写得真好呢，本宫看沈小姐也当得上牡丹两字啊。”

在大雍，女子的闺名并不是什么秘密，所以当皇后才说完这句话后，花园中的所有人脸色都变了。

唯有牡丹真国色，这句诗其实并没有什么问题，有问题的，是牡丹两字。

因为当今皇后的闺名便是“惟芳”，而“惟芳”两字代表的便是牡丹，若说云卿是真国色，那皇后娘娘又是什么？

其实这本来只不过是文人随口咏来的诗句，但是皇后如此问出来，云卿便有了不知天高地厚，敢与凤主相媲美的意思。

此时，云卿若是一个回答得不好，便会陷入万劫不复之地。而这首诗，又的的确确是当日那些酸腐诗人用来赞美云卿的美貌而写。

花园里变得极其安静，所有人的目光都停在云卿的身上，等待着她如何去回答这句话。

御凤檀握着玉杯的手指略微地收紧，狭长的眼眸深处闪过一抹极为不悦的血红光芒，薄唇抿了一口水酒。

云卿面上带着微笑，行了一个标准的宫廷礼后，方抬起尖尖的下颌，凤眸中波光流动，宛若阳光浸在其中，含笑道："民女不敢当皇后娘娘赞誉。牡丹乃我大雍国花，富贵雍容，瑰丽无双。牡丹中也因品种区别而有着贵贱之分，'姚黄'、'魏紫'，花儿繁丽，品种珍贵，形如细雕，质若软玉，自有一种高洁气质，尊为'牡丹之王'和'牡丹之后'，这种牡丹乃最受世人喜爱和尊敬，却也一株难得。而后也有玉楼点翠，墨池卧青龙这种珍稀品种，在世人中偶有流传。而除此之外，更有一种牡丹，它单瓣株小，盛放在野外，便是有牡丹之名，却难负这般锦绣盛赞。这诗歌乃市井诗人所著，眼界狭小，必定未曾欣赏过那绝色的珍稀品貌，以为识得一株野生牡丹，便览了国色，实在是大大不妥。"

随着云卿的话，皇后的脸色却是好了许多，没有了刚才那种怒意盈然的模样。

御宸轩眸中有着两道探究的视线，落在云卿的面上，她眼眸宛若凤翅华贵，墨染点翠，沉静又从容，神态看起来平静和恭顺，可是刚才说的那一番话，却是得体之极。在这么短的时间内，就能应付皇后的突然发难，这个女子，极为聪慧。

感受到他的视线，云卿抬起眼睫与他对视，极短的一瞬间，又收回视线继续等待皇后娘娘的后话。

御宸轩放在椅上的手却顿了顿，刚才那一瞬间，他分明看到，云卿落在他身上的目光，一瞬间由平静转为了另外一种难以形容的眸光。若是要找一个词语来形容，那眸光仿若有着冷冷的寒意压制在古井深潭之中，满是恨意。

"不愧是沈家之女，真正是好一张巧嘴，难怪沈家的生意可以做得如此之大。"皇后一笑，仿若刚才那种刻意为难没有存在过一般。

"沈家生意都是在陛下和皇后娘娘的庇佑下，国泰安康，才有此机会，民女再次叩谢。"云卿又行了一礼。

皇后嘴角含笑，似乎很满意的样子，吩咐她起来回到位置上，话题一转，便又回到了众位千金交上来的作品上，品评着交上来的画作。

也有那不懂事的交了绣作的，皇后连看都没有看一眼就放在了一旁，因为短短一天的时间，根本就不可能准备出来拿得出手的绣作，必然是事先绣好，或者买来的现成之作。

就在这个时候，只见花园里突然飞来一群彩色的蝴蝶，停到了一幅书画上。顿时画上便落了色彩斑斓的数十只蝴蝶，翅膀闪动之间，如画如歌。

此时已经是秋日，蝴蝶稀少，更加怪异的是，这些蝴蝶仿佛受了召唤一般，它们竟然一致是朝着皇后娘娘面前的画上飞去。

"哇，怎么有蝴蝶的，一下子来了好多蝴蝶啊！"

"你看，蝴蝶都朝着皇后娘娘的面前飞去呢！"

“是啊，不知道那幅画是谁家小姐做的，竟然能吸引蝴蝶，画工也太好了！”

夫人小姐们都开始交头接耳地看着越来越多的蝴蝶飞过来，将那一幅画占得满满的，眼底都露出了惊艳的光芒。能吸引蝴蝶的画作，实在是独树一帜，今日肯定能得到皇后娘娘的厚赏。

看着那些小姐眼底嫉妒羡慕的光芒，韦凝紫脸上露出了一种暗藏的得意，她的唇不由自主地微微上勾，想象着等会在众目睽睽之下皇后对她夸赞的模样。

好在她早知道皇后的名字是“惟芳”，并没有画牡丹，而是画了一树桃花粉雾如云。

云卿目光在越来越多蝴蝶扇动的画上停留，突然暗暗地一笑，眼底带着莫名的光芒。韦凝紫啊，韦凝紫，我就知道，你这次一定会乖乖地撞上去的，希望等会，你能承受得住皇后的厚赏啊。

米嬷嬷的脸随着蝴蝶的落下而变了颜色，御凤檀则是抿了唇，一脸趣味地看着那幅画，甚至还伸长了脖子去看了看那幅画，似乎是要去看看，究竟哪里吸引了这么多蝴蝶。

“这么多蝴蝶停在上头，都看不见下面画的是什么了，皇后娘娘，你看得到吗？”御凤檀非常遗憾地叹了口气，虽然话语里带着一股子不甘心，可始终也没有伸手驱赶那画上的蝴蝶，任它们重重叠叠地停在上头。

而御宸轩的眼眸也越来越深，一双鹰眸在画作上流连，只耿佑臣还在一旁感叹：“这不知道是哪家的小姐，竟然如此别出心裁地吸引了蝴蝶的到来，实在是让人刮目相看。”

御凤檀看了一眼耿佑臣，嘴角带笑地点头：“是的，不知道是哪家的小姐，竟然有这样的心思，在秋天都将蝴蝶吸引过来了。”他眼眸掠过画作下方的署名，转头向云卿望去。

方才皇后的一番为难并没给她留下什么阴影，她和其他千金都一样端坐在座位上，唯一与她们不同的则是，那些小姐眼底还都是羡慕和嫉妒，甚至暗暗悔恨自己为什么没有这种功底，让蝴蝶飞来停驻。而云卿的眼底，更像是一种不怀好意的期待，她，仿佛知道这幅画的主人是谁，却是在等着看好戏，而不是等着看厚赏。

他转头看了一眼韦凝紫，暗道：她又要倒霉了。

皇后嘴角浮现了一个缓缓的笑容，动作十分的缓慢，也十分的怪异，她望着面前的画，道：“米嬷嬷，不知这吸引了众多蝴蝶的画，是谁家小姐所作？”

米嬷嬷皱了一下眉头，用手将那些蝴蝶一扫，把桌子上的画提了起来，高高举起，给众人观看：“皇后娘娘问这画，是哪家小姐所作？”

在众人四处看探之时，韦凝紫面带微笑，站起来后对着皇后遥遥一拜，道：“回皇后娘娘的话，拙画是臣女所画。”

“噢，你自称是臣女，请问是哪家的千金呢？”皇后含笑问道。

她的问话实属平常，可是韦凝紫的小脸却有一点难堪在上面，刚才云卿自称是民女，因为沈茂是商人，而韦凝紫的父亲是韦家望族的子弟，也曾在京中任职，可到底官职不大，鲜为人知，又已经去世，所以韦凝紫想了想，才答道：“臣女父亲前年已丧。”

“噢，原是如此，那你今日来参加宴会，是随何人而来？”皇后似乎对韦凝紫颇为关爱，仔细地一个个地问着问题。

众人也觉得韦凝紫是得了皇后的青眼了，皇后如此尊贵的人，还仔仔细细地询问着她的出身，只怕是有其他的意图，一时都认真地听着。

韦凝紫心中也是如是想，便越发地恭敬有礼：“臣女随母寄居在姨父姨母家中，蒙皇后娘娘邀请沈府女眷参加，臣女也随来参加。”

“那你母亲呢，今日可否有来？”皇后依旧笑着，脸上并没有多大的变化，众人坐在花园里，远远看去，她的脸色在阳光下只觉得模糊一团。

话问到这里，韦凝紫心头已经不如开始那般笃定了，皇后一个接一个的问题，根本就不说有关于那幅画的事情，如今更是问到了她的母亲，难道已经知道了沈府里的事情。

她心头一紧，一瞬间，心头滚过了千般万般的想法，最终想到，连云卿沈茂都找不出证据的事情，皇后如何会得知，便稳下心神道：“家母重病，无法出席宴会，现正在府中养病。”

她这句话刚一落，却不想皇后娘娘的声音忽然一转，从刚才的平静温和，变成了凌厉之极：“既然是你母亲重病，又寄居人下，身边无人伺候，怎么你来参加宴会，把母亲一个人丢在一旁？！”

此语一出，众人哗然，开始见皇后那般亲切温和的态度问话，都以为韦凝紫得了皇后的青眼，谁曾想皇后突然出声指责了韦凝紫。

韦凝紫如同被一把冰刀戳进了心窝，一双杏眸浮现出惊讶的表情，望着坐在上方的皇后，“回皇后娘娘的话，臣女是接到了懿旨，不敢有违，臣女的母亲身边已有丫鬟伺候，待宴会结束，臣女便会伺候在床前。”

她这话的确说得没错，皇后的懿旨一下，不管有什么缘由，来参加宴会总不算是个大错。

可明显皇后并不觉得如此，带着威严斥道：“好一张巧嘴，即便是有本宫的懿旨，可你母亲重病在床，你打扮得如此艳丽，就不怕寒了你母亲的心吗？”

皇后的再次发难，让韦凝紫的脸一下就青了，即便她心思灵活，可到底是未曾及笄的少女，又是第一次亲见皇后，那种天生的威仪本压迫在她的心中，再被这么厉声呵斥，心头吓得几乎如同有石头在猛烈撞击，不知如何开口回答，一时便冲口而出：“皇后娘娘是国母，国母有懿旨，臣女必定要遵从，若是穿得过于素淡，只怕会冲撞了皇后……”

这话不说还好，一说皇后的脸色便越发的阴沉，雍容的声音中夹杂了一丝破音：“你还在反驳本宫！今日除却你之外，还有颍川侯的千金，因颍川侯夫人病重在床，她便来给本宫告罪，要伺候母亲不能来参加宴会！”

章滢？

云卿这才想到，今日似乎进来之后没有见到她的身影。

皇后似乎震怒之下，还未说完，继续道：“再看你今日交上来的画作，本宫让画春日繁花景色，你却故意在那画上撒上引蝶的香料，一个母亲重病在床的人，竟然将心思放在这歪道上，本宫很难相信你平日里是如何用心伺候母亲的！”

一连几段话砸下来，方才插在胸口的那把冰刀仿若又被推进去几寸，韦凝紫浑身发冷。

她知道皇后娘娘发怒了，虽然这怒气来得有些莫名其妙，于是急急迈出桌前，跪了下来，诚惶诚恐道：“皇后娘娘教训得是，臣女此次的确是想在皇后娘娘面前讨得厚赏，臣女有罪，回去定当好好反省，更加用心地照顾母亲！”

好一个能进能退的韦凝紫！

云卿在心内暗暗叫一声好，只是她这般认错的姿态，也得看皇后买账不买账了！

很显然，今日对于韦凝紫来说，是一个不宜出门的日子！

皇后娘娘看见她认罪，没有半分松怒的样子，反而冷笑道：“颍川侯夫人教女有方，章小姐自然是孝顺。而你，父亲早逝，母亲卧病，却不知孝悌仁义。现在你年纪尚小，还能用不懂事糊弄过去，若是以后，不是要给人说不尊父母，不孝君亲，坏了大雍朝的规矩！”

此言一出，园中几乎是鸦雀无声，个个都噤若寒蝉。

这些带着相当分量、责怪的话语，将之前言语化成的那把长长的冰刀终于彻彻底底地捅穿了韦凝紫的身躯。

她不知道这是怎么了，就算是母亲重病，她在画上用了些奇巧心思，在宴会中都是可以允许的。小姐们争奇斗艳，谁不是手段百出，历来都是只看结果，不看过程，可是今日为何偏偏就她被训斥了？

她百思不得其解，也只能老老实实跪在地上，道：“谢皇后娘娘教训。”

云卿看韦凝紫从刚才得意的模样，一下子就变成了惊骇的小白花，端起面前的一杯茶，轻轻地抿了一口茶，唇角碰到茶杯的时候，泛起了一抹弧度，似在品茶，但更像是在讥讽某人。

韦凝紫战战兢兢地起来，重新坐在座位上，却比坐在针毡上还要难受，她双手绞在一起，反复思量着今日她可否做错了什么。

当然，就算她想再久，也不会想到这究竟是为什么，前世若不是耿佑臣偶然和云卿说起过一件事情，云卿也不会知道。

如今的皇后娘娘薛惟芳并不是当今明帝的原配，她本来只是明帝的侧妃，在明帝登基之后，被封为了皇贵妃。而明帝的正妃，则是当初京城四大家族贾家的长女贾漪兰，也就是明帝的元后。

明帝还是皇子的时候，先帝曾给他办了一场选妃的宴会，当时薛惟芳和贾漪兰都是京城有名的大家千金，琴棋书画，德容言功俱是相差无几。为此，先帝便出了一道题，要求她们两人在一个月内交出一幅绣图，届时就看谁的女红更出色，谁就立为正妃。

一个月之后，当两人将作品交上去的时候，先帝和太后都觉得功底各有出色之处，评价了好久，也无法选出更为出色的一幅。就在这个时候，突然从园中飞出了蝴蝶，舞着绚丽的翅膀，落在了其中一幅画上。先帝和太后连连称奇，大笔一挥，钦点贾漪兰为正妃，而薛惟芳做了侧妃。

当时的情景，与今日韦凝紫画上驻蝶的情景，几乎是一模一样。正因为几只蝴蝶的差距，而导致了后来明帝登基时，所立皇后是贾漪兰。这是皇后心中最憎恨讨厌的事情之一，如今韦凝紫竟然在她面前将事情重演，她怎么能忍得下去。

因为皇后讨厌元后的事情，几乎朝中上下皆知，所以这件选妃的事情，上一代的人也就闭口不谈，再者元后逝世，人们也不会再去议论这些事情，所以很多人都不知道这件事。当然，也是因为皇后不喜欢别人说她这件事。

在她看来，这是贾漪兰歪门邪道取胜的，但是据云卿听到的，却是另外一个。

据说当时这位元后贾漪兰艳冠京华，天生带有异香，身上也会散发出同样香味馥郁的味道。云卿心中猜测，那绣画，也许是因为元后日日拿在手中，沾染上了体香，所以在那次宴会上，淡淡的香味吸引了两三只蝴蝶。不像韦凝紫，撒了香精之后，吸引过来的都是一群群的蝴蝶。

不过这些都不重要，重要的是，韦凝紫今日活脱脱地撞上了皇后娘娘的刀口，不孝君亲这顶大帽子从皇后口中说出来，只怕韦凝紫这辈子都难以消化了。

今日皇后娘娘当着众人的面，将韦凝紫的家世是掏得干干净净，丧父，病母，寄居人下，这样的条件，真是比起孤女，也只好上那么一点点，甚至比孤女还要差，再加上皇后娘娘给予的这个评价，即便韦凝紫貌如梨花，想要进皇家的门，只怕是没有可能了。

御凤檀从蝴蝶开始飞来的时候，目光就一直落在云卿的脸上。若不是他昨日没事来沈府练练轻功，也不会知道，韦凝紫书画的事情，完全是云卿一手操纵的。

韦凝紫出去买香墨，云卿的人跟随在后面，让墨色坊的老板装作无意间说起看到过有小姐将花粉扑在衣服上，引来蝴蝶留驻在衣裙上，好像被裙上的鲜花所引来的。韦凝紫本来就想在宴会上得到皇后的厚赏，听到这段话之后，觉得引蝶的效果比散发香味的画更好，于是就去买了香精掺在墨中。

其他人也许看不出云卿不喜欢韦凝紫，至少她在人前是不会表现出来的，但是御凤檀却能感觉到，云卿对这个表姐，有一种莫名的憎恨。

而御宸轩则陷入了思忖之中，他望着皇后愠怒的眉宇，再看韦凝紫委屈的模样，最后将视线转移到云卿的面上，望着那被茶水蒸得如梦如幻的艳丽容颜，总有一种不太真实的感觉。

韦凝紫的事只是一个插曲，皇后很快恢复了之前雍容高贵的模样，但是明显没了开始的兴致，大概地翻了翻小姐们的画作后，随手挑了三幅出来，公式化地赞美画工精细，立意精巧之后，让身后的宫人捧了三个盘子，奖赏给那三位小姐，便又和米嬷嬷低声交代了几句。

片刻之后，米嬷嬷也端了一个小盘子出来，上面放着一个红木雕缠枝牡丹的盒子，开口唤道："颍川侯侧夫人可在场？"

突然被点名的颍川侯侧夫人连忙站起来，行礼道："臣妾在此。"

米嬷嬷满脸笑容，却只觉得皮笑肉不笑："今日颍川侯夫人和大小姐都未曾出席宴会，皇后娘娘念章大小姐孝心动人，特赏一对蝠寿延绵镂空绿清波镯子。"

颍川侯侧夫人的笑容有点僵硬，方才皇后训斥韦凝紫的话还在耳边，她今日打扮得可是比韦凝紫光鲜富贵多了，正室在家中卧病，她带着女儿来参加宴会，指不定皇后会想起来对着她也来一顿教训，只低垂着头不敢抬起，连忙谢恩。

所有人都知道，其实皇后在赏章滢的同时，其实就是在贬低韦凝紫。这些夫人个个都是人精，本来对韦凝紫这种类似孤儿身份就带了轻视，一想到她又惹怒了皇后，便觉得这种女子还是要避而远之，以免被她连累上身了。

苦心打造的形象就被皇后几句话打翻，韦凝紫恨得牙根紧咬，所有怨气却只能往肚子里吞。

而此时，除了韦凝紫，还有一个人，和她的心境也十分相同。

章洛坐在颍川侯侧夫人的旁边，脸色十分的难看，从皇后在责斥韦凝紫提到章滢时，她就不开心了，原本今天她交上去的作品得到了皇后娘娘的一对玉镯的赏赐，她是十分开心的，将之前皇后表扬章滢的话也忘记了，再怎么说，到底是她拿了赏赐。

可是未曾料到，皇后竟然在那之后，还特意地褒奖章滢，赐她一份独一无二的嘉赏，这让费尽所有力气才画出一幅夺目作品的章洛怎么能受得了。

想起这两个月来，她和母亲努力地想要章滢在府中更失人心，用各种方法去激怒她，惹怒她，章滢虽然开始的时候会暴起，但是很快又会克制下去。

章滢是什么性格，章洛最清楚了，见她性格变得冷静多了，让人打听，才知道云卿告诉过章滢遇事要冷静。

现在章滢又得了皇后的褒奖，就算要拿孝顺两字在章滢身上做文章，难度也比以前大了。

想到这一切，章洛不能将怨气发给皇后，便满脸阴沉地盯着对面座位上的云卿，若不是她，章滢也许早就被她和娘陷害得毫无名声了，不会像今天这样，还获得皇后的夸赞。

该奖赏的已经奖赏，正式用餐之前，有一个时辰是给各家小姐赏花游园的，皇后在宣布各自游玩之后，便由宫人扶着走了，留下一园子的小姐夫人在东花园中。

章洛见人群都三三两两地各自去观赏花圃，便唤了身边的丫鬟过来，附在她耳边说了几句话，那丫鬟点点头，悄悄地离开了。

云卿在皇后嘉奖了章滢之后，多有留意颍川侯侧夫人和章洛。见章洛鬼鬼祟祟的，不知道是要做什么，便起了心带上流翠悄悄地跟上去。

绿树长廊才走了一半，从长廊的另一边传来两个女子的对话声。因是树木做的墙，虽然茂密繁盛，看起来密实，隔音效果并不如真正的墙壁。

“怎么去了那么久，我让你弄的东西拿来了吗？”这个声音是章洛的，带着急切和催促。

“弄来了，幸好奴婢家里是学了这个的，用那引蛇药在墙头，半炷香的时间就来了两条，都装在这个荷包里呢！”听她说话的方式，就知道这个声音是章洛身边的丫鬟了。

因为被绿叶阻止了视线，看不到章洛的表情，但是可以从里面传出来的声音猜出情景是怎样。

章洛此时正带着兴奋的笑容，看着那丫鬟从袖子里拿出一个大荷包来，她皱着眉问道：“快点把蛇拿出来给我看看，你拿个荷包出来做什么？”

那丫鬟献宝似的指着荷包道：“小姐，那两条蛇都在这个荷包里头呢！”

“这么小，顶不顶用啊！”章洛听到两条蛇都装在荷包里面，不禁有些不悦，两条小小的蛇算什么东西，她要的是能吓人的东西。

“小姐，奴婢用的引蛇药，特意吸引的小的。若是太大了，目标大，奴婢也没办法藏啊，到时候塞到沈小姐的座椅下，这么小的蛇才方便！”

那丫鬟小声地说话，却将章洛逗得笑了起来，伸出食指在她头上戳了一下，骂道：“你个鬼精灵的，这事办得好。等会趁着人不注意你就偷偷地把蛇藏到沈云卿座位底下，等下用餐的时候，她惊叫了起来，看皇后不将她骂死才怪，让她大大地丢脸，让她无事去帮我那傻大姐，害我都不好对付了！”

她满脸得意地笑，想着等会开筵席的时候，云卿会丢脸的事情，便觉得无比的快意。

“你把那蛇拿出来给我看看，怎么看你这荷包都没动一下，只怕不是死了吧？”

那丫鬟听了，打开荷包，安慰道：“小姐，你放心好了，荷包没动是因为这荷包里撒了雄黄粉，蛇当然是不会动了，只要放出这个袋子，过一会它们就会灵活地爬来爬去了！”

她一面说，还将荷包口打开，放在章洛的眼前让她看，章洛又有些不放心，又有些忐忑地往里面随便扫了一眼，果然见到里面有两条红黑相间的小蛇卷在一起，便点头道：“好，你赶紧收好这蛇，我们现在就先过去放蛇吧……”

章洛的话音还没有断，就见一团烟柳色的影子从一头移了过来，对着她就是一个耳光扇了下去。

章洛顿时惊讶地睁大了眼睛，望着眼前站着的女子。她虽然是庶女，但其母是侧夫人，在颍川侯府又是被娇宠的，除了以前章滢发脾气曾扇过她耳光，云卿还是第一个打她的人，她如何能忍得，大声喊道：“沈云卿，你凭什么打我？！”

话音还未落，云卿扬手对着章洛反手又一个巴掌，这一次扇在了她的另一边脸上，打得章洛两眼发红，两颊生疼，半晌说不出话来。

旁边那个丫鬟看到自家小姐被打，连忙冲了过来，护在前面，怒视道：“你们欺人太甚，怎么无缘无故地就动手，就算今日是在沈家的花园举办宴会，可也容不得你一个商贾女子打堂堂侯爷府的小姐！”

云卿看着她冷冷一笑，目光落在她的荷包上，手臂突然抬起，那丫鬟以为云卿又准备打她，刚要阻拦，却只觉得腰上一轻，云卿伸手竟然不是打她，而是拿走了她的荷包。

“快点把荷包还给我！”丫鬟大喊着往前扑，流翠双手用力一推，将她推开，站在云卿面前，狠狠地瞪着那个丫鬟：“你还想对我家小姐动手吗？”

“她拿了我的东西，我当然要拿回来！”丫鬟大声喊道，又往前扑，流翠直接将她拦下，扭在了一块。

而章洛此时也缓过神来，两手捧着她已经泛红的脸颊，眼眸里都是阴冷的寒意，吼道："沈云卿，你竟然敢打我！"

"打你怎么了？打你是为了你好，你这个不知天高地厚的蠢货！"云卿一手抓着那荷包，在空中晃荡两下，笑得很诡异地说道，"这蛇是你吩咐丫鬟抓来的，准备藏在我椅子底下的吧，对不对？"

章洛不屑道："是又怎样，难道你还准备拿着这个荷包去告状，谁能证明我是准备这么做的，你去告状也只能证明这蛇是我丫鬟抓的，关我什么事，其他的，我什么都没干过！"

看见她一副天不怕地不怕的样子，云卿笑了笑，无奈道："蠢货就是蠢货！"

"你还骂！"章洛被云卿一再讽刺，高声尖叫道。

"我当然要骂，你以为抓着这两条蛇放在我的椅子下，能让我受惊，在御前失仪是吧，你这么想是没错的，可惜这么想，也只能证明你更蠢！今天来用餐的是谁，是陛下和皇后，今天用餐的地方是哪？是荔园里最华美的大厅，那里是汉白玉铺就的地板，地板冰凉，光可鉴人，那样的地方，怎么可能会有蛇的出现？！到时候我御前失仪事小，可是追究起来，这蛇是谁放的，相信以陛下身边侍卫的能力，很快就能查出是你……"

章洛听着云卿说话，脸上的神色渐渐由愤恨变得呆愣："就算查到是我又如何，大不了打我几十板子，你也得不了好！"

云卿嘲讽地看着她，仿若在看着一头猪，她轻柔地抬起手臂，伸出食指在章洛的面前摇了摇："你又错了！有陛下和皇后在用餐的地方，你竟然敢放蛇进去，谁知道你是不是蓄意想要谋杀陛下和皇后娘娘，到时候龙颜大怒，你和颍川侯府那就不是打几十大板那么轻的发落了，你再蠢，也该知道谋杀帝后的罪名，最大可以满门抄斩的吧！"

章洛脸色终于变得一片雪白，强撑道："你不要吓我，不可能有这么夸张的……"

"你不信,那就拿着蛇去放吧！"云卿微笑地将荷包往章洛面前一递,样子大方自然得很。

可是章洛哪里敢接，之前皇后怒斥韦凝紫的景象还在章洛的脑海里盘旋，此时一回忆，将这份威仪加上十倍百倍，章洛便浑身战栗地喊道："你拿走那蛇，我不害你了！不害你了！"

"你不害我了？"云卿似乎要确认这答案的准确性，又问了一句。

章洛此时哪里还有胆子，连忙摇头道："我不害了，不害了。"

她一说完，就发现云卿的唇角弧度加大，瑰丽的容颜上，那笑容显得有些古怪，又有点邪恶："你不害我了，可我知道你要害我，心里不舒服怎么办？"

"你还想做什么！"章洛哪知道云卿会说这话，立即咬牙问道。

"不做什么，就是把这蛇还给你罢了！"云卿浅浅一笑，方才那种古怪的表情一下子就没了，温婉得不能再温婉。

章洛虽被她这表情吓得心里发虚，还是伸出手来："你给我吧，我让人去丢了！"

"好！"云卿一声应下，往前走了几步，快速地将荷包打开，在章洛还没反应过来之前，就将两条小蛇抓出来，直接从章洛的衣襟口子中丢了进去。

冰凉滑溜的感觉从领口一下坠了下去，章洛在一瞬间的呆愣之后，意识到钻进自己领口的东西是什么，发出了一串惊天动地的尖叫声——“啊啊啊啊啊啊啊啊……”

荔园虽大，可这种石破惊天的声音发出来后，还是立即吸引了周围赏花的夫人小姐们，她们速速地往这边走来。毕竟好花时常有，热闹可不是每天都发生的。

而云卿在倒完蛇了之后，就过去劝架，两只手拉着那丫鬟，顺手将荷包又塞到她的腰间，“别打了，去看看你家小姐，蛇都钻进她的衣服里了。”

两条蛇又细又短，大概有人的小手臂长，钻进衣服里面，一下钻到这里，一下钻到那里。章洛本来就害怕蛇，之前丫鬟装在荷包里的时候，她都只敢偷偷地看上一眼，此时知道两条蛇在自己的衣服里面，三魂都掉了两魂，整个脸色发青，站在原地不断地跳着，大喊：“快点……快点，快把它们给我抓出来啊！”

眼下正是深秋，小姐们的衣物穿得并不少，章洛又无法容忍地不断在跳动，那丫鬟哪里能抓得到蛇，急得头上直冒汗：“小姐，你别动，别动，那蛇到底在哪啊……”

“你快点抓出来啊，啊……它咬我了……”章洛又是一嗓子叫了出来，再也忍受不住将衣襟扯开，只求能赶紧将那两条蛇抓出来，什么礼义廉耻，男女大防在此刻的她眼底，完全没有性命重要。

云卿看着眼前这鸡飞狗跳的一幕，微微笑着，吩咐流翠道：“把头发和衣裳赶紧整理一下，马上就会有人过来了。”

流翠立即点头，忙将歪了的钗环，全部重新戴好，将衣角上的褶皱尽量抚平。

当再三听到尖叫声的夫人小姐们赶来的时候，看到的便是颍川侯府的小姐章洛，光天化日之下，正不断地拉扯着自己的衣服，雪白的肌肤和湖绿色的肚兜全都展现在了人前。

和这些夫人小姐一起来的还有一群园内的侍卫，看到面前这般凌乱大胆的跳脚女子后，他们微微一愣后，便脸色都没有变化地冲了进去，问道：“怎么回事？”

在这些经过严密训练的侍卫的眼底，他们负责的是陛下，皇后和皇子的安全，如今见有女子状若疯狂，他们必然将避讳放在后头，首先要保证这个女子不会威胁到陛下、皇后。

章洛和那丫鬟忙得不可开交，连说话的机会都没有，云卿便好心地解释道：“方才我站在这边，看到那个丫鬟拿着荷包在玩，里面好像装了什么东西，结果那东西不知怎么就掉到了章小姐身上，接下来，她们就变成了这样。”

侍卫中有人对蛇内行，一闻空气中的腥味和雄黄味道，立即就知道怎么回事。正准备拉着章洛下去，颍川侯侧夫人也赶来了，她一看众人面前还在不断扯着衣裳的女儿，惊得她后退了一步，差点摔倒，得丫鬟扶住之后，又赶紧冲进去，喊道：“洛儿，洛儿，你怎么了？”

她一边说，一边将自己的披风解下来，给衣不蔽体的章洛遮住，谁知章洛被那两条蛇吓得神经都要癫狂了，哪里肯披那披风，只大声喊道：“娘，娘，我身上有蛇……”

侍卫在一旁皱了皱眉，准备冲过去，颍川侯侧夫人立即眉头移动，拦在前面道：“你们要做什么？”

经过这一事，洛儿在大庭广众之下露出了肌肤，清白已经是毁了，若是再让这侍卫碰上一下，那真是完蛋了，所以她要拦在前面。

谁知道那侍卫眉头紧皱，满脸面无表情地看着拦在前面的颍川侯侧夫人道："麻烦您让开，她在园中如此大喊大叫，万一冲撞了陛下和皇后罪过就大了。属下只是让她安静下来。贵府小姐身上有蛇，她显然是已经到了惊惧成疯的地步了，如今她是不会听你的话的。"

听到侍卫这么说，颍川侯侧夫人转头看了一眼章洛，见她眸中都是惊吓过度的神色，根本就不听旁边人的话，若再这么下去，只会吸引越来越多的人来围观。无奈地让开位置，让侍卫过去。

侍卫也算是懂礼之人，他并没有用手直接接触章洛的肌肤，而是用身上佩刀的刀柄对着章洛的后颈就是一下，章洛立即眼睛一翻，就昏了过去，侧夫人立即上前接住女儿，用披风将章洛外露的肌肤遮住，命人来抬着她下去。

云卿看着周围眼底透露着兴奋色彩的夫人和小姐们，笑得越发和善。

颍川侯侧夫人越想压制这件事，这件事就会传得更快，更何况今日来的都是扬州有头有脸的人，颍川侯侧夫人也没有这个能力将所有人的嘴巴都控制住。

在晚宴还没开始之前，章洛当众脱衣，有失仪态的事情就已经传到了所有人的耳中，没有人在乎章洛为什么会变成那样，她们更喜欢的是人的丑闻。

这一点，云卿早在上一世就深深地尝过这个滋味了，那时候她被齐家人设计失贞，从来没有人愿意听她的解释。世上的人心，大多是凉薄的。

待周围的人群散去，云卿站在原地，发了一会呆，便转身朝着一条小道走去。

就在她往前走了大概一小会的时候，突然从一处茂密的树丛后，横空出现了一只手拦在前头，修长有力的手指和紫色绣龙纹的袖口，如同一道禁止符拦截在云卿的前方。

云卿止步，那手便缓缓地收回去，气势理所当然，又带着无比的尊贵。

日光下，男子的头微微扬起，身上绣着暗金宝相花纹的紫金锦袍照出冰冷而尊贵的色泽。阳光从他的上方照过来，让他的五官模糊得有些分不清，只映出那脸上的线条，犹如刀削斧凿，处处透着浑然天成的男子气息。

不得不说，御姓皇家子弟的基因都是极好的，可惜再好也无用。

云卿清楚地记得，上一世是谁一道圣旨下来，明明是弄错了颜料这等可大可小的事情，却被弄成了叛国欲要谋反的罪名，将整个沈家都抄斩。沈家上下几百条人命，就随着几个墨笔大字，一张明黄锦缎，全部送到了另外一个世界。

她说不清楚，上一世的事情，究竟是韦凝紫耿佑臣错得多，还是这位四皇子错得多，但是她却知道，这个人，现在是她惹不得的。

云卿敛衽行礼，态度恭敬地垂首道："民女见过四皇子。"

这一句之后，换来两道关注的视线。

御宸轩看着在自己面前两尺之远的少女，她垂首敛睫，态度恭敬温婉，从他的角度，只能看到她乌黑如鸦翅的云鬓，还有上面那两支颤巍巍的粉晶钗子，好似少女娇嫩的年华，却有着冰冷的温度。

若不是刚才恰巧在这里看到她对付章洛的一幕，谁能想到，她竟然敢将蛇就这么直接倒入人家的衣襟中。美艳的容颜上，有的都是凉薄，还有一点对这世上的嘲讽，虽然极淡，还是入了他的眼中。

人前人后的她，究竟有多少种不同的样子，他突然觉得有点意思。

等了一会，见御宸轩还未开口说要她起身，云卿自顾自地站起来，依旧是那样恭敬地抬头道："江南风景怡人，四皇子慢慢欣赏，民女还要去寻人。"

御宸轩本来想看看她能保持半蹲的姿势多久，未曾想她自己就直接站了起来，还将他半天不曾开口的原因归于景色太过迷人，惊讶之中带着点异样的眸色，素来平缓的唇角微微一扬："江南风景的确是精致巧妙，但总归是小气又匠气过重了些，倒是方才我游园的时候，看到一幕精彩的以蛇教女，比起这风景，更令人值得回味。"

原来如此，看来御宸轩很早就站在这里了，想到这里，她突然抬起头来，嘴角微翘，含笑道："四皇子方才看到精彩的戏了，不知是哪个戏班子排演的，能入得了四皇子的青眼，可见那戏实在是精彩至极。"

她的声音轻轻的，态度是温婉的，一双凤眸盈盈好似将春水都漾在其中，流淌出杨柳春发的脆嫩纯澈。可是御宸轩能感觉到，她说得动人，但是内心却不想和他说话。

他不喜欢有东西超出掌控之外，却在发现超出掌控之外的东西后，又莫名地觉得吸引。

这一种心情，很复杂，也很异样。

所以历来冷漠的四皇子，今日倒分外起了兴致和云卿讨论"戏剧"的问题来了。

"你就确定章洛回去之后不会将真相说出来？"

如墨点染的眸子一动不动地望着御宸轩，云卿心里突然有些想笑，于是她的眼底就出现一种似笑非笑的神色。

四皇子这是试探她玩？还是无事闲得慌呢？

"既然那戏中的沈小姐敢将蛇丢入章小姐的衣襟内，当然就是笃定了章小姐不敢乱说，御驾亲临，荔园里早就从接到通知的那一天起，每日撒虫蛇药在园中，早就没有蛇会往荔园跑了，那两条蛇怎么出现的，出现的目的又是什么，如果让人知道了一切的事实，又代表了什么？不管是陛下，还是章小姐的父亲，在听到事实之后，都只会怪责章小姐，而且除了章小姐，又有谁能证明那蛇是沈小姐塞进去？所以这戏结局就是章小姐自己玩蛇自毁而已。"

云卿已经跟章洛说得清清楚楚，若是章洛说她丢的蛇，那装蛇的荷包又是在哪，怎么引过来的。

章洛不说，那么这事最多就是她身边的丫鬟顶包了。如果说了，颍川侯会怎么对待一个差点害了侯府，又丢了名声的女儿呢，章洛若是想不通这点，颍川侯侧夫人，还是想得通的。

所以她笃定章洛不会说出事情的真相，既然她想得到，四皇子也不可能想不到。

这个男人，上一世成功登基的帝王，他的能力不至于这么低下。

这个女子真的是很聪睿，御宸轩的眸中投射出一抹欣赏。

“你好像很讨厌和我说话？”御宸轩看着她的表情，这种淡漠绝对不是假装出来的，完全是把他当作路人甲乙丙丁的眼神，敷衍便罢，一句都不想多说。

习惯被众星捧月的他，心头有着一丝不悦。他怎么能被一个商贾之女忽略？

眸光里透露出来的信息被云卿收掠，她恭谨地再次垂首道：“民女不敢，皇子天颜威仪，民女被震慑而已。”

云卿淡淡地看着他，目光神态都没半点变化，眼神悠远，似看着他，又似看着以后的未来。

CHAPTER 22 第二十二章　御前行刺惊魂起

上一世的她，根本就没有和这个未来的帝王如此交谈过，她那时对他是百姓本能地对皇家的敬畏。但是这种敬畏，并没有给她带来平静祥和，换来的只是一梦京城。这一世，她只想保护自己想保护的人，用淡然的态度来面对一切。

又是同样的漫不经心，却又挑不出错误的回答。御宸轩鹰眸压抑着一股暗流，抿直了唇角，阴冷着嗓音道：“我看你倒是真敢！”

两人站立的位置左边，便有一条人工开凿出来的小溪，艳阳照下的时候，溪面粼粼波光一片，和周围的翠绿辉映，清爽中又多了几分雅致。

一阵秋风刮过，掠过云卿没有遮掩的脖子，她微觉得一阵凉意，便抬手掩了一下，随后抬眸对上那精锐的双眸，淡淡一笑：“四皇子身份尊贵，与民女乃天地之别，民女得见龙子天颜，内心惶恐之，若是四皇子非要将惶恐认为是讨厌，民女也无法解释了。”

真是软硬都不吃，御宸轩眸中一股股怒火在暗流中汹涌而滚，欲要再说，遥见一道白中夹杂着浅紫的身影悄无声息地就到了路径上，一个好听的声音就在路中传来：“四皇子，皇上找你有事要去商量啊！”

风从园中刮过，那一道凉风中突然夹杂了淡淡的花香，秋风桂香里还有一股极为清淡怡人的味道，随着那人白色的阔袖随意传来，那一双潋滟藏光的狭眸透出的光芒像是一场美梦，烟光如幻，悄然地接近着。

来人正是御凤檀，但见他唇角笑容夺目，身姿慵懒又带着一种天成的风流自若，走到了御宸轩的身边，然后道：“这不是沈小姐吗？怎么这么巧，你也在这里？”

眼看他高调出现，又装作惊讶且意外的模样，云卿心头便有一丝怪异，御凤檀来得真巧。

御宸轩的问话被打断，自然脸色说不出多好，看到御凤檀的时候，倒也没了刚才那一抹沉色，转头道：“父皇唤我去何事？”

“我不知道。”御凤檀很理所当然地耸了耸肩，那样孩子气的动作在他做来却有一种不拘小节的味道。

他说话的时候，眸光微斜，却是在云卿的身上打量了一圈，但见她毫无损伤，神色平常，心中才更加安定了些，只是想起在他出现之前，御宸轩已经和云卿说了不少话了，便有些不是滋味。

此言一出，御宸轩眸中闪过一丝恼意，却知御凤檀素来如此，而且明帝若是真传他过去，也不一定会说出是何事情，便深深地看了一眼云卿，转身便朝着明帝入驻的方向走去。

而他一走，云卿便觉得心头微微一松。纵使她再从容，御宸轩所代表的身份在那里，他一言，便是龙子张口，贵不可言，她虽然能应对，但终究因为权力和身份上的区别而有些辛苦。

要知，耗费心神，有时候比耗费体力，更折磨人的神经和极限。

“瑾王世子怎未曾和四皇子一起呢。”走了一个，面前还有一个，不过对着御凤檀，可能因为两人相识的时间长了，她没有那种压迫的感觉。

“等你先走。”御凤檀依旧是浅笑着，那抹笑容仿若在红唇上停驻的蝴蝶，为那容颜增添着瑰丽。

云卿望了他一眼，眼底微闪，见他真的没有其他的举动，才行了一礼后，转身朝着另外一个方向走去。

筵席上还是如同在东花园的时候一般，众人在宫人们的引领下依次落座，没有人交头接耳，也许是在韦凝紫被训斥之后，人人都显得谨慎多了，只是静静地喝着茶水，等待着后宫之主的皇后的到来。

云卿扫视了一圈，便发现章洛和颍川侯侧夫人没有在宴席上了，过了一会，待皇后来时，便听到宫人来报，说颍川侯侧夫人和章小姐身体突然抱恙，提前退下。

皇后闻言，并没有多大的惊奇，不过缓缓一笑，点头应下。

明帝这次在江南驻跸的时间计划是六天，如今已经过了三天了，第一天是在荔园内办了筵席，明帝和皇后分别接待各级官员和他们的家属。第二天，便是明帝接见各级官员，仔细考查他们的政务。今天，明帝要看一看江南周边百姓的生活状况，以及扬州的繁华程度。

这一天的内容，和沈府没有关系，和云卿也没有关系，过完今天，明天就是第四天，接着第五天，第六天就是收拾东西，离开沈府了。

想到这一世陛下南巡能如此安稳地度过，云卿面上的表情就柔和了许多，抬眸从窗外望着秋天湛蓝的天空，和寥寥的几朵白云，眼底带着对以后生活的种种期盼。

她想起上辈子没有出现的双胞胎弟弟，就迫不及待地想去看看他们，除去血缘关系的亲近之外，在云卿心底还有一种深层的喜悦。

到了谢氏的院子里，让人通报了之后，云卿便径直走了进去，小丫鬟掀开门帘后，云卿便看到谢氏坐在铺着厚厚锦缎的罗汉床上，正专心致志绣着一双小小的虎头鞋。

谢氏微垂着头，梳着居家的发髻，插着简单的两支玉钗，柔和的面容散发着淡淡的光芒，双眸里透出来的母爱光芒，让人觉得无比的神圣。

云卿笑着走过去，坐在谢氏的身旁，问道："娘，你这在绣什么？"

谢氏抬头看着云卿，手上不停道："在给你弟弟做虎头鞋呢。"

虎头鞋是孩子鞋的一种，因为虎是吉祥物，小孩子穿了虎头鞋，寓意能长得虎头虎脑，虎头图案可以驱鬼辟邪。

云卿两手抓着谢氏的胳膊，撒娇道："娘，我小时候你可没给我绣虎头鞋呢！"

谢氏被她抓着手，有些无奈地将针放下，抬头看着满脸吃味的云卿，好笑道："多大的姑娘了，还吃弟弟的醋，娘可不会给你绣虎头鞋。"

云卿听了，假装不高兴地翘了翘嘴巴："就知道娘有了弟弟不疼我了。"

李嬷嬷在一旁也听着笑："小姐，你是女孩儿，小时候都是穿的猫头鞋，还在肚子里头的时候，夫人就开始做你穿的小衣服。那时候老爷说让她别做，小心熬坏了眼睛，她都不肯，说要让你生下来，穿到的都是做娘的亲手做的小衣裳，小鞋子呢。"

云卿本就是假装的，一听到李嬷嬷的话，就靠着谢氏嗔道："我就知道娘对我最好了。"

"你个鬼家伙，真是越大越娇了，怎么这个时候来我这了，是要看弟弟了吧，我让人去叫乳娘抱他们过来了。"谢氏笑着将手中的东西放到一旁，琥珀拿了针线筐将那半成型的鞋子小心地收了起来。

过了一会，墨哥儿和轩哥儿两个就分别被各自的奶娘抱了进来，一个个都长得白白胖胖，一看到云卿就嘿嘿地傻笑，乌溜溜的眼珠子在肥嘟嘟的圆脸上显得格外的明亮，穿着大红的衣裳，像个胖福娃娃。

云卿看了就觉得可爱，伸手在左边墨哥儿的小包子脸上掐了掐，又在轩哥儿的鼻子上捏了捏，心头软得不行。

"娘，弟弟怎么还不会说话呢？"她可等着听他们叫姐姐。

乳娘们一听到这话就笑了。"大小姐，小孩子最少也得一岁才会开口呢，现在才几个月大，你也莫要太急了些。"

云卿轻轻地一笑，她可不是着急吗？看两个小家伙只能啊啊张嘴巴的感觉，不如能交流可爱啊。

望着女儿逗逗这个，逗逗那个，谢氏眼底也是一片慈爱，儿女双全，是她最骄傲的幸福。

屋内气氛极好，李嬷嬷和翡翠，还有乳娘也时不时说话逗趣，时不时可以听到传来的笑声，云卿坐了好一会，看墨哥儿和轩哥儿要睡觉了，才转身准备回归燕阁。

岂料还没转身，便看到谢氏院子一个叫作朱砂的丫鬟，从外面走了进来，行礼后开口道："夫人，木总管求见。"

木总管就是木森，他是沈府的大管家，此时他来求见，必然是有要事传达。

谢氏自是让人带他进来，李嬷嬷将其他的丫鬟婆子遣了出去，让乳娘带着两位少爷下去。

木总管进来后，先是给谢氏和云卿行礼，谢氏笑道："木总管起来吧。"

木总管这才站直了身子，神色里有着一点庄重，道："刚才四皇子要参观沈府，老爷带他在府内转了一圈。"

谢氏一听，既然已经入住在荔园，皇子要来沈府看看，还算是正常的，她以为是有什么要准备回避的，便问道："老爷是有话要交代吗？"

木总管摇摇头，沉重地答道："不是，是老爷让我告诉您，四皇子刚才发现了沈府内的祠堂，是银砖砌成的了。"他说着话，眼神却是落在云卿的身上。

很显然，这句话，是沈茂要他来通知云卿的，但是由于云卿在谢氏院子，他便一起通知了。

听到这个消息，谢氏的面容只是稍微地变化，而云卿心中却如重石坠落，一下压上千斤，这一世，这一幕，还是来了！

在听到木总管传来的消息后，云卿坐在榻上，两眼里都是一片黑沉沉的深色。

谢氏虽不如云卿知晓上世所发生的事情，可是也明白"财不露白"一说。沈家不是高调炫富的人家，祠堂由银砖所铸而成一事，除了家中主子和主子信任得过的人知晓外，其他人是一概不知的。

此时露在四皇子面前，也不知道究竟会惹来什么祸事。

而云卿心内则是一波又一波的闷潮涌来，将她的心浸在里头，说不出那种感觉究竟是如何。她微稳了心神，才开口问道："木总管，看到的人有哪些？"

木总管道："不多，因为祠堂重地，当时只有老爷，四皇子，以及瑾王世子在，其他人都在外面。"

"嗯。"云卿点头，表示了解了，"你先回去吧，告诉父亲我知道了。"

待木总管一出去，谢氏便眉头微皱地问道："云卿，你看这事有没有关系，露在皇家人的面前，会不会有树大招风的嫌疑？"

云卿淡淡地一笑，母亲倒是也有这个直觉，上一世这个祠堂是给家里惹来了麻烦。但是她不能这么告诉她，若是这么和娘说，只会让娘多担心，除此以外，也没有别的什么好处，既然如此，不如不说。

她摇了摇头，非常肯定道："皇家事务金贴银造的不计其数，他们又怎么会为了这个而对沈家做出什么，沈家并无做出逾越之事，最多只是有点新奇而已。"

云卿这番话说下来，缓解了谢氏的担忧，但谢氏心底还是隐隐有着不安。她看着女儿沉稳的面容，有话还是吞了下去，既然女儿认为没事，她何苦一定要增加女儿的忧心，故而谢氏也就没有再开口多说。

母女两人都相互为对方着想，心中却都被这一件事溅起了涟漪。

只是谢氏溅起的是点点水花，而云卿心中翻滚的却是滔天巨浪罢了。

心情不定，云卿怕在谢氏这待得久了，反而露出什么来，便告辞回到归燕阁里，直至进入到书房那幽静的空间中，方才强自镇定的心还是怦怦地跳了起来，仿若在冰海火舌里起伏，眉间都是心焦。

流翠望着她的神色，虽然平静，可她能感觉到，小姐身上散发出的气息有些散乱，远没有平日里那般平静，她张口闭口了几次，终于道："小姐，你莫要担心了，老爷会处理好的。"

怎么不担心？

前世所发生的还历历在目，虽然时隔一年，可那种揪心撕肺的痛，她如今回想起来，还是同样无法忘怀。脑中闪现的便是那抄家，问斩，不断反复出现的字眼让她对流翠的话恍若未闻。

她必须要担心，还要操心。

老天让她重生一次，不是让她眼睁睁看着一切重演的。她的优势就是在于，比别人知道事情的走向会如何，而她的办法，就是将事情原来的走向改变，扭转，将自身和沈家的结局一点点地改过来。

如今的她，自然不能直接正面与四皇子对抗，这简直就是鸡蛋碰石头，自不量力。

她不傻，不会做这样的事情。

脑海里反复将千丝万缕理齐，从书桌最下方的一个小盒子里拿出一本薄册子，她每次想起前世一些事情时，便记录下来，以防在长年累月中，将一些细小却关键的事情遗漏。

上次韦凝紫画上撒香精的事，也是她翻阅这本回忆册才记起来的。

这本册子她也不担心别人看到，因为里面的内容只有她才能看得懂，若是其他人拿起来一翻，只会觉得是一本少女的随笔诗歌之类的。

她翻阅了一遍后，将薄册子放在一旁，鸡蛋碰石头，是自不量力，但若是能让石头去和锤子撞，那么鸡蛋是不是就能暂时保全自己了呢？

想到这里，云卿脑中一道思绪飞快地掠过，片刻之后，她立即站起来道："流翠，磨墨！"

傍晚之时，夕阳慢慢钻进薄薄云层，刹那间，染红了西边的天空。

御凤檀半靠在一处残荷池塘的水亭之上，独自欣赏着艳阳日落，却灿烂更胜白日的景观，忽听得后方一阵轻微的脚步声，唇角微微一勾，继续享受凉风拂面的温柔。

"请问是不是瑾王世子？"

闻声，御凤檀才侧目回看，见身后站着一个布衣少年，十七岁左右，眉粗脸方，看装扮，是沈府中的下人，手中还拎着一个食盒。

他挑眉道："有事吗？"

"奴才是沈家的下人六子，大小姐感激今日瑾王世子在园中出口相帮之恩，特做了一碟栗子糕，让奴才送来给瑾王世子尝尝。"来人便是流翠的表哥，如今他和流翠一样，成为了云卿在府中的好帮手，一些女子不便出面或者出去做的事情，便让他帮忙。

今日便是傍晚的时候，流翠突然提着个食盒来找他，让他务必要将食盒送给瑾王世子。流翠强调了两个务必，六子一点都不敢怠慢，侍卫的检查非常严格，好在他本来就是沈府的下人，倒也混过来了。

御凤檀微微一怔，沈府大小姐，不就是云卿，他立即站起了身子，目光在食盒上一掠，含笑道："举手之劳而已，你们大小姐真是客气，来，给我，我尝尝看。"

六子连忙向前一步，将食盒揭开，端出一小碟栗子糕，介绍道："这个十分美味，世子爷要细细品尝。"

六子的手指拿着碟子，状似无意地指着其中的一块，御凤檀掀起眼皮看了他一眼，笑着将那块栗子糕拿起来，将身子移到一个所有人都看不到的视觉死角，才掰开栗子糕取出其中的一张纸片。

巴掌大的纸片是上好的素笺，上面还散发着栗子糕的清香，一手极为秀巧却规矩得根本看不出任何个人特征的小隶含蓄地在纸片上层叠写就。

真不愧是云卿，做事十分谨慎，传递纸片的方式隐蔽。便是连字条上的字，都故意写得毫无特征，开头，结尾，都不署名，即便被人发现，也不能拿来做文章。

御凤檀快速地扫过一眼，狭眸里一下闪过了精锐的光芒，瞬间又掩了下去，将纸张揉在掌心，抬头又是肆意地一笑，将另外几块栗子糕都取了出来，道："好了，这栗子糕滋味不错，你们小姐的心意，我知道了。"

"心意"两个字，他咬得尤为清晰，六子是个识趣的，装好碟子，拿好食盒，又随着来路走了回去。

御凤檀笑得狭眸弯起，把香喷喷的栗子糕放在口中，顿时觉得美味沁到了心中，又转到水亭里，半靠在原处。

嗯，这可是云卿第一次给他送东西吃呢，虽然很舍不得一次吃完，可是不吃完又会坏掉，御凤檀边想边将另外的两个放入口中。

刚才那封信也是云卿写给他的第一封信啊，虽然上面沾染了油迹，气味也十分特别，可是这种时候，云卿第一个想到的人是他，不是吗？

想到云卿在写这封信时，提笔凝眉的模样，那秀眉微蹙如月，凤眸轻凝如水，每写下的一个字，都是想着他而写的，这种感觉，真是令他更加开心。

御凤檀在细细品尝过那三块栗子糕后，意犹未尽地抿了抿唇舌，然后深深地呼吸了一口气，吃人的嘴软啊，下面该去办事了。

次日，云卿去寻父亲，得来消息，沈茂被陛下传去，与君王同宴。

按理来说，沈茂只是商贾，是不能与君王同宴的。可是明帝君心大悦，沈茂连忙换了一身得体的衣裳，跟着来请的宫人入了宴席。

帝王在上，臣列两排。沈茂被赐在了左边一排的最后一个位置，他没有任何不满。只要抬头一看，便可见到，能在席的都是扬州数得上名号的官员，他能在席，已经是莫大的荣耀了。

待他行礼坐在位置上之后，下方便继续开始了之前打断的话题。

扬州布政使起立出列禀奏道："回陛下的话，昨日扬州下属州县有传讯到微臣手中，利

州干旱引起的蝗灾开始大面积地往南而来。自去年以来，江南一带雨水甚少，沿河地区暂且未显出稻田干旱的情况，但是山区一带，有农户出现稻谷减产，无产的情况，蝗灾过后，更是颗粒难收。”

此话一出，不少官员附议，说北方已经闹了严重的蝗灾，若是百姓因为蝗灾无谷可食，民心必然会大乱。

种种声音不断地从座下传来，明帝高坐在上，听着下面传来的混乱之声，终于在声音达到最乱之时开了他的尊口：“情况朕已经了解，各位爱卿可有好的解决方法？”

明帝问出，立即有官员抢先道：“为今之计，控制蝗灾乃解决根本问题的方法，可是首先，必须先要安抚各地百姓，朝廷应该拨款赈粮，先让百姓免于饥饿之苦，以免人心乱，而引发出各种各样的状况。”

“是啊，蝗灾引发严重的经济损失以至因粮食短缺而发生饥荒，但相比之下，饥荒事小，百姓以食为天，若是长期不能填饱肚皮，会导致民心涣散。”

众人你一句，我一句，基本的话题就是，如今朝廷必须要拨款调粮，安抚民心，否则的话，将会引起暴动，也会让天威受损。

明帝满脸肃色，皱紧眉头，将头略偏，往下下方一人，问道：“耿爱卿，你看此事如何？”

耿佑臣如今升做了户部侍郎一官，大雍朝国库里的存粮和金银数目，他最清楚。

听到明帝点他的名字，耿佑臣出列躬身回道：“回陛下的话，北方蝗灾持续有一年之久，您在今年下过三次圣旨，吩咐户部拨款调粮，救助北方。而北方颗粒无收，赋税大大减少。前线战火不断，小战不停。西戎虽退兵，仍野心不改，若要再拨款调粮，一旦西戎再次猛烈发兵，我军便有军饷物资供应不暇的危险，微臣斗胆，请陛下三思再次救灾一事。”

此番话等于明白地告诉明帝，国库没多少银子，咱们不能再去救百姓了，再救的话，到时候打仗就没钱没粮食了，这可是很危险的事情。

明帝闻言，面色无波，手臂搭在紫檀镶宝石的高座上，右手食指和拇指相互搓动，似乎在考虑耿佑臣所说的话。

半晌之后，他抬起头，眼眸似有意无意地从沈茂所在的位置上掠过，带着一抹浅浅的，但是却极为锐利的光芒，恍若才想起来一般，道：“沈商也在这里，朕和诸位爱卿讨论事务一下太过入神了。”

沈茂自进来后，便眼珠定定地望着前方，既不去窥视龙颜，也不看其他的官员。今日这一趟来得本来就蹊跷，他心里有些忐忑，如今明帝既然点了他的名，自然是一脸恭敬地走出来，跪在地上答道：“陛下日理万机，即便出游也如此繁忙，草民一介商贾，岂能耽误陛下的大事。”

明帝似乎心情不错，嘴角有着笑，只是眉头还有刚才政事所留下的愁容：“你不必如此自谦，虽然商人不如官员在朝堂之事上帮助辅佐朕，但是这大雍的繁荣昌盛，也离不开你们商人的帮助。有了你们，才有南北贸易的通顺，才能让银钱流通，让百姓生活便利，享受更好的生活，你们比朕更好啊，所赚的银钱，不必为前线战事而烦扰啊！”

沈茂跪在冰凉的地板上，膝盖固然发凉，可是明帝话中的意思，更让他发凉。

自进来后，他便觉得气氛有些不对，如此场合，为何邀了他来，待他坐下来后，明帝又肆无忌惮地在他一个草民面前讨论起政事要事。随着谈话内容的展开，他心里渐渐有了朦胧的头绪，而此刻，在明帝带着说笑一般的轻松语调里，他听出里面最深层的意思。

明帝缺钱！

国库的钱太少了，不能救助北方蝗灾，那么你们这些商人，有钱又没地方花，朕给你们找个地方花花！

作为沈家的当家之人，沈茂脑海中明了了上面那位九五之尊的想法，不管心里怎么想，他都必须自觉自动自发地，毫不犹豫地磕头道：“草民虽身家微薄，但愿以微薄之力，替陛下解忧！”

明帝闻言，面上一愣，眸中却露出欣赏的表情，这个沈茂能将生意做这么大，果然是个明白人：“好，既然你有这份心思，那么朕也希望你们能为国出力，也算是为祖上增光荣了。”

得到了自己想要的东西，明帝的心情自然是好了起来，再发表了几句慷慨之言后，便拿起筷子，开始与众人用膳。

待用完膳后，众臣和沈茂皆散去，明帝回到他在荔园所入住的阁院中所开辟出来的书房之中，望着随后跟进来的御凤檀道：“凤檀，这主意你出得不错。”

明帝显然是心情很好，眉宇舒展，略显苍老的面容上带着些许愉悦的表情，御凤檀笑道：“这也多亏了四皇子，若不是他不小心发现了这等子秘密，臣也想不到这等好办法。”

说到四皇子，明帝的目光微微一移，落到了站在御凤檀身旁的御宸轩身上，面上露出一丝赞许。

“老四也不错，在沈府逛一逛竟然意外发现这等事情了。朕来扬州之时，曾听说过，这次驻跸之处的沈家也算是富甲江南了，倒是未曾想到，他府中祠堂竟然是银砖所砌，真是富贵滔天啊。”

他的话声轻飘飘的，似感叹，似赞扬，却又带着一种身为帝王，却要为了国事烦扰，而沈家一介商人，竟然如此富足的不悦。

御凤檀敏感地察觉到明帝这一丝情绪，心中有不好的念头。若是让帝王太过惦记一家的财富，那一家迟早都要倒霉的，于是似乎漫不经心道：“沈家在扬州的确算得上不错，但若说起富甲不富甲这话，陛下可应该去西北钱庄的李家走一走，见过那里，对沈家也就没啥兴趣了。”

他说话的样子随意，明帝已经习惯，再者御凤檀九岁就进京，也算是在明帝膝下长大，对于他，若不涉及皇权利益之事，也比别人放得松些，看到他说起沈家那不屑的样子，有几分兴趣地问道：“怎的，沈家还入不了你的眼了？”

闻言，那双流光潋滟的狭眸里掠过一道精光，明帝还真是不放过任何一个试探的机会，这随意的一句问话，里面包藏的内容却是极为不简单。

不管是说入得了眼，还是入不了眼，这天下都是明帝的，他再尊贵，也只是瑾王世子。

御凤檀斜眼一勾，朱红的唇弧度宛若秋天一抹海棠，开出极为艳丽的色彩，声音慵懒中带着笑意，道："世间景物都是用来欣赏的，大概是在天越待久了，臣对江南这种太过精细的东西，总觉得看不习惯。没有京城的那种恢宏大气，雕琢之气太浓，倒是那西北钱庄也在北方，建筑更加宏伟，也更符合臣的审美，所以看着也顺眼多了。"

明帝双眉微微一扬，像是赞同御凤檀的话，心内却想到这几天下面暗探的回报，御凤檀的确是对江南景致兴趣不大，也不怎么出门游玩，可能是去年曾来过扬州，看过了，也觉得不新鲜了，便有几分乏味的意思。

御凤檀性格这等散漫不经意，他非常喜欢，九弟瑾王镇守平州，虽离当初先帝平定四王之乱已有数十年，可是瑾王在军中的威望仍在，再来一个出类拔萃又太过认真的世子，他不放心。

如此，心内一宽，他倒也能听进御凤檀的话了，这两日看到的荔园景色的确如御凤檀所说，精致是精致，可显得小家子气了。

再者，若不是他南巡，也不曾听到沈家的名称，想来沈家也算不得富名天下，他也不会过多地和一个商贾计较。

这一次，沈家要是拿出赈灾的银子，家底也得少上一半，身为帝王，民心还是要守的，沈府既然已经接了圣驾，便不好再拿来做刀充盈国库了，免得悠悠众口，为小失大。

帝王一个念头千百转，沈家也已经在刀口滚了几个圈，最终从刀下逃脱，暂时逃过了危险。

"这事既然是你说起的，那便由你主导吧。老四与你一起，两人一起将这赈灾之银收上，届时入缴国库以作赈灾之用。"明帝双眸中泛出慑人的精光，在御宸轩身上微微做了一瞬间的停留。

御宸轩接触到那道熟悉的眼光时，牙根紧咬，低头接下指令，随着御凤檀两人退出了书房。

待走到了一条九曲长廊之时，御宸轩忽然开口道："你何时将沈府祠堂之事告诉父皇的？"

"昨天夜里，我在书房看到陛下正和臣子商议北方赈灾一事，个个为银钱苦恼，不就想起我们游园看到沈家的银砖。反正没用，不如挪来给百姓用，岂不是更好。"御凤檀很是随意地一笑，根本就不将这事放在心上。

御宸轩却眼眸微微一沉，目光里含着黯色的光，他昨日发现沈家的银砖，心中便有了其他想法，这样一笔大的银两，也许在以后的时候，能为他的皇途起到莫大的作用。

他沉着面，嗓音里含着微微的阴冷，面上却是带着一种淡笑问道："你不是不问这些政事的吗？怎么突然一下关心起民生来了？"

御凤檀微挑着眉梢，双目微眯地望着御宸轩，摇头道："我这不是恰巧听到了，沈家那么多的银砖放在那待着也是待着，不如让它们发挥一下功效也是好的。再说了，好歹我也是瑾王世子，看到陛下有难题，帮他提议解决也是应该的。"

"你解决了这个问题，父王一定会好好奖赏你的。"四皇子也不是那等随意就会露馅的人，虽然是有别的心思，但面容镇定，保持着一如既往的冷漠的表情，只是那如刀刻一般的双眸却是射出锐利的光芒，直直地望着御凤檀的双眸。

"奖赏无所谓，我跟陛下说宗祠是你先发现的，要奖赏，当然也是要先奖赏你的。"御凤檀的笑容是那样随意，嘴角的弧度也上扬得十分完美，即便是和御宸轩两人你一句，我一言的暗里交锋，他的面容始终都宛若美玉般温润，带着随意，狭眸里透出来的光芒漫不经心，与御宸轩冷峻的模样，形成了一明一阴的对比。

虽然他说得漫不经心，可是御宸轩的脸色却是一黑，御凤檀去和陛下说宗祠里有银砖是他先发现的，但是却是御凤檀先去告诉明帝。

这不等于变相在说他没有想将宗祠的事情告诉明帝的意思吗？

自己的父皇，御宸轩还是十分清楚的，帝王本来就多疑，而明帝在经过了当初兄弟阋墙之事后，便更加多疑。如今朝中为立他，还是立元后所出的五皇子为太子，正争得热火朝天，若是在这时让明帝起了疑心，必然是更加麻烦。

通常皇子变相聚财的下一步，就是谋反，他不想被明帝有此怀疑。难怪开始在书房的时候，他看到父皇的眼眸里露出的光芒，觉得那样的熟悉。那是父皇在怀疑一个人时，才会不经意泄出的眸光。

想到这里，御宸轩的眉目间冷意更甚，身上那股天成的寒意更是急速下降，如冰似铁的眸子紧紧地盯着御凤檀，恨不得化成刀锋，将他划开。

"殿下，皇后娘娘请你过去一同用膳。"有宫人从远处走来，对着四皇子行礼道。

御凤檀仿若没有看到御宸轩的脸色，也没有感受到那阵阵寒意，微微一笑道："不说我还不觉得，如今一看，也的确是用膳的时候了，四皇子，我就先走了。"

说罢，扬了扬手，宽大的白色宽袖在空中漾起一道水一般流畅的曲线，紫色的云纹简图在水中漂出华丽的色彩。

御宸轩望着那道背影，此刻却没有去想御凤檀禀报此事的心思，而是要好好想一想，怎么才能扭转这次宗祠事件在父皇心中造成的疑虑。打消父皇的疑虑并不是件简单的事情，这必然又要耗费一番心思才能做到。

想到这里，御宸轩不禁咬了咬牙根，本来以为沈府之事，是为他添了一笔隐形财富的，谁知却因为御凤檀多管闲事而让他陷入了一个危机之中，实在是太令人恼怒了。

御宸轩冷哼了一声，划袖转身朝着皇后入住的阁院而去。

御凤檀慢悠悠地穿梭在渐渐凉寒的夜深小径之中，听到后面御宸轩那传来已经细小的哼声，咧嘴一笑。

卿卿啊，你这次又要怎么谢我呢？

当得知沈茂回来后，云卿便吩咐流翠换上衣裳，到前院的书房里去见他。

沈茂正坐在书桌的大椅上，抬头见是云卿，拉出一抹笑容道："云卿来了。"

"嗯，女儿听说陛下今日唤你一起用餐了，便好奇地想来问问父亲，和陛下用餐的感受如何？"云卿坐下，书房的小厮将茶水和点心端上来放在一旁。

沈茂闻言，抬手一挥，小厮立即都退了下去，将门带好关上，偌大的书房里，除了高大的书柜，木桌外，只余父女两人在其中，相互对视。

最后沈茂叹了口气，眉心皱紧地开口道："你啊，明明是知道发生了什么事才来爹这儿的吧。"

对着自己的父亲，有时候太过委婉，反而显得生分，云卿点头，担忧地问道："昨日父亲让木总管来告诉女儿四皇子发现了银砖宗祠的事情，今日陛下就请你一起用餐，要让女儿不想到其他都难。"

看到女儿如此聪慧，已经习惯了的沈茂并不感觉意外，只是又叹了口气，顿了顿，用手抚了抚前额，才开口将今日所发生的事情一一述来。

云卿凝神倾听，半垂着的凤眸里露出的不是沈茂那般的担忧，反而有一点如释重负的感觉。

知道沈府宗祠的秘密被四皇子发现，而当时御凤檀也在场。云卿便写信请求御凤檀，将这件事透露给明帝，在帝王知道范围内的财富，四皇子便不能随意处置了。

如果明帝不想要这批银砖，那么在明帝知道沈府有银砖的前提下，四皇子一旦打这批银砖的主意，那么便有图谋不轨的嫌疑；若是明帝也想要这批银砖，至少他取走之后，会有相应的奖赏，不管这奖赏是一块匾牌，还是其他什么，对于沈家来说，能得到明帝的赏赐，那便等同于花钱买一块护身符，还是天底下最尊贵那个人给的，效果可想而知。

不管怎么做，都比四皇子知道了之后，等到他登基了，再用另外的法子，让沈家不得不因为财富而遭受抄家灭门之痛要好得多。

云卿想出这个办法，是一心护住沈府，没有想到这件事到了御凤檀手中这么一转，竟然让御宸轩在明帝心中留下了一根刺，两相得利。

沈茂将事情说完后，又道："陛下都那般暗示了，我再假装只怕会惹来其他的祸事，当时也就一并应承了。"那么多的银两，说没有一点儿心疼的感觉，只怕谁都不相信，只是钱财和性命、家人相比，也就没有那么重要了。

云卿听他说完后，才抬起头来，道："父亲如此做，是正确的，既然当时陛下请你过去，那心中自是有了定夺，所区别的不过是你若主动，他就落得个顺水人情接下来，若是你不主动，他也会有别的办法让我们沈家不得不应承下来，到时事情做了，反而得不到帝王的一句好，更是亏大了。"

沈茂闻言脸上露出一丝笑容来，赞道："不愧是我的女儿，和为父想到一块去了，正是因为如此，我才应了下来，只是这北方赈灾一事，所需银两要准备多少，怎么准备，还是需要细细斟酌的，也是一番愁事啊。"

赈灾所需的银两，并不是一个小数目，最少都是数十万两以上，而这次北方灾情严重，肯定不止这个数字，所以沈茂很是为难。

云卿缓缓一笑，看着沈茂的愁容，启唇道："父亲不必多虑。今日户部侍郎不是说过，陛下已经拨了三批赈灾银两下去了，你们按照陛下拨款的数量，适当地减少一些便是。"

"不错，就是这样。若是多了，会给陛下留下一介商人比国库还要富裕的印象，必定会成为陛下心中一根刺，迟早惹下祸事；若是太少，也会让陛下觉得没有诚意，所以按照以往的少上三成，便是最好。"沈茂不禁抚手呼道，"那既然如此，我便去让李斯调动各州市的账房，将所有流动的银两全部调出来，看能不能准备到那个数字！"

"万万不可！"云卿听到父亲的话，立即呼了一声，惹得沈茂将目光转到了面上带着不赞同的云卿，问道："怎的不可？"

云卿望着沈茂："爹，如你所说，将我们沈家的家业倾尽一半去补足这次的赈灾款，只要能完成陛下吩咐的任务便可以了，可你难道没有想过吗？我们沈府并不是富到天下闻名，就是因为做事不算高调，一直都只在扬州为商，不拼富斗富。但是若是陛下发现在沈府祠堂银砖一块都没有动用的情况下，我们沈府依旧凑出这次赈灾的巨款，他会怎么想，又会怎么看？"

见沈茂在细听，云卿顿了一下，让他冷静下来思考一会儿，又继续道："他会觉得，我们沈家原来是这么富有的，我们祠堂一块银砖也没有动过就能凑出这么一大笔的赈灾款。容女儿说一句大逆不道的话，哪个君王能容忍一个小小的商贾竟然比自己一个九五之尊还要富有。他会惦记着沈家的银砖祠堂，这一次不能用了，下一次必然还会有其他的名目来，这将会成为一个沈家随时招来灾难的东西，只看何时会让我们沈家全府倾翻！"

最后一句话，云卿的语气陡然加重，在室内形成了低低的颤音，语间的分量也顿时增加了数倍。

沈茂坐在书桌后，没有答话，眼皮半垂，像是看着书桌上的某点，在兀自出神。

女儿说的这些，其实他不是没有想到，若是连这一点他都看不透，也枉费活了这么多年，在商场滚拼了这么多年。

可是知道是一回事，感情上接受又是一回事。

沈家的银砖祠堂，是那个曾曾曾曾祖父砌成的，那时，是沈家的起步之时，也是沈府最辉煌的时候，沈府的盛况完全可以用日进斗金形容。

当初屋子不是祠堂，是后来将祖宗牌位移到家中，银屋不合适住，倒是适合摆放牌位。于是将银屋加以修葺后就做祠堂所用。

经过修葺和世代的传延，那屋子渐渐地被绿色植物和葱郁的树木所遮掩，加上祠堂极少会有人接近，除了沈家自己人，其他知道这件事的人不多。

这次四皇子看到那绿叶覆盖的祠堂，就那么恰好地发现了一块露出来的银色小块，然后便知道祠堂的真相了。

“这是咱们家祖宗传下来的，如何到了我这一辈，就守不住，就要拆了呢！”沈茂说这句话的时候，嗓音里有着不甘，不愿。

云卿因为经过了以前的那一世，很多东西已经看开了。可是，父亲不同，那银砖屋子在他心中其实就是祖宗所代代相传的传家之宝一般，有谁能将传家之宝随意相送的呢。

但是，纠结归纠结，死物无论如何也没有一家人来得重要，更何况府里还有上百条人命。

她念头一转，又道：“父亲，祖宗也未曾传话出来，那银砖屋子就不能拆，当初祖先不也是砌着好玩的，如今为了后代，想必祖先也不会怪罪！”

见父亲一直不语，云卿也知道他内心的纠结，但这事没有什么好纠结的，云卿必须要劝慰父亲，她突然加大音量道：“爹，你也许不觉得，但女儿说一句话，你也许觉得难听，也许觉得女儿大逆不道，但是这话，却一定要说。沈府这一次如果全力出了银两，会倾尽半数家财，若是陛下下次，下下次，再来，沈府拿不出来之后怎么办，你还要死守着那祠堂，就这样看着沈府以欺君之罪，就这样家破人亡，树倒枝垮吗！”

沈茂闻言，凤眸一瞪，手撑着扶手站起来，往桌上狠狠地一拍：“你胡说什么！”他胸口起伏不定，脸色极为难看，显然是在努力地控制着自己的情绪。

他知道，他都知道，可是人有时候理智和感情就是这样相互抵抗，让人难以抉择。

眼看沈茂的脸色虽然难看，眼底的情绪却是已经在动摇，云卿咬了咬牙，站起身来，走到书桌侧边，对着沈茂跪了下来：“爹，当今陛下并不是一个格外宽宏的人，在得知我们沈府有银砖祠堂后的第二日，便宣了你去宴席。他的做法，相信爹在近距离看过的一定更有体会，我们沈府在陛下眼底，不过是万千蝼蚁中的一只。他任何一句话都能让我们俯首，只能听他所言，如他所愿，如是我们真要逆他而行，结果如同以蚂蚁之力量，去撼动巍峨的高山。爹其实心底都明白，都知道，祖宗留下的东西虽然重要，可若是人不在，命难保，最后这一切，还不是归于一场空，落入那虎视眈眈人之手？”

望着那张与自己有着三分相似的面容，那双含着热泪好似万点星光在内翻涌却一直未曾坠落的眸子，沈茂停了一会儿，弯下腰将云卿扶起来，叹道：“云卿，你让爹怎么说的好，你真是……太不让爹操心了！”

太不让爹操心了？

这是什么感叹？

云卿忽然一下就笑了，抬头望着沈茂，但见他神色上那片压抑的黑云散去了不少，知道他下面肯定还有话要说，果然沈茂拉着云卿的手，又接着道：“爹的确是想过，也如你所说，总觉得对不起祖宗，想着会有侥幸的情况发生。那日在宴会上，陛下几乎是客套话都没有和爹说过，显然在他心底，和我们这种商贾，也不需要有太多的虚语。他是君，我是民，只要他想，我便要做。若不是你这么说，爹不会如此清晰地看透那日陛下的做法。既然如此，那便将祠堂拆了吧。银砖拆下来，就不需要再到各州市调集了，由扬州这边账房再出一些，也差不多凑足了数字。”

听到这话，云卿那一点笑就越发大，却是又说了一句：“爹，不可。”

沈茂这次却皱着眉，掐了一下她的脸颊：“你又否了爹的话，是喊‘不可’喊上瘾了吧，这次又是如何？”

随着他的话，云卿将沈茂的手，用双手捧了起来，屋中镶金雕貔貅的青铜炉中散发着淡淡的清神香，弥漫在整个屋中，她看着沈茂的眼睛，一字一句道：“爹，咱们将整个扬州富商，全部召集起来，发动赈灾一事。”

沈茂被她所言弄得一怔，抬头望进那双沈家人特有的凤眸里，目光里带着微微不解：“为何？”

“还是刚才所说的道理，爹，你看咱们家祠堂是银砖所铸这件事，明帝在宴会上并没有点明，这就代表他并不想要人知道，咱们沈府所捐的赈灾款，是拆了自家祠堂才得来的。就算他是帝皇，也要顾忌百姓所言，所以他只是说希望商人能为国捐款。那么咱们沈府不能大事张扬地拆了祠堂将银砖挪用，这一切必须要一个合适的理由，将祠堂拆了。”

云卿摇了摇沈茂的手，沈茂捏了捏女儿柔嫩的手心，道：“你的意思是，不能让人家知道咱们这银子是拆了祠堂来的，那么沈府如果一下子挪用这么多银子，肯定会在各店铺里显现出来的，到时候显现不出来，便会有人怀疑，如果一旦知道是拆祠堂所得，那么陛下可能就要担负用人家祠堂银子的负面传言，所以咱们家的祠堂偷偷地拆。另外一方面，用陛下筹集赈灾款的名义，联合其他扬州富商一起，这样咱家就算店铺的银两不动，也不会引起别人的怀疑。”

看到父亲飞快地就能分析出来，云卿笑道：“女儿就是这个意思。”

“若是咱们用筹集赈灾款的名义去，陛下会不会不悦？”沈茂只是对这一点有些担心。

云卿狡黠地一笑，竖起葱白的食指摇了摇，俏皮地笑道：“爹，若是扬州富商联合的话，这笔银两的数目，就算比之前拨出去的赈灾款，多那么一些，也是可以的哦。”

“你个鬼丫头！”沈茂又捏了一下她的鼻子，宠溺地说道，心念却是在不停地转动。

云卿说得对，看明帝的意思，国库里存银是不够了，若他单个人出，拼尽全力也不敢超过之前国库拨出的数量。若是众多富商一起，每个人出的数量不大，就算超过了，也不会引来陛下的觊觎。

沈茂觉得云卿说得非常好，想了想：“那就这样，之前咱们分支出去的宗庙的地方已经选好。这次就说在建宗庙的同时，将祠堂也翻修一番，如此一来，借口也有了，还可以借着运石搬砖的车子，将银砖运出去，又不会引起人的怀疑。”

他边说边点头，觉得心头陡然轻了不少：“若你不是爹的女儿，爹可真不敢相信，你是个十四岁的女孩！”

云卿嘻嘻一笑："就是因为是爹的女儿，才格外的聪明啊！"

沈茂看她得意的样子，宠溺又好笑地摇摇头，又与云卿商量了一下关于筹集赈灾款细节上的问题，打算好好整理一下，明日再去见明帝一次，将这个想法正式在君王面前提出。

云卿也不再打扰他，心中带着十分的庆幸，幸好自己有一个明理的父亲，有一个疼爱自己的父亲，若不然换上个一意孤行的人，她的想法便很难让人接受了。

次日，沈茂请求见明帝，在进去一个时辰之后，满脸喜气地出来，云卿得知，沈茂所提出的由江南富商一起为赈灾之事捐款得到了明帝的赞同。接着，沈茂便出门，让人发帖，将江南有名望的富商一同请到了扬州最好的醉仙楼中，将此事和明帝的意思表达出来。

不管是碍于明帝的旨意，还是想要真正的捐款，总之他们都觉得此事可行，并在有能力有名望的富商里将此事传播了开来。

明帝下扬州第五日的安排，是与扬州府万民一起登船赏灯。

大概是沈茂提出的赈灾一案让圣颜大悦，明帝龙口一开，让沈府女眷也一同登楼赏灯。

临江楼，顾名思义，是邻着绿江而砌的楼，也是扬州赏夜景最佳之处，在两天前，就已经被侍卫彻底清楼，如今已经被重重包围了起来。

因为是赏灯的日子，又是天子与民同乐。所以从傍晚开始，街道两旁，特别是从临江楼这一块开始，密密麻麻的人群挤在由侍卫组成的安全线之外，都等着能一瞻天子龙颜。

谢氏和云卿随着其余受邀的夫人小姐一同上了临江楼的二楼。虽然圣上说是一起赏灯，但是不可能真的都是和明帝坐在一起的。

临江楼一楼、二楼是各级官员和家眷所坐的地方，而三楼才是明帝赏灯之地，三楼是临江楼视野最好的地方，可以将整个灯会的美景收于眼底。

夜风寂寥，幕布漆黑，那些散发着或红，或蓝，或翠，或金光芒的彩灯，在天幕下，仿若一颗颗巨大无比的星子，不知疲倦地散发着光芒。

虽不是极佳的景色，若是放平静心看，倒也能入得了眼，只是……

云卿看了一下周围，那些云鬓高堆，衣带沾粉的夫人小姐，只觉得混合着各种茉莉，玫瑰，桂花，芙蓉的香味扑鼻而来，空气里都是浓重的香味，让她微微觉得有些不适。

鼻尖的刺激让云卿觉得那开始还不错的灯光也变得有些刺目了起来，顿时眩晕了几许，突然一名宫人从三楼走了下来，对着众人行了一个标准的礼后，问道："请问谁是沈家小姐，皇后娘娘有请上三楼一同赏灯！"

一句话声传进来，周围的夫人小姐顿时将视线都落到了楼中的一点，目光里有着羡慕，惊讶，或者嫉妒的光芒。

云卿无视于这来自四面八方的视线，想起那日皇后的刁难，她心有些不安。

穿过一条走廊，到了一处宽大的室内，八珍兽角的镂空铜炉里叠烟渺渺，一室光亮在各色灯光下变得迷离。

明帝转头看去，但见一位身材高挑，眉眼华丽的少女站在左侧低头垂目，袅袅烟光之中只能看到那白皙光洁的额头和格外长翘的睫毛。

云卿在宫女说完话后，便毕恭毕敬地跪下行礼道："民女沈云卿见过陛下，皇后，四皇子。"

自云卿走上来之后，这里便变得格外的安静，所以明帝的声音也显得格外的清晰。他眉头微动，眼眸微抬，眼尾的纹路却缩了一缩，目光在云卿身上没有移开："平身。"

云卿始终是半垂着头，样子无比的恭谨，没有一丝的逾矩之处："谢陛下。"

皇后穿着一袭明黄绣龙凤同飞的撒尾宫装，眉间画了凤纹，本来就高贵端庄的面容散发出一种隆重的雍容，在灯光闪耀之下，面目照得有些斑驳离奇。

虽眼未抬，在进来的那一刹那，云卿却是将所有的布局都收于眼底。

明帝身边坐着一个眉眼如刀的男子，紫色的皇子服上四爪龙正飞云直上，一双龙眼闪耀生辉，宛若将它穿着在身上的男子，透着野心和霸道，唇锋如刀，正面无表情地看着云卿。

"你便是沈家的女儿，可曾及笄？"明帝的眸光在云卿身上落了一个圈后，最终又变得幽深。不知是外面的灯光，还是怎的，云卿总觉得，明帝方才的眼眸里，似乎有过别的色彩在跳跃。

"回陛下的话，民女今年十四，未曾及笄。"她恭敬地回答，而明帝在"哦"了一声之后，并未再问。

皇后笑道："陛下可是不知道吧，沈商的正室，是名儒谢书盛家的嫡长女。"

"噢，原来如此，难怪朕瞧着钟灵毓秀，原是谢大名儒的外孙女，也算是家学渊源了。"明帝身子微微移动，看着云卿，眉眼里带着两分惊讶。

谢书盛文采斐然，博览群书，曾为先帝帝师，先帝邀请在朝中为官，几次三番都被他拒绝，当时作为皇子的明帝也知其名声。

"可不是。"皇后说完，转头对着云卿道，"来，站到本宫的面前来，给本宫看看。"

云卿闻言抬头，迈步到皇后身边。

皇后似第一次见到云卿一般，细细地打量着云卿，边笑边夸道："真是生得极好，这眉，这眼，仿若是画出来的仙子一般，随意地一看，便觉得浑身气质高贵。"

她说话时，拉着云卿的手，头却是对着明帝夸赞着，皇后这般亲和的状态，让云卿微微不适，碍于身份不好抽出自己被握的手，抬眸却刚好与明帝那双深邃的眸子对上。

继承了御家天子的良好血统，明帝身形高大，即便是风华正盛的年纪已去，面上五官也分明说着这曾经是一位地道的美男子。只不过这种俊美，在数十年的帝王生涯里，已经被一种九五之尊，至高无上的威严所取代，看到他第一眼时，会被浑身散发的天子气势所震慑。

云卿不是第一次看到这位皇帝，却是第一次看到他的眼中露出一种有些怪异的神色，虽然转瞬即逝，可因为云卿离他极近，又恰恰是两人眼光对上那一刹那出现的，所以她很肯定，自己没有看错。

而明帝却在那一瞬目光之后，眸光又成了幽深海洋中泛出淡淡的深蓝。那双幽幽的凤眸的确如皇后所说，随意地一看，便觉得贵气盈然，很难将她与印象中俗气的金银商人之女联系在一起。倒是像记忆里模糊的那个人。

皇后唇角含笑，打量的目光却丝毫没有松懈，不过她打量的对象，却一直是明帝，在看到明帝望了一眼后，便收回目光，凌厉的眸光才微微一收，从头上取了一支小金钗插在云卿的发髻上，笑道："就是穿得稍微素净了一些，加了这支钗，好看多了。"

这就是给云卿的赏赐了，她弯腰行礼："多谢皇后娘娘的赏赐，只是这支金钗太过贵重，民女身份平凡，不能接受。"

闻言，皇后才仿若想起来道："本宫看到你欢喜，这钗只怕你小姑娘用了不好，换一个吧。"

说着，将手指上的琥珀戒指取了下来，顺手就套到了云卿的食指上。

琥珀戒指有些宽大，云卿微弯了手指，才防止它掉下来，一边伸手取了头上的簪子，呈了上去，米嬷嬷在一旁接住金钗，又看了云卿一眼。

云卿嘴角带笑，心内却是疑云重重，她不相信皇后不知道刚才那支凤头金钗必须要有品级的女子才能戴的。若受了不该受的赏赐，一不小心，只怕后面又要出什么事。

她和皇后明明是在扬州才见面，为何从一开始，皇后就有意无意地试探她，或者是找着各种理由来对付她？

心头虽疑惑，恩还是要谢，得了琥珀戒指，云卿再次对着皇后谢恩。

这一番闲谈下来，外面开始有钟声传来，接下来便是要放烟花的时间了，云卿便想要告退。明帝却漫不经心道："既然上来了，就赐座，与朕和皇后，一同欣赏这烟花。"

这可是天大的赏赐！

云卿心头一紧，而皇后，则在微笑之中望着云卿的眼神里，有过一丝的阴霾，转而就吩咐道："来，坐到本宫的身旁。"

旁边的宫女立即抬了一张红木椅子放在皇后身旁，云卿轻轻地坐下，心里却始终搞不懂，这究竟来的哪一出，她怎么一下就得了这天下最高两位的青眼了呢？

就在这时，外面来了一道身影，慵懒的声音带着笑意，且又带着一种悠然自若，从门前传来："终于赶上了。"

明帝转身往后一看，面上也带着笑意道："你去哪了，怎么才来？"

"回陛下的话，臣刚去酒楼喝酒了，这里人多，看灯也看不痛快，不如那人少之处，虽风景不是最好，但看得也自由。"御凤檀浅浅一笑，灿若夏花。

自他进来后，便有宫人去加椅子，放在了四皇子的身边，从宫人熟练的动作可以看出，御凤檀必然经常和明帝一起，位置也必然一直摆放在皇子身边。

御宸轩一直冷着脸，此时看到御凤檀，才道："那你现在又如何来了？"

御凤檀抬手从桌上端起一杯茶，抬手指着外头："看烟花，还是得在临江楼看，我得来沾沾陛下和皇后的光啊。”

“说来说去，你是哪儿好欣赏你就往哪走。”皇后浅笑着说了一句，御凤檀点头，却往云卿那边看去：“这还有一位小姐。”

早在御凤檀声音飘来之时，云卿便站了起来，此时也行礼道：“民女见过瑾王世子。”

御凤檀摆摆手，柔软的流云锦制成的大袍随之流动，恰如天空一朵无拘束的云，含笑道：“既然要看烟花，来这看自然是最好的了。”

话语虽平淡如常，可一双狭眸里却闪过兴味的光芒，在明帝，皇后和四皇子的脸上掠过，好端端的，唤了云卿来，难道是为了那件事？

最后，眸光落在云卿身上，见她一身月白色的长裙，裙摆有着明蓝色的蔷薇纹，蔷薇上用珠片点缀，仿若立于一片海蓝花洋之中，素净中又有着不经意的娇美。

见她眸中没有为难等负面神色，便想，刚才发生的事情，并未对她造成困扰，心下放心，便施施然地往宫人抬来的椅上坐去。

晚风吹来，满室浮香。

此时，楼外的第一支烟火已经冲上了天，一朵牡丹在半空中开放，绯红的色泽，仿若有一只神来之手，在天幕上作画。所有人的目光都被烟火吸引走了。

皇后和明帝靠近了些，含笑赞誉着这烟火：“陛下，你看那烟花真瑰丽，有七种色泽呢。”

整个夜空被接踵而来的烟花照得通亮，夜空里开遍了火树银花，绚烂无比，人们都抬着头，大声地喊着，赞着。

云卿觉得这气氛古怪，不由得偷偷长呼了口气，望着窗外，临江楼的位置不仅仅是适合赏灯，赏烟花，便是欣赏江上风景，也是十分合适的。

此时江面也是光芒粼粼的，那些烟花印在江面，变得有些扭曲。

天上，江面，完全是两个世界。

云卿想到身旁坐着的人，心里和表面，往往也都是两个世界。

想到这里，她的注意力就集中在了江面，沿着江水将烟花，灯光的倒影都一一观察一番，人群挤在江边，也倒映出模糊的影子，分不清面目。

忽然，她余光瞥到了一处欢闹的人群中边角上，有一个格外平静的人影。若是平日里，云卿也许就不会放在心上，可是今日，人人的情绪都是如此高涨的时候，那个显得太过平静的身影，一下就吸引了她的目光。

待到定睛一看，隔着长长的夜空，依稀看得出那是一个穿着平常百姓服装的男子，身形矮小，一张宽阔的脸抬起，目光朝着临江楼而来，手臂抬起，一样黑漆漆的东西架在了左手手臂之上。

那是——

弩！

云卿脑中迸出这个字后，紧跟着下一个词语便是——刺杀！在这样的夜晚，拿着一个弩，不是要刺杀是要做什么！

她目光落在那弩上架好的弓箭上，心内计算着箭所射的目标，眸内闪过一道异样的光芒，嘴唇动了动，没有开口，而下方那人将弩一架好，就动作迅速地松开扣弦。

黑色的小箭伴随着破空的锐响，淹没在烟火爆炸声中，最大最亮的那一支烟火在这一刻升了起来，所有人的注意力都被吸引了去，黑色的箭在被烟火照得通亮的夜中，显得那样不起眼！

待到临江楼前时，两边的侍卫已经来不及，身形飞跃，却比不得破风疾驰箭锋的速度！

就在这时，云卿猛然地站了起来，往着前方扑了过去，口中大喊道："陛下，小心！"

嗤的一声，箭头刺破肉体发出极小的一声，黑色小箭穿透了云卿的左肩，鲜血顺着伤口流出。

一切只是发生在一瞬间，在烟花绽放最为绚丽的时候，所有人被眼前的色彩迷了光，再回头，惊恐的，仓惶的，紧张的声音开始响起！到处传来吼声，呼声，一声声传到了倒下的云卿耳中——

"护驾！快点护驾！"

"有刺客！快去抓刺客！"

"保护陛下和娘娘……"

纷乱的脚步声响起，一旁的宫人和侍卫立即站在前方，组成了一道肉墙，阻止还有其他的箭再射过来。

一道白色的身影从人群里如风一般卷过，接下了那具月白色的纤薄身影："你怎样了？"

这个声音，迷离慵懒中带着焦急，又仿若含恨一般，两只手紧紧地掐着她的肩膀，云卿觉得肩膀被他抓得很疼，想让他轻点，却又开不了口，眼前的一切都变得模模糊糊，脑子里一下也变得很沉重……

"快传御医！"明帝望着那个肩头染血的女子，眼眸微眯，随即肃声喊道，立即有宫人通知御医马上到来。

四皇子转头看着倒在御凤檀怀中的少女，她的眼眸半睁，却如琉璃一般清透，头微微朝着他这个方向，连带那眼眸，都像是看着他。

他心底忽然觉得一凉，仿若有秘密被她窥视。

CHAPTER 23 第二十三章　再见为缘莫惊奇

夜空已然无烟花绽放，一下子又跌入了沉沉的色泽之中，那一盏盏挂在半空中的花灯，仿若一只只眼睛，遥望着各方涌动的众人。

面带杀气的侍卫已经冲下了临江楼，拨开阵阵惊慌的人群，朝着刺客所在的方向跑去，方才那一瞬欢呼的氛围已经全然散去，只有一阵阵慌乱的叫声。

在众目睽睽之下，刺客射出一箭后，直接拔出匕首，割喉自尽，待侍卫们冲过去的时候，只有一具尸首。

明帝所站角度，可以看到那刺客自刎的一幕，顿时心中勃然大怒，转头便看到云卿倒在地上，更是怒火冲天，怒道："御医呢，怎么还没有到？"

皇后在听到明帝的一声怒吼后，眼内顿生阴霾，戴着赤金指套的指甲深深地握在手心，双眸微眯，竟好似恨不得将云卿再用箭射上几次才甘心。米嬷嬷低声唤了几声皇后，皇后才意识到自己方才那一瞬的失态，连忙掩饰起来。

御凤檀正抱着云卿，惯来笑意风流的脸上表情十分的难看，他低着头，看着云卿苍白的脸，朱红的唇抿得紧紧的。

云卿意识在半醒半沉之间，身子也因此变得绵软无力，脸色从嫣红变得苍白，此时渐渐地又浮上了一层淡淡的青色，眼神越发朦胧。

箭头处殷红的鲜血变成了紫黑色的血液，发出一阵阵强烈刺激的味道。

这种情况，很明显是箭头上被抹了毒，而云卿此时的变化，必然是因为毒气侵袭而上造成的。

四皇子站在一旁，眼看着御凤檀眉宇里的点点焦急和冷色，浓黑的眉宇也紧皱了起来，再将目光移到云卿脸上，但见她半边肩膀已经被血染成了黑色，本来容光鲜艳的脸容此时更是一片灰色，脸贴在御凤檀的白袍上，衬得她脸色越发的白。

不知怎么，御宸轩心头就有些不悦，开口道："凤檀，你将她放下来，等会御医就要来了。"

"她中了毒，若是随便移动的话，会让毒气加快蔓延。"

御凤檀轻轻的一句话飘出来后，依旧抱着云卿，借着灯光看去，见她开始半睁的双眸已经开始紧闭，眸中泄露出一丝着急。

就在这时，御医被侍卫抓着抬了上来，一被放下就要朝着明帝行礼，却被阻止："免了，你赶紧去给沈小姐看伤！"

御医本来以为伤的是明帝，那些侍卫速度火急，只拉着他往临江楼跑，到了之后，才发现明帝和皇后，甚至四皇子都站在那好好的，心内疑虑。

听到明帝的指令后，头才转到他们视线集中的一处，看到一个素衣少女躺在瑾王世子的怀中，脸色灰青，连忙挂着药箱就过去了。

御医先是搭上两指把脉之后，再去看那箭伤，眉头就皱起来，慢悠悠道："沈小姐这是中毒了。"

"谁都看得出中毒了！是中了什么毒？能不能救？！"明帝的呵斥声将御医吓了一跳，思忖了一下，才战战兢兢地说道："这箭是狼毒箭，上面所用的毒是狼毒草的汁液，微臣恰好懂得这狼毒草的毒性怎么解！”

“那就快点开药方，配药！”这一次换作是御凤檀一声喊出，满身的冷意将御医吓得大气都不敢出，抖抖索索地站起来，连忙用纸和笔开下药方给侍卫后，又从药箱中一个绿色的瓶子里拿出一颗药丸让宫人赶紧喂云卿吃下。

“请将沈小姐带到隔壁的屋子，留下两名宫女与微臣一起上药。”

御凤檀闻言立即抱起已经接近昏迷的云卿，大步往着隔壁的屋子走去。御医提着药箱，亦步亦趋地跟了上去，待将云卿放到床上之后，御凤檀则再看了她一眼，转身道：“请西御医尽量注意些，莫要留疤。”

御医闻言点头，暗道瑾王世子果然是风流无双，连这点小事都替沈家小姐想到了，笑道：“世子请放心，老夫必然会细心处理伤口的。”

此时，谢氏在楼下才得知了女儿受伤的消息，便想要去三楼，可是侍卫站在那里如同铜墙一般，哪里容得了她冲过去，她在那站了好一会，终于看到有宫人将云卿抬着走下来。

但见上去之时还是活蹦乱跳的女儿，此时变得奄奄一息，看起来十分虚弱的样子，心中又是心疼又是难过。

“沈夫人莫要担心，陛下已经吩咐御医看过，毒已经控制住了，不会有生命危险。”

谢氏闻言，抬起头便看到御凤檀站在一旁出言安慰，含泪点头：“她是受了什么伤？”到现在，她还不知道女儿究竟是怎么受的伤，这一切到底是怎么回事，好端端的云卿怎么就中毒了呢？

御凤檀看她满脸的担忧，嗓音轻柔好似要将谢氏的焦急都抹平：“有刺客刺杀陛下，沈小姐舍身替陛下挡住了箭。为保沈小姐安全，陛下让我护送沈小姐回沈府。”

谢氏含泪点头，一句话都说不出来，只顾着点头，跟在云卿的身边，握着她冰凉的手，心疼不已。

御凤檀一路随行，直到将云卿送到了府门口，看着沈茂，谢氏，云卿进了门后，才转身离去。

西御医开的药效果还是很好，到了第三日的时候，云卿就醒来了。

因为赏灯遇刺一事，本来第六日便要离开扬州的明帝，留了下来。而云卿一醒来，西御医便过来把脉。

谢氏每日都是亲自端了药来给云卿喝，就连沈茂，都时不时要跑来监督云卿喝药，生怕为此留下什么后遗症。

此时的归燕阁内，云卿躺在床上正拿着一本医书在看，谢氏和沈茂走了进来，身后的翡翠手中端着一碗药汁。

她立即长叹了一声：“爹，娘，你们要不要比时钟还来得准啊，这药就算你们不送，我也会喝的啊！”

看着她小脸皱起，沈茂背着手走到床前坐下，看了眼那本医书后道：“你在养病，还看书做什么，好好躺着休息才是正理。”

“爹，我已经不准下床了，要是还每天一动不动地躺着，连书都不能看，岂不是要闷死啊。”云卿皱着鼻子，不满道。

谢氏端着药过来，一勺一勺地吹着，看着女儿依旧还是苍白的脸蛋，皱着眉头道：“你现在是知道躺着难受了，当初你去扑箭，就没想到这一天吗？”

她说最后一句话的时候，声音压得很低，到底云卿当初是为明帝挡箭的，草民为天子挡箭，那是福分。

可是谢氏这个做娘的可不这么看，女儿就是她的心头肉，这一箭虽是射到女儿身上，就同射到她的身上一样的痛。

云卿眸子从沈茂脸上移动到谢氏的脸上，轻声道：“女儿想也没想就扑上去了，哪里会想那么多。”

她半垂着眼眸，好似在认错一般，谢氏就不忍心了：“我的傻女儿，就是心地太善良了，救命的事情连想都不用想就扑上去。”

善良？云卿听着谢氏的话，微微一怔，随后又笑了一下，也算是吧，至少人不害她，她不犯人。

谢氏望着云卿还包扎着的左肩，想起那日换绷带时看到血肉模糊的样子，泪水又涌了上来。沈茂连忙拍拍她的肩：“好了，云卿这不是没事吗，你也别老担心了，老是哭，让女儿看到还以为她好不了了呢。”

“你浑说什么呢，御医都说女儿没事了！”谢氏听了沈茂的话，抬起头来瞪了沈茂一眼，沈茂顿时苦笑不已，这怎么又是他浑说了。

云卿看着母亲父亲感情颇好的样子，心里觉得暖暖的，让流翠将药端来，喂给她喝。

她如今左肩受伤，虽无大碍，可左手是不能活动的，所以只能由流翠一口口地喂给她喝，不过每喝一口，她都要皱着眉，对着谢氏撒娇道：“娘，好苦好苦！”

“乖，喝完了，娘给你准备了桂花糕，甜甜的，马上就不会苦了。”谢氏心疼地安慰着女儿。

云卿“嗯嗯”地点头，依旧苦巴巴地喝了那药后，谢氏就拿了块桂花糕塞到她口中，她顿时就笑了起来：“娘做的桂花糕永远最好吃。”

一家三口又笑闹了一番，李嬷嬷便从外头带了一个人进来，云卿抬头一看，认出那便是皇后身边跟着的米嬷嬷，唇边的笑容便淡了些许，依旧是笑意盈盈地道：“米嬷嬷来了，快请坐。”

沈茂和谢氏也是以礼相待，非常客气，这几天下来，他们都知道这位米嬷嬷是皇后身边的红人，宰相门前六品官，何况是皇后身边的呢，自然不敢怠慢。

米嬷嬷带着得体又规矩的笑容看着沈茂道：“沈小姐受伤后，陛下和皇后就一直关心，皇后娘娘特让老奴送了两盒百花莲香膏过来给沈小姐。”

听言，沈茂和谢氏连忙言谢，云卿让流翠将百花莲香膏接了过来，满脸恭敬和受宠若惊，道："多谢皇后关爱，云卿心内感激。"

米嬷嬷见她虽躺在床上，仪容也得当，微微点头，又接着道："这药是御用的伤药，待沈小姐箭伤脱了痂后，每次早晚各抹一次，涂上一个月后，便可以消除疤痕，皇后娘娘特意问了西御医，按照沈小姐疤痕的大小，这两盒足足够用了。"

云卿望着流翠手中巴掌大小的珐琅雕花蓝色圆盒，眼底恰当地露出惊喜的神色，便要起身道谢，连着坐了两次，都因身子未曾恢复力气而无法移动而失力之后，米嬷嬷才开口道："沈小姐重伤未愈，便不要移动，小心伤口开裂，加重伤口病情。"

云卿微微一笑，对着米嬷嬷再次道："民女不能起身感谢，请皇后恕罪，请米嬷嬷转告皇后，民女感激不尽之情。"

米嬷嬷点头，转头望着一旁的谢氏和沈茂："老奴此次来沈府，是皇后有话还想问问沈小姐。"

这便是让沈茂和谢氏避开了，虽然谢氏不知还有什么问题需要问云卿，但总不能强行留在这里，于是和沈茂两人退了下去。

云卿又将屋中其他的丫鬟都遣了下去，独独留下流翠在身旁伺候着，见米嬷嬷依旧有些不悦的样子，微笑道："我身子不便，这个丫鬟是从小伺候的，她留着搭把手。"

米嬷嬷看了一眼流翠，轻轻地"嗯"了一声，却是有着骄矜在里头，似乎是不想和云卿计较一般。

云卿看着米嬷嬷一直站着，而她躺在榻上，总要抬头望着米嬷嬷，脖子也累得慌，便笑道："米嬷嬷，你请坐下说话。"

客气一点总是比较受人喜欢的，米嬷嬷这次也没推辞，精厉的双眸盯着云卿看了许久，米嬷嬷的眼皮虽然下垂，一双眼睛却并不因此而显得小，微微突出的样子，认真起来有着几分可怕，她身后跟着两个宫女，看衣着，也是皇后身边得力的大宫女。

云卿微微笑着，不慌不忙，同样温和地看着米嬷嬷，等待着她的问话。

这么打量了半晌，米嬷嬷暗道这个沈小姐真不简单，单是这气度便不像是个普通女子，这才开口道："沈小姐，赏灯宴上，你为陛下挡下一箭之事，陛下和皇后很是震动，可刺客却在行刺之后立即自杀了，如今侍卫找不到痕迹，便想那日你是如何挡下那箭的，中间可有什么线索，可以说出来提供给侍卫寻刺客线索所用的？"

闻言，云卿轻点了下头，带着回忆一般，缓缓开口："那日我蒙陛下圣眷，能在三楼观烟火，坐在了皇后娘娘的身旁，正巧我往楼下人群去看之时，便看到了有一人正举弩要射，那人穿着十分普通，和周围的人无异，我发现他的时候，他已经举起了弩，将箭射了出来，于是我来不及呼喊，只有奋身扑过来阻挡。"

米嬷嬷听着她的话，眼眸始终平静，却暗藏深思，立即反问道："那日烟火盛会，所有人都是看着天空的，你如何就往楼下去看了呢？"

就知道米嬷嬷会问出这样的问题来，她也早做好了准备迎接皇家的这等质问，毕竟那日楼上有那么多侍卫，都没有第一时间发现弩箭射来，而她一个手无缚鸡之力的少女，能最先发现并阻挡了弓箭，虽然当时没有人会想到这点，事后肯定会有人想到的。

虽然今日来的是米嬷嬷，看起来是皇后派人来的，但是这问题里，肯定包含了明帝的意思，这个多疑的帝王，心中虽然觉得她挡箭不错，但是更怀疑这个刺客究竟是谁派来的。

毕竟刺客在行刺之后，自刎结束生命，无法查到后面的指使者是谁。人人都有嫌疑，而云卿能以身挡箭，自然也是怀疑的对象之一。

救了皇帝的命，这可是大大的一功啊。

云卿低头一笑，再抬起头来，面上便带着少女特有的纯真和懊恼，仿若为当时所做的事情后悔一般："因为我在看江水里面烟花的倒影，觉得很有意思，所以才发现了那个异常的人。"

米嬷嬷一直都在观察着云卿脸上的表情，不错漏一丝一毫细微之处，她如此回答倒是可信，而且也符合少女的天性，喜欢追寻浪漫的不同事物，可她并不会就此罢休，接着道："你就这么扑过去，也没有犹豫过吗？毕竟那箭不长眼，很可能射到的不是肩膀，而是心口？"

云卿懵懂地摇摇头，笑道："当时没有想过那么多，只知道箭往陛下那射过去，我就扑身向前去挡，若是说有想什么，那便是陛下不要在扬州出事，否则云卿也逃不了罪责……"

两人一问一答，米嬷嬷始终都没有发现云卿的回答中有什么漏洞，最后又将话题转到受伤之事，吩咐云卿一定要好好养伤，然后才转身回到荔园。

为接圣驾重新装修一番的院子里摆放着价值高昂的紫檀木桌椅，上面铺着柔软又华贵的桌布，红色的长毛地毯上花纹富丽，显示着院子里主人的高贵身份。

"你去问她，她当真是这样回答的？"明帝坐在皇后的院中，身上穿着玄色的便服，腰间系着金龙玉带，面色肃威。

"是的。"米嬷嬷恭敬地回答，"老奴不敢隐瞒陛下。"

"她是什么意思，竟然说希望陛下不要在扬州出事，这是说陛下在其他地方有事就没有关系了吗？"皇后坐在明帝并列的位置上，一手拍在紫檀大椅的扶手上，满脸不悦道。

闻言，明帝却是转头看着皇后含怒的脸，眉间微微一皱，肃声道："朕倒不像皇后所想，沈云卿倒是个实诚的孩子，不像某些人，当面一套，背后一套，心中九曲十八弯，连朕都不知道他究竟在想什么！"

听着这若有所指的话，皇后眸光飞快地扫过坐在底下的四皇子，两人眼底飞快地交换过一道精光，皇后更是暗暗生恼，心中越发地讨厌云卿，口中控制不住道："陛下，她说出那等话来，明明就是不将你的安危当作一回事，如何又是实诚了！"

跟在明帝身后的内侍魏宁却在心中叹了一声，皇后这次竟然没看出明帝多疑的心思来。

沈小姐一个未及笄的姑娘，能奋身挡箭已经极为不错。若是米嬷嬷去问话，她说出什么精忠爱国，一心要护明帝，明帝反而倒觉得假了。

如今她说是不想明帝在扬州出事，因为明帝入驻的地方是荔园，一旦明帝受伤，要牵扯起来，也许沈府也会被安上一个护主不力的罪名。人性都是自私的，特别是一个没有见过什么大世面的少女，有这样的想法才是正确的。

果然，听到皇后的话来，明帝脸色便有些冷，遇刺之后，他心情便不好，此时听皇后说出那等话来，更是不喜，冷哼一声后道："朕的安危还不需要一个平民少女来担忧！那么一大群侍卫竟然没有一个注意到异常！"

说完，龙眸在四皇子面上一转，将手中的茶盅往桌上狠狠地一顿，甩袖走出了皇后入住的院子。

眼看那抹背影消失，皇后咬牙将桌上的东西全部扫到地上，骂道："小贱人！竟然害我们的计划全盘失败！"

四皇子看着皇后暴怒的面容，又往院外看了一眼，沉着脸，让身边的人都退了下去，守在门口，这才道："好在刺客马上就自刎了，父皇也查不出什么来。"

"查不出？没看到你父皇刚才那模样吗？明明就是怪到你身上来了。"皇后咬牙道，手掌狠狠地一拍桌子，手腕上的玻璃种玉镯碎裂成了几段，在桌上跳了几下。

四皇子望着那碎裂的玉镯断口上锋利的边缘，鹰眸里也透着阴霾森冷的目光："沈云卿那样一呼，所有人都会认为箭是射向父皇的。我离父皇又相当近，根本看不出什么区别，父皇已经开始怀疑我了。"

御凤檀将银砖一事告诉明帝后，明帝心中对他就存了疑问。他知道自己父亲的性格，若是刻意去解释，反而会麻烦，于是在赏灯宴上，打算自导自演一出刺杀戏。

本来那个刺客就是他安排的死士，在烟火绽放的时候用弩弓刺杀的对象不是明帝，而是他，他的目的便是要让明帝怀疑这个刺客是五皇子派来的，因为四皇子一死，对五皇子最是有利，有这样的大事发生，那么之前的银砖一事，比起这件事来，简直是微不足道，不值一提。

可是事情偏偏就出了意外，被沈云卿那一声大呼，所有人都以为那箭是要射向明帝的。

虽然刺客已经自刎了，箭上的毒却被认出来，这种狼毒，乃是西北之地的一种毒，五皇子的外祖贾家便是西北所出。当初这箭若是射到他身上，那么第一个被怀疑的，一定是五皇子。

可是偏偏这箭被认为是射向明帝，那么其中的一切就变得复杂了起来，依照明帝多疑的性子，他不会相信五皇子真要谋害他，射向他的箭会特意抹上如此明显的证明，那么如果五皇子被怀疑，得益的就是四皇子。

所以，刚才明帝才会对着皇后那样暴怒，因为明帝已经在心中一而再地怀疑四皇子是不是想要夺他的皇位了。

"你看，如今到底怎么办，你父皇明显将这件事放在心底了，而且侍卫又是由你统领的，他心底肯定更有想法，我们要不要找出一个替罪羊，将此事撇清？！”皇后抓着桌上的布，心内乱成一团。

四皇子右手紧紧地握着桌上的描金荷花茶盏，左右挪动着，抿着唇，露出一丝微带森寒的笑：“不可。如今父皇虽怀疑，但是他也会想，是不是其他人故意造出这样的假象，让他对我起疑。若是此时再有什么动作，反而会引起他的注意，一个不小心露出什么蛛丝马迹，真正会将矛头指向我们，到时候做什么都来不及了。”

皇后对儿子的分析表示赞同，的确是这个理：“那我们便什么都不做吧，再过几日就要返北了，到了京城一切就好了。”

四皇子目光闪动，沉吟不语，外面传来宫人的声音，米嬷嬷与皇后对望了一眼，便快步地走了出去，过了一会，转了回来，先睨了下皇后的脸色，才开口道：“陛下去沈家看那位沈小姐去了。”

闻言，皇后奋力地一拉软绒福字珊瑚桌布，其上放置的铜胎画珐琅螺蝠花插顿失平衡，翻倒下来，里面插着的几株海棠便一并掉到了地上，花瓣散落一地。

“区区一个商人之女！陛下竟然亲自去看她？！”

米嬷嬷低头垂首应道：“回皇后娘娘的话，是的。”

皇后的脸色变得铁青，眉目里有着暴戾涌动，双眸中的神色不复雍容，被一层层浓浓的乌云覆盖，一下站了起来：“不行，我要和陛下一起去！”

“母后！”四皇子冷声唤道，眉目里带着极力控制的低气压，“你刚才已经在父皇面前失言了！”

皇后怒极，转眸望着儿子的时候，眼底的暴怒都在翻滚，直到遇见那一双冰冷的鹰眸，神情中的暴怒才渐渐散去：“你父皇竟然去看沈云卿，你就没觉得异常吗？”

她的面容已经趋于平静，可是声音还是透着一种不甘心，直直地望着自己的儿子。

“没有异常，正因为一个商人之女救了父皇，他都能亲自去探望，更显父皇博爱臣民之心。”四皇子淡淡地垂眸，冷冷地说道。

米嬷嬷扶着皇后坐下，旁边的宫女收拾摔破的花瓶碎片和残花花枝，皇后俯首低睨了一眼，抬起头来又看着四皇子，眉心微皱道：“你父皇到底是为了博爱臣民之心，还是忘不了那个女人，谁知道？”

四皇子闻言眉头紧皱成川字，深深的沟壑显示着他对皇后此言的严重不满。“母后，虽然这里都是咱们的人，你还是谨慎言语些好，若是这话落到父皇耳中，只怕无风也起浪。”

淡淡的一句话撂下，惹得皇后一怔，抬眸看着自己的儿子，口中的话语却更是不甘：“怎么，你觉得我说错了吗？你看看沈家那个……”

“母后！”四皇子突然一声低吼，随之站了起来，“你没觉得自从到了扬州，你就有些失控吗？若是你再表现得明显一点，相信很快所有人就会知道你是多么的不甘心！”

说完，他迈着步子，一手负在身后，走到门前，将门推开，径直走了出去。

皇后深深地吸了一口气，望着四皇子的背影想要张口喊，却最终没有唤出来，转头望着米嬷嬷道："嬷嬷，难道真的是我多想了吗？你说陛下怎么会去看那商人之女？还不是因为这么多年还挂念着那个女人？"

米嬷嬷望着皇后失落又带着隐隐期冀的眼神，心头也有着说不出的滋味："四皇子刚才不是说了吗？陛下是为了做给天下臣民看的，毕竟那沈小姐为他挡了箭。"

皇后盯着米嬷嬷看了好一阵子，缓缓地移开了目光："米嬷嬷，连你也骗我吗？"

"老奴不敢，这话是老奴的真心话，陛下去沈家探望，也是因为本来圣驾入驻在沈府荔园，其女儿又为救陛下而受了伤。娘娘知道，陛下爱圣名，这等做法以前不也有过。"米嬷嬷一下跪了下来，望着皇后字字诚心地说道，"老奴在薛家就是跟着娘娘的，自不会欺骗娘娘。若说这个沈家小姐，不过就是个商人之女，就算陛下有这个心，如此出身进宫也不可能有高位，娘娘何苦忧心，伤了自己凤体。"

米嬷嬷是皇后的乳娘，最知道皇后的心思，自打她第一次看到这个沈小姐，就知道肯定会被皇后娘娘盯上，所以她一番话说起来，也是有了之前的心理准备，说得相当流畅，且又符合皇后的心意。

就算沈云卿被陛下看重，凭着那出身，进宫后撑死了能封到一个贵人，小小的贵人，又如何和皇后相比。

如此一番劝解，皇后也松下来一些，没有再执着于这一点上，又转而问起其他的事情。

明帝出了皇后院子，起初并不是打算去看云卿的，他正在气头上，阴着一张脸往回路走，恰巧在穿过一个花圃时，遇上了从另外一条道上走过来的御凤檀。

"臣见过陛下。"御凤檀微微躬身，行礼道。

看着御凤檀一身轻松，慢悠悠地朝着荔园外走的样子，明帝随口问道："你又要去哪逛？"

御凤檀微微一笑："臣正想去看看沈家小姐伤势如何。"

明帝目光微转，在御凤檀面上打了一个圈："看完之后，跟朕也来说说沈小姐的情况。"

"好的。"御凤檀微笑应道。

此时的云卿正晒着一天之中最好的阳光，躺着美人榻，盖着锦被，外头问儿匆忙地跑来，"小姐，瑾王世子奉陛下之命来探望你来了。"

御凤檀来了？

云卿精神并不是太好，这几日又一直待在屋内，好不容易等来一个爽朗的秋日出来见见阳光，并不想被人打扰。可是御凤檀用奉陛下之命的名义来探望她，等会回去肯定还要给明帝报备，于是让丫鬟扶着她回到屋子里，再让御凤檀进来。

所以，御凤檀进来的时候，云卿是半躺在厅内的罗汉床上，乌发也简单束起，脸色还是有些苍白，左肩包着厚厚的纱布，微微拱起一块。

"请世子恕罪，云卿受伤无法行礼。"

御凤檀微笑："无妨。你且靠在那吧。反正这伤，你都能控制到的。"

说到"控制"两个字，御凤檀的语气格外上扬，轻飘飘地往云卿那飞去，让她转过头来，却是对着流翠道："让其他人出去。"

流翠将其他人都指使出去干活，然后让青莲守在门口，将帘子放下，这才走了进来，站在小厅和正厅的接口处，方便看到外面和里面的情况。

"你想说什么？"没有其他人在，云卿的脸色便显得有点冷漠，凤眸望着御凤檀，问道。

"只想赞美沈小姐你勇气十足，以身拦箭，毫不犹豫啊！"御凤檀嘴角微勾，狭眸里却是含着笑，却又有着微微的冷意。

"我没有办法。"云卿微垂了眸子，轻轻的一句，像是叹息一般说出来。

"不，你有办法，只是你觉得这种办法更好，更有用罢了。"御凤檀在笑，连眉梢眼底都有着笑意在弥漫，整个人却是散发着寒意，如同一株盛放在冰天雪地的艳丽花朵，却偏偏冷得让人不敢靠近。

"是，我是早发现了那个刺客，也可以开口提醒陛下。但是那个时候开口，陛下也许会奖赏我，但是这种奖赏微不足道。而我替陛下挡了这一箭，意义完全不同了，这等于是救了天子一命。这样的功劳，与之前提醒相比，后者要明显得多，也要好得多。"云卿微眯着眼，看着秋阳从屋外射进屋内，光线明明暗暗之中，有无数灰尘在飞扬，那么微不足道地在光芒中挣扎。

御凤檀狭眸微眯，里面那笑意渐渐地褪去，一双幽黑的眼眸里透露出的潋滟光泽，宛若春光盛放在眉宇之间，轻笑了一声后，春光敛去，冬寒浮上，道："你没想过那箭也许会射死你吗？"

"有。"虽然她箭术并没有达到数一数二的程度，可根据射箭的弧线，避开心口要害，还是能做到的。

"你连死都不怕，这么做的目的是什么？"御凤檀问道。

她不知道御凤檀明明知道了事情的真相，却为何不直接告诉陛下，而要到她这里，来对她说出这样的话，不禁抬起头来，双眸中带着疑惑的光："你想要说什么？"

"想知道你的目的。"御凤檀慵懒的嗓音里含着一丝冷意，显然他的心情有些不好，望向云卿的眼眸也渐渐地含着不满。

云卿望着那双熟悉的狭眸，突然想起那日他附在耳边说着"我喜欢你"时，那种带着正经，又含着一点点戏谑的音调。再看此时的他，虽然狭眸光泽显耀，却隐藏不了底下那一抹的担忧和忧虑。

若是御凤檀当初没有将那句话说出来，云卿也许可以装作不知道，但是他既然已经说了，那么再看他的时候，眼底藏着的情绪便一览无遗，她抿了抿唇，不想说出自己的所想。

她是重生而来的人，明了上一世所发生的事情，她想让明帝记得自己的恩情，如此一来，对沈府也许就会多些眷顾和照顾，便是到时候还是如同上一世一样，四皇子做了新帝，也能因为她曾经救过明帝的性命，而有所顾忌。

可是这样的话，怎么跟御凤檀说，说了以后，他又如何明白这一切，这是不能开口的秘密。

看着云卿那忽而闪烁，忽而黯淡的目光，那白玉一般的面容下隐藏着的忧虑，他轻轻地叹了口气，知道云卿是不打算将目的与他说的。

这么久他不说百分之百了解她，至少知道她不想说的话，别人再逼迫也是没有用的。

他今日来的目的，便是当初他也看到了那个刺客了。因为赏灯宴上，其他人那时都是在赏烟花，只有他自己知道，他赏的是坐在一旁的那个少女。

她的一举一动，眼眸的一个转弯，他都落于眼底，所以当时云卿发现那个刺客的时候，他也看到了，但是他和云卿不同的是，他知道刺客的弩是要射向四皇子的。

虽然只有一点细微的角度区别，但是在马上骑射带兵的他，能够精确地分出来，而当时他没有出声的原因，是看出云卿知道那是刺客了，他想将这次立功的机会给云卿，谁知她竟然又转过头来，一声不吭地继续看烟花。

直到刺客射出弓箭之后，他才明白，她要做什么……

他被她的想法震惊了，所以反应才迟了一瞬，而这一瞬，是云卿必须需要的，所以那时候，他接住她的时候，无法控制内心里那一种狂怒的情绪，将她抓得紧紧的，不知是因为怒火太旺，还是生怕她中毒无治……

直到今日来问她，她虽然没有对他隐瞒，很痛快地承认了当时的做法，可目的呢？让明帝承了这份恩情的目的究竟是什么？

“我以为你让人给我递纸条，是因为信任我。”慵懒的男音中夹杂了一点小小的失落，他以为在云卿让他给明帝说出银砖祠堂的那一刻，说明他在云卿的心底，也占据了一点点的角落。

屋里的气氛有点闷，流翠站在一旁，为自己听到的消息而震惊。她今天才知道，这一箭是小姐在早就知道的情况下扑过去的，心内为云卿这种胆大的做法又是心惊，又是担忧，却也有着一种淡淡的欣喜，小姐连这种话都不避开她说了，真的是完完全全把她当成了心腹。

“那份人情，我会还给你的。”云卿沉默了半晌，手指在被上的锦绣花纹上画了好几下，才抬起头道。

御凤檀的眸子随着她的这句话黯淡了下去，她还是这样将人隔绝在千里之外，就算是他……

“我想保住沈家，保护父母和弟弟，还有祖母以及其他沈家人。”顿了一瞬后，云卿接着道，她的声音清淡得宛若一阵悄无声息的夜风从空旷的山谷中穿过，稍微不留意就会消失或忽略。

但是御凤檀却将这一缕夜风掬住，方才黯淡了一瞬的眸子似黑夜里冉冉亮起的灯，绽放出无比闪亮的光泽，声音里甚至有着微微的激动：“这就是你的目的？”

云卿不懂他为何会如此激动，这是她方才考虑再三的结果，如今沈府的靠山并没有一个靠谱的，日后若是还有意外发生的时候，有些问题钱不能解决，便只有靠权，就像这次银砖事件，若不是有御凤檀在明帝面前说得上话，也许以后的问题便会变得很棘手。

所以，如果能和御凤檀处理好关系，那么起码沈府如果有困难的时候，在朝中还有一个人能帮忙起到作用。

当时云卿不是打算一味地利用他，她知晓上一世御凤檀去世的原因，在那件事发生之前，她可以提前去避免同样的状况发生，这样，是不是也算得上还了御凤檀的人情呢？

这也是她开始不肯说，后来又将目的说出来的原因。

但御凤檀的心中却为了这一点微小的进步而欢喜，云卿做事的目的，总算是愿意与他说明了，这代表着他和其他人区分的界限也出来了，不管她心中有没有他，此时他和她的关系，和其他人总归是不一般的。

他相信，进步一小步，将来就会进步一大步，迟早有一天，云卿会掉在他怀里的。

不过，御凤檀有着一个疑问，云卿怎么会担忧沈家的安危，难道那个东西，真的是在沈家？

御凤檀心中存着疑虑，一路上思索着关于玉片的事情，由于明帝在扬州南巡，他一直都未曾到沈茂那将玉片都拿出来查看，找时间还是要看看，那东西究竟在不在沈家。

“陛下，瑾王世子求见。”外面的宫人进来传话，明帝正坐在宽大的紫檀木书桌前翻看着奏折，闻言，头也不抬，道：“宣。”

屋中的器具一应俱是上好，二十四扇的紫檀雕刻围屏，中间用上好的玉石，雕刻着楼台山水画，树干树叶纹理清晰，人物表情栩栩如生，一看便知是上等物品。

御凤檀绕过围屏，向前给明帝行礼，面前摆放着一个四足兽首铜鼎，从兽口处吐出袅袅的白烟，整个屋中漫布着淡淡的龙涎香味。

“沈小姐如今身体如何？”明帝拿着一本奏折看了一眼，顺手放到一边，又拿起另外一本，认真地看了起来，仿佛漫不经心地问道。

御凤檀却知道，明帝虽然看似无心的问话，若真的不在意，他是不会将时间浪费在这上面的，更何况开始还与他说了，探望云卿回来后，要与他汇报。“臣刚才去沈家看了，沈小姐依然是在榻上躺着不能移动，不过从气色上看还是比那日要好些，脸上没有青气，就是面色还有些苍白。”

“嗯。”明帝从喉咙中发出一声震动，才将手头的奏折丢到一边，眉头微皱，“这些废物，一个刺客都查不出来！要让他们保护朕，朕早就死了！”

听起来明帝的心情似乎十分不好，魏宁也觉得有些紧张，这话说下去，瑾王世子并不太好接下，怎么说都会牵扯到皇子身上去，他望了御凤檀一眼，他还是那波澜不惊的样子，浅浅一笑：“陛下福大命大，侍卫们没看到的地方，上天也会安排另外一个人舍身挡箭的。”

“你这小子！”明帝轻笑了一声，眉头依旧是皱起来的样子，“这沈小姐舍身替朕挡了毒箭，一个小姑娘能做到这点，实在也是难得。朕得给她点奖赏，凤檀，你对现在的小姑娘比较了解，说朕赏她些什么好？”

其实赏东西，礼部都是有人操办的，只要明帝一句话就可以了，如今明帝亲自过问，显然还是很将云卿此举放在心上。

御凤檀在心内暗想，小狐狸真的是好算计，若当初她真的是提前提醒了，其效果远远没有在生死一刹那替明帝挡箭来得震撼。

他抬头装作环视一下周围的摆设，狭眸里透出一丝调侃的光芒：“陛下，你问臣要赏什么，臣也想不出沈小姐究竟喜欢什么，不过若是换作臣自己来说的话，当然是希望陛下赏一点臣没有但又能实用的东西吧。”

御凤檀笑得明媚，眼角微抬，有一种意气风发的感觉，明帝也被那笑容晃了晃，随着他开始那个动作在书房四周也看了那么几眼。

沈家富贵，若是金银宝石什么，只怕这沈家的独女，还真是不缺，这一切，从荔园里的摆设也看得出，除却不能逾制的东西以外，沈家真的是富丽堂皇。

若是说没有又实用的东西，明帝想了想，沈家一个商户，可能最想要的就是官位爵位了吧。

他抬头看着御凤檀：“你是让朕给她家封赏吗？”

“臣不敢，臣只是说臣想要的东西。陛下要给沈家封赏，可不能说是臣的意思。”御凤檀眯眼笑道，表情上一本正经地否认，“臣觉得陛下也不用先封赏，其父沈茂筹款的事情暂时还未定下来，到时候等北方赈灾款筹集上来，再一起赏也不迟。”

御凤檀似很无所谓地提议，明帝正被刺客的事烦心，也觉得到时候沈茂赈灾款上来，定要再次封赏，不如一起，不然的话，沈府连续两次得了奖赏，一来麻烦，二来也显得圣恩太过隆显。

但是明帝没有想到，在沈茂捐上赈灾款后，沈家的奖励堆叠在一起，显得功劳过大，而让他不得不给沈家封了一个天大的赏赐。

此乃后话，此时的明帝脑中想的还是刺客一事，牵涉到他自己性命的事情，他不得不放在心上，特别是这次刺客事件，刺客箭上的毒还和五皇子牵扯上了关系。

这多余的五日本来就是因为突发的刺客事件才留下来的，其实明帝内心一直都不放心，早就想要返回京城，以免留的时间太长，夜长梦多，再遇见刺客。

于是次日，荔园便开始大规模令宫人收拾东西，两日之后，明帝一行又浩浩荡荡地离开了扬州，因为北方赈灾款一事还未全数弄好，明帝特地留下了四皇子和御凤檀在扬州继续督促以及监督此事。

当明帝的仪驾出了荔园之后，云卿大大地松了一口气，知道这一世除了这刺客以外，并没有出其他的岔子，心里放松了许多。

当日的下午，安知府和夫人，带着安初阳登门来道谢。

陛下南巡，对安知府的官途是一件非常好的事情，若是接驾有功，年前申请调任京城的旨令也会更加顺利，谁知在赏灯宴上竟然会出现意外。

那刺客混在人群之中对明帝行刺，当时所有的侍卫都没反应过来，若不是云卿挡了，这一箭必然是扎扎实实射到明帝身上，到时候莫说是什么调任京城，只怕连脑袋保不保得住都是问题。

所以安知府才会带着全家登门感谢，毕竟云卿这一箭，确确实实为安家挡掉了一个天大的麻烦。

因为云卿的伤势未好，安夫人坐了一会，便起身离去。

除了安知府来了之外，秦氏和韦沉渊也上门来探望云卿的伤，来的时候喜气洋洋的，原来明帝延长在扬州驻跸的时间之后，抽了一天的时间去白鹿书院看看这些未来的国之栋梁们，经院长推荐，见了书院成绩数一数二的几人。

而韦沉渊在与明帝见面问过几句话后，又被明帝单独唤了进去，聊了大概有小半个时辰之久。出来之后，明帝就与邝院长说，让韦沉渊明年到京城国子监就学。

一句话将邝院长惹得喜上眉梢，并说韦沉渊前去天越的路费以及学费全部由白鹿书院承担。

因为明帝能开口说出这句话，这就代表了，只要韦沉渊能参加殿试，进入前二十名面圣，那么他很有可能不是状元，也会是探花，或者榜眼了。

邝院长虽然舍不得这个人才，可是在学识的进步上来说，国子监才是对韦沉渊最好的。天越国子监规模宏大，无论是藏书量，还是师资力量，都是全大雍头号学院，他不能因为想韦沉渊从白鹿书院考上状元，就耽误年轻人的前程。

虽然知道上一世的韦沉渊是多么的优秀，可是如今听来，云卿还是觉得有些震撼。韦沉渊今年十八了，若不是家庭情况不好，其实以他的学识的确早就可以参加殿试了，大雍最早的还有十二岁的状元郎呢。

他这次能被陛下看中，也是凭着真本事，一个人的才华，是很难被其他东西掩住光芒的。

她在心里也替韦沉渊开心，碍于身子不便，不能亲自去祝贺，让人包了两块砚台，又送了一对青窑烧出来的上好竹节步步高升的笔筒给韦沉渊。

而沈茂和扬州的富商，也不停地在为北方赈灾款的事情走动，毕竟赈灾不是个拖延的活，一个月内肯定是要准备好一切，将款项运往北方，所以一直都很忙碌。

就这样，云卿的伤又将养了半个月的样子，到了十一月的下旬了，外面的天气变得寒冷，北风时不时卷起落叶，飘起又落下。

扬州的天气偏暖，此时还没有下雪，但是云卿的屋子四壁的夹墙里已经摆上了炭盆子，她身子还弱，受不得一点风寒。

此时她正坐在床上，身上盖着薄被，望着外头的天，道：“今儿个天气还算不错，我出去走走吧。”

流翠拿了一个厚披风给她披上，瞧了外头一眼，点头道：“是不错，难得见到有阳光照下来，那些小丫鬟都搬着小凳子，在院子里晒太阳呢。”

将手中的医书放下来，云卿掀开被子，站了起来，流翠赶紧将披风拉好，生怕她受一点冷气，染上风寒。

“小姐要走走也可以，咱们去香海园看看，那里如今还有花在开着呢。”流翠也觉得云卿整日里躺床上对身子不好，建议道。

“那哪算走走啊，我是说去街上看看。”云卿好笑地望着流翠，要是在府中走，她犯得着这么煞有介事地说嘛。

“小姐，你这肩膀还没好透呢，出去万一碰到伤口怎么办？”流翠担忧道，就是怕云卿再受伤，自听云卿说她是故意去撞上箭时，她就对自家小姐的做法十分不放心了。

“你都说了是肩膀，哪有人没事来碰我肩膀的，给我换衣服吧。”云卿淡淡地说着，可流翠能从她眼底看出她是做好决定了的，再多说也没办法改变她的主意。

待换上掐金挖云红色小靴，罩了一件大红色羽毛缎的斗篷，全身捂得半点风都吹不进去之后，流翠才跟着云卿出了门，往谢氏院子里走去。

到了谢氏的院子，云卿软磨了一会，耍赖撒娇都使出来，终于让谢氏同意她出去走走，但是不准下马车，只围着街上转两圈便要回来。

云卿当然答应了，带着流翠和青莲，出了垂花门，坐上马车朝着街上去。

天气寒冷，行人并不太多，偶尔可看到商铺面前有三两个顾客在买东西，因为今天天气不错，倒也没显得太冷清。

云卿这次出来，除了散散心之外，还有便是想买几本书回去看看，这段时间，在家里，除了医书外的大部分书，她都快看完了，想买些新的。

于是流翠便让车夫将车停到了无涯书局的门口，给云卿戴好事先准备好的纱帽，才扶着她下了车。

大雍女子虽然讲究居内，但并没有一味地只准女儿家在闺阁之中，纱帽此物，也不一定需要戴上，云卿一般也是不戴的，但是因为救驾一事成为了扬州的大名人，为了不惹来麻烦，她还是戴了比较好。

待进了书局，里面人也不多，排排的书架整齐排列，书的类型区分开来，云卿按照上面的标志，走到自己需要的历史类的书籍前，当看到一本《六国天下野史志》的时候，眼睛一亮。

秦天大陆曾经六分天下，是开国乾帝统一天下，才有如今鼎盛的大雍，但不知道因为什么原因，关于以前六国的书很少，有的也都是正史，云卿一直都想看看野史上是怎么记载的，今日一看到便想去拿，谁知她还未伸手去取，书架的另外一旁，忽然出现一只手，一下就将那本书抽了出去。

眼见好不容易寻到的书在眼前被人抽走，云卿转过书架，抬头道：“你好，这书能让给我吗？”

虽然书是她看见的，但是是别人先抽走的，她不会觉得这是人家霸占了自己的东西，但是总可以请求相让的。

那人听到耳边传来的脆软少女的声音，顿住脚步，转过半身回头，眉宇间却是微微一动。“你要看这书？”

冰冰凉凉的嗓音在秋日里漾开，云卿稍微仰头看去，但见那人轮廓分明，浓眉大眼，不由笑道：“原来是安公子。”

“沈小姐？”安初阳望着那雪白色的纱帽下若隐若现的五官，纱帽随着呼吸轻轻摆动，宛若一股清风在身边掠过，身量比之上次见到后又要拔高了一些，窈窕的曲线起伏也更加毕露，掩藏在斗篷下，越发引人入胜，他心头一动，略微将目光移到书架的位置，问道，“你伤好了吗？”

上次他和安知府两人在前院未进内院，也未曾和云卿见过一面，回去后倒是听安雪莹说了云卿的情况，知道她卧在床上，不能移动。

他的声音依旧是淡而冷的，听起来像是很冷淡，很不愿意与人交谈，云卿知道他和四皇子那种冷绝对是有区别的，他是面冷心善，而那个，不提也罢。

“好多了，不然今天也不会出来走走的。”云卿还特意动了动左肩，这话告诉了安初阳，相信安雪莹很快也会知道，免得她整日里担心这个，担心那个的。

“嗯，好了便好。”安初阳目光在她左手处看了一番，才将手头的《六国天下野史志》拿了起来，抖了一下，“你也爱看这种书？”

“对啊，这种野史类的很少，我一直都想看的，好不容易今日在无涯书局看到了，没想到，你也喜欢看？”云卿的目光在他手中的书上转了一圈，然后离开，虽然只是一小会，可是安初阳可以感受到她目光停在他手上时，那种迫切，热切地想要看看这本书的心情。

他是有些意外的，很少有少女喜欢这种类型的书。

云卿见安初阳沉默了下来，以为他不愿意，毕竟这书不好找，料想安初阳定然也是喜欢的，不免有些失望，转念一想，若是这书他看了以后，自己再借来，也是一样的。

“你看完以后，再借我看，也是可以的。”

“你若要……”

一前一后，两人同时开口，安初阳听到云卿的话后，黑曜石一般的眸子便闪过一道光，顿住了要继续说的话。

由于两人同时开口，云卿没有听清楚安初阳说的那几个字，便仰头问道：“你要说什么？”

安初阳目光落到手中的书上，再抬头望着面纱下的少女，眼里泛起一缕奇异的光亮：“你若真喜欢，我看完以后再拿给你看。”

云卿微微一笑，笑容在轻纱下透出来，带着真挚：“原来我们想到一块去了。”

“嗯。”安初阳从喉管里应了一声，有点模糊，好似有些不确定的样子。

“哼！”不知怎么，云卿耳边传来一声男子的轻哼，好似生气了一般，那声音不屑里带着点任性，有些熟悉，好似曾经听过。

她不由得转头四处看了一圈，却没有见到任何的人影，暗道自己也许是病得太久耳里也出了幻听，收回视线：“我再继续看看其他的书。”

既然出来，就不能空手而归，虽然一本被人抢了先，可还有其他的书等着她去挑。

云卿在历史类的转了一圈后，发现其他的不大吸引她，毕竟自家的藏书也不算少，便转到了医书类的书架上来了，这一类书多是多，大多是基础的东西，云卿扫了一眼，中下层的书都没换过，便抬头看上层的，其中一本淡黄色书封的，上回在书局好似没看过，便抬手准备去拿。

“你的伤还未好全，我来吧。”

流翠本来要阻止云卿抬手的动作，谁知一只大手从旁边伸出，已经将那本淡黄书封的医书拿了下来，递到了云卿的面前。

“谢谢了。”云卿接过书，表情却有些发愣，安初阳怎么还没走，一直待在她不远的地方呢。

“没什么，你手不方便，我帮忙下也是应该的。”安初阳丝毫没有觉得自己这样做有什么不妥当。在书局巧遇云卿后，便有些不想走的念头。

手中握着淡黄书封的医书，云卿感觉有点怪怪的，便转头唤了流翠，拿着医书去柜台结账。

安初阳也一起跟在身后，将手中的《六国天下野史志》放在云卿医书的旁边，冷声道：“一起结账。”

“不用了，安公子。”云卿一边道，流翠在身后飞快地掏出一个银锭放在柜台，书局老板收下后，将书包起递给流翠。

安初阳看着云卿再一次拒绝他的东西，脸色不由得难看了起来，上一次他送镯子给她，她也拒绝了，这一次，他送书给她，她还是坚持自己付账。

难道就像父亲说的那样，男子无功名，女子就不能安心下嫁？

他腿长步子大，几步就迈到了云卿的身旁，那种冷漠的表情还是没变，只眼眸里多了几分坚定的幽光：“我会去考取功名的。”

说罢，古铜色的脸颊仿若多了一抹暗红，不管云卿什么反应，立即转身又迈着大步走了。

“呃，小姐，安公子是什么意思啊？”流翠看着那黑色的背影就这么越走越远，十分茫然地问道。

考取功名？

云卿同样有些发愣，安初阳和她关系虽然算得上熟悉，两人也因当初劫匪一事，云卿自己觉得算得上是朋友吧，但是今天这话，不像是朋友之间说的吧。

如果她想得深远一点的话，这好似是男子向小情人的保证……

难道安初阳对她？上次要求娶她，不是因为她陷入了困境么……

脑中一边想着安初阳突然的发言和后续的结果，云卿扶着流翠，从书局门口走出来，扶着流翠的手上了马车。

人一进去，便闻到一股淡淡的血腥味，她刚一抬头，身子便被人一点，顿时失力倒了下来，倒在一个温暖却带着湿意的怀里。

而流翠跟随着进来后，也遭遇同样的步骤，掀帘，抬头，震惊，点穴，倒下，唯一不同的是，流翠直接倒在了垫子上。

云卿被点穴，不能动，不能喊，瞪着一双凤眸紧紧地盯着眼前的人。

光线黯淡的马车内，只有蒙着细纱的窗口透入的光线，将周围的一切照亮，男子银色面具好似一大片烛灯反射出华美的光，最终从银色的面具流到那唯一露出来的双眸之中。

银光从外流入，繁花从内蔓延，当两者撞上，便是那春日里掠过的风，在翠绿的枝头经过，带起一片片粉桃白梨，绚烂绽放，霎那间万紫千红。

云卿在这一片旖旎的春色里，清晰地看到自己的影子，还有那人眸中泛起的邪魅笑意。

该死的，又是这个银面男！

“真巧，我们又见面了！”银面男双臂将她收在怀中，眼神晶亮，仿若能看出她的心思，低沉压抑的嗓音欢快地打着招呼。

见你个头！见到你就没好事！

“别抱怨啊，能见面说明有缘分嘛！”银面男丝毫没有觉得被怒视有多么的可怕，轻松地调笑道。

听着他说话的语调，云卿觉得不能还口的味道实在是不好，皱了一下眉头，将目光转到银面男的喉咙下，示意他，让他解开她的穴道，让她说话。

“你看我做什么，还看到颈部了，难道你对我有什么企图？”银面男眼里好像露出一丝害怕的神色。

企图个鬼！让我开口说话！

云卿努力地用眼神表达自己的愤怒，终于让银面男懂得她的意思：“你要开口说话？”

点头。

“那要是我解开穴道，你要大喊怎么办？”银面男很不放心地问道。

外面的马夫在看到云卿和流翠进去之后，就扬着马鞭将马车往回赶了，厚厚的车帘隔音效果实在是好，一点也听不到里面的声音。

云卿眼珠子往外面一动，又在自己和男子身上绕了一圈，然后就不再转动了，继续怒瞪着他。

“你是说，若是外面的人发现你和我在一起，你的闺誉就没了，所以你不会喊，对不对？”银面男很有兴趣地将不能动的云卿搂着，手指绕着她一丝垂落的秀发。似乎一点也不觉得这个动作太过亲密。

废话！

你武功那么高强，我也打不过你啊！云卿此时关注不了他的小动作，即便知道也是没有办法的。这还有流翠在呢，她不可能随便以身犯险，若是引人发现了，她和流翠两个人的清誉都没办法洗脱。

“你怎么不回答我呢？”银面男很无耻地说道。

她动都不能动，怎么回答？

谁知，银面男又继续道：“你不回答，就是默认了。”

说着手指快如闪电地在她身上一点，顿时一种放松的感觉传来，云卿终于可以开口说话，随手就对着银面男胸下狠狠一撞。

“唔。”一声闷哼，银面男眼眸里泛出一刹那的痛意，身体也随之反射性往内缩去。

云卿拉开和他的距离后，才发现，他身上所穿的黑色夜行服，左肋下方处有一种濡湿的感觉，像是被什么东西浸润了，还有一点粘腻。脑中一转，想起鼻尖始终有的一点血腥味，以及刚才被碰触到那一块时他的反应，云卿皱眉道：“你受伤了？”

“嗯，一点小伤。”银面男声音好似很轻松，云卿甚至能想到他说话的时候，嘴唇应该是微微上翘的。

“我学过医术，可以帮你看下。”若是轻伤，就不会如今还在流血了，这伤绝对不小，云卿目光停驻到他左肋下的一块。

“沈小姐对我真好，竟然要帮我看伤。那你就看看吧。”银面男躺下，很自然地对着云卿道，语气里说不出的淡然和笑意，让人觉得他和云卿不是两次三番突然遇见的对手，而是相交多年的好友。

云卿抬头看着他，只看到银色的面具下方没有罩住的一点莹白的颈部肌肤，光是看过去，便觉得细腻柔嫩。这人，绝不是普通亡命天涯的匪徒。

她半垂了眼眸，掀开马车下盖，从底下拿出一个药箱，在学医后，她便在马车内都备了一个这样的药箱，里面放着常用的医用药物和银针。

她用手捏了一下那润湿的衣服，然后将他的衣摆从下方抽出，一点点地拉上去。

银面男眼眸往前，半垂着望着云卿的动作，眼底的神色却是半明半暗，笑意在光芒里渐渐隐去，任她将自己的衣服拉到最上面将他的手也包在了里面。

掀开外衣，里衣一片血色，云卿拿出剪刀，将凝结了血和伤口黏在一起的里衣剪开，露出了里面一道手掌长的伤口，伤口半凝结，还有一半继续在冒着鲜血，从皮肤上滴下来，落到里衣的另外一面，一片鲜红。

幽深的凤眸微眯，这伤，真算不得小伤，看伤口血液凝结的状况，血已经流了一小会了，方才到现在，她都没看出银面男有受这样重伤的痕迹。

她的目光里带着怜悯，抬头去望那个悠然镇定的男子，疼惜地问道：“你难道不疼吗？”

她的侧面极美，鹅蛋形的面容在微微侧过来的时候，曲线流畅，好似一块美玉被雕琢成最完美的弧度，然后再在上面精工细做，从眉间升起的鼻梁，泛起一点光，拉到深深的人中，然后坠到饱满的唇，好似一朵樱花飘落，最终留在美玉上，成为其中的一笔，双眸里水光莹然，透露着深深的怜意和清透的波光，将一张面容衬得惊心动魄。

银面人的眼底反射的银光露出一丝惊艳，心头更是扑通的一跳，为那种刹那间绽放的美丽而有些心驰神摇，无法移开眸光般的，轻笑道："沈小姐的镯子真漂亮，是谁送的呢？"

一刹那，云卿的眼便由刚才的迷离诱惑变成了清冷无意，菱唇微动，将放在左手镯上的手移了开来。

他早就看穿她了。

方才她透露出那一点怜意，便是利用人受伤的时候，心灵上最渴望有人呵护，才故意说出那般的话，只等银面男有一点的不防，她便按下御凤檀所送镯子里的银针，让银面男麻醉后，再找个地方将他丢出去。

谁知，她还没动，就让人看穿了。

这个人，真的是太不简单了。

既然这一次动手让他发现，下面再要动手，就会变得更难了，没想到他的警戒性这么高。

云卿低着头，取出药箱里的银针，在几个止血的大穴上施针，还好这刀伤看起来恐怖，没有伤到内里的脏腑，否则的话，就难以施救了。

银面男欣赏着云卿表情的变化，略挑了挑面具下那双远如山黛的眉毛，暗里发笑，小狐狸肯定特别有挫败感，连美人计都用出来了，竟然没将自己迷倒。

不过，今日若闯入马车的是其他男人，多半是会倒在小狐狸的迷人美貌和手中的银针下的。

要知道，手镯可是他送给小狐狸的，所以当她手一动的时候，他就注意到了。

另外一个原因呢，虽然他很不想承认，但是也不得不说，他的另外一个身份，那样的迷人、俊美，对小狐狸那样的好，小狐狸都没对他露过什么温柔怜惜的表情，怎么会对他这个戴着面具，三番两次出来捣乱的人有好感呢，这很明显是狐狸的诡计嘛。

所以他在欣赏风景的同时，也没有放下警戒心，这才免于被麻醉的危险啊！

不过，银面男转头继续问道："怎么，你不告诉我这镯子是谁送的，那我就自己猜猜？"

云卿一心施针，止血，不想理那个明明受伤了，明明在被人用针戳，却看不出半点的痛苦难受的男人，她只想早点将他的伤弄好，然后让这大爷找个地方出去，不要留在她的马车内给她找麻烦。

想到这里，云卿撩开帘子看了下外头，从书局出来已经走了一段时间了，别还没弄完就到沈府了，再一看，再过三条街就到沈府了，这点时间肯定搞不定，还好她想得快，立即朝着外头吩咐道："老海，往美人胭脂铺去，我要去买点东西。"

车夫老海听了她的吩咐，有些疑惑，怎么小姐不早点说呢，这又得打倒一小半路程啊，不过他只是这么一想，毕竟小姐夫人有时候会突然想起来，吩咐去另外一个地方的时候也蛮多的。

车轮在地上摩擦了一圈，车夫掉转了马儿的方向朝着另外一个方向走去。

云卿眼见周围的景色变了，才放下车帘，看了下晕倒在一旁的流翠，顺手拿了个枕头给她垫在头下，并没打算让银面男将她过早弄醒来。流翠还是不要这么早醒来的好，知道得越多，便越危险，她说过这辈子要让流翠过上如意生活的。

做完这一切，云卿又继续从箱子里选了药粉出来，接着忙活，不管车厢那头一双潋滟眼眸灼亮地望着她，只将药粉细细地，均匀地洒在伤口上。

被无视的某人有点不甘心了："我猜，镯子是你情人送给你的吧！"

话一说完，某人紧接着又低声的"唔"了一声："喂，你干吗按我的伤口，难道你学医就是为了欺负病人的吗？"

云卿斜睨了他一眼，面无表情地继续在他的伤口上按了一下，满意地看银面男又闷哼了一声，才道："你再乱说话，我就直接将银针插到你内脏里面去！"

什么情人不情人的，这人真的是，虽然这镯子是人送的，但是是御凤檀强迫她戴上的，如今取又取不下来。

她心内够气的了，银面男还说什么情人，她怎么不去摁他的伤口，打不过也可以出出气！

"什么乱说嘛，问你，你又不说，我是觉得这镯子很精致，想来送你的那个人肯定是很有心。一般人谁会做这种镯子给女子防身，他可真是个细心的人！"

银面男盯着云卿的表情，脸不红心不跳地对自己进行大事地夸赞。

云卿低头，视线落在左腕的镯子上，想起御凤檀那日的神情，他那坚定的眉眼和潋滟的眼波。心内仿若有秋絮飘过，一种陌生的，异样的情绪占据了她的心。

一般人不会送这种镯子给女子的，他对她是真的用心了，可，他们不适合，就像日和月，不属于一个世界的人。纵然会在黄昏日落之时，有短暂的相遇，最终还是会各上各的轨道。

瑾王世子也许觉得得不到的就是最好，他新鲜，所以愿意花心思去哄她，她已经是再世为人了，不应再为这些看起来美好的东西而失了心神。她必须要守好自己的心，不再犯同样的错误。

云卿的思绪随着眸中的神色反映在男子的眸中，他看着她眼底慢慢地带上了一层旖旎，然后变成了旋涡不断旋转，接着色彩一层层地剥离，又剩下那一抹无波的镜湖。

"这种镯子，朋友之间也会送的。"云卿将伤口附近的污物用布轻轻地擦拭，轻声道，不知这句话是说给自己听，还是解释给银面男的。

躺着的男子眉目微微一闪，里面掠过的光芒带着微微的冷，嗓音却依旧调侃："谁送？是刚才那个什么安公子吗？"

云卿抬头，看那人目光清透，似乎在等着她的答案，眼神很认真，也有着一种隐藏的占有欲。

"不关你事。"她低下头，侧首从药箱中掏出一卷白色的绷带，用右手在他身下绕着，银面男配合挺起腰身，擦干污迹后，显得格外白净却又肌肉分明的身子抬起来，云卿因为左手不能用力，不得不俯下身用右手去接从下面绕过来的绷带，一下子两人的距离就拉得十分之近。

男子精瘦的腰因为用力，腹部的肌肉一块块地显露出来，在她面前大约半指的距离。

她本来还不觉得什么，只银面男被那呼吸撩过腰间，轻笑地呼了声：“好痒，你别对着我腰呼吸。”

顿时，云卿的脸就这么红了，好像白茫茫的雪地里突然绽放了密密麻麻，数不胜数的梅花，红云漫天，将雪色遮盖。

眼前躺着的不再是一个有伤口，需要处理的躯干，而是一副成熟男性的身体，云卿不由得动了动身子，手指有些僵硬地继续绕着。

目光却不能再像开始那样没有顾忌了，这具躯体很完美，肌理分明，细腻的肌肤擦过手指时，宛若丝绸摩擦，散发着淡淡的温热……

她的速度越来越快，而那边有人却喊了一句，求饶道：“你别用力了，勒死我了。”

云卿再低头一看，不知不觉中她使上了力气，伤口都要勒出血来了，连忙放松一点。

银面男也微微松了口气，方才那香热的呼吸撩过他的腰间，热气直通腰部，直往下腹蹿去，还好云卿用力地一勒，伤口传来的痛感让他什么旖旎想法都没了。

打好了包扎结，云卿将东西收好放回药箱内，银面男自己坐起来，将衣服拉好，以一个极其舒服的姿势靠在车厢内的大靠枕上。

“对了，是不是那安公子也送过手镯给你啊？”

云卿拧眉，将药箱放入马车隔厢后，坐到另外一边，冷淡道：“说了不关你事。”

“你是小姑娘，不知道这安公子啊，用借书来做借口，其实心怀不轨。”银面男仿佛历经天下万事，以十分沧桑的口气道。

“你怎么知道我在书局遇见他了？”云卿警惕地望着他，这人不会是故意跟踪她吧。

“我从书局屋顶上翻过来的，正巧看到了。”银面男的语气稍稍有些不悦，“那个安初阳，明明本来打算把书给你的，谁知道听到你说要借他的书，他就打了坏主意改口了！哼！”

听到这声哼，云卿想起自己当时听到的那一句，很明显低沉暗哑声音的主人就是眼前莫名其妙有点不爽的银面男。

“借书也是心怀不轨？”云卿微微蹙起眉间，侧眸望向他。

“你看借书，一借一还，他便可以借机见你两次，还不着痕迹让你认为他是一个博学的人，一个大方的人，一个体贴的人……”银面男正教导自己看中的小狐狸，以免被人拐走了都不知道。

就在这个时候，马车滚动的轴轮停了下来，外面有阵阵的喧哗声，云卿问道：“老海，怎么了？”

老海立即在外头接话道：“小姐，这里有官府的人，设了路障，正在搜查每辆过往的马车！”

CHAPTER 24
第二十四章　灭门真情徒伤悲

云卿掀开车帘往外面看去，往美人胭脂铺的方向正是通向扬州府的南门，此时已经设了路障，官兵正在查着过往的马车。

看那些官兵认真仔细的样子，不管里面是不是女眷，都要掀开查看一番，显然要找的是个重犯。

“你给我惹麻烦了。”云卿放下车帘，回头看依旧躺在车中悠然自得的银面男，语气里蕴着淡淡的冷意。

银面男也掀开靠近他那边的车帘往另外一面看去，眯眼往外面瞧了一会：“他还真好意思，竟然封城来找我。”

银面男似自言自语一般，云卿却听出了其中的内容，看来这些官兵还真的是为了他而来的，这个人究竟做了什么？

在她沉思打量之际，银面男转头对着她道：“让马车调头，朝着另外一条路去，只要不往那边走，就没事了。”

云卿一想，的确也只有如此了，还好老海性子谨慎，在离设置路障一百米的地方就停了下来：“老海，往左边的巷子穿过去吧。”

就在这时，银面男突然喊道：“不好。他们已经看到我们的马车了，要是突然转头反而容易暴露了！”

云卿挪到那边窗口一看，的确有三两个骑马的官兵朝着这边看来，看那样子和手势，似乎是在打量她的马车，在考虑要不要过来检查。

“老海，别走了，就停在路边吧！”云卿做出了判断，现在走的话，的确是让那些人更加起疑，不如就停在旁边，大方自然一点。

云卿飞快地环视了一下马车内的摆设，宽大的马车中间只有一张茶几，两旁是软榻，四周都被锦缎围住，熏炉里散发着淡淡的香气，角落处的小柜上摆着几本书，根本没有藏身之处。

“你赶紧出去吧！”云卿转眸望着银面男，双眸里露出一闪而过的杀意。若是在自己的马车里查出来有刺客，她也会倒霉。

银面男看着她的眼眸，嘴角浮起了一丝苦笑，除了沈家人，大概其他人在她眼底都没有区别。不过此时也不是悲春伤秋之际，他摇头道：“走不了，从里面蹿出一个人，他们岂会看不到！”

云卿心中急切，脑子里却没有半毫纷乱，她看了一眼倒在一旁，似睡得香甜的流翠，赶紧道：“你快点把她的穴道解开。”

本来银面男觉得解开丫鬟的穴道，指不定会惹来什么危险，但是望着云卿的眼眸，那里面的冷漠和坚定，他没有再说话，时间不多，不可能再像刚才那样你一句我一句的了。

手指在流翠身上点了几处，她立即迷茫地醒来，首先张开眼睛，立即坐起来，查看云卿是否还在身边，在看到云卿之后，刚要开口，却又看到了那个将自己弄晕的银面男还在，本来想开口问话，可是觉得车厢内的气氛有些不对，生生止住了，只望着云卿问道："小姐，你没事吧。"

"我没事，外面有官兵要来搜查他。"

"现在怎么办？"流翠醒来后，并未有什么事，很快就坐到云卿的身边，轻声地问道。

云卿目光微微一闪，想到了一个法子。

外面的马蹄声逐渐近了，就听到一个男声传来："车内是沈府何人？"

沈家的马车在四角挂的是鱼形的缎料坠子，所以但凡是有点见识的，都能看出来，此辆马车是沈府的。

老海见是官府中人，便配合地回答道："是府中小姐，请问官爷有何事？"

那男声中气十足道："四皇子遇刺，如今官府正奉命捉拿刺客，为防止刺客藏在马车中逃往城外，还请沈小姐配合官府的搜查。"

老海靠近马车，将此话转达给云卿，并问道："小姐，是否让他们检查？"

"既然是官府要搜拿刺客，我们沈府一定会配合的。"随着一阵动听悦耳的少女说话声传出来，马车车帘被掀开了来，云卿将手一撩，微微探出半张脸。

三匹高头大马正站在马车前面，一列士兵将整个马车包围在了中间。最前面的是一名身着紫色皇子服的男子，浓眉鹰眼，五官深邃且刚硬，正是四皇子御宸轩。

他看到云卿之后，没有说话，倒是他身边的一个副兵道："怎么你一个小姐掀帘，丫鬟呢？"

"官爷说的是，只是真不巧，我这丫鬟身体不大好，正躺在里头。"云卿回道。

"发晕？这么巧，一个丫鬟比你一个小姐还娇贵些，请沈小姐配合将车厢打开，让我搜查一番。"副兵显然对云卿这番话起了疑心，语气强硬了起来。

"搜查没问题。"云卿说着，掀开帘子站了出来，老海赶紧将小凳子拿出来，她踏着凳子走了下来，"请不要去动我的丫鬟，她不太舒服。"

"哼！"那副兵从马上跳了下来，一把掀开帘子，阔大的马车内厢展现到了几人的面前。

御宸轩双眸扫过小几，书柜，四壁，最后目光停在睡在马车内，盖着被子，将头蒙住的人身上，眼里闪过一道利光。

"四皇子，没有发现刺客的影子。"那副兵看了一圈，回答道。

"把那个人的被子掀开，让她的脸露出来给我看看。"御宸轩手一指那被子，副兵就要冲过去，云卿几步向前，站在马车车厢旁边道："她虽然是个丫鬟，到底是未出嫁的姑娘，掀被子对她的清誉有损。"

“只是掀个被子罢了，她埋在被子里，也看不到她的脸。万一你的丫鬟其实已经被刺客换掉了，那岂不是让人从本皇子的眼皮下漏过。”御宸轩面色沉冷地开口，一双鹰眼望着云卿，似乎要透过她去看里面的一切，里面带着无限的怒气。

老海看着心里都暗暗发冷，转眸看自家小姐，依旧是温柔带笑，没有半毫害怕的样子，若是别的小姐，也许都会有吓哭的呢。

“民女依然觉得不妥，她虽然是个丫鬟，可躺在里面，衣冠不整见外男，给别人知道了怎么办？”云卿抬头望着高骑在马上的男子，冷冷的冬风从脸颊刮过，显得她的肌肤分外莹白，好似随时能有水从里面流出，那一双凤眸在灰蒙蒙的天际之下，亮若星辰，仿若照亮了周围的一切。

御宸轩看着这个少女，一个丫鬟而已，值得她这么照顾她的感受吗？在他的心中，是无法体会云卿和流翠的那种相惜的感情的，再好的丫鬟，也只是个丫鬟。主人让你死，就得死，他是皇子，一个刺杀他的刺客比起丫鬟来又算得了什么。

可偏偏看到马前的少女那双透着固执和坚强的双眸，他便想到那日她奋不顾身地挡箭的样子。

“没有人会知道。”

有了四皇子的承诺，再阻止便显得太过了。

“我去喊她，你们不要上去。”云卿说完，上了马车，轻声地喊道：“流翠，流翠，起来。”

连喊了几声，昏迷的丫鬟终于抬起头来，咕哝一声：“小姐，到府里了吗？”

一张圆圆的脸蛋落入了众人的眼中，虽然头发有些散乱，装束有点凌乱，可是任谁都看得出，这是一位小姑娘，而不是男子。

“四皇子，的确是个女的。”副兵回报道。

御宸轩盯着流翠的面容看了一会，他也知道这个丫鬟，沈云卿出席宴会，每次都是带着的这个，很显然是她的贴身丫鬟，他将目光转到云卿的脸上，她正将丫鬟扶着睡下，然后走下马车道：“四皇子可确定了？刺客并不在我的车中。”

“走吧。”御宸轩眼眸冰冷地往马车一扫，一声令下，准备带着副兵返回到路障那。

云卿站在原地，心内长呼了一口气，正准备转身上车，岂料，身后又传来那冰冷的声音，“等等！”

发现什么了吗？

云卿心中一紧，面色自若地转过身来，嘴角带着笑意，却有几分淡淡的冷意：“四皇子还有何事？”

“本皇子刚想起来，刚才只搜了车厢，车底还没有搜过！”四皇子一手拉着缰绳，掉转了马头又继续朝着两边的副兵道：“去，仔细检查马车车底！”

他话虽然是对着副兵，眼眸却紧紧地盯着云卿，想要从她脸上看出一点点端倪出来。

刚才他便觉得有些怪，怎么偏偏那丫鬟就生病了，生病了怎么还会陪着小姐出门，沈云卿似乎将他们的注意力全部引到了马车车厢内的人上面。

人在经历过一次搜查失败后，便会以为要的东西真的没在这里，便是他，都差点被这种心理蒙蔽，还好他发现得快！

但是，在云卿的脸上，他始终没有发现任何其他的神色，那张牡丹一般美丽的容颜上，始终只有一抹淡淡的笑容，和一双平静如深渊的眸子。

云卿的手掩在斗篷之下，暗暗收紧。果然是在争斗中登上帝位的人，不是那么好糊弄的。

她捏了捏手心，尽量使自己镇定的和他对视，不管她有多坚强，这么与一位皇子对峙上，还是需要莫大的勇气和心力的。

副兵派人在马车车厢下仔细地查看了一番，然后回报道："四皇子，车厢下未曾发现刺客的踪迹。"

闻言，御宸轩微微拧眉，转头问道："可曾仔细看过？"

"回四皇子，微臣仔细地检查过，确实无人。"副兵是自己仔仔细细地检查了一遍的，毕竟是刺杀皇子的刺客，若轻易放过，他也得不了什么好。

御宸轩看着那个平静镇定得过分的女子，他有一种感觉，刺客就藏在她的马车里。

难道是他的错觉？

这一次，四皇子连"走吧"两个字都没有说，冷冷地看了一眼云卿，拉着马，转头便走了。

而云卿则等到他们走到远处，才上了马车，一把将门帘拉下，她心内就大大地松了一口气，坐到垫子上，端起桌上的茶水，喝了一大口。

"小姐，奴婢刚才要吓死了。"车帘一放下来，流翠便从被子里钻了出来，一张小圆脸吓得苍白，声音还有点颤抖，显然是吓得不轻。

"没事，没搜到就好了。"云卿将茶杯放下，掀开帘子往外面看了看，只见那些人没有返回的迹象，才长呼了一声。觉得手心里有着疼，拿起来一看，原来掌心因自己紧张握拳都压出几道指甲印来了，可见刚才自己有多么的紧张。

自己方才故意让流翠装病，就是要将这些人的注意力全部吸引到车厢里去的，毕竟一个突然病倒的丫鬟，藏在被子里，又不肯露出脸，怎么看都有点可疑，再加上她看似冠冕堂皇却恰到好处的阻拦，越发显得欲盖弥彰。

一般人也许就会在看到被子底下的人是流翠，而觉得刺客不在马车上了。可偏偏四皇子他不，他竟然还能想到马车车厢底下没有搜过，这说明他是一个心机很深的人，看事情，只怕和她差不多，一切都朝阴暗的地方去想。

"你出来吧！"

随着这一声呼唤，车厢内的小几开始抖动，然后红色的桌布迅速地一翻，露出底下，四肢落在马车车厢放置物品小格，全身缩成一团的银面男。

"还好他走了，要不然这个姿势得把我累死了。"银面男长呼了一口气，流翠利索地将木板捡起来，然后将拼接式的茶几脚拿出来，重新扣好，又还原到了原样。

多亏了云卿家中马车的小几是活动样式的，可拆可卸。银面男当初手一撞这个小几，发现有些松垮，便想到躲到这里。

有了云卿前面的转移注意力，没有谁会注意到这张不起眼的小茶几了。

“你要是不累死，就只有被抓走了！”云卿睨了他一眼，他倒是很悠然自得地落在马车的另外一边，揉揉背，动动手，没有半点想走的意思。

“你胆子还真大，竟然去刺杀皇子。”云卿冷嘲了一声，银面男也随之嗤笑道：“我对他没兴趣，谁要刺杀他。”

闻言，云卿抬眸望着他，眼底划过一抹怀疑。

不是刺杀？

那为什么四皇子要下令全城搜查他，还用刺杀皇子的罪名？

她眨了一下眼，长睫下的眼眸睿智而明亮，也许是他们皇族之间的腌臜事情，她还是莫要知道的好，不过她还是记得自己有问题要问银面男的。

“刚才四皇子看我的时候，眼神里有着怒意，你可知我或者是沈家，有什么得罪过他的地方吗？”

“有。”

“什么事？”

当听完银面男说着那日的箭其实是四皇子安排射向他自己的，接下来的话，银面男不说她也明白了。

本来是给五皇子吃的暗亏，结果因为她的一个心思，而反噬到四皇子自己身上。

如果抛开权势现实，单凭心理来说，云卿一定是很爽的。能让四皇子不爽的事，她都会开心。

可是如今重生一世，在两人力量如此悬殊的状况下，她还是想要尽量避免前世的一切再次发生在自己身上，若说刚开始的时候有着报仇的心理，可现在她觉得能一家安康就好。

但是，很显然，四皇子即便是没有看到游龙十八柱，知道沈家的银砖祠堂没了，对沈家还是产生了仇恨，难道有些事情是不可以避免的？难道沈家天生就和四皇子犯冲？

银面男看着她一时呆怔的脸色，再听她口中喃喃的话语，虽然听不清什么，但是最后一句他还是听到了，眸子里一道暗流飞快地闪过后，归于一汪平静之中。

他看马车已经远离了搜查的这一块，于是掀起布帘，留下一句：“沈家从来就没从皇家事务中逃出过。”

接着布帘一动，银面男飞快地蹿了出去，他已经将这个信息传给云卿了，就看她自己懂不懂，今日他将四皇子和沈府对立的原因透露了一丁点出去，相信以云卿的聪慧，会猜到一点端倪。她终会知道，若是想护着沈家，必须要有权势。

回到沈府之后，云卿去谢氏那一趟，便听到说今日沈府书房里进了贼人，开始进了两个还都不知道，后来又进了一个飞贼。

两批贼完全是不认识的，不对路的，特别是后面那个，若不是一身贼服，倒像是抓贼的，于是两批人打了起来，双方都受伤后，才撤离了现场。

而书房内的东西点了之后，并没有少什么东西，不管是贵重的还是不贵重的都没有人动过。

云卿安慰了谢氏一番，便回了归燕阁，脑中一直都在想着谢氏所说的话。

沈府今日进了贼，来的有两批，之前进了两个，后面又来了一个。

她在书局的时候，银面人从书局的屋顶飞过。而书局的后面是河，只有左面可以踏着屋檐飞过，那一个方向，好似正是沈府所在的方向。

四皇子紧接着就围城抓刺客，银面人说他根本就没有行刺四皇子。

她相信银面人根本就不需要对她说谎，那种时候，说谎没有任何意义，因为就算说了，也不会有人相信他真的没有行刺。

所以，银面人是真的没有行刺，那四皇子为何还要全城围捕呢。

很显然，后面一个进沈府的飞贼就是银面人，而开始进来沈府书房翻东西的——是四皇子的人！

只有这样，四皇子才会下令全城围捕！

若不是她今日刚好在马车上遇见了银面男，又恰好听到他的话，知道了府中进了贼人的消息，根本就无法将这些事串联在一起。

而那个银面男今日进她马车里的行为，说是随意，更像是一种刻意的安排，是打算告诉她什么。

云卿细细思忖着，越想心内越发觉得骇然——你们沈家从来就没从皇家事务中逃出过。

这是在暗示什么呢，沈家一直都偏居江南，几代都不曾和皇家有联系了，怎么会这样呢。可是若真的没联系，那又怎么解释四皇子会派人来翻沈家的书房，还不想让人知道他的目的。

四皇子来沈府中究竟要找什么东西？

这让她不得不想起和银面男第一次见面的时候，正是在柳府，当时他也好似在找什么东西，柳府也是被人翻得乱七八糟的。他们如今又到沈府来寻，很显然，那东西不在柳府，或者说不完全在柳府。

柳府，沈府。

云卿拿着毛笔，坐在书桌前，墙壁被夹墙里的火盆烤得暖和，屋子里的气温舒服得很，她用笔在柳府和沈府之间画了好几条，最后写出一行字。

柳老夫人是外祖父的妹妹，娘是外祖父的女儿。

外祖父，这，好像就是沈府和柳府之间唯一一条可以想通的线索了。

云卿隐隐觉得，就像银面男所说的那样，她心底一直有个不太明白的地方，此时变得清晰起来。

她一直觉得沈家单单是因为财力被四皇子觊觎抄家，始终不太让人信服。毕竟那时候她

还是耿佑臣的夫人，只要沈茂和谢氏一去，其实这批财产大多数还是能不动声色地转到皇家去的。

四皇子的做法，过于厉狠了一些。但是她由于上辈子在出嫁前，活动的区域太小，获得的信息十分有限，所以一直只困惑而不能完全解开此惑。

此时看来，只怕是四皇子要寻的那个东西，就在沈府！

而那个东西，才是导致沈府灭门的主要原因！

手中握着的笔一下掉到了白色的宣纸上，嘭的一声在纸上印出一朵墨色飞溅的花，轰然倒下。

云卿只觉得从心脏有一股冰凉的血液，咚咚，咚咚的开始往四肢蔓延，带着一股股的冷意，蔓延到了四肢，最后到了她的脑中。

她为这个新发现而欢喜。

她为这个新发现而悲伤。

欢喜她终于在重生的第二年，弄清楚上辈子沈家被灭门的真实原因。

悲哀她发现自己不断在努力的这两年，始终没有让沈家真正避过被灭门的原因。

她脑中仿佛一寸寸被冰冻，却在冰冻中变得更加的冷静，更加的镇定，许多事情在面前交织成一张大网，她在其中寻找可用的信息。

那个东西，究竟是一样什么样的东西，四皇子为什么迫不及待地找到它？

它的存在，对于四皇子一定很紧要。

什么对四皇子最重要？

皇位。

什么东西影响皇位的传承？

圣旨？兵权？神器？还有什么……

她必须要搞清楚究竟是什么东西，这样她才有办法在与四皇子的对峙中，找出一点点胜利的可能性。

接下来的日子，云卿有意无意地试探谢氏，外祖父曾经任过先帝的帝师，是状元郎，是否和皇室中谁有过什么关系，有没有特殊的状态什么的，谢氏一概都是摇头，表示未曾有过。

问沈茂，沈茂和谢氏一样不清楚，云卿又不敢透露太多，毕竟她这些都只是猜测，而且若是一旦走漏了风声，四皇子知道她发现了这件事，只怕灭门惨案要提前了。

就这样探探寻寻中，沈茂和扬州商人的银两全部凑齐，经四皇子和瑾王世子验过后，领明帝的旨意，购买北方所缺的粮食，全部运往灾区。

而在赈灾款捐上去没多久，一道圣旨也从北方快马加鞭地送了过来，由人捧到了沈府。

沈茂知道后，立即从外面急急地赶了回来，来不及沐浴熏香，带着谢氏，云卿，让人通知韦凝紫前来，乳娘抱着墨哥儿，轩哥儿，打开沈府的大门，恭敬地在门前迎接。

送旨的内侍一到门前，就被人扶了下来，然后喝了一口递上来的茶水，尖着嗓子喊道：

“奉天承运，皇帝诏曰：扬州府沈茂其心向圣，德言可表……封为抚安伯，享二等爵俸禄，其女沈氏云卿蕙质兰心，忠心为君……封为韵宁郡君，其母封三品淑人，择日进京……布告天下咸使闻知。”

一段话念了下来，整个沈府的人都震惊了，他们想到过会被明帝嘉奖，会被明帝赏赐，可是怎么也没有想到，竟然会被封爵。而云卿直接被封为了郡君，陛下还赐字“韵宁”，要知道，没有赐字和赐字之间可是有天大区别的。

他们当然不会知道，在给沈府这个封号的时候，朝堂上还发生了好大的争议，支持皇后那边的大臣都说一个商人之女，怎么可以一下就被封为郡君，这可是三品的封号，一般是亲王的孙女才可以封为郡君，最多奖赏点东西就可以了。

就在此封号上有激烈争斗的时候，有人非常不经意地说了句：“难道陛下的性命还不敌一个三品郡君的封号？”

此言一出，百官闭嘴，再不言语，而有见风使舵者，在看到沈茂联合扬州富商解决北方赈灾状况后，更是说沈家一家都是忠君之民。

于是龙口一张，在沈家的封赏上，再加了沈茂的二等伯封赏。而谢氏的三品淑人，则是在云卿被封郡君之时，便加了上去的。

一时之间，不管是沉稳如沈茂，还是激动如谢氏，还是惊疑如云卿，心中触动都大，就连云卿都未曾想到，再生一世沈府竟然发生了如此大的变化，这份荣耀简直是天大一般地砸下来。

好在他们都是在内心震撼，表面上还是镇定的，沈茂首先起来领旨，重金谢了前来送旨意的内侍和随从，并好好地招待他们。

沈府上下一片都是喜洋洋的，连下人都是一片喜色，纷纷庆幸自己运气好，一下从商人的奴婢升为了伯府的奴婢，虽然都是奴婢，那说出去完全不同。

云卿看了一眼韦凝紫，但见她脸色苍白，眼神里都有些失色，看起来几乎是经不住打击的样子。

看来自己被封为韵宁郡君的事情，一定让韦凝紫难受得要命了，难为她在受到这么大的打击后，还能站在那里。

“表姐，怎么还不进去，外面风大，看样子又要下雪了，小心受凉呢。”云卿笑着对韦凝紫打了个招呼。

韦凝紫其实并没有云卿看起来那么好，她全身在微微颤抖，手指紧紧地掐在手心，恨不得能将云卿捏在手心里掐死。

她紧紧地咬着牙关，一句话都说不出来，那双水一样的眸子里终于克制不住地对着云卿露出了一丝狠毒的目光，望着面前穿着白色狐皮斗篷的少女，恨不得一下子抓烂她的脸。

她转身望着云卿，咬牙道：“小心站得越高，就摔得越惨！”

终于装不下去了吧，云卿微微一笑：“能站得高一点，总比越来越孤苦的好。”

“沈云卿，你不要太得意了！”韦凝紫的忍功终于破裂开来，露出了她隐藏的那张充满了嫉妒的扭曲的面容。

“我得意不得意，表姐是管不着了，你还是莫要站在风口吹病了，若是这个时候病了，姨妈就没有人照顾，一不小心，表姐说不定就成了克父克母之人了，在‘不孝君亲’后又加上这么一条，那可就真的完蛋了。”云卿一笑，肤色被薄薄的雪地反折光一照，像是冰霜凝成，眉眼里却带着一股煞气，说完以后，便带着流翠转头往沈府内走去。

韦凝紫看着前方袅娜华丽的身影，眼底迸出仇恨的光芒来，那些一直压抑在她内心深处的嫉妒和疯狂，终于汹涌而出。

她一直在沈府小心翼翼，就是想要有一天将沈云卿拉下来取而代之。

谁知道，沈云卿是过得越来越顺，就是在外面抛头露面，也并没有为她的名声抹上什么黑。反而是她，只是参加了皇后一个宴会，就被安上了不孝的罪名，被整个扬州的上层社会都取笑。

越是如此想着，那条名为嫉妒的蛇就越是缠绕着她，一寸寸吞噬着她本来就狠毒的心灵。看来没有办法了，沈府实在是不接受她，那么就让整个沈府都为了沈云卿的得意去陪葬吧。

沈茂将内侍和随从招待得妥妥当当，又亲自送到了扬州最好的旅馆天字房后，才高高兴兴地回来。

内侍在传了圣旨后，又告诉他，今年皇商供应已经敲定了沈家，由于地方上会有文书来，陛下并没有写到圣旨上。

沈家的皇商是凭着实力拿来的，若是写到圣旨上，反而显得沈家是靠着其他东西赢来的。沈茂对着北方深深行了个大礼，以表示谢陛下体恤。

大雍朝的规矩，所有皇商受诏一律迁居京城天越，大雍的皇商并不多，且选的皆是有实力的商户，一般来说，皇商都是掌握着全国每行每业大部分经济命脉的商人，如此做法，一来是显得圣意照顾，二来便是为了好控制。

加上被选为皇商一事下来，沈府算得上是四喜临门，前来祝贺的客人一波又一波，想着年后就要搬离扬州，而过年前后事务会非常繁忙，如此招待也实在忙不过来，沈府安排在三日后，举行一个庆祝宴会。

“小姐，昨晚我半夜起来上厕所，看到雪兰偷偷摸摸地在院子里转，也不知道在做什么。”问儿对着云卿汇报道。

自将采青许配给庄子上一个管事之后，云卿身边就只有流翠一个大丫鬟，她住的院子大，里头的事情也多，除了流翠，就只有青莲，问儿两个二等丫鬟，因为人手少，所以外头的小丫鬟像雪兰她们也会时常进来帮忙。

为了防止有人浑水摸鱼，趁着这时候陷害沈家，云卿嘱咐问儿多多留意。

十二月的夜晚，天冷地寒，人一站出去就恨不得能缩回来，怎么会半夜出去在院子里瞎转。

“你先看看，若是今晚再看到她转，就看她究竟在做什么！”

就在当天晚上，问儿根据云卿的吩咐，半夜紧盯，结果和另外一个值夜的妈妈捉住了鬼鬼祟祟在院子里转悠的雪兰。

云卿看着跪在面前，手脚被捆在一起的雪兰，冷笑了一声，拉了拉披着的大氅袖子，不言不语地喝着茶。

本来紧闭嘴巴，什么都不说的雪兰，看到云卿一声不吭，好像只打算欣赏她被捆的样子，并不打算质问她，反倒觉得沉默也是一种无形的压力，她开口道："小姐，你半夜让人抓奴婢来，是为了什么事？"

云卿见她终于开口说话，却是反咬一口，说是自己抓她来，抬手将茶盏轻轻放下。

流翠素来讨厌背叛主子的人，拧眉道："你半夜鬼鬼祟祟在那干什么？"

雪兰见到是流翠问她，横眉道："什么鬼鬼祟祟的，不要说得那么难听，我只是半夜睡不着，到院子里走走而已。"

"半夜睡不着？你犯得着到院子里面挖坑吗？"

雪兰闻言，强辩道："我挖什么坑了……"

青莲从外面进来，手上拿了一个东西，递到云卿面前，只看了一眼，云卿的脸色便隐隐含着愠怒。

"啪"的一声，一个小布人丢到了雪兰的面前，那布人身上贴着"御席明"三个字，身上扎满了长针。

流翠一看，深深地抽了一口气，惊愕地捂着嘴："这是陛下的名字！"她跟在云卿的身边，也能认字。

而问儿和青莲，两个人在听到流翠的话，更是惊恐地睁大了眼睛，看着地上的小布人满脸惊骇。

这种小布人，在有人怨恨他人的时候，会在上面贴上那人的生辰八字，刺上银针，埋在地下，以作诅咒之用。而雪兰埋的这个，上面写着明帝的名字，虽然没有生辰八字，一样是死罪啊。

明帝最为讨厌厌魔术，宫中曾经有妃子利用厌魔术争宠，被发现后，立即被打入冷宫，其家人也全部下狱。

而这个小布人埋在云卿的院子里，若是一旦被人发现，竟然敢诅咒圣上，虽然别人会觉得不合理，但是厌魔术就是厌魔术，不管怎么说，一定会将整个沈家打入谷底，之前一切的努力和封赏将会随之东流，甚至会惹来灭门之祸。要知道，那些妃子利用厌魔术，并不是针对明帝就落得全家入狱。而沈家这个，那不是满门抄斩？

"这个东西，是从你刚才挖的坑里面挖出来的，你不能否认了吧。"云卿忍着内心里的强烈愤怒，望着雪兰，眼里的火几乎要将她整个人烧透。

雪兰望着云卿，又看着那小布人，脸色写满了震惊："不，我埋的不是这个，不是这个……"显然，她再孤陋寡闻，也知道这个小布人是什么东西，会惹来什么罪！

看着雪兰变化的神色，云卿肯定雪兰也不知道这上面写的是什么。

当年厌魔术的事情闹得很大，就是民间也沸沸扬扬的，所以人人都知道这个东西的可怕，一旦被官府知道有谁家用这个，立即就可以以杀人罪逮捕起来。

雪兰自然也知道这一点，她若是埋下诅咒明帝的小布人，那么整个沈府也会被牵连，作为沈府的奴婢的她，自然也得不到好下场。

“小姐，饶了奴婢吧，表小姐给了奴婢一锭金子，告诉奴婢，说这个只是让你头疼发烧，不能参加庆贺宴会的。奴婢不知道这个竟然是厌魔术！奴婢真的不知道啊……”

一下又一下重重的磕头声撞在青石地板上，发出嘭嘭的声音，雪兰用力地磕头，不一会满额头都是鲜血和青肿的痕迹，她仍然不知疼痛一般，猛烈地磕着……

看着她的样子，云卿眼眸里没有一丝的动容，她也相信，雪兰是被韦凝紫利用了。

可是若是雪兰一开始就没有贪欲，如何会被利用。就算是埋的让她头疼脑热的小布人，那也同样的是背主了，雪兰就不曾想过，这个小布人万一是诅咒她死的呢？！

“告诉我，一共埋了几个？”在雪兰磕得要晕过去之前，云卿突然开口问道。

浑浑噩噩的雪兰，此时回答道：“四个，一个在院子的石春花藤下，一个在银耳的窝下，还有一个在门口的石阶下，最后一个就是今天这个。”

她一说完，青莲立即带着问儿，出去挖小布人，而云卿盯着雪兰看了好一阵子，才开口道：“好了，你别磕了。”

雪兰抬起鲜血淋漓的面容，眼眸里却露出惊喜的神色：“小姐，你原谅奴婢了吗？”

云卿淡淡地一笑：“你犯下这么大的错，我若是随便原谅你，你也不可能相信，如今我要让你将功赎罪。”

雪兰本以为一定死定了，听到有一线生机后，立即如鸡啄米一样点头：“小姐你尽管吩咐，奴婢一定好好将功赎罪！”

“嗯，你额头上的伤怎样，这一出去就给人看出来磕头弄的，可不大好。”云卿望着她额头磕破的伤痕，轻声道。

雪兰知道云卿这是不想人家知道今晚的事，虽然舍不得将脸弄破，但比起死来，毁容算不得什么，低头道：“小姐放心好了，绝对没有人会知道的。”

“那就好。你装作什么都不知道，就跟表小姐说，小布人已经都埋好了。”

“好的。”雪兰连忙应道。

待雪兰走了以后，流翠才低声道：“小姐，你怎么放那个祸害走了，她那样的人留在身边，可不能省心的。”

云卿站起来朝着内室走去，声音从前方传来，到了流翠的耳中，有一种飘渺的感觉，好似在重重烟雾之下，带着森森的寒意冒出，“我若是现在就将她处置了，岂不是惹了韦凝紫疑心？”

流翠这才想起，是啊，若是雪兰一下子不见了，不管是用的什么借口，表小姐肯定会觉察出不对的，到时候小姐的安排就不好实行了。

“可是想想真的不甘心，揪着这么大的错，不可以将表小姐抓去官府关起来。”流翠嘟哝道。

云卿坐在床沿边上，微笑道：“拿着这个去揪她，岂不是把事情闹大了。雪兰虽然是帮她埋的小布人，可雪兰究竟是我的丫鬟，到时候事情闹了起来，让人知道沈府有厌魇术，你说别人会怎么觉得？”

“表小姐肯定不会承认，说小姐要栽赃她，然后她就扮可怜哭，说什么沈府容不下她，到时候这个小布人给别人看到，就真正坐实了沈府的罪名了。”

云卿闻言浅笑，她还一直觉得没机会狠狠地拔掉这颗寄居在沈府的毒瘤，如今送上来的机会，她当然不会浪费。

三日后的宴会，沈府门庭若市，车马停得整个一条街都是满的，前来贺喜的宾客不少，除了生意上往来的朋友，也多了一些地方的官宦。

沈茂和谢氏招呼着各方的客人，听着各种恭贺。老夫人调养了许久之后，也由碧萍和碧菱扶着，坐在厅上，旁边有妇人凑趣地和她说着话，她笑眯眯地点头，很是开心。

云卿也打扮得很庄重，她穿着粉紫镶边绣着玉兰花的长裙，流云髻上簪着一只赤金蝴蝶簪，一头垂下一颗珍珠到颊边，显得皮肤白皙，凤眸清若秋水，庄重中又不失少女的青春。

云卿一面和周围的人说着话，如今那些没有品级的夫人小姐看到她都是要见礼的，她和缓地带着笑容，一一回了礼，仪态大方，礼仪标准，甚至根本就看不出，这个郡君之位是刚刚得封的，仿若与生俱来，高雅端庄，一时间惹得许多的夫人看着她，满口的赞誉，不断交口赞叹，沈家这个女儿可谓是绝色。

韦凝紫自一走出来，就看到众人望着云卿的眼神，是充满了惊讶和赞叹，还有艳羡，充斥在耳边的都是对云卿的赞美声，而自己一走出来后，虽然眼神也集中到了她的身上，可是里面的内容却是翻天覆地的变化。

怜悯，厌恶，鄙视，各种各样的视线交杂在她的身上，让她有一种深深的屈辱感。她将这种屈辱化作恶毒的诅咒，沈云卿，今日，就是你和沈家荣耀的开始，也是你们破灭的开始！

虽然心内对韦凝紫不怎么在意，但她如今寄居在沈家，看在沈家的面子上，其他人还是和韦凝紫虚应着。

一个夫人问道：“你母亲如今怎样了？”

韦凝紫面带忧愁道：“还算好，只是她身子一直不好，我很担心。”

夫人感叹道：“真是可怜，好好的怎么就只能躺在床上了，留下你伺候她。”

韦凝紫捏着帕子，眼角盈泪：“若是娘能好，让我做什么都行。”

“你真是个孝顺的孩子……”

韦凝紫又擦了几次眼泪，和人说了几句后，便看到一个丫鬟急急忙忙地跑了进来，大声道："死人了，死人了……"

她的声音突兀地插了进来，让所有人都转头望向她，谢氏更是急忙道："你在乱说什么！来人，还不把她拖下去！"

那丫鬟口中大喊："真的……真的死人……"

谢氏恼怒，让人堵上她的嘴，韦凝紫却抢先一步拦在前面，满脸关切之色道："姨母，这丫鬟有话要说，你就让她说完吧！"

"胡说！今日宴会上怎么会发生这样的事情！把人拖下去！"谢氏望着韦凝紫，眼中含着凌厉之色，她对这个姨侄女的感情，已经在谢姨妈不断的闹事之中，慢慢地耗尽了。

如今府中丫鬟大喊大叫，这个姨侄女不帮忙掩饰，还在这胡言乱语，她心头说不出的失望和恼怒！

"姨母，你不要动怒，我只是担心罢了，毕竟今日来的客人多，万一这丫鬟看到的是哪个客人呢？"韦凝紫满脸的担忧，顿时让所有人的脸色都变了，立即查看身旁的家人还在不在。

有好几位夫人想起自家的女儿刚才说要出去赏梅，不由得担忧起来，望着谢氏道："沈夫人，要不让丫鬟说完吧。"

面对众人的压力，谢氏只得点头："你们不要担心，不会有事的。"

"还是让丫鬟说说，到底是怎么回事吧。"韦凝紫又插嘴道。

显然谢氏的话远远没有家人的安危来得重要，几位夫人急切地看着谢氏，谢氏没有办法，不得已转头，吩咐婆子将那丫鬟放开。

"说，你到底看到了什么？"

"死人啊，荷花池里面有一具死人！"丫鬟浑身发抖，显然被看到的景象给吓呆了。

"快，带我们过去看看！"几位夫人听到荷花池里有尸体，更是担忧自家的女儿，这天寒地冻的，一不小心滑进池子里不是没有，自家女儿可不会游水啊！

一群人就这样簇拥着往荷花池里面赶去，有担心担忧的夫人，有纯属看热闹的，总之个个都是十分着急地往前走。

韦凝紫最为积极地走在前面带路，生怕大家走错了地方。

沈家的池塘不少，称作荷花池的只有一个，便是按照荷叶的形状和脉络砌的一个池塘，池塘里面种满了荷花，许多夫人都知道那个地方。

此时冬日，残荷已经拔去，池塘里只有冰冷的湖水泛着冷光，水面上飘着一具女尸，脸朝下浮在幽幽的湖水之上，说不出的森寒冷意。

有一个夫人看着那女尸穿着浅绿色的比甲，已经忍不住地叫了起来："我家鹿儿今天就是穿的绿色衣裳……"

谢氏听言，浑身发冷，若是在宴会上死了哪家的小姐，沈家真是说都说不清楚了，旁边有三个会水的婆子立即游了下去，合力将人捞了起来。

待把人放下来之后，只听一个丫鬟惊声道："这……这不是雪兰吗？"

韦凝紫站在尸体面前，双眼盈泪，捂着嘴骇得往后退了一步："雪兰，她，她不是表妹你的丫鬟吗？怎么会死在湖里呢？"

一句话，将所有人的注意力都引到云卿的身上，云卿视线先在雪兰已经没了生息的面容上望了一眼，目光波澜不起抬头看着韦凝紫，她那结合了担忧，害怕，失望的眼神，让云卿感叹这种精湛的演技，点头道："是的，雪兰的确是我的丫鬟。"

"那她怎么会死在湖中的？"韦凝紫仿佛为雪兰的死很悲伤，看着云卿含泪问道。

"我也不知道，昨晚她还好好的，怎么今天就在湖中了，表姐你知道吗？"云卿看着韦凝紫，眸光如同幽冷的湖面，带着冷冷的光华流转。

"我怎么会知道？"韦凝紫连忙否认道，"我不过是担忧怎么府中会无缘无故死了一个丫鬟而已。"

谢氏看到雪兰后，眉头便皱了起来，好好的宴会上，竟然死了一个丫鬟，还是女儿院子里的丫鬟，要是给人知道了，还不知道怎么说！

一个婆子忽然注意到雪兰的手，喊道："你们看，她手中抓了一个东西！"

立刻有人上去扳开雪兰冰冷的手，只见她手中握的是一方白色的丝帕，是上好的绢丝做成的。

韦凝紫看到那方白色丝帕，眉头飞快地蹙了一下，脸色略微有些不自然，这个帕子是什么时候被雪兰抓去的，她记得那时候雪兰的手上并没有东西啊。

再仔细一看，只是一块普普通通的丝帕，上面没有任何的图案和标志，不由得放下心来。

"这丝帕材质很好，可不是丫鬟能用得起的。"安夫人站在一旁，看着那丝帕的材料，蹙眉说了一句，当知府夫人久了，也有一点分析案情的能力。

韦凝紫故作惊疑地看了一眼，然后道："表妹，我记得这丝帕，你可好像有两条一样的吧。"

云卿点点头，非常痛快地承认道："是的，这帕子我的确有两条。"

韦凝紫似乎很是惊讶，然后又露出不忍的样子："雪兰怎么会抓着你的帕子呢，她是你的丫鬟，又抓着你的帕子，这是不是太巧合了一些？"

她的话点到为止，自有那好热闹的人多嘴："难道这丫鬟是被人故意推下去的？"

"可是为什么要推下去，难道是因为发现了什么秘密？"韦凝紫看了云卿一眼，故作疑虑道，"表妹，这丫鬟到底是怎么回事，是不是你不小心推她下去的？"

好，终于开始钓她上钩了。

云卿微微一笑："不是，表姐大概是以己之心度他人之腹了。"

她话中的讽刺很浓，可韦凝紫并不气怒，她只要想到等下会发生的场景，根本就不在乎如今这点讽刺。"我也不相信是表妹下的手，可是今日这么多人在这里，这丫鬟手中还拿着表妹的帕子，虽然丫鬟卖身做了奴婢，生死由主人来定，可是传出去，对表妹你的名声总是不好的，如今你已经是朝廷封赐的郡君了，更不能让那些流言蜚语损害你的名声。"

“噢，表姐如此为我着想，那我应该怎么做，才能不被这些流言蜚语损耗我的名声呢？”云卿面容很平静，眉宇里好似有一丝掩饰不了的焦虑。

韦凝紫看她上钩，立即大义凛然地思忖了一会儿：“如今众多夫人在这里，若是这丫鬟是表妹命人推的，那肯定院子里有痕迹，让人去搜一趟，若没发现什么便可以洗清表妹你的嫌疑了，说不定只是这个丫鬟看你的帕子好看，然后拎出来不小心滑进去也说不定。”

谢氏一听说要搜云卿的院子，当即开口道：“怎么可以随便搜查屋子？”

韦凝紫早有准备，转头淡淡道：“姨母这是怎么了，不过搜查下屋子就可以证明表妹的清白，你为何不敢了？”

这话其实已经有不恭敬的成分在其中了，谢氏看着韦凝紫目光里的猖狂，气得浑身发抖，她要是说不准，就是承认是云卿下手将这个丫鬟推入湖中的，可是让人随便搜女儿的屋子，这本来就是一种侮辱。

“我想说，既然要搜，那就一起搜，这种帕子，只要有这种白色绢丝的，我们府中哪个院子里的丫鬟做不出来啊。而雪兰落入水中，也不一定是因为我的原因，要知道，也许她是因为知道了其他人的秘密，而被人推入水中，也说不定。”云卿面上带着浅浅的笑意，望着韦凝紫，“表姐的院子也要一起搜。”

望着那深不可见底的双眸，韦凝紫忽然觉得浑身冰凉，她仿佛觉得，今天又走到了一个陷阱里。

她今日的一切，都是经过精密的安排，先是引雪兰出来，将她推进湖中淹死，然后将雪兰的死往云卿的身上引，依此在众人面前寻到理由去搜云卿的院子……

如此安排，步步为营的设计，沈云卿又如何得知。

她忍住这种通身的寒意，暗道一定是自己以前在她手中吃过败仗，留下了阴影，她肯定不知道，等一下等待沈府的将是什么滔天大祸！

于是韦凝紫面上越发和气地笑道：“既然表妹这么说了，那就让人一起搜吧。”这个时候她一旦拒绝，那么就会落入自己的那句“不让搜就是有鬼”的陷阱中去。

“那就你派两个丫鬟，我派两个丫鬟，去各自的院子里搜吧！”云卿提议道，韦凝紫也觉得这种公平，再加上谢氏派了李嬷嬷和琥珀一起跟着她们做见证。

眼看这宴会是弄不成了，但天气寒冷，总不能让人都围在荷花池边，谢氏忍住心中的不安和愤怒，招呼着夫人小姐们往宴会厅中走去。

而方才不见了的三位小姐，原来是走到偏僻的湖边去看梅花去了，刚回到宴会厅，还在奇怪怎么没看到众人在了。

此时也没人有交谈的心情了，好好一场庆贺宴会，变成了这样，人人都是坐在位置上，偶尔压低了声音说上几句话。

韦凝紫似乎胸有成竹，坦荡地坐在云卿对面的一个席面上，等会儿好欣赏云卿的表情。

大概过了半个时辰，韦凝紫身边的紫霞，紫薇，云卿身边的青莲，问儿，谢氏身边的琥珀，由李嬷嬷带着走到了大厅里面来。

众人都发现，李嬷嬷的手上提着一个袋子，袋子垂落下来，里面应该装了一些东西。

韦凝紫眼底带着笑意，望着李嬷嬷殷切地站了起来："李嬷嬷，你们搜到了什么东西吗？"

李嬷嬷盯着韦凝紫，眼神里射出来的目光，恨不得化成天雷，将她活活劈死在这里："有，当然有搜到东西。"

韦凝紫没有看着李嬷嬷，目光一直停在那个袋子里面，李嬷嬷的目光此时在她的眼底，变成了都是因为发现了脏东西后的愤怒。

谢氏看着那个袋子，面色微冷，问道："在哪搜到的，里面是什么东西？"

李嬷嬷收回盯着韦凝紫的目光，恭敬地回道："回夫人，大小姐的院子里搜查过了，没有任何奇怪的东西，倒是在菊客院的时候，从树上掉下了一包东西。"

李嬷嬷将手里的袋子反过来，把里面的东西全部倒在地上，一堆五颜六色的绢丝布料一起都掉在了地上，看起来只是碎布一样的。

韦凝紫看着那堆布料，吊起的心放了下来，虽然不知道这布料是怎么出现在树上的，可不是什么其他东西就好，松了一口气道："就是一些布料而已，也都是些裁剪过的，估计是做衣裳剩下来的，说不定是哪个丫鬟看到喜欢，偷偷地藏起来的呢。"

她视线越过李嬷嬷，望着站在李嬷嬷身后的紫霞和紫薇问道："就只搜出这些吗？其他的什么东西都没有吗？"

她让雪兰埋的那些小布人，位置早就计划好了的，紫霞和紫薇都得了她的吩咐，只要进云卿的院子里，就直奔过去搜查，怎么看她们两人手中都是空空的？

"没有，两个院子里都找了，并没有其他的东西。"紫霞也暗里奇怪，小姐说东西在那里的，她去找了，却偏偏找不到。

韦凝紫的俏脸一下子就被一层阴霾所覆盖，紧紧地盯着紫霞，吓得紫霞低着头，不敢再对上她的视线。

"既然没搜到什么，那也就算了吧。"眼看着没搜出点什么让人兴奋的东西来，看客也少了心情，提议道。

李嬷嬷这时却开口道："这布料有问题。"

老夫人坐在上位，李嬷嬷正站在她的身边，由于连续两次身体大受伤害，她如今已经用上了拐杖，看到那堆布料，用拐杖拨弄了一下。

布料翻转过来，露出若隐若现的字和符号，众人眼底立即射出好奇的光。

"这是什么？"老夫人用拐杖拨出一根布条，上面用大红色的线绣出了奇形怪状的符。

李嬷嬷也用手拨开其他的布条，翻转过来后，可以看到，一部分白色，蓝色，黄色，红色的布条上面都用大红色的线绣着同样古怪的符号，还有一些弄了一半。

众人都从座位上站起来，去看那布条上究竟是什么东西，有夫人眼底隐隐露出了骇人的神色。

谢氏皱眉："这究竟是什么东西？"

"这是梵文所写的符文。"其中一位一心向佛的老太太开口道，声音里却充满了恐惧。

"是何符文？"老夫人和那老太太也是认识的，看她神色，立即追问道。

"这……"那老太太非常犹豫该不该说出符文上面的内容，而韦凝紫的脸色已经渐渐变得奇怪，她院子里何时出现了这种东西？

"老太太，你有话就直说！"云卿劝道。

那老太太先是阿弥陀佛了一声，然后道："这是经文上记录的一种符咒，用丝线绣在布料上，挂在树上，可为家中病者延年益寿，可使病者康复。"

老夫人看着地上的那一片经文，惊讶道："那这还是为人祈福的东西了？"说是这么说，可看那老太太的神色，若真是什么十分好的东西，那就不是如此神色了。

云卿忽然走到那布条面前，将布条捡了起来，看了一遍后："老太太，这上面的丝线好像不是大红色的，而是用血染红的？"

她一说话，众人脸色立即就变了，难怪刚才就闻到一股难闻的气味，看那丝线的红色也不太自然，以为是放在树上风吹雨淋的结果，原来是用血染的。

"我若是没记错的话，以前曾经在一本经文上看过，恶鬼在自身受到伤害的时候，会用血写成经文，将自己的灾难转移到别人身上，或者是将别人的寿命转移到自己的身上，难道这个就是？"

老太太点头道："是的，这种便是邪恶的经文，也叫作'借寿经'，用血写好后，挂在树上，便可以将身边人的寿命和运气借去给自身，以挡去灾难和霉运。"

云卿被吓得将手中的布料一丢，看着布料上的经文道："这，这上面的名字……"

老太太也是一脸惶恐，双手合十道："这上面用梵文绣着郡君，爵爷，老夫人的名字，也就是说，绣经文的人希望将厄运转到这些人身上，并夺取他们的寿命！"

韦凝紫听了这么多，终于发现事情不对了，她立即站起来，对着李嬷嬷道："你从哪弄来这乱七八糟的东西！"

"你给我住口！"谢氏横眉喝道，"韦凝紫，这东西是从你院子里找到的，你绣这种东西究竟是什么意思！"

"我没有绣这些东西，我为什么要绣这些东西？！"韦凝紫望着谢氏，矢口否认道。

"这东西若不是你绣的，那怎么会出现在你的院子里呢？"谢氏怒道。

"若是有人要陷害我呢？"韦凝紫转头看着云卿，但见她嘴角那一丝几不可查的笑容，含着十足的冷意和嘲笑。

"陷害你？菊客院平时除了你的丫鬟，并没有人去过，再说，谁会用这种东西来陷害你，还好巧不巧的这布料上有着沈家这么多人的名字，就是没有谢姨妈和你的。"李嬷嬷在一旁回道。

韦凝紫想起，自从谢姨妈变成活死人之后，她为了避免其他人发现端倪，几乎是不出院子，谢氏她们也因为对谢姨妈死心，并不来探望，平日里院子里都是她自家的丫鬟，若是说有谁能自由出入她的院子，那就是雪兰了。

"在我院子也不一定是我的东西，也许是丫鬟挂在那里的呢！"韦凝紫将东西推到丫鬟身上，她并没有见过这些东西，也不知道怎么会出现在她的院子里。

"丫鬟的东西？"李嬷嬷冷笑一声，从地上将那布料拾起来，"这样的丝料，极为难见，便是有钱也不一定能买到，因为是沈家自己生产的，专供销售海外。上次夫人给大小姐送了五匹，同样给你也送了五匹。你是说，你将五个色的绢丝全部给了丫鬟？然后丫鬟又将这种绢丝全部剪掉，用来绣经文，怎么说也不太合理吧？"

那些夫人个个眼睛毒辣，一看就知道这绢丝是好东西，就算是她们也不会舍得赏给丫鬟的。更何况韦凝紫现在一个孤女，那也太阔气了点。

"李嬷嬷，那你是少见多怪了，这布匹虽然珍贵，可丫鬟是我的得力助手，几匹布料算不得什么，就算送给她们又有什么关系。谁知道她们会拿去做什么？"韦凝紫一笑，满嘴讽刺。

李嬷嬷突然狡诈地一笑，老眼里精光四射："不过老奴觉得很奇怪，刚才表小姐你还说东西已经赏给丫鬟了，可老奴发现那五匹缎子还在这里啊！"

说完，琥珀立即从后面搬来五匹绢丝，放在众人面前。

一看那五匹绢丝，韦凝紫就暗道不好，她刚才一时慌了神，只想着撇清自己，掉入了陷阱里了。这绣经文的绢丝，只怕不是这五匹极品的绢丝。

"请表小姐说说，你既然说这绢丝是打赏给丫鬟了，怎么还在你柜子里呢！"李嬷嬷客气地问道。

"我一时记不得了。"韦凝紫咬着牙，继续坚持道。

"如果记不得了，那表小姐可以说记不得就是，为什么一定要说是丫鬟用这五匹绢丝绣的，这前后不是很矛盾吗？还是表小姐自己绣的，不想承认，就想赖到丫鬟身上去！"李嬷嬷声调突然拔高，吓了众人一跳。

"我认都不认识这个梵文，怎么会绣这种东西，这东西绣了又有何用！"韦凝紫陷入了百口莫辩的局面。她虽然聪明，但是从未想到今日会陷于败局，一时想不到好办法为自己开脱。

以前她觉得没有谢姨妈，自己一个人会更好。如今觉得，有一个人帮着自己说话，就不会这么孤立无援了。

云卿目光落到那堆符文上，淡淡道："这东西若不是今日你提议搜搜院子，帮雪兰找出凶手，李嬷嬷她们也不会搜出有这样东西。去搜的时候，也有你院子里的丫鬟，若是有人作假，她们肯定会说出来，如今连她们都点头了，就证明的确是从你院子里的树上搜出来的。众目睽睽之下，相信谁也没那个本事耍手段，你若是真觉得自己是冤枉的，那就要拿出证据来。"

"这种经文如何恶毒，我如何能用，我和娘来扬州之后，都是靠着沈府来度过的，怎么能做这种忘恩负义之人。”韦凝紫眼中含泪，可怜地望着众人，一时之间，又让人觉得楚楚可怜。

若是沈家倒了，那她不是连一个亲人都没有了，这么做，也是不明智的吧。

“咦，我记得开始的时候，韦小姐还说过，为了她娘的健康，她什么都可以做呢。”章滢在一旁望着韦凝紫，惊疑地提起。

“是呢，开始的时候，她就是这么说的。”

“对啊，我也记得，那时候还觉得她孝顺，原来是这个，寄居在人家家中，竟然可以用这种符，这不是将所有的霉运都转给别人吗？”

“对啊，难怪沈老爷之前遇泥石流啊，老夫人身体一直硬朗的，结果就中风了……”

韦凝紫没有想到刚才自己一句表示孝顺的话，会被章滢拿出来做筏子，摇头道：“没有，我不可能会做这样的事情的，这种东西明明就不是我的！”

云卿笑得无比温和看着她，忽然拿起绢丝扬了一下，流翠忽然大声地喊道：“这个绢丝，看起来好像和雪兰手上的那块绢丝质地一模一样，难道雪兰最后抓着绢丝，就是要提醒我们……”

众人的注意力又一下到了那绢丝上，的确，这绢丝就和雪兰手中的绢丝一样，人之将死，那么最后一刻，抓住的都是自己想要表达的东西。

那块绢丝表达的便是她看到了什么秘密！她看到了韦凝紫偷偷绣经文的秘密，所以被韦凝紫推入了河中。

“好恶毒的心肠啊，杀了丫鬟，竟然还想栽赃嫁祸给韵宁郡君……”

“是啊，开始我还真以为是韵宁郡君下的手呢……原来那个丫鬟手中的丝帕是这个意思……”

“你胡说八道什么！”听着身边碎碎的议论声，韦凝紫怒瞪着流翠，大声喝道。

云卿看着韦凝紫，笑容里带着凉意：“流翠说的只是她的想法，你怎么能说她胡说八道呢。还有，流翠可是我的丫鬟，虽然我只是陛下封的一个郡君，我的丫鬟，可容不得你来教训！”

韦凝紫一怔，立即反应过来了，她这自认为完美的布局，早就被云卿识穿了，雪兰手中那莫名其妙多出来的手绢是云卿塞进去的，就等着她提议搜院子的时候，将她一步步推到如今这个境地。

老夫人听着老太太说那符文上，写的不仅有沈茂的名字，还有双胞胎孙子的名字，简直是暴跳如雷，一下从座位上站了起来：“韦凝紫，我沈家对你不薄，你为什么要这么做！”

韦凝紫嘴巴甜，会说话，一直都将老夫人哄得开开心心的，老夫人对她也算不错，可没想到，她竟然可以做出这样的事情！

谢氏更是气怒，呵斥道：“就算你父亲先亡，母亲卧床，你也不可以做出这种事情，在沈家，谁又曾亏待你了！云卿有的，我都会给你也准备一份，即便你母亲三番两次地陷害于我，我都没有迁怒于你，你怎么做得出如此恶毒，丧尽天良的行为！”

“就是，当初她们母女来扬州，都是沈家接济着呢。”

“嗯，一个寡妇住到人家家里，就应该要感恩了，还诅咒别人……”

“就是，爹死，娘病，就这样的人，还不知道感恩，难怪皇后说她不孝……”

“你不知道有些人，就是这样的，吃别人，住别人的，还巴不得人家全家死呢！”

“人与人就是不同，你看韵宁郡君，那气质，才貌，和她完全不一样！”

……

韦凝紫看着谢氏柔顺的眉眼里暗藏着的失望，听着她说云卿有的，也给她准备一份，只觉得谢氏满脸都是趾高气昂，都是同情她。

旁边那些声音就如同一道道魔音传入她的脑中，这些日子，被人看不起，被人冷眼相待，被人漠视的一切都在她眼前过目。

论样貌，沈云卿美若牡丹，艳冠扬州，她也是娇俏美丽，柔婉动人。

论才情，沈云卿琴棋书画，样样精通，她也是歌舞琴画，出类拔萃。

她到底哪样比不过她了，她每一样都不比她差！

唯一差的就是这个身份！因为她是一个孤女，所以这些人狗眼看人低！

她的表情一下变得恶毒了起来，大声朝着谢氏吼道：“你凭什么说我，你以为你是什么好东西吗？你还不是一个只会抢姐妹男人的贱货！”

“你说什么！”云卿听到韦凝紫骂谢氏，一个步子冲上去，冷脸道，“你再骂一遍试试！”

谢氏被云卿拦在身后，听到韦凝紫的话，满脸不解道：“什么抢姐妹男人？你给我说清楚！”

本来今日客人这么多，她实在是不想闹大了，可是这是她被人安上一个抢姐妹男人的污名。若是不说清楚，从明天起，不只她谢氏会被人说淫荡不堪，就是沈茂也无法抬起头来，更别提云卿还未出嫁，有这么一个名声的娘会有什么影响！

“谢文娘，你别以为装得一副端庄贤惠的样子，你就真的是一个贤良淑德的女人了！这么多年，你做的事情以为没有人知道吗？”韦凝紫知道今日符咒一事出了，自己必定和沈家是彻底闹翻，那么既然闹翻，她就要让沈家也别想得了好，她要揭露这一家人伪善的嘴脸，看他们以后还怎么装！

“你说！我谢文娘自认行得正，坐得端，既然你说我曾经做了什么事情，你就说出来，让大家听听！”谢氏从云卿身后站了出来，这个时候，她不需要躲在女儿的身后，她自认自己有这个能力对付。

韦凝紫看她的模样，冷笑了一声：“谢文娘，你既然不怕丢脸，那我也就说出来了！十四年前，沈家老太爷到外祖家提亲的时候，是不是提的是我娘？”

“是的。”

“那为何最后是你嫁了过来，而我娘没有嫁过来？”韦凝紫说完这一句，转身对着众多夫人道："众位夫人，小姐，你们可能不知道，当初沈老太爷去我家提亲的时候，提的本来是我娘，但是就是谢文娘，她仗着是嫡姐的身份，看中了沈老爷之后，硬生生地由自己替嫁了过去！"

一下子，后院大厅就如同爆炸了一般，那些夫人个个表情都变得十分微妙且奇怪，但是这里面，却没有对谢氏的鄙夷，而是每个人都用着可怜的眼光看着韦凝紫，就如同看着世上最可怜悲哀的蚂蚁一般。

就在这个时候，一个身影从门口走进来，对着韦凝紫就是一个巴掌扇了下去，厚重的巴掌将韦凝紫扇倒在地上，嘴角流血。

沈茂满脸铁青，紧紧地盯着韦凝紫，看着她的面容，只觉得恶心，和谢素玲一样的娇美，一样的柔弱，看第一眼的时候，总是让人忍不住去怜惜，可是那眸子却如同毒蛇一般。

"你打我做什么？刚才我说的都是事情的真相！"

"真相？所谓的真相没有谁比我更清楚了！"老夫人由碧菱和碧萍扶着走到众人面前，语气颤抖地说道，"当初老太爷向谢家提亲，的确是提的你娘。因为我们沈家只是一介商人，而谢老太爷是一代名儒，老太爷不敢奢望嫡女，只想娶个庶女便好了。

"但是当老太爷去谢家将提亲一事说了之后，本来谢老太爷答应了的，只等定下日子，便准备成亲。但是就在这个时候，你娘竟然勾搭了韦家的公子，也就是你爹。

"韦家的公子当初是与谢家订了娃娃亲的，以韦家书香世家的门第，与谢家是门当户对，定然是定的嫡女。而你娘，嫌弃我沈家是个商户，连夜就勾搭了寄居在谢家的韦家公子，两人有了首尾后，谢老太爷没有办法，为了两家的面子，只能将你娘那个庶女嫁到了韦家，而谢老太爷又是重诺之人，不肯毁了和沈家的婚约，便把自己的嫡女嫁到了我沈家，也就是如今我的儿媳，谢文娘！"

也正是这个原因，谢素玲嫁到韦家去就被人看轻，再加上行事小气自私，得罪更多的人，更让人不喜。所以在韦公子去世之后，没有一个韦家人愿意伸出援手。

韦凝紫捂着脸颊，满脸惊骇，眼眸血红，不可置信地摇头："不是，娘不是这么跟我说的，不是这么跟我说的！"

"谢素玲那个人自私自利，她说的话只对她自己有利，你信了她的才是错的！"

韦凝紫状若发呆，那她这两年，都是被娘欺骗了，她不相信，不相信，她抬起头来，指着谢氏对沈茂道："你被这个女人迷惑了，当初要嫁给你的明明是我娘！明明我才应该是你的女儿！"

"我打你是要告诉你，你和你娘一样，恶毒自私，不知好歹！除了有一颗善妒的心，你们什么都没有！你和云卿根本就不能相提并论，我也不可能会有你这样的女儿！"

沈茂早就看穿谢姨妈和韦凝紫的嘴脸，只不过碍于谢氏，也有感于老丈人的恩情，谢素玲好歹也是他的女儿，才客气一点。

"我哪里不能和她相提并论，我哪点比她差了！"韦凝紫从地上站了起来，咬牙怒视着云卿，手指恨不得立即上去，将云卿掐碎。

云卿方才也是第一次听到父母当年的事情，难怪当时谢姨妈去勾引爹的时候，娘都是十分沉稳镇定的模样。一个男人被一个女人嫌弃，自然是在心内记恨，再者父亲对谢姨妈本来就没感情，只会越发看了生厌。

不过，谢姨妈自己编的那个剧本，倒是挺可怜惹人爱啊。

云卿微微一笑，眼底难掩嘲讽："韦凝紫，你今日当众辱骂我娘，背地里诅咒我祖母，父母，弟弟，我不管你比我好，还是比我差，我只想说，你可知你做的是什么事情？"

"不就是和你们沈家彻底断绝关系，你们这样的亲戚，不要也罢！"已经将那一层掩盖撕破，韦凝紫根本就不在乎地冷笑起来，全然没了她平日那副柔弱的模样。

"你即便还想赖在沈家，只怕也没有人敢要你住了！"云卿唇边溢出丝丝冷笑，看着韦凝紫，凤眸如雾缭绕，仿若高山间那经久不散的云雾，看不透其中的高低深浅。

"我也不会再住这里！"韦凝紫转身便要往外头走。

想一走了事？没那么简单。

云卿眼神一转，立即有婆子挡在门口。

"你不是不想看到我吗？还拦着我做什么？"韦凝紫怒道。

"安夫人，我想问问，有人当众侮辱三品诰命夫人，三品郡君，二等伯爵，并且暗地用符咒陷害，还打死别人府中丫鬟，这一切，按照大雍律例，理应怎么处罚？"云卿并不理会她，转头望着安夫人，语气淡淡的，一双凤眸都是深井寒渊一般，仿若有无数冰凌在其中翻滚，随时会喷涌而出，将人冻晕。

安夫人看着刚才这一局闹剧，从头到尾都是沉默的，此时被云卿问到，开口道："按照大雍律例，若是此人无官职在身，可交予官府处理，亦可自行施刑，重打八十大板。"

韦凝紫终于全身发寒，开始颤抖："沈云卿，你要做什么！"

云卿声音铿锵有力，眼神冰冷，语气里却含着无尽的坚定和冷酷之意："韦凝紫，方才你已经说了，与我沈家断绝关系。从现在开始，你见到我，一定要行礼，还有，我要做的，只是按照律例而为！来人啊，将韦凝紫抓起来，拉到院子里面重打八十大板……"

立即有婆子跑上去，拉着韦凝紫往外面走去，而韦凝紫大声嘶吼："沈云卿，你这个贱人，你竟然敢对我用刑！"

云卿淡淡道："以前你在府中做错事，仗着不是沈家人，没有人能管得了你，如今我们没有亲戚关系，只有尊卑，我又为何不能对你用刑呢！"

韦凝紫张口还要大喊，婆子从腰上扯出一块抹布塞到韦凝紫口中，冲鼻的气味差点将她熏晕，直到架到了凳上，还没有回过神来。

众人看到这里，心中也知道韦凝紫这是自作自受。

沈家人对她那么好，她还做出这样的事情，真的是一头养不熟的白眼狼啊，还好今天揪出来了，若是再住下去，还不知会不会害得沈家家破人亡呢。

有人唏嘘，有人感叹，也有人觉得看了一场好热闹，回去后又有八卦的题材了，总之到了这里，人渐渐地散去。

沈茂还要去前院招待客人，而谢氏也要去送送客人，尽量减少这件事带来的负面影响，所以也随着人流走了。

老夫人毕竟年纪大了，折腾了这么一番，说了那么多话，又气又累，忙让人扶着回荣松院休息去了。

而云卿则带着流翠，往行刑的小院子里去，远远地便听到木棍拍下来的声音，接着便是一声惨叫声。

韦凝紫，被打的滋味如何，是不是感觉很好呢？

她一点也不会怜悯韦凝紫，不为上一世，单单就是她埋下的那四个小布人，如果不是自己早早发现了的话，今天在宴会上被搜出来，在众目睽睽之下，沈家用厌魔术诅咒明帝，所等待的结果，就只有满门抄斩了。

CHAPTER 25 第二十五章　安为白玉惜未莹

云卿到了院子，却听到丫鬟说，颍川侯府的大小姐一直在等她。

章滢还没回去，有什么事吗？

进了屋后，云卿将斗篷脱了下来递给青莲，走到罗汉床前，道："你怎么没回去？"

"不急了，倒是你，年后就去京城了，以后就难得见面了，我以后也不知道还能不能出来。"章滢感叹道。

云卿知道是她母亲的病越来越重，说不定哪天就要油尽灯枯，到时候章滢只能在家守孝，不能出门。

十五岁的章滢，面容越发的美艳，五官更加精致，穿着一袭淡蓝色的长裙，散发出属于女子的独特韵味，只是眉间始终带着一点愁色。

问儿将暖炉里添了炭，递给云卿，她双手抱着暖炉取暖，一边问道："怎么今日宴会你会出来的？"

章滢朱唇弯了弯，侧眸看去，不知道是在笑，还是有着讽刺："章洛发生了那样的事情，回去就被禁足了，那个女人想着讨好父亲，能提前将章洛放出来，但是被那个新来的搞得手忙脚乱，在父亲面前犯了两次大错了，她再不敢乱动了。"

"你舅母还挺厉害的。"云卿笑了一下，这半年，章滢偶尔也给她下帖子，两人的关系比以前好多了，算得上是朋友。

她们说的这件事，便是章滢下半年及笄礼上，孟氏的弟弟，章滢的舅舅和舅妈从京城过来，得知颍川侯侧夫人的事情后，舅妈大为生气，立即送了一个美貌的扬州瘦马给颍川侯。

颍川侯侧夫人袭氏虽然柔美，但到底是生过两个孩子了。这个扬州瘦马，是孟舅妈根据颍川侯的喜好，特意选的柔情似水，又娇媚可人，懂得诗词书画，温柔体贴，床上又懂得逢迎，年纪才十五岁，样样件件都比袭氏强。

颍川侯享受了一晚，立即就将这瘦马抬为了姨娘。原本一个月在袭氏那歇息二十天的，如今变成了七八天。

刚好，袭氏参加皇后宴会，章洛又发生那样丢脸的事情，袭氏是眼见自己的宠爱被新纳的小妾分走大半，女儿又出了这等丑事，颍川侯对她也越发的不喜。如今颍川侯府的章老太君正张罗着找新媳妇，经常有贵妇带着女儿去走动。

亲娘还没死，就开始找人替代她的位置，任谁看到心里都不会高兴的。

“远水救不了近火，不知道以后会变怎样，不过，我母亲身体是一日不如一日了，虽然我不想承认，也只能面对。只希望到时候娶个厉害的，狠狠地整治那个女人！”章滢狠狠地说道。

从她的话语里，可以听出对袭氏有多怨恨，云卿笑道：“太厉害的继母，只怕你也受不了。”

继母进门，要是生下男孩还好。章滢母亲并没有生下儿子，嫡子一位是没人能抢的，若是生了女儿，碰到个心气窄的，受不了嫡长女的名称被人占了的，那可有得受。

“你以为我喜欢继母啊，就算是个不厉害的，我也不喜欢。可是我娘现在这样，又对付不了那个女人，那个扬州瘦马虽然好，可到底是个妓子，身份上还是差了一截，等那个女人回过神来，又对付我了。你不知道，我上半年的时候，每天睡觉都睡不好，她送过来的东西，我根本就不敢吃，更别提为了不让父亲讨厌我，我在他面前做出一副什么都忍让的样子……”

章滢说着说着，眼泪簌簌地落了下来，哽咽道：“可我只有这么做才可以，要是爹再不喜欢我，家里的下人就更没人看得起我了。娘躺在床上，会更伤心的，她一伤心，病就更难好，所以我只有千方百计地去做出温婉乖顺的样子，和章洛表面上做一副好姐妹的模样……”

章滢拿着帕子擦着泪水，云卿默默地听着她说，章滢以前是什么样子，现在又是什么样子，可能在外人中，她是最清楚的。人生在世，很多事情由不得人自己控制的。

说了好一阵子，章滢才止住了眼泪，有些不好意思道：“我很少哭的，不知怎么，在你面前就有些忍不住……”

“哭出来就好了，不过你的眼睛，可得注意下。”云卿提示道，随手拿了一面小圆镜给她看。

“哎呀，要是回去给她们看到了，肯定背后又要说我。”章滢拿着帕子按了按眼下，想要将哭肿的地方按下去。

“行了，我教你吧，把这个茶叶倒出来，用帕子包着消肿……”云卿轻声教道。

沈府每年过年的时候，本来就格外的热闹，庄子上要送年货，要报账，各店铺的掌柜要来将一年的经营情况汇报，今年更是忙碌，除了要忙这些以前年节的事情，还多了许多人情来往，以及要迁府入京的事情。

虽然听起来还有三四个月的时间可以准备，但是去京城要买宅子，自然显得时间就有些不足，沈茂忙得可能过年的时候也不会在家中，随着客船就去了京中，家中的事情，生意上的交给云卿处理，其他的就由谢氏处理。

待到过年的时候，沈茂在大年夜的傍晚终于从京城赶了回来，和家人过了一个痛痛快快的年。沈家宅院是祖传的，虽然人不在这里，自然还是不会卖的，请了新立祠堂里的沈氏人，打理照看，另外将李斯留在了扬州。

虽然府宅搬去了京城，但是沈家的染坊，绣房，桑园这些是搬不走的，必须得有人在这里帮忙照看。

沈家虽然人口不算多，但是东西却不少，整理出来也有五条船那么多，其中还不包括那些旧了的，放在老宅不打算搬动的。

而府中的丫鬟，婆子们也有活动的，她们是沈家的家生子，自然是沈家去哪，她们也跟随去哪，也有一些不愿意跟随着去的。

谢氏吩咐，若是有想留在扬州的，就按照府中的规矩，放了她们出去吧。

李嬷嬷点头去处理此事，正巧看到秋姨娘过来。

“李嬷嬷，又要去忙了？”秋姨娘也是二十五的年纪了，倒还是颜色鲜艳，并没有苍老的迹象，当初几个姨娘里，只有她还在府中，幸好当日她站对了位置，没有参与那些人勾心斗角之中，否则今日还不知道在哪等着人祭拜。

这几个月，府中事务太多，谢氏也分出一部分让她帮忙处理，她到底做过正室娘子的，处理事务也很干净利落，又不争风吃醋，搞那些小动作，李嬷嬷对她也客气了几分：“是的，姨娘过来找夫人的吗？”

“还是李嬷嬷眼利，夫人如今可有空？”秋姨娘巧笑着问道。

李嬷嬷看她身后带着一个穿着鹅黄色小袄的低着头的少女，眼底闪过一道利光，点头道：“夫人在里边。”

秋姨娘笑道：“这是我娘家的妹妹，想求夫人在府中谋个差事呢。”

李嬷嬷又看了两眼，见没什么异常，这才道：“你进去吧。”

秋姨娘又谢过了一次，才带着那少女走了进去，打帘的小丫鬟掀开帘子，秋姨娘走了进去，便看到谢氏正在那捧着茶，看打包包装的册子，点里头的东西，听到脚步声，谢氏转过头，问道：“怎么过来了？”

“昨日听夫人说头还疼着，今日来看看好些了没？”秋姨娘站在那笑着，谢氏看到她身后跟着进来的少女，打量了两眼，开口道：“我没事了，你坐吧。”

秋姨娘哪里会坐，她拉着那少女往前走了一步，口气亲昵道："夫人，这是婢妾的妹妹，昨日家中母亲带了她过来，说是让我在府中给她找个差事，也好看看伯爵府里的光彩，婢妾说这事婢妾做不了主，得夫人说了算。可母亲一番盛情，将妹妹留下就走了，婢妾也没办法拒绝，再加上婢妾就只有这么一个妹妹，希望她能多长点见识，所以就带来给夫人看看，能不能留在府中，学点东西。"

这秋姨娘的确是极会说话，一番话下来，情有了，理有了，她自己的想法也表达出来了，还充分尊重了谢氏这个主母。

如今府中就秋姨娘一个妾室，谢氏心里也不是多膈应她，毕竟府中若一个姨娘都没有，全部都出了事，外面的人看来，还指不定说她手段厉害，不能容夫君身边有人，再者秋姨娘人也还算不错。

所以她也给面子地看了一下那少女，十八九岁的年纪，和秋姨娘眉目间有三分的相似，垂着头，不怎么敢看人的样子，看起来还行。

"她许了人家没？"

大雍女子十五岁及笄后，便开始寻亲定亲，一般十八岁之前嫁出去，十八岁之后的，就要被称为老姑娘了，而眼前这个少女，很明显还是梳着少女头，所以，谢氏有此一问。

"之前许了一个，可是男方家里去年出了事，这门亲事也就没了。"秋姨娘回答道。

没许亲就没什么麻烦了，谢氏点头道："既然是你妹妹，那就放在你院子里吧，你也该添个贴身丫头了。"

秋姨娘的院子一直都只有枫儿一个二等丫鬟，此时再添一个也是合理的，而且妹妹放在自己身边，她也可以照看着，不让人欺负了，秋姨娘大喜，拉着那少女连忙谢恩。

待一进了她的院子里，本来满脸笑容的秋姨娘便被那少女一下甩出去老远。"秋纹，你到底是什么意思，娘让你带着我去京城，找门好亲事，你就拉着我做丫鬟，还做你的丫鬟，我要去告诉娘！"

看着少女满脸的不耐，秋姨娘拉着她拽进房里，才道："秋水，你想无缘无故地留在沈府，是不可能的，沈家怎么可能带着你去京城呢？"

"怎么不可以，我是你妹妹，带着我去有什么了不得！"秋水嘟着嘴，从桌上的盘子里拿了一块糕点吃了。

秋纹看着自己妹妹吃东西的样子，满心无奈。

娘以为自己到沈府做姨娘，就是天大的主子了，昨儿个带着妹妹上门，说要去京城找个富贵人家嫁了，若说以前她不知道，如今她还不知道？她在沈府虽然是个姨娘，可夫人是主子，老爷是主子，小姐也是主子，她说得好听也算得上半个主子，其实什么都不是，自从韦凝紫和谢姨妈的事情后，沈府是一概不允许亲戚借住，借居，那些上门打秋风的全部安排到外面的旅店里去了。

因为再怕来个那样的人，不是爬床，就是下毒，陷害。

可是这样的话，她也不可能跟还没出嫁的妹妹说，不过自家妹妹倒也不蠢，至少刚才在谢氏那里的时候没有蠢头蠢脑地发作出来，眼下跟着自己这个姐姐，才没一点顾忌，到底没给自己丢脸。

她劝道："因为你是外人，沈府不比咱们家，以前是商户规矩就不比平常高门的少多少，如今升了伯爵，规矩更多，外人是不可以借住在沈府的。"

"什么外人，你是沈家的姨娘，我是你妹妹，是沈府的亲戚！"秋水鼓着眼睛望着秋姨娘，边吃东西边道，"你是故意的，你看娘对我比对你好！我要去告诉娘！"

秋姨娘看她的样子，本来心底就有点烦，这么久她肚子一直没动静，她心情就不大好，此时又有秋水到她身边烦她，一点都不体谅她，加上这些天她也很忙，便甩手道："你去告，你去告吧，大不了娘骂我一顿怎么样，我当初还没被她骂够吗？等骂完了，她也好带着你走，免得你留在沈家做丫鬟了！"

这是说的当年她给沈府做姨娘的时候，被娘戳着骂了好久，后来看到她嫁给沈家，能给家里带来实惠，倒是再没骂过了，现在听到沈茂升了抚安伯，自然更加不敢骂了，昨儿个还一个劲夸她眼光长远，二嫁都能嫁到伯爵家！

对于娘她不想说什么了，妹妹她倒是真心想借着沈家的名头，找门好点的亲事的。

一听姐姐就要把自己赶回去，刚来两天就吃了好多在外头没吃过的东西的秋水又不干了，眼珠子咕噜噜地转动，使劲摇头道："我才不去，你就是想把我赶出去，我才没那么笨！这里有好吃的，好穿的，我不走，不走！"

秋姨娘一看她小孩子样，又笑了起来："你呀！不走就待在这，姐姐还会对你不好吗！"

时间如流水一般匆匆而过，转眼就到二月初，南方的运河冰水开始融化，沈茂也租了大船，将家当都搬了上去，之前秦氏和韦沉渊也是开春要去京城的，没想到沈家意外得了封爵，便沾光乘坐沈府的船一起上京。

秦氏觉得太过麻烦沈府，而谢氏十分欢喜，她喜欢秦氏的举止得宜，又会聊天，一路上可以和秦氏做伴，免得这一路太过闷。

老夫人因为身体不好，所以大部分时间都是休息，偶尔也出来走走，不敢到甲板上，怕风吹入了寒，就是云卿，也极少出来，因为越往北走，天气就越来越冷。

直到一个难得的太阳天，而船停到了曲阳码头进行补给的时候，云卿才到甲板上来透透气。

"你也在甲板上。"韦沉渊身着天青色素面普棉夹袄，头上梳着学子髻，相貌俊秀，带着一丝儒雅，正对着云卿说话。

"是啊，在船底闷了好些天了，上来换换空气。"云卿笑道，"听说陛下今年开了恩科，你三月下旬，就要参加廷试筛选了。"

韦沉渊双手撑在船栏上，面朝着运河的对岸，点头道："嗯，要面对来自全国各地的才子们了。”

他的话语里并没有多少的担心，只是在阐述一个事实，那种自信不由得从话语中流出，让他整个清秀的眉目，带上了一层耀目的色彩。

云卿笑了笑：“你娘的身子越来越好了，我娘都晕船，她反倒一点事没有。”

“是的，这倒是奇怪了，也许人的体质不一样吧，我坐船也没有头晕，像了我娘吧。”韦沉渊一笑，满脸的打趣，“你晕不晕？”

“多少有一点，不过坐船和坐马车还是有点像的，坐久了倒也习惯了。”云卿眺望着远方，“也不知道去京城后是什么样子？”

“去了才知道，路总得走，多用心就好了，我觉得你一定没问题。”韦沉渊眼里波光粼粼，笑容真诚且带着鼓励，云卿望着他的眉眼，想着上一世自己和他之间，不过是点头的交情。谁知道这一世，两人之间的关系完全变了。

“有你这么鼓励，我倒是多了几分信心了。”云卿也真诚地一笑，倒觉得韦沉渊这嘱咐，有点像哥哥安慰妹妹。

那边有水手开始喊，船上的人要注意，准备开船了，两人才各自回到自己的卧房内。

越是北上，天气就越冷，到了二月，竟然还在飘大雪，云卿缩在屋里，抱着鎏银百花掐丝珐琅暖炉，披着大氅，是半点都不肯出去，脚下还放着小烘炉，恨不得将整个人都放在火边上烤着。

每日里就是看看书，作作画，靠着这些打发时间，亏得她也是耐得住的，所以倒没觉得有多闷，不过心内觉得北方实在是太冷了点。

到了三月初三的时候，船到了天越运河港口，各种大船排列成长龙，云卿乘坐的大船在中间的位置，慢慢地等着前边的大船下了人，然后靠近港口。

码头距离天越还有一段距离，下船之后，还需要乘坐马车沿着官道才能真正到达京城，所以码头上停了很多来接人或者送人的马车和软轿，送人的，接人的，接货的一起，码头上显得很拥挤。

流翠和青莲走在云卿的身边，防止其他人碰到她，问儿在后边打了把伞，以免雪落在云卿头上着了凉，谢氏也在另外一条船板上走了下来，翡翠和琥珀搀扶着她。

沈茂陪着老夫人，让木管家带着云卿和谢氏去自家的轿夫那边，丫鬟婆子挡着那些可能会过来的人。

云卿朝着岸上走去，却抬头往四处去看了一眼，当初御凤檀说她今年一定会来京城，他会到港口来接她的。

虽然知道他能提早知道封赏的事情很正常，可到了港口，不知道怎么就想起那人凤眸粼粼的样子，鬼使神差般地巡了一眼。

却没想到真看到了那个白色的身影，虽然离得有一些距离，但是那人穿着白色软罗的宽袖大袍，腰间束着碧色玉带，坐在一匹枣红色的大马上，身姿十分挺拔。

虽然细雪蒙蒙之中，看不太清楚面容，一双眼却是在风雪中显得格外的潋滟灿烂，好似雪片到了他的身周，都化为了气体，蒸发了去，只剩他那一片雪白，明媚了整个码头。

莫名的云卿就觉得心头一跳，嘴角抑不住地有点笑意。

谁知，这笑意还没从心内延伸到嘴角，就听到后面有陌生的嗓音在喊："小姐，你看，果然瑾王世子来接你了……"

云卿目光微微一顿，这个少女容貌极为秀丽，乌黑的秀发堆叠成蝴蝶髻，上面插着数只雕成海棠的红玉金簪，一双眼眸盈盈如水，透着无限的情意，更显得如同出水芙蓉一般，千娇百媚。

这个人她认识，曾经在扬州有过一面之缘，安雪莹的堂姐安玉莹。

一年多未见，安玉莹身形长高了不少，面貌也越发的精致。

见她注意力一直都在御凤檀那边，眼眸里绽放的情意，几乎要将其他人忽略掉，云卿嘴角若有若无地勾了勾。

是她误会了，她还真以为御凤檀是来接她的，原来人家是佳人有约，自己刚才那一点微小的期盼，似乎就这么破灭了。

好在还未付出什么，刚迈出这么一小步，就能看到前面的深渊，她还可以收回脚来的。

云卿完全没有意识到，她这一瞬间产生的小小失落究竟是什么原因。她只是觉得，原来这是个误会，既然误会解开了那就好了，当初她就没有抱有希望，如今即便是看到了什么，也不会有失望的落差出现。

她伸手拉了下斗篷，余光瞟到左方码头处，御凤檀已经被人包围住了，其中一个背对着云卿的纤瘦背影，看那淡紫色的披风，就知道是安玉莹了。

不知道御凤檀说了句什么，安玉莹似乎娇羞地低下了头，两人之间的气氛十分的美好，站在一起，也显得十分的合衬，俊男美女，苍白的雪地里深情相对，真是一幅美景。

宁国公的嫡女配瑾王世子，也算是门当户对了。

云卿收回目光，眼眸微不可见地沉了沉。她一瞬间的变化，一直在注意她表情的流翠也注意到了，顺着刚才她的角度往别处看去，也看到那个被群芳簇拥着的瑾王世子。

瑾王世子不是说过要来接小姐的吗？怎么去接另外一个女的去了，真是的，实在是太过分了，难怪小姐刚才表情有点不好，换作是她，她也不高兴啊。

哼！

流翠在心内道，幸好小姐没信你的鬼话，不然可要伤心了。

码头左边。

御凤檀站在枣红色的大马旁边，眼眸不停地在人群里搜寻，根据他收到的消息，沈府的船只应该是今天到的，怎么还没看到云卿呢，难道她所乘坐的船延迟了，还是路上有什么事发生耽搁了时间？

安玉莹清丽的眸子望着御凤檀，视线在他灿如春光的面容上流淌过去，仿若含着千言万语，又无从说起。

她回来之前，曾让人通知瑾王世子，今日会坐船抵达天越运河港口。本来只是一个试探，没想到下船之后，真的看到了御凤檀在码头上。

这么多年，她喜欢他，一直得不到他半点回应，她一直以为，他对她一点意思也没有，没想到，他其实心里也是有她的。

安玉莹低头，又抬起头，等着御凤檀开口说什么，却一直没听到他说话，只得自己开口道："我没想到，你今天会到码头来。"

她娇羞地一低头，脸上带着少女的矜持和情意，那如百合一般的面容一下子添上了光彩，显得更加的美丽动人。

只可惜御凤檀的心思一直在其他地方，闻言，这才收回视线，看了一眼站在面前的安玉莹，笑道："嗯，我也没想到，你今天也坐船到了码头。"

安玉莹一听这话，眼眸微微一凝，这话听起来，好似有些奇怪，她之前让人跟他说了的，他还说没想到，是要做巧遇的样子吗？怕其他人看到对她有误会？

安玉莹心内觉得有些奇怪，便开口再道："我也没想到你真的会来这里接我……"

"你说什么？"御凤檀的心思根本就没有在安玉莹这里，他挺直了背脊张望，四处有没有和云卿身形类似的女子。

这冻人的天气，女子大都披着披风，穿着斗篷，要认出来也不是那么容易的，他又生怕一错眼，就会错过云卿，将码头上和云卿差不多年纪的人影都看了一遍。

这个太胖了……我家卿卿身材可曼妙了，不是她！

这个太矮了……还不到我肩膀，我家卿卿可到我下巴了，不是她！

这个头发太不柔顺了，我家卿卿发如青丝，不是她！

御凤檀看了一圈，才想到，也许卿卿早就出去了，他刚才没看到呢，于是将目光转到出口处，就在出口转弯的地方，看到一袭白色的身影正袅袅而过，她的脸面都被斗篷盖住，虽然看不太清楚，可是他的心却莫名地跳了一跳。

应该就是那一个了！

安玉莹察觉到御凤檀心不在焉，眼眸有目的地在人群里查看着，像是在寻人。

难道他今日来，不是来接自己的？

安玉莹心内一紧，强笑道："瑾王世子，你是不是在找人，你在找谁，我可以让人帮你找找？"

御凤檀转头一笑，红唇咧开一抹弧度，拒绝道："不用了，我找到了。"然后跳上马背，两腿一夹，御马朝着码头出口而去。

"咦，瑾王世子不是来接小姐的吗？他怎么又走了？"安玉莹身边的丫鬟青罗看到御凤檀走了，再看自家小姐的神色，试探地开口道。

她的话音一落，安玉莹便转头瞪了她一眼，刚才含情脉脉的眼眸里，寒光闪烁，看得青

罗胆颤心惊，一缩肩膀后，垂下头来，再不敢开口。

安玉莹看着御凤檀骑在马上的颀长身影，挺拔又急切地朝着前方一个少女的背影奔去！

她刚才看得清清楚楚，御凤檀说最后一句话的时候，不仅是笑了，那一对狭长的凤眸里带着笑意，是期盼了很久的人出现在眼前，才会有的眸光。

她望着那消失在拐弯处的背影，沉眸思考。

虽然刚才她看得不够清楚，但是那很明显是个女子的背影，而且根据御凤檀来码头的情况，显然也是今天才从船上下来，到达天越。

她虽然想知道那个女子是谁，但是也不用心急，每日进出天越港口的人，在港口管理处都会有登记，船只都会记录下来，船上有什么人来。

看那少女斗篷的质量，很明显家中非富即贵。

这京中的大家闺秀，她不认识的少，方才那背影又有些陌生，可能是新近才来天越的官宦人家千金。

她相信，不用多长时间，就可以查得出来。

云卿出了码头，看到外面有一排的马车正在候着，马车的前面两角，用朱红色的木牌子挂了一个“沈”字，因为时间匆忙，沈家的马车需要重新购买，现在乘坐的这些马车，都是租来的。

沈茂先将老夫人扶上马车坐好，然后再过来，给谢氏和云卿，秋姨娘都安排好之后，自己才上了最前面的一辆，吩咐车夫可以朝着抚安伯府去。

御凤檀骑着骏马，好不容易从码头那些七拐八弯的路上追来，看到前面那些马车上挂的牌子，不禁想给自己来一下。

明明知道云卿他们家迁来京中，肯定要到这里来坐马车走的，自己偏偏为了早一点看到云卿，结果差点没接到她。

自己那时押送赈灾款上京的时候，就说到时候一定来接云卿的。

刚才若不是反应快，错过了接云卿，指不定云卿就以为他是个信不过的男子了呢。

御凤檀一边懊恼，一边驱马追了上去，喊道：“这可是沈家老爷的马车？”

听到外面传来的声音，沈茂凝耳听去，见那声音有些耳熟，吩咐车夫将车停下，掀开帘子一看，迈步下来拱手道：“怎生如此巧，瑾王世子也在运河码头？”

御凤檀见马车停了下来，视线就在几辆马车上查看。此时从马上跳下来，拱手还礼道：“抚安伯今日到达码头，我是特意来接你们的。”

一听御凤檀是特意来接自己的，沈茂心内暗暗一惊，随即道：“可是陛下吩咐你来的？”否则的话，自己和御凤檀的交情还没深到如此地步，若硬要拉扯一点，只有欠下的那份恩情。

御凤檀望着沈茂脸上的慎重，知晓自己这一举动定然是让沈茂觉得过了一些。但他心中早有了对策，如今卿卿还未对他交心，若是贸然让沈茂知道他对卿卿的心思，他倒是无所谓，只怕卿卿会不高兴，到时候又换他不高兴了。

于是，御凤檀微笑道："倒不是陛下吩咐我来的，只是上回和抚安伯所说的关于玉片的事情，我想趁这次搬府之际，来拿我要拿的东西罢了。"

闻言，沈茂恍然大悟，自从御凤檀手下出手救了他，提出要沈家全部玉片的要求之后，他就暗地里准备。这次搬府的时候，他趁着府中东西全部打包装箱之余，已经全部装到了一起，只待御凤檀要的时候，他就能拿出来给他。

"你要的东西都已经用箱子装好，随后也会运到府中，世子你便随我们一起，到府中去取，你看如何？"

御凤檀正巴不得有机会去和云卿一同走呢，听到沈茂的话，神采都飞扬了起来："如此便好。"

流翠正要拿了点心出来给云卿，突然，马车停了下来，便掀开窗帘往外看了下。

"好像是有人拦着老爷说话。"流翠放下窗帘，给云卿报着情况。

有人拦着爹说话？云卿往外头瞥了一眼，他们才刚来京中，没有太熟识的人，来的是谁？

还未等她的疑虑过了一圈，马车又开始往前走，伴随着车轮滚滚的，还有马儿踏步的声音接近。

"云卿。"

听到外头那熟悉的慵懒奢靡的音调，流翠第一个反应就是想掀开车窗，被云卿用眼神止住了，才悻悻地放下手来。

也是，刚才瑾王世子还和那不知道哪来的小姐说说笑笑的，这会子又来找自己小姐，他是准备左右逢源啊，接完一个，又来接小姐！

云卿听着那声音，脑海里就浮现刚才在码头出现的那幕，青黛一般的眉毛微微蹙了起来，心里头只觉得这声音说不出的讨厌，都到了京城了，这么多小姐千金的，他干吗还要来缠着自己。

御凤檀骑马跟在云卿的马车旁边，喊了一声后，没有见到任何的动静，以为自己的声音太小了，又喊了一声："云卿。"

此时御凤檀还认为车内人没听到，那就是真傻了。怎么离了三个月不见，云卿对他又冷漠起来了，不是应该有一点进展了吗？至少不应该这么冷漠啊。

于是他将马拉得更靠近马车一点，又唤道："云卿！"

这一次的音量，比前两次，又要大上一点点。

流翠听到那又是一声，侧头看了一下坐在车座上的云卿，见她脸色如常，眼底却带着些许的冷意，看来还是不想理瑾王世子。

谁知道，外面那人得不到回应，也丝毫不气馁，又用稍微再大一点的音量唤道："云卿！"

流翠再看一眼小姐，小姐依旧是淡定如水，不过眼底的冷意好似转成了怒火！

只听外头一声接一声，一声比一声高的"云卿"到了第八句的时候，流翠终于忍不住了，小声道："小姐，再不理瑾王世子的话，只怕他的声音会将夫人吸引过来了。"

云卿暗暗咬牙，她何尝不知道御凤檀那家伙，故意这样一句接一句地喊，随着马车的行走，越来越接近天越城，若是被他这么一路喊过去。到最后，不出一天，她沈云卿的名字保管会成为上至老妪，下至儿童都能知晓，还别提等下将娘吸引过来，又要怪她怎么不理人。

该死的腹黑妖孽！花心妖孽！

云卿眼眸终于动了动，开口道："告诉他，我在休息。"

流翠看云卿一个字一个字地从牙齿间蹦出来，显然是对外面那个某人极度不喜，挑了挑眉，挑起一点车帘，往外道："请问瑾王世子有何事，我们小姐正在休息。"

终于让那密不透风的马车车厢露出一丝缝隙了，他心内一喜，再一看，原来是云卿的贴身丫鬟流翠，便有点失望。

再听云卿在休息，很是怀疑，余光却从掀开的缝隙里往里看，却看到里面有一双柔荑交错在一起动了一动，眼内闪过一道精光，只怕云卿不是在休息，而是不想理他吧。

他什么时候又得罪小狐狸了，又让她不高兴了啊。

御凤檀浅浅一笑，稍微压低了身子，对着流翠道："流翠，告诉我，你家小姐是不是生我的气？"

他的脸靠得很近，满头青丝半垂，掩在侧脸的时候，就像是一张美男图，刹那之间让人神魂颠倒，流翠也被他迷得一晕，但理智尚存，想着云卿刚才生气的样子，小小声地说了句："刚才在码头，小姐看到你了。"

"流翠，你在说什么！"

流翠立即将窗帘放下，隔绝了与外头的一切，道："小姐，奴婢刚才是看你在码头的时候看到瑾王世子接另外一个小姐，没有如约来接你，你生气了。瑾王世子刚才问奴婢，奴婢不想你继续生气，便说出来了，让他知道自己的行为是多么的花心，小姐也看到了，让他不要再来惹你。若是你不喜欢，以后奴婢再也不说了。"

云卿开始是有些气怒，但是听流翠说完这通话后，眉头却蹙得更深了一点，她刚才在生气？她看到御凤檀在码头的时候，心里的确是有些不高兴，明明只是对他有些小失望而已，因为他承诺了的事情没有做到。

可是这种失望，竟然被流翠发现了，她是不是今天有些失常了。

她一直都是将情绪控制好，只展露出想让人察觉到的情绪，而这次，她因为这么一点失落，而表现出来，让人感觉在生气。

她是不是对御凤檀开始抱以了期望，当心里有了期望，产生落差时，自然而然地就会流露出一些情绪来。

"算了，以后不要再理这种事了。"云卿淡淡地开口，思绪却有些飘远，如芙蓉的面上带出了一些远山云雾般的迷茫之色。

什么时候，她对御凤檀有了期盼了呢？

车外，御凤檀的表情却和云卿完全相反，如墨的眉毛挂着点点欢喜的气息，整个人显得更加挺拔。

刚才流翠说她看到自己在码头了，也就是代表云卿知道他履行当初的话，来接她了，那么虽然云卿也许不会高兴，但是肯定是不会生气的。

唯一的解释就是，云卿肯定看到了什么不该看的东西。

当时他到码头的时候，曾经有一段时间，安玉莹围在了他的身边，按照沈家马车行走的时间，云卿也差不多是在那个时间下的船，她肯定是看到自己和安玉莹在一起，以为自己是去接安玉莹的。

云卿看到他和别的女子接近了，然后生气，是不是代表云卿心里，也是有点在乎他的呢？

想到这里，御凤檀觉得非常有必要和云卿早点将这个误会解释清楚，自己和那个安玉莹可没什么。

他雀跃地靠近马车，也不管里头还有流翠在，俯下身子靠着马车道：“云卿，今天我在码头就是去接你的，那个安玉莹，我根本就不知道她今天也会坐船到京城，她看到我之后，就围了上来。我心里只想着早点看到你，当发现你在码头出口的地方，我就直接追了过来，好不容易才追上马车的。”

云卿坐在里面，闭目养神，虽然让自己不要去听，那讨厌的声音还是往耳朵里面钻去。

这人什么意思，贴着车窗拼命地说话，也不怕人家看了，传出什么闲话来，她不想一入天越城，就传出什么不好的传闻。

“好了，瑾王世子你来码头接沈家，云卿心内感激，如今马上就要进入天越城内，瑾王世子不用再担心了。”

云卿的声音隔着帘子传过来，温软的声音是客气的冷漠和疏离，让御凤檀略微觉得委屈。

他明明是来接云卿的，她却说是来接沈家，把两个人的关系依旧分得清清楚楚，看来云卿还是没理他的解释。

不过，这也证明云卿是个好女子，不会因为一个人的外貌或者权势，就轻易交心，比起一些轻浮的女子，简直是好太多了。

想到这里，御凤檀面上露出一抹笑容，且坐直了身子，抬头看着前头如龙一样的马车，正在慢慢地通过城门士兵的检查，狭眸里流出一抹淡淡的潋滟波光。

通过城门士兵检查后，就进入天越城里，里面认识他的人比比皆是，若是他一路都这么贴着马车说话，让人看到，以京城里复杂交错的关系来说，绝对会给沈家或多或少惹来一些麻烦。

如今沈家还只刚进入京城，他打算暗地里帮衬，明面上也不能给沈府添加麻烦。虽然他以后是肯定会和沈府扯上关系的，可是如今，还是站在暗处比较好。

想到这里，御凤檀拉了拉缰绳，沉着嗓子道：“我先走一步了。”说完，也不待云卿回复，两腿一夹马腹，拉着骏马朝着城门走去。

听到那马蹄有节奏的声音越来越远，云卿微微垂首，明明是自己让他走的，他也按照自己所说走了，可心里那点空荡荡的感觉，又是怎么回事呢。

马车速度极快地往前移动，马上就轮到了沈家的马车，将文书递给守城士兵检查后，士兵立即让马车通过，迅速地开始检查下一家的文书。

当耳边静谧的声音渐渐被人声取代，云卿知道，天越城到了。

“哇，小姐，街上的雪好厚啊！”流翠发出轻轻的感叹声。

扬州四季温度相差不大，就算是过年腊月之时，也只是偶有小雪，如今看到天越城里那一堆堆厚厚的雪，难免发出感叹。

云卿淡淡一笑，当初她嫁到天越城来的时候，是春天，那时候看过去，只觉得天越的春天远远没有扬州的美。扬州的那种江南水乡精致华丽最适合她那时候小女儿的心境，后来，她才知道，天越的冬天，也比扬州要冷得多，冷的不仅仅是酷寒的天气，还有淡漠寒彻的人心。

这一世，她却是在这个最为严寒的季节，踏入了这巍峨的帝都，以一种全新的身份和全新的心态，来迎接接下来将要对付的一切。

就在马车穿过厚厚的城墙，真正进入了天越的主街道时，外头却传来了一声：“这是抚安伯府上的车驾吗？”

沈茂吩咐车夫停下车，这一次站在外面的换了一个人，是穿着蓝色便服的耿佑臣，他从马车上跳下来，对着沈茂道：“得知抚安伯和韵宁郡君今日进城，四皇子让在下来看看，一路可安好？”

没想到自家来到天越，还未曾到府，就有两人前来，御凤檀也就罢了，四皇子派人前来，就显得格外的隆重。若是说四皇子对沈家有什么特别照顾的地方倒说不过去，只怕是揣摩着圣上的意思，做给圣上看的。

不管如何，四皇子的面子是要给的，沈茂客气道：“多谢四皇子关心，一路无碍，微臣和妻女皆无事。”

耿佑臣一笑，目光在后面几辆马车上看了一圈，随即问道：“是否有什么需要帮忙的地方？”

“劳烦四皇子和耿大人费心了，这等微末之事就不劳烦了，府中一切都已准备好。”沈茂回道。

“无妨，既然四皇子殿下说让在下来看看，那自是要送到府上去的，到时候也好确定韵宁郡君无恙，回去好禀报殿下。”耿佑臣话里话外都是透着温和，但是听起来似乎不是这么回事，他每一句话都离不开四皇子，沈茂若是再拒绝就是不给四皇子面子，而且沈茂敏感地发现，耿佑臣每句话里，都提到了云卿，似乎四皇子的重点是在看云卿是否已经安然到了。

虽然沈茂刚来京城，但是事先对京城的状况还是有所了解。如今四皇子在京中风头鼎盛，比起元后所出的五皇子，似乎还要受百官拥戴一些。他今日刚入城，就和四皇子的人拉在一起，在别人的眼底，也许就会默认他为四皇子一派的。

沈茂并不想在储位斗争中扶持谁去争那一席之地，沈家虽然没有遮天的权势，可是凭借背后的商业店铺，能为政治献金，必然是帝王所忌讳的。

但是如果如此拒绝，进京第一天，就得罪这么一尊大佛，不是个好兆头。

沈茂在心内想着如何处理此事，忽然一人从远处骑马过来，对着耿佑臣道："耿大人，没想到你也在这里啊。"

耿佑臣转头便看到那个穿着白袍，披着银白色大氅的男子从马上跳了下来，神情慵懒而惬意，浑身掩饰不住的贵气从举手投足之间蔓延开来，他心内不由得有些妒忌，有些东西，真的是学不来的。

但是妒忌是妒忌，他只能规矩地行礼道："微臣奉四皇子令，今日抚安伯全家第一日到京，来送他们到府中。"

御凤檀一听，嘴角微微一勾，点头道："我也是打算在前面带带路，既然耿大人也要，那便一起吧。"

"这……"耿佑臣一下语塞，他素来知道御凤檀行事没太多规矩，突然说要一起去也没什么好辩驳的。

但是殿下今日让他来送抚安伯家，显然是有意拉拢，并向京中表示，抚安伯一府是倾向四皇子殿下的，同时也做给陛下看，对陛下的救命恩人韵宁郡君，四皇子看重且照顾。

御凤檀当然没有错过他眼中的神色，面容上微微一笑，带着几分漫不经心的挑衅："怎么，耿大人好像不怎么想和我一起走？"

耿佑臣微微一顿之后，立即大方地一笑，道："瑾王世子开玩笑，微臣哪里是不想和你一起走，只是觉得瑾王世子也来接抚安伯，有些意外而已。"

御凤檀拉了拉雪白的大氅边缘，将风霜隔绝在外，悠闲地笑道："连四皇子殿下都派你来了，我肯定也要来掺和一下，不然皇上面前，善待功臣的好名头都给你们瓜分了去，那我岂不是亏大了。"

御凤檀说完之后，看着耿佑臣脸色又变了变，狭眸里的笑意如同被冬风吹袭过一般，转头望着沈茂，顿时撤去了那股冷意："抚安伯，你不介意我和耿大人一起送贵府的家眷一同到府中吧。"

自御凤檀出来后，沈茂便心内一喜，有耿佑臣和御凤檀一起送去，别人只会认为沈家圣眷正浓，对于沈家会更高看一筹。于沈府来说，等于来京城的第一层保护伞已经打开了，他哪里会说介意，连连称谢。

云卿在后面看着这一场交锋，慢慢地放下窗帘，一双深沉幽黑的眸子慢慢地合上，似在思考什么。

天越城很大，四条东西南北正大街可以并排容得下十辆马车并行，入目皆是雄伟大气的建筑，与扬州的小桥流水完全不同，穿过了东大街，过了四牌楼，再穿过两条街，就到了城南区，其中一座朱瓦青墙，四扇红漆兽首大门的宅子上黑底红字，上书"抚安伯府"四个龙虬凤舞的大字，正是明帝挥笔所赐。

马车停了下来，沈茂率先下车，去扶老夫人，而谢氏和两个乳娘抱着墨哥儿、轩哥儿也下了马车，云卿由流翠搀扶着下来，秋姨娘也走下马车，后面几辆马车里的大丫鬟们也走下来，站到各自的主人身后。

“世子，耿大人，我已经到了府中，谢谢两位一路相送。”后面的运货马车开始在下东西，沈茂看了一眼，随即道：“本来应该请两位进去一坐，只是如今府中家具物什还未完全整理好，未免贻笑大方，还是下次再相请两位。”

耿佑臣今日目的没有达成，哪里愿意如此就离开，起码也要进去坐上一会，但是如果御凤檀也在这里，他便很难达成此愿，转头正要找个理由将御凤檀从沈府调移开，谁知，身边根本就没有人在。

不由四处巡看，却看到御凤檀正和刚刚走过来的谢氏站在一起，正在逗着乳娘手中的小婴儿，而另一个乳娘手中抱着另外一个，身边走着的却是云卿。

耿佑臣只觉得眼前一亮，今日云卿穿着水蓝色的百褶裙，外头披着水合色的斗篷，大半张脸都掩在斗篷下，只露出半边容貌，依旧能看出姣好的美貌。

他心内微微一动，当初便觉得沈家小姐极为出色，只是碍于她的家世低了些，如今既然封了韵宁郡君，其父又是一品抚安伯，虽然家世是薄弱了些，有丰厚的家财弥补，倒也没有缺憾了。

顿时心中就打起了别的主意，只不过他眼底神色的变化，全部被御凤檀收在眼底，心底便弥漫上一股杀气，耿佑臣竟然在打云卿的主意。

不过，御凤檀首先将目光转到云卿身上，看她有没有注意到耿佑臣。

却见云卿根本就没有往这个方向看来，她正看着乳娘怀中的弟弟，脸上的表情温和又柔软，好似一团云朵一般，让他心头发颤。

他忍不住有些嫉妒，那两个小肉团子，怎么就比他还受欢迎呢？云卿对他们可比对他好太多了。

不过两个小的没事，眼前还有一个大的在这里碍眼呢。

“耿大人，抚安伯府中还有诸多行李未收拾，只怕今日不合适招待咱们，那你就下次再来吧。”

耿佑臣本来想要开口将御凤檀赶走的，谁知御凤檀开口比他还要快，直接就让他不要再来，不禁有些气闷。

今日这事若办不好，到了四皇子那，他真的是无法交代，于是将目光从云卿身上收回，暂时收了其他的打算，开口道：“怎么就让微臣下次来，世子难道不走吗？”

御凤檀又逗了逗墨哥儿，听到耿佑臣的话，根本就不放在心上，眼底带着一抹怀疑的色彩：“你没看到我在逗小孩吗？我挺喜欢这孩子的，陪他玩会再说。”

这算什么理由？

耿佑臣那温和的面上笑容也有些挂不住了，明明是他先来的，偏偏御凤檀就能赶着他走，自己找逗小孩的理由留下来。他自从做了户部侍郎，位列正三品官位后，也有了自己的脾气，眼底透出几分不愉快来。

但毕竟御凤檀是瑾王世子，身份比他高上许多，他还不敢硬碰硬，只能采取迂回战术。

“世子你逗小孩这么开心，微臣也想看看。”耿佑臣说着就往前靠了几步，也学着御凤檀要去逗那墨哥儿。

御凤檀的目光在耿佑臣的脸上一停，忽然笑道：“耿大人好像是不喜欢小孩子的吧，我还记得王大人家的小公子要你抱一下的时候，你说不善和小孩打交道，怎么今日对抚安伯家的小孩，就这么感兴趣了呢？”

言外之意，便是耿佑臣有什么目的，才故意装作喜欢小孩子，也学他留在这里。

这话说出来，沈茂的目光就停到了耿佑臣的身上，知道这个时候需要自己表态，于是眼底带上了猜疑：“耿大人若是真心想到府上做客，待府中清理整齐后，必当邀请。”

耿佑臣听着这话，自然知道自己今日之事被御凤檀这么一说，显得太过露骨了，拉拢这种事情，都是要做得恰到好处且显得自然，若是让人感觉太刻意，必然是落了下乘。

待耿佑臣走了以后，沈茂对着御凤檀道：“今日多谢世子出口相救之恩。”

御凤檀修长的手指逗弄着墨哥儿，被墨哥儿一把抓住，紧握在手中，被那软绵绵的小手握住，御凤檀的笑容便也带上了温软的气息：“我只不过是路过，去扬州之时曾入住沈府，就与耿大人一起送送，如今看到小公子可爱，便想陪他玩玩。”

御凤檀一面说，眼眸在看墨哥儿的同时，也在观察云卿的神色，但见她略抬了下眸子，从乳娘那将轩哥儿接过去抱在手里，嘟着红唇逗轩哥儿，顿时心生羡慕，恨不得自己能化成轩哥儿，让云卿抱着，用红唇逗一逗他也好……

沈茂看了看御凤檀，又看了看自家的女儿，转身去陪着老夫人进到府里去。

而御凤檀看云卿抱着轩哥儿，似乎很好玩的样子，也忍不住地想要抱抱墨哥儿，便转头对着谢氏道：“沈夫人，我可不可以抱抱墨哥儿？”

谢氏与御凤檀只见过两三面，但是对这个年轻人的印象倒是极好，又知道他的身份尊贵，便道：“小孩子调皮，只怕世子不习惯抱，而且抱孩子极其费力。”

“哪里，我看沈小姐都抱得极好，我这么大的男人抱起来应该更为简单吧。”御凤檀边说边看着云卿，看她没有出言反对，便从奶娘手中接下墨哥儿。

当那快一岁的婴儿到了手中的时候，御凤檀感觉胸腹这一段热热的，然后软软的，再看着襁褓里面的小家伙似乎很开心被他抱着，小脸上都是欢乐，御凤檀将墨哥儿往云卿那边递了一点，笑道：“云卿，你看，你看，他在对我笑呢，他很喜欢被我抱着呢……”

他献宝似的将襁褓对着云卿，云卿看着他满脸的欢喜，眉梢飞起，狭眸里的光芒耀眼，只是笑容却带着几分幼稚，一时也忍不住地笑起来。

她微微侧眸，再看御凤檀，他咧唇而笑，牙齿在雪地里依旧很白亮，从那对好看的眼眸

里可以看出他是真心喜欢孩子的。

她不禁想到，若上一世能遇见他，是不是她的命运就不会走到那样的悲惨局面了呢？

“他喜欢你才会对你笑的。”云卿看了一眼墨哥儿，自御凤檀抱了他之后，就笑个不停，幼嫩的声音好似杨柳发芽，笑得人都觉得心软了。

御凤檀听到云卿对他说话，抬起头来，狭眸弯起来像是一弯月亮，脸上都是喜色。

他忍不住就想靠近点，可惜这是在外头，旁边还有这么多人看着，让他都不能接近云卿，要是可以做个小孩子就好了，就算一天到晚黏着云卿，也不怕人说什么对云卿闺誉不好的话来了。

于是瑾王世子殿下一脸艳羡地看着云卿手中的轩哥儿……

似乎不满意姐姐的注意力在墨哥儿身上，轩哥儿伸出戴着小手套的手，拍了拍云卿的衣襟，小动作立即吸引了云卿的注意力。

她掂了掂手中的轩哥儿，看着他白胖的小脸，忍不住在他脸上亲了一下。

而谢氏也隐隐点头，其他人没有注意，她倒是注意到了，瑾王世子刚才喊的时候，可是直接叫的云卿名字，可见两人之间有点熟悉。但这个时候的她也没多想，据她所知，当初瑾王世子还在白鹿书院当了一段时间的骑射夫子，云卿当初也报了骑射课程，两人之间也是在那个时候熟悉的吧。

倒是流翠在一旁看着这幅情景，总觉得有点不对劲啊，这瑾王世子手上抱一个，小姐手上抱一个，瑾王世子还去对小姐献宝样的笑，怎么看，都有点像小夫妻带孩子啊……

不，不，不，流翠使劲地甩了一下头，这一定是她想多了，瑾王世子是不错，可是小姐还是没出阁的，她怎么想到那里去了。

外头风大，小孩子不能久吹，谢氏让人进到府内，随后的家丁和下人们将外面的东西都鱼贯抬进来，早在上京之前，沈茂就派人先送了部分东西过来，所以这一次带来的，都是贴身的，经常会需要用到的东西，而大件的早已经送来摆置好了。

御凤檀进来后，便将墨哥儿还给了乳娘，他是外男，一般情况是不随意进入内院的，于是便由沈茂招待。

进了屋内，沈茂便请御凤檀坐下，吩咐下人泡了杯热茶上来，又待他们抬了数十个大箱子进来后，便让他们先退下，待会再来整理。

将房门关好之后，沈茂便道：“世子，那里的三大箱，皆是装着这次我们沈府迁家时整理出来的玉片，请随我过来相看。”

之所以御凤檀会找借口留下来，便是开始见面之时，曾说过那玉片他已经整理好了。

两人走到了书房里的小偏房里，刚才下人将所有箱子都抬到了这里，沈茂走上前，根据自己所做的标记，将其中几个箱子的锁扣全部解开，打开箱盖。

顿时，偏房里一片玉色泠泠。

御凤檀解下披风，顺手挂到一侧的柜子上，拉起衣摆，蹲下来在箱子里将那些玉片扫了一眼，然后取下第一层的，再扫了一片，偶尔拿起其中的一片，对着灯光照上一会，然后放下来。

如此反复地将三大箱的玉全部都看了一遍，才站了起来，面上的神色不说严肃，却稍稍有一点的失望。

沈茂自问若御凤檀是玉片的收集爱好者，那么家中这些玉片中，不少是绝种老坑里出来的玻璃种玉片，绝对够得上顶级的收藏价值，但是据他观察，御凤檀刚才所拿起的玉片，并不一定是最好的，而是看起来上面有一点暗暗的纹路。

他似乎不是在找好玉，而是在找一样东西，也许是对他有特殊意义的东西。

沈茂行南走北，也见过不少奇特的收藏人，有些喜欢收藏人的头发，有些喜欢收藏怪石，难道世子喜欢的是有着什么特别图案的玉片？

“这三箱，便是你们府上所有的玉片了吗？”御凤檀看着那些质量上乘的玉片，眼底微微有着失望，这些玉片虽然好，但是他要找的那个不在这里面。

“是的，既然答应了世子，我一定会做到，不会有所隐藏。”沈茂声音里底气十足，一听便知道没有说半点假话，且商人最是诚信，答应了的事情是不会反悔的。

御凤檀自然能明白这一点，只是这东西，柳家也找遍了没有，其他可能会有的地方都翻了个遍，根据父亲所说，很大可能是交给了谢书盛，显然四皇子也将视线移到了沈家，派人来沈家搜查，现在还刻意拉拢，很显然沈家是最有可能拥有那个东西的地方了。

只是，按照那句父亲给的提示，这东西应该是藏在玉片里的，难道自己理解错了？还是说东西不在沈家？

“行了，如今我们也两清了。”御凤檀想到这里，打算再调查一下，也许这其中有些地方自己没有注意到。

他说的两清，自然是说与沈茂的救命之情，当初救沈茂本来没有什么目的，单纯是因为他是云卿的父亲，不过御凤檀觉得如此来找玉片，会更加省事一点，不用偷偷地到沈府来找，早点弄清楚事情，阻止皇后和四皇子他们给沈府添乱，才说要报答恩情。如今自然是要两清，以后沈茂可会是他的岳父大人，他救岳父那是天经地义的。

“那这三箱玉片是否要让人送去府上？”当初说好了是要所有玉片的，此时虽然东西不如意，但是说好的事情还是不能随便改。

御凤檀看沈茂一眼，笑了：“这里面没有我要收集的那种，不用了。”

接下来，御凤檀在新的抚安伯府走了几圈，又吃了一顿晚饭，然后告辞，出了沈府。

夜晚天冷，秋姨娘从谢氏那请安回来，一进内屋，脱去了披风，便看到秋水靠在床头，被子胡乱地扯在身上，手里端着一个红漆梅花六格食盒，正在那嗑着瓜子，瓜子皮扔得被子上、地上到处都是。

“秋水，我跟你说了多少遍了，吃东西要坐着吃，不要躺在床上吃，你看你吐得地上也是，被子上也是，到处都瓜子壳，像什么样子！”秋姨娘看到屋里狼藉一片，她才去谢氏那不到一个时辰，屋子里就变成这个样子，脱口而出骂道。

秋水似乎一直在想着事情，秋姨娘进来也没有看到，直到听到骂声，才回过神来，一把掀开被子，随便将脚插到鞋子里，就一拐一拐跑了过来，小脸上满是兴奋地问道：“姐姐，今天门口看到的那两个男的是什么人啊？”

“你怎么又把地上搞得这么脏，我不是和你说过了吗，吃完的东西，残渣丢到竹篓里面去，你看看这被子上都沾了糖渍！”秋姨娘走过去，看着刚刚换上的蓝色蚕丝被上点点的印迹，颇有些心痛道。

“一床被子而已，有什么，大不了换一床嘛！”秋水扫了一眼那被子，一点都不放心上，嘴巴嘟起来，十分不满秋姨娘说她。

“你以为随便能换吗？府中的一切东西都是按规矩分配的！”秋姨娘皱着眉。

她才懒得管你规矩不规矩呢，拿着食盒蹦到秋姨娘的身边，抓着她的手臂，使劲地摇着：“姐姐，你快点告诉我，那两个男的是什么人啊？”

秋姨娘看她对自己所说的话一点反应也没有，眉头轻蹙了起来，对着身后的枫儿道：“你把地上收拾一下。”

枫儿看着满地的瓜子壳，还有那床上的零食残渣，眸中流露出不满。

本来这些收拾东西的活是有小丫鬟做的，可秋姨娘为了怕人家知道自己妹妹是这副乱七八糟，邋里邋遢的模样，每次都是关起门来让她收拾。

最可怕的是，不管秋姨娘怎么说，这个秋水依旧是这么做，根本就不管你三七二十一。

她瞟了秋水一眼，但见她头上梳着垂髻，用蓝色的丝绸挽了一条银河花纹，上面插着赤金镶绿松石的簪子，带了一对银杏坠子，就连身上的衣服，都是秋姨娘让人照着沈家丫鬟的穿着，用了上好的料子和棉花做的袄子。

虽然说什么这个秋水是给秋姨娘添的丫鬟，实际上就是个小姐。秋姨娘根本不让她做半点事情，反而让自己也伺候秋水，一下工作多了两倍，而且这个秋水特别不讲究，真是累得她每天手酸腰疼的，哪里有做贴身丫鬟做成她这样的。

枫儿心里带着不满地腹诽着，却只能去拿打扫的工具，来清扫地上的瓜子壳和零食残渣。

秋姨娘坐在床上，一手拿着被子，反口问道：“你刚才说的，什么男的？”

“就是今天在府门前看到的那两个啊，一个穿着白色袍子，长得像画上的公子的，还有一个穿着蓝色的衣服，长得很温和英俊的，难道姐姐你没有看到吗？”

“看到了又如何？”听到妹妹的形容，秋姨娘侧过头望着她，疑惑地问道。

“姐姐，娘不是说让你给我说个人家吗？我看那两个很不错啊，样貌都很出众，还比姐夫要年轻得多呢，我看他们和姐夫说话，姐夫也很客气的样子，一定也是朝廷的官员吧，他们是几品官啊？”秋水满脸钦羡，眼睛亮闪闪地等待着秋姨娘的答案。

秋姨娘扫了一眼秋水的样子，将手中的被子往床上一推，忽然笑了起来，半抬着眼问道："秋水，你是看上他们了？"

被姐姐这么直接地问出来，秋水稍有些不好意思地红了一下脸，扭了扭身子，脑海里浮现出今天看到的两个男子的形象，她以为秋姨娘是在问她的看法，低着头，小声道："姐姐，我觉得那个穿白色袍子的公子特别特别的好看，记得学堂里的夫子说过，叫作'眉目如画'，若是两个公子比起来，我比较喜欢他。"

秋姨娘看着自家妹妹的样子，脸上的笑容便有些怪异："你觉得那个白袍公子好？"

"嗯。"秋水点点头。

"那你猜猜他是几品官？"秋姨娘也不打算直接说出来，这个妹妹被娘养得无法无天的，来到京城后也不知道深浅，她还是提醒一下她比较好。

秋水想了想："看他衣服的料子好像比姐夫的不会差，大概有四品吧，娘说知府的官也就是三品，他那么年轻，做个四品已经很出众了吧。"

其实秋水能这么说，还是有点头脑的，至少看得出瑾王世子的身份不凡，不过到底是小门小户出来的，不知道什么叫作真正的大官。

秋姨娘扑哧一笑，用手一戳秋水的脑门，道："也就亏你这没有见识的说得出来，四品？四品的官在他的面前什么都不是，只怕看到他的机会都不多！"

秋水惊讶道："不是吧，他到底是什么人啊？"

"他是王爷的儿子，已经被封为世子，等他爹一过世，他就是王爷！什么四品，三品的，他是皇亲国戚，天子贵胄，他看到陛下都可以叫叔叔的，明白了吗？"

秋水目瞪口呆："那，那我不是不能嫁给他了？"

"嫁？"秋姨娘讽刺地看了秋水一眼，"只有正妻那才说是嫁，你想做王妃，就算是天塌下来，那也是不可能的！"

秋水刚刚萌动的一颗少女心就被这么打击，不甘心道："那不做王妃，做个妾室呢？！"

"做妾？你要去做王府的妾还得看看身份，一般的官员想将女儿送进去做妾人家还不要，你以为王爷的妾是你想做就做的！要么就是有家世，要么就是有美貌，你看看你，有哪样？"

"我长得难道不好看吗？"秋水被姐姐质疑没有美貌，相当愤怒。

秋姨娘打量了一下她，然后抬起下巴对着外头指了一下："远的不说，你说和大小姐比，如何？"

秋水一下哑然。若是说和秋姨娘比，她可以说自己好看，她本来确实五官秀美，又比秋姨娘生得更精致一点，可是和大小姐比起来，她简直没半点胜算。

"我就不相信这世上的女的都长得和大小姐一样！"秋水不服气地反驳道。

"那是你看得少，像大小姐这么漂亮的的确不多，但是光是比你漂亮的，太多了。"不说别的，光是沈茂的姨娘，之前的水姨娘，苏眉那都是上等的美人，秋姨娘自认光看外表，她是比不过这两个姨娘通房的。

“好了好了，那另外一个呢，难道又是个王爷啊？！”秋水换个目标来弥补下自己的自尊心。

“那个不是王爷。”秋姨娘挪了一下位置，突然觉得屁股下有个东西，用手一摸，摸出一个梅子核来，脸色一下就青了。

不用想，这个梅子核一定是秋水刚才躺在这吃零食弄上去的。

心头怒火又起，秋姨娘刚想抬手将梅子核丢到秋水的身上，刚好迎上秋水一双期盼的双眸：“他不是王爷，那我是不是有机会了？”

虽然秋姨娘心内是不想妹妹去做姨娘，但是如果能利用高门规矩多这一点，改掉妹妹这些坏习惯，她倒是愿意先说说谎，等她改掉这些坏习惯，再给她说别的人家。

想到这里，秋姨娘表情放柔和了些许，故吊胃口道：“机会倒是有的，不过他如今也是三品官员，出身也是侯门世家，你人还是可以，就是这些习惯只怕难招人喜欢。”

秋水终于听到有希望，连忙问道：“姐姐你赶紧告诉我，我都改，我都愿意改。”

秋姨娘见她上钩，直想着将她这些不讲究的习惯改了，日后她求着谢氏给说个小官的人家，嫁过去也不要太丢面子，被夫家嫌弃，便道：“以后你要每日沐浴……”

换作以前，秋水是不会听秋姨娘说这些的，秋姨娘一说，她就装头疼，大吵大闹，跑到外面的屋子里去，今日端坐在凳子上，听得比谁都认真，秋姨娘不禁觉得，自己这个决定是正确的，妹妹只要改掉这些坏习惯，凭着外表，自己再用私房添些嫁妆给她，以后做个小官夫人，应该没问题的。

这只是沈家入住后的一个小插曲，当沈家全部安置好以后，韦沉渊和秦氏也在国子监内暂居了下来。

CHAPTER 26
第二十六章　墨染天色偷香来

三月二十六，科举放榜。

京城内所有的人都将注意力集中到了放榜的名字上，其中一个名字，在放榜后的一个时辰后，在整个京城家喻户晓。

“韦公子，恭喜恭喜！”韦沉渊进了沈府，一路都听到有下人跟他道喜，因为他和沈家的关系不浅，下人们也都认识他，不禁上来恭贺道。

韦沉渊一路笑着过去，到谢氏如今居住的院子里。

谢氏一看到他，便笑道：“怎么这么早便来了，我还说要去给你娘贺喜呢。”

“沈夫人和我娘真是心有灵犀，她一早便来让我给您道谢来了。”韦沉渊轻笑道，“她说若不是有夫人你送的人参和手套，我肯定考得不会这样好。”

谢氏早就听云卿说了这事，心中赞叹女儿万事考虑得周到：“这还是得凭你自己，你有真才实学，人参和手套才能发挥到真正的作用。”

韦沉渊自然还是要谦虚一番，又说了几句后，因为他才考了第一名，肯定还会有别的事情要做，谢氏也不多留，便让人送了他出去，云卿也随着一起走了出来。

“谢谢你。”韦沉渊微微一笑，看着云卿道。

“谢我什么？”云卿挑挑眉。

韦沉渊摇头道：“我是说手套和人参，这样细心的事一定是你做的。”而且当他说谢谢的时候，谢氏当时瞟了云卿一眼，他才确定了这个事实。

云卿这才反应过来，不禁叹道：“又被你给发现了，这么聪明，看来到时候殿试你也是轻巧得胜了。”

“那就借你吉言。”韦沉渊考了三天后，得了这样一个最好的成绩，显然心情也很好。

云卿记得上辈子韦沉渊放榜的时候，也是第一名，但是后来参加殿试的时候，却是得了个探花，状元另有其人。

上辈子她是没有想过，这辈子再回想一下，作为如今笔试的第一名，又得到了明帝亲口肯定的韦沉渊，肯定受到了各方各面的人关注，当初他肯定拒绝了来自一些方面的拉拢，让本来是状元名次的他，只得了个探花，这其中肯定还有很多其他的因素在其中。

不过这一世，有一些改变了，至少秦氏还活着。

想到这里，云卿道：“你如今风头正盛，肯定有许多人想拉拢你，必要的时候，可以与你娘说说，让她听听看这些事情，看有何意见。”

这话初听起来没什么问题，稍微细想却有些不对，韦沉渊俊眉稍稍一沉，他知道自己如今肯定会有很多人盯着，但是这和他娘有什么关系？

他看着眼前的少女，明亮的双眸如同星辰一般闪烁，里面的光芒正如每次她和他说生意上事的时候那样的笃定，又带着神秘。

每次她的眼眸里露出这般的神情，她所说的赚钱方法，看起来匪夷所思的想法，在一段时间之后，都会应了她的所言。

如今他又看到她眼底露出了这样的神色，莫名就觉得可以相信，也知道她说出这样的话一定是有原因的，于是点头道：“我会让娘帮我看看的。”

韦沉渊出了抚安伯府后，便朝着国子监住处而去，走到路上一家酒肆的时候，突然出现一个人，站在了他的面前。

“请问是住在国子监的韦公子吗？”那人身穿普通的服饰，看不出是什么身份，只是举止有度，显然不会是一般的百姓。

韦沉渊点头道：“正是在下，请问阁下是？”

“我家公子在酒楼里，想要见一见公子。”那人相当有礼地开口，口气里却没有太多的客气，很显然他家的“公子”身份很是尊贵，平日里见人大概也不需要很客气。

既然人家没有表明身份，韦沉渊心中猜度到了，却拱手道：“在下还有事，你家‘公子’的盛情就替我谢谢了。”

说罢，撩袍就要走，那人见此却没有生气，微微一笑，往前一步，拦住他的脚步：“韦公子看看这个，再说去还是不去吧。”

一块金黄色的长方形令牌赫然出现在那人的手掌之中，韦沉渊眼眸微闪，顿下脚步，“那就请你在前方带路。”

那人见他说出这样的话，脸上也没有什么变化，低头便接了韦沉渊上了酒楼的二楼包厢。

包厢装饰雅致，关上门来就是一个完全隔离的世界，外头的声音传不进来，里面的声音自然也传不出去。

里面赫然坐了一个人，深紫色的华服，刀般深刻的五官，一双眼眸里带着略带侵袭的目光，而旁边坐着的则是蓝色圆领长袍的长相温和的男子。

“在下见过四皇子，耿大人。”韦沉渊见到两人，拱手道。

“坐吧。”四皇子开口道，方才的一切他都从窗户上看到了，韦沉渊看到令牌之后就上来了，证明是个识时务的人。

“谢四皇子。”韦沉渊依言坐下，脸上挂着淡淡的笑，却不再开口说其他的。

耿佑臣笑着开口道：“今日走到哪处，都可听到韦公子的名字，看来韦公子再过几日，必然将成为我朝又一位‘三元及第’的状元郎啊！”

韦沉渊淡淡道：“耿大人所言甚早，殿试未过，在下又岂敢称‘状元’。”

四皇子随意地看了韦沉渊一眼，见他神色悠然，并未因为与他同席，而显得有不自然的紧张，甚至面对耿佑臣的时候，说话流畅，心里便对韦沉渊多了一份满意，才华再好，不如会做人。“韦公子不必自谦，当初在扬州时，父皇对你便另眼相看，那日见到你的答卷后，更是夸赞不已，赞你见解独到，想来殿试上，只要不出问题，状元的头衔对你是唾手可得。”

闻言，韦沉渊心内微沉，四皇子说话看似随意，却很明白地说出了“只要不出问题”，若是出了问题，状元的头衔是不是他很难说了。

四皇子眼眸停在他的面上，打量着他的神色，和聪明人说话，不需要说得太明白，他相信韦沉渊心中自然是有定数的。

如今明帝有意培养一批新的青年臣子参入朝廷之事，本次开恩科意在早点发现天下的才子，将朝廷中臣子老龄化的趋势改变。

所以韦沉渊作为被明帝两次夸赞的人，必然会受到重用，提早拉拢这样一个会得到父皇重用的人，对于将来他的皇位之途，百利而无一害。

“多谢四皇子美言。”韦沉渊并不多说，淡淡地应着，话里话外听不出他心内的想法。

耿佑臣见四皇子微皱了眉头，便开口替四皇子将话稍微再说得明白一点，他举起桌上的茶杯，笑道：“相信韦公子马上就会成为我朝的官员，到时候就请韦公子与在下一起，和四皇子一道，为国尽忠。”

韦沉渊清隽的面容带着一抹笑，心内暗地皱眉，他是想入朝为官，可是只是想做官而已，除此之外，没有其他。

一手端起茶杯，眼底却没有什么笑意，客气道：“能否入朝为官，都得任陛下安排，若是有幸入朝，在下必当为大雍，为皇上效力。”

听完这段话，耿佑臣转头看了一眼四皇子，韦沉渊的话里，很明显只说了国与君，丝毫没有说及四皇子，摆明了他不打算接受四皇子的拉拢，这等不识好歹之人，只怕会惹怒四皇子。

岂料，四皇子微眯了一下眼眸，脸色却没有多大变化，只不过可以感受到他的面上有着不悦的气息透露出来。

韦沉渊的话没有漏洞，不管是谁，科举考试，进入仕途，所说的便是为国之强壮尽力，为君之劳苦而分忧，没有任何一句话要说，官员是为皇子效力的，如果谁这么说，那就等同于谋逆。

眼看这谈话是没有多大的效果，韦沉渊微微一笑，站起来对着四皇子和耿佑臣告辞道：“在下有事，先请告辞。”

待韦沉渊退出包厢后，耿佑臣脸上露出愤愤之色，道：“四皇子，这个韦沉渊不知道是不是没听懂，还是不识好歹？！”

“连这等话都听不懂的人，父皇会赏识他吗？”四皇子眼底阴鸷，冷声道。

“那他也太不识好歹了，一个书生，无依无靠的，以为单凭才学，就可以在朝中闯出来吗？”耿佑臣道。

四皇子睨了耿佑臣一眼，嘴角微沉：“他的确是个人才，只可惜不能为我所用。”

“那要不要微臣……”耿佑臣做了个“斩”的手势。

“不需要，你刚才不是说了吗？只靠才学，怎么闯得出，这世上有才能的人多了去了，只要状元能为我们所用就可以。而状元，不一定会是他。”四皇子说完，将桌上的茶杯端起来喝了一口，眼底光芒锋利。

韦沉渊出了酒楼，脸上轻松的神情渐渐被凝重所取代，四皇子对他的相邀，被他拒绝了，他虽还未进朝，但是对朝中大事一直都有留意，四皇子在皇子中的地位是独一无二的，而自身才华也很突出，今次他谢绝了四皇子的拉拢，也许殿试上他会遭遇一些意想不到的事情。

他回去之后，便进了宿舍，秦氏正在屋中煮茶，见他回来神色凝重，问道：“怎么了，是遇到什么事了吗？”

韦沉渊本来不想和秦氏说这些事情，脑中想起出来时，云卿曾说过的话，便坐了下来，双手握着秦氏递来的茶，欲言又止。

知子莫若母，韦沉渊又是秦氏一手拉扯大的，自然看出他神色间的犹豫，温和地问道：“有什么事，直接跟娘说。”

韦沉渊思虑了一下，还是将方才在路上遇到四皇子拉拢的事情对秦氏说了，最后道：“四皇子有心拉拢人，那么肯定不止我一人，若是其他的举人为了飞黄腾达，也许会答应他。”

那么有可能，在四皇子的影响力下，殿试上除了陛下，还有另外大臣一同参与，他们若是说上几句话，情况就会有所不同了。

“那你后悔吗？”秦氏看着儿子，双眸里带着淡然的光彩，问道。

“不后悔，若是为官便要参与到这些派系斗争里去，那就违背了我的初衷。”韦沉渊脸上有着坚定的神情，“可是儿子心里不好过，娘含辛茹苦供我读书，儿子说过要考状元来报答娘。若是因为此事，不能达成愿望，心中会很愧疚。”

秦氏看着儿子，低头沉吟了一会，做状元郎，不仅是儿子的愿望，也是她的愿望，只有这样，儿子的身世，在揭开的时候，才更有站在人前的资本和力量。

“你等等，娘拿一样东西给你。”

四月初三，春风似乎一夜之间刮遍了整个天越城，枯枝吐新翠，枝头闻鸟鸣，天空碧蓝得好似一汪海水浮在半空，丝丝暖和的阳光洒在琉璃瓦上，闪耀的光芒令巍峨的宫城越发的富丽堂皇，威严华贵。

韦沉渊一早起来，并未等宫中的马车，而是随着人流一起到城门前等待着，如此一来，即便是有人想在马车上动手脚，或者拖延时间让他迟到不能参加殿试，都达不到目的了。

直到宫门开，其他的考生一起到来，他方随着进入宫中，参加最后一轮的比试。

金銮殿上，进来的十名考生，皆是笔试时，最为出色的前十名，他们站在这里，望着高坐在龙椅上的明帝，等待着今天的考题。

在下方，左右两方，各坐了两人，个个都是身着大官朝服，很明显也是今日的副考官。

当题目展现到众人面前的时候，众人眼底皆是一亮。

“为君难？还是为臣难？”

简简单单的八个字，看起来非常简单，却是很不好回答的问题。

若是说为君难，主考官便是皇帝陛下，那么这么说，显得有谄媚的嫌疑，而且会没有新意，要想回答得巧妙，那必须说得非常好。若是说为臣难，那么天下如此多的臣子，竟然比帝王还要辛苦，说出去，难免就会有不敬陛下的嫌疑。

这是一个左右为难的问题，十名考生立即蹙眉深思，想着如何回答这个问题，又怎么回答得陛下满意，能一举夺得圣心。

殿试的规矩，是由比试最后一名开始阐述自己的观点，以此类推，一直到第一名，以此显示公平公正。

第十名考生上前之后，却是取了一个中庸的办法，各有各的难处。

明帝坐在上面，听着他的阐述，面色没有任何变化，不过眼中显然对这个考生所答，没有太大的兴趣。

他出这道题的目的，不是想听这种两边都不得罪的论点和回答。

考生一个个说完，大部分人都是选的说为君难，偶有两人选了为臣难的论点，明帝一直都平和地听着下方考生的论点，间或偶尔点头，并不发表意见。

最后轮到了韦沉渊，但见他拱手行礼后，声音清亮，开口道："回皇上，学生认为——为君难，为君之臣更不易。"

他的论题一出来，明帝的身子便直了些许，而底下的四个大臣，也将注意力移到了他的身上。

这是个聪明的考生，虽然选择了为臣难的论点，但是论题说出来，却极为巧妙，他们低头一看这个考生的名字，扬州韦沉渊。

"君者，独一无二也，乃天下之主，掌天下之权，有主宰众人的能力，皆能控制天下兴衰，百姓安宁，乃国之支柱也……"

一旁一个两撇胡子的官员，忽然出声道："你这是说的什么，不是说为臣难吗？怎么全部都是在说为君之难处？"

论题和论点都对不上，还做什么文章。

"待他说完，你再说！"明帝侧头对着那出言打断的臣子道了一句，眼底凌厉的光芒显然对于这打断学子阐述论点的人有所不满。

"是的，然，君者，至上者，一言能定生死，其下有百臣，臣多而各司其责，其责而代表君令，此令便如千斤之石，时时提醒所为，上有君监，下有民愿……"

韦沉渊侃侃而谈，声音清亮，条理清晰，论点从一二三，细分到其下。

韦沉渊与这位皇帝之前见过一面，知道这位陛下出这道论题所为是如何，如今朝中老臣太多，支脉复杂，相互之间牵扯甚多，他相信陛下是想要让臣子知道，身为臣子要做的是什么，责任是什么。

"臣子应该做的事情是什么？"明帝听到韦沉渊的话，面上带着笑容问道，他知道韦沉渊应该知道他所想的是什么。

"忠君，爱民，辅助陛下，开创大雍盛世，此乃臣子之责任。"韦沉渊答道。

"若是做不到这点的呢？"

"不为一个合格的臣子！"

明帝淡淡一笑，韦沉渊这句话的意思便是"不配为臣"，这么多考生里面，只有韦沉渊知道他出这道题的意思，"不配为臣"四个字说起来简单，可是里面弯弯绕绕，简直是动一发而牵系全身。

韦沉渊的话一说完，就得到殿上一个大臣的讽刺："是不是合格的臣子，是陛下说了算，你一个区区的学生，猖狂之极，何敢如此下定论！"

说此话的，正是薛国公，他是皇后的父亲，手中握了朝中将近一半的军权，不管是文臣武将，还是清流勋爵中，都有一定的影响力。

但见他一开口，明帝的眼底便划过一道微细的光芒，却没有开口说话。

韦沉渊清隽的面容上露出一丝极为浅淡的笑容，转而拱手对薛国公道："正如国公所言，学生说了不算，所以这只是考试，陛下问，学生回答，除此之外，没有任何人能评论。"

言外之意就是你薛国公也不可以对他妄加评论，陛下可什么话都没说。

薛国公脸色一变，他看得出陛下对这个韦沉渊的确是特别上心，可是四皇子也和他说了，这个人拉拢不了，如今一看，果然是个油盐不进的人，便微咳了两声。

他旁边坐着的是张阁老，张阁老的儿子娶了薛国公的次女，两家是姻亲，张阁老在朝中乃文臣敬仰，虽然不受薛国公的威胁，但一荣俱荣，一损俱损的道理还是明白的。

不过是开口说两句，他乐意做这点事，他睁开已经垂下老皮的眼睛，捋了一下花白的胡子，看着那个站在前列，一身如竹的年轻人，开口道："话虽如此，但方才你也有说，臣乃辅助陛下之人，有提议，自然对陛下提出……"

韦沉渊一听他开口，身子微微一侧，一块碧玉的玉佩在腰间摇了摇，碧玉光泽温润，如同一汪碧水在天青色的衣裳下，将张阁老的老眼晃得一花。

他正捋着花白胡子的手一顿，仅仅一瞬，快到连薛国公都没有发觉他的变化，接着道："然，臣子的意见终只是意见，最终取决于陛下。"

张阁老是清流之首，他的话代表了清流一派的意见，薛国公本来是要他说韦沉渊不尊君王，如此一来，两位副考都如此说了，陛下在点人的时候，一定会考虑一下。

没想到张阁老最后一句话话锋却是一转，竟然生生轻描淡写地把这个问题带过去了。

老东西，关键时刻掉链子，真是气死他了，薛国公发现张阁老是靠不住了，自己刚准备再说。

明帝却已经站起来了，挥手道："今日殿试完毕，你们都回去吧。"

众人散去，韦沉渊迈着步子，走在皇宫的汉白玉地板上，心中疑惑甚重，刚才在殿中的时候，张阁老明明是在薛国公咳了一声之后，准备出言打击自己的，可是为何最后一句话的时候，却忽然一拐弯，成为一句说不说都无关紧要的话。

他低头看着自己腰间的玉佩，当时娘就是拿出这块玉佩来，说让他佩戴在腰间，难道张阁老的突然转变，是因为这块玉佩？

娘一个普通的农妇，怎么和张阁老又扯上关系了？

韦沉渊带着疑虑出了皇宫，他淡笑点头，心内却没有多大的波动，这块玉佩一定有着秘密，他要去问娘，玉佩代表了什么。

娘对他一直隐藏了什么？

一乘小轿从皇宫内出来，停在他的身边，张阁老从中走下来，看着他道："韦公子，请留步。"

韦沉渊驻足，等他走过来，拱手道："请问张阁老找学生可是为了玉佩一事而来？"

到底是年轻人啊，单刀直入的，一点都不委婉，不过，是个聪明的年轻人，方才自己在殿上一刹那的转变都没有逃脱过他的眼睛。

张阁老呵呵一笑，摸着花白的胡子，眯着老眼道：“既然你这么说了，我也不拐弯了，韦公子身上这玉佩可是你自己的物品？”

“这玉佩是家母所给，张阁老难道认识这玉佩，或者是说，认识家母？”母亲既然能让他把玉佩戴出来，他相信，张阁老和母亲之间，一定有着什么联系。

“你母亲姓什么？”张阁老鹤皮遍布的老脸，在听到韦沉渊说出这个玉佩是母亲所给的时候，微微透露出一点激动的神情，语气也稍微急促了一点。

“家母姓秦。”

“秦？秦！果然是姓秦。”张阁老重复了一遍，语气里的激动更加外露，眼皮抬起，露出稍微浑浊却依旧清明的双眼，“你能带我去见见你母亲吗？”

望着眼前老人急切的神情，韦沉渊虽有疑惑，却还是点了点头。

国子监舍房。

秦氏坐在屋中，时不时地站起来，走到门口看着远处国子监的大门，双手交握在一起，等待着儿子归来，今日儿子参加殿试，也不知道发挥得如何，考得如何，更重要的是，那块玉佩，有没有起到作用？

直到时近傍晚之时，有两个身影走了过来，其中一个身影如竹，清瘦俊朗，正是韦沉渊，而其中一个，秦氏看到那人的面容时，手指紧紧地一捏，面上露出一丝复杂的神色，转身朝着屋内走去，走到一半又止住了脚步，摸了摸发髻，才停了下来。

“娘，我回来了。”韦沉渊先是喊了一声，然后对着张阁老做出一个请的姿势。

张阁老点头，迈步而入，抬头便看到屋内站着一个穿着深蓝色粗布长袄，深棕色裙子的妇人，因为天色将黑，屋内点了一盏油灯，昏黄的光线下，妇人的脸色显得黄黄的，上面有风雨打击的痕迹，眼角，嘴角都有着深深的皱纹。

可是那眉眼，却让人感觉非常熟悉，他往前一步，嘴唇微微颤抖，唤道：“可儿。”

相比之下，秦氏倒显得镇定多了，她双手拉了一下衣摆，面上浮出了一抹笑容：“张伯伯。”

韦沉渊只觉得两人之间的气氛有些奇怪，但见秦氏一声“张伯伯”，没能让张阁老露出一丝笑容，反而面上露出了更为沧桑的神色，似被人狠狠地打击了一番，半晌说不出话来。

“张阁老，您请坐。”韦沉渊知道两人之间肯定有隐情，这隐情还不一般，所以先请张阁老坐下来后，自己走到内屋去倒茶，给两人之间感情一个缓冲和交谈的空间。

韦沉渊此等举动，秦氏和张阁老两人自然看得出来是故意的，但是也确实为两人减少了一些尴尬，若是当着韦沉渊的面，有些话他们不一定说得出来。

油灯跳了几跳，张阁老坐在长凳上，抬头看着秦氏：“你也坐吧。”

“嗯。”秦氏应了一声，坐下来，头半垂着，想了一下，问道，“张伯伯这些年过得可好？”

再次听她开口喊自己“张伯伯”，张阁老的手放在膝盖上动了几下，没有回答她的问题，而是问道：“你这些年去了哪里，我怎么都找不到你了？”

“在一处僻静的小地方。”秦氏淡淡地回答道。

“那你没想过，要回来找我吗？”张阁老看着秦氏放在桌上交错的粗糙的手，心头微微颤抖，眼眸里有水润的光泽在滑动。

“我是罪臣之女，怎能去见你呢，要是连累了你那怎么办？！”秦氏感受到张阁老看她的视线，望着那短扁的指甲，手指头隐约有着开裂的痕迹，一双扎扎实实的农妇才有的手，眼底流露出一抹讥笑，一抹悲哀。

“你还在怪我吗？当年爹没有办法，那个时候我如果开口求情，必然会将陛下的怒火引到张家来的，我不可以那么做。”张阁老的语气里也有着无限的惆怅，望着秦氏解释着。

“没，我没怪你，真的。”秦氏非常肯定地抬起头来说着。

可是张阁老听着她的话，心里却是另外一番感受：“可儿，那时候你也知道当时的情况，秦家贪污了那么大的款项，陛下雷霆之怒，你让我如何阻挡，朝廷里只要有人求情，就被陛下当作是同犯处理，我试过一次，被陛下赶了出来，若是再去，张家那么多人都会被连累的！”

“张伯伯，我真的没怪过你。”秦氏望着张阁老急切的样子，看着老人双眸里流露出来的激动神情，她脸上的神色没有一丝怨恨。

“可你，叫我——张伯伯。”张阁老语气拖得长长的，说最后三个字的时候，让人很难相信，这是朝中翰林院里的首辅大人张阁老说的话，里面带着请求，带着委屈，还带着失望。

秦氏摇了摇头：“就像你说的，当年的事情我知道，若不是你去求情，也许秦家的下场更惨，我不会仅仅是安个罪臣之女。这点我很清楚很明白，只是当初为了不连累张家，没有将我的身份说出来，如今便不要再说了，以免有人拿了这个事情来做文章。”

没想到秦氏是因为这个原因而叫自己张伯伯，张阁老的眼底蓄满了泪花，哽咽道：“这些年你娘……一直在找你，临去前，还心心念念都是你的消息，我们都以为再也找不到你了……”

听到张阁老这句话，秦氏的眼底渐渐地也起了雾气，她眨了眨眼睛，鼻头发酸道：“张伯母，什么时候去世的？”

“五年前，她嘱咐我，一定要找到你，这些年寻找不到，我以为没有希望了，谁知道今日在殿试上，我看到那块玉佩，那是你小时候过继到秦家的时候，你娘特意去求人做的。”张阁老说着十分的激动，伸出手去握秦氏的手，又有些犹疑。

秦氏看到他的动作，望着他那一张苍老的面容，这些年的分离，她心里不是没有想过家人的，她主动地去握住张阁老的手，安慰道：“如今我不是回来了吗，你可以告诉张伯母，我回来了。”

双手被女儿粗糙的手包握着，张阁老闭上眼，不让泪水流出，重重点了点头。

韦沉渊端着茶，背靠在门口，他本来想端茶进去的，但听着他们两人的交谈，觉得此时进去反而不是好事，谁知一听，便听到两人交谈的内容里面似乎有着奇怪的关系，不由得站住听着。而秦氏和张阁老的关系，他在脑中已经有了大概的雏形：

秦氏的亲生父母应该是张阁老和去世的张老夫人，当年因为某个原因，张阁老将自己的女儿过继给了朝中的好友秦大人，谁知道过了数年之后，秦家涉及了贪污罪，数量大，惹了明帝的愤怒，明帝将秦家男子全部杀了，女子便全部充作官奴。

当年双方都是知道这个事情的，包括秦氏也是知道，这就证明两家的关系非常好，否则张阁老不会将自己的女儿过继过去，也不会将这种事情告诉秦氏。

外室里，张阁老的心情已经平复了一些，刚从认女的那种气氛里走出来，自然就会要问到另外一人："韦沉渊，是你的儿子？"

"嗯，亲儿子。"秦氏点头，强调了这个儿子是自己亲生的。

"你嫁人了？嫁给了谁？"张阁老脑中已经飞快地在分析，秦可是官奴，大家族是肯定不会娶这样出身的妻子，京城里的韦家不用想了，也许是其他的分支说不定，如果是嫁人了，怎么只身带着韦沉渊住在国子监……

"没。"秦氏轻轻摇头。

"你没嫁人？那他？"张阁老微露惊讶之色，那这个孩子？

他看着秦氏闭口不说的样子，外表老而脑子并不糊涂的张阁老心中在想着韦沉渊的样子，脑中突然蹦出来一个想法，睁大老眼道："他是不是……"

秦氏明白他已经想到了是谁，猛然摇头，急忙道："你不要说出来，现在还不是时候！"

韦沉渊在门后听得紧张，后面的话谈及了自己的身世，就在张阁老要说出那个名字的时候，秦氏却突然打断了他的话，然后张阁老刹然止住，望着秦氏脸上的担忧和紧张，心头仿若被石头碾过。

若不是当年……

当年他还没有到如今显赫的地位，还只是一名进士，在翰林院里为官，那时秦大人也和他是同僚，两人是一个地方的考生，爱好相同，志趣也类似，两家关系相当好，夫人之间经常走动，巧就巧在连怀孕都是一起。

就在一日，两家夫人一起上街的时候，有一匹马突然受惊，朝着两人奔来，秦夫人舍身挡在张夫人的前面，被马蹄一下踏在了肚子上，当场就流产，之后，被诊断出来，以后再也不能怀孕。

秦大人和秦夫人伉俪情深，不愿意纳妾，为了报答这份恩情，张老夫人将自己第一个孩子过继到秦大人的名下，这个孩子，正是秦可。

谁知天有不测风云，秦大人卷入到了一起官银贪污案里，数量之大引起新帝的震怒，当时所有的证据都指着秦大人，当即秦家就被抄家，若有求情者，罪同秦家，一时朝中上下，无人敢再发言，而秦可是张家的孩子，但是已经过继到了秦家，不能避免。

也就是这样，才导致了明明是内阁首辅家的嫡长女，却落得如今生活潦倒的地步。

张阁老一时心内感想万千，又看着韦沉渊的眉目，隐约想起一个人，看秦氏的表情，知道他的猜想十有八九是正确的。

不过，张阁老眼底还是微有疑惑："他为何姓韦？"

"中间出了点事情，我到了偏僻之地，又找了个人家，嫁了，他就随了那个男人的姓。"秦氏轻声道，一边抬头望了一眼里面，房子的隔音效果并不是很好，韦沉渊在里头，只怕已经将事情听了大半。如今也差不多是让他知道的时候了。

走之前，张阁老又问两人愿意搬出去吗，秦氏谢绝了他的好意，张阁老也不多催什么，韦沉渊见此，才从里头出来，一路送着张阁老出了国子监的大门，返回到了屋内。

"娘，该将我身世的秘密告诉我了吧。"

少年肩膀变得宽阔，便是清瘦也有着男人般的挺立。

"也该让你知道了……"秦氏取下头上的银簪，挑了挑油灯灯芯，在跳跃的火光里，慢慢地讲述了起来……

次日。

放皇榜。

鸿胪寺的官员站在殿上，旁边的黄案上香炉渺渺，伴随着悠扬拉长的声音，开始宣读圣旨：

"嘉盛二十年，本朝第七次策试，第一甲赐进士及第，第二甲赐进士出身，第三甲赐同进士出身。共有六十二人，第一甲第一名，扬州人氏，韦沉渊，为新科状元，授从六品翰林院修撰一职……"

喜讯很快传到了云卿的耳里，她颇觉意外，又觉得是在意料之中，同时她也得知了当时在殿上的情况，想必秦氏一定起了巨大的作用。

韦沉渊这一世成为了新科状元，相信他这一世的路，一定走得比上一世还要广阔，也会更加艰辛。

但是有一件事是毋庸置疑的，云卿的心情很好。韦沉渊能得到如今的成绩，她打心眼里高兴，而且看着气候也比起之前要好得多了，她便起了心思，要去街上走走。

随着天气变暖，京中贵妇小姐们喜欢的各种宴会，邀请也会随之而来。

以前居住在扬州，一切的打扮习惯都是随着扬州而来。如今既然已经来了京城，入乡随俗，还是要多关注关注京城的流行趋势，以免走出去之后，显得和人群格格不入。

谢氏听了当然高兴，女儿家打扮自己，那是理所当然的事情，此时，秋姨娘也正在谢氏的屋中，秋水站在她的旁边，当听到云卿要出门买首饰衣服的时候，悄悄地用手指戳秋姨娘的背。

秋姨娘动了动肩膀，知道这个妹妹是想要出去了，来了京城这么久，她一直都要出去，但是女子不是说出门就出去的，何况她还是个姨娘，远不如谢氏和云卿自由。

但是秋水不一样，她爱新鲜，此次听到云卿要出门，自然来了兴趣。

秋姨娘自己其实也想出去，毕竟她也是女人，是女人就是爱美的，谁都喜欢漂亮东西，而且她也想去街上看看，一辈子还没出过扬州的，如今到了京城，也想开开眼界。

所以当秋水戳她的时候，秋姨娘并没有什么不愉快，跟谢氏提了自己也想跟着云卿一路出去看看，买点东西。

谢氏知道秋水是秋姨娘的妹妹，她素来对亲情看重，便同意让秋姨娘和云卿一同出门。

云卿倒也无所谓，秋姨娘这个人识趣懂事，一同出去逛逛也没什么不可以的，于是三人便一起上了马车。

天越城的东大街专门做珠宝，绸缎，海货以及各类名贵物品的生意，所以来这一条街的人，都是冲这些东西而来。

想了解天越城如今流行什么，此条街上的东西便代表了一切。

流翠在听到车夫的声音之后，便先出了马车，搀扶了云卿下车。秋水在马车停稳之后，也跟着下来，看到流翠扶着云卿，也学着样子，扶了一下秋姨娘，接着就将注意力转移到其他地方。

此时的秋水只觉得自己处在一个从没有见过的地方，四周都是装修豪华的店面，高阔的店门，气势十足的匾牌，金镶玉嵌，到处都是一片富贵的景象。

单单一条街的商铺店面便显示出了这条街的豪门，里面的东西就更不用说了。

秋姨娘也被周围的一切所吸引，但是在沈家做了多年的姨娘，她的眼界和心态比起秋水来，只是稍微多看了几眼。

云卿笑了笑，看着最近的一家叫作“玲珑斋”的成衣店。

沈家虽然产布料，但是却不做成衣生意，到了店中，看到一排排的柜台上，挂着各式各样的服装，男子和女子的分开悬挂，用纱幕隔开，方便客人观看，又可以避嫌。

店中的掌柜看到门口进来一位女客，眼睛首先就在客人的服饰和妆容上打量，他们做生意做久了，自然是懂得从衣看人。但见进来的这位小姐，衣服的布料是上等的蚕丝，只不过倒是眼生得很，似乎以前没见过。

“小姐，请问是要给自己买衣服，还是给家人挑呢？”

“我先看看，若有喜欢的，再叫你过来拿。”云卿缓缓一笑，开口时，声音清脆，吐字清晰之余，还有着南方女子特有的软糯，态度又平和，让掌柜心里更是舒坦，连声道：“那小姐你慢慢看，看到合适的随时喊我便是。”

秋水进来之后，看到那一件件的衣服，满心的欢喜，直拉着秋姨娘道：“你看，这件粉红的很漂亮……呀，这一件的荷叶边也很别致，还有这件，这件……”

秋姨娘和她不同，看这些衣服的衣料皆是上品，上面不仅用了金丝银丝这样的贵重材料，还点缀了珍珠，珠片，玳瑁等珠宝，价格肯定不凡。

这一次出来采买，不是府中的惯例，而是需要自己掏钱的。

“秋水，你看中哪一件了？”因为在外头，旁边有掌柜和伙计，秋姨娘站在秋水的旁边，悄声地问道。

秋水视线都不从那漂亮的衣裳上移开，摸摸这件，又摸摸那件，又指着另外一件道：“我喜欢这三条。”

“你选出最喜欢的那一件，姐姐给你买了。”

一听只可以选一条，秋水的嘴巴就嘟了起来，目光在那几件衣服上流连，觉得哪一件都是最好的，都没办法割舍，于是皱着鼻子道：“你就三件都买了啊，到时候我去见耿公子，肯定要有几套衣服换的，总不能一天到晚穿一件。”

秋姨娘见她不听劝，周边的伙计见她们窃窃私语，又望了过来，压低了声音道：“你先买一件，流行的春款还没有全部上来，到时候姐姐再给你买。”

这么一说，秋水倒是想了想，觉得有理，先买一条，下次和姐姐出来再买，又可以多逛一会的街。进了沈府她才知道，大户人家是不可以随便出来的，留着下次再找机会出来走走也好。

她举着衣服，悻悻地放到原位上去，眼神在衣服上流连一会，好不容易才收回目光，一转身，却发现那掌柜在看自己，心内是又恼又喜，恼的是这男人目光落在她身上，一点也不遮掩，喜的是自己进来后，那掌柜对大小姐都没看几眼，却一直看自己，这是不是证明自己其实比大小姐还要有魅力多了呢？

于是她斜眼看了掌柜一眼，看他人也老了，肚子也凸起来了，便哼了一声，这样的人也想肖想她，不屑地开口道：“看什么看，没看过美女啊。”

掌柜本来还在想，哪家有这样不知礼的小姐时，被她突然一说，先是一愣，然后就笑了起来。京中的小姐他见过的不少，比之好看的不说一千，也有三百。

不过他是生意人，讲究和气生财，还是很客气对着秋水道：“我并没有冒犯的意思，小姐若是介意，我可以道歉。”

秋水只看他客气，不由有些趁势逼人，向前一步道：“你这么看我一个未出阁的闺女，是不是很不礼貌啊，若是告官，那便可以治你个偷窥罪。但是看你这么老实的分上，就原谅你了，你赔一条裙子给我，就再不追究了。”

她还在记挂着刚才的裙子，那两件虽然不买，但是如果能讹来不花钱的话，那是最好。

掌柜听到秋水的话，眼底便含着不屑和轻视。“玲珑斋”能在京城开铺做生意，自然不单单是靠和气的。

也不再客气，面色带着讽刺：“这样的要求，小姐还是莫要再想了，从没听说过，看两眼就要治个偷窥罪的。”

秋姨娘刚将秋水选的裙子递给伙计要包起来，一听到秋水的话，心内一紧，立即走过来拉着秋水：“你胡说什么！”

“我哪里胡说了，他刚才在偷看我，我要他赔条裙子有什么？！”秋水被秋姨娘拉着，口中还不停地对着掌柜说："你知道我们是哪个府上的人吗？我们是抚安伯府的，你赶紧赔了裙子给我，我就不告你了！"

流翠和云卿在第二排正挑着衣裳，听到争吵的时候，便转过来了，待到听到最后一句话的时候，云卿的眼底已经隐隐含着冷意。

流翠对着秋水喝道："在吵什么？！"

就在此时，玲珑轩的内间里走出来一个容貌娇艳的女子，扫过众人之后，目光停在了云卿身上："好久不见了，沈小姐。"

云卿顺着声音看去，便看到那女子，也微微一笑道："的确很久不见了。"

没想到"玲珑斋"背后的东家是宁国公，不过也正常，这些世家谁人不是看不起商人，其实家家户户都开着铺子经营着，拨着算盘算收入。

安玉莹望着眼前的少女，她穿着一袭雪狐镶边雾紫色短袄配浅白长裙，一道璎珞满嵌的项圈垂在胸前，更衬得少女清丽如尘，绝色天成。

女人看到女人总会喜欢对比一番，首先便是拿着容貌作比较。

安玉莹发现容貌上，自己不能与眼前的女子去比较。于是转而落到身份上，自己是宁国公的嫡女，而沈云卿也是抚安伯家的嫡女。

相比较下来，也不显得逊色，加上云卿已经得封韵宁郡君，身份之间便没有什么区别了，到最后，在心中只能从家底上才赢得一番气势，但，终究羡慕化为了嫉妒。

虽然比较了几点，但在心中不过是一念之转，面上仍看不出安玉莹有何变化，转头向那掌柜："刚才发生了什么事？我在内室里听到外面哄闹，究竟是为何？"

云卿自她出来后，便觉得有一股不好的念头在心头环绕，方才安玉莹很显然是一直在内室的，之前秋水在吵闹的时候，她没有现身，直到秋水说出了抚安伯府这句话之后，她才恍若刚闻地走出来。

方才的事很丢脸，若是再让掌柜在大庭广众之下这么一说，便更加人尽皆知，秋水丢脸可以，但是抚安伯府不可以。

所以当安玉莹一问出口的时候，云卿唇角便扬起一抹淡淡的笑容，面上带着微微的歉意，清浅开口道："方才是我府中的婢女不知轻重，闹出了笑话，未曾想能在店中巧遇安小姐，相信安小姐大人有大量，不会和一个婢子计较。"

云卿说完，便对着秋姨娘望了一眼，那一眼看起来十分的平静，眼底却有着不容忽视的冷意，让秋姨娘心头一紧，随即拉着秋水往前："还不给安小姐道歉。"

秋水被秋姨娘拉着向前，嘴里却不服，瞪着那个掌柜，嚷嚷道："姐姐，为什么要道歉，那个人刚才偷看我，就是他自己也承认了啊。"

秋姨娘在背后一推，低声道："你还不道歉，以后都不给你买衣服了。"

听到这句威胁，秋水的眼睛在旁边漂亮的衣服上一瞟，哪里舍得以后都不买了，只是道歉而已，又不会掉块肉，于是嘟着嘴道："安小姐，对不起了，刚才是我说错了，你大人有大量，不要怪我。”

安玉莹的确是特意寻了机会出来，意在给云卿一个下马威。

岂料她态度如此之好，一句话说完，就已经知道自己的想法，让府中的下人立即道歉。如此一来，若是自己再追究，倒显得自己过分了。

不过当听到秋水的话之后，安玉莹眸中闪过一抹笑意。

她看了一眼秋水，不解地问道：“怎么方才沈小姐你说是家中的婢子，但是这位姑娘却叫姨娘姐姐，这可是你府上的亲戚？”

亲戚自然和丫鬟不一样。一个是主，一个是奴，一个可以代表府上的形象，而另外一个则只是奴才，算不得什么。

旁边的伙计和几个进来的小姐，也被两人的对话给吸引过来，在旁边窃窃私语，眼底露出了讽刺和讥笑。

云卿只是缓缓一笑，一双凤眸如同宝石闪耀着熠熠光辉，声音里带着不解和疑惑的反问道：“安小姐此语云卿就不明白了，这女子的确是府中的婢子，但也是姨娘的妹妹，在府中做事而已。只是安小姐说是亲戚一语，倒是令云卿自觉惭愧了，原来在宁国公府，姨娘的亲戚，也都是安小姐的亲戚吗？”

云卿满脸的不解和笑容，似认真在等待安玉莹的答案，心中却暗暗发笑。

安玉莹面上的笑容有些挂不住。姨娘当然不能算作府中的亲戚，刚才她只想着让云卿丢脸出丑，却没想到把自己绕了进去，眼看旁边两个小姐用帕子掩嘴，不用想也是在笑话自己，眼中就带着薄怒。

只不过多年的世家教育，还是没让她失控，面色却笑得不是那么自然。

“姨娘哪里算得了什么亲戚，只不过刚才听她叫姐姐，一时口快说错了，你千万莫要见怪。”

还是有几分应变能力的，不会贸然就在大庭广众之下失控，云卿见她示好，也不想闹得太僵：“我就知道是这样，安小姐莫放在心上，不过一时口误而已。”

安玉莹点了下头，只想把刚才那幕揭过去，看了一眼云卿，又看着外面的天气，关心地开口道：“今日天气和暖，是近日里来最好的天气了。我猜，你还是第一次到天越逛街。我对这边熟悉，不如我陪你？”

“好啊，那就麻烦安小姐你了。”

安玉莹得了话后，便手携云卿，往外面走去，“玲珑斋”为了凸显气势，修葺的时候，离地有一定的高度，于是进出的门口修了有五层的阶梯。

就在下到第二级阶梯的时候，忽然安玉莹口中惊呼了一声，在众人皆以为是她出事的时候，只看到云卿的身形一动，竟然从梯上直接栽了下来，眼看就要扑倒在地上。

流翠心中一紧，便要跳下去垫着，谁料一道白色的身影过来，堪堪接住了云卿倒下的身势。

鼻中传来熟悉的檀香味，云卿苦笑一下，难怪安玉莹突然会在店门前弄出这样的招数，只怕是看到这个人了，想要毁了自己在他心目中的形象。

云卿想要自己站起来，谁知一动，脚踝处传来一阵刺痛，不禁低呼了一声。

流翠见她拧眉低呼，关切地问道："小姐，你怎么了，是不是伤到脚了？"

御凤檀则紧盯着云卿明显吃痛失力的右脚，绝丽的面容上有着一层寒意在迅速地蔓延："你好好的怎么会从上面掉下来？"

云卿摇摇头，并不想将御凤檀拉到与安玉莹之间的事来，可站在后面的秋水却不会这么看，她听到御凤檀的声音，只觉得声音好听，悦耳，自发地当作是在询问自己，不由自主地张开口回道："怎么会好端端地掉下去，还不是有人害的。"

安玉莹心内正在担忧被御凤檀发现自己的作为，一听秋水的话，下意识地反驳道："谁害的？你是在说我吗？"

御凤檀见云卿的额头已经疼出了汗珠，心生不愉，看着安玉莹的反应，面带浅笑，眼眸却有着冷意："并没有人说是安小姐推的，何必那么紧张呢？"

秋水双眸紧紧盯着御凤檀，连忙往前几步，站到了秋姨娘的身边，本来对安玉莹刚才要她道歉的事，心内就不满。

此时看到御凤檀，更是指责道："刚才我看你把手放在大小姐的腰上，然后你叫了一声，结果大小姐就直接倒了下去，不是你，还能是谁？"

刚才她一直站在后面，看到的只是安玉莹要假装被云卿推倒，却不知道云卿早就洞悉了安玉莹的想法，自己率先摔了下来。

御凤檀听到秋水的话后，狭眸微微一眯，转头对着流翠和秋姨娘吩咐道："扶着你们小姐，跟我去前面的医馆。"

安玉莹心内一惊，知道今日的事情在御凤檀心中留下了不好的印象，眼底一点柔和的光芒顿时被愤恨所代替。当日去码头时，御凤檀也是去接沈云卿的，丝毫不记得她也是那日乘船回到天越。如今明明她没有推沈云卿，还是帮着沈云卿说话。

感受到侧面传来两道强烈得不容人忽视的眼芒，云卿自然知道是谁投射过来的。

云卿刚才紧急情况下，为了不让安玉莹设计，才出此下策。一旦掉下来的人是安玉莹，所有人都会说是她记恨刚才在店中自家丫鬟道歉的事而下的手，抚安伯府在京城所传出的第一件事，便是狂妄自大，出手陷害，所以她兵行险招。但也知道御凤檀的出手相援，彻彻底底地让安玉莹恨上了自己。

重生以来，她屡次和御凤檀牵扯到了一起，有些东西，虽然她无心，可是也避免不了，既然避免不了，那就勇敢面对。

脚踝处传来疼痛，云卿知道是关节微微错位了，不算什么大的毛病，也可以回府处理，但是若是给谢氏知道，难保她又要担心一番。"就随世子一同去前面的医馆吧。"

安玉莹已经在众人面前丢了两次脸，这次虽然她不承认是自己推了人，但是云卿是跌倒在自家的铺子面前，加上御凤檀也在这里，便跟上来陪着云卿到医馆。

此时，看到云卿进了内室，她走到御凤檀的身边："方才我真的不是故意的，只不过是不小心才推到沈小姐的。"

御凤檀一身镶狐毛的白色大氅，银色的花纹在阳光下散发着冰冷的光芒，他微垂了眸子，声音清淡道："是不是故意，你自己心里清楚便可，无须对我解释。"

"世子，真的不是我，我没有推她。"安玉莹急忙解释道。

"你若是真要解释，也应该对沈小姐说。"御凤檀斜睨了她一眼，往前几步站到药铺前，低头看各种药物的功效。

他的声音淡淡的，没有任何起伏，却比怒意还要让安玉莹伤心，她转头看着被人搀扶的云卿，刚才对着御凤檀的柔情一下就消失得无影无踪。

要对云卿解释，就是要道歉，可是对着云卿道歉，她怎么也说不出口。

明明刚才会摔倒的是自己，如今被御凤檀斥责和看不起的人应该是沈云卿才对。

这个沈云卿心机深重，竟然故意摔倒，让众人将所有矛头指向自己。

安玉莹抬头望着御凤檀的侧面，只觉得那俊美的容颜上都是冷意，终于咬了咬牙，转过身来对着云卿道："对不起，方才我也是不小心推倒你的。"

听着她虽然尽力表示诚意，言语深处依旧透露出不甘不愿的声音，再看看御凤檀望过来的关切的眼眸，云卿并没有表示太过热络，点了下头，淡淡道："希望安小姐以后不要再这么不小心了。"

她的确是不喜欢这些诡计，不希望每时每刻总要应付这些，但是这话在别人耳中，就扭曲成了另外一个意思。

没有听到想象中的客气话，安玉莹眸中怒意跃上，手指紧紧握成拳。沈云卿这是仗着御凤檀的关心而对她示威，根本就不将她放在眼底。

越是如此想，安玉莹胸口的妒意越发的明显，头上的琉璃珍珠坠似乎随着她拼命隐忍的怒意，而微微颤抖，整个人看起来十分扭曲，直至云卿走远，原本柔美的面容仍然有着几分狰狞怪异。

而秋水在众人扶着云卿去看伤的时候，又开始逛街，最后走到一家卖小玩意的店内，看中了一个木雕的手镯，刚要掏钱买，谁知道一只手抢在她的前头，指着木雕的手镯道："这个好看，掌柜，给我包起来。"

秋水不服气地抬头，却看见一个长相秀丽的少女，梳着双环髻，正对着掌柜笑。

"这个手镯是我先看中的，得给我先买。"秋水先开口道。

少女抬眼看了她，却没有生气，只是睁大眼睛问道："姑娘原来先看中这个手镯的吗？"

"是啊，我都准备买了，结果你抢在我前头说了。"秋水撇了撇嘴。

"原是姑娘看中的，那我倒不好要了，而且看木镯的工艺，正衬姑娘莹白的肤色，我倒不敢买了呢。"少女嘴巴伶俐又甜，双眸笑起来水莹莹的，闪着不怀好意的光芒。

可惜秋水完全看不出来，人家让她，又夸她皮肤好，顿时就喜笑颜开，觉得少女亲近多了："不要这么说，其实你也很好看啦。"

"哪里啊，我一看到姑娘你就觉得投缘，姑娘是出来逛街的吧。"少女仿佛也和秋水很投缘，立即靠近一点，拉近两人的距离。

秋水来京城之后，看到的人都是沈府中的，哪里会有这般亲切和她交谈的人，也立即和人热络了起来："嗯，是的，你也是的吧，要不咱们一起啊。"

两人很快就熟络了起来，在店铺里走着，那少女一个劲地吹捧秋水，句句都让秋水听得浑身舒畅，越发愿意和她逛街，逛了一会之后，少女便说累了，要进茶楼喝杯茶。

秋水一路上不停地说，喉咙也有些渴，便随着她一起进来，那少女坐下之后，喝了一口茶，笑道："看你对京城不熟，恐怕也不知道茶楼最有名的是什么吧？"

"不知道，你给我说说。"秋水抱着茶杯大饮了一口，粗鲁的动作惹得那少女隐隐皱眉，不过很快就换上了一张笑脸，打趣道："我就知道，那我就告诉你吧，这里最有名的是茶糕，每个人来这里，都会要吃上一盒的呢。"

秋水听到有好吃的，顿时口水都要流出来，立即点上一盒，吃了以后，果然觉得口齿生香，赞叹道："真的不错，没想到茶糕也能这么好吃。"

"既然你喜欢吃，为了感谢你今日陪我逛街，我就买一盒送给你带回家，也可以给你亲人吃的。"少女微笑着说道。

秋水看那茶糕，其实自己已经吃饱了，不过还是笑眯眯点头道："也好，我还可以带回去给姐姐吃。"

少女听到她说姐姐，眸中划过一道奇异的光芒，笑着起身走到柜台前，回来的时候拎了一盒茶糕递给秋水，便说自己还有事，先行离开了。

秋水提着茶糕出来，正巧遇见过来寻她的秋姨娘，两人一道上了马车。

远处一间茶楼的小窗慢慢地关上，刚才在东大街和秋水巧遇的那个少女，此时正站在一个女子的身后，为她倒了一杯茶，含笑道："小姐，奴婢就说她是个傻的，简直没有任何戒心，马上就接下了那盒茶糕。"

被称作小姐的女子背影窈窕且纤细，长长的青丝一半挽在头上成堕马髻，柔美的面容上，双眸波光盈盈，却如毒蛇的汁液浸润而成，蚀骨毒意如同骨内滋生，轻轻地发出一个音调："嗯。"

秋姨娘这几日总觉得胃口不大好，想着大概是换季的原因，也不甚在意，让枫儿去厨房做了点白米粥过来，吃了一口之后，胃里一阵翻腾，竟然吐了出来。

枫儿在一旁拿了帕子给她擦嘴，欲言又止地望了秋姨娘几次。

"怎么，有什么事就说吧。"将帕子递给枫儿，秋姨娘皱着眉头，开口道。

"姨娘，你上一次小日子，是什么时候来的？"

枫儿的问题让秋姨娘动作一下就顿住了，脑中忽然想到一个问题，自己的小日子应该前几日就要来了，可是到今天都没有来，加上她最近食欲不振，刚吃了点东西都想吐……

秋姨娘眼底露出惊喜的光芒，侧头望着枫儿，枫儿也是一脸高兴道：“姨娘，你小日子已经推迟了好几日了，要奴婢看，你只怕是有了。”

一只手搭上肚子，秋姨娘唇角不自觉地微微上翘，她期盼了这么久，终于盼来了孩子。

枫儿也是一脸的喜色，拿着帕子就想往外走：“姨娘，奴婢去告诉老爷。”

“慢着。”秋姨娘虽然满心欢喜，但是她还是喊住了枫儿，望着满脸不解的枫儿，她微蹙秀眉道，“眼下还不知道是真有了，万一只是推迟了几日，倒让人笑话。这样，你就说我身体不舒服，受了风寒，去外面请个大夫回来，待确认了再说。”

枫儿一听，也的确是这个理，点点头就往外面疾步走去。

而秋姨娘则坐在桌前，眉眼间都带着欢喜的神色，若是自己真有个孩子，那就好了，虽然府中没有别的姨娘，老爷夫人对她也不错，但是没有自己的孩子，每次看到谢氏逗弄墨哥儿、轩哥儿的时候，她心里总觉得缺了些什么。

一直在旁边躺着的秋水睁大眼睛看着秋姨娘摸着肚子一个人在那微笑，挑挑眉道：“娘说你要是再不怀孕，以后就只有老死在后院的份了。来了这么久，我差点还以为你不能生呢！”

听着妹妹的话，秋姨娘气得胸口一起一伏的。干脆懒得理她，等着大夫来确认。

过了大概小半个时辰，枫儿便请了大夫来，那大夫眯眼把脉了之后，脸带喜色：“恭喜夫人啊，你这不是风寒，是喜脉啊。”

“大夫，你可确定真的是喜脉？”秋姨娘面带笑容，重复问道。

“老夫行医多年，喜脉岂能摸不出来，夫人这肯定是喜脉！”大夫斩钉截铁地说道。

秋姨娘得到确认之后，让枫儿给大夫打赏，送了大夫回来之后，枫儿便对着秋姨娘恭喜道：“姨娘，这下你终于可以放心了，真的是喜脉呢。”

“嗯。”秋姨娘此时眉宇间都是欢喜的神色，自己肚子里也有一个小生命了。

“那奴婢去告诉老爷和夫人吗？”枫儿想早一点去报喜，肯定会得到厚厚的赏赐的。

秋姨娘本来想点头，最后摇了摇头，微笑道：“不用了，到时候老爷来这里，我再告诉他也不迟。”

枫儿略有些失望，但打赏迟早都会有的：“到时候给老爷一个惊喜，老爷肯定会喜欢的。”

秋水看了一下秋姨娘的肚子，懒懒地打了个哈欠：“姐夫喜欢不喜欢太难说了啦，他儿子也有两个了，女儿也有一个那么大的，姐姐你肚子里的那个生下来，姐夫会有多喜欢？又不是独一无二的，有嫡子嫡女在前头，你这个小的，又是庶出的，肯定得不到多少喜欢的啦。”

秋水的话犀利而准确，让欢喜之下的担忧，迅速地浮上了水面。

秋姨娘摸在腹部的手微微加紧，眉宇间欢喜的气息渐渐减弱，呵斥道：“秋水，你胡说什么！”

"胡说，我哪里胡说了嘛，这种高门大户，不是最讲究嫡庶有别了吗？要是你早点生下这个孩子还差不多。现在生下来，就算是个男孩，前面都有两个了，你说，他能分多少喜爱，能得多少家产！"秋水不以为然地哼了一声。

秋姨娘皱起眉头，秋水以前对这些都不怎么懂的，怎么今天说话说得这么顺溜，还嫡庶有别。而且字字句句都如同针一样戳中她的心，让她黯然神伤。

是啊，这个孩子，若是能早一两年来就好了。

枫儿看气氛一下子就变了，心里对秋水十分讨厌，出言安慰道："姨娘，老爷很喜欢小孩子的，而且夫人人又好，你所生的孩子，肯定也会对他一样好，你不要担心。"

她本意是安慰秋姨娘，可却起了反效果，秋姨娘的心头弥漫出一股淡淡的忧伤："是啊，以后他出来，只能叫我姨娘，夫人才是他母亲。"

枫儿自知这个时候不能再说，人家说怀孕心思多，秋姨娘刚怀孕就这么感怀了，连忙端了茶壶，说要去添茶。

秋水则看了一眼秋姨娘靠在椅子上，淡淡出神的样子，想了想，站到了秋姨娘的身边："姐姐。"

秋姨娘眨了下眼，她现在心情很低落，比起不知道怀孕的时候，心里还要难受。因为她发现自己的孩子，在没出生之前，就比别人差上一大截了。

见秋姨娘不理自己，秋水一屁股坐在她的扶手上，又说道："姐姐，我知道刚才的话，你听了心情不好，可是我也没说错什么啊，本来事实就是这样嘛。若是你想改变这个事实，那就只有让你肚子里的弟弟没有哥哥了。"

让你肚子里的弟弟没有哥哥。

这句话乍听起来很别扭，但是秋姨娘一听却明白了，她先是坐起来看了一下外面，然后瞪着秋水道："你不要乱说话，小心给人听到，立即给你丢出去！"

秋水不甘心地撇了撇嘴："不说就不说了，我要出去走走了。"

"你又出去做什么？"这两日秋水经常要找借口出府，秋姨娘不禁问道。

"去玩下，整天在府里，闷死了！"秋水不耐烦道。

秋姨娘看了一下她，反正就是在府外头走走看看，问题不大，便也没说什么，找了个理由，让秋水出去，而自己，则在屋内沉思起来。

秋水刚才说的那句话，很大胆，很冒险，但是诱惑力真的很强……

因为脚扭到了，云卿这几日都待在院子里没有出门，除了去谢氏和老夫人那请安外，连外院都没有去过。皇宫里下了帖子，将在宫中举办状元宴，而抚安伯府，受到了本次宴会的邀请。

见只有沈茂出来相迎，四皇子缓缓地开口，冰冷的语调里带着淡淡的不满："韵宁郡君呢？"

“小女前两日不小心扭伤了脚，正在阁中歇息，不知四皇子有何事？”沈茂听到四皇子问云卿，想了想，还是将云卿没有出来的缘由说了出来。

听到云卿扭到了脚，四皇子素来巍然不动的眉头微微皱了一下，眼眸里划过一道说不清道不明的神色：“韵宁郡君也有邀请帖，既然她不方便，你转交给她。”

身后的侍卫又将另外一张帖子交给了沈茂，沈茂双手接过后，再次道谢，两人并没有太多话说，四皇子也是个素来冷佞的人，送了帖子后，便转身走了。

出了府门，上了门口的马车，四皇子坐在马车上，闭起眼眸，却想起沈茂说的话，沈云卿前两日不小心扭伤了脚。

虽然他今日来沈府送帖子，是为了和沈府拉近关系。但更多的是想要看一看这位沈家小姐，那次她被箭射中之后，看他的那一眼，总让他觉得眼眸里包含了千言万语。

他记得那日，高阁楼台，天空里灿烂的烟花瞬间绽放，浸在她双眸里，好似所有色彩都融化在其中，他的心头有一种难以言说的感受，像是被看穿，又像是恨……

他凝神静思了一会，睁开幽亮的双眸，开口道：“去拿两盒雪玉膏，送到沈府给韵宁郡君。”

一个时辰后，云卿拿着四皇子差人送来的雪玉膏，望着手上那半个掌心大小的药瓶，琢磨着这位皇子的想法。

根据她的推测，沈府里有四皇子他们要的东西，但是这个东西，很难找到，或许连他们也不知道究竟是什么，否则当日便不会让人来翻寻了。而且是一样极为隐秘，且不能光明正大寻找的东西。

那么四皇子如今送药膏来，是打算用怀柔政策，走曲线路线，找到那样东西吗？

她嘴角微微浮起一抹笑容，目光里带着淡淡的讽刺，可惜啊，连她都不知道，这个东西究竟是什么。若是走这路线，还真让四皇子亏了两瓶上好的雪玉膏，这可是好东西。

就在这时，却听到窗外一阵声音飘来：“什么好东西，竟然让我们韵宁郡君看得这么满脸带笑呢？”

云卿闻声立即顺着声音所来的方向看去，但见左侧的窗台上坐着一个人，一身白衣如雪，明明斯文清华的色泽，却因为宽大的衣袖，和松散的衣领，生生穿出了风流和慵懒，唇角带着一抹笑容，狭眸里光芒莫辨地睨着云卿。

好了，御凤檀又来了。

大概是有前几次的闯入，云卿心中已经有了抵抗力，见到突然出现的御凤檀，眼底也只有一瞬间的惊讶，转瞬菱唇便带上了一抹柔和的笑意：“世子真是喜欢另辟径路啊。”

她暗讽御凤檀好好的门不走，偏偏要从窗子那来，御凤檀坐在窄小的窗台上，姿态仍然闲适，眉梢里带着三分倨傲，似乎对云卿方才的话很是满意：“偶尔不走寻常路，才可以看到沈小姐独自出神发呆的样子。”

听这话，就知道，御凤檀刚才只怕在窗外待了好一会了。

她淡淡地一笑，语气里微带调侃道："世子可是欣赏够了？"

这样的语调让御凤檀的心情好了些许，目光落到她手中的雪玉膏上，长腿一跨，从窗台上跳了下来，直接走到云卿面前，将那两盒雪玉膏拿了过来。

"这是四皇子送的吧。"御凤檀微微一笑，语气有些冰冷。

云卿也没想要瞒他什么，而且她有一种直觉，御凤檀出现在这里，总不会是无缘无故的，也许他早就知道四皇子送了药膏过来，才特意过来的："他送帖子过来的时候，从父亲口中得知我扭伤了，差人送过来的。"

"雪玉膏，他倒是挺舍得的嘛。"御凤檀浅浅弯唇，狭眸里的光泽闪过一瞬间的冷意，顿了一顿，抬头望着云卿，笑道，"你猜，我想把这雪玉膏，怎么处理了？"

"要丢，就丢远一点吧。"

她竟然看出自己想将这两盒雪玉膏毁掉的心情，御凤檀本来是这么想的，可是被云卿猜到，他又觉得不大好玩。低头看了看，伸出食指摇了摇道："不，你猜错了，若是丢了，那就浪费了，雪玉膏对扭伤可是最有效果了。"

明明方才她还感受到御凤檀对药膏的不喜欢，接下来御凤檀的举动更让云卿瞠目结舌，他直接撩袍坐在榻边，将云卿的右脚拉到他的双腿上。

"世子，你要做什么？"

"帮你擦药！"御凤檀轻轻地笑道，手指飞快地将云卿的布袜拉下，露出一只莹白小巧的玉脚。

脚上的袜子被脱，一股冷意袭来，云卿下意识地将脚一缩，却被一只温暖的大手一把握住。

"不要乱动，否则，我等会脱的可不一定就是袜子了。"御凤檀浅浅的笑语在屋内显得很好听，从云卿所在的角度看去，可以看到他散落在颊边的几丝长发，凌乱中带着迷惑人心的邪魅，还有狭眸中细碎绵长的笑意，明璀耀人。

她似乎被蛊惑了一般，任他将药膏放在手中揉开，然后力道均匀适中地在脚踝处推拿。

空气中渐渐浮上了药膏里的青草香味，脚踝处一下下地被按摩，热力和药力好似从脚部的肌肤，蔓延到了四肢，云卿目光微微带着迷茫的神色。

她的脚被他握在手中，其实心内应该是很生气的，可是不知怎么，看着他认真，又仔细为自己推拿的样子，莫名地就有一种温暖的感觉，脚踝处的温度好似也传到了心中，心头有什么东西，如同被推开的药膏，一点点地融化。

"他送的药膏，原本我是不想给你用的。转念一想，丢了吧，也浪费，雪玉膏是皇后特制的，除了四皇子，只怕其他人也没有，对这种扭伤效果最好。"御凤檀手上的动作很轻柔，口中的语气更让人心跳失去频率。

云卿听他这么一说，微微一惊，原以为雪玉膏很珍贵，没想到还是皇后专用的。"那我岂不是要很感谢四皇子了？"

御凤檀却是抬头望着她，语气微冷："若不是为了让你的伤尽快好，我才懒得用他的药膏。你要是感谢他，我就把药膏擦掉，然后再去买一瓶，重新给你涂我带来的！"

男子的脸上带着迷蒙的色彩，薄唇微微扬起，两颊因为笑而显得有些鼓，看起来像是在赌气。他定定地看着云卿，似乎在等她的回答，只要她说谢谢四皇子，他就准备撩起衣袍，将刚才涂上的药膏擦掉。

他的眼神戏谑里又带着认真，让云卿心头微颤，不知不觉有些心软。眼前的男子看起来明明很随意，为什么有的时候，又这么霸道和孩子气呢。

她微微叹了一声，像是哄孩子一般："应该感谢你，因为你没有丢掉四皇子的药膏，替我涂了药膏，对不对？"

"这才对，我这么劳心劳力，总算让卿卿记住我的功劳了。"御凤檀涂好药膏，帮云卿将袜子穿上后，依旧将她的脚放在自己的腿上。

云卿假装没有听到他那亲密的称呼，试着抽回右腿，却被他一拉，反而将两人的距离拉得更近，身子由于力量关系而向前倾倒，差点撞上御凤檀的手臂。御凤檀则干脆长臂一伸，竟然将云卿身子也提带到了他的腿上。

这一下，两人的距离是避无可避的亲近了，她的臀坐在他劲瘦的腿上，隔着衣料依旧能感觉出来腿上肌肉的力量。云卿的身子不由得绷紧，转头想要让御凤檀放自己下去，谁知，却正好对上他那张无限放大的俊颜，那双琉璃般的眸子正好对上她微愠的眸子，一时到了喉咙就要说出的话，卡在了那里，不上不下，连呼吸都变得有些困滞，不由得想要逃开这让人心头发慌的距离。

御凤檀望着离自己只有一寸距离的丽颜，闻着咫尺之间散发出来的馨香，看着那双瞪大的，里面带着茫然，带着无措，带着惊讶，还有星星点点他看不明白的水润双眸，整个人仿若被一种隐形的魔力所吸引。

只觉得这一刻心跳都失去了往日的频率，有东西飞快地在胸腔里蹦跳，高喊："亲她啊……亲她啊……"

于是御凤檀双手一动，将云卿抱在怀里，对着那曾在无数个夜晚里，让他魂牵梦绕的菱唇吻了下去……

CHAPTER 27

第二十七章　其人之道还其身

御凤檀的唇一下压上了一处馨香的肌肤，却没有想象中的柔软和甜蜜，他睁大双眸，看着眼前如青葱般的五根手指。

怎么亲到的是手啊？

不应该是那粉粉嫩嫩，诱人至极的唇才对吗？

他眨了眨眼，问着云卿，而云卿也同样眨了眨眼，望着男子面上的失望和沮丧，面上不知不觉带上一抹狡黠的笑意。

御凤檀一把抓住云卿的手，温柔地再次在上面印下一吻："原来云卿喜欢我亲你的手啊！"

云卿的脸一下就红了，她试着抽了抽手却抽不回，又觉得浑身无力，好似手心都被男子手中的热度烫得发软，只有开口反驳道："谁喜欢你亲手了！"

御凤檀稍稍握紧了手中的雪白的柔荑，嘴角似笑非笑："还说没有，刚才可是你自己将手送到我唇边的哦。"

说着，不顾云卿的困窘，还故意再次握起另外一只手，放在自己的唇边，喟叹般道："卿卿这般主动，我不能拒绝这般盛情了。"

啾的一声，红唇这一次印在了云卿的手心。

极轻，极柔的印上一个吻，然后将她的手平摊，从五指慢慢地抓成一个拳，推送到云卿的面前："好好收着。"

比羽毛还要轻，比烈火还要烫，比水还要柔。

云卿只觉脸更烫了，一只手愣愣地盖在被他印了一吻的手上，好似握着一颗诚挚跳跃的心，不敢松开。

就在这时，外面传来一阵敲门声，流翠在外头好似听到有什么动静，几分担心地唤道："小姐，你还好吧？"

随着话语声，这瞬间宁静到暧昧的气氛刹那崩裂。

云卿双脚立即跳在地上，从御凤檀的腿上挣脱，然后往后退了三步，站定在离男子一尺距离的地方，再沉稳地开口道："没事。"

流翠听了一会，没什么奇怪的动静才走开。

而御凤檀则是长臂一伸，吓得云卿往后又是一退，见她恍若被猎人追赶的小兔子一般，他低声地笑了起来："别慌，地上凉，我给你拿鞋子。"

云卿这才注意到自己方才跳下来的时候，脚上只着了一双布袜，有凉意从脚下传来，接过御凤檀递来的一双绣鞋，背对着御凤檀，套了进去。

御凤檀此时心情很好："从昨日起，外面就有流言传出，你知道吗？"

说到这件事，云卿的思绪收了回来，转过身道："是关于韦沉渊状元之名是靠作弊而来的这个流言吗？"

"看来你对韦沉渊的事情很关心嘛。"御凤檀稍稍坐起了身子，狭长的眸子流露出委屈，还带着一丝哀怨。

云卿对他的撒娇视而不见："你今天来，是有什么关于这个流言的消息要告诉我？"

"我首先还是要来看你的脚伤，其次才是来说这个消息的。"他还是首先说出事情的优先级，然后接着道，“你知道这个流言是从哪传出来的吗？”

“四皇子。”云卿这一次连疑问的语气都没有。之前韦沉渊和她提过，四皇子想拉他入阵营，不过他没有答应。

“没办法，谁让当初主考官是五皇子的人呢，韦沉渊是他的门生，自然和他走得近些。四皇子为人刚戾，一个不服从他的寒门学子，他当然不喜欢。”

说完，他轻轻一笑，狭眸一转，落到桌上一处停了下来。

云卿顺着他的目光，转头看到桌上的那张状元宴请帖，顿时明白了御凤檀的意思：“先传流言，然后再到状元宴上来将此事说出来，一旦成功了，韦沉渊这一世再也不要想踏入官场了。”

云卿顿了顿，转过头看着榻上的男子，眼底流露出一丝浅浅的光泽：“不过，我想，四皇子一定是拿了什么把柄，否则不敢如此有自信。”在明帝面前状告状元，如果没有真正的证据，又如何能告倒呢，四皇子不是鲁莽之人，不会行这样冒险的事情。

“那是当然。”御凤檀走到云卿的身边，屈指在帖子轻敲了一下，视线落在云卿的面容上，“韦沉渊是个人才，明帝很欣赏他，也打算重用他，但是，古语有云：木秀于林，风必摧之。他如今就是那林中的秀木，而这个状元宴，是他将会遇到的第一个困难，若是这个也不能好好处理，那他要么就卷着铺盖回去，要么就不要再想做纯臣，朝廷远比想象中的险恶。”

御凤檀很少如此认真地说出一段话，而话语里隐隐包含着一股严厉，这样的严厉听起来似乎是对韦沉渊的轻视，实则是对韦沉渊包含着欣赏。

就在云卿在想着御凤檀难得见到的认真一面时，忽然御凤檀弯下腰来，语气一变：“你让他早点做好准备，想一想，到时候在殿上如何应付这突如其来的变化。不要到时候出了事，又让你跟着担忧。”

这人简直三句都不离甜言蜜语，云卿瞪眼道：“知道了，你说话我听得到，不要靠这么近。”

“近，哪里近，这样才算近。”御凤檀狭眸稍弯，往云卿的方向又前进了一寸，逼得云卿就往后一退，就在云卿觉得他要再前倾一寸的时候，他忽然直起身来：“注意脚伤，不要弄伤自己了。”

说完，便如同一阵清风，从窗口掠了出去。

而云卿紧张的心脏才在这一刻放松了下来，看着掌心，想起刚才被他印在这的一吻，顿时觉得浑身发烫，好似那人柔软朱红的唇还印在上面一般，拿出帕子就要去擦。

粉蓝的帕子举起来，对着手心却有些落不下去，仿若总想起那人说的，“好好收着”，又觉得自己实在太过认真，一个虚无的吻而已，什么收着不收。微微抓紧手心，暗自笑了笑。

不过手心的吻印是小事，若是像御凤檀所说的那样，四皇子掌握了证据，才能有把握在状元宴上将韦沉渊打入深渊，那么这个证据，便是此次的关键。

想到这里，云卿站了起来，唤了流翠进来：“备车，我们去韦公子那儿。”

到了状元宴这一日，云卿随着沈茂，打扮一番后，便去到了宫中，这是她第一次到宫中，进来之后，但见到处都是珠光宝气，装扮华丽的夫人千金们。

贵族的圈子虽然大，但是每日里消息传递都是极快的，她们都知道今日受邀的会有哪些人。

“今日宴会，那个韵宁郡君也会来吧，怎么还没看到她的人影呢？”一个夫人好奇地往门口望去。

旁边的夫人们听了，眼底也露出几分好奇的神色，抚安伯自来京之后，也很少在贵妇间走动，心中暗自揣测。

威武将军夫人却是捂着嘴笑，口中带着浓浓的嘲讽道：“能有什么好看的，一个商人之女而已，满身的铜臭味，还能如何！”

礼部尚书的夫人却是轻轻一笑：“也不是如此说，到底她救了陛下，封了韵宁郡君，如今也是三品的封号了，她父亲又为北方赈灾出钱出力，也得了个抚安伯，也是伯爵之女了。”

“封了韵宁郡君又如何，还不是商人之后，难道有了个封号就真的是贵族千金了吗？也不知道等会进来，看到这里金碧辉煌的，会不会想动了念头，将这金子银子全偷了，搬到家里去！”威武将军夫人嗤笑了一声，语气里充满了对韵宁郡君的不屑。这种极端的情绪引来其他夫人侧目，毕竟心内再怎么瞧不起商户，她们还是不会在这样的场合，如此直接明显地表露出来的。

何况抚安伯府如今正受圣眷，如此刻薄的话传到上头那位耳中，也不太好吧。难道韵宁郡君和威武将军夫人之前有过过节？可是并没有听说过威武将军夫人，和那位韵宁郡君见过面啊。

礼部尚书夫人惊异地看了她一眼，不过淡淡地一笑后，将目光转到其他的地方，恰好望见门庭前一个宫人正引导着个面生的少女进来，提声道：“那位千金，好似是第一次看到。”

顺着她所说的方向，其他夫人也都看了去，只见宫人身后，少女双手交错在胸前，面上表情淡淡的，羊脂玉一般柔玉晶莹的面容上，一对凤眸灿灿生辉，点缀着整张妩媚艳丽的容颜，却不显得轻浮，反而生出一股端庄的贵气，行步之间如同莲花盛开，步履袅袅，身形蔓蔓，腰间织锦的香荷色宫绦上系着的压裙玉佩顺着顺滑的裙摆压下，纹丝不动。

单从一个步姿来看，便是如画如莲，优雅从容，待行到面前的时候，宫人微弓了身子，恭敬道：“韵宁郡君，请。”

此时，所有人的眼睛都睁得大大的，原来这位就是刚才她们在议论的少女，她们看着少女对着宫人浅笑回礼，然后走向座位，一时心内的惊讶都溢于言表。

郡君是皇帝亲封的封号，所以在场的夫人，没有品级，或品级低于三品的皆要起身行礼，云卿笑着回礼，不管是回同级礼，还是给人行礼，动作恰到好处，不多一分，也不少上一分，便连笑容都如沐春风一般，让人觉得舒服惬意。

世人看人，首先看衣着，而这些世家的夫人们，她们不仅看衣着，还看气质，一个人气质的好与坏，便决定了在她们心目中的印象。然此时，显然云卿在她们心中这两样都达到了满分。

安玉莹坐在一侧，听到那些夫人对云卿的评价，目光里带上一丝恨色。

宁国公夫人坐在女儿的旁边，也看到了云卿。虽然做母亲的偏爱自己儿女，但是内心也不得不承认，韵宁郡君比起自家女儿来，分毫不差。

她转头望着安玉莹，正好看到她愤恨的双眸，方才审视的目光便变得柔和："玉莹，你不必如此，记得娘跟你说的吗，她和你没得比的。"

听到母亲的声音，安玉莹这才收回目光，看着一脸慈爱的母亲，紧紧皱了眉头，语气里含着怨恨道："你看她多会装，一来就将所有人的目光都吸引了去，不过一个商人之女，也装成这千金小姐的模样。"

宁国公夫人皱了皱眉头，不赞同地望着女儿："她会装，那就是你不会了，所以你才会在大庭广众之下去害她，反而让自己在瑾王世子面前丢了脸。"

宁国公夫人是恨女儿太过鲁莽，那种小招数何苦要用出来。到底是少女心，一遇到御凤檀的事，就变得格外心急了。

被母亲用这种略微带刺的语气一说，安玉莹略微收敛了一些，可是望着在人群中，被瞩目的云卿，心内仍旧很不舒服。

但是她的不舒服，影响不了任何人，那些夫人还是愿意和云卿说上两句，不为那圣眷，也可以看看这位新晋得封的韵宁郡君人品谈吐如何，心中好有个初步的印象。

一时有夫人想起之前威武将军夫人所说的话，想起她之前说云卿的那些话语，可谓是字字阴毒，损坏形象，如今事实摆在面前，庆幸自己没有跟着一通嚼嘴。

就这样的气派，走出去，谁会知道之前是个商人之女，就算说是公主，只怕也没有人会怀疑，何况还生得那样的天姿国色，真是让人没得挑剔了。

威武将军夫人乍一看到云卿，也有些惊讶，本来以为看到的会是一个披金戴银，绫罗绸缎挂满全身，或者是个畏畏缩缩，被宫殿气势震慑住的少女，谁料竟是这般得体大方。

就在这时，斜里却出现了一个少女，在威武将军夫人脸色难堪的时候，袅袅婷婷地走到了众人面前。

她的秀发如云雪堆积，娇美的面容上带着堪称完美的笑容，先行到威武将军夫人身边，声音柔和地唤道："义母。"

眼看又是一个眼生的少女，众人当下凝目看去，只见威武将军夫人将那少女的手肘轻轻握住，脸上露出骄傲的神情，眼睛却是望着云卿，语气里充满了自信道："跟各位介绍一下，这是我和夫君收的义女。凝紫，跟各位夫人打下招呼。"

那些夫人里倒是有些见过她的，不由得问道："你不是韦家的女儿，韦凝紫……"

说到一半，好似一愣，转头看着威武将军夫人："你家夫君，也是姓韦，难道？"

威武将军夫人微微一笑："各位还不知道，我家夫君便是凝紫父亲的兄长……"

威武将军夫人在同各位夫人介绍，而韦凝紫则行完礼，走到云卿的面前，微微抬起下巴："韵宁郡君，是不是很意外我还没死？"

自她出来，云卿眸中神色没有一分改变，看着走向自己的韦凝紫，轻笑了一声。

落在韦凝紫的耳中，却分明听出那笑声中所包含的轻视。

韦凝紫微觉恼怒："你难道不意外？还是已经意外到话都说不出来了？"

"韦凝紫，我需要意外什么？是意外刚刚因为军功被封为威武将军的，当初因为一时之气冲去军营当兵的叔叔，把你从扬州带到京城，收为了义女，还是意外你让人故意接近秋水，然后给秋姨娘下假孕药，想引起我家中内乱？"

叔叔的事情，京城的人知道的不多。当初父亲曾和她提过，以前有一个兄弟，但是因为在家中和父母不和，一怒之下便离家出走，这些年都没有消息。结果在今年，却意外得知他在军中立下军功，被升为了威武将军。

这一切，云卿竟然全部知道，因为过分的震惊，韦凝紫说出来的话有些打结："你，你如何知道？"

云卿斜觑了她一眼："因为你自以为聪明，想要挑起我们沈家的内乱。"

"秋水是你故意安排的？"韦凝紫本来也是极为有心机的人，思虑一番，自己被救之后，因为一身伤痛，一直都在家中静养，无人知道她回来。唯一暴露自己的机会，就是秋水那一个环节。

她睁大眼眸，看着云卿，看着她唇角的笑意，明明那般的柔和，却让她浑身发冷，从骨子里发出一种寒意："原来你早就知道我到了京城。"

云卿默默地看着她笑，韦凝紫说的是对的，但是只对了一半。

当日韦凝紫被丢出沈府，其后她得知韦凝紫被人救走，并在扬州消失了。她不知道究竟是何人出手，但是她却知道，韦凝紫对沈家恨之入骨。因为恨，所以会寻找一切机会来害沈家。

随着沈家搬迁到京城，云卿在心内分析过，韦凝紫若是被人救了，那么最可能就是被京城的人救，大部分可能在京城。

现今沈府里留下来的都是信得过的下人，对于韦凝紫的事情都心有余悸。而秋水的出现，正是给韦凝紫了这个机会。

"你接近秋水，想从秋姨娘开始，挑起我沈家内乱，你自以为自己聪明无双，却没有想过，为什么我会在沈家出现你这么大的背叛者后，还让秋水住进沈家，因为我想知道，你究竟隐藏在哪！而你，也不负我所期盼。韦凝紫，在你认为自己还隐蔽的时候，其实我已经全都知道了，我不需要意外，一点都不需要。"

云卿语气从容，像是在看戏，最后对戏子的演技做出一番总结。

韦凝紫顿时脸色煞白，她以为自己才是在背后操纵一切的人，却不知道原来只是一个引君入瓮的局。

她抬头看着对面天姿绝色的云卿，心头又愤恨，又有一种不甘，难道她总是斗不过沈云卿吗？她不相信。

韦凝紫深深呼吸了一口气，虽面色惨白，却仍然展现出一番自信得意的神采来，像是要对云卿证明她没有输。

“便是这样又如何，如今我是威武将军的义女，叔叔很疼爱我，比起你来，我也不差。你是不是很后悔，当日将我送官府去还了事些？”

“送你去官府？不，留着多看看你的戏，似乎更有乐趣。”云卿随意的一笑，若不是当初家中刚升了抚安伯，为了避免传出一升官就苛待亲戚的话来，她早就送官府了。不过如今看来，当时送去，只怕这个威武将军叔叔，也会将她救出来的，还不若打个八十大板来得痛快。

御凤檀靠在花园一边的亭子上，手中捻着一朵新开的桃花，放在鼻下轻轻一闻，香是香，可是没有卿卿身上的香味好闻啊。

有宫人来请，开宴时间已到。云卿不理会韦凝紫的脸色究竟有多精彩，在宫人的引导下，朝着大殿走去。

大殿宏伟壮观，可容得下数百人。正中央摆放着皇帝坐的龙椅。

因为这是为状元特意而设的宴会，所以有一张椅子，摆放在离圣座稍近的地方，显得对状元的格外看重。

自和云卿说过话之后，韦凝紫的脸色便有些发白，虽然极力掩饰，还是显得有点心不在焉。

四皇子坐在上首的位置，表情冷峻，偶尔抬起的眼眸，在众人身上划过，独独在耿佑臣身上的时候，停得稍微久一些。

耿佑臣与四皇子对视一瞬，微不可查地点了点下颌，然后移开目光。

随着各种珍馐美味流水般端了上来，状元宴开始了，明帝坐在上首，接过宫人递来的一杯美酒，望着韦沉渊，说着祝贺的词语。

而韦沉渊则立即站起来，同样举起面前桌上的酒杯，对明帝谢恩。

明帝喝了一口酒后，微笑道：“爱卿才学过人，得到状元之位，日后大雍江山的繁荣昌盛，和卿等离不开关系啊。”

薛国公，张阁老，各部尚书都立即站起来，对着明帝表示自己的忠心，口中说着各种场面话。

就在这片热闹喧嚣的氛围之中，突然一人的声音突兀而出，将所有声音都隐了下去。

但见耿佑臣撩袍往前一迈：“陛下，关于韦沉渊考试成绩真实程度，臣有事禀报。”

在状元宴上，突然来上这么一段，所有人的注意力都集中到了耿佑臣的身上。

然，明帝的面上却没有什么惊异的神色，显然对京中传出的消息已经有所耳闻。

“耿爱卿，你可知自己所说为何？”

大殿里，明帝的声音不高不低，却深沉辽阔，多年帝王生涯使其话语里有一种无形的威慑。更何况韦沉渊的状元是陛下钦点，怀疑韦沉渊的成绩，自然有怀疑陛下眼光之嫌疑。

耿佑臣顶住这样的压力，微微垂头道：“陛下，微臣不会贸然开口，诚韦沉渊状元乃陛下钦点，但其乡试、会试的成绩令人怀疑，特别是会试。”

“韦沉渊状元之名已经公布天下，为何当日他来殿试之前，你不早早禀明？”

“臣也是刚得知这件事情的始末，自知在此说出有冲动之嫌疑，但是科举乃我朝选取人才的重要途径，容不得其中有人舞弊。”

“且把证据拿来给朕看看。”明帝不慌不忙地开口。

耿佑臣抬起头，转身对准了坐在上首，胡须发白，两颊干瘦的张阁老。

“陛下，容臣问张阁老几个问题可否？”

“若是与此次作弊事件有关的，你且问吧。”明帝看耿佑臣将目光转到了张阁老身上，心内也有几分惊奇，这事怎与张阁老扯上了关系。

得到了陛下的首肯，耿佑臣开始提问：“张阁老，在下请问，二十年前，你与当时的任职工部侍郎的秦大人曾经是同窗好友，对不对？”

张阁老两眼微微耷拉，看起来似乎没有精神，声音却很响亮：“耿大人，陛下方才说的话，你可是听清楚了，你所问的事情，必须和此次作弊事件有关，二十年前的事，和今日的有关吗？”

张阁老是朝中重臣，随便责问，会失了臣心，明帝自然不喜。

耿佑臣非常肯定道：“既然陛下开口说了此话，微臣所问的问题，那便一定是与此事有关。”

听他话语掷地有声，张阁老微微掀开眼皮看着耿佑臣：“既然如此，耿大人，你就问吧，我知道的，自然会答。当初，我和秦卿自然是认识的，也是同窗好友。”

耿佑臣见他回答，便又继续问下去：

“那你夫人当日和秦夫人关系甚好，是吗？”

“为了救你夫人，秦夫人不仅流产，而是失了再孕的机会，你便将自己的长女过继给他是吗？”……

他一个问题接一个问题地问下来，明帝听出了其中的端倪，目光里透出几分认真。

耿佑臣最后一个问题抛出来：“那你长女，是不是就是韦沉渊的母亲，也就是你曾经过继给秦大人的那个女儿，如今的罪臣之女，秦氏。”

张阁老脑中想起那日见到女儿，那一脸风霜，满手粗糙的样子，便是心中早有准备，此时女儿的罪臣身份再次在这么多人面前亮出来，本来不知道的人也知道，会用什么样的眼光和心态看女儿了。如此一想，对着耿佑臣便多了几分厌恶，花白的眉毛皱起，语气也稍微有些怒意，“耿大人既然调查清楚了，那便一起说完，陛下要的是事实，而不是绚丽的言语。”

张阁老在朝中数十年，官运一路亨通，为人圆滑且平稳，不会为小事动怒，如今可见是有些不喜了。

明帝面色略沉：“这与韦沉渊作弊又有何关系？”

耿佑臣立刻道："陛下，韦沉渊参加的会试，其考官是都察院右副都御史，而都察院右副都御史，正是张阁老嫡长女女婿（秦氏没有入张家族谱，并不算嫡长女），按照我朝律法，有直系亲人在其中参加考试，其亲要避嫌，不参任主考、阅卷任何一职位。而这一次，张阁老在知道其女为秦氏，其外孙参加会试之时，却没有令都察院右副都御史避嫌，如此，韦沉渊的成绩不可作真！"

但见他的话音一落，都察院右副都御史曹昌盛已经陡然坐了起来，满脸震怒之色，对着耿佑臣道："耿佑臣，本官任主考一职，对得起天地良心，关于韦状元乃张阁老外孙之事，本官并不知晓，即便是知晓，本官也不会有任何徇私枉法的行为！你胡言乱语，指证本官，究竟是为的什么，只怕还是为了你自己一番官途！"

眼看朝堂上一片几人对峙，御凤檀心中却将这一幕看得清晰透彻。

四皇子这一次指证韦沉渊会试成绩有虚假成分，拉下韦沉渊是一个目的，但是主要的目的，还是针对都察院左都御史这个职位而去。

现任的左都御史年岁已大，向陛下递上了告老还乡的折子，他走后，曹昌盛无论是业绩，还是声望上，都乃第一人选，便是左都御史推荐的人名上，也有他的名字。

都察院主掌监察、弹劾及建议，对百官起监察作用，可以弹劾任何人。

曹昌盛此人，为官公正勤俭，本来也是一个寒门书生，靠着本事，硬是走到了如今这一步。他软硬不吃，从不偏私，在明帝面前也是有点分量的人。

但是今日这个罪名一旦定了下来，作为一个监察机构的主管官员，自身若是存在了舞弊这等污点，那么可以非常肯定，左都御史这个位置，一定与曹昌盛无缘了。

耿佑臣在被曹昌盛指着鼻子怒骂后，面色阴晴不定："曹大人，你又何苦如此急怒，在下只是在陛下面前将事情说出来，究竟是怎样，都要陛下定夺！"

曹昌盛闻言后，知道自己刚才的确失礼，转身对着明帝道："陛下，方才臣在圣驾面前失态了。若不是耿大人今日在殿上说出韦状元和张阁老的关系，臣绝不知道，原还有如此一层。"

而此时，张阁老站了出来，声音恳切道："韦状元母亲，的确是老臣过继给秦卿的女儿，不过过继后，秦卿发生了大事，已经多年失去联系，得以再次认出她，是韦状元殿试之后，老臣偶然知道她的身份，一切与曹右副都御史无关，请陛下明察。"

"如何无关？"耿佑臣侧头对着张阁老，语气逼人，"如今事情已发，张阁老便要将所有事情都揽在自身，既然身份早能验证，那么张阁老不定早就知道秦氏的身份？只怕是亲生女儿如今穷困潦倒，你不能伸手相帮，便给外孙谋上一个好的前程。"

他的这一番说辞，也得了不少人点头，虽然人人都知道曹昌盛为人如何，但是在亲情面前，很多事情都是不定性的。

这本来就是一个很难定夺的事情，因为韦沉渊的确有才，否则也不会在殿试上得了陛下的青眼。

但是同样的，会元与其后的几名相差并不会太大，若是阅卷或者主考的人有私心，那就不同了。这是可意会，就算言明也没有用的事实。

明帝看着下方站着的三位大臣，微微沉吟，似是对这件事细细思考。

皇后见此，缓缓开口道："陛下，若真是与张阁老有关系，那曹大人的确是要避嫌的，会试成绩也要重新再计较了。"

会试成绩要重新计较，那么韦沉渊连殿试的成绩也要一起计较了，不等同于间接承认了韦沉渊舞弊。在众人眼底，曹昌盛也是有了包庇的嫌疑。

明帝看了一眼皇后带笑的面容，深沉的一眼看得皇后心头微微发慌，面上的笑强自撑着。

就在这个时候，只听殿上一直在喝酒出神的瑾王世子，疑道："怎么就听你们在说，韦状元怎么一声不出，难道是被这逼人的气势给吓呆了吗？"

他的话看似是嘲笑韦沉渊胆子小，其实是在说耿佑臣咄咄逼人，仗着官品，将一个新入官途的年轻人逼得没有半分开口的机会。

果然，明帝也注意到了一直没开口的韦沉渊："你可有话要说？"

明帝开口询问，一直坐着看着场中人围绕着他做话题的清隽男子，终于站了起来，在众人的瞩目和注视下，平稳又淡定地站到了中央。

所有人才看清楚，这个方才低调到让他们都忽略的状元，眉似远山，眼如明星，丰神俊朗，那一身的气质清隽如竹，傲气地立在场中，翠绿又清贵。

"对于耿大人方才所说的一切，除去当初母亲和张阁老认亲的时间外，都是事实。但是，微臣却在想，为何耿大人今日会在殿上提出这个问题。"

果然，明帝听到韦沉渊的话后，立即接上道："那你对朕说说，究竟是为何？"

韦沉渊低头应是，然后抬起头，环视了众人一圈："微臣母亲为戴罪之身，贬为官奴，到官家任婢女，后因怀子而避于乡下。据母亲言，在下的生身之父，正是永毅侯耿浩！"

他的声音在大殿中回荡，明明已经落下，然众人依旧觉得回音袅袅而不绝，一时都睁大眸子望着韦沉渊，其间一个老妇人竟然失态地从座上站了起来，面色惊诧，语气激动道："你母亲可是银环？"

这位老妇人正是永毅侯府上的李老太君，老永毅侯的妻子。

永毅侯府自从老永毅侯死后，李老太君膝下无子，便将庶长子耿浩记在了名下，承了爵位，然而庶长子耿浩没多久之后，便得了病死去，其妻也随后死去，膝下无子，一时爵位落空，陛下感念当初老永毅侯的功劳，并没有收回爵位，而是一直悬而不决。

在众多的庶子里面，耿佑臣是其中最出类拔萃的，已有风声传出，李老太君准备递折子，将爵位传给这位最为年幼的庶子。

然而眼下事情突然发生了一百八十度的大旋转，所有人都记得当初耿浩只有一个嫡妻，李老太君如此失态的问话，里面必有隐情。

皇后有些按捺不住了，她知道，韦沉渊只要将他是永毅侯耿浩儿子的身份一亮，今日耿佑臣所说的一切，全部都会由科举舞弊一事变成为爵位之争。为了爵位之争，硬捏状元之罪，绝对会让明帝生怒。

她眼里带着微微的急切，还是很从容地开口道：“韦状元，今日是说科举舞弊一案，你在殿上说出这所谓的身世，是想大家转移视线吗？”

韦沉渊淡淡地一笑：“皇后娘娘，微臣说出身世，就是告诉大家为何耿大人会没有实际证据，却依旧在殿上对微臣咄咄逼迫。想要证明微臣的状元之位是舞弊而来的，因为他知道微臣的出现，将对他造成威胁。”

“我没有！”耿佑臣简直难以消化这个信息，喉咙如同哽了一块骨头，上不了，下不去，只觉得吐气都难。

“你闭嘴！”李老太君微微抖动的手，泄露了她激动的心情，“韦状元，你说，你母亲是不是银环？”

再次追问之下，韦沉渊侧过身来，看着李老太君的眼没有太多感情：“我母亲就是当年被你送走的大丫鬟，银环。”

李老太君双眼虽然浑浊，视力却不是太差。向前倾着身子，去看韦沉渊的模样，两眼不停地在韦沉渊的眼睛，鼻子，眉毛，额头，下巴搜寻，双眸里渐渐露出了激动的神色：“是，是，你这鼻子和嘴巴，像足了浩哥儿，像啊。”

一些老臣在李老太君如此说话之下，也细心地端详着，发现韦沉渊的面容，的确和永毅侯耿浩有着四分相似。

“就是长得像一点，也证明不了什么。”李老太君的话，等于在承认韦沉渊的身份，耿佑臣情知此时绝不能让人就这么确认，赶紧出来反驳道。

韦沉渊早有准备，从怀中掏出一样东西，走到李老太君的面前：“李老太君，你请看这个。”

旁边的丫鬟帮着接过那个巴掌大的小荷包，从里面拿出一块红黄色的鸡血石方章，翻过来之后，可以看到上面刻着“环浩”两个字篆书。

李老太君接过来，好好地看了一番，在方章上面雕刻的芍药花瓣上，发现了一条裂缝，那裂缝是用胶粘上去的，虽然补得很好，但是还是看得出一点痕迹。

她手指在那方章上摩挲了一下，点头道：“是的，这就是浩哥儿当初刻给银环的东西。”

永毅侯耿浩不好赌，不好嫖，也不爱酒，就是喜欢鸡血石和雕刻。这个鸡血石方章正是他亲自挑选，然后亲手刻好，送给当时叫作“银环”的秦氏。

耿浩话不多，人也老实，当时在那样的争斗中，也并不出手去陷害其他人。李老太君正是看中他这点，才将他过继到自己名下，又给耿浩说了一门亲事。却发现耿浩和房里的丫鬟银环有了首尾，银环肚子里还怀了孩子。大家族里，通房在正室没进门之前，就怀孕生子，简直是打正室的脸。所以李老太君表示，若是银环要留下来，就必须要将肚子里的胎儿打掉。

耿浩生性又不是强硬的人，不敢违抗李老太君，要去给银环灌打胎药的时候，看着自己喜欢女子的泪光，又下不了手。最后，耿浩想了个折中的方子，对李老太君假称已经打了银环的胎，然后把银环送出去，找个院子安置下来，到时候时机成熟再将她接回来。

只可惜老夫人容不得银环还在天越，耿浩对银环的感情太深，未免以后发生什么，便差了人把银环送得远远的，不让耿浩知道银环究竟去了哪里。当然，她那时也真以为银环的胎已经打掉了，否则也不会有今日的韦沉渊。

而这个方章，正是她发现耿浩和银环的事时，一怒之下丢到地上砸烂了。之后她就再也没看到这个方章了。今日看到这个东西，很显然，银环当初走的时候，把这个章子也一起带走了。

如今再看到这个章，李老太君的心情很复杂，这些年，因为内斗，永毅侯府是一年不如一年，在朝廷里的地位简直是可有可无。直到最小的庶子耿佑臣出息了，才给永毅侯府争了些面子。如今韦沉渊的出现，让她心里陷入了争斗。

而李老太君的话，却让耿佑臣面色铁青，带着一种深深的震怒，他看得出李老太君眼底的犹豫，也知道有了李老太君的确认，基本上已经是定了韦沉渊的身份。

耿佑臣抬头去看四皇子，看到那双冰冷的双眸里隐含的怒意，心底隐隐发寒。脑中飞快地转着，赶紧行礼道："陛下，微臣只是就事论事，只为说清楚科举成绩真实一事，至于其他，微臣也和陛下与其他大人一样，刚刚知晓韦沉渊是大伯通房所生之子。"

明帝是个多疑且深思的人。正如今日，他不会认为耿佑臣仅仅是为了查清楚中举一事而发言，当韦沉渊说出自己身份的时候，他会觉得，这个才是耿佑臣的真正目的。

因为所有人都知道，耿佑臣是最有希望继任爵位的人，但是有了永毅侯耿浩的子嗣出现后，这一切就变得难说了。

按照惯例来说，韦沉渊一旦确认身份，便是永毅侯的儿子，虽然是庶子，但是永毅侯膝下无子，庶子和嫡子就没有区别。照此，韦沉渊才是永毅侯爵位最名正言顺的继承人。

此时明帝的表情虽然没有太大的变化，但是皇后已经能察觉到，他的心情显然是不好了，语气也由平和转为了厉声，嘴角挂着冷笑道："耿佑臣，你今日大费周章的在状元宴上折腾一番，就是为此？"

耿佑臣哪里听不出这话语里的恼怒，跪下辩道："陛下，微臣绝不是因此才指证韦沉渊的，微臣没有私心！"

他的大声争辩，换来云卿的一笑，虽然对明帝不是那么熟悉，但是云卿知道，这个皇帝，因为经历了激烈的兄弟夺位，心中多疑，而且一旦自己认定了的事情，就不会随便被人左右。

所以耿佑臣此时大声的辩解，实则已经让明帝更加发怒，脸上露出了厉色，望着耿佑臣的双眸如同暴风袭来。

就在这时，四皇子却是对着耿佑臣猛地砸去一个茶杯，声音阴戾道："你还在这里狡辩，还不快跟陛下认罪！"

茶杯砸到耿佑臣的肩上，隔着衣物并不是太过疼痛，但是耿佑臣明白四皇子此举是在提醒他，立即诚惶诚恐道："陛下，臣知罪，微臣虽为庶子，一直奋力向上，好不容易能等到得到祖母承认。臣心内不服，一时冲动犯下这个错误，是臣不该被爵位蒙了眼，蒙了心，还请陛下责罚。"

云卿听着耿佑臣的话，就明白接下来明帝给的处罚一定不会太重。因为耿佑臣所说的每句，都戳中了上面那位的心思。

当年明帝也是先帝众多子嗣中，毫不起眼的那位，母亲出身卑微，对他也有非常大的影响。这一切，就和如今的耿佑臣处境一样。

眼看爵位就要到手，一个出身比自己好的人出现挡在前面，那种不甘心，明帝很了解。

果然，明帝方才隐怒的面容微微地一松，皇后坐在他身边，多年的夫妻，也知道明帝没有刚才那么恼怒了，而就在这时，专心品酒的御凤檀撩了下袍子，修长的手指拍拍那雪白衣袍上不存在的灰尘，笑道："耿大人说的没错啊，若是有什么人挡在前面，就想办法给他除掉。如此力争上游，才能坐到自己想要的位置啊，实在是有干劲！"

一句看似表扬的话，立即让素来冷静的四皇子都侧头看着御凤檀，眼底隐隐有着怒色，这个御凤檀究竟是什么意思，突然加上这么一句话，这是暗指什么，是指前面有什么阻拦的，就可以杀了了事，这不是提醒明帝，当初四王叛乱时，那些兄弟是怎么对待阻路的明帝的吗？

这件事，是明帝心中最痛恨的。

御凤檀笑得明媚如花，对着四皇子端起酒杯，微微一抿。

谁让耿佑臣每次都色眯眯地看着他家卿卿，他不喜欢，当然就要给他下点绊子咯！

仅仅一句话，在场的人都可以感觉明帝额头上青筋暴起，双眸射出两道利光，一手拍在龙椅扶手上，震声道："耿佑臣，你大闹状元宴，只为一己私欲，并污告张阁老、曹右副都御史、韦状元三位朝廷大臣，此举行为恶劣，朕立即降你为户部郎中！"

一句话，便将耿佑臣正三品的户部侍郎，降为了正五品的户部郎中，连降四级，可见此事让明帝多为不喜。

一时场内人人唏嘘，本来好好的大好前程，偏偏在此时犯下如此大错，没有扳倒任何人，反而是偷鸡不成反蚀一把米，眼底幸灾乐祸有，同情有，讥笑也有。

耿佑臣双眸喷火，却不得不站起来，对着明帝谢恩，心内之沮丧无法用言语表达，再看四皇子的神色，对他显然也是极为不满，顿时脚步如同千斤之重，坐到一处暗自喝着闷酒。

虽然有耿佑臣这么一个插曲，闹得不愉快，但是今日的主角并不是他，而是韦沉渊，在韦沉渊与张阁老，与永毅侯的关系爆发出来之后，韦沉渊成了此时万众瞩目之焦点。

明帝经过刚才那么一番，兴趣有些乏乏，先行离开。西太后年纪大了，也经不得这一番折腾，便由皇后扶着下去了。

三个巨头走后，群臣更为放松，一时把酒言欢，将韦沉渊包了个严严实实。

女眷和男眷此时也不方便再坐在一殿之中，则在宫人的引导下，带到另外一个大殿中用膳。

云卿选了一个相对安静的位置坐下，静静地在一旁吃着东西，进宫这么久，的确肚子是有点饿了，加上刚才看到韦沉渊漂亮地赢了一局，心情好，食欲也好。

可是，有人就偏偏见不得她心情好，韦凝紫走过来，对着云卿脸上没有之前那般虚假的笑容，直接道："沈云卿，你真的是好心机，我就说你怎么那么好心地帮韦沉渊，原来是早就知道人家的身世，想要靠上他这棵大树吧。"

云卿放下筷子，擦了擦嘴，然后深呼吸了一口气，转头对着站在身后的流翠道："流翠，你有没有闻到空气里一股好大的酸味？"

流翠跟着云卿这么多年，哪能不懂她的意思，立即配合道："小姐，奴婢闻着，也是有一股酸味，就是不知道皇宫大殿，哪里会有这么大的酸味？"

流翠睁大了眼睛，圆溜溜的眼就显得更圆，夸张的表情惹得云卿都忍俊不禁，暗道这丫头越来越鬼了，面上却仍旧是好奇地望着韦凝紫："韦小姐，不知道你有没有闻到这股浓浓的酸味呢？"

韦凝紫心知她是讽刺自己嫉妒，看着云卿脸上漫不经心的笑意，手指紧紧扣住手帕，咬牙道："你装傻也没用，你这个人，做什么事都是有目的的，帮助韦沉渊也是如此。"

"呵……"云卿一笑，抬起眼望着站在面前的韦凝紫，望着她嫉妒的眼眸，道，"是啊，我就是未卜先知，知道韦沉渊的身份，才出手帮了他。你是不是心里很失望，失望自己当初怎么就没发现韦沉渊的身份呢？"

被云卿这么直白承认，韦凝紫反而觉得自己的指责有些苍白无力，就算云卿是事先知道的又怎样，到底还是她帮助了韦沉渊，自己当初怎么就没这么好的运气，也能碰到个身世如此强大的落魄子弟。

韦凝紫如此想着，从没意识到，按照她的性格，就算遇见了这样的落魄子弟，她也是不会出手相助的。

像是为了凑热闹似的，安玉莹也从另外一张席上走了过来，坐到了云卿的旁边，笑盈盈地问道："怎么，你们在聊什么？"

她的言语极为亲切，一点也听不出她之前曾和云卿发生过暗斗。

安玉莹和云卿之间发生的一切，韦凝紫都是知道的，此时看安玉莹好似没有任何芥蒂地坐过来，眼中就有了一层深思，打量着安玉莹的神色，也换上笑容回道："和韵宁郡君叙叙旧罢了。"

"噢，这么说，也是，当初你们在扬州，也是一起的，不过……发生了点意外，不过那都是过去的事了，现在到了京城，大家都还是朋友。"安玉莹非常好心地在韦凝紫和云卿之间打着圆场，这般的行为，让云卿眼底浮起了淡淡的笑意，看着她的举动，眸底神色更是深邃。

安玉莹说着，招了招手，宫人立即走过来，安玉莹从他手中的盘子里拿了一瓶果汁下来，她身后的丫鬟青罗立即接了过去，在三个杯子里面倒上浅黄色的果汁。

云卿望着那散发出清香果味的果汁，嘴角的弧度分毫不变，而韦凝紫也同样望着那果汁，眼底有光芒暗暗流动。

安玉莹随手端起一杯，对着云卿和韦凝紫道："来，我们不能随意喝酒，那就喝果汁代酒，喝下这一杯后，以前有什么误会，就让它过去了。"

她说得很真诚，看着云卿的双眸里都是期盼，里面有着暗暗的内疚和着急，似乎云卿不举起杯子，就是不够大度。

韦凝紫闻言，也坐到一旁，从盘子中端起一杯果汁："安小姐说的是，只盼喝了这杯果汁，可以一切都当没发生过。"

没发生过？那是不可能的。

云卿暗道，面上却是一片为难的神色，但是看两人都举着手中的杯子，望着自己，而其他的夫人和小姐也将视线投了过来，有些勉强地开口道："既然你们要喝果汁，那就陪你们喝吧。"

就在这时，流翠忽然轻叫了一声，将几人的注意力都吸引了去。

安玉莹微微皱着眉头，问道："怎么了？"

流翠满脸痛苦道："安小姐，你的凳子压到奴婢的脚了。"

安玉莹放下手中的果汁，连忙弯腰去看，她的凳脚果然压到了流翠鞋子的侧边，赶紧站了起来，而青罗将凳子搬开一点，流翠才将脚抽了出来。

结果流翠脚疼得一抽，一下没站好，嘭地朝着韦凝紫的方向撞了一下，将韦凝紫撞得差点从凳子上掉了下来，幸好旁边的丫鬟扶着她，才不至于狼狈跌倒。

云卿看到流翠如此鲁莽，斥道："流翠，你怎么搞的，站都站不好了吗？"

流翠低头道："实在是脚被压得太痛了，韦小姐，对不起。"

大庭广众面前，韦凝紫被撞得差点扑倒在地上，心内窝火也不能发脾气，还得微笑道："无事，你也是被安小姐压到脚。"

安玉莹心内惦记着果汁的事情，又笑着将话转过来，道："一点小事而已，来，我们还没干杯呢。"结果转头一看，桌子上的那三杯果汁已经翻倒在桌上，只怕是刚才流翠推到韦凝紫的时候，扯到了桌布，而弄翻了果汁。

云卿则目带遗憾，叹道："这都倒了，果汁是喝不了了。"

安玉莹挥挥手，不在意道："没事，来，青罗，再拿瓶果汁过来，给我们满上。"

青罗将三人面前的杯子扶了起来，然后又拿了一瓶给三人满上。

云卿见她如此坚持，也不再推，喝了果汁。

之后她又和韦凝紫，安玉莹说了一会话，不多一会，便抬起手撑着头，蹙起秀丽的眉尖，微微地摇了摇头。

安玉莹见此，关切地问道："怎么，是不是头疼？"

云卿面带难过之色，摆了摆手道："还好，大概是出来吹风吹得有些凉了，坐一下就好了。"

听她这么说，安玉莹脸上满是担心："若是风吹了，那必定是受了寒，你还是先找个地方休息一会，我让母亲叫太医过来给你看看。"

"这如何使得，一点风寒而已，我休息一会就好了。"云卿表示不用这么麻烦，但是安玉莹非常肯定地道："你可别小看风寒，得了也难受得紧，还是先到外边休息间里休息着，让人过来看看。"

她一再强调，韦凝紫看安玉莹一眼，收回目光，转头对着流翠道："还不扶着你小姐下去休息，小心伤了身子。"

流翠看云卿已经是头疼得说话都说不出来的样子，连忙扶着云卿起来，韦凝紫扶着云卿的另外一侧，安玉莹在前方带路。

皇宫的大殿外，有供人休憩的地方。走过一段长廊，便可以看到三间并排而立的小院似的休息间，旁边树木郁郁葱葱，将屋子掩映在其中。

安玉莹将云卿带到最左侧的那间，让流翠和青罗把床铺平整，然后便让流翠在外面等候，自己去请御医。

流翠站在门口守了一会，看到一个小内侍跑了过来，对着她行礼道："请问是流翠姑娘吗？"

"有什么事吗？"

"安小姐请了御医过来，但是半路上有事要回宴席上，让你过去带御医过来。"

流翠为难地看了一眼屋子里："我家小姐还在里面，要是我离开了，可没有人伺候了。"

小内侍想了想："要是姑娘不嫌弃的话，我可以帮你守一会。你带御医来了之后，我再走。"

流翠左右看了一下，比较为难，还是点头："那你要好好看着，别让人打搅我家小姐。"

"姑娘放心，绝对没问题的。"小内侍应承着，流翠这才朝着他指的方向去了。

流翠的身影消失在花圃以后，另外一道人影扛着一个东西出现在云卿房间门前。

"快点，人走了，你们快点进去。"方才那小内侍口中急促地催着，打开门让那人将背着的东西放在床上。

"这药下得够猛啊，这么折腾都不醒的。"人影一边放人，一边还开口调侃。

只见躺在床上的少女，盖着被子，两眼紧闭，睡得格外的沉，就是有人在她旁边晃来晃去，放东西在床上她都没有反应。

"赶紧的吧，小心人来，看到就完蛋了。"小内侍点点头，看云卿没醒，他倒不担心云卿，只怕外面会有人突然看到，拼命地催促那人影，一边朝着外头看。

那人加快速度一番捣弄，最后两手一拍，叹道："好了，都可以了。"

"走，我们赶紧走。免得给人发现了。"两人转头便要往外走去，突然颈部被人一记重击，将两人全部打晕。

云卿从床上坐起来，警惕地望着房子里突然出现的人，竟然是御凤檀，他身后跟着一个

黑衣侍卫，肋下还夹着一个人。

“你怎么来了？”在云卿的计划里，是没有御凤檀出现的。

御凤檀大步走到云卿面前，一把将躺在云卿身边半裸的男子扯了起来：“我当然得来。不来，抓奸就抓得不那么精彩了。”他说完，转头对着身后的黑衣侍卫道：“易劲苍，赶紧处理。”

云卿一看，易劲苍的肋下夹着韦凝紫，此时她脸色已经开始有些泛红，整个人开始不安地动着，口中若有若无地发出几声轻吟。

正是刚才在殿中，安玉莹所下的那种药物所有的反应。

当时流翠故意先将鞋塞到凳子底下，然后假装跌倒将桌上的果汁打翻，而后趁机将云卿的杯子和韦凝紫的交换过来。

云卿听他说话，便知道刚才在殿中发生的一切御凤檀都知道了。

“你准备怎么做？”

“当然是越爆炸越好了！”御凤檀双眸里透出冷光，笑容不怀好意。

御凤檀将韦凝紫和耿佑臣一起放在床上，韦凝紫一挨到床，便伸手去摸旁边的东西，一挨到耿佑臣的手臂，便如同饥渴的人见到水源一般，马上贴了过去。

这一番动作做出来，御凤檀狭长的眸子溢满了杀气，若不是云卿聪明，如今这般贴着耿佑臣的就是她了。

易劲苍将两人丢在一起后，很快地避入了阴影之中，好似无影无踪了一般，难以发现他的行踪。

两人刚要退出，突然，御凤檀狭眸一眯，握住她手腕，带她站到了屏风后的重重幔布之后。

另一边，流翠根据小内侍所指的方向，到了半路上，的确看到了御医。

但是除了御医之外，还有其他几位夫人，都是半路上听到了云卿不舒服，要一起跟过来看看的。

流翠先行了个礼，然后道：“安小姐，奴婢已经过来了。”

安玉莹含笑道：“我已经没事了，麻烦你跑了一趟，你赶紧在前面带路，让我们去找你小姐吧。”

流翠看了看她，眉头紧皱，开始让她过来带路，现在又没事了，真是会瞎折腾。

待到了小屋子门口的时候，流翠立即上前，看到那小内侍已经没在门口，大喊：“小姐，小姐，大夫来了！”

然后众人只看流翠进去之后，接着便传出一声震动屋顶的尖叫，满脸带着羞红地跑了出来，口中大喊：“我什么都没看到啊！”

安玉莹面带一丝喜色，却是赶紧拉着流翠，故作惊讶地问道：“怎么，你们小姐发生什么事了？”

流翠一个劲地摇头，面红耳赤地不肯说话，她这样的模样，更让安玉莹笃定了里面肯定按照她的计划，发生了见不得光的事情。

而身后的几个夫人已经听到了浮想翩翩的声音，顿时你看着我，我看着你，眼底充满了好奇地先走了进去。

眼前的一幕，让她们都惊呆了，最为呆愣的便是站在其中的威武将军韦夫人。

她睁大眼睛看着床上两个人正交缠在一起不能分开……

韦夫人呆过一瞬之后，顾不得面对这种满室情欲气息的羞耻，冲上前直接拖开韦凝紫，对着她狠狠地扇了几耳光，将韦凝紫从昏昏沉沉中扇得半醒。

韦凝紫被耳光扇得头一偏，口中发出一声嘤咛，似对突然腾空的欲望不满，先是睁开一双水眸，迷迷蒙蒙地望着眼前的韦夫人，本能地开口唤道："义母。"

韦夫人又急又怒："还不赶紧把衣服穿上！"

韦凝紫也知道事情有些不对，紧紧地眨了一下眼，看到韦夫人变化莫测到扭曲的表情，再低头一看，心内明白发生了什么，低低地叫了起来，扯着被子拼命地往身上遮掩。

她望着韦夫人，双眸中马上有水珠凝结，哭泣道："义母，我不知道这是怎么回事，开始我是和安小姐一起送了沈小姐到这里休息，然后就回去了，不知道怎么会到这里来的，你知道我不是这种人，再怎么也不可能到皇宫里乱来，这一定是有人陷害我……"

韦凝紫一边哭，一边解释着，韦夫人实在是觉得大丢脸面，她能感受到外面站着的夫人眼中的鄙夷。

虽然觉得此事是有些奇怪，这个义女为人聪慧，不是做这种糊涂事的人。韦夫人还是道："你先将衣服穿好再说。"

就在这时，那些被尖叫声吸引过来的其他夫人小姐，簇拥着李老太君从人群后方走了过来，李老太君一看床上还睡得正酣的男子，抡起手中的拐杖对着床上的男子就打了过去，直接将耿佑臣打得坐了起来。

"谁打我？"

李老太君又一棍子抡到了腰上，将他所有酒意都打得一干二净，惊得抓起衣服就往自己身上盖，大呼："祖母，我不知道这是怎么回事……我怎么会在这里……"

他明明是在大殿里，身后的内侍一直在给他倒酒，他喝得迷迷糊糊，后来发生什么都不记得了。

"你……"李老太君想起今日殿上发生的事情，如今又看到他躺在这里，厉声道，"快点穿上衣服！"

说这话的时候，韦夫人也望着李老太君，显然双方都不相信义女和庶子会做出这样的事情来，怀疑今日的事情有其他人暗下毒手。

那些围观的夫人见李老太君看了过来，也往后退出了门口，耿佑臣胡乱地把衣服套好，也赶紧出来，让韦凝紫在里面穿好衣服。

“真是好好的状元宴，竟然出了这等事情！”有夫人叹了口气，而李老太君紧紧地握着拐杖，等待着里面的人将衣服穿好。

过了一会，韦夫人把门打开，韦凝紫身上的衣服已经工整，发髻也重新挽起，只是脸上的脂粉都没了，脸色透出一股苍白。

李老太君气得浑身发抖，由丫鬟扶着坐到了屋中的椅子上，看着耿佑臣和韦凝紫的目光冰冷，冷声道：“你们两人把事情说说，到底是怎么回事？”

众人都知道，李老太君此举是要在这件事还没闹到明帝皇后耳中的时候，自己先处理好了。

耿佑臣一身虽然经过整理，但是官袍上却有着凌乱的褶皱，看起来还是很狼狈，他带着疑惑，努力地回忆道：“祖母，孙儿坐在殿中喝酒，喝着喝着便喝得有些多了，脑中迷迷糊糊的，也不知道怎么到这里来的……”

他喝闷酒的原因，在场的每个人都知道。一下被连降四级，对于正春风得意的耿佑臣来说，当然是打击，更何况又出来一个争夺爵位的强力对手。

李老太君目光冰冷，望着韦凝紫的目光里充满了疑虑：“韦小姐，你说说来屋子前发生的事。”

韦凝紫低着头，心里反复回忆之前发生的一切，总觉得其中有哪里不对。左思右想，怎么说才对自己最有利。

韦夫人见她没有抬头说话，以为她一个姑娘家害羞，站到她身边道：“凝紫，告诉义母，之前发生了什么？你说出来，义母才好找出害你的人！”

安玉莹站在门外看到这一幕时，满目惊讶，她明明是让人把耿佑臣灌醉了，然后搬来和沈云卿放在一起。

其中一定有什么环节出错了。

韦凝紫的思绪比安玉莹要快，她想到安玉莹给果汁时，对着她打了一个手势，让她避开其中一杯果汁，接着便发生流翠脚被凳子压到的事。那时所有人的注意力都在流翠身上……

顿时韦凝紫明白了，沈云卿这个女人心思深不可测，哪会喝安玉莹递过去的果汁。只恨自己反应太慢，如今才想通这一切！

如今已经走到这一步了，就算抓出了幕后的人她的清白也已经毁了，安玉莹，她以后有机会报复。现在，正是一力将沈云卿拉下水的时候！

于是韦凝紫换上柔弱无辜的神色，抬头望着李老太君，带着闺中女儿的彷徨和无措，泪花涟涟：“义母，李老太君，凝紫不知道自己怎么会在这里，我只知道当时在殿中，和沈小姐喝了一杯果汁后，她便说头晕，我和安小姐便扶着她到这里休息，安小姐则去请了御医，后来……后来的事，我就记不得太清楚了。这一切，安小姐可以做证的。”

她说着，泪眼朝着安玉莹望了一眼，安玉莹七上八下的心在听到这番说辞后安定了下来，看来韦凝紫要将这件事推到沈云卿的身上。能让沈云卿身败名裂的事，她当然愿意做。

安玉莹从宁国公夫人身后站出来："韦小姐说的都是事实。如今我请来的御医，还在外面候着呢。"

她请御医过来的事情，是有几位夫人看到的，此时这么一对，倒是也对得上。

李老太君肃声道："你们有谁看到韵宁郡君吗？"

所有人你看我，我看你，这才发现，从事出到现在，怎么一直都没看到这位郡君的影子。难道真的是她故意装晕，然后将韦凝紫和耿佑臣弄到一起？

这也不是没可能的事，韦凝紫之前在扬州与沈府发生的事，已经有人知道了。如今又没看到这位郡君的影子，难不成是害人之后躲了起来，不再出现了？

安玉莹故意左右巡了一圈，指着站在一处的流翠喊道："看，那是沈小姐的贴身丫鬟，她肯定知道在哪。"

流翠只参与了前面一部分计划，后来御凤檀出现的部分，她是不知道的。此时看到韦凝紫和耿佑臣滚到一起，心里有着惊讶。但跟在云卿身边，历练了两年后，现在的心理素质强多了。

所以此时，她非常镇定地对着众夫人行了个大礼，道："韵宁郡君到此处休息了一会便好了，先行到花园里散步去了。"

"她散步怎么没有带上你呢？"安玉莹冷笑。

流翠睁大了眼睛，十分不解道："不是安小姐你让人传话，让奴婢去代替你接御医的吗？郡君不忍你一番好意，才让奴婢去了。"

好一个伶牙俐齿的丫头，安玉莹一咬牙，点头冷笑道："那好，青罗，你和宫人一起去花园里找韵宁郡君，一定要把她找出来。"

站在幔帘后面，云卿冷笑，韦凝紫真是什么时候都不忘把她拖下水。此时她躲在这里，一句话都不能说，更不能出去证明什么，只能等着她将罪名坐死了。

御凤檀看着云卿双眸里透出的冰冷，手臂微微收紧。

感受到左右两边的压力，云卿轻声道："怎么出去？"她如今已经被扯到事情里面，再不能站在这里安然看戏。

就在这时，一只毛茸茸的蜘蛛从幔帘上爬了下来，到了御凤檀的肩膀上，云卿自小最怕的就是这种八爪生物，眼睛顿时睁得老大，一声低呼从喉咙里溢出。

御凤檀立即捂住她的嘴，将另外一只手伸出食指压在唇上，做了个"嘘"的手势。

云卿默默点头，她刚才是被一下吓得狠了，才会失声，若是让人发现他们在这里，那可真是坐上了下药嫁祸的罪名了！

与此同时，有人喊道："谁人躲在那里？"

云卿眼瞳缩紧，若是让人发现她和御凤檀在这里，那还不坐实下药后坐着看戏的罪名。

但见御凤檀神态自若，浑身上下没有半点紧张的神色，好似正在游园悠闲自在，在听到有人喊声之后，一手将引起云卿恐慌的八爪小蜘蛛弹开，右手迅速地一抬，一样东西迅速地从众人头顶空隙处飞了出去，落到了门口的树丛中，紧接着便响起了大叫："哎哟……"

刚才听到屋中声音的人，注意力顿时被外面的叫声吸引了去，侍卫揪出两个内侍丢在了众人面前。

与此同时，御凤檀揽着云卿的腰，从窗子悄无声息地纵身而出。

"这两个内侍如何会在树丛里？"李老太君眸中透着精光，问道。

安玉莹一看到两个内侍的样子，心头跃出不好的预感，这两个人怎么还被人绑到了这里，难道被人发现她的计划了？

那两个内侍糊里糊涂晕了过去，醒来之后，发现自己在草丛里，不能动，也不能说话，刚才一个东西飞过来，砸到小内侍的肩膀，那力道不轻，立即让他抑制不住地叫了出来，而不能开口的他，也在这一瞬能发出声音了。

看着面前站着这么多贵妇小姐，两人觉得今天办事撞邪了。

韦凝紫坐在一边，状似伤心地抹泪，其实一直在看场中的情形。当这两个内侍出来之后，便知道他们是安玉莹安排好的。她脑中飞快地想着，如何能将两个内侍引到云卿的身上，只要两个小内侍能咬死承认是被云卿收买的，那今日这事情，她清白不保，沈云卿的名声也会臭不堪言！

于是她抬起朦胧的泪眼看了两个内侍一眼，状似激愤地指责："我和你们无冤无仇，素不相识，为何你们要设下这样的局来毁我清白，让我和耿大人无缘无故地承受这样的事……"

她说到这里，哽咽得好似说不下去，还抬起眼眸看了耿佑臣一眼。

柔弱的模样，加上刚才话语里对耿佑臣的维护，让耿佑臣心内对她十分的怜惜，想起她一个柔柔弱弱的女子，还在挣扎着维持最后一点尊严，又生了一丝敬佩。

本来今日官品降级，又发生了这种事情，生出心灰意冷之意，此时也受到鼓舞，终于侧身去看了两名内侍一眼。

这一眼，便发现那个大内侍正是在殿中给他倒酒的那个，后来他喝得迷迷糊糊，这个大内侍好似搀扶着他要去哪里。"是你，我认得你，是你在殿上给我倒酒，然后扶着我说去休息的。"

大内侍的穴道已经被侍卫解开，听到耿佑臣的指责，跪下道："耿大人，奴才只是看你醉了，扶你来休息。可是走到一半，奴才就眼一晕，什么都不知道，刚从树林中醒来，这和奴才没有关系啊……"

大内侍口中喊冤，眼眸不定地往安玉莹那边瞟。安玉莹也适时地开口，对着两个内侍道："你说和你没有关系，那你怎么会倒在林中。快说是不是有人买通你们，让你们在酒里做了手脚，报复韦小姐和耿大人！今日你若是不说出来，这么多夫人小姐在这里，定不会饶过你等满心污脏之人！"

她的这一番话，说得倒是很正气，大小内侍两人岂能听不明白。特别是大内侍，在殿中伺候着耿佑臣喝酒，听他说了不少抱怨的话语，自然知道整件事的来龙去脉。

宁国公府在朝中是有着一席之地的贵胄。抚安伯府虽然也升了爵，但是由商人升上来的，朝中基础薄弱。哪个不好得罪，哪个好得罪，在宫里待了不短时间的大内侍还是明白的。

他脑中这么一转，痛定思痛道："奴才，奴才说。当时奴才扶着耿大人出来的时候，刚好遇见了韵宁郡君，是她对奴才说，若是能把耿大人扶到这个房间里面，就给奴才一大笔银子，奴才，奴才一时起了贪念，就想不过是扶到这个房间里面而已……"

耿佑臣在一旁听着内侍所言，是云卿指使人将他和韦凝紫扶到一起的，心头不知怎么，就有一股怒火蹿起，她怎么可以这样做，这样卑鄙地将他送到别人的床上……

他三步并作两步地走过去，对着那内侍就是一脚踢下去："就为了一点银子，你把我弄到这里来，里面有人你看不到吗？"

虽然耿佑臣自问对沈云卿一直是出于男人的正常肖想，但是不知怎么，心里好似有一种深藏的怒意，想到这个女人把自己推到别人的床上，是十分不对的。这种感觉，仿佛上辈子就存在心底一般。

大内侍被踢到胸口，口中却依然道："不关奴才的事，是韵宁郡君……"

李老太君看耿佑臣踢两脚出了气，为免他踢出什么毛病来，等会儿没人做证，还是开口道："佑臣。"

她的声音自有一股威严，耿佑臣听了后，收回腿，恶狠狠地瞪着那个内侍，冷哼了一声，这般情状落到各位夫人眼里，微微感叹，平日里看起来温厚的耿佑臣原来发起火来，也是这般的残暴无情，只怕那温厚是表面掩饰罢了，此时才是他真正的面目。

耿佑臣此时哪里管得到自己的形象，他拉了拉衣襟，嫌恶地看着两个内侍道："等会和我一起去见陛下，将这件事说清楚。"

安玉莹见事情已经发展得差不多了："韵宁郡君也不知道在不在花园，指不定躲了起来，若是面君的话，一定要带她一起去！"

蓦然间，只听门口传来清新悦耳的女声："发生了什么事，安小姐要拉着我去面见圣上呢？"

随着声音，一名容色倾城，凤眸黛眉的少女出现在了门前，正是被人惦记着的云卿。

"韵宁郡君你来得正好，眼下这事需要你做出一番解释。"李老太君望着门前的少女，问道。

"噢，我刚从花园赏花回来，不知道这里发生了何事？还特意让安小姐派了丫鬟去寻我过来。"云卿望着众人，唇角微勾，仪容大方地问道。

李老太君到底是年老人精，说话不逼不迫，并不直接说出这下药嫁祸之事和云卿有关，只说有事需要解释。若是心里有鬼之人，肯定会因为听到这样的问话，辩解或是争执。

而一个在花园散步，没有参与此事的人，是不会知道这里发生了什么的。

听到云卿的回答，李老太君眼眸微微一眯，这个少女说话滴水不漏，若不是真的不知道

这件事情，就是心机深不可测。

安玉莹看了跟在云卿身后进来的青罗一眼，青罗低头回道：“奴婢在花园里，正好遇见了韵宁郡君……”

“还有我。”

慵懒散漫的男声，宛若古筝般动人地穿入到青罗低沉的女声中，顿时让安玉莹的心弦也为之一动。

CHAPTER 28 第二十八章　落水相救许终身（一）

青罗低垂着头，接着道：“瑾王世子正和韵宁郡君一起。”

御凤檀表面上看是个闲散世子，可是谁都知道，他在朝中的地位，并不见得比皇子低。不论是瑾王世子的身份，还是镇西大将军的身份，都是实打实的，更何况，明帝对这个侄子，感情还不一般。

安玉莹此时没有一味地嫉妒：“世子和韵宁郡君在一起，可是两名内侍又说他们是受了韵宁郡君的指使！”

云卿看到那两名跪在地上的内侍，笑道：“你们抬起头来看看，是不是我指使了你们？”

那两名内侍心里有鬼，抬起头迅速地看了一眼，鸡啄米似的点头：“是的。”

云卿很满意地点点头：“那你们说说，我第一次进皇宫，让你们替我办事，是靠着我的权势，还是靠着什么指使你们的？”

那两名内侍相互对看了一眼，都道：“是给了我们银子，让我们办事。”

其他夫人都觉得奇怪，韵宁郡君怎么会这样问，她第一次进宫，宫里又没有认识的人，靠什么权势，那都是不可能的。抚安伯府刚来京城，还没那个势力能让宫中的人随意办事，唯一的当然是给银子了。

“那我给了你们多少银子，你们拿出来给大家看看吧。”

两名内侍你看我，我看你，他们哪里拿得出银子来，他们是安家在宫中的内线，只要安玉莹一声吩咐就办事，哪里会要银子的，干脆低头道：“奴才把银子藏了起来。”

“你们不是被人打晕了丢到树丛里，怎么有时间藏银子呢？”礼部尚书夫人此时出声，引得宁国公夫人望了她一眼。

宁国公夫人从看到两个内侍出来，就知道今天这事，肯定都是女儿一手安排的，可是事情已经到了这个时候，再要置身事外已经不可能，索性让女儿将事一把说了下去，谁知道，看似完美的一个局，结果一下就被人识破。

“这，这，奴才记错了。银票在身上。”大内侍反应快，立即从身上掏出一张银票，而小内侍也从身上掏出一张银票来。

他们在宫中不需要花银子，所以极少带很多银两到身上，还好有两张银票，是安玉莹打赏给他们的，此时也可以用来应急。

流翠上前把那银票接过来，却是扑哧一笑，惹得众人全部将目光集中了过来，云卿看了一眼那银票，脸上的笑容也越发的大："云卿是第一次进宫，也不知道宫中的规矩，原来让宫里的内侍们做出陷害朝中大臣这种事情，只需要打发五十两银子的，这价格倒是便宜，难怪耿大人和韦小姐，这么容易就被人陷害了。"

她的话可以说极尽嘲讽。这一屋的人，哪个不是在天越有头脸的贵妇。这些宫中内侍，在宫里见惯了荣华富贵，就是平日里随便让他们送句话给宫里的人，也得一百两的银子开路。

有些东西不说出来，大家心里都明白，知道这说话反复无常的内侍，是被人收买了诬陷韵宁郡君的。

御凤檀在一旁闲闲地开口："刚才我的侍卫不小心看到了一场好戏，不如让他出来跟大家解释解释，也好解开你们的疑惑。"

他一开口，便将所有人的注意力都吸引了过去。只见易劲苍从一旁走了出来，开始叙述道："方才属下见到韵宁郡君由安小姐和韦小姐扶着进来休息，安小姐和韦小姐扶了人进来后，便走了，留流翠姑娘在门口守门。过了一会，韵宁郡君起来，说是头疼好了，到花园走走，让流翠姑娘在此处等会通知安小姐，莫让她们着急，突然来了一个小内侍，说让流翠姑娘去接安小姐，待流翠姑娘走了之后，他立即让大内侍抱着一个人放了进去，过了一会，又抱了一个人进去……"

易劲苍将事情半真半假地说出来，韦凝紫眯着眼眸听着，忽然开口问道："你是瑾王世子的侍卫，怎么关心这等事情来了？"

易劲苍被这么责问，表情没有任何变化："因为韵宁郡君进宫之前，属下看到的时候是没事的，于是回去看了一下她喝过的杯子……"

易劲苍说着，从手中拿出三个杯子，拿出其中一只："这杯子边缘上抹有'情丝'。"

情丝，是一种春药的名字。

他曾经为大内侍卫，看到这样的东西，当然会要注意了。

而云卿恰到好处地开口："这果汁和杯子，都是安小姐拿来请我和韦小姐喝的，难道……"

她的眼眸放大，极度不敢置信地望着安玉莹："难道安小姐，你要陷害韦小姐，故意给韦小姐喝了这个……"

韦夫人听到易劲苍所言，再看那两个内侍，也是一脸愤怒："安小姐，我家凝紫和你有什么仇恨，你竟要在果汁里面下这等腌臜的东西？"

安玉莹被韦夫人指责，脸上一阵青一阵白，连忙否认道："那杯子明明是给沈……"

眼看她就要说出事实了，宁国公夫人手指暗暗地在安玉莹腰间一掐，将她的话弄成了一声痛呼，然后厉声对着青罗道："杯子是你帮小姐拿的，你说，你究竟做了什么？！"

事情转瞬即变，站在后方一直未曾开口的青罗没想到一下子扯到了自己身上，抬起小脸，惊讶地望着宁国公夫人。

宁国公夫人却不给她反应的时间，接着道："枉小姐对你和全家照顾有加，你竟然在宫中做出这等事情，还害得小姐被人说，你快点将事情说出来，不要连累其他人！"

她声色俱厉，言语里提醒青罗，她全家都在府中，若是这次不顶下这个罪名，回去之后，宁国公夫人肯定会将她家人狠狠地处置。

青罗望着宁国公夫人阴狠的眼眸，无限心酸，明明是小姐做的事，她却要顶了这罪名。却不得不配合着，扑通跪了下来："这一切都是奴婢做的，不关小姐的事。"

安玉莹被宁国公夫人猛掐之后，也知道自己差点就将事情暴露，看到青罗认罪，面上露出失望的神情："青罗，我对你一向不薄，你怎会做出如此错事，害我一直以为是沈小姐所为。"

"是的，都是奴婢和韦小姐起了争执，所以心有怨恨。都是奴婢做的！请小姐饶过奴婢！"青罗趴在地上，泪水直流，早知道她就不帮着小姐去下药了。可她如今后悔也没用，为了家里人，就算是死，她也必须要扛下去。

安玉莹见青罗已经认下罪名，脸上露出又愧又疚的神情，望着云卿嗫嚅道："沈小姐，原来这都是一场误会，都是我错怪你了……"

"是不是错怪，安小姐心中清楚就可以了。"云卿清浅地一笑，淡然道。

李老太君眼底带着一抹不屑和恼怒。她当然看得出来，药是谁下的，但是同样也知道青罗顶罪，便是要将这件事掩了过去。

韦凝紫和耿佑臣的事情已经发生了，宁国公府也给出了一个顶罪的丫鬟了，事情也只能不了了之。

只是众人心里对这个一直有"京都第一才女"之称的安玉莹，却是不屑了，一个未婚的女子，就下这等腌臜的药物，若是嫁出去还不知道如何。

耿佑臣脸色铁青地盯着安玉莹。今日他已经倒霉了，安玉莹还拉着他做这么一回，但是他却只能忍下。

宁国公府是四皇子的重要支持者，他不可能硬将安玉莹扯出来，弄得宁国公不快，四皇子不舒服，他如今没有这个实力和宁国公府去抗争。

这件事就如此结束了。两名内侍和青罗都被拖出去杖毙，宁国公知道这件事后，羞愧难当，为此，专门去求陛下给耿佑臣和韦凝紫赐婚。

明帝知道此事后，看在宁国公和威武将军的面子上压了下去，让威武将军府尽快和永毅侯府商议婚事，一个月内完成婚礼。

当听到这个消息的时候，云卿笑了，表面上看起来，明帝是将此事盖了过去，但是又要求耿佑臣和韦凝紫一个月内成婚，而不是下旨赐婚。永毅侯府和威武将军这样的人家，如此仓促地结婚，任谁都会知道里面有问题。

一时安玉莹和韦凝紫成为京中夫人教导未婚女儿的典范，说起来便是：“你千万莫学那宁国公府的小姐，未婚就下那腌臜药去害别人。也不要去接别人随便递来的酒啊，做那未婚苟且之人……”

不过在笑过之余，云卿又觉得微微讽刺。上一世里，韦凝紫千方百计陷害她，就是为了去做耿佑臣的正室，如今这一世，虽然方法有些不上台面，可到底韦凝紫还是做了耿佑臣的夫人了，说到底，他们两人的确是有缘分的，真正是夫妻命啊。

而四皇子知道这件事后，却没有训斥耿佑臣，对着他，反而和颜悦色了几分，因为威武将军韦刚城如今受明帝的重视，而韦凝紫是他收养的义女，娶了韦凝紫，就等于和韦刚城沾上了关系。

耿佑臣在听到这样的话后，心内想着韦凝紫虽然是出了意外才娶回来的，但是好在貌如娇花，性格也对他颇为体贴，四皇子再这么说，就舒坦了许多了。

只是不知道怎么，对于没娶到云卿，他心中总有几分怪异的感觉，好似她就应该是他的妻子一般。

不过感觉也只能是感觉了。耿佑臣回去之后，又被李老太君数落了一顿，然后就开始准备婚事，虽然一个月是急了点，两家都是有头有脸的，有些手续简化可以，省略就不行。

而韦凝紫回到威武将军府后，韦夫人脸色更加不好，声音里有着隐隐的怒意：“凝紫，你义父派人从扬州将你接回来后，将你当亲生女儿一般。你说在扬州的时候，是因为沈家不喜欢你，才故意找碴将你赶出来的，还说沈云卿刻薄小气，对你很是苛待。可我到宫中听到当日的事情，还有沈云卿，都不是和你所说的一般。你这样，让我很失望。”

韦夫人和韦将军是在战场上认识的，韦夫人是一个千户的女儿，因为性情耿直，听到韦凝紫被沈云卿欺负的话，所以到了宫中的时候，说话也不好听。但是宴会上，她却听别的夫人说的和韦凝紫所说不同，让她有一种被欺骗的感觉。

她一直是将韦凝紫当作自己女儿看待的，因为韦将军当初离家的时候，只有这个韦凝紫的父亲，偷偷地去塞了一包银子给韦将军，才没让他流浪街头。

这份恩情，韦将军记得，韦夫人和韦将军感情颇好，自然也感激。

除了本身的亲戚关系外，这也是她为什么将韦凝紫当成亲生女儿来看的原因之一。

韦凝紫从进门起，就察觉到这个义母的脸色不好，她心里冷笑，水眸里却是带着黯然，柔婉地抬起头来，眼底蓄了泪水：“义母，外人又如何得知事情的真相，她们不过是道听途说罢了，当日明明是沈家故意陷害于我的，目的就是不喜欢我和我娘住在她家……”

韦夫人细小的眼睛里带着几抹打量的光，眼前眉眼柔和秀丽的义女说的话，让她很犹豫。

她自己没有女儿，有了义女后，也很开心。可是这一次进了宫后，她却是不怎么相信韦凝紫说的话了。

韦夫人虽说是武将之女，但是粗中有细，方才在宫中，她来不及细想，出来后到了马车

上。她却渐渐发现，自家这位义女，从被抓到与耿佑臣苟且之后，所有的话，都是指向沈云卿，似要将所有污水都往沈云卿身上泼，而当罪名到了安玉莹身上，她就一言不发了。

按理来说，一般人在发现了真正的下毒陷害之人后，不是应该更加激怒，更加神伤的吗？

可韦凝紫不，这意味着她从一开始就知道真正下手的人是安玉莹。

韦夫人心里很不愿意这样想，毕竟这几个月的相处，她对这位乖巧的义女还是很喜欢的。也许是自己想多了，那个时候凝紫吓傻了呢。

于是缓和了口气："以前的事也就算了，以后你不要再去针对韵宁郡君了，她不是那么好对付的，莫要自己再吃亏了。"

待出了韦凝紫住的阁楼后，韦夫人去找丈夫，将今日的事情简单地说了一遍，韦将军听完夫人说的话后，沉吟了一会，道："你之前说的那话，也确实不妥。"

韦夫人点点头："是，我在想，凝紫到底和沈家是亲戚，闹得这么僵，要是传出去也不大好，我想趁着这时，去抚安伯府见见韵宁郡君，一来去道个歉，二来就是让凝紫和沈家和好，毕竟都是亲戚，在京城闹翻了也不好。"

自己夫人的想法和自己不谋而合，韦将军点头："也好，这事就交给你去办吧。"

于是，云卿隔天便收到了韦夫人的拜帖，她倒是有点意外，微微沉吟后，便让流翠给她换了衣服，去见韦夫人。

韦夫人武将之女，没有太多弯弯绕绕，说话也直："韵宁郡君，上次在宫中，由于对你有一些误解，说了一些不好听的话，还请你谅解。"

云卿望着韦夫人双眸里闪着真诚的光芒不似作伪。人家既然是来客气道歉的，她也不会咄咄逼人。

"既然是误解，解除了就好了。"

韦夫人看着云卿脸上一丝端倪都不露，心里觉得有些惊讶外，更有微微的恐惧。

她顿了顿，见云卿没有再开口说话的样子，才接话道："是这样的，凝紫跟我说，以前你和她在扬州有些不愉快，但是那些事都过去了，我希望韵宁郡君可以与她和解，凝紫毕竟是你表姐。"

云卿瞳眸微微一紧，手指摸了摸有些冰凉的手背，心也如同这手背一般的凉。

"韦夫人，这些话，是你的意思吧。"

韦夫人一时结舌，没想到面前的少女如此准确地说出她的心思。她知道面前的少女虽然看起来年岁不大，可是双眸里的光芒却让人不能忽视，微叹了一口气："韵宁郡君是个通透人，凝紫的确没和我说过，但是，我想两家都是亲戚，不要闹得如此僵……"

"韦夫人，你不用说了。"虽然知道打断韦夫人的话，是有些不礼貌，但是云卿不想听这些话，如果可以，其实她连韦凝紫三个字都不想听到。

"你可能不知道当初韦凝紫母女在沈家所做的那些陷害我母亲，甚至杀害我祖母的事情，但是我心里明白得很。韦夫人你是一片好心，但是亲戚亲戚，重在一个亲上，若是害人全家的事情都做得出的人，我们抚安伯府是不会认作亲戚的，引狼入室，一次也就够了！”

云卿话说出来，也让韦夫人心内一惊，她所说的一些事，韦夫人是不知道的，特别是关于杀害祖母一事：“那祖母一事，可以与我说说吗？”

“韦夫人若有兴趣，可以回去问问韦凝紫，这样的事情，云卿没有兴趣再说。”

韦夫人心知此事是没有回旋的余地，在感觉云卿心地坚硬的同时，对韦凝紫母女杀害祖母一事，更是心有余悸，也不再多留：“如此，那就不打扰韵宁郡君了。”

“韦夫人慢走。”云卿扬唇一笑，挥手让青莲出去送客。

她和韦凝紫两人之间是绝对没有化解的可能了，和沈家更没有化解的可能，现在府中不管是沈茂，还是谢氏，老夫人，对这两母女都是深恶痛绝。

更何况韦凝紫会想要和好吗？她想的是如何让沈家死无葬身之地才对。

过了一会，云卿便起身到了秋姨娘的院子里，秋姨娘忙让秋水去倒茶。

秋水不耐地对着枫儿道：“还不快去倒茶。”

云卿将这一幕收到眼底，没有发话，等着茶水端上来之后，秋姨娘遣了秋水和枫儿出去。

“大小姐，有什么话要对婢妾说？”秋姨娘知道这个年岁差不多她一半大小的少女，实在不是好相与的人。与其说那些虚假的话，不如直接一点。

云卿喜欢的便是秋姨娘懂得看脸色，微抿了一口茶：“秋姨娘，你是个聪明人，若是为了一些不必要肖想的东西，落得和苏眉、水姨娘她们一样的后果，恐怕不值得。”

秋姨娘脸上的血色一寸寸地褪尽，少女那双闪着幽幽光芒的凤眸很明显写着她什么都明白，她的手又不由自主地停在了腹部，语气很轻：“大小姐，婢妾不敢。”

“你是不敢，但不代表你没想过，你也得庆幸你不敢，否则今日，你没有机会坐在这里。”云卿唇上带着一点讽笑，“屋里姨娘只剩下你，是因为秋姨娘一直都知道自己的位置是什么，所以就算你有些坏心思，我都视而不见。人都自私，有些想法是正常的。但是若要以我家人来成全你的利益，我绝对不会手软！”

最后一句话，云卿声音带着冷意，掷地有声，秋姨娘心跳加速，手却更是紧紧捂住自己的腹部，摇头道：“大小姐，婢妾不会，不会对墨少爷、轩少爷有什么想法的，婢妾只求能生下自己的孩子，老来也有个伴……”

后院的女子，最靠得住的不是男人，而是子嗣。秋姨娘急切的眼神，没有一点掺假，云卿看着她小心翼翼护住腹部的模样，想了想，终于道：“你并没有怀孕。”

“怎么可能！”前面那些话，秋姨娘都没有太大的惊愕，这一句，却让她差点从椅子上站了起来，美眸里都是紧张，似要等云卿说这句话的真假。

“秋水在外面认识了韦凝紫的丫鬟，那盒送给你的茶饼有问题。”云卿又端着茶喝了一口，“你还是早点将这个妹妹弄出去。不要等到我出手，那时候就会太迟了。”

被云卿如此直接地将话说透，秋姨娘有些狼狈，也有些难堪。她有身孕，正是吃了那盒茶饼，而后那天枫儿请大夫来的时候，又太快了一点。

不过，她还是决定要请大夫来再确认下，毕竟寄托都在肚子上了，哪里能被云卿一句话就全否定。

云卿也不再多说，从容地走出屋子，留下惊愕的秋姨娘。

秋姨娘自然请了大夫，这次是在医馆请过来的大夫，经过确诊，大夫摇头，表示她肚子里并没有孩子，但是喝了极为寒凉的东西，将小日子推迟了。

闻言，秋姨娘如同雷击，送走大夫之后，一个人坐在屋子里面，想了很久很久。

次日，她便整理好妆容，去了谢氏的院子里，求谢氏给秋水寻个普通殷实的人家，主要是做个正头娘子。

昨日自云卿跟她说了那些话后，她想了一夜。

如果云卿没有来和她说清楚，也许一冲动，她真的会对墨哥儿，轩哥儿下手，就算到时候查出来，死的也是她，和韦凝紫完全没有关系。

想到这里，秋姨娘心里打了一个寒战，对韦凝紫也生出一股恨意。

韦凝紫和耿佑臣的婚礼在明帝一个月时间的限期内，如期举行，抚安伯府也收到了请帖，邀请参加婚礼。若是单单为了韦凝紫，府中自然没有人参加。但永毅侯府的面子还是要给的。

这一次婚宴，谁人也想不到，有一个人会出现。而这个人，会是耿佑臣和韦凝紫两人无尽痛苦的源泉。

到了婚宴这一日，沈茂，谢氏和云卿一家乘坐了马车，朝着举办婚宴的永毅侯府而去。

今日皇后，四皇子都会到场，不看僧面也要看佛面，所以来的人特别的多。

沈茂属于男眷，自然是在前院，而谢氏和云卿则到了后院与女眷一起，此时新娘子还没有到，云卿便寻了一处坐下，等待着婚宴开始。

大概三炷香的时间，从外面来了一群夫人小姐，有几个和云卿差不多年纪的少女，看到坐在一旁似在静静出神的云卿，其中一个便跑了过来：“诶，你怎么坐在这里，没有去给韦小姐添妆吗？”

云卿远远就看到她们这一群，欢声笑语的很是活泼，这个过来拉住她手的活泼少女，是礼部尚书夫人的女儿，在状元宴上两人也算是认识。

望着她清亮的眸子，云卿笑了笑，女孩家成亲，有人添妆就代表了吉利，人越多，就越好，所以来参加婚宴的夫人小姐，大多都会给新娘子添妆的。

只是云卿没那个兴趣，若请帖是韦凝紫和耿佑臣发来的，只怕这个婚宴她都不会来参加。还说添妆，添妆那都是给面子才做的事情。

又过了小半个时辰，热闹的敲鼓吹锣的声音隐隐地从前院传来，新娘子已经从威武将军府接了过来，接下来便是过门，拜天地，这一连串的程序，云卿也没有跟着小姐们去凑这个热闹。

等这一切弄完之后，那些小姐便围到了一起，开始议论婚礼拜天地的事情，云卿坐的地方离她们不远，隐隐听得到她们在说，四皇子好冷好俊朗，然后有小姐反驳说，韦状元也清隽儒雅……

她淡淡一笑，去宴会上过了一席后，便往着花园里面去。

“云卿。”清俊的声音从花园里传出来，云卿转过头，“你怎么在这里？”

韦沉渊从湖边的石凳上站起来，目光朝着前院看了一眼：“他们都在闹新郎官，我不太习惯那样的场合，干脆出来走走。你呢？”

“一样，没事出来走走罢了。”

两人相互一笑，都从对方的眼底看到一样的神色，他们都是属于隐藏自己情绪，但是也有自己内心坚持的人。

“这段时间都没看到你，是不是很忙？”云卿站在湖边，享受浓春带来的和熙微风，微眯了眼。

韦沉渊点头：“是有点忙。很多东西都是第一次接触，需要时间去熟悉。”

“秦伯母知道你要认祖归宗了，肯定很开心。”云卿去看过秦氏两次，对于韦沉渊中了状元，可以风风光光地回到永毅侯府她很开心。

韦沉渊低头看了下路上的鹅卵石，圆润的石头表面因为靠近湖边，染了一层水汽。“李老太君让我入族谱，但是我没答应她。”

“怎么？”她以为韦沉渊一定会马上答应的，上一世，由于秦氏过世，韦沉渊身世的秘密也随着她的过世埋在了土里，再无人知晓。这一世韦沉渊能认祖，应该是对他有好处的。

“我跟李老太君说了，只喊我娘为母亲，其他的人，我不会认的。”韦沉渊淡淡地一笑，云淡风轻中又带着坚韧，如同竹子在风中屹立，有一种决然的傲骨。

秦氏从肚子里怀着他开始，便含辛茹苦地拉扯他，即便改嫁，也是为了他有一个合适的身份在世上生存。

如今，韦沉渊如果认祖，势必是要记在永毅侯的名下。秦氏作为一个外室，按照规矩不能再当韦沉渊的母亲，韦沉渊只能尊称嫡母为母亲。

只有一种解决方法，就是韦沉渊的母亲秦氏，以正室之名同样进入族谱中。

云卿嘴角扬起一抹笑容，望着韦沉渊，为了母亲可以放弃一个爵位。虽然说目前他只有一半的机会，但一半的机会也足够使许多人疯狂了。

但是韦沉渊没有，他有他的坚持。这一点，让云卿心里有一种深深的共鸣。

也许，正是因为他们同样都在乎家人，所以两人能成为如今这种亲密的好友关系。这在男女之间，实在是很难存在的。因为难，所以云卿更加珍惜。

“我相信李老太君会明白你的孝心的。”

从状元宴上发生的事情来看，云卿看出李老太君是一个极为精明之人，她扶耿佑臣，是因为耿佑臣在府中所有的庶子里是最为出色的。

但是耿佑臣的降职，也让李老太君明白一件事。单靠一个人撑起全府，一旦这个人发生了什么，势必会将整个侯府更加拉入低迷的困境。

如今有了韦沉渊这个名正言顺侯爷的庶子，又是状元郎。单凭这一点，就足够永毅侯府在京城的贵族里面骄傲了。

所以韦沉渊这句话，看起来要求很苛刻，其实只要以继室之礼，将秦氏娶回来，韦沉渊便可以名正言顺喊她做母亲。等到做上了四品官后，还可以给秦氏请封诰命，比起原配来，也绝对不差。

韦沉渊看到她的明了："你啊，真是什么都瞒不了你。"

他说完这句，云卿刚想打趣一下，便看韦沉渊嘴角的笑淡在了唇角，对着她的侧后方，行礼道："四皇子。"

云卿转身，裣衽行礼："臣女见过四皇子。"

四皇子一双锐利的眼眸在云卿和韦沉渊之间看了几眼，转到了韦沉渊身上，用他惯有的冰冷声音道："韦翰林怎么没有去前院祝贺耿大人？"

"回四皇子，微臣已经祝贺过了，前院客多，微臣将位置留给其他人。"

他的回答四皇子仿佛没有听，面无表情地点头："李老太君让你去前院一趟。"

四皇子给李老太君做传话人？韦沉渊心中有着疑惑，知四皇子为人冷峻，不会将这种事拿来开玩笑。

韦沉渊举手对着四皇子告辞，朝着前院走去。

云卿望着四皇子那张虽然俊美无匹，但是看着就让人心底生出一股冷意来的脸庞，脑中对于这位皇子，记忆实在是不多，但是却太深刻了。

谁对下令抄了自己家的人印象能不深刻呢？

望着站在面前，一直不说话的四皇子，云卿心头生出一种无聊感，转身便打算离去。

显然她这个动作，太过突然，让四皇子眼眸里露出一丝惊愕来，跨步挡在她的面前，"你要去哪里？"

她什么都不说，就当着他的面走开。这行为简直大胆得有点无礼了。

"四皇子要在这里赏景，臣女打算走开，不要挡住你的风景。"

她的伶牙俐齿，他已经有所领悟，现在听她这番话语，才知道真的是很厉害。明明是她不耐，却说是怕挡了风景。

但是他不想这么放过她，双眸如鹰隼紧紧盯着云卿："郡君不要胡乱猜本皇子的意思，本皇子并未欣赏风景。"

"那就当臣女说错了，四皇子有什么话，现在可以说了吗？"

本以为这次她又会说出什么尖利的言辞，谁知道，她竟是如此轻松地带过，如此变化，让人很难猜测她下一步究竟要做什么。

这样的女子，他应该是要斥责她的，可是话出了口，却又是另外一个意思："那日宫中的事，你不应该解释一下吗？"

云卿睁大一双凤眸，媚气天成之间还带着纯真，很是茫然地问道："四皇子说的是哪日？最近臣女并没去过宫中。"

"郡君不应该说说，那日是谁把韦小姐弄进去的吗？"

"四皇子原来说的是这件事，这件事大家都知道了，是安小姐的丫鬟买通内侍，抬进去的，难道四皇子还有什么其他的想法。若是如此，臣女只是闺中女子，不懂这些事情，不如向陛下禀报，下药这件事还查得不够清楚，再将此事查个明明白白可好？"

云卿不想再说这件事情，也不知道四皇子究竟要说什么，目光转到远处，好似是闹新郎的人到了花园之中，隐约可以看到被包围在中间，穿着红色新郎服的耿佑臣。

本以为看到他这样子，心里会有什么感触，真正看到，却是一点感觉都没有。也许，心中没有这个人，他便再也入不了眼了。

正当此时，一个尖利的女声插了进来，"你一个商人之女，我四弟和你说话已经是给了你天大的恩赐，你那是什么态度！"

在园子里传来的热闹声音中，突兀地插入这么个尖利到刺耳的声音，云卿的眉头皱了起来，微微转头去看着，这等倨傲尖利的嗓音究竟是谁传出来的。

来人穿着相当华丽的服饰，一眼看去，只觉色彩鲜艳，亮蓝色的长裙上绣着金丝海棠，还用珠片做了花蕊，只要在光亮处行走，便如同踩在了钻石上一般，璀璨耀眼，如繁星拱月。

避开那闪耀的光芒，看到的便是女子的容颜，长脸上五官端正，说起来也算得是秀丽，但是额头稍短了一些，显得人有一种呆笨的感觉。

她走到云卿面前，以一种非常居高临下的姿态，盯着云卿道："你就是那个商人之女？"

云卿半垂着眼眸，微微含笑道："臣女乃抚安伯之女，陛下御封的韵宁郡君，若是二公主你问的是以前的身份，臣女父亲的确是商人，如今，也兼任皇商。"

四皇子站在一旁，看着云卿优雅的动作和风度翩翩的回答，目光里的兴趣更浓。

云卿的一番回答，将如今的身份点出，二公主若是怀疑，那就是对陛下的怀疑，也丝毫不为自己曾经是商人之女而自卑。

在这样的衬托下，二公主倨傲的姿态显得做作而刻意。

这让二公主也很不舒服，今日她随着皇后到永毅侯府参加婚礼，也是因为听到皇后和米嬷嬷在宫中说起状元宴上的事情的真相。她自认为和安玉莹是好友，当然觉得自己应该为安玉莹出上一口气。

说是出一口气，实则是她认为自己是公主，对于皇族贵胄的高贵血脉中突然加入了一个用金钱铜臭而受封的贵爵，而有一种不齿。

刚好找到这个机会，便要来出出她这口高贵的气。

于是，她乜着云卿，嘲讽道："你骨子里是商人之女，就永远流着商人下贱的血液，就算现在被封做了郡君，也改变不了这个事实。"

二公主的声音很尖，高声的时候带着一种刺耳感，让云卿觉得很不适，但是更不喜欢的

是她说的话。

下贱？

她向前走了一步，望着二公主："我是商人之女，可我的血不比你低贱，今日我能得封郡君，就是因为我这个流着你认为低贱血液的人，能救了陛下一命，而你这个血液高贵的人，又能为陛下做什么？是在宫中打罚内侍宫女高贵，还是在外面颐指气使高贵？"

赤裸裸的指责，让二公主半天没能反应过来，只能狠狠地瞪着云卿。

一个深居宫中，众星捧月的公主，又如何比一个曾经代父到商场中与人周旋的少女口齿伶俐呢！更何况这个二公主，云卿是有过耳闻——头脑简单，脾气暴躁。

云卿说完，就往后面退了两步，这时，二公主也反应过来，只看她一张脸涨得通红，步子迈上前去，尖声叫道："你说什么！"就要抬手对着云卿挥下，一只大掌闪电般地伸出，紧紧地扣住二公主的手腕，冷漠的嗓音里夹杂着寒色："二姐，你要做什么！"

一看这扣住自己手的人是亲弟弟，二公主眉毛一挑，额头上露出了细细密密的纹路，怒吼道："四弟，你要干什么，这个女人她说我的坏话！你干吗不让我教训她！"

四皇子眉梢微动，隐隐有戾气集结，声音比起方才更冷："二姐，她说的都是事实，你看看如今你的样子，难道不是像她所形容的那般吗？"

二公主怒上心头，哪里管得了什么形容不形容的："你松开，我一定要打她才甘心，你快点松开！"

四皇子手指收紧，脸上已经蕴了一层怒意，低吼道："你看清楚，那边来了多少人！"

四皇子极少将怒意放在表面上，被他这么一吼，二公主转头望着花园入口那边，闹新郎的人都停下来望到了这边。

虽然天色渐暗，黄昏的光彩依旧能照出他们眼中的神情。他们大部分都是朝中的青年才俊，世家里的未婚男子。

二公主为人虽然骄横霸道，但到底还是女儿家心性，又是妙龄的未婚女子，被人看到这样狂骄的一面，顿时觉得难堪了起来，脸色一下青，一下白，几乎要哭起来。

而云卿看到这样的场景，眸中露出一丝笑意，此时不走何时走，赶紧离开这两姐弟才好，便沿着湖边小路要避开他们。谁知二公主难堪是难堪，可在她心底，这般青年男子看到她如此暴怒的一面，那都是云卿惹来的，更是猛甩四皇子的手，怒不可遏地怒吼道："沈云卿，你给本公主站住！"

她朝着云卿冲来，速度之快，两名宫女一时没反应过来，就看她对着云卿直直地跑过去。

云卿听到背后的脚步声，迅速地转身避开扑过的身躯。

"啊啊啊啊……"

所有人都以为韵宁郡君会被二公主辣手摧花，结果二公主自己打人不成，反而扑通一声，掉到了湖里。

两名宫女花容失色地在湖边乱转，她们想跳下去救二公主，但是自己又不会游水……

而靠得最近的韦沉渊，看到二公主落水之后，第一反应就是下水去救人，他从小生活在乡下，那里的男娃在河边游水是常事。

就在他提起脚步的时候，却发现有些阻力，低头一看，一双米白色的绣花鞋正踩在他的长衫上，顺着鞋尖看上去，便是云卿含笑的面容，正对着他轻轻摇头。

在韦沉渊心里，云卿虽然对付人手段了得，但是心地不坏，二公主刚才只是骂了她，也不至于让她丢了性命才甘心。正疑惑着，就见一道大红色的身影从他身后蹿了出去，一跃跳到了水中。

二公主华丽的衣裳和闪耀的装饰在水中都成为她的负赘，拉着她不断地往水中沉去。

她心里越来越恐慌，又怕又怒，怎么还没有人来救她，她会不会就这么淹死了……

其实不过短短的一瞬间，在生死挣扎中，便变得格外的漫长，在她就要沉入湖底的时候，一只手臂捞过来拉住她的头发，用尽全力地拖着她往湖边游去。

待到了湖边，那身影将二公主一把从水中捞起，一手穿膝，一手从肋下将她搂在胸前。

发间水滴不断地下坠，顺着脸颊流到脖颈，二公主还留着惊吓的眼眸，隔着水滴，看到了刚才救了自己的男子。

他脸庞稍方，五官柔和，虽然没有四弟那样凛冽冷峻，也没有堂弟御凤檀那般邪魅惑人，但是组合起来，有一种让人安心的温柔，二公主只觉得心脏扑通扑通地跳了起来，连从他下巴掉下来的水滴，都透出温柔的味道。

四皇子脸色阴郁地从男子手中将两眼里冒着浓浓痴恋的二公主接过，送到两个宫女手中。

二公主抓着四皇子的手，目光停在身着大红色喜服的男子身上："四弟，刚才救我的那个男子是谁？"

四皇子额头青筋崩裂，脸皮崩得紧紧的："那就是今天的新郎官，耿佑臣！"

耿佑臣是他的人，二公主和他见面没有一百次，十次绝对有，竟然抓着他的手，去问耿佑臣是谁！

二公主仿佛没有听到四皇子说的前一句话，只听到耿佑臣几个字，眼底的痴迷中加上了微微疑惑："是他啊，平日里看他，怎么没觉得有这么帅，这么迷人呢！"

她任宫女拿了披风给她包上，喃喃自语："他救了我，我们有了肌肤之亲，我要让母后赐婚……"

望着二公主狼狈加花痴的面容，四皇子冷冽的眼底几乎可以射出冰剑，耿佑臣是他的心腹，今日是耿佑臣迎娶威武将军义女的日子，如果二公主现在跑去，说要让皇后赐婚，将她嫁给耿佑臣，只怕威武将军他还没拉过来，就已经结仇了！

不能帮他也就罢了，还要拖他的后腿！

他压抑怒焰，对着两名宫女道："还不赶快将二公主带进去换衣物，你们好好看着二公主，在回宫之前，不许她出来。否则后果……哼！"

他没有将后果说出来，两名宫女却全身颤抖，一左一右地夹着二公主往后院去。

耿佑臣将二公主救了上来，就被人包围住了，徐国公府的嫡孙徐砚奇喝得醉醺醺的，一手拿着酒壶，一手拿着酒杯，指着耿佑臣，满脸揶揄道："好你个耿佑臣，你还说你喝醉了，看你健步如飞，跳进去救人没一点问题，你装醉是吧，现在被我发现了，喝……罚你再喝三杯！"

他举起酒壶，就开始往酒杯里倒酒，东倒西歪的，倒得满手都是，终于倒满了一杯，塞到耿佑臣的面前。

耿佑臣一身喜袍湿漉漉地黏在身上，他从开席就被一帮纨绔子弟包围起来，拼命地灌酒，就算跳到湖中，整个人还是没清醒过来，也不知道自己刚才做了什么，看到杯子就直接接了过来，往口中倒。

云卿和韦沉渊站在原地没有动，将四皇子和二公主两人之间的互动看了个清清楚楚。

韦沉渊面上带着几分惊讶，他刚才听到了二公主说的话，耿佑臣是今天的新郎官，二公主因为别人救了她，就要去求赐婚。

要知道，大雍朝虽然规矩多，但是男女之间大防也不至于那么严密。如今春日衣服里外起码三层，耿佑臣救了二公主，两人算不得肌肤相亲，顶多是个援手之恩。

"二公主未免倾心也太快了一点。"韦沉渊惊讶之余又叹了口气。

云卿听见他心有余悸的话，掩嘴一笑。

二公主当然会倾心了。

韦沉渊不知道，上一世二公主也是在一个宴会上，不小心跌入了湖中。当时便是韦沉渊第一个去救了她，跟随而来的便是二公主无尽的骚扰和纠缠。

她记得自己死的时候，韦沉渊还没能娶妻。朝中没有一个官员，敢把自己的女儿嫁给他。二公主那时候可是做了皇帝的姐姐，和皇帝的姐姐抢男人，那是不要活了吗？

耿佑臣，在做他妻子的半年时间里，云卿知道他喝醉酒之后，表面上看起来和平常人差不多。但是一旦听到有东西落水，就会飞奔过去捞上来。这个习惯是他小的时候救过一个人，李老太君是因此注意到众多庶子里面的耿佑臣，才对他开始注重培养，为他今日踏入朝政打下了良好的学识基础。所以在耿佑臣的心里，下水救人大概和权利是一体的。

"女子总是有点英雄情结的嘛。"云卿对韦沉渊一笑，语气里听不出是揶揄，还是感叹。

韦沉渊心内庆幸刚才云卿踩住了自己的长衫，不然被二公主看中的就会被换成他……他是吃不消这位高傲的二公主的。

从云卿刚才的举动来看，她似乎一早就知道二公主会爱上救她的人，也知道耿佑臣会跳下去。

如星的眸中不禁带上了深思，她的再次未卜先知，让韦沉渊心内对云卿的看法又高了一个层次，只叹她幸好是朋友，而不是敌人。

他扬起唇角，轻松地一笑："这么说，你也有了？"

云卿点头："有的。"

是女子，总会有一点英雄情结，幻想有一天，自己在为难之中，会有一个俊美的男子，骑着白马，威风八面地出现，将自己从水深火热之中救出来……

上一世的她，不也正是因为有这样的情结，在水深火热之中，遇见了温文尔雅的耿佑臣，便栽了下去，结果送了卿卿性命。

"原来如此，难怪英雄美人总是戏台子上最受欢迎的曲目。"韦沉渊取笑道。

"是啊，听你语气，似乎对刚才没救到二公主遗憾嘛。"云卿斜觑着他，满脸促狭，"要不要下次创造点机会给你再表现下？"

"郡君还是不要拿着小生打趣了。"韦沉渊瞳眸微瞠，做出惊吓的神色，对着云卿拱手讨饶。

这般模样惹得云卿笑靥更盛，便是已经看了她美貌两年，自认已经没有感觉的韦沉渊都失神了片刻，心中喟叹，如云卿这等生在富贵家中的少女，又这样炫目，以后，不知道会嫁到谁家为妇呢。

婚宴结束后，皇后回到了储秀宫中，一直被四皇子冷眼警告，不敢开口的二公主，此时终于冲到皇后面前，满脸委屈地喊道："母后，你可要为女儿做主啊！"

皇后在宴会上已经听到宫人回报，此时望着二公主，美眸中有冷光："你有什么要我做主的？"

二公主并不是个聪明的人，她也没有察觉到皇后眉梢那点冷意，只顾着倾诉自己的那点心思，抓着皇后的手撒娇道："母后，方才在永毅侯府花园中，女儿掉落到了水中，是耿佑臣他救了我，女儿和他在众目睽睽之下有了肌肤之亲，求母后给我们赐婚。"

她一口气将心中的想法全部说了出来，皇后的脸色却是随着她的话语越来越沉："你知不知道耿佑臣是今日的新郎，他刚娶了威武将军的义女，我给你们赐婚，你过去是什么，做妾，你做不做？！"

"做妾？"二公主尖声道，"母后，我堂堂一个公主怎么可能做妾，她韦凝紫也没这个福分可以承受得起！"

"那你还要嫁过去？"

"让韦凝紫做妾，我做正妻，不就可以了吗？"二公主站在皇后身边，想起那从天而降的红衣男子，宛如天上派来的救星一般，"那么多人都在花园里，为什么别人没来救我，就是他来了，他就是我命定的那个夫君！"

二公主今年已经二十，她曾经有一门亲事，但是就在快要举办婚礼的时候，男方得病去世了。之后，皇后又要给她说亲，她都不肯。陛下曾经逼迫她嫁人，她竟然以死相逼，三天三夜不吃饭不喝水。皇后心疼地去求明帝，明帝一气之下，再也不管她的婚事了。

如今在朝中，二公主是有名的大龄公主。但是二公主不在乎，她一直在等着她命定的那个人出现，直到今天。

“你难道不知道，韦凝紫是你四弟要拉拢的人吗？”皇后有些恨铁不成钢地说道，若是早那么一个月，看上耿佑臣也就罢了，反正他是四皇子的心腹，让他娶了二公主，也算是进一步的拉拢。现在再说，迟了。

二公主一愣，随即道：“拉拢她做什么，她一个女的拉拢了又有什么用！”

“你！”皇后她想着女儿家娇养，二公主要什么就给什么，如今真的后悔一直娇惯着这个女儿。

“母后，我不管，你要替我做主，我要嫁给耿佑臣！”二公主不甘心地摇着皇后的手。

“你和耿佑臣是没有可能的！”皇后拧眉呵斥道，心里打算物色个合适的人，尽快将二公主嫁出去。

永毅侯府的西苑。

黑夜笼罩着大地，耿佑臣才从外面踏进院子，韦凝紫在屋中等了许久，一看到他回来，便整理了衣裙，面上带着笑容到门口迎接他：“夫君，你回来了。”

“嗯。”耿佑臣满脸都是心事，进来便任韦凝紫将外袍脱下，换了一套家常的便服，才坐了下来。

韦凝紫见此，忙使了粉蓝去泡茶，自己则坐到了耿佑臣的身旁，望着他的脸色，揣摩他究竟在为什么烦恼。如今她已经嫁给了耿佑臣，做了他的夫人，就算心里不甘，但女子一旦嫁人，以后的荣华富贵便和夫君绑在了一起。

“夫君，你还没用饭吧，妾身让下人将饭菜都热着的，端过来便能吃了。”

“不用了，我没胃口。”耿佑臣一手撑着额头，眉间的皱纹和打了结一样，前晚他听四皇子的吩咐，让人潜入抚安伯府去找那样东西，结果等了一天一晚，东西没有找到也就罢了，就连派出的人也悄无声息地消失了，一点踪迹都没有。

这样的结果报给四皇子，自然而然得不到什么好脸色，还让他挨了一顿骂。

他揉了揉眉心，这些人都是四皇子培养的密探，对四皇子绝对的忠心，绝对不可能无缘无故地消失，他们没有回来的最大可能就是已经被人抓起来或者杀了。

以抚安伯府如今的能力，不可能抓得到密探的，还有一个可能就是其他人做的。那这批人又是谁，谁和他们一样都在盯着沈府?

他今日都在想这个问题，哪里有心情吃饭。

韦凝紫料定他遇到了什么难事：“夫君每日在朝中劳累，妾身只是个闺中女子，也不懂什么。若是能替夫君解忧便好了。”

闻言，耿佑臣想起一件事，他刚才怎么忘了，韦凝紫当初住在沈家那么久，也许她知道有什么方法可以打听沈家的消息。

“虽说你是个妇人，但是妇人不一定就无知，现在你我是夫妻，有一件事情，为夫倒是要向你询问。”

韦凝紫眼眸微亮，面上却还是谦虚：“夫君若是不嫌弃妾身，那可以说给妾身听听，若是没办法解决，至少也能让夫君倾诉一番，说不定也能有一番效果。”

她这等低姿态，让耿佑臣觉得心里很舒服。韦凝紫现在是他的妻子，以后与他也是一体的了，虽然不能全说，但多少可以透露一点。

如此这般的想着，耿佑臣斟酌着开口道：“是这样的，四皇子想拉拢抚安伯府，但是却没有办法下手，你以前在抚安伯府中住了许久，你知道不知道，有没有办法可以拉拢抚安伯的呢？”

一听到抚安伯府几个字，韦凝紫的瞳孔就不由自主地缩了缩，真是冤家路窄，嫁了人之后，夫君问她的第一件事情，就是和抚安伯府有关。

不过，她喜欢，任何可以给抚安伯府里的人添堵的事情，她都格外的喜欢。

“妾身倒真是有一个想法，就是不知道夫君知道了会不会取笑妾身！”

耿佑臣刚才本来是不报什么希望了的：“你说说看。”

韦凝紫便抬起手对着耿佑臣招了招，耿佑臣眯眼笑了，靠过去将她抱在怀中，再坐下，“现在你可以说了吧！”

韦凝紫点头，将头凑近他的耳边，轻轻地说了一句话，听完之后，就见耿佑臣两眼发亮，大呼：“好，这法子简单，为夫一时郁结，竟然没想到。”

他言语里的意思便是这个办法不怎么的，关键是他一时没想到，韦凝紫听了，心下冷笑，法子虽然简单，但是你就是想不到啊，但是面上还是那般的柔和：“夫君所想都是雄伟的策略，妾身乃小小妇人，想的肯定不一样，哪里能和夫君所做所想比较呢。”

这话熨帖极了，耿佑臣心里的愁云一下子就散去，看着姣美如花的妻子，两颊生红，唇色红红的好似能滴出水来，眼神便渐渐深了。

韦凝紫哪里察觉不到他的变化，手却略推了推他：“夫君如今心情好了，妾身让人端了饭菜上来给你吃……”

“还吃什么饭菜，现在最想吃的就是你了……”耿佑臣的手便从衣摆下摸了进去，声音里带着粗气。

第二天一大早，下朝之后，耿佑臣将口中的方法讲与四皇子听后，四皇子略为沉吟了一会，便带着耿佑臣到了皇后的储秀宫中去了。

次日，抚安伯府。

云卿今日无事，正陪着谢氏在绣东西，两母女说着话，坐在院子里面晒着太阳，老夫人本来也在，她的身体没以前好，如今比较嗜睡，待了一会，便有些疲了，谢氏让人送她回去歇息。

过了一会，来了婆子传话，说是瑾王世子上门了，谢氏让人请了御凤檀进来，就在花厅里接待他。

御凤檀明里来了抚安伯府一次，暗里已经不知道多少次了，对于抚安伯府的地形，只怕比瑾王府京中的府邸还要熟，装模作样地跟着婆子到了正厅里。

就在这时，门口又有婆子传话："夫人，前院有宫里来的人在等着，说要见你。"

"什么人？"谢氏不知这时怎么会有人来找她。

婆子道："她说是皇后有口谕要传给夫人。"

原来是皇后，谢氏对着御凤檀道："世子，你先在此处坐一会，我到前院去。"转头望着云卿道："切莫怠慢了世子。"

"女儿知道。"云卿点头应了，谢氏才放下心，带着李嬷嬷往前院。

待谢氏走了出去，云卿睨着御凤檀，看他坐在位置上，规规矩矩，并没有平日里在她闺房时那般的随意，到底是皇家子嗣，若是做出一番姿态来，礼仪风度半点不差。

"怎么，韵宁郡君一直望着我做什么呢？"御凤檀声音如同春风从羽毛上刮过，轻轻的，很是蛊惑。

云卿无视他话语里的调戏，挑眉道："皇后传的是什么口谕？"

御凤檀一笑，轻叹般地摇头，"我什么都不说，你就知道我的目的，看来你我的确是心有灵犀。"

比起他在屋中对她的举动，这般的言语已经是很平常了，云卿并没有理会这些，而是抬眸静静地看着他，双眸里写着等待。

御凤檀一笑过后，也没再说其他，而是说起了今日来的主要目的："皇后感激你父亲为陛下解忧，打算给他送两个美妾。"

云卿听了，眼底划过一道微微的讶异，很快便想到了四皇子在找的那样东西。现在抚安伯府到了京城，四皇子将手段移到了明处，只要将妾室送进府来，便能从内部下手。

其实一两个女人塞到后院来，以如今她的地位，就算是皇后给的女人，她也不怕，但是皇后赐的妾，父亲不能一直冷落，就算没事去应付下，母亲必然也会伤心的。

绝不能让皇后把手伸到沈家里面来，她侧过头来，艳美的小脸上带着一种坚定的神色："皇后这次下口谕，应该是邀我娘去宫里吧。"

"嗯。"御凤檀赞赏地点头，"她是邀请你娘去宫中，是打算先礼后兵。"

皇后先将谢氏请到宫里，旁敲侧击一番，若是谢氏懂事，就直接将两名美妾接回家供着。若是不接，就让人抬到抚安伯府来。

反正最后的目的都是要将人送进来，区别不大。

云卿侧头望着御凤檀，却想起另外一个问题，御凤檀今日是来这里通知她皇后有这个打算的，那么御凤檀有没有怀疑过皇后为什么要塞人进沈家呢，按照他的性格，不像是闷头只会做死事的人，既然知道了，不会不追寻源头。

还是说御凤檀其实一开始就知道，四皇子和皇后针对沈府的原因？

不知不觉之中，云卿对御凤檀刚刚开放的心，又蒙上了一层阴影。这些皇家人，一个个心如海深，说不定御凤檀对她这样的接触纠缠，也是为了找到那样东西。

不知怎的，想到御凤檀接近自己，原来是这个原因，她心口便如棉花堵住了一般，似喘不过气来，不由得抿紧了樱红的唇。

御凤檀看着她眸光从睿智到最后慢慢地竟然一黯，心里一动，眸中有种让人心悸的东西，牢牢地看着云卿，嗓音里的散漫消失得无影无踪，有的只是一片真挚和深情："不要胡思乱想，我对你没有其他目的。"

唯一的目的，就是娶你。

这话他放在心底，没有说出来，但是云卿早已知道。

自己的心思被男子一眼看穿，如流霞般璀璨动人的细长双眸里，是一片真诚又痴迷的眸光，唯一锁定的、看到的只有她。

那样的眸光，作不了假。

她低下头，将心头颤抖奋力掩下去，方才与他视线对上的一刹那，她几乎可以感受到心脏加速的剧烈声响，那种怦然一动的感觉，让她措手不及。手指不由自主地蜷缩了起来，努力克制这种从来没有过的感受。

好像有一种被电击过的感觉从心头到了四肢，麻麻的，无论前世，还是今生，都没有过的感觉。

"云卿，你是不是不舒服？"御凤檀看到她面色有一种从未见过的淡红，将整张小脸渲染得更加艳媚，简简单单一个眼神，让他忍不住想去摸摸她。

"没。"云卿极快地压下这一瞬的心里变化，有些不敢直视御凤檀，将话题转开，脱口道，"世子有没有办法，不让皇后塞人到沈府？"

话题一下就转到这个问题上，御凤檀眉头皱起，显然很不喜欢，刚才云卿刹那的神色很奇怪，但是看起来又不像是病了，更不像是恼了他，究竟是为何。

但是对于云卿所提的问题，他也不会轻视，视线依旧停留在云卿面上："我认为皇后是女子，你也是女子，女子对女子，应该会有更好的办法。"

云卿听了心里一动，脑中有一个想法迅速地冒出……

沉吟片刻，笑了起来，声音带着喜悦："谢谢你将此事提前告知我。"

望着她如花的笑颜，御凤檀恨不得能马上将她搂在怀中，分享她的开心。

"你有什么法子，说出来给我听听。"

云卿含笑斜觑着他。

御凤檀眉尾一扬，浅笑着保证："放心，我不会告诉别人的。"

云卿其实并不怕御凤檀告诉别人，若是御凤檀要做这种事，便不会提早来通知他的，她点头，然后对着御凤檀无声地说了两个字。

一刹那，那双狭长的眸中光亮闪烁，嘴角的笑是抑不住地往外冒，露出雪白整齐的牙齿，

"好，果然是好办法啊！"

两天后。

谢氏一早便起来梳妆，戴上命妇的朝冠，换上石青色的命妇服，打扮得工工整整，带着李嬷嬷和翡翠两人往宫中而去。

进了宫，内侍已经候着，低头弓腰地道："夫人来了，奴才带您去储秀宫。"

谢氏笑得大方又亲切："劳烦公公了。"翡翠在后面知趣地打点了一封银票。

一路跟着内侍穿过长长幽静的长廊，谢氏发现自己被带到的地方并不是储秀宫，而是御花园中。

上午的春风还有着一丝淡淡的凉意，御花园内许多花儿在花匠的摆弄下，已经提前开放，一朵朵沾着露水，在阳光下折射出醉人的光芒。

迷人的花园之中，八角亭子里皇后正端坐在其中，一手执着茶杯，正在赏景听风，好不惬意。

谢氏忙整理了一下衣裙，规规矩矩地走到皇后面前行了个大礼："臣妇参见皇后娘娘。"

"起来吧。"皇后从谢氏行礼起，就在打量她。

虽然已经三十余岁，谢氏的皮肤白皙细腻，杏眼红唇，是一个温婉娴秀的美妇人。听说沈茂对这位夫人是情深意切，倒也不奇怪，毕竟谢氏还是有几分姿色的。不过，再有姿色也敌不过二八年华的女子那等鲜嫩可口了。

到时候将两名美妾送到沈府，用尽浑身解数将沈茂拉拢，谢氏这个妻子，又如何有妾室妖娆呢。

皇后一笑，尽力摆出一种亲和的姿态，却愈发透出高高在上的意味："沈夫人到京城已经有几个月了，不知对京城的生活是否还习惯？"

谢氏一直在等待着皇后开口，带着恰到好处的恭敬回答："回皇后娘娘的话，臣妇一切都好，让娘娘担忧了。"

"哪里，你夫君为陛下解决了如此大的难题，你女儿又救了陛下一命，倒是你有福气了，能有如此好的夫君女儿。"皇后微笑着，态度很亲近，仿佛真的是和谢氏在拉家常一般。

她越是这样，谢氏就越不敢放松，上位者高高在上，若是突然有一天，放低身子来施恩，那么必然有所取。于是谢氏愈发地恭敬："为陛下和皇后效力，乃大雍每一个臣民心内的愿望。"

皇后轻轻一笑："抚安伯如此为君操心，如今又做了皇商，每日在外操劳，陛下和本宫都心感欣慰。男子在外辛苦奔波，女子在内便要管理好后宅，听闻，抚安伯府中几位姨娘都先后出事，身边只怕温柔解意的人都未有了吧……"

一阵和煦的春风刮过来，伴随着内侍的高声呼唤：“陛下驾到！”

皇后便收了声，抬头望去，明帝负手而来：“凤檀，这园中的景色的确是好，春风拂面，朕的精神也好了许多。”

走在明帝略后侧方的御凤檀一笑：“臣也是看陛下为国事日日操劳，出来闻闻早春纯净的空气，对人身体也大为有好处。”

明帝深呼吸一口，紧锁的眉头也舒展了一些，侧头道：“张阁老，以后到这儿来议事，其实也挺不错的，有景有风，大概人也不会这么紧张了。”

“这倒是个新鲜主意。”张阁老浅笑应着。

“臣妾参见陛下。”皇后看到明帝之后，便由米嬷嬷扶着从亭子里走过来，对着明帝行礼，心里有些意外明帝竟然会一大早出现在御花园中。

“哦，原来梓潼你也在。”明帝看起来心情不错，目光落到了谢氏身上，“抚安伯夫人也在。”

“臣妇见过陛下。”谢氏起身道，“回陛下的话，今日是皇后娘娘召见臣妇。”

“看来皇后很是关心抚安伯，刚才过来的时候，臣也听到皇后说后院空虚之类的。”御凤檀笑着道。

谢氏抬眸望了一眼御凤檀，他唇角带着一抹淡淡的笑容，初看觉得无意，但听着刚才说的话，总觉得含着无限意味。

“后院空虚？”明帝面色上闪过一丝说不清道不明的神色，双眸在皇后和谢氏身上分明望了几眼。

张阁老却突然向前一步，站了出来，拱手对着皇后道：“皇后娘娘果然是贵为一国之母，端庄有仪，大方涵秀。”

张阁老突然对着皇后这么一番赞叹，惹得皇后面上微露疑色，不知这位老臣怎么会突然这样对她大说赞词，眼底有着探究。

而明帝深邃的目光里有着一丝精光划过，似乎是想到了什么，将目光转到了张阁老身上，微微挑眉，含笑启唇，道：“张阁老，你这般赞赏梓潼，是为何事？”

张阁老垂首：“方才皇后所说之话，臣也正有此想法。如今陛下正值壮年，是我朝兴旺昌盛之际，陛下已有五年没有选秀，如皇后所言，后宫空虚，嫔妃之位尚且未满，臣想请陛下，今年选秀。”

听着张阁老的话，皇后当即便要张口反对。

可惜张阁老久经朝堂，何事不是早有打算，岂会给皇后这个机会，在对明帝说完此番话后，立即将话头掉转，对着皇后满脸愧疚，道：“一直以来，臣都以为是皇后娘娘心胸不够宽广，不为大雍的江山社稷着想，所以导致陛下后宫空虚。今日想来，原来皇后娘娘早已有了此等的想法，臣实在是惭愧，还请皇后娘娘降罪！”

要说皇后听了前面一段话，有反驳之心，现在也无法说话，心里简直是千万只蜘蛛在爬，却偏偏不能开口。

她能说什么，她只要一开口反对，便可以坐实了那句心胸不够宽广，不为大雍的江山社稷着想的罪名了。

明帝五年都没有选秀，按照老祖宗的规矩，三年选秀一次，明帝自六年前选了次秀后，三年前的那次有人提起，但明帝没理，皇后也就不再提了。

如今六年前进来的新人好不容易变成了旧人，该收服的她也收服了，刚过了几天舒坦日子，眼下又要给明帝招新秀，这让皇后心里能舒服吗？

她使劲地忍着胸口这口喷薄欲出的怒气，保持着笑容，尽量让自己显得娴德大方。

明帝听了张阁老的建议，双眸透出深深的赞同之意。

张阁老很明了地一笑，明日正式上个折子，给明帝一个名正言顺的借口就好了。

御凤檀欣赏着皇后各种憋屈各种难受结合在一起有点扭曲的表情，努力忍着笑意，心里实在是很想大声地笑出来。

但是此时笑得太过分了，也太让人觉得幸灾乐祸了点，他只能微微笑着，憋着笑意，任胸腔里的小人笑得满地打滚。

云卿这招实在是狠，皇后有空给别人内院塞女人，那就是自己后宫太闲了，既然如此，那就给皇后添点事情做。

如今皇后只想着这次选秀之后，又有多少年轻的女子争宠，其实一般来说，做了皇后位置的女人，只要不犯错就不会被拉下位置，纵使再多新人，皇后始终是皇后。

但是薛惟芳很明显不单单是要皇后这个位置的人，她想要的，还有明帝的宠爱，明帝的心。

所以，她不喜欢选秀，也讨厌有新的美人再进宫。

CHAPTER 29 第二十九章　落水相救许终身（二）

此时此刻的皇后，哪里还有心思给人送什么娇妻美妾，打发了谢氏回去之后，便怒火冲冲回到储秀宫，让人将四皇子找过来。

当四皇子到储秀宫的时候，便看到皇后一张脸黑得几乎比凤服上的黑珍珠还要深。

来储秀宫的路上，他就听人说了上午在御花园里面发生的这件事，当时皇后为什么会和谢氏在御花园，他当然知道原因，但是明帝的到来，就显得有些奇怪了。

特别是来御花园轻松一下，还是御凤檀的提议，而后来事情的发展，是张阁老提出选秀一事，但是很明显，没有御凤檀的推波助澜，也不会有张阁老恰到好处的提议。

这件事的背后，似乎有人在策划，一切都太巧了一点。

但是，能让一个是瑾王世子，一个是两朝老臣的御凤檀和张阁老联合起来的人，却不多。

他将思绪一点点地剥清，发现谢氏的出现，正是今天遇见明帝的一个重要契机，也就是说这件事，和抚安伯府也脱不了干系。

抚安伯府，韦沉渊……

四皇子犀利的眼里透出一股深幽的光芒，心里说不出是什么感觉，若是他没有猜错的话，这件事，很可能和沈云卿脱不了干系。

不知道为什么，也许这个主意是沈茂出的，或者是韦沉渊想的，但是他的第一个直觉，却是想着那个有着一双如烟如雾的凤眸，每一刻都在变化的少女。

看到四皇子进来，皇后推开给她按头的宫女："你看看，这就是耿佑臣出的好主意，他让本宫给抚安伯送两个小妾，这下好了，小妾没送出去，反而要给陛下选秀！"

四皇子待皇后一口气说完之后，才开口："那两个小妾，你也没送过去了？"

在这充满了怒意的宫殿里，四皇子全身散发着的阴寒之气，和周围一切都是那般的格格不入，此时他一开口，更是格外的不协调。

但是，那冷冰冰的话语如同一盆凉水浇在了皇后的头上，让她从无尽的怒火里渐渐地清醒过来："还送什么小妾，自陛下到了之后，根本就没我说话的余地，到后来陛下离开的时候，发话让沈夫人回去。从始至终，我就没有插话的余地，如何赐妾！"

四皇子闻言越发的确定，此事和抚安伯府逃不了干系。沈云卿，这件事是不是她主导的？

汉白玉铺就的宫殿显得格外的宽广，二公主带着两个宫人，从宫里溜了出来，心里抱怨着这些天皇后一直让人守着她，不许她出殿门，今天好不容易才找到这个机会，让她出来放放风。

刚抬头看下前方，看到一个身穿深蓝色朝服，面目英挺温和的男子正抬头阔步地走过来。

他脸上带着淡淡的笑容，整个人看起来仿佛如玉一般的温润，穿了朝服的身躯是那么的高大……

二公主只觉得心脏扑通扑通地在胸腔里跳跃，在她眼底的耿佑臣，简直是玉树临风，俊美得无人能敌，她提起裙子，就往前面跑，追着耿佑臣跑了上去。

两名宫女一看她开始跑，也顾不得宫中不能随意喧哗奔跑的规矩，连忙追了上去，上次没看好二公主的两名宫女已经被皇后杖毙了，她们不想步那两名宫女的后尘。

耿佑臣正满脑子想着如何将官位升上去的时候，就看到前面奔来一个女子。

他看清楚面前站的这个人是二公主，赶紧退后一步，行礼道："微臣见过二公主。"

"那天你救了我，谢谢你。"二公主口中说着道谢的话，语气却居高临下，好似耿佑臣救了她是天大的赏赐一般。

耿佑臣虽然官不大，但是对于二公主开口的语气还是不喜欢，他觉得女人，都应该是温柔的，就像韦凝紫一样，说话做事，什么都是为男人考虑。

但是他毕竟不是青涩的少年，哪里会看不懂二公主眼底那般明显外露的神色。

二公主不是因为他救了她，然后就喜欢他了吧，这……也不奇怪，女人不就是喜欢这种英雄么？

但是理智告诉他，四皇子和皇后没有动过念头要将公主许配给他。于是，他微弓了身子，“不敢当公主‘谢谢’两字，微臣不过是举手之劳而已。”

原以为看到自己，耿佑臣会显露出倾慕的神色，谁知道他竟然是这般的生疏。二公主不甘心咬了咬唇，脸色有些不快：“你救了我，我们有了肌肤之亲，你就应该娶我，为什么你不向母后提亲？”

闻言，耿佑臣脸色都变了，他左右看了一圈，见没人在近处才稍松了口气。早听过这位公主骄纵跋扈的名声，但是这样主动说和男人有肌肤之亲，他有点吃不消啊。

耿佑臣面上的笑容微微有些阻滞，不着痕迹地又退了一步：“二公主，微臣已经娶妻，公主是万金之躯，岂能和微臣一个已有妻室的人再有牵扯，还望公主莫要再开玩笑。”

这个时候的耿佑臣，是真心的想要拒绝二公主，刚才那番话若是传到别人耳中，二公主反正是皇家贵胄也就罢了，他还想在官途上走得更远，更高，不想就此默默无闻，惹得皇后生气。

二公主脸上露出了一点受伤的神色，更多的是不满。她一个高高在上的公主，他只不过是一个五品小官，还是庶出。她喜欢他，是看得起他，他怎么还敢拒绝！

“我就是喜欢你，不管你娶妻了没，我心里就只想嫁你一个人！你有妻子又有什么关系，只要你喜欢我，我立即请母后下旨，将她休了！而且我的身份比她更高贵，更能帮助你！”

高贵的公主对着自己哭诉爱恋，让耿佑臣有一种难以形容的满足感，他有些愧疚，也有些遗憾。

二公主落水的事早点发生就好了，也许皇后为了巩固臣子的心，也会将二公主嫁给他。

娶了皇家的公主，就算再出现韦沉渊，李沉渊，他也不用担心爵位会落到别人的手里。

“二公主，天下男子何其多，你又何苦如此偏激。”耿佑臣的心思千转百回，本来想开口说的话，在看到二公主身边的宫女时，收了回来。

“天下男人那么多，可我就只喜欢你！就算死，我也要嫁给你！”二公主脑中已经是被怒火和恼怒烧成了一片，顾不得什么羞耻，什么礼仪，大声地喊道。

耿佑臣眼底闪过一抹欢喜的神色，好似为了安抚二公主一般，面上却带着苦闷，摇头道:“二公主如此厚爱，微臣实在不敢当，微臣家中已有娇妻！”

他说完之后，看宫里人来人往的，看到了不好，再者，有些事太快，反而太露痕迹，欲擒故纵这招，对二公主这种女子，肯定有效，便翩翩然行礼告辞。

留下二公主在原地，望着他的背影，手指紧紧地握紧。她不管，她一定要做他的妻子，一定。

而云卿这里发生的事情，也让她半晌无语，秋水竟然死心塌地要嫁给耿佑臣，就算是做妾也无所谓。为此，还在府中闹起了自杀的事！

云卿嘴角浮起了一丝讥讽的笑意，问满脸愁容的秋姨娘："你是要一具尸体，还是要做了姨娘的妹妹呢？"她有数十种方法能让秋水再也不敢闹，可是云卿不必要让个隐藏的祸害一直留在府中。

秋姨娘想着在院子里几近疯狂的秋水，双眸里透出无奈。她不知道为什么会这样，明明秋水和耿佑臣就见过一面，怎么会为了仅仅见过一面的男人疯狂成这个样子。

她当然不会知道，当初韦凝紫是计划让云卿嫁给耿佑臣的，暗地里让人使劲地挑唆秋水，在秋水面前说耿佑臣多么多么的优秀，多么多么的好！

"大小姐，你难道有办法让她嫁给耿大人？"

做正室云卿不敢保证，可是做妾嘛，那还不是容易的事情。云卿从容地点点头，她本来就对秋水没好感，当初若不是她发现得早，秋水就会引狼入室害了全府。既然她这样执着地要嫁给耿佑臣，那就让韦凝紫自己去尝尝，她培养出来的这个妾室如何与她争宠吧。

耿佑臣这段时间心情不好，今晚便独自一人，来到了丽春院里，为首的老鸨看到他，立即就扑了上去："耿大人啊，你可有一段时间没来了，不是娶了新夫人，就忘了我们家燕燕吧！"

"瞧张老鸨你这话说的，我再怎么也不会忘了燕燕，今天不是来看她了吗？"耿佑臣手掌还在老鸨肥厚的臀部一拍，惹得老鸨装模作样地惊叫了一声，嗔道："耿大人你真是好坏，今儿个燕燕刚好没出台，在上面等着你呢！"

说罢，转身对着楼上的小厮喊道："给燕燕姑娘挂牌，耿大人来找她了。"

小厮利落地跑去通知燕燕，耿佑臣熟门熟路地摸到一间门，推开里面的房间，便看到一个身段妖娆的红唇女子，正斜着身子坐在桌前，睨着一双媚出水来的眸子望着他。

这一眼的风情，就让耿佑臣身子都麻了一半，乐悠悠地走到燕燕面前，一把将她抱住，"这么久没看到爷，有没有想爷啊？！"

韦凝紫虽然是娇是美，但是比起见识过无数男人的青楼红牌来，对男人的掌握，完全不是一个级别的。

耿佑臣立即就扑了上去，抓住燕燕抱在怀里，两人你一句我一句，耿佑臣已经被燕燕逗得心猿意马，口干舌燥，接着燕燕递过来的酒杯，一杯接一杯地喝下去。

望着他开始朦胧的醉眼，燕燕眼底闪过一丝诡秘的笑意，继续柔声劝着耿佑臣，直到他喝趴下，倒在了桌子上，才对着窗外摇了摇灯烛。

接着就有两个男的，进了燕燕的房里，将耿佑臣抬了出去，临走之前，将两张银票放在了桌上。

过了一会，耿佑臣半醉半醒之中，只感觉一个温香的女体撞在怀中，酒劲上来，一时冲动，只记得自己在丽春院里，手指熟练地去脱那人的衣裳，一把压到女子的身上，粗鲁野蛮地将她衣裳拉开。

但听耳边有女子痛苦的低吟，可是此时的耿佑臣已经没办法去分辨，只觉这一刻便是美好的天堂。

连续舒爽了两回之后，耿佑臣之前喝下的酒精，随着他热火朝天的动作而挥发，人也渐渐地清醒过来，满足地搂住旁边的女子，赞道：“燕燕，这一个月你又学了什么功夫，简直让爷都受不了啊。”

说着，将头转过来，想要亲一下躺在床上的“燕燕”，看到的却是一个陌生的女人，清秀的面上无一不透露出刚被狠狠蹂躏过的色泽。

耿佑臣顿时如同电击一般弹跳得坐了起来，环视了一下左右，和丽春院大红大艳的房间完全不同。他心里涌上一股不好的预感，转头望着床上女子，急急地问道：“这里不是丽春院吗？燕燕呢？”

女子双眸顿时泪水如泉涌一般：“公子你说什么，丽春院那种地方我怎么可能会去……”

“那你怎么会在这里？”耿佑臣用手握拳捶了一下自己的脑子，却发现一点儿也记不起在丽春院里喝酒的事情了，唯一的印象就是燕燕罚他灌酒，后来……后来就一片模糊。

“昨天我去买东西，结果不小心撞上了公子，谁知道公子一看到我，就一把抱住我，使劲地往客栈里面拖，结果，结果……”女子被他一问，脸色更是通红。

不用她说完，耿佑臣也知道后面发生了什么，目光落在床单的落红上，这究竟是什么跟什么啊！

“我抱你，你难道就不会喊吗？”

女子满脸羞红地摇头，声音如蚊：“我，我还没喊，公子就……堵，堵住我嘴巴，将我拉了进来了，公子力气比我大，我推了几次，都没有推开……”

耿佑臣听到这里，估摸是自己当时喝醉了，到路上的时候，以为撞到怀中的人还是燕燕，就抱着她拖了进去。

他望着眼前的女子，长得倒是不错，只是现在这种情形，他没心情欣赏美人，跳下床，去捡自己的衣服：“等会客栈的账我会结的，你快点穿了衣服回去吧。”

闻言，女子娇羞的面色一下褪尽，慌乱地喊道：“公子，你……你和我已经这样了，如今你一走了之，我，我还怎么活啊！”

耿佑臣一阵心烦意乱：“你快点穿上衣服再说吧！”

女子一边拿着衣服，往身上套着，一边望着外面，口中却是哭腔的嗓音：“公子，我如今已经是你的人了，若是你不要我，回家我也只有拉根绳子，上吊自杀了……”

耿佑臣新婚才两个月，若是就要纳了这个女子，不仅会打了威武将军府的脸，也会让李老太君对他失望。

“你先不要哭了，莫要让其他人知道。”耿佑臣一边想着如何处理这件事，一边哄着女子，以免惊动了外面的人。

可惜，有些事，不是他不想惊动，就不惊动的，只听外面有人急促的脚步声传来，听起来来的还不是一个两个。

耿佑臣连忙将外衫套上，让那女子快点穿上衣服，那脚步声已经到了房门前，全都停了下来。

"掌柜的，刚才你就是看到有人强拉着一个少女到这间房吗？"

"是的！"

只听掌柜的声音一落，几声震动过后，门便被撞开了，一个梳着流云髻，衣装精致的美貌妇人站在门口，面上带着焦急的神色，两只眼睛往里面一看，立即染上了怒焰，冲进来道："耿大人，原来是你，我妹妹竟然是被你拐到店里来的！"

这个妇人正是秋姨娘，她心里虽然早就有了准备，但是看到眼前这一幕，还是真的怒了，怒自己那不争气的妹妹，硬要去做妾，还要用这种见不了人的手段去做妾。

耿佑臣见过秋姨娘两次，知道她是抚安伯的姨娘，一时有些发怔，难道自己错拉的这个少女，是秋姨娘的妹妹？

眼看门口的掌柜和伙计眼底都写满了好奇望着自己，耿佑臣觉得十分难堪，劝道："秋姨娘，你别急，此事慢慢商议……"

"商议什么，我让秋水出来买盒胭脂的，结果去了大半天都没有回来，结果出来一找，有人发现在这里看到你拖了个少女进去，结果，我没想到，还真的是你啊！"秋姨娘气得双眸发红，指着耿佑臣一阵大吼。

秋水听之前耿佑臣说的话，似乎是不打算纳她为妾，此时姐姐进来了，有了靠山，也干劲十足的满脸泪水，对着秋姨娘扑了过去，委屈得大哭："姐姐啊，我到底是做错了什么，出来买个胭脂就遭遇了这种事情，我打也打不过他，又被他强拖着进来，实在是没有办法……以后叫我怎么做人……"

秋姨娘也是满脸泪水："我苦命的妹妹啊，是姐姐的错，姐姐不该让你出来买胭脂的啊……"

秋姨娘的话虽然是说自己的错，可是话里话外所有人都听得出，究竟错的是谁，而且门口的人越集越多，住店的客人都已经围了过来，开始对着里面指指点点的……

这件事没多久，就传遍了整个天越城。

第二日，天色微明，曦光浅照。

李老太君亲登抚安伯府，以贵妾之礼，将秋水抬入门，因为事发之时，见者甚多，未免多出事端，准备了三日，便用小轿从偏门抬入，算是正式为妾了。

韦凝紫这些天门都不敢出，新婚第二个月夫君就纳妾，将她这个正室的脸面都不知道丢到哪里去了。可偏偏在大庭广众之下让人抓到了现行，若是不纳回来，那就是强奸民女。

秋水是什么性格她自然知道，进了门以后用尽一切手段讨好耿佑臣。今天更是哄得耿佑臣带了她出去游玩。她这个正室都没带出去玩过，一个刚进门的贱人他便要宠上天了！贱人，你有本事就和耿佑臣一直游山玩水的别回来，否则看我怎么收拾你！

耿佑臣此时也并未像韦凝紫觉得那样开心，他带着秋水去了天越旁边的光明顶，不是因为他对秋水特别宠爱，而是这三天在户部被人无视被人嘲笑，让素来被人追捧的耿佑臣心里落差太大。

他年纪轻轻就坐上户部侍郎一位，虽然降成了户部郎中，因为是四皇子的心腹，所以朝中大臣都给他几分面子，而今闹出在客栈强拖民女的事，惹得四皇子一顿冷眼，让他很难接受，干脆休假，到外面散散心。

"八少爷，你看，那边也有人在赏景呢！"秋水小鸟依人般地偎在耿佑臣的怀里，指着一处娇声道。

耿佑臣眼底哪里有什么风景，只觉得一片萧条，不过还是赏脸给新宠面子，顺着秋水所指的方向看去。

但见左侧一个亭子里，有五六人正坐在一起，把酒调笑。

耿佑臣看到那边的时候，亭子里的人也看到了他，为首一个面黄眼青的男子先是一笑，然后高声招呼："哟，这不是耿大人吗？怎么这时间有空来登山，没有在户部处理事情啊？"

他的话听起来热情，实则含着浓浓的讽刺，眉梢高挑，里面都是恶意的打趣。

耿佑臣的眼中划过一抹厌恶，秋水感觉到他抱着自己的手在用力收紧，脸上却不得不带上笑容："是啊，原来黎驸马，方小侯爷，瑾王世子也在这里啊，真是好巧。"

说话的男子是七公主的夫君黎驸马，而坐在他对面的两个男子，就是御凤檀和方小侯爷了，远远地朝着耿佑臣微微一笑，算是打过招呼了。

黎驸马喝了一口酒，又抬头望着耿佑臣，继续羞辱道："耿大人啊，既然有空，那就过来坐坐呗，刚好我也带了女人，一起呗！"

黎驸马身边坐着的女子，瞧举止神情就知道是青楼女子。耿佑臣眼底的厌恶带上了憎恨，他虽然带着秋水，可到底是以礼娶进来的贵妾，将他的妾比作青楼女子，这不是打他的脸吗！

这个黎驸马，若不是看在他是驸马的分上，他现在就想去踩他两脚了。一事无成，世无寸用，看到他失势就来踩他！

"我还有事，就不打扰三位的雅兴了！"耿佑臣说完之后，便带了秋水转身往另外一条道上走去。

黎驸马这人可不懂什么叫见好就收，看到耿佑臣气得转身而走的样子，更是大喊："耿大人，别走，来喝酒啊……"

耿佑臣心情变得更加差，脑子里想的都是黎驸马刚才那充满讽刺和嘲笑的语调。

秋水暗里看了看耿佑臣的脸色，试探地问道："八少爷，你怎么了？"

被秋水这么一问，耿佑臣内心里对黎驸马的愤意便有了出口，遥望着前方下山的路，哼道："那个黎志他凭什么取笑我，他才华平平，智慧平平，根本就是个庸才，仗着七公主的势，才混到今天这个地步，他有什么资格这样讽刺我！”

秋水听出他话里的不甘，顺着话意讨好道：“那当然，虽然婢妾也是第一次看到那个黎驸马。但是从他的外表，言谈来看，连八少爷你一半都比不上，他若不是攀了七公主这门亲事，只怕现在还只是京城一个无所事事的纨绔。哪能像八少爷你，一切都是凭着自己的本事争取到的。”

一番娇言软语，让耿佑臣的心情稍许好了些，眉头却更紧了些。

黎驸马自身才华寥寥，德行皆缺，却坐在肥缺上。每日里花天酒地，在青楼留下他的虚浮的身影，更不提家中美妾数人，这一切都因为娶了七公主。

耿佑臣不由想到二公主，这段时间，他都不小心“巧遇”了二公主，被一个高高在上的公主爱慕追求，极能满足男人的自大心理。

若是他能娶了二公主，那么他的人生也会和黎驸马一样，不，一定会比黎驸马更出彩。

耿佑臣欣喜若狂，只觉得光明顶这个名字确实是名副其实，在他人生灰暗的时候，给他点了一盏明灯，让他通向更辉煌的未来。

“秋水，你真是爷的福星啊！”耿佑臣面带喜色，他一把搂住还不知怎么回事的秋水，“走，我们下山去。”

秋水虽然不知道耿佑臣在欢喜什么，但是听到耿佑臣夸她是福星，也喜得眉毛直飞，更加娇羞地依偎在耿佑臣的怀里：“爷，你又打趣秋水。”

“没有，这可不是打趣。”耿佑臣满脸的郁闷和郁结，都随风消失得无影无踪，取而代之的是一脸风光得意。

他就知道，他耿佑臣的人生是不会就此停下的。

韦凝紫一直等着耿佑臣和秋水的消息，一直到碧空染橘，天色微暗之时，才听到外面的小丫鬟来报。

“八少夫人，秋姨娘回来了。”

韦凝紫闻言，眉头微微皱起：“八少爷呢？”

“听前院的小厮说，八少爷回来之后，便去了书房，好似有要紧事。”小丫鬟低头回道。

韦凝紫点头：“那你去将秋姨娘请过来。”

小丫鬟得了话，退了出去，到了秋水住的小院里。

秋水刚换了衣服，听到韦凝紫派人请她。脸上露出得意的笑容，想起耿佑臣今天下午对她的种种温柔缠绵，若是韦凝紫要骂她，她倒不介意打击一下她。

到了韦凝紫的院子里，秋水走到前方，给韦凝紫行了个礼：“婢妾见过夫人。”

韦凝紫看她脸颊红润，看起来今日出去玩得倒是十分开心，高抬的下巴显然是没有将她这个正室放在眼底，一口银牙几乎咬碎。没想到她竟然落得被一个妾室欺负的分上，不过心里气急，韦凝紫也没有表现出来，表面上笑容可亲：“起来吧。”

“谢夫人。”秋水很大胆地直视着韦凝紫，嘴角露出几分得意的笑容。

韦凝紫当作没有看到那挑衅一般的笑："听说你家以前是扬州镇上的，一些规矩你可能不懂。如今你进了侯府，代表的就是侯府的脸面，有些规矩还是要立的。妾室每日要到主母面前来伺候着，主母吃饭你站着，主母喝茶你端着，主母说话你听着，这些，想来你姐姐是知道的，前几天耽搁了也就罢了，从现在开始，你就在我这伺候着吧。"

听完她一通话，秋水恼极了，可是姐姐有说过，在她没站稳脚跟之前，别给人挑了错去。

于是，秋水忍下满心的愤怒应道："是，夫人。"

这个回答，倒让韦凝紫有些意外，她还以为秋水一听到这话，肯定又要闹起来，妾室到正室面前立规矩，这是应该的。闹到哪，韦凝紫都占理，没想到秋水竟然应了。不过韦凝紫岂是那等简单的人，既然如此，她刚好可以名正言顺地来磨她。

"好，果然是个懂事的。"韦凝紫一笑，转头对着粉蓝道："上晚膳吧。"

早就准备好的晚膳立即端了上来，满满一桌子的美味佳肴，散发着浓郁的香味，秋水刚从光明顶上下来，还没来得及吃东西，肚子里早就饿了，可偏生不能坐下，还要给韦凝紫布菜，一心的郁闷就不要说了。

她夹清蒸鱼，韦凝紫嫌腥。

她夹百合片，韦凝紫嫌淡。

她夹烘火腿，韦凝紫嫌腻。

一顿饭下来，秋水是满肚子的火蓄得满满的，韦凝紫吃饱后，让人将东西收拾下去，坐在罗汉床上，看着秋水的脸色发青，心里极为开心。

"夫人，喝茶。"粉玉端了一杯饭后消食的茶过来，韦凝紫接了过去，眼底划过一道利光，含了半口，便望着秋水。

秋水站那一动不动，粉玉便喝道："还不给夫人端了痰盂过来？"

秋水鼓着眼瞪了一眼粉玉，暗道这小蹄子也敢命令她，脑中一转，便走到小偏房里去端了一个铜铸花形的痰盂出来，站在韦凝紫面前。

韦凝紫睨了一眼秋水，对着痰盂的边缘就吐了下去，一口茶水刚好吐得秋水满手都是，嘴角抿着笑："秋水端痰盂还是要多训练下，这都端不好位置。"

虽然秋水不是大富大贵人家出来的，可是家里人都宠着，哪里受得了这个，看到自己手上湿漉漉的，是韦凝紫吐出来的水，里面还沾着残茶，胃里一股恶心，直想反胃。顿时心火直冲上脑，举起痰盂，对着韦凝紫就打了下去。

"端你去死！"

痰盂一下打在韦凝紫的头上，铜制的痰盂就算力道不重，砸下来还是让她身子一歪，腹部刚好撞到了小几的桌角上。

秋水丢了痰盂，正拿着帕子擦着自己的手，帕子擦了以后，还觉得恶心得很，正要再找个帕子来擦擦，便听到粉玉尖叫声："夫人，夫人，血，血……"

只见韦凝紫水红色的马面裙上慢慢地沁出一块块大红的血迹……

抚安伯府。

夏日一来，百花齐放，姹紫嫣红，谢氏的院子里色泽鲜艳的花儿迎着阳光静静地绽放，虽然比不得扬州沈府的精致巧丽，也有另外一种风味。

谢氏欣慰地叹了口气："秋水总算是如愿所偿地做了耿佑臣的妾室了，没想到，她竟那般的执着。"

云卿低头一笑，拿帕子擦了擦手："是啊，还做了韦凝紫的姐妹，真真是让人没办法想到呢。"

谢氏望了云卿一眼，看出她眼底的揶揄，知道女儿对韦凝紫对秋水都是没甚好感，"秋水那小丫头，脾气倒是暴，竟然用痰盂砸了韦凝紫，还弄得孩子差点小产，现在被李老太君关了禁闭，何必呢。"

云卿暗道：韦凝紫要是不去那么整秋水，秋水能被挑得那么大火气而动手吗？

"对了，之前准备说给秋水的掌柜，现在如何了？"

原本秋姨娘求谢氏给秋水挑个人家，谢氏挑的是沈家下面的一个掌柜，秋水不肯。云卿想起这事就问问。

说到这件事，谢氏侧头道："这可要问翡翠才知道了。"

云卿露出一抹惊讶的表情，望了一眼翡翠，见她脸一下变得通红，低下头去，小声道："夫人，你就莫要笑我了。"

李嬷嬷在一旁给云卿解释道："那日掌柜过来等秋水姑娘见面，没等到。结果刚好夫人回来，不知怎么，就看上了咱们翡翠，昨日已经上门跟夫人提亲来了。"

大户人家身边的丫鬟，一般留到十八岁就要安置了，要么就是嫁给府中的管事，以后做管事妈妈，要么就外放嫁出去。

翡翠今年已经十八岁，也是该要说亲的时候了，只不过云卿记得上一世，翡翠好像是嫁了一个管事的。如此看来，她这一世改变的，不只是自己的命运，还间接改变了其他人的。

"原是这样，我倒不知道这一遭的，那就要恭喜翡翠姐姐了。"云卿笑着打趣，惹得翡翠脸更红，干脆脚一跺，嗔道："夫人，大小姐，李嬷嬷，你们都拿着婢子说笑。"然后就冲了出去，那样子，惹得一屋子人都笑了起来。

笑过后，谢氏喝了口花茶，润了润唇，望着自己女儿，及笄后，也到了说亲的年纪了，以前她也问过女儿对韦沉渊感觉如何，云卿说是兄妹。也不知道女儿心中有没有自己属意的，虽说儿女姻缘，父母做主，可谢氏觉得还是要女儿喜欢。

自家女儿基本就没让她操过什么心，她这个做娘的，也只有在这门事上操点心了。

不过，谢氏微蹙了眉头道："韦沉渊，哦，不，耿雨臣听说带着秦氏回了扬州？"

自李老太君将韦沉渊认祖归宗后，韦沉渊就改为耿姓，按照族谱上的辈分，同样改了名字，如今叫作"耿雨臣"。认祖归宗之后，耿雨臣便说要回扬州，去韦家的祠堂内消名，然后找一名子嗣过继到养父的名下，以免养父在九泉之下，成为无子嗣的孤魂。

谢氏听云卿说完后，脸上露出欣慰的表情，赞道：“这孩子不错，富贵也不忘本啊。”

云卿点头，耿雨臣这个举动，的确是做得很好，一时外面对他的赞誉声不绝，直夸心孝性直，比起耿佑臣那些乌烟瘴气的传言，好过千百倍不止。

时间过得飞快，很快到七夕，这一日天气也非常好，金晖爬上蓝天，将璀璨的光芒洒向大地。

到了晚霞漫天的时候，流翠便进来书房催促云卿：“小姐，要准备了，今晚可是七夕夜呢。”

听到流翠的话，云卿这才放下手中的书，进了内室，青莲拿着早就挑选好的月白色绣有兰花滚边的长裙给她换上，流翠又让飞丹给云卿梳了一个飞星逐月髻，从妆奁中挑了一支点翠蓝宝石簪子，和数朵狐狸白毛的小绒球插在发髻间，最后再在她身上披上一层雪色轻纱外衫，戴上同色的宝石耳环，方才松手。

流翠还思忖哪里不足，云卿望着她笑道：“好了，别看了，该走了。”

流翠其实还想说再化点妆就更完美了，可是转头一想，算了，小姐不化妆都这么漂亮了，若是再一化，今晚引得街上大乱，那可就不好了。

府外的马车早就已经备好，云卿扶着流翠和青莲的手上了马车，车夫便御马前行，往东大街的方向而去。

东大街的前方，有一个巨大的广场，今日的一切活动，便是在广场上设置，所以车夫不用吩咐，也知道将马车往哪里驾驶。

马车走了一段路后，便停了下来，官府为了七夕夜晚的安全，已经设置障碍，前面是严禁马车通过，云卿便由流翠和青莲扶着，走了下来。

夜晚的东大街比起白日里，更有一种显赫繁华的感觉，人影幢幢，灯影叠叠，到处都挂着招揽生意的灯笼，里面的光彩五彩斑斓，将街上照出几分仙境般的意境。

耳边是人们的笑声，谈话声，混合在那些尽力招揽生意的小二的吆喝里，产生了一种热闹得不知时日几何的超然。

衣着华贵的公子，妆容美丽的千金，不时从身边穿梭过去，带起一阵阵的香风，一阵阵的笑意。

强盛的大雍带给百姓的是安宁的日子，这般的安宁和幸福，其实这样的近。

天空宁静，新月如钩挂在黑色的帷幕上，一颗颗的星子如同水钻镶嵌点缀其上，天下，地上，皆是一片美好繁华。

云卿穿梭在这样的环境中，也生出几分热闹的心来，渐渐地投入到人们这一份喜悦之中。

正在和流翠欣赏着街上的花灯，突然从远处的屋顶上，唰唰唰地跳出几十道黑影，如同鬼魅一样出现在众人的面前，他们的动作很迅速，一下便冲入人群之中，手中执着的刀剑在灯光中泛着血一般无情的光泽，让人望着便觉得寒意瘆人。

不知谁家小姐首先看到黑衣人，发出了惊声尖叫，然后整个东大街的广场开始乱了起来。

云卿拉着流翠快速地往后退，那些黑衣人却是像毫无目的地厮杀，见到一个杀一个，根本就没有任何章法和对象。

“快闪开！”一道粗声传来，流翠被一个逃窜的公子推到了一旁。

云卿抬头一看，那些黑衣人已经朝着这边靠近，她想要上前，却被人群推得往后挤去，慌声道：“流翠，快起来！”

“小姐，别管我，你赶紧走！”流翠调头看那刀光血影，吓得脸色苍白，仍然颤着声音喊道。

云卿哪里肯抛下流翠自己走，发力将身边跑来的人都推开，提起裙子往流翠身边跑去，扶她起来。

“起来，我们快走。”

流翠忍着脚上的痛意，站起来，随着人群跑去，可是一撞一跌一扶一回头，黑衣人们已经近在咫尺。

眼看一个黑衣人朝着这边扑来，云卿凤眸一眯，身体向前一倾，挡住流翠的身子，手指在腕间一按，一道细小到肉眼都难以发现的光从蓝宝石手镯里瞬间发射了出去，直直地插到了黑衣人的脖子间。

与此同时，一只手臂将云卿即将倒地的身形牢牢一挽，提了起来，一刀砍杀另外一个过来的黑衣人。

望进那双霞光潋滟的狭长凤眸，云卿目光里有一丝复杂的情愫闪过。

御凤檀微微挑眉，对着她一笑，反手将一个黑衣人的剑拨开，流云似的长袖在舞动中宛若风中飞起的花瓣，却暗藏凌厉招式，逼得黑衣人节节败退。

说时慢，那时快，巡逻的士兵在混乱发生之后，策马前来，此时已经赶到，将黑衣人团团围住。

御凤檀狭长绝丽的眸子微微一瞥，嘴角的笑意越深，搂着云卿便朝着破开的位置，脚尖轻点，身形翩跹，如青鸟飞纵，几纵几伏之间，已经到了东大街外的一家房屋屋顶之上。

御凤檀一落下来，便将云卿放在了屋顶。云卿被他带到此处，心中惦记着流翠，急道：“流翠呢，流翠还在那里！”

“不用担心，易劲苍在她身边。”既然要让云卿好好陪他，自然不会留下什么错漏让她分心的。

知道流翠安全了，云卿的心也安定下来，转头问御凤檀：“你带我来这儿干什么？”

“那里人太多。”御凤檀坐在云卿身边，眼角带着一股毫不遮掩的欢喜，绝丽的双眸在清淡如水的月光里，深若幻境，仿佛被他看着的那个人，就是这个世界上最宝贵，最珍惜，最易碎的宝贝。

云卿在这样的注视之中，心里的那一丝防备好似春日里河水中漂浮的冰块，一点一点地融化。

这些时间，每次见面时对御凤檀那种微微心乱的感觉，好似又跳了出来，慌乱地避开他的眼眸，胡乱道："你带我来这里，是有什么要和我说的吗？"

御凤檀微微一笑："想和你两个人单独这么坐着，七夕夜这么独特的日子，若是浪费了，也太可惜了。"

"倒是真独特。"云卿似乎没想到御凤檀话中的意思，而是想起了那批刺客，"黑衣人无缘无故地出现在东大街广场，他们的目标是什么？"

"你怕吗？"御凤檀眯着眼笑，目光始终没有从云卿的脸上移开，两道专注的视线让云卿根本就没办法忽视。

今日御凤檀似乎笃定了要说一些什么，不会轻易被她的话题所岔开。她心情很复杂，就像两个小人在心里头拼命地争夺，她和他原本是没有瓜葛的，可不知怎么，就绕到了一起，她总觉得偏离了当初自己重生时所想的轨道。

可是却发现，无论怎样，这道路已经绕了，似乎也拉不回来。

"怕，当然怕，那么多黑衣人，刀剑拼杀，血肉横飞。"云卿想起这一幕来，倒是觉得当时的自己真的是格外的冷静，似乎从头到尾，都没有什么惧怕，只是担心流翠受伤。看来现在的她，心理素质是越来越强大，这样的情景也无法让她有点动容了。

御凤檀望着她脸上那一点恍若迷茫的神情，伸手在她发上揉了揉，笑道："有我在身边，你当然不用怕。"

慵懒的声音里带着一丝宠溺，融合在着寂寥茫茫的夜色中，好似一缕羽毛从心尖上划过，头上那不重不轻，却亲昵得如同情人的动作，让云卿从头顶产生一种酥麻，蔓延到了四肢，鬼使神差般的，她转过了头，眨了眨清透的眸子，哂笑："你说不用怕，可那时，还不是靠我自己吗？"

御凤檀狭长的眸中晃过一丝不赞同，用另一只得空的手勾起云卿的手腕："这个镯子可是我送的哦！"

说完，还促狭地学着云卿眨了眨眸子。

云卿望着手腕上的蓝宝石镯子，瞪了他一眼："送我的东西，就是我的了，既然是我的东西，那就不关你的事了。"

这镯子原本就是御凤檀送的，要追究起来，今日的确还是御凤檀帮了大忙，可看着他那笃定的样子，云卿就不想让他得意。

这样的心理，有些幼稚。可是御凤檀却觉得很开心："好吧，卿卿觉得今日我表现得不合格，以后一定尽早出现，不让你失望。"

他的表情里充满了遗憾，声音中带着自责，可云卿从她的脸上，可没看出他有一丝如此迹象，不由得哼了哼，"你还好意思说，自我来京之后，安玉莹三番两次对我暗下毒手，不都是你引来的？”

其实云卿心里也没怪御凤檀的意思，御凤檀自始至终也没表现对安玉莹有什么意思，反而是安玉莹在内心里就认准了她沈云卿，好似没了沈云卿，御凤檀就会和她在一起幸福美满一辈子。

可御凤檀不知道云卿内心的想法，看到她脸色那么一恼，心内便紧张起来，连带好看的脸上都露出了些微委屈：“卿卿，她那般举动我没法控制的。天地日月可鉴我心，对她我连一点儿想法都没有，你要相信我。”

云卿一见他那面上神色跟墨哥儿抢不到东西吃时一般，不由得伸手在他脸上捏了捏：“我也就说说而已，你别那么紧张，你和她之间，我也管不了啊……”

我们之间又不是什么关系这句话还没说出来，御凤檀一下便伸出手来，将她捏着自己脸颊的手覆盖在手心里，双眸迸射出十分绚丽的光芒：“云卿，我心里只有你，我知道，其实你心底也有我的，对吗？”

什么叫给一点阳光，就有十分的灿烂，此时的御凤檀便是。今日他就不能再让她逃避，他要逼着她面对事实，虽然他不知道她究竟有什么心结，导致一直对他都有着抗拒。

他的眼睛极美，在幽幽的夜空中，比最闪烁最耀眼的星光还要闪亮，比最璀璨最艳丽的烟花还要绚烂，云卿顿时紧张了起来，连被他强放在他脸颊和手心里的手都忘记抽回。

眨了眨眼睛，再眨了眨眼睛，心里在大声喊着，你心底没他，可嘴唇宛若被神鬼控制住了一般，抿了又抿，始终说不出拒绝的话来。

若是经历了两世，此时她还不明白自己对御凤檀的感情，那真是白活了。

她喜欢上对面这个男子了。

虽然她知道，他两年后会死去，虽然她知道，和他在一起，也许会要面对更多的麻烦。

可是理智控制不了感情，不知不觉之中，他已经到了她的心里。

御凤檀等着她的回答，潋滟狭眸里看起来很平静，内心却很怕又被她拒绝，又被她推开。

他小心翼翼地喜欢着她，明明很想靠近，又怕自己太过主动吓到了她，只能在近和远之间，选择最恰当的方式慢慢融化她的心。

他看着她如玉的脸，他再不想只能游离在她的心外，御凤檀本不是什么守旧之人，为了云卿，克制了许久的爱慕，在袅袅月色之中，终于喷薄而出。

他一把将她搂在了怀中，将自己的唇覆了上去。所有的感官都集中在唇瓣这小小的一块，其他的一切都不存在。只有这两片唇瓣，才是他最希望停留的地方。

云卿全身一僵，她的眼眸恍若被定住了一般，看着那人近在咫尺的眼眸，有一种非常奇异的感觉从唇上传来，还有那环绕在身周的轻浅檀香，她恍然一醒，伸手便想要推开他。

可是御凤檀的反应比她更快，他抓住了她的双手：“卿卿，你喜欢我，你喜欢我。”

他是那样急切地表达自己的喜欢，他做好了一切的准备，也许她会推开他，会打他一

巴掌，会义正词严地拒绝他，可她都没做。他甚至可以感觉到她在被他亲到时，那微微的颤抖。

他迫不及待地要说出来，即使在那样美好的时刻，他也要说出来。

这是一种难以形容的感觉。

云卿不知道怎么说，前世她应该是喜欢过耿佑臣的，可从来没有像这般不受控制，好似喝醉了酒，不管天崩地裂沉迷在其中。

她喜欢御凤檀，也许已经喜欢很久了，那些什么担心和忧虑，都随着夜风走远吧。既然重生一次，那就让一切都全部改变吧。

云卿没有意识到这时候的自己多美，只有御凤檀看到妩媚的双眸中艳丽的眸光从睫毛下透了出来，眼角眉梢那是一种用言语无法形容的风情，可以让任何一个男人为之疯狂。

他的动作越来越急促，想将怀中这纤弱窈窕的人儿，就这么一点点地，一丝丝地，吃了下去，尝遍她所有的滋味，每一点，每一寸，丝毫都不能放过，就这么揉碎了，变成他唯一的，最甜美的食物。

他抓住她双手的手早已经松开，炙热的手掌顺着她的肩膀慢慢地往下滑，从她圆润小巧的肩头朝着纤细的腰间抚去……

月色朦胧，大地无声。

天地自然的一切，仿佛都在支持着这一对情人的亲密，直到几道不和谐的声音出现在这静谧的夜晚。

“二公主，我们进去吧。”

熟悉的声音传来，云卿从梦境里瞬时惊醒，一把将男子推开。

御凤檀面上的表情有这一瞬的僵硬，接着急忙地转过身，满心的郁闷和懊恼。

云卿望着他微微弓下的身子和方才脸上那闪过的尴尬，咬唇羞红了脸。

“你带我来这里做什么？”

御凤檀平息好身体的热度，对着云卿勾勾手，两人蹑手蹑脚地趴在屋顶上，他小心翼翼地揭开一片瓦，头靠头地往屋下看去。

屋中，二公主和耿佑臣正在谈情说爱。

耿佑臣双眸里都是温柔，如同沉浸在春风里的柳枝一般，说不尽的缠绵多情，道：“公主莫要说了，只怪我运气不好，无奈之下娶了自己不喜欢的人，如今碰到自己心仪的女子，却偏偏什么都不能和她说。”

二公主望着他的表情，那布满纠结的俊颜，那带着淡淡忧伤的语气，让她的心也染上了忧伤，如果此时，她还听不出耿佑臣话里的意思，那才奇怪了。

难怪耿佑臣每次看到她时，她总觉得双眸里含着欲言又止：“你若是喜欢她，那就跟她说，你若是不说，那又怎么知道，没有机会呢？”

耿佑臣望着二公主有些湿的眼眸，眼底划过一道飞快的得意。他嘴唇张了张，似乎要说出来，又转身，重重地叹了口气："我说不出来，她那样高贵的身份，是没有可能嫁给我的。"

二公主见他又转身，便又气又心疼，跺了跺脚道："你喜欢我，干吗不直接跟我说，有什么问题，难道以我的身份还解决不了吗？"

"原来你都知道的。"耿佑臣听到二公主的话，转过头来，眼底既惊喜又激动，"可是你是公主，我怎么……"

"你每次看到我就那样的表情，我如何能不知道？可是没想到你对我的感情已经这么深了。"二公主很感动地点头，原来耿佑臣也早就爱上她了，只是碍于身份，不能和她表白。

"公主，你……本来我想把这个秘密掩藏一辈子的，就这么默默地爱慕着你，在心底为你祝福，没想到早被你发现了，如此，也好，既然你都知道了，那我也不能再和你这么见面，今夜是七夕，也算是为我这段深藏的感情画上个句号吧。"耿佑臣摇摇头，双手紧紧握成拳，转头往外面走去。

二公主冲上去抱着他的腰，脸贴在他的背上，喊道："你别走。"

"不行，你是高高在上的公主，我只是一个小官，家中已经有妻子了，就算你我相互爱慕，皇后和四皇子也不会让你和我在一起的，我们是没有未来的。"耿佑臣嘴角带着一抹笑意，手指却去扳开二公主抱着他的手臂。

二公主哪里肯："不会的，不会的，我有办法，我们能在一起的，一定能……"

耿佑臣嘴角划过一抹得逞的笑意，转过身来面上都是惊讶，低声问道："公主莫要哄我，不可能的！"

"我有！"二公主非常坚定地点头，"我有办法，让母后和四弟没办法拒绝我们的。"

她说完，松开手，让外面跟随的宫女去买了酒水过来，然后对着宫女道："你们到外面去，没有我的吩咐不要进来。"

"公主，皇后娘娘让我们跟随你，寸步不离的。"宫女有些犹疑。

"滚出去，再不滚本宫就让人将你拖出去打死！"二公主眼睛一瞪，满脸不高兴地训道。

二公主的性格，宫女当然清楚，当即就吓了一跳，连忙退了下去。

屋内只剩下他们两人，耿佑臣看着那木门关上，心底喜悦的火花不断地四射，面上带着迷惑不解的意思，问道："公主，你有什么办法，皇后和四皇子不是那么好打动的？"

"没事，你只告诉我，你真的不喜欢那韦凝紫和秋水吗？"看来二公主还是听说过韦凝紫和秋水的事，韦凝紫倒好说，可秋水，她听说是耿佑臣很喜欢她，迫不及待地娶进门的。

望着二公主狐疑的眼神，耿佑臣向前一步，拉着二公主的手，含情脉脉："二公主，若是真心喜欢她，我又如何会纳她为妾？真正喜欢一个女子，只能让她做我的妻子，正因如此，我才不敢对你表白自己的心意。"

二公主望着他含情的双眸，早就相信了他的话，嗔道："你说的我都信。不过以后你可只能对我一个好。"

"她们在我眼底哪里比得上你百分之一的好。"韦凝紫和秋水的身份，哪里有二公主的

身份来得高贵呢。

情郎的软语就在耳边，二公主哪里还不放心，这些时日，耿佑臣下的那些功夫，已经让她早就笃定了他的爱慕，不然为什么每次都那么巧地遇见她。

她拉着耿佑臣的手，走到桌前，端起酒来："来，我们喝酒吧。"

耿佑臣望了一眼那酒，没想到这位二公主倒是奔放，为了嫁给他，私下主动愿意和他发生关系。如此一来，到时候皇后和四皇子也没有任何理由可以拒绝他了。

于是他装作不知道的样子，端起酒杯和二公主开始干杯。

数杯以后，二公主便有些头昏，她身子软软的，举杯对着耿佑臣："我一定会和你在一起的。"说完，便身子发软倒了下来，耿佑臣立即向前一步接着她倒下的身躯，在她耳边轻声道："二公主……二公主……"

御凤檀见状飞快地捂住云卿的眼睛，将瓦片盖上后，抱着她从屋顶跳到一处寂静的小巷里。

"耿佑臣倒是如你计划的一样，真的去勾引二公主了。"御凤檀浅笑，侧头望着云卿，目光却有意无意地在她的红唇上停留，眸光微微暗沉。

"他那种人，为了权势什么都愿意去做，此时被逼上了绝路，当然不会放过二公主这个机会。"云卿微微一笑，话语里有着淡淡的讥诮。

"你似乎很了解耿佑臣？"

云卿望着他："不了解自己的对手，又如何击败他？"

这样的回答取悦了御凤檀，他在她额头上亲了一下："云卿，我好怕。"

"怕什么？"

"很怕你说刚才在屋顶上发生的一切不算数，很怕你说那只是一时的意乱情迷，很怕你不会让我再接近你。"御凤檀的声音在耳边，懒懒的，如同动人的乐曲，温热的气息拂过小巧的耳朵，云卿将头在他身上蹭了蹭，将手搂上他精瘦的腰，隔着雪色华裳，感受肌肤传来的热度。

原来他也不放心，原来男子也会怕女子不将自己放在心上。

云卿眼眸里都是甜蜜和温暖，笑意在嗓音里蔓延："傻瓜。"

她是曾经害怕过，害怕迈出这一步后，会重新走上一条旧路。可当她已经走出这一步，她就不会再后悔。

锦绣前程从不会自动出现在面前，她的人生，既然每一样都要争取，那么就将他，也加入到其中吧。

"嗯，我是傻瓜，你一个人的傻瓜。"御凤檀用手将她散落了几根的发丝轻轻地放在脑后，轻声道，"如果今晚是一场美梦，那就让梦永远不要醒。"

云卿挑眉一笑，手指却在他腰间一拧："是不是做梦？"

御凤檀抿唇抽气，控诉道："呀呀，卿卿，你这是谋杀亲夫啊！"

云卿哪能不清楚自己的手劲，她斜睨着御凤檀，轻笑道："最多也就是谋杀个世子罢了，谁跟你亲夫啊！"

微挑的凤眸润着水光有无限风情，撩得御凤檀心头发痒，惩罚似的更加收紧手臂，警告道："我是，御凤檀是沈云卿的夫君，这辈子你的夫君只能是我，明白吗？"

云卿好笑地看着他，这等霸道又稚气的宣言，怎么就让她的心好似泡在了蜜糖里一样，随时要消失在甜到腻的水中。

生怕她不相信自己所说的话，御凤檀紧跟着道："等你及笄后，我立即向陛下请旨，娶你为妻。"

云卿面上又熏了一层粉红，温柔地点点头。

御凤檀看着她微带羞意的脸颊，浸在无光的小巷里，她就如同那灯火之光，照耀着他的一方心田。大手扣着她的小手，并肩走在小巷里，手掌中那柔软的触感在告诉他，今日的一切都是真的。

他望着小巷出口那里的亮光，就像是他和云卿的未来，每走一步，都令他兴奋不已，期待不已。

七月初八，这一天，耿佑臣早早起床，穿好朝服，发冠高束，整个人呈现一种长久以来未曾看到过的精神奕奕，连带永毅侯府中的下人，都觉得有些奇怪，天上到底掉下了什么馅饼，将八少爷喜成这样，比起做新郎官的时候还要得意。

耿佑臣嘴角的弧度很高，努力克制着自己的得意，不要让其他人觉得太过了，灰蒙蒙的天色下，那朱红宫墙，似乎也在向他庆祝。

昨夜和二公主一番翻云覆雨之后，二公主说今儿个就去跟皇后求赐婚，虽然皇后听到这件事后，会有点生气，但终究还是会原谅自己亲生女儿的。届时他做了驸马爷，四皇子对他的疑心也会随之消失，再和以前一样重新用他，他的前途岂不是妙不可言。

早朝时间到，明帝听完关于昨晚刺杀事件的报告后，眸色阴沉："此事，禁卫军统领的确有失职之处，降为东门卫卫长。"说完看着吏部尚书，"吏部将合适此职人员的名单递交朕一份。"

接着有其他官员说了各省报上来的大事，明帝商议完后，魏宁便问是否还有事情上报。

御凤檀对着明帝道："臣有事要奏。"

御凤檀虽然带着官职每日上朝，但是极少开口，除非明帝问他的意见，或者他自己特别有兴趣的事，才会说上那么几句，难得看到他还主动有事要上奏。所以大殿之内的众臣都纷纷地听着他究竟要说什么。

而明帝也和众臣一样好奇起来，自己这个侄儿，基本是不来参与这些事情的，他这次要奏的，不知道是什么事情呢？

"有写奏折吗？"看来从不发表言论，明帝还特意问御凤檀是否有奏折呈上。

“有。”御凤檀从袖口抽出一封奏折，递给内侍，呈交给明帝。

明帝将奏折接过，随着视线停驻的时间越长，脸色也越来越差。站在明帝身后的魏宁，余光瞟了几眼奏折上的内容，脸色也略微地变了变，将视线赶紧收回。

“将折子上的东西，再口述一遍。”明帝将折子往桌上一丢，声音在大殿里细小却又格外的清晰。

御凤檀浅浅一笑，道：“简略地说，奏折里的内容主要是这样：

“从今以后，娶了公主的驸马不许纳妾，不许上青楼酒馆狎妓，但凡有违反的，公主可以君臣之礼，严惩不贷。而公主若死，驸马不许再娶，要替公主守节一辈子。

“再者，一旦娶了公主之后，驸马便要一心一意地伺奉公主，不再参与朝政，在朝堂上担任任何职位。

“而在这等条例出现之前，纳妾的也就罢了，从此以后再也不许有同样的情况出现，而在朝堂上任有官职的，在条例正式被允许之后，必须马上辞官，安心做驸马。”

大雍的驸马虽说是娶了皇家的公主，但是公主一旦嫁人，就和普通女子没有任何区别，在当初大雍建国之时，坤帝提倡君民同等，公主虽为天家子嗣，嫁人后却也与一般女子一般，没有特权。本意是为了避免公主嫁人后，夫君和夫家人都要每日行礼跪拜，减退了一家的亲情和和睦感。

未想，正是这个出于民主的条例，慢慢到最后，君民同等的初衷却由于朝代的变更而改变，演变成帝王之女饱受欺辱而没有半点保障。而帝王在不会危及到皇位和朝政大事的情况下，总是给驸马有实权的肥差，这样做的目的当然是为了让女儿过得好。

御凤檀刚说完这话之后，朝堂里面的人便有各种想法，如今朝中驸马不算多，但是也有几位，每个都是手握实权，但是真正有才华干事的的确是少。

他们在想，六公主爱慕瑾王世子，西太后似乎也想让瑾王世子娶了六公主。

若是这个驸马条例一旦出来，瑾王世子的军事才能就在那里，说不定哪天就要用上，就为了个女儿，明帝舍得让随时可用的将才就这么丢了吗？

就算明帝舍得，那还要看瑾王舍得不舍得啊。

于是不少官员望着瑾王世子，暗里心中发虚，若真是冲着这一点去的，那这位世子可谓心机深沉，这等条例一现，可谓是棋高一招，任谁也难以想到。

但是也有人的想法不同的，耿佑臣如今冷汗涔涔，只觉得一股凉意从心头蔓延出来，他和二公主发生了那等事情，为的就是能当上驸马，若是让御凤檀说的成为现实，那可怎么办？

二公主和他已经发生了关系，是肯定要娶的，若是娶了二公主，反而让自己的前途没了，他这不是搬起石头砸自己的脚，还砸得变成残废了吗？

他忍着这股凉意，嘴唇紧紧地抿着，心中还有一丝希望。

毕竟这个条例看起来是为公主好，但是也有一个弊端，那就是如果娶公主又不能纳妾，等公主死后还要守节，那么以后大雍的公主必然会愁嫁。

明帝在听完御凤檀所说的话后，双眸如星，冷笑了一声："这等条例，你是怎么想到的？"

"臣听闻七公主怀有身孕，便去驸马府中探望七公主，岂料进府之后，有家奴给予拦阻，理由是七公主要歇息。臣到驸马府提前递了帖子，得了七公主回复，才上府探望，如此，臣既生疑，便要求见七公主身边的侍女。可驸马府里的人借口百样，依旧不让臣进去，臣觉事情有异，强闯进去才得知，七公主已怀身孕，昨夜却被一个妾室推搡倒地，七公主却被黎驸马强制关在屋中，不给大夫查病。"

"早闻黎驸马跋扈张扬，却不知已然到了如此地步，思虑再三之后，臣才写下这封奏折，虽说公主与百姓一样，但根骨里究竟是皇家血脉，肚中的孩子，也是陛下的外孙。臣不论是作为大雍的臣子，还是七公主堂兄，都无法接受这样的事情。"

他这么一说完，黎驸马便跳了出来，脸色难看道："你胡说什么，七公主在府上有人伺候，谁会短着她什么不成，那个妇人又到你面前告了什么状，整日里就晓得哭哭啼啼的，一点风情都没有！"

黎驸马话一出来，众臣都下意识地去看明帝的脸色，果不其然，明帝的脸冷冷地一沉。

"黎驸马，若是说短着七公主什么，你没短她穿，没短她吃，可你就是不请人去给她看病，你不让她挨饿，不让她挨冷，你只不过是想要她直接死了！她一个正室夫人，一个皇家公主，难道要去学那青楼女子，逢迎男人吗？"御凤檀语气咄咄逼人，狭长的双眸里含着一股彻骨的凉意。

"我怎么知道，她病了不知道让人请大夫？"黎驸马被御凤檀逼得后退了一步，口中依旧是不服输。

御凤檀冷笑道："若不是我恰好要去府上，只怕现在七公主已经没了命！一个小小的妾室，竟然可以将一个公主欺负到这种地步，不说她身份如何尊贵，单单她是你的正妻，她连个大夫都不请，是想要活活痛死自己吗？一个妾室能操纵府中的人，拦着七公主身边的宫人，这就看得出你平日里是怎么对待七公主的，宠妾灭妻，绝不可容！"

黎驸马不识时务，黎侍郎不是，他一看到儿子跳出便知不好，几步走过去，一脚踢在黎驸马的膝盖上，自己一并跪了下来："请陛下恕罪！臣觉得世子此策，对公主是大福。"

其实在黎侍郎的心底，对这个条例实在是赞成。他能力不错，资历也到了，本来升职是有机会的，可是就是由于黎驸马闹得太过，所以在侍郎这个位置一坐就是数年。

自己这个儿子横竖是根烂草了，再想别的也没用。七公主怀孕的事情，他是真的不知道，黎驸马娶了七公主后，就住进了驸马府。

虽然七公主嫁给了黎驸马为妻，可肚子里的到底是皇上的外孙，自己这个蠢儿子，怎么这么一点自觉也没有！

黎侍郎第一个发话，接着已经升任左都御史的曹昌盛也站了出来："臣觉得此条例十分合理，驸马不参与朝政，乃我大雍之福，臣附议。"

他虽然娶了张阁老的庶女，但张阁老从不伸手去管各家女婿官途上的事情，曹昌盛是寒门学子一步步靠自己的能力升上来的，最讨厌的便是这些占着位置从不干实事的人。特别是这些驸马，平日里御史就没少参他们，可是驸马牵涉的人员和利益关系颇多，并不是一时可以参倒的。

若是驸马条例可以批准的话，以后这些没有实权的驸马，再也不会有那么多人去巴结。

曹昌盛说完后，工部尚书出来附议："此策确为良策。"

工部在兴建屋舍和工程之时，免不得被这些驸马的亲戚插手，偷工减料的问题屡有出现，这让工部十分困扰。一旦出事，受到责罚的是他们，那些人只顾着怎么中饱私囊，出了事就仗着关系撇个干净。

眼看有人在前面开了头，那些之前被驸马压制过的，欺负过的，立即也站了出来附议，一时朝堂上的气氛十分之火热。

三皇子，四皇子，五皇子当然不可能去反对这种明显对公主婚后生活有绝对保障的条例，公主是他们的姐妹，虽然可能没什么感情，但是站在"亲"这一字上，就算心里反对，也不能说，否则就显得很薄情。

四皇子望了一眼御凤檀，如今朝中适龄未嫁的公主不多，一个是二公主，一个就是六公主，而这两个，怎么看都和这封奏折有着关系。

二公主的婚事一直是他和皇后的计划之中，想要选择个合适的驸马，嫁出去，以作拉拢，而六公主，则一直都喜欢御凤檀。

而五皇子也望着御凤檀，眼底带着深深的探究，考虑这封奏折的实际含义。

当然，除了赞同，也有人反对的，便是纳了明帝其他公主的驸马："驸马虽然娶了公主，但是也想为国出力，如此一来不是生生让人没了前途，此条例实在不妥！"

曹昌盛十分不客气道："你们莫说为国出力，若是真心为国，那便好好地在位为官，敢问你们多少又是靠自已的实力坐上去的，多少人又是经过科举进了仕途，你们借了皇家的光，却对公主极为苛刻，从未想到公主也是皇家之子。说来说去，你们不过是想借着娶公主来铺平自己的官途大道！"

这话一出，让一直在旁边看着这一切的耿佑臣基本是全身发抖，他抖的不是害怕，是惊讶，是惊惧！

眼看一个个出来反对的人，都被曹昌盛辩驳了回去，大殿中的人开始分为两派，但是宗正也站到了支持条例的那边，渐渐地支持驸马的人声势越来越弱。

耿佑臣看这形势，思虑了一番，才站出来道："微臣觉得此条例也不对，若是条例一旦可行，从此以后，娶公主就代表了仕途被断。那日后谁又会愿意娶公主。"

CHAPTER 30 第三十章　自食恶果毁姻缘

储秀宫。

夏日的阳光照在储秀宫琉璃瓦上，折射出耀眼的光芒，飞檐怪兽蹲在檐顶，眺望着远方的皇城，其下各色牡丹摆放得赏心悦目。如此和美的景色之下，越发显得宫内的情状吓人。

一竿子宫女内侍个个小心翼翼地低着头，望着自己的脚尖，连大气都不敢出，生怕不小心就被震怒的皇后给拿着做了出气筒。

“你昨晚去做了什么！你说！”

皇后美眸里蕴着怒焰，保养得光洁的额头上有青蓝色的血管隐隐跳动，右手指着跪在下方的二公主，低声吼道。

昨晚二公主厮混了一夜才回到宫中，皇后一大早便听到有宫人回报，连早膳都没用，直接将二公主拉到了储秀宫，可见雷霆之怒。

“母后，昨夜的事情你都知道了，还请母后给儿臣和耿大人赐婚。”二公主察觉到皇后有些不开心，但是她以前不是没少惹事，还不是每次让皇后骂了一下，罚一下就作罢，这次她也这么觉得，横竖她如今都是耿佑臣的人了，皇后能拿她怎么办。

皇后气得从座位上站起来：“你给我闭嘴，你要再让人知道这件事，我就让人把你关一辈子！”

“母后！当初儿臣就和你说，喜欢耿大人，是你自己不许儿臣和他一起，如今儿臣已经是他的人了！你还想瞒着谁，难道你还想要儿臣去嫁给别人吗？！”二公主听到皇后根本就不允诺她的要求，也两眼一鼓，对着皇后大声吼道。

做出这般丢脸的事情，难道没有一点羞耻心的吗？皇后对着两边的宫人，急喝道：“将二公主拖下去，严加看守，不许她出来！”

这事千万不能让明帝知道，若是明帝知道二公主做出这等没脸没皮的事情，还不知道会怎么处置。

宫人立即上前，抓住二公主将她往她的寝殿里拖去，二公主声嘶力竭地喊道：“母后，你不可以这样，儿臣要嫁给耿大人，耿大人……”

她尖利的声音如同剑一样的刺耳，将储秀宫的一切都要刺破，皇后怒道：“把她的嘴给我堵起来！”

宫人立即从腰间抽出帕子，直接塞到二公主的嘴里，心里暗道这个二公主真是个暴躁的麻烦精，有她在的地方就没安宁。

一路将死命挣扎的二公主拉到了寝殿里，因为二公主每次发疯，都会砸坏所有东西，将身边所有人都打得半死不活，所以这一次，宫人将她丢进去之后，赶紧将门锁上，留得她一个人在里面乱吼乱叫。

“你们这些奴才，竟然敢关本宫，快开门！”二公主使劲地擂门，声音让宫人耳膜有些刺疼，她们往前走了数步，才免于听那刺耳的声音。

“快开门……你们这群蠢货，我要杀了你们！”二公主将屋内所有可以抓得动的东西，对着门砸去，直到她累得停下来，发现轩窗不知道什么时候开了，赶紧拎着裙子往窗子外爬去。

翻过窗子，她就发现前面有两个宫女，连忙躲到一棵枝叶茂密的树后。

“你说二公主被关起来了啊？”穿粉红色宫装的宫女道。

“是啊，她和耿大人情深意切的，可惜皇后不同意，将二公主关起来，真的很可怜呢。”另一个叹气道。

“皇后娘娘不同意，不是还有陛下吗？陛下也很疼二公主的，二公主可以去求陛下的嘛。”

“谁知道，如今二公主被关起来，都没办法出来，怎么去求陛下啊，要是让皇后先发一步，乱指婚了，她也没有办法，只好嫁给别人了。”

“也是……”

两个宫女边说边走，慢慢消失在小路的尽头，二公主从树后走了出来，心底反复想着刚才两个宫女的话，是啊，母后这次直接动怒，让人将她关起来，若不是窗子忘记关了，她还不能出来。

她的机会只有这么一次了，必须马上去找父皇。这个时候父皇正好在上朝，耿佑臣也在，到时候两个人一起求父皇赐婚，岂不是美满。

想到这里，二公主便朝着朝堂走去，而那两个对话的宫女在二公主走后，又从小径上拐了过来，诡秘地一笑。

二公主避开宫女、侍卫朝着前殿去了，而这一趟，她走得格外的顺利，基本是没有任何人看到她，虽然觉得有些奇怪，可她不在乎这些细节，就这样一路冲到了金銮殿。

“二公主，这是朝堂之上，你不可以进去！”站在门前的侍卫拦下了她，冷声劝道。

二公主虽然身份高贵，但不是朝臣，金銮殿是早朝用来议事的地方，不是谁都可进去。

二公主哪里管这么多，她拉长了脖子，用尽丹田之力喊道：“父皇，儿臣有要事要报！”

喝声一出，引得本来争论的金銮殿一下安静了下来，纷纷转头望着大殿的门口处。

耿佑臣看到二公主，神色一滞，这个时候二公主不是应该在恳求皇后赐婚吗？怎么跑到金銮殿上来了？

耿佑臣不明白，其他的臣子更不明白，明帝抬眸，目光落到招手欢呼的女儿身上。

二公主发现明帝在看她，立即对着左右侍卫喊道：“你们快放开我，父皇让我进去呢！要不然本宫要喊非礼了！”

她这么一喊，两个侍卫吓了一跳，手上就松懈了，趁着这一瞬，二公主推开他们，直奔金銮殿。

耿佑臣看到二公主跑出来，立即不露痕迹地拦住二公主，低声道："你来这里做什么？"

"让父皇给我们赐婚啊。"二公主对耿佑臣道，"你放心好了，父皇很疼我的，肯定会答应我！"

耿佑臣没听她说话还好，一听简直有血要喷出来，他甚至来不及思考为什么二公主能顺利地到达金銮殿之类的事情，赶紧压低了声音道："这里是金銮殿，赐婚的事情还是下朝之后再说吧。"

二公主的姿色虽然还算不错，但是也只算不错而已，并不是什么天姿国色，甚至还比不得韦凝紫那等娇媚。韦凝紫和秋水的性格才是耿佑臣喜欢的类型，会逢迎他，讨好他，将他看成自己的天。

而他在二公主面前，君臣有别，不知不觉就低人一等，和二公主相处的时候，总是花尽全身的力气去哄她，让她开心，哄着她不要她发脾气。

二公主的性格嚣张跋扈，说话做事很不顾及他的想法，这一切，原本他是想着当了驸马得了权势，委屈忍耐一点也就罢了，人生总不是完美的。

可是看刚才朝堂的情况，耿佑臣只要想到一旦驸马条例被明帝批准，他娶了二公主就等于直接掐断自己的仕途，就绝不能让二公主开口！

二公主本来是带着一腔欢喜来的，此时却看他眼底带着一点不耐烦，哼了一声，瞪着耿佑臣道："难道，你昨晚说的那些其实都是骗我的？"

她声音虽小，但是在这里问出来，耿佑臣还是有些受不了，用余光左右看了几眼后，才低声道："此时在上朝，下朝之后，我和你一起去，好吗？"

他的声音几乎是温柔里带着恳求了，可是二公主只当他是胆小，反而安慰他道："我知道你对我好，就算在这里也是一样的，你等着！"然后几步冲到前面，当着百官的面，大大咧咧地开口道："父皇，儿臣请求赐婚。"

耿佑臣反手一拉，没有拉住，听到二公主的话，只觉得天昏地暗，强忍着血气冲头，道："二公主，你可知此处是金銮殿，你等儿女小事，和国事岂能并论！"

若是在这殿上二公主说出要跟他赐婚的事，别人会怎么看他？

威武将军还在这里，他难道要当着朝臣的面，去落了威武将军韦刚城的面子，他的计划是二公主去皇后面前求啊哭啊，然后皇后心软下旨。他再去哄韦凝紫，说这是二公主和皇后逼他的，他没有办法。

这样威武将军府也不得罪了，还能娶个公主回来。

可是二公主怎么就不按着他说的步骤来，直接冲到了金銮殿上来呢？

耿佑臣心底犹如野兽在抓，他已经开始后悔，娶了二公主，也许比做个小官，被人笑话还要恐怖……

明帝的目光在耿佑臣和二公主之间穿梭了几眼，他坐在高处，方才耿佑臣的举动自然是看得清楚。

耿佑臣说的这话的确没错，就是其他官员，也都以斥责的眼光望着二公主，早朝时闯进要求赐婚，不识体统。

倒是御凤檀眼眸里带着深深的笑意，对着明帝道："方才臣们正在讨论问题，如今公主就进来了，公主自幼是皇后带在身边，皇后端庄高贵，母仪天下，二公主既然进来，必定是有要事要说。"

朝臣听到这句话，感觉很微妙。于是也不发话，静静地观看事情发展动向。

二公主听到御凤檀此话，连连点头，立即跪在殿中，对明帝道："父皇，儿臣与耿大人两心相惜，情投意合，还请陛下为儿臣赐婚，嫁给耿大人！"

"耿大人？哪个耿大人？"礼部尚书林新一下没反应过来，朝中姓耿的官员还是有五六个，未婚没娶的他记得只有一个，就是新晋的状元郎，永毅侯之子，耿雨臣。

可是耿状元请假回扬州，去处理养父子嗣的事情，据他所知，如今还没回天越城，难道二公主和耿状元早就私下有情了，可这也不应该冲上金銮殿来求指婚吧。

礼部尚书林新问出了在殿上大部分人的心声，究竟二公主说的是哪个耿大人？

支持驸马那边的人最是希望二公主说出来的人是耿雨臣，谁都知道陛下对这个新科状元有几分看重，若是娶了二公主的是这个耿状元，也许明帝就不支持这个驸马条例了。

只有敏锐的几人才发现，从二公主进来之后，耿佑臣的脸色就有点不对，简直是一瞬间褪尽了血色。

"是户部郎中耿佑臣耿大人！"

顿时，朝堂上炸开了锅一般，耿佑臣可是新婚娶妻纳妾一起加起来也不过几个月。

耿佑臣遭受到各方各面穿过来的视线，将他看得无地自容。耿佑臣只觉得手脚就这么不自觉地开始颤抖，几乎要不受控制地直接软了下去，他低着头，期盼二公主不要再继续说下去了，千万不要说出昨晚的事情。

他跟自己打赌，赌二公主不会在这么多人面前说出那样难为情的事情！

可是耿佑臣发现，自己到底是低估了二公主的破坏能力。

明帝双眼冷冷地盯着跪在殿中的二公主，在她说出耿佑臣的名字之后，眉头紧紧地揪在一起："你难道不知道他已经有了妻妾吗？"

"儿臣知道。"二公主如一头脑袋被堵了的牛一般，没有听出明帝那隐忍在话语下的怒火。

御凤檀朱唇微翘，摇着头加上一句："二公主，耿郎中已经有了妻妾，你贵为皇家子嗣，大雍青年俊杰如此之多，不如另选一人？"

"不，我就要他！"二公主对着明帝语不惊人死不休，"父皇，儿臣已经和耿大人有了夫妻之实，这一辈子再也不嫁给其他人了！"

此言一出，整个大殿里出现了一种奇异的寂静，仿若一下子安静到了极点，包括张阁老，薛国公这样的老臣，都是不发一言。

因为坐在最上面的那个天子，浑身散发了一种可以称之为暴怒的情绪。

明帝手指紧紧地扣住纯金龙椅的扶手，目光如剑，射向耿佑臣，让人怀疑，若不是在金銮殿上，只怕明帝已经抄起一把剑，直接将耿佑臣砍成八块！

在如此龙威下，耿佑臣腿脚发软，竟然直接跪了下来，瘫软到了殿上，他浑身发抖如筛子，和秋天的落叶一般簌簌发抖。

如今不再是什么驸马的问题了，问题在于他敢诱奸天之娇女！

对，在所有人的脑中，想到就是诱奸两个字！

谁管你通奸还是什么，为了二公主的名誉，也一定会如此处理！

他们都在静默中等待，等待着明帝做出怎样的断夺。

“耿驸马，恭喜恭喜啊……”

新赐的驸马府中张灯结彩，红绸高挂，偶尔有客人进来，对着穿着大红喜服的新郎官拱手祝贺，他们口中说着庆贺的话，眼底却藏不住那幸灾乐祸和讥讽嘲笑。

耿佑臣在金銮殿上，被冒失冲进去的二公主抖出了两人早有苟且之事，明帝雷霆大怒，刚要处罚之时，西太后和皇后赶到，连忙将此事说成是两情相悦，早有所属，若不是韦凝紫在宫中众人面前发生了那等丑事，本来耿佑臣是要娶二公主的，但公主情深意切，无法抛弃所爱，所以才大胆做出此等行为。

在西太后的一力掩盖下，这件事就便披了一层郎情妾意的美妙皮相，明帝虽然知道真相如何，但是为了保住皇家的颜面，默认了这个说法。

紧接着，皇后下了一道懿旨，韦凝紫婚前失贞，不配为妻，贬为妾室。耿佑臣接着就娶了公主，成为驸马条例通过后，第一个勇敢大无畏的大雍驸马。

而威武将军在听到义女被贬为妾室之后，义愤填膺，立即要求直面天庭。当威武将军韦刚城从御书房出来后不久，他便被任命为新的京城禁卫军统领。

大雍有史以来最富有传奇性的故事就这么出来了。

在种种不屑，嘲笑的眼光下，耿佑臣过了一天，只觉得第二次穿这身新郎服，竟然比第一次还要来得郁闷。硬着头皮送走了各方的宾客，才郁郁地回到了驸马府内布置得红彤彤的新房内。

一进门，便看到床上坐着穿新娘服的女子，头上戴着大红盖头，上面绣着一对金线绣的龙凤呈祥，燃烧的火光反射到上面，刺眼的光彩似在嘲笑他的今日。

他双目紧紧盯着那图案，宫廷的绣娘手再巧，图案再美，也阻拦不了他想将目光直接化为利箭，戳死掩盖在盖头下面那个女人的想法。

这个蠢笨如猪的二公主，若不是她就那么莫名其妙地出现在金銮殿上，在众目睽睽之下曝出两人之间的关系，他何至于走到这一步？陛下也不会当即就拍板，直接通过驸马条例，即刻施行！

若不是她突然出现，一切都还有回旋的余地，事情也不会变成如今这番景象，他现在算什么，高级男宠吗？难道他以后一辈子都要守在二公主的身边，不可以再上朝，不可以再去参与朝政，不可以再和那些当朝的官员谈笑风生，议论国事。

他想要在金銮殿上大展宏图，做一个被敬仰的人，而不是变成女人的附属品，每日就在府中虚度光阴，消磨时间。

二公主拜完天地后，便由喜娘扶着坐在了新房里，一直等待着耿佑臣回来，直到听见外面传来的脚步声，心就莫名地紧张起来，两只手在喜袍大大的袖子下紧紧地抓在一起，等待着耿佑臣来掀开她的喜帕……

可那脚步声停了下来，然后一直一直地停在了那里。

二公主不是一个有耐心的人，她的娇羞和期待很快就消磨尽了，抬手掀开自己的喜帕，看到那个面貌温和的男子站在她的前方，一瞬间，她对上他的目光，里面的眸光让她全身发了抖。

那是一种透着浓烈的厌恶和嫌弃的目光，似乎还有着浓浓的杀意，恨不得马上掐死她一般。

她不敢相信地眨了眨眼，再看时，男子眼底有的只是平日里那种温柔的眸光，正对着她走过来，笑道："怎么这么等不及？"

二公主被那样柔情的眼神所望着，略微害羞道："我看你很久没过来，以为你没在了。"

昏黄的烛光照得二公主的面目透出柔和的光，初尝了情欲滋味的二公主早就有几分耐不住，此时再喝了合卺酒，双眸如春水，盈盈顾盼间，带着无限的催促，拉着耿佑臣便往床上去。

耿佑臣和二公主也不是第一回行这事，可第一回和二公主行事等于是弄一个爵位和锦绣前程回来，干起事来只怕比起吃春药还要有效果。

而现在，被二公主手拉着到了床上，耿佑臣却有点提不起劲来。

权力是男人最好的春药，这一句话到了耿佑臣身上是没有一点错儿，任二公主多激情，他配合着在那身躯上折腾，可眼眸里都是清清明明的得不上劲。

二公主又不是雏了，加上出嫁前，宫里的老嬷嬷跟她说了不少春宫事，她又腆着脸皮问了不少，此时感觉到不对，脸就往下垮，眼睛盯着耿佑臣，问道："你怎么了，难道是不乐意娶我？"

她冲动是冲动，又不是傻得没一点脑子，驸马条例出来的时候，她便心里一跳，当初自己死活要嫁给耿佑臣的时候，还说过凭借她的身份来帮耿佑臣步步高升，结果到现在，不仅帮不到，还让他前途彻底如断桥，再也走不下去。

若是平常女子，说不定还有点心虚，少不了要温柔婉约一会。可是二公主不会，她是高贵的公主，耿佑臣一个侯府庶子娶了她，还有什么不乐意的！

耿佑臣一怔，旋即反应过来，笑道："怎么会呢，我对你的心，难道你还不知道吗？"他握着二公主的手，小心安慰着，心底却暗道，他什么都没了，就是顶着一个驸马都尉的虚衔而已。

以前还觉得五品的户部郎中品级太低，如今想来，他才二十岁，就算现在是五品户部郎中，在朝中也算是出类拔萃的了。

人心都是不满足的，当拥有某样东西的时候，并不会觉得珍贵，失去的时候才常常后悔。

“那你怎么对我没什么兴趣？”二公主有些不满，她听说一个男人要是喜欢女人，可是如狼似虎的，绝不会像眼前耿佑臣的样子，软软绵绵，一点男人味都没有。这一次没有被他那么糊弄过去，继续道：“娶了我之后就不能当官了，你不后悔吗？”

后悔，当然后悔。

耿佑臣被二公主那审问犯人一般的口气弄得是极为没趣，语气里的敷衍也就多了几分，实在是接待了一天的客人，也满心的郁闷，让他再如何打起十二分精神，面对居高临下的二公主，他都有些不耐了：“二公主，如今我已经娶了你回来，自然是不后悔的，你还怀疑什么！”

二公主哪里容得了他这么说话，之前和她一起温柔得好像都把她捧到天上去，这才娶进来第一天就露出不耐烦的神色，一把将耿佑臣从身上推开，尖叫道：“你还说不后悔，你当初骗我就是因为我能帮你升官吧，现在没了希望，就把我当破烂了？我告诉你，耿佑臣，就算父皇不喜欢我，母后还在那呢，我现在就告诉母后去！”

音落，就要站起，提着裙摆往外冲。

“我的姑奶奶啊！你这是闹什么，我这不是今天在外面忙了一天有些累了吗？”耿佑臣一听到她要去告诉皇后，身形迅速一动，从床上起来抱住二公主就往后拖，口中不断地劝道，“你这要是闹出去，不是让人看咱们的笑话吗？！”

“谁有胆子敢笑话我！”二公主被耿佑臣抱着，依旧大声尖叫挣扎。

耿佑臣实在是受不了，干脆将二公主推到了床上，用嘴堵住她的尖叫，这方面耿佑臣还是个老手，二公主哪里经得起他的撩拨，身子渐渐地软了，耿佑臣一面亲着，感觉到腹下有点燥热的感觉了。

还好，这合卺酒里加了催情的东西，现在总算是可以派得上用场了。

就着这药劲，耿佑臣将两盏灯烛吹灭，和二公主拉下帐幔，开始了非常特别的洞房花烛之夜。

次日，耿佑臣只觉得浑身都疼得厉害，身上好似被碾过了一般，胸口，脖子上都隐隐有着刺痛，朦胧醒来才想起昨夜和二公主洞房花烛夜了。

抬眼就看到二公主精神奕奕地望着他，脸上都是吃饱喝足的表情，趴在他身上，双眸含羞带怯地望着耿佑臣：“驸马你可真厉害，昨天你累了，一回便罢了，今天你可不许偷懒哦！”说罢，还伸出手在他胸口揪了一下，然后起床让人服侍穿衣。

耿佑臣疼得嘴角一抽，连忙捂住胸口，想起昨夜二公主骑在他身上又咬又掐，那疯狂劲儿，简直比狼狗还要凶猛，再听今晚还要如此来个几回，不由得浑身打了个颤抖。

过了一会，耿佑臣也从床上起来，由着丫鬟伺候穿上了衣裳，便要回永毅侯府先给祖先上香。

李老太君端坐在祠堂中，看着曾经她将希望放在他身上的庶子，眼底那是说不出的失望，不知道怎么会变成这个样子，整个天越城如今都是传着他的笑话。

闹到如今这地步，不用李老太君再说什么，就是耿佑臣都知道自己想承爵，只怕是永毅侯府的子孙死光了才轮得到他。

耿佑臣低着头，自己都觉得愧对列祖列宗，却又憎恨着这些祖先，为什么不保佑他？为什么让他节节失利！难道祖宗也觉得耿雨臣比自己更好？

二公主本来就没这个耐心去上香，随意地拜了几下，就将香丢了自己走了，她一个公主给臣子行礼，也要看他们受不受得了。

李老太君一句话都没说，看着二公主走了，也没说媳妇茶的事。要不是看在皇后的面子上，她连这拜祖都不想来了，简直丢光了祖宗的脸，娶了个这样不要脸的媳妇回来。

二公主转了一圈，回到府里，准备让耿佑臣原先的妾室来给她见礼了。

驸马条例中有说过，若是在条例颁布之前所纳妾室，就不追究了。在条例公布之后，若有敢纳妾者，就按违抗圣旨罪算。

皇后本意是要休掉韦凝紫的，可耿佑臣说虽然韦凝紫德行有缺，但是到底嫁给他不久，肚子里又有耿家的骨肉，休掉以后，母子便没有了倚靠，他实在不忍。皇后考虑到威武将军府和永毅侯府的脸面，这才改成降为妾。

秋水和韦凝紫早就站在了前厅候着，一看到韦凝紫，秋水脸上就是明摆的幸灾乐祸："这不是韦姨娘吗，今儿个来得也挺早的，是给新夫人请安啊。"

自不小心推倒韦凝紫后，秋水被关到前些日子才放了出来，韦凝紫仗着肚子里有孩子，没少给她气受。后来听到耿佑臣要娶公主，把韦凝紫贬为了妾，秋水在屋内笑了整整一天，差点把下巴都笑脱了。

韦凝紫当然是受不了这口气的，新婚期间先是纳妾，闹得整个京城都笑话她，接着耿佑臣又来这么一出。她起初也反抗过，一哭二闹三上吊都使出来了，李老太君先头还拉着耿佑臣去训斥，可是事已至此也只好劝韦凝紫，见劝不了，就派了两个婆子，日夜守着韦凝紫，不让她寻死。

韦凝紫又写信给韦夫人，谁知道韦夫人只说皇后懿旨不可更改，无力拒绝。

她不知道，云卿私底下派人将谢素玲当年中毒发生的事，隐隐约约地透露给了韦夫人，知道韦凝紫下手谋害自己的亲娘，韦夫人吓了一大跳。开始觉得不可思议，可后来有丫鬟说韦凝紫在府中对着谢素玲神神叨叨，那样子绝不是女儿对母亲的悲痛。虽然说这一切没有证据，可是韦夫人还是有些害怕，对自己的母亲能如此，那她这个义母，岂不是更下得了手。

而且明帝觉得亏欠威武将军，将他职位平移，从一个不出征就没有兵权的将军，变成了京城二十万禁卫军的统领来作为补偿，怎么看，韦夫人都觉得不帮韦凝紫是明智的。

求告无门，韦凝紫气得几天都睡不着，若不是为了肚子里的这个孩子，她一口饭都吃不下。

秋水说完之后，在一旁等了半天，都没等到韦凝紫说话，不由得眨了眨眼睛，难道是韦凝紫已经气傻了吗？余光瞥见二公主的身影过来，眼睛陡然一亮，声音夸张又带着委屈道："韦姨娘，我和你说话，你怎么不理我？大家都是姨娘，身份都一样，你摆着那高高在上的身份，还以为自己是耿夫人吗？咱们现在的主母可是公主殿下了呢！"

二公主款款走过来，声音便顺着飘到了她的耳中，顿时两道眉毛竖了起来，望着腹部微凸的韦凝紫就要发作。

旁边的嬷嬷瞧着不好，赶紧拉住她："二公主，今儿个是头回敬茶，有什么等会说。"她是宫里出来的老嬷嬷，哪里不知道秋水那挑拨之意，生怕二公主没喝茶先闹了事出来。

二公主这才重新记起今日自己的地位，走到正厅中坐下来，而耿佑臣则坐在她身边的位置。

秋水生性好动，穿着也偏向明朗的颜色，着了橙黄色的蝶恋花百褶裙，整个人十分明媚，一双大眼睛咕噜噜地转不停，看起来便知道是个不安分的。

看到二公主进来后并没有发作找韦凝紫的麻烦有些奇怪。听说二公主性格最冲动了，怎么今儿个这么沉稳，不过她还是笑嘻嘻地过去给二公主行了一个大礼，端着茶道："二公主，请喝茶。"

若是平常人家中，娶了媳妇，妾室都要称"夫人"。可驸马条例一出后，虽然不说驸马和家人见到公主就行礼，可是公主是再不跟着夫君称什么夫人，而是驸马跟着公主的排行来称呼。

耿佑臣听了便觉得有点膈应，手指握着茶盏的时候微微用力，却又无可奈何地松开，抿了一口杯中的茶，再没往日那种清香。

二公主是知道秋水的，也晓得她的身份，一个平民而已，身份低微，怎么也起不了什么风雨。再加上刚才听秋水说话，好似很维护她的地位，便也没过多地为难，端起茶喝了一口，用帕子擦了擦嘴，让嬷嬷在托盘上放了一个红包道："行了，你就在一旁站着去吧。"

这口气，完全就没把秋水当妾室看，一副使唤丫头的口气，秋水的脸色不大好看，但还是没说什么。在她的心底，公主是皇帝的女儿，轻易得罪不得，不然就要被拉出去砍头。不得不说，有时候这种平民意识对秋水还起了点保护作用。

二公主并不是没看到秋水的脸色，只是她此时的注意力，都在韦凝紫的身上了。见她一身烟柳色的银错金海棠花色的长褙子，下身穿着浅碧色轻柳软枝的长裙，头上绾着朝月髻，上面簪了两支白玉镶镂空银花的长钗，瞧着就觉得娇媚。

的确是生得水灵灵的很勾人，难怪耿佑臣还求着母后说不要休她，这狐媚子脸，看了就来气。

这时二公主已经完全忽略韦凝紫肚子里还有个孩子的因素，觉得一切都是因为韦凝紫长得漂亮，才让耿佑臣狠不下心休了，宁愿收着做小妾。

韦凝紫知道耿佑臣是没了靠头，能让她从妻变妾的男人，还有什么求的呢。

她只希望肚子里的孩子能争气，到时候不管怎样，她还有个孩子傍身，若是个儿子的话，说不定还能让她以后摆脱这种日子。

想到这里，韦凝紫端起粉蓝递过来的茶水，小心翼翼地跪在地上，姿态恭敬地将茶盘举高，对着二公主道："二公主，请喝茶。"

二公主看着韦凝紫好像动作一大就要折断了腰似的，让她想起宫里那些个和皇后争宠的美人，冷笑一声："你的茶，本宫可不敢喝。"

韦凝紫一怔，不明白她这话是什么意思，心里本来有点惴惴不安的，如今看来二公主肯定要找她的麻烦。

"二公主，可是茶的温度太高，婢妾再举一会，凉了后你再喝。"韦凝紫深深地呼吸了一次，脸上带着笑，温柔地说道。

二公主倒没想到韦凝紫被她这么说，还挺沉得住气的，看来还不是个好对付的。

"不是茶温高不高的问题，据本宫所知，你先是死了爹，后来你娘又半死，现在还躺在床上起不来，想来想去，本宫觉得你这样的，大概就是别人说的克死爹娘的命。如今你爹娘都没了，本宫做了你主母，也有个'母'字，实在是怕你这克星端上来的茶，直接将本宫也克死了！"二公主表情越发的刻薄，口里吐出来的话也非常难听，直将耿佑臣听得眉头直皱，用力地咳了两声。

身后的嬷嬷也觉得不妥，哪有新婚第二日喝主母茶的时候，就这么左一句死，右一句死的，所以低声地提醒道："公主，大喜之日，不吉利。"

"你看，连嬷嬷这么懂规矩的人，都觉得你是个不吉利的。"二公主完全没听懂嬷嬷的意思。

韦凝紫忍着侮辱，强自冷静道："二公主洪福齐天，岂非寻常人可比的。"

"那可说不定，命硬的那种，克死了本宫和驸马，还有其他人，等大家死光了，最后只会剩下她一个人的，还不晓得这样的命硬，生下来的是不是也是个小克星！"二公主没有半点饶人的语气，望着韦凝紫一副受气的样子，心底觉得痛快了许多。

"二公主，喝茶吧。"耿佑臣看二公主说话越来越不着边际，实在忍无可忍。

二公主听耿佑臣话里似乎很是疼惜韦凝紫的样子，就更是有气："女人的事情，你一个男人就不要过问了！"然后瞪了一眼低着头的韦凝紫，直接伸手将茶端起来，对着韦凝紫的头上倒下去。

倒完后，将杯子往盘子里一扔，接过宫女递来的帕子擦手道："这茶不好喝，本宫不喝了。"

"茶喝过了，你得让人站起来吧。"耿佑臣望着韦凝紫，原来还是他的正妻，如今好端端地做了妾室，已经很委屈了，还要面对如此刻薄的二公主，被倒扣上那样滚烫的茶水，便有点心疼。

"站什么？让她跪着，连茶都端不好的，怎么做奴婢的！"二公主擦了手，将帕子往一旁一丢，看到耿佑臣那心疼的眼神，心里更为不爽，冷叱道。

“公主怎么对婢妾没有关系，可是婢妾的肚子里怀的是夫君的骨肉，若是长跪下去，只怕肚子里的孩子受不了，还请公主饶过婢妾这次，婢妾日后一定多多训练，将茶端得让公主满意。”韦凝紫经过刚才那一遭，知道耿佑臣在公主面前不能替她说话，越说公主越生气，不如自己开口相求还比较好。

二公主想到她是因为跟耿佑臣滚了床单才有的孩子，脸色就更难看了，整个人就是一瓶打翻的千年陈醋，整张脸上一丝儿同情的样子都没有，霍的一下站起来，语气酸中带狠，道：“这里是驸马府，在这府里只有本宫肚子里的孩子，才算是驸马的孩子，你那肚子里的，谁知道是哪儿来的野种，你就老老实实跪在这里，什么时候本宫说可以起来，你再起来！”她就不相信，跪个一天，这肚子里的贱种还跪不下来，若是如此，她还有别的招，她才不会在府里养别人的孩子！

她说这话，可是一丁点都没顾及耿佑臣的脸面了，耿佑臣脸色如果刚才是青白不定，如今就是猛地涨红，一把站起来道：“二公主，虽然我是你的驸马，可她也是我的妾室，肚子里怀的是我的孩子，不是什么野种，你怎么可以让她就这么一直跪着，她一个孕妇跪这么久，哪里受得住！”

本来嬷嬷听到二公主的话，想等会回去的时候劝慰几句，让韦凝紫早点起来的，她倒不是可怜韦凝紫，只是想着要维护皇后的名声。

可如今耿佑臣这么一说，二公主完全是爆发了，她咻的一下转过身来，望着耿佑臣骂道：“我就知道你心里恋着的是这个狐媚子，你娶我不过是想要为了你的前程是吧，让她跪几下你就舍不得了，我为了你还到金銮殿上去求父皇，怎么没看到你心疼一下我？耿佑臣，你这个狼心狗肺的东西！如今见我对你没用了，阻碍你升官了，为你谋不到东西了，你就对我这般无情无义！我告诉你，你越是舍不得她，我就越要折磨她，你越舍不得那个小贱种，我现在就要把那孩子打没！”

二公主吼完转身便对着韦凝紫踢了下去，韦凝紫早在她狂暴的时候就做了准备，此时侧身一避，那一脚没踢到肚子，却也踹到了胸口，顿时就疼得倒了下去。

二公主尖利的指责，戳中耿佑臣的痛处，见二公主这么蛮不讲理，直接就要踢自己的儿子，便冲了上去，要拦住二公主的动作。

可二公主只看到他对着自己冲过来，脸色狰狞，眼眸凶狠，看起来好像要打她的样子，顿时怒上胸口，拉着耿佑臣就厮打了起来。

二公主在宫中也有女官教了些拳脚功夫，不是全然的弱质女流，发起疯来，很是恐怖，抓着耿佑臣的头发，拼命地揪啊，拉啊，使劲咬！

而耿佑臣功夫不错，可也不敢对她出手，只是用力地握着她的手，不让她太过大力，免得整个头皮都被扯了去！

“嬷嬷啊，你们还不来帮忙，我要被他打死了！”二公主被男子的大掌钳住动弹不得，

大声尖叫。

那四名宫女里有两名是有武功的，此时听到二公主尖叫，立即上去扣住耿佑臣的手腕，用力地一扳，将他的肩膀卸了下来，耿佑臣立即失力。

二公主手上的劲一被放松，怒冲大脑，直接在桌上拿着托盘对着耿佑臣劈头盖脸地砸下去。

“竟然敢对本宫对手！你丫的胆子也太大了！”

“不打你，你就不知道本公主的厉害！”

托盘砰砰砰地打在耿佑臣的身上，直打得他缩又缩不得，手又动不得，整个人就只有用腿抵挡，二公主看他还敢挡，直接就一下坐到了耿佑臣的身上，压着他的腿，更加用力地砸！

如果要用个词语来形容耿佑臣的想法，那就是——生不如死！

二公主过往的十几年来，一直都在明帝和皇后的庇护下，宫里宫外都没有人敢轻易地惹她。

现在她嫁人了，也完全没有嫁为人妇的自觉，在她看来，驸马是什么，驸马就是名正言顺娶了她的男宠啊，和外边那些小倌其实是没啥区别的，不过光鲜漂亮点罢了。本质上都应该是要奉承她，讨好她，将她在床上床下都伺候得舒舒服服才对。

自己家这个，敢为了一个狐媚子跟她顶嘴也就罢了，竟然还敢对她动手，难道不想活了吗？！

二公主狠狠地将耿佑臣打得头昏眼花，眼鼻流血，被二公主如此暴力行为吓得呆了的嬷嬷才回过神来，也不敢上前劝，生怕二公主等会还没打够，又拿着自己去砸，只离得有点距离地喊道：“二公主，好了，驸马知错了。”

“哼！”二公主望着躺在地上和死鱼一样的耿佑臣，将托盘往旁边一丢，站起来不屑道：“才打这么几下就装死！既然你要躺，今晚之前，你们谁也不许扶他起来，让他在这里躺个够！”要不是晚上她还等着他服侍，干脆就让他在这里睡一天算了！

宫女和丫鬟面面相觑，不禁对躺在地上的驸马爷有点同情了。但是，没有一个人敢站出来说一句话。秋水更是慢慢地弓了身子，恨不得把自己缩成个小棉球，别让这个彪悍的公主发现了才好。

二公主打完了耿佑臣，余光瞟到一旁被吓呆的韦凝紫。婚前的时候，耿佑臣可是温柔小心，肯定是韦凝紫不服自己占了她原本的位置，在驸马面前挑唆的，不然驸马不会变成这样。

二公主虽然打了耿佑臣，但是心里其实对耿佑臣还是喜欢的，如今看到韦凝紫，就和天下大部分的女人一样，觉得自个儿的男人变坏，那都是另外一个女人的错。

“来人啊，韦姨娘不尊主母，挑唆驸马动手殴打公主，给我将她吊在院子里那棵大树上，三天后再放下来！”

此命令一出，韦凝紫吓得浑身发抖，这个二公主完全就不按理出牌，她什么阴招都能使出来，完全是不要脸不要皮的一通乱来，自己要是给吊个三天，莫说肚子里孩子撑不撑得下去，就是自己也只有出的气了！

她快速地转头，看着场中唯一一个嬷嬷，从刚才嬷嬷的行为来看，她还是懂得一点礼法的，眼里带着期望道："婢妾没有冒犯公主，也没有挑唆过驸马，这里所有的人都看到了，是驸马自己过去的，婢妾什么都没有做啊。"

不得不说，韦凝紫是一个极为聪明的人，她在这种情况下还能尽力分析出每个人的作用，可是她实在是太不了解二公主了。

二公主走到韦凝紫的面前，对着她就是一脚踢过去，冷笑道："这里是驸马府，所有的人都是本宫的人，谁敢帮你说一句话，本宫现在就拖他出去杖毙喂狗！本宫是公主，你是平民，本宫是主母，你是妾，本宫说你冒犯了就冒犯了，来人，把她倒吊在树上！"

本来想开口阻止的嬷嬷在听到二公主的话后也沉默了，她在宫中多年，当然是知道这个二公主的厉害的，奴婢的命在她眼底，还不如一个耳环来得珍贵，垂下眼皮，当作什么都没看见。

韦凝紫眼底蓄满了惊恐望着眼前这个满脸横劲的公主，阴招她使不出来，狠招她又没那实力，一直认为自己聪慧的韦凝紫眼下终于有一种无力感了。

站在一旁的人虽然同情韦凝紫，但是更希望自己能活着，立即有人上去，将韦凝紫直接拖出去，往院外的大树走去。

驸马府中的人，大部分都是从宫里出来的，一小部分是永毅侯府里的下人，可此时没一个人敢说话。

粉蓝粉玉几乎是吓得瑟瑟发抖，生怕二公主因为她们是韦凝紫的丫鬟而迁怒。

几名宫女按住韦凝紫，在她脚上绑好绳子，然后将绳子一拉，就这样把韦凝紫吊在了院子里的大梧桐树下。

血液逆行，韦凝紫只觉得头变得越来越大，整个人说不出的难受，由于倒吊，她的腹部重心往下垂，隐隐约约有刺痛感，本来她的胎就受了创，养了这些时日好了不少，大夫说可以下床走动，但不宜大动作的。

可今日这么一番折腾，又跪又踢的，胎气早就动了，只不过韦凝紫开始被惊吓，没有察觉到，如今再这么一倒吊，不多一会，血顺着大腿根开始往下滴。

一滴滴鲜红的血液就这么从韦凝紫的身上流了下来，韦凝紫开始奋力地挣扎，大喊："二公主，二公主，求你放婢妾下来吧，婢妾的孩子，孩子……"

她几乎是哭着在喊叫，拼命地想要向上弯起身子把腿上的绳子解开，那样子好似一条挣扎的鱼，徒然无功地挣扎着，渐渐地随着血越滴越多，韦凝紫的力气也渐渐失去，口中依旧低声喊道："二公主，求你了，婢妾错了，你让婢妾下来，孩子，孩子……"

那种身体渐渐变得冰冷的感觉侵袭着韦凝紫的神经，她能感觉到腹中的生命力随着一点点地消失，这孩子陪伴了她几个月，虽然说她是带着利益的心理来看这个孩子，可到底是在自己肚子里待了这么久，渐渐有了感情……

二公主冷笑望着韦凝紫，面上尽是不屑，她的狼狈落入二公主的眼底，是一种快感，流了，流了以后看你还用什么勾引驸马！

嬷嬷看韦凝紫脸色也开始发青，公主第一日进门，就把原来的妻子弄死，少不得要被人说，于是壮着胆子上去，对着二公主小声道："公主，今儿个还是你大喜之日呢，就把她弄到这儿，实在是不好看，再说见血了，也不吉利。不如让人取下来，放到偏院去，一回就把人给弄没了，也不大好。"

乍听嬷嬷的话，二公主脸色闪过一丝狠厉，可听到后头，她便笑了起来，转身对着嬷嬷，赞道："嬷嬷不愧是宫中的老人，若是折磨她一次就死了，那不是亏了，这次就先到这里，把那个孽种弄了也就够了！"

这才吩咐人将韦凝紫放了下来，让人给韦凝紫丢到偏院了事，自己往着后院走去。

御书房内。

明帝脸色铁青，将桌上一沓厚厚的奏折掷到地上，怒声道："你看看，你养的什么女儿，这个残暴嗜虐，没脸没皮的女儿，你是怎么教出来的！"

皇后被宣到御书房，进来之后，便看到明帝的脸色难看之极，猜测不是什么好事，此时弯腰捡起地上的奏折一看，眼底露出惊讶的神色。

这里全部是都察院里御史和大臣递上来的折子，全部是弹劾二公主不守妇道，不分人伦，逼死庶子，责骂妾室，暴罚驸马的种种罪行！

言辞激烈，句句都暗指帝王之家无教无养，甚至有的直接表示怀疑皇后母仪天下的能力。

连自己的女儿都教成如此德行，如何做这天下之母！

皇后看着奏折上字字如刀，一股冷意从手指往身上蔓延下，连忙啪的一下丢掉奏折，对着明帝道："陛下，这妾室不尊主母，兰儿尊为公主，又是妻子，肯定要立规矩的，否则的话，谁还会把她当回事，至于那个庶子，大概是兰儿不知道，她一定不是故意……"

"你给我闭嘴！"明帝本来对皇后只有四分怒意。若是皇后进来之后，便跪地承认错误的话，也许明帝的怒意会消掉许多。可是此时皇后还在为二公主狡辩，二公主会变成这样，都是皇后一味地宠溺造成的。

"韦凝紫肚中胎儿将近五个月，谁看不出她有孕了，就算真的看不出来，韦凝紫苦苦哀求了那么久，难道一句也不会提肚子里有胎儿吗？她还把人家吊在树上，直接把人吊得流产，去了半条命！倒吊在树上，也亏你教得好啊！！"

皇后被明帝怒斥吓得一抖，还想开口解释："臣妾没……"

明帝站在桌边，一手狠狠地拍在黑色的桌角："她还殴打驸马，进门第一天就将驸马打得死去活来，差点就死了！若不是有人偷偷报信给了永毅侯府的李老太君，她赶紧让人请了御医过去！现在驸马就已经是个死人了！"

"好，好一个皇家的公主啊！权势滔天，霸气逼人，朕生不出这样彪悍的女儿！朕没有这样的女儿！”

滔天的怒火充斥了整间御书房，魏宁跟着明帝二十余年，极少见过他这般暴怒，可见那些御史弹劾二公主的时候，那些话是多么的尖锐，多么难听。

二公主这事，也做得确实太过了些。

薛国公府。

薛国公，四皇子，以及薛国公的长子薛东含都坐在书房内，气氛很肃穆。

“这是最近半个月来，弹劾二公主折子的数量，其中混杂了不少三皇子和五皇子一派，借机弹劾皇后的。”薛国公脸色冷肃，望着桌上抄下来的折子内容，语气凝重地开口，“这段时间发生的事情太多了，仅仅一个耿佑臣，三桩婚姻，就将皇后推到一个万人瞩目的位置。”

薛东含手中端着一杯茶，目光在薛国公身旁桌上的纸上定了一会，旋即挑眉开口道：“耿佑臣先后娶了这三个女人，是不是太巧了一点，她们被娶之时有没有什么共同点？”

共同点？

听到这话之后，四皇子垂眸沉思，目光落到膝上深紫色皇子服的龙爪之上，瞳孔微微收缩。

“耿佑臣当日在宫中，玉莹原本要害的，是韵宁郡君，最后变成了韦凝紫。

“而后，他纳的妾室，是抚安伯府的姨娘的妹妹，也正好是韵宁郡君身边的人。

“那二公主……那日二公主落水的时候，正好是要去教训她，然后才不小心跌落到水中的……”

薛东含一句句地说完，四皇子的眼眸微微眯了起来，太巧了，如果按照叔叔这么说，那么这一切都和沈云卿脱不开关系，这一切都是她设计的吗？

“她一个女子有没有这样的能耐？”薛国公虽然觉得有点巧合，还是很怀疑，“当初玉莹要害她，也不是她能预料到的，这是突发事件，而二公主要教训她，更是她不可能控制的，她一个小小的商人之女，如何能指挥得了二公主？”

薛东含倒是想起件事儿：“我曾听人说沈云卿从当初秋水与耿佑臣所住的客栈对面的酒楼出来，不知道是不是太巧了一点？若不是巧合，那么起码可以证明，至少秋水一事是她有心策划的。”

薛国公到底老成，虽然有点惊讶，但是仍旧很怀疑。

四皇子则眼眸微眯，思忖了一会道：“耿佑臣当初是永毅侯府最有可能继承爵位的人，如今因为二公主一事，闹成了天下间的笑话，得益的是谁？”

“耿雨臣！”薛东含最早将这个名字说了出来，“他是沈云卿的义兄！”

四皇子垂着极冷的双眸，里面透出几丝寒意，那丝丝寒意从他眸中渐渐地将全身包围，让他不由得生出一股怒意。

沈云卿，为什么一切都是沈云卿做的呢？

她做的这些事情，若是针对他而来，那沈云卿这么做的缘由又是什么？还是她早已经知道，那个东西在沈家，若是沈家不把那个东西交出来的话，他会直接毁了沈家。

因为一旦找到那个东西，他的登基之路，便会有一道极大的阻拦，他绝不允许有任何意外出现在面前！

四皇子想着，眼眸越发的深沉，黝黑的眼眸渐渐暗沉如同黑夜，让人窥视不了他心中的想法。

薛东含想了一会，也将这里里外外的一切想通了，但他不明白，抬眸疑问：“她这样做的目的仅仅是为了耿雨臣的爵位吗？”

“她的目的是什么，我们不管！但她一个小小的商人之女，竟然敢做出这样的行为！必须要除掉她！”薛国公语气铿锵，眼底透出一道决绝的光，他绝对不能让沈云卿再活着！

九月初十，宁国公安老太君六十大寿。

这样的宴会云卿一般是不想去，实在是因为每次去了都会有一些让人觉得不舒服的事情发生，对于她来说，这种要去人前假笑应酬的事，虽然是得心应手，可她觉得假面具能不戴的时候，还是不戴比较好。

但是没想到，安老太君这个寿宴不同一般，原来宁国公的长女，莹妃为了表达对祖母的孝心，请旨来参加祖母的寿宴。明帝听了之后，说安老太君六十大寿，他也一同来参加寿宴。皇帝与妃子一同到宁国公府去替安老太君庆寿，其他人哪里能够不去。

因为之前迁府的原因，沈茂今年出海的时间推迟，到如今还没有回来，他不在京，自然是去不了。

到了宁国公府，谢氏便与安夫人说起了话。安知府如今升了尚书，官职升迁，回到了宁国公府居住。

云卿站在一旁赏花，偶尔跟身边的一些夫人小姐交谈一会。

过了一会，安玉莹和宁国公夫人也出现了。安玉莹今日穿了樱草色软缎牡丹春秀的百褶裙，头上梳着华丽的花髻，从发髻的左边插着一条滴水琉璃垂帘发冠，琉璃水晶从发上铺到了额间，光芒反射间极为璀璨，宛若一泓春水在发髻上流动。

“玉莹可真是美貌无双啊，她一进来，只怕是其他小姐都被遮住了光彩。”安夫人笑着走到一旁，望着安玉莹赞叹道。

不过话里话外的意思，倒是透着一股不太和气的味道，虽然安玉莹是特地打扮得抢尽风头的，但是安夫人这么一说，倒让其他小姐夫人心底有些不痛快了。

云卿在一旁听着安夫人的话，暗道宁国公夫人和安夫人之间存在着问题，同样都是嫡子，作为长子的宁国公承继了爵位。宁国公才华一般，身体欠佳，比起安尚书差不少。宁国公好在年纪比安尚书大，又娶了一门好媳妇。宁国公夫人是薛家的次女，有了这样强大的家族支持，宁国公才顺利地获得了这个爵位。

本身能力出彩的安尚书好在步步高升，靠着家族的力量和自己的才华，如今也是正二品的户部尚书，只是虽然如此，但是对于女人来说，到底是缺了点什么，难免宁国公夫人和安夫人妯娌之间有些矛盾，这在大家族里面是避免不了的。

宁国公夫人既然是薛家人，也不是个软柿子，她看了安夫人一眼，表情里带着一份傲气："玉莹是特地打扮了一番出来的，毕竟今日是安老太君的寿辰，若是穿得太多素淡，倒显得失礼了。"

两个长辈唇枪舌剑，安玉莹目光则在场中一扫，最后落到了云卿的身上，目光里尽是怨愤，朝着她走了过去。

"沈云卿，你这个毒妇，你还好意思到宁国公府来？"安玉莹语意微讽，居高临下地看着云卿。

云卿嘴角慢慢地绽放出一抹淡淡的笑容，轻缓地开口："我并不是求着要来这里的，之所以来是因为收到了安老太君的邀请帖，不然的话，我还真的不想看到这种喜欢用下三滥手段的人。"

安玉莹走过来的时候，脸色保持得很好，其他夫人小姐也没有注意这边的异常。

云卿嘴角的嘲笑让安玉莹不禁恼羞成怒，一手对着云卿挥去，一不小心，她的袖子扫过旁边的桌子，将茶杯扫翻，水顺着桌沿滴到了云卿的桌子上。

一只手过来抓住了安玉莹的手，并且非常抱歉且和气地道："沈小姐，真对不起，玉莹最近被流言困扰，才做出这样冲动的行为。"

云卿抬头看去，正好看到宁国公夫人带些歉意的面容，随后，宁国公夫人便转头警告安玉莹："今日是你祖母的寿宴，你还不赶紧去招呼客人，在这里做什么。"

安玉莹被宁国公夫人一训，猛地甩了下手，从鼻子里冷哼了一声，再瞪了云卿一眼后，转身愤愤地离开。

那茶水翻落，云卿浅红色襦裙上印上了浅浅的茶水印迹，极为不雅观。

而宁国公夫人望着女儿的背影叹了口气，回过头来望着云卿被打湿了的襦裙，问道："要不这样，府里针线房正好有新做的衣裳，我看应该有你穿的尺码，不如我让人拿一套给你，你先换上，如何？"

云卿道："让夫人操心了，好在母亲说安老太君寿宴，肯定祝寿沾光的人不少，若是一个不小心磕磕碰碰的避免不了，便早让人准备好了一套衣裳用来备换，马车就停在府外，我让丫鬟去取就好了。"

宁国公夫人一听，似乎有些遗憾地呆了呆，然后脸上的表情又恢复镇定如初的样子，金色攒丝凤头簪将她的眼眸衬得越发的淬亮，她点头道："到底是谢大名儒家的嫡女，考虑事情倒是十分周到，如此也好，自己带的衣服总比穿别人的合适些，那你丫鬟去取衣物，等会我让人带你去后院换衣裳吧。"

宁国公夫人薛氏方才那一瞬间表情的变化没有逃脱云卿睿智的双眸。云卿凝眸，沉吟了一会，唤道："流翠，你去外面的马车上取衣服进来。"

流翠点头，然后让青莲跟在云卿后面不要离开，上次状元宴上的事让流翠多长了个心眼，这些个豪门夫人，一个个都不是什么好东西。

而云卿则站在原地想着，宁国公夫人是想做什么，她一开始难道是计划让自己衣裙弄脏之后，然后再换上她准备的衣裳吗？可是这赴宴的小姐夫人，但凡是有经验的，一般都会备上两套衣裳以防万一的，她家虽然是商户，可谢氏的出身不低，宁国公夫人不可能没想到这点。

安玉莹是宁国公夫人的掌上明珠，她对自己的不满，肯定会说给亲娘听的，哪个母亲会喜欢女儿讨厌的人呢。

这事有古怪。

既然心里觉得不对的话，云卿便谨慎了许多，她看流翠去取衣裳，想了会，道："我们就在偏厅前等流翠一起过去。"以免路上遇见什么意外，将流翠手中的裙子刮烂或者损坏，此处人多，一般要再下手，也不会选在这个地方。

流翠手脚麻利，一路快走出府，到马车上将衣服取了下来，包在一块布中才又提了进来，到偏厅门前时，便看到了云卿，连忙疾步走了过去，语气里还有着因为急走的微喘，音色明快道："小姐，衣裳取来了。"

当云卿换完衣裳再到了花园的时候，已经聚集了不少人，此次寿宴，男宾和女宾并没有刻意地划分为前院和后院就席，而是一左一右，以作区分。

此时花园里平广的空地上，已经摆好座席，座席的头顶上方，拉了厚厚的毡布遮阳。

"小姐，你看这一边的花圃，虽然不是全部种的牡丹，但是摆放的却是牡丹花形呢。"流翠指着她旁边环形的花形道。

云卿顺着她所说望去，周围的花品种很多，大红，深红，浅红，水红，各种不一，乍看一眼，的确颜色似摆得有些杂乱无章，看不出特色，但是细心看去，便可以看到，各种花品的颜色错落有致地叠在一起，摆出来的形状，便是一朵盛放的牡丹。

远远看去，绝对会认为是一朵巨型的牡丹。

"这个花匠倒真的很有心，初看是一景，再看又是一景。"云卿欣赏着这种摆设，淡淡地夸赞着。

安初阳站在一处假山石下，目光从云卿踏入花园之后，便落在了她的身上，虽然从他的角度，所看到的便只是她的半身侧面。但是比起年前见到她的时候，如今的云卿更多了一分举手投足间的淡定自若，更似一朵正在绽放，又将要绽放到靡艳时节的牡丹。

他抬手摸了摸手腕，冷冰冰的面色上出现一份称得上是柔和的表情，黑得如夜的眸中也有着淡淡的涟漪在轻轻荡漾。

"安初阳，你一个人站在这做什么？"御凤檀静悄悄地从后面出现，将安初阳的思绪拉了回来，他收回在云卿面上驻留的视线，然后侧头道："等宴会开场。"

御凤檀岂会不知道他方才在注视的是哪里，不过是没有说穿而已。

御凤檀自一出现，就引来无数小姐的目光争相望去，她们的目光也引得云卿侧头一看，刚巧望见安初阳抬眸看来。

今日的安初阳着深蓝色的圆领锦缎长袍，腰间束着玄色腰带，整个人似乎比去年看到又要挺拔了许多，如风中松树刚劲。

她唇角露出一抹淡淡的笑意，朝着安初阳点头。

安初阳未曾料到云卿会突然侧头望向这边，望着那双含着笑意的凤眸，他心里一突，略微慌乱地回以一个点头，只是动作显得有点僵硬。嘴角似乎要笑，又没有笑出来，便显得脸色很冷，很不自然。

好在云卿已经习惯他这般样子，也没觉得有什么不妥，示意了之后便收回了目光。

这将旁边等着云卿望向自己的御凤檀气得吐血，怎么云卿就看这个死冰块，不看自己呢？他微微眯起一双狭长的眸子，往安初阳的身子扫了扫。简单一个动作，那些一直注视着御凤檀举动的小姐们，顺着他视线转移，也发现了安初阳的存在。

虽然安尚书家来京城已经有一段时间了，但是安初阳极少出现在众人的面前，今日算是第一回在人前露面。虽然比不得御凤檀那般的耀眼夺目，但他的外表五官也不输其他人，一时也有不少少女开始私下嘀咕，打听这位陌生的俊男是谁。

随着寿宴的时间越来越近，三皇子也到场了，他是袁贵妃的儿子，也是明帝最长的儿子。袁贵妃原本是明帝还是皇子时，府中的一个良媛，出身算不得最高，但是在她嫁人之后，其父在边境就屡立战功，一直到得封北昌侯。

而她也同样争气，在众多妃妾里面首先产下了皇子，凭着这个儿子，升为侧妃。在明帝夺得了帝位之后，就被册封为了贵妃，位居四妃之首。

虽然三皇子只是一个妃嫔所生，既比不得元后所生的五皇子来得名正言顺，又比不得四皇子是如今的皇后之子，但是他也有自己的优势——长子。历来储君都有立嫡立长一说，但是这也不过是写入规条中的罢了，纵观历史上，又有几位帝皇是长子或者是嫡子。但是怎么说，至少在礼仪上，长子和嫡子是具有一定优势的。

上一世她嫁给耿佑臣后，没有看到过这个三皇子。对三皇子的一切，都是今生到了京城之后，从慢慢搜集到的资料中才得知的。

云卿正思忖之间，便见五皇子也满脸笑意地走了进来，一路与相识的人打着招呼，一点也没有架子的样子，笑容明朗得好似阳光一般，一直走到御凤檀的身边，才停了下来。

“怎么，今儿个怎么来这么早呢？”五皇子问道。

“哪里是我们来得早，是你来得太迟了。”御凤檀挑挑眉，目光不时地从天上掠过，狭长的凤眸中不时流过一道旖旎的光芒，映在蓝天白云之下，分外清明。

“父皇刚才在前院那边与慧空大师算今年的运程，我和三哥才能先一步过来。”五皇子说的慧空大师，是大雍的一名云游高僧。

他不固定在哪家寺庙修行，也从不告诉众人他的行踪，曾经说他的法号“慧空”的意思，便是人的智慧比起浩瀚的佛海来，连沧海一粟都谈不上，正因为如此，他觉得在寺庙里修行，是一种狭隘的修行，只有感受到众生的苦乐悲伤，才能真正地成为一个具有佛一般心胸的人。

所以他常年在江河山川之间行走，偶尔会现身在城镇之中，而每一次他的出现，都会带来一些警世的预言。这些预言每一个最后都成为了现实，所以大雍国人，上至君王，下到百姓，都对他有一种尊敬之情。

在三皇子，五皇子到来之后，前面道路上走来了一群人，正确来说的话，是一群人拥着前面一人。

“安老太君，恭贺高寿啊！”薛国公满脸春风地走了进来，高声豪迈地对着安老太君庆贺，后面跟着的薛东含等人也同样对安老太君拜寿，场上的人注意力终于都被这一家吸引了过去。

薛国公掌兵多年，举手投足之前看起来是十分的豪迈，有一种武将特有的霸道，他的身后跟着大儿子薛东含，薛东含嫡妻海氏，她乃肃安伯的嫡出小姐，样貌端庄贤淑。

“这是我的一份心意，安老太君不要嫌陋。”薛国公的话虽如此，可是语气却是带着十足的信心，显然对他的礼物贵重有着十足的把握。

音落之后，后方跟着的管家立即抱了一个盒子上来，里面是一根玉做的龙头拐杖，翠绿的色泽将周围的明黄色锦缎都照得添了一份青光，可见是极品的好玉。

要知道一块好玉，对于这些世家来说，算不得什么，可是足足有一米多长，而且通身没有杂质的极品美玉，是非常难得寻到的，就是有钱也不一定能拿到。

安老太君的目光在看到这根玉拐杖的时候，眼底并没有露出相当欣喜的神色，眸底深处反而有一丝反感，口中依旧是带笑道：“你能来就是老太婆我天大的面子了。”

她说着，身后已经有人将贺礼接了过去，安老太君与薛国公一起并行，请他上座。

云卿淡淡一笑，一根极品翡翠拐杖，一来彰显了薛国公那独一无二的势力和钱财，二来有一种告诫的意味在其中，玉器虽好看，但是始终都是不实用，只能作为摆设私下把玩的意思。

莹妃能在宫中迅速地升位，除了背后家族的努力，肯定是少不了皇后的帮助，而今日莹妃陪着明帝一起到宁国公府，皇后却在储秀宫内闭门思过。薛国公这是在借机告诉安老太君，不要以为这样自己就得势了，宁国公如今这般风光，是有了薛国公府才得来的。

当真是好大的权势，今日来贺寿，比起三皇子和五皇子都要迟一点进来，薛国公真不愧是权倾朝野，手握重兵的武将。

云卿略一转眸，便能看到三皇子脸色并不太好，目光望着薛国公的时候，藏在袖中的手指略微的弯曲，只怕是在狠狠地掩饰自己的怒意吧。而五皇子，除了与刚才一般明朗的笑意，倒是看不出什么。

此时从前院走来一群人，为首的是穿着明黄色五爪龙服的明帝，他的左边一名穿着宫装的袅娜美人，高高的云鬓如雪，面容端庄秀丽，明艳动人，看装束和制式属于妃子一级，正是宁国公的嫡长女安露莹，宫中的莹妃。

莹妃今年不过二十有四，进宫数年就进阶到了后宫二品妃子一位，实在是圣恩隆宠，此次若不是她开口请求回来给安老太君祝寿，明帝也不会说起要亲临宁国公府。

明帝的右边，则是身披红色袈裟，足踏僧鞋，面上有稀白胡须的僧人，正单手竖起放在胸前，跟随在明帝左右。

“慧空大师，方才在沙盘之中显示之语，如何解释？”明帝面色严峻，双眸灼灼，然而问话的语气里显然很是尊重这位大师。

“天意所出，自有其意，到了恰当的时候，陛下自然可以见到。”慧空大师微微颔首，声音带着一种辽阔空远，微垂了眼皮，对着明帝解释。

明帝边走边思忖着其中的话语，眉头紧锁，似有愁意。莹妃用余光睨了一下明帝的面色，声音轻柔，徐徐道：“陛下，慧空大师既然说要顺天意而明警语，陛下乃真龙天子，那便自会在合适之时显露在陛下面前。今日若不是陛下给臣妾荣光，来为祖母祝寿，只怕慧空大师也不能这么巧，恰好遇见陛下，能替陛下签解一二。”

她这番话说得极好，本来是明帝来宁国公府才能遇见慧空大师的，在莹妃的语言艺术之中，就换成了慧空大师有缘能得见明帝，让明帝听了很顺耳。

明帝点头，望向莹妃的眼神便柔和了一分：“爱妃所言极是，朕今日来还是为给安老太君祝寿，该开宴了。”

随着明帝的一句话，莹妃极为温顺地一笑，眼眸里却闪过一抹诡异的光芒，在其他人看不到的角度，对着后面的丫鬟做了一个手势，然后恭顺地随着明帝的步伐，款款而行。

随着内侍一声高扬的“陛下驾到”，所有人起身行礼。

待明帝的脚步一踏进花园，以安老太君，薛国公为首，与其他的在场的众人一起齐声道：“恭迎陛下圣驾，陛下万岁万岁万万岁。”

而莹妃款款前行，眸光在场上掠过，一丝含着不怀好意的光芒在云卿身上略微顿了一顿。

跟随在明帝之后的，还有四皇子的身影，他一双鹰隼般犀利的双眸在园中众人中飞快地发现了那一抹身影。这般的聪明睿智，若是帮助他多好。

四皇子眸光带着一丝眷恋，还有一丝可惜，更多的却是阴戾之气，再好的女人，都不会比江山重要。沈云卿，只怪你站错了阵营，今日之后，九泉之下，莫要怪我。

从前方送来的目光透着森冷的气息，让云卿极为敏锐地捕捉到，心内猛然地一紧，与此同时，天空上忽然传来一声破空长啸……

啸声清亮，从半空之中传来，如同一把锋利的刀扎进每个人的耳中，明帝一抬头，便看到天空之上，一只苍鹰正扑翅从长空飞过，明帝深幽的双眸微微一凝，望着那突然出现的苍鹰。

众人看明帝望去，也都抬头去看，就在这时，御凤檀突然站了起来，从腰间抽出一张弓，对着那苍鹰便射了过去。箭势疾快，动作迅速，几乎是在众人都没有反应过来之时，就已经将苍鹰射了下来。

这一个动作惹得周围的人都震惊不已。他们震惊的不仅仅是御凤檀高超的箭术，而是在御前拔箭。

而四皇子和莹妃两人此时的眼眸里，写满了震撼，他们策划了这么久，就是为了这最后的一步，竟然到了这里被御凤檀一箭射了下来，这如何能甘心，若是如此，那刚才的签语又如何作数，难道前面辛苦所布局的一切都白费了吗？

CHAPTER 31
第三十一章　金龙蛇舞后妃乱

就在人们都觉得御凤檀会受到谴责的时候，只见他从容地将箭收起，然后走上去，将那只苍鹰捡起，然后走到明帝的面前，大呼："皇伯伯，真是恭喜啊！"

明帝脸色冷沉："你射死了苍鹰，这有何喜？"

御凤檀面色如玉，分毫不变："皇伯伯，你看，鹰爪上可是抓的什么？"

明帝见他说得那般笃定，目光移到了死鹰的身上，那只死鹰的爪上，还有一条食指大小的金黄色的蛇。

"这不就是条蛇吗？"莹妃看到那苍鹰脚上的蛇，不甘心计划就这么被打败，反问道。明帝倒是知道这蛇的名字，可到底还没看出这蛇和恭喜有什么关系。

"皇伯伯，黄金蛇还有一个名字叫龙蛇，在民间的传说之中是有仙气的蛇，经过修炼后长出角来，变成真正的龙。今日苍鹰突然出现，抓了龙蛇，是邪气太盛。眼下一箭将苍鹰射下，龙蛇得以获救，正是我皇龙气鼎盛，邪不压正的象征。"

"噢，还有这么一说吗？"明帝轻轻地一问，目光则是转向他身侧的慧空大师身上，询问他的意思。

听到御凤檀的说法，慧空大师眼底露出一点高深莫测的意味，双手合十道："陛下，在民间的确有此说法，龙蛇经天劫后，可以化去蛇身变成真龙，据说乃是上天让有罪的龙子下凡历劫锻炼的。"

听他这么一说，明帝脸上的阴沉褪去了不少："凤檀射下苍鹰这等邪物，是为我朝着想，若是让那苍鹰抓蛇丢到众人之中，岂不是坏了安老太君的寿宴，不过以后切莫带弓箭出现在这样的场合了。"

"是。"御凤檀卖乖地应下。

明帝的脸色才重新挂满了笑意，望着一直跪在前面的安老太君，亲切道："老太君请起。"

从明帝进来后，一直到现在，起码去了两炷香的时间，众人无不是跪得膝盖发疼，安老太君年纪偏大，更是差点站不起来，还是宁国公夫人薛氏和安夫人两人赶紧上去搀扶着她，其他人才赶忙站了起来，按照各自安排的位置坐了下来。

云卿冷眼看着刚才发生的一切，刚才那苍鹰和蛇绝对不是突然出现的，而且看御凤檀当时将苍鹰第一时间射下来后莹妃和四皇子眼底迅速闪过的暴怒，只怕藏着什么夺命危机。

随着明帝的到来，宴会正式开始，明帝自然是坐在了最高的位置上，左右两边分别是莹妃和安老太君，而慧空大师坐在明帝的侧后方。因为他乃出家人，所以安老太君特意让人给他准备了素食，并且为了表示尊重，没有和其他客人安排在一起。

随着一阵音乐流水般的叮咚响起，场上的舞女全部撤去，露出了巨大的场地，两旁的乐人所拨的曲子比起刚才的也要高上几许。

“这是表演什么节目？”莹妃一见这样的阵势，对着安老太君问道。

安老太君呵呵一笑，对着明帝道：“是玉莹这丫头，说是今儿个乃老身的大寿，她这个做孙女的，要送个与众不同的礼物给老身。”

“不错，莹妃，朕记得你这妹妹在京中一直都颇具才名啊。”明帝点头一笑，转头望着莹妃问道。

“连陛下都知道，玉莹也算得上有一二才华。”莹妃妩媚一笑，举杯与明帝共饮。

随着音乐的渐渐改变，从舞台的一角上来了一群粉衣丽人，她们莲步如水，袅袅娜娜地走到了场中央，如众星拱月一般，渐渐地弯下腰来，露出中间一个穿着大红舞裙的少女来。

乐声就在此时一停，少女盈盈一拜：“玉莹祝陛下万岁万岁万万岁，祖母福寿延年，岁岁有今朝。孙女特意给祖母献上一曲舞蹈，希望祖母能喜欢。”

随着她的话音一落，乐起。安玉莹的水袖随着音乐的节奏，缓缓地动起，水袖如同一波流水一般，在金色的阳光下抖动，随后其他的舞女开始往着旁边站去，而将中间的场地全数留给安玉莹表演。

而乐声也在此时变得更为复杂，一阵风吹起，无数的花瓣如雨飘来，落在秀美云鬓上，整个人如同仙子一般，飘逸灵秀。

云卿浅浅地一笑，安玉莹的舞姿轻盈飘飞，可是这还没到最精彩的时候，一般都要到最后才会看到精髓。

因为她贵为宁国公的嫡女，很少会在人前表演，一旦表演出来，便是拿手的“掌上花开”，如今她所表现的，正是花瓣缓缓绽放的时候。

在场的人都被她的舞蹈渐渐地吸引了过去，就是安老太君也甚少看到安玉莹如此慎重的表演。宁国公夫人更是满脸的得意，不时在场上向那些夫人和小姐脸上望去，欣赏着她们的陶醉和羡慕。

当然，安玉莹今次在人前特意表演这个舞蹈，不仅仅是为了给安老太君贺寿的，主要是这段时间，安玉莹在京中的风评已经渐渐走下坡路，甚至已经成为了京中闺秀的反面教材。趁着今日达官贵族全部都在场，让安玉莹表演最拿手的舞蹈，将那些不好的评论都冲淡。

当乐声再次推向高潮的时候，安雪莹裙衣翻飞，乌黑的秀发开始缓缓地旋转，为了掌上花开特意制作的多层的裙摆，开始随着她踮起的足尖而慢慢地展开。

舞蹈中最美丽的时刻到来了。

在无数的花儿映衬下，安玉莹飞快地转动了起来，她整个人化作了一根不断旋转的轴心，纤细窈窕的身姿如同定在了地面。

众人都开始赞叹，甚至有小姐开始在下面数着安玉莹转动的圈数，而明帝显然也被这样的舞姿吸引了。

随着她转的圈数越来越多，已经超过了平日里所转的二十六圈，谢氏都低声赞美："如蝶如蜂，轻盈如飞。"

男宾那边，已经有人鼓起了掌，礼部尚书林新的小儿子甚至站起来，喊道："好看，好看，那裙子上面有龙诶！"

灿灿的阳光之下，随着安玉莹的脚步，她的裙子上开始显露出一种金光灿灿的颜色来，众人以为她只是在裙上加撒了金粉，以添加舞蹈炫丽的效果，并没有太加留意，听到这句话后，再去看时，便见那一条金粉在阳光下由于不断旋转中，显露出一条腾飞的巨龙。

这等奇特的心意，让众人在心里暗暗羡慕，只道宁国公府今日可谓是费尽了心思，便是连舞蹈也能想到如此别出心裁的地方。

而与其他人不同，此时薛国公，宁国公夫人，莹妃他们的眼中皆流露惊惧的神色。

明帝握着酒杯的手陡然握紧，一双深幽的双眸里透着浓浓的古怪，望着安玉莹不断旋转的身影："魏宁，把刚才大师所批的签语拿出来。"

魏宁恭敬地应了，从袖子里掏出那张签语，递给明帝。

莹妃强忍了心中的害怕，勉强笑着道："陛下，这签语大师说要天降旨意后才能看的，若是贸然打开，岂非不灵。"

明帝看了她一眼，却是未曾开口说话，从魏宁手中将一张佛签接了过来，认真地将纸张打开，仔仔细细地看了上面的一句话后，手指紧紧地捏在佛签的边缘，几乎是在控制即将暴怒的神情。

魏宁站在明帝的身边，目光在佛签上一瞟，纵使修养已经到家，还是经不住的一变，眼睛在安玉莹身上停留，从开始的惊艳变成了现在的怜悯。

方才慧空大师在替明帝测今年的运程时，给出了一句——凤穿牡丹龙飞天。

这句签，从表面上看，是很好的签。明帝问慧空大师它的实际含义，慧空大师又给了明帝一个佛签，说当看到签上的话语之后，再打开佛签，里面则会显示出这一句运程的解释。

刚才安玉莹所跳的那个舞，她便如同一朵绽放的牡丹，在不断地旋转，随着转动的舞姿，金粉在阳光之下，呈现出一条巨龙腾飞的景象，正是应了"凤穿牡丹龙飞天"这句话。

而令魏宁吃惊的是，在那张佛签上所写的四个字，每一个拆开来，都是极为普通的字，便是笔法也是非常平和的佛家字体，但是合在一起，却能让一个帝王绝对震怒！

因为那上面写着：女代御兴。

御是大雍朝的国姓，女代御兴的意思便是会有一个女子取代御家成为新的皇帝。

莹妃全身都颤抖起来，她很清楚明帝此时是什么心情，可她现在又不能求情，若是求情的话，则代表她早就知道佛签里所说的一切了，到时候罪名只会转移到她的身上。

所以，她和宁国公夫人就这么眼睁睁地看着安玉莹一曲完毕，笑意盈盈地对着众人一拜。

安老太君没有察觉到旁边这般诡异的气氛，对着安玉莹招手道："好孩子，跳得真好看，到祖母这里来。"

安玉莹巧笑嫣然地走上来，眼眸在坐在一旁的御凤檀身上一扫，看他墨玉一般的双眸也正望着自己，眸中奇光转动，似是为她的舞姿而赞叹，心内如小兔怦怦乱跳，含羞地垂头拜在安老太君的前面。

就在安老太君要拉起安玉莹的时候，只看明帝忽然站起，对着两旁的人喊道："给我把这个妖女抓起来！"

明帝一声令下，侍卫立即上去将安玉莹扣了起来。

安玉莹还陶醉在刚才御凤檀注目她的兴奋之中，未曾想到下一秒就会成为妖女，惊惶地望着明帝："陛下，是不是弄错了什么？"

明帝手中紧紧地握着那张佛签，望着安玉莹那张美貌的脸庞，心里越发相信佛签上的话语。当初六国战乱时，南平国便是有华皇后欲要将君主取而代之，如今安玉莹若是真有这个野心，也不是没有可能，他指着安玉莹道："你的意思，是朕错怪你了！刚才你跳舞的时候，正好应了大师的佛签，你这个谋国篡位的妖女！"

宁国公夫人跪在安玉莹的身边，祈求道："陛下，玉莹只是一个小小的闺中女子，不会与妖女有关系。"

她的眼眸深处除了害怕之外，还有一种巨大的惊恐，玉莹的裙子是她特意准备的，金粉却不是她吩咐撒上，难道是有人故意所为？

"闺中女子？！她如果是闺中女子的话，为什么跳舞的时候，背后会有一条巨龙腾飞，这是在预示她以后要取朕而代之！"明帝想到刚才阳光之下，龙图简直是栩栩如生，那不就是在告诉他，将会有龙飞起吗？

难怪近两年来，西戎越来越强，边境战乱不堪，北方又多旱灾，这些其实都是预兆啊！

安玉莹听着明帝的话，隐隐约约知道自己身上发生了什么，低头去看自己的裙子，却只看到一片大红，哪里有半点龙的迹象："陛下，臣女一届小小女子，怎么敢取陛下而代之，就是给臣女一千个胆子，臣女也不敢！"

她这些话倒是每一句都是实话，每一句都将自己的心声说了出来，所以显得特别的真诚，但是她内心却是不断地在问，究竟是哪里出了错？

真正的事情发展不应该是沈云卿站在花圃中，然后天降龙蛇，接着沈云卿就被拉下去杀了么？

薛国公望着安玉莹哭得上气不接下气，明明安排好的不是这样，这些蠢货怎会搞成如今这个场面！

薛国公知道这次再陷害沈云卿是不成功了，若是他再不开口，只怕安玉莹会被陛下就这

么直接拉下去。祸国之人哪个帝王都无法容忍！

他咻的一下站起来，几步站定到明帝的面前，低头弓腰："陛下，玉莹她是臣看着长大的，除了每日在家学习女诫女训，胸无点墨，目无寸光，就此等才能如何能当得起祸国之名，还请陛下不要被一句话而误导了！"

而莹妃此时也是跪了下来，抬起满脸泪痕的脸蛋，对着明帝道："陛下，妹妹她柔弱如柳，怎么也不是那等有野心的人，臣妾与妹妹从小一同长大，如何能不知道她的性情。"

莹妃平日在明帝的心中是属于柔顺知理的，她说自己和安玉莹一起长大，也是在告诉明帝，我们是姐妹，性格相差不远。

而此时薛东含和海氏也走上来求情，外带还有肃安伯等，齐齐都跪了下来，齐齐帮安玉莹求情。

四皇子看到眼前这一幕，眼底露出两道幽深的光，手指紧紧地握成拳。这下真完了。

而安老太君并不是事件的参与者，不像莹妃她们早就知道发生了什么，直到此时才稍许缓过气，一望见下面跪的那一片，暗道不好。

若是只有薛氏求情也就罢了，薛氏是安玉莹的娘，她爱女心切，求情无可避免，可眼下这么多人，宁国公，薛国公，肃安伯等等都在这里，这些人在朝中，那都是有地位的人。

小小一个安玉莹，一个闺中女子，竟然有这么多人帮她求情，若是日后她真的有了其他心思，谁敢说她不能做到篡位呢！

云卿悠然自若地端起茶杯，垂头低低地抿下了茶水，凤眸里是藏不住的讥诮，薛国公的势力可真大，他一句话，就能让这么多人求情，果然是不好对付呢。

明帝望着这些人跪在地上，似乎他如果不饶恕安玉莹，他们就要这么一直跪下去，眼底的冷意越来越浓。

他在众人间一扫，最后落到安玉莹身上，此时艳丽的红色舞裙就像是嗜人的血液铺满在明帝的眼中，挥手道："来人，将安玉莹拉入天牢！"

天牢是直接由皇帝主管的牢狱，进入天牢的人只有死路一条！

"不要啊，我不要去天牢，爹，娘，外公，救我啊救我啊！娘，娘……"安玉莹拼命挣扎，想要逃开侍卫的禁锢，与她之前跳舞时风光八面的情形相比，简直是一个天一个地！

"拉下去！"明帝根本就不管这些，大手一挥，语气更为冷厉，眼底的寒意惹得众人心中一凛。

安玉莹张了张嘴，似是要说什么，就在此时，宁国公夫人薛氏在一片寂静中，大声道："陛下，臣妇有事要禀！"

侍卫抬头望了一眼明帝，见他没有开口阻止，知道明帝是要听宁国公夫人辩解，便停下手来，等待着事情的变化。

"你要说什么？"薛国公声音里带着警告，是在告诉宁国公夫人绝对不能将今天的事情说出来，否则的话，被牵连的就不是一个安玉莹。

宁国公夫人咬紧嘴唇，父亲不管多喜欢玉莹这个外孙女，可这只是在没有触犯利益的情况下，今日这样的情形，薛国公也不会冒陛下之大怒，豁出去求情的。

但是……她转头望着安玉莹，她脸上的妆容已经顺着眼泪化开，整个人狼狈至极地被侍卫拎在手中："娘……娘……女儿没有，没有啊……"

宁国公也跪在一旁，薛国公他们的计划宁国公是不知道的，他也不明白这一切究竟是怎么回事，但是陛下要处决他的女儿这一点还是清楚的，对着自己夫人喊道："你有什么要说的，如果能救玉莹的，就赶紧说吧！"

他是个资质平庸的人，好在一投胎就生在了安老太君的肚子里，又是嫡长子。他性格温顺，属于小时候听娘的，长大了听夫人的这种男人，如今面对这样的状况，他只想着宁国公夫人一定是有解决的办法，催促她快一点将办法说出来！

宁国公夫人知道自己的夫君没办法，只有靠自己了，膝行明帝面前，磕头道："陛下，今日这事，实则是臣妇动的手脚，一切和玉莹没有关系！"

"你动的手脚？"

明帝并不是个十分大方的人，在知道安玉莹是祸国妖女后，他便爆发了怒意，不顾是安老太君的寿宴，将她的孙女要拉入天牢。

莹妃定定地望着宁国公夫人，看她要如何说这一切，难道她要将这几天所动的手脚都说出来？把所有人都暴露来解救安玉莹吗？她转头望着慧空大师，就算是薛氏一人将所有的罪过都顶了，还不是要带出慧空大师，到时候这个和尚被抓了，会不会将所有人都抖出来？

莹妃心里不断地盘算着，既希望有人能将今天这桩事顶过去，又害怕被此事牵连，纤弱的肩膀因为矛盾而微微颤抖。

就在众人的注目之中，薛氏虽然脸色煞白，但是还是口齿清晰道："是的，陛下，是臣妇动的手脚，今日得知慧空大师到了府中之后，臣妇知道大师德高望重，陛下一定会让大师测运程，便让人偷听大师所测的签语。当时臣妇听字面上的意思——凤穿牡丹龙飞天，似是有贵人相助陛下，只想着若是能让玉莹成为这签语中的贵人，就让人在她的裙子上撒上了金粉……"她怅然泪下，"谁知道，竟然弄巧成拙，最后陛下的佛签中解出来，才知道原是祸国妖女一说，臣妇吓得差点就不敢说出来，可是玉莹是无辜的，这一切都是臣妇所为，她根本就不知道……"

四皇子听着宁国公夫人的话，感觉这个小姨很聪明，她将所有的罪都背到了自己身上，就是慧空大师也被摘得个干干净净。

母爱绝对是这世界上最伟大的爱，薛氏说出这么一段话后，莹妃的泪水便不住地流出来，她知道母亲这么说是为了保存自己和玉莹。可是这样一来，母亲就会有欺君之罪，陛下能饶了安玉莹，在如此的状况下，也绝对不会轻易饶恕宁国公夫人的。

宁国公乍听薛氏的话，立即反驳道："夫人，你怎能如此胡为！"

他本想着妻子能有办法救下女儿，谁知道妻子的办法则是将所有的罪过都往自己的身上

扣，便是迟钝如宁国公，也觉得事情有些不对。他根本就不相信以薛氏的身份，还要让安玉莹去做皇帝的贵人，立即喊道："夫人，你根本不需要这样做，我们宁国公府，薛国公府已经蒙圣恩隆重了，你不会这样做的！"

安玉莹生怕母亲听了以后就不帮她顶罪了，挣扎地哭喊道："娘，你为什么要害女儿，为什么要害女儿啊……"

这几句哭喊将薛氏的心绪拉了回来，虽然薛氏要强，但是和宁国公的感情算不错，听着丈夫的话，一时心内有些酸痛。今日这罪若是揽了下来，就会和丈夫分开了，可是女儿呢，女儿还这么年轻，就要到天牢去受那些非人的折磨，而且看安玉莹的模样，只怕不到天牢门口，就会将所有的事情都暴露了出来，到时候牵扯的不仅仅是一个人，而是一大片人。

伤一个，还是伤一片，这不是明摆的答案吗？

"没有，就是我做的，虽然玉莹是国公的嫡女，可是你知道的，她心心念念喜欢的都是瑾王世子，可是瑾王世子从未将目光停在玉莹身上，我看她日日夜夜为了瑾王世子伤心。我这个做母亲的心里亦是同样的感受。若是能让玉莹做了陛下的贵人，那请旨嫁给瑾王世子，就不会是问题了！"宁国公夫人不舍地看了眼宁国公，然后转头非常镇定地对着明帝道："陛下，是臣妇愚昧，只想着儿女的私情，陛下，求你饶了玉莹吧！"

她说完，对着明帝狠狠地磕头，额头碰在坚硬的花岗石阶梯上，听那咚咚的闷响便知道每一下都是用够了力气，慢慢地阶梯上就沁出了血迹。

直到她磕得地上的血流到了下一个阶梯，明帝才问道："慧空大师，这签是否还分人为和不是人为的？"

这时，人们才注意到，一直坐在明帝身后素斋席上的慧空大师。听到明帝点到他的名字，便从座位上站了起来，其间还软了一下腿，因为袈裟宽大，没有被其他人发现。

他努力平和着自己的表情，垂着双眸走上前来，目光在望到薛氏磕头之处，面皮颤抖了一阵。

而薛国公此时面色稳定看不出任何端倪，宁国公夫人不愧是他的女儿，反应机敏，将事情揽在了自己的身上，再用御凤檀的事情为安玉莹做借口，实在是恰当不过。至于慧空大师，他心内冷笑，他一点都不在乎慧空大师会怎么说。

因为慧空如果不想死的话，就知道接下来的话要怎么说！

"如这位夫人所言，一切签语皆要自然而生，方能显出是谁而为，而预先知道先机，经过人手特意铺设，便失去了本来的意义。"慧空淡淡地将话语说出，眼眸依旧半垂，像是在入定一般。

明帝终于收回了目光，盯着已经接近昏厥过去的薛氏："放了安玉莹。"

侍卫听旨松手，安玉莹双腿一软，差点倒在地上，幸好海氏在后面扶着她，才让她不至于跪坐在地上。

薛氏从心底松了一口气，放了玉莹就等于陛下已经相信了她的话，可是接下来，迎接她的又是什么呢？磕破额头的疼痛已经让她说不出话来，眼前又有血液的红色，让她觉得心里有着浓浓的怨愤。

本来这一切，都该是沈云卿受着的，薛氏转头往云卿所坐的席面望了过去，眼底射出了冰冷恶毒的光线。薛国公看了一眼薛氏，突然站了起来，对着薛氏就是一脚踹了下去，恨道："我怎么就养了你这么一个女儿！就算你为了女儿的婚事茶饭不思，为了她而心痛心伤，你怎么可以欺瞒圣上？我们薛家满门上下都对陛下忠心耿耿，你就为了儿女私情，为了你那点慈母之心，做出此等大逆不道的事情，你真是让为父太失望了！"

薛氏被父亲踢得一脚翻在地上，发髻散乱，形容狼狈，却瞬间明白了薛国公的意思，捂着被踢的腿上，哭道："父亲，是我傻，是我丢了薛家的脸面，不该让薛氏的名声上加上这么一笔污点。可是玉莹苦苦喜欢瑾王世子，我这个为娘的，哪里能不操心啊……"她的眼泪哗啦啦地流下来，泣不成声："母亲，我对不起你，不该在你的寿宴上如此作为，是儿媳不孝……"

云卿望着薛国公和宁国公夫人的举动，嘴角抑不住地冷笑。薛国公如此做，不过是想要明帝知道，宁国公夫人做这一切的目的都是爱女心切。他做出这样教训的样子，能让明帝心头气愤稍许消解。

而薛氏也很聪明，她除了说出自己目的单纯之外，还强调了今日是安老太君的寿宴，在这日子里见血，是对安老太君的极端不尊重。

不得不说，薛国公对明帝的心思把握得还是比较到位的，他如此训斥下去，拖延时间，明帝的怒意从开始爆棚慢慢地消减了下来，而且在提到安老太君的时候，他的眼眸稍微动了动，这证明他已经松动了。

若是继续下去，只怕明帝会将这件事以比较轻巧的手法处理下去。

一直在一旁看着事情始末的三皇子，此时却是站了出来，一脸义正词严道："宁国公夫人此言差矣，你为自己女儿着想，敢问天下哪一个母亲不是如此。可你今日不仅是弄了虚假的手段，还让父皇虚惊了一场，让慧空大师的签语提前暴露了出来，这本是慧空大师给父皇的提示，如今众人皆知，若是以后遇见这等情况，岂不是会被人预防了，而导致无法发现那妖女，这对我大雍江山的稳定，父皇龙位的安定，都造成了极大的影响！并不是一个欺君之罪就可以掩盖得了的！"

随着三皇子的话音落下，一刹那，众人都看到明帝的面色出现了惊天的改变。

暴露了慧空大师的提示，等于让祸国妖女有了提防，让明帝再也没有办法提前将妖女抓出！

这样的罪名，几乎就要与祸国妖女的罪名相提并论了！

三位成年皇子之间是水火不容，表面上维持着兄弟的情谊，其实私底下斗得你死我活，巴不得对方早点死了才好。

今日薛国公之女被罚，三皇子站出来说这段话的目的也就是为了打击薛国公。

可是纵然人人都知道如此那又怎样！只要三皇子说的理由没有错误，只要明帝觉得他说的是正确的，那就可以了。

云卿淡淡地望着眼前的这一切，像这种推波助澜的事情，根本就不需要她，自然会有其他人来做。

薛国公在朝中多么的风光，自然也将自己树成了靶子，无数人等着机会将他一点点地拉下来。

此时的三皇子，不就是那个唯恐天下不乱的人么？！

“今日是安老太君的寿宴，不宜有白事，但是宁国公夫人藐视天子，欺君罔上之罪绝不可饶！给朕将薛氏拉下去，钉刑二十大板！以儆效尤！”压抑的声音从明帝的喉咙里传了出来，却比歇斯底里的狂吼还要让人觉得害怕，在场的人浑身一阵冰凉。

谢氏甚至紧紧地收了收手，侧头看女儿的神色没有变化，这才放下心来，而旁边不少小姐夫人都极少见过这阵仗，被那刑罚吓得瑟瑟发抖。

钉刑，便是将人放在插满了长长钉子的木板上，然后再施杖刑，每次板子打下去，钉子就往人的肉中陷入一分，二十大板下来，只怕肉会被穿透，就是细小的骨头，都会被打断，就算救回来，只怕也只能由着人服侍一辈子，不能再一切自如了。

这还是明帝考虑到安老太君今日寿宴的分上，否则的话，只怕也会直接拉入天牢，再无可恕。

宁国公浑身颤抖地看着侍卫将薛氏拉了下去，安玉莹则是浑身一软，直接瘫倒到了地上，高声大哭。莹妃死死地扣住自己的手心，将痛苦掩藏在喉咙之中，呜呜的嗓音从咬紧的唇内流溢了出来。

五皇子望着这变化的一切，脑中在勾勒事情的前后情形，他眉头皱了皱，眸中露出一点怀疑的神色。从慧空大师那句批语说出来之后，他就联想到在明帝进来的时候，突然出现的苍鹰。

御凤檀此人，不敬鬼神，不信鬼神，从不理这等鬼怪之事，今日抬手射鹰倒是不奇怪，只是后面说的这段话，倒让他不得不想起，沈云卿当时所站的位置。

他隐隐觉得，今日寿宴上发生的事情，和沈云卿有关系，可是从头到尾，她又没有说上半句话，插上半句嘴，实在让五皇子又说不出什么，只是心中这种知觉愈发地强烈。

薛国公面色隐隐发青，看着女儿被拖走，视线落在云卿的脸上，阴霾狠鸷的眼眸里甚至露出一种可以称之为残忍的杀意。

今日安排的一切都是针对沈云卿来的，可偏偏事情到了最后一步的时候，御凤檀出手将苍鹰射了下来，玉莹的裙子出现诡异的金龙。

薛国公清楚整件事情的始末，金龙绝不会是薛氏弄上去的，唯一的可能就是被他们设计的沈云卿提前发现了阴谋，将此事转移到玉莹的身上去了。

他望着那个艳丽如花，便是静静地坐在那里，不语不笑已有倾城之姿的少女，心肝肺都怒到发疼。

这么多人精心布的局，早就开始策划的一切，就被她破解得干干净净，自己还赔上了一个女儿！

绝不能让她再留在这世上了，敢这般公然挑衅他薛国公的人，沈云卿还是第一个！

云卿毫不畏惧地迎面而上，嘴角依旧是带着浅浅的笑意，心里却有不好的预感。小女儿被明帝如此处理，已经彻底惹怒了薛国公。他现在望着自己，多半是想杀了她吧。

若是说没有一点儿害怕，那是不可能的，他是权势滔天的国公，手握兵权，她所能依仗的不过是自身的筹谋而已。

但观今日的事情，若是重来一次，她也绝不后悔，没有薛国公他自作孽地安排了这么一出，就不会有安玉莹被设计的这一幕。她不是只死鸭子，只能被人欺负，若是对方硬要如此的话，那她就算鱼死网破也要拼一拼，大不了都一起死！

这一瞬间，她的目光中迸发出极为绚丽的光彩，整个人正如身后那巨大的牡丹花，俨然一朵绽放中，艳丽璀璨，华光无双的“焦骨牡丹”，就算有火烧焦了枝干，花儿却在漆黑中绽放得更加夺目！

一场寿宴俨然变成了审判会，在场的人初来时那种兴致几乎是没有了，明帝的心情自然也好不到哪里去，拂袖而去。

明帝一走，其他的客人当然是接二连三地告辞了，好好一场寿宴弄成了这样，安老太君一身暗红色的寿字福纹衣穿在身上，反而更显得面容哀戚，对着各位客人带着歉意道：“劳烦各位来参加老身的寿宴，却不料出了这等事情，淑芬，瀚儿，你代我将各位送回去吧。”

安尚书和安夫人站了起来，分别送女客男宾离去。

从安国公府出来，云卿便回到了自己的院子里，路过一处假山时，忽然一个人走了出来，身形如风，随着她悄无声息进了院子。

云卿进了院子后，直接进了内屋，此时正是一天最闲的时刻，其他的丫鬟也就三三两两地坐在院子里，手里打络子的，吃着瓜子的，低声说笑。

“小姐，要不要午睡一会？”流翠见云卿上午站了许久，中午用膳又比平日里多，便提议道。

“刚吃了那么多，哪里睡得着。你把针线笸拿出来，我绣一会东西再歇息，你不必在这里守着了。”云卿吩咐道，如今光线正好，秋阳高照，室内一地的明媚，人吃饱了，心情也好，整个人懒洋洋地靠在轩窗边，一针一线地绣着手中的东西。

“卿卿。”突如其来的声音，并没有将云卿吓到，回头见那人霜衣如雪，华光无双，衣襟处的紫色条龙兽纹映衬得人更是无比绝丽，一双狭长的眸中浸润着霞光水色，让人一看便难以将目光收回。

“你怎么在这里？没回王府吗？”

流翠已经习惯御凤檀的出现，所以面色没有一丁点惊讶，只是悄悄地退后了几步，然后转身出了内室，将空间留给两个人，守在门口不让人闯进去。

“你在这里，我当然也在这里了。”御凤檀慵懒的声音在秋日的午后带着一种低沉的磁性，很自然地就坐在她的身边，“又在绣什么？”

说到手中在绣的东西，云卿唇角轻勾，眼底带着浓浓的笑意：“墨哥儿，轩哥儿都在学着自己握勺子，每次吃得满身都是，我给他们做几个漂亮点的围兜呢，你看墨哥儿的这上面给他绣一只小白兔，轩哥儿的绣一朵玉兰花……”

“怎么一个绣动物，一个绣朵花，双胞胎不应该穿一样的吗？”

云卿伸出青葱玉指在围兜上的小白兔上一点：“墨哥儿调皮，又爱闹，所以给他绣个兔子，蹦蹦跳跳的。”

“轩哥儿斯文，所以你就绣朵玉兰花。”御凤檀修长如玉的手指在另外一件围兜上半成型的图案上一划，身子向前倾靠在云卿的肩头，轻声道，“上回来见你给祖母做抹额，今儿个来又看你给双胞胎做围兜，什么时候卿卿也给我做件衣裳？”

御凤檀突然一下靠得极近，云卿本能地将身子往前避开，又下意识地觉得如此不太好，不小心围兜上别着的针戳到了手指上，不由得蹙了眉尖，将手指收回。

“疼吗？”御凤檀本是想要趁机讨个定情物品的，谁知会害得云卿被戳，顿时心疼地握住她的手，望着指尖一点殷红的血珠，将纤细的手指放到唇内，轻轻地吮着指尖。

云卿被他这个动作弄得顿时羞得满脸通红，暗骂御凤檀这个登徒子。

出一点血而已，拿帕子抹了也就好了，他就非要含到……

真真是不守规矩的人，不过这大白天能爬到她房间里的，也不是什么规矩行为，只是手被他那么握着，滚烫的温度从指尖传过来，像是被极致的烈火烧着。

云卿将手往外抽出来，声音又娇又嗔：“针戳到而已，不会很疼的，一会就好了。”她将手指收到袖子下，装作收拾围兜的样子，尽量掩饰着自己的慌乱。

御凤檀哪里不知道她如今是在害羞，望着她连耳朵都羞得变成了粉红色，那细细的汗毛在阳光下可爱得就像狐狸的绒毛，顿时心里的柔情抑制不住地要溢出来，温柔地从后方将云卿环抱在怀里：“卿卿，你生我气了是不是？”

他顿了一下，看云卿手中的动作慢了下来，但是还没回头，便接着道：“我知道，安玉莹今日的事情，都是因为我，若是没有我，就不会有这些危险了，今天让卿卿心里吃醋了，难怪你不理我了……”

“这哪里是你的错。”云卿终于回过头来，瞟了御凤檀一眼，望见他漂亮的眼尾挑着一抹淡淡的笑容，里面眸光流转，带着几分轻笑，就知道他方才那话是故意的，故意逗她跟他说话的。

其实她哪里是生他的气，御凤檀刚才说话的时候，又是贴着她的脖子，鼻间的热气在脖子上掠过，一股异样的感觉让她浑身都觉得滚烫，她才没回头的。

不过此时看到他的样子，云卿眸光里一抹清光转过，侧过身来推他：“谁吃你的醋了，你这脸皮可真够厚的，自恋得不行吧。”

御凤檀手掌一动，将她拉过面向自己，半眯的眸子里透着笑意，语气里多了些不正经，“这哪里是自恋，明明就是有信心，难道卿卿你不喜欢我？”

他的语气是笑着的，可是目光却很认真地望着云卿，看得她心头慌乱，哪里肯直接就说出喜欢御凤檀的话来，上回七夕是夜晚，又是月下，她都没有说得出口，如今这光天白日的，外头还那么多丫鬟，云卿更是说不出来，只瞋了他一眼，便垂下了眼睑。

她这般，倒让御凤檀有些没信心起来，平日里在外头，云卿对他和对其他人基本是没有区别。顿时嗓音便沮丧委屈起来，嗫嚅道：“我就知道那天晚上你是被我逼的，其实你不情愿。”

他那可怜兮兮的语调没惹来云卿的疼爱，倒让云卿横眉瞪着他：“御凤檀，你以为我是别人能逼着亲吻，逼着牵手的吗？！”

她一双凤眸睁得大大地望着御凤檀，很不满，很生气，一下子就将御凤檀的心弄得跟泡了蜜水一般，将她搂得更紧：“云卿，我就是觉得太美好了，你真的喜欢我，我不晓得怎么说，大概是今天看到你和安冰块笑了，却没和我说话，我心里有点酸酸的。”

他将下巴靠在她的肩头，声音低低的，像是孩子抱着最心爱的东西，讲述着自己的不舍。

“那时候，我就特别的不确定，虽然我对自己说，不管你喜欢谁，我都会把你抢过来，但是还是没有信心。如今你对我生气了，我就知道你是真正的喜欢我了。”

云卿七夕的时候便听到他说了一回类似的话，不过没想到他竟然这般没信心，大概是自己表现得太过清冷的。她重生这世，主要的目的是为了挽救家人，所以所做的一切，也是朝着这个目的，御凤檀是最新加入的一个，她接受了他的心意，可不代表会将全部的重心都转移到御凤檀身上去。

京城里行走不容易，每一步，每一次，都是如同在刀尖上行走一般，不可行差半点。

但是御凤檀这份真心和真诚，做不得伪，她轻轻地一笑，反手抱着他的腰：“我的精力大都是放其他的事情上了，也许看起来对你和别人差不多，其实是不一样的。别的男子若是敢这么随便进我的房间，我就会让他知道什么是教训！”

御凤檀掩饰不住眼眸里的笑意：“如今你的事情就是我的事情，今天薛国公和薛氏要陷害于你，就是要陷害我！”

依照御凤檀所处的位置，他完全可以保持中立，就算哪一个皇子继位，都不会影响到他的地位，可是因为她，御凤檀站到了四皇子的对立面。

她抬眸望着他，如水的凤眸中情绪复杂，眼内的波光水润轻颤，如同有一颗石子投在了清透的湖心，泛起了无限的涟漪。

御凤檀情不自禁地捧着她的头吻了下去，两人缠绵时，只觉得比起七夕那夜的初吻来，还要显得痴缠。

“你就像有魔力一样吸引我。”御凤檀在唇齿相接时，模模糊糊地说着爱恋的话语，声音软软的，柔柔的，将慵懒化作了深深的魅惑，碾转在两片柔软甜美的唇瓣上，不愿意放开。

云卿心里酥麻甜蜜，只能轻声地"嗯"着，落到了男子的耳中，却觉得是魔咒一样。手掌便往着云卿的腰间细细地摩挲而去，灵巧的手指在腰间的宫绦上摩挲着，动作激动而又有些克制，反复在一处移动。

云卿被他蹭得痒痒的，顿时就笑了起来，低呼道："别摸那。"

御凤檀手指正捏在宫绦的结上，只觉得浑身滚烫，血气下冲，却又觉得这种发乎于本能的感觉有些没法控制，被云卿这么一笑，顿时蒙了一下，脸上露出意犹未尽的表情，只觉得自己是本朝最君子的男子，看着心爱的女子在面前，还要拼命克制。

可如今名不正言不顺，他也不能强求。但又舍不得和云卿这等美好旖旎的氛围，只得寻了个话题转移注意力，在脑中翻找了一个话题，呼了口气，问道："今儿个寿宴上那个慧空大师，你怎么知道他有问题的？"

他的手放开，云卿腰间自然不痒了，略正了正身子，不知他怎么突然将话题说到了寿宴上，听到那个慧空大师，她心里就暗笑，还是得亏了重生的福。

慧空本是一座小庙里的和尚，那时候他没有什么法号，因为那庙小，没有名气，又不是处在什么灵山秀水之间，庙里的和尚并不像京城的护国寺那样养得白白胖胖。一天吃一顿也是经常有的事情，慧空便是饿得狠了偷跑下山的。

他那时是小和尚，庙里也不正规，出去后等头发长起来，在这俗世间待了数年，发现这世上的人对佛非常虔诚，而且相当信一些风水运程之类的东西。他头脑灵活，觉得这是一个商机，便又回了庙里进行剃度，这一回就打算做个真和尚了。

慧空弄了一身极其光鲜的袈裟，取了"慧空"这个寓意深远的法号，将自己的年龄往上虚报了十岁，接着便开始云游天下。

他每到一处，先不在人前现身，而是装扮一番，带上假发和胡子，装成普通老百姓的样子，混在酒馆茶楼之中，先将城里的大事打听得清清楚楚，然后再固定找出几家特别相信佛教之人，将他们门户内的事情旁敲侧击地弄清楚，一切准备好之后，再变成和尚，寻着那几家上门，说是要化缘。在恰当的时候，故意装作初来乍到的样子，知道人家娶了新媳妇就说"施主家门前红云集结，近日必然有喜事发生。"知道两口子打架，就说"煞星上门"，靠着这一套，在人群之中，渐渐地有了名气，就算偶尔有说错的，人家也只当天机不可泄露，一传十，十传百，从镇到城，越来越多的人知道这位慧空大师。

高门大户龌龊事情多，少不得明争暗斗，借着"慧空大师"的名气，暗地请他做了不少的事，这些人为了掩盖事实，让"慧空大师"自然是一算一个准，从而不仅让他在百姓里有了名气，在名门世家中也同样受到尊重，成为了全国最有名气的高僧。

在上一世云卿十九岁的时候，因为曾经请过慧空大师的一家，与另外一家也请过的相撞了。双方自然清楚是事实，相互揭穿对方的假面目，才将这个骗子大师揭露了出来。

其实也是慧空大师运气到头了，他每一次都是调查过后才出手的，谁知道另外一家突然来了个亲戚，那个亲戚就是从别地过来请过他的人，闹到最后他被两家人泄愤，在一天夜里被人打死在巷子里。

其实抛开其他不说，这位慧空的确是一个很聪明的人，世界上和尚那么多，能把骗术弄到帝王也相信的和尚倒是屈指可数。

云卿当然不会这样原原本本地告诉御凤檀，她还不想被当作鬼怪给烧死，只对御凤檀说在扬州时曾经听人提起过，有和尚用这种法子骗人。“而且，那慧空大师来得也太巧了一点，所以我才生了疑心，结果，你看，果然如我预料。”

云卿微微一笑，目光里像是带着嘲笑，又像是什么都没有。

御凤檀想起当时的情况，唇角微翘：“慧空大师用了障眼法用笔在沙盘上写下那一排签语，却让皇伯伯敬若神明。你说如果让他知道了真相，他会怎么对付这位大师呢！”

“陛下不想知道真相，就没有人会来说出真相。这个慧空并不是没有一点能力的人，他不会算天命是真的，但是他肯定会窥人心，透过一个人的面貌，说话的语气，身上的装扮去猜测这个人的身份，年龄以及喜好，否则的话他也不可能获得现在这种地位。”

御凤檀赞同地点头：“他今天的反应正是，知道在什么情况下说什么话才好，很是识时务。不然他也不会一路混到了京城，连薛国公都会找上他。”

“名气不大，明帝不会相信的，举国上下便是这位高僧人气最旺，精通命程，擅长解签，这些年他在名气的熏陶下，慧空也的确有了大师的风范，佛语也能说上几句高深的，所以才能骗得到那么多人。”云卿也笑了，凤眸里浸润着水波荡漾般的光彩，“识时务是一个很大的优点，这也是今天我没有将他拉进来的原因。”

“我猜到你是有别的打算了。”

“当然，眼前就有这么好的人能用，何必浪费人才，我的资源有限，能用到便用到一个，毕竟薛国公他们在朝中几十年，几句话是弄不倒的，只有叠加起来，才能让百年大树，崩于一瞬。”云卿抿着嘴笑。

“那你打算怎么做？”御凤檀拇指摸了觉得不够，两只手将云卿的白皙手指一根根地玩着不亦乐乎，只觉得软乎乎的真舍不得放手。

云卿任他握着：“慧空今日本来是被薛国公买通了来对付我的，结果最后功亏一篑，反而让薛国公贴了一个女儿进去，按照薛国公盛气凌人的性格，又不能立即对我出手，慧空必然会成为他第一个泄恨的对象。若这个时候，你去救了他，他肯定很感激你。”

御凤檀挑了挑两道长眉，觉得有趣地转了一下眼珠：“不单单是要他感激我这么简单，你还想让我告诉他，今日我能救他，可是明日，后日呢？薛国公不杀了他，只怕也不会放心，所以我要给他指点一条明路，一条可以永远保着他性命的路。”

“没错，”云卿笑了笑，很高兴御凤檀的思维和她在一个节奏，或者说，其实他早就想到了，不过是愿意听她说出来而已，“他被薛国公追杀，自然是恨死薛国公了，只要能有一条路保住他的命，以后他必定会报复回去的。这位大师，可不是心如海洋般宽广的高僧啊。”

两人的目光在空中对接，彼此都看到眼底的那一抹心意相通，不约而同地笑了起来，阳光从窗口斜照，洒在屋中红木桌案上，墙上的花卉图栩栩如生，香炉中青烟升腾，仿若香气从画中透出，带着几分朦胧的梦幻。屋内美人榻上的男子和女子手儿牵握，彼此相望，如同一幅最美丽的画卷，定格在秋日午后的阳光下。

御凤檀宠溺地一叹，望着云卿水亮的凤眸和唇角狡黠的笑意："我经常在想，你满脑子就在盘算这些事情，到底什么时候有想过我？"

说到最后一句，嘴唇微微一翘，竟然撒起娇来了，云卿好笑地白了他一眼："你就在我面前，还想你做什么！"

御凤檀双眼发亮，抓着云卿的小手，触手柔润细腻，拇指在手背上细细摩挲，黏糊道："那你都什么时候想我的？"

"嗯，这个啊，你要不在我面前后，我才知道哦……"云卿眯眼，慵懒如午后刚睡起的猫儿，眼角眉梢都是清淡的笑意，语气里却说不出的欢愉。

一把将小猫搂在怀里，御凤檀红唇微勾，坏笑道："狡猾的卿卿，你想哄我走，我不会上你的当的……"

日升月落，初十的夜里，月儿如同一张被人咬了一口的薄饼贴在墨蓝色的天空上，偶有几颗星子点缀在一望无垠的夜空。

因为宵禁时间就要到了，大街上行人寥寥，偶有一人过去，也是匆匆忙忙地走向归家的路途。小巷中一个姿态悠然，脚步从容的身影在一步步前行。

他走在路上，在人们看不到的地方，平日里显得高洁的脸上还留着余悸，脑海里浮现着白日里所发生的一切。

慧空在世间行走了这么长时间，从开始的小和尚到后来受人尊敬的大师，他所接触的人等级也越来越高，今日是他第一次接这么大的活，帮的是京城的薛国公，本来他是不太想接这笔生意的，因为薛国公的势力实在太大，开出的价钱也十分的诱人。

整整五万两的黄金，这么多黄金，足够一个小镇里面所有的居民丰衣足食一辈子。慧空在这样的价钱下动了心，他想接完这笔生意就直接离开京城，到没人认识的地方，锦衣玉食一辈子。谁知竟然失败了！当时那位九五之尊的怒意，简直让他差点吓晕了过去。幸亏宁国公夫人自己承担得快，否则现在他在哪已经说不定了。

果然大钱还是不好赚啊，京城不是这么好待，他还是早日收拾了东西离开此地。说起来好歹也见过一回皇帝，长了见识，日后传出去，也能为他的声名更上一层楼。

就在他沉思之际，只见他身后跟随的四名黑影双足点地，开始朝着三人迅速逼近，腰间的长剑也一下拔了出来。

两名侍卫听闻兵器之声，立即转头，腰间的佩刀也随之拔出，和四名黑影战到了一起，但是很显然，实力的悬殊，让他们根本没有拼杀几十招就倒下。

慧空转头望着那些黑影，神色惊骇，喊道："你们是什么人？要干什么！"

黑影冷笑道："死秃驴，死前还那么多话，现在就送你上西天，去问你的佛祖吧！"

剑光波动，在黑夜中格外澄亮，如同冰一般沁到慧空的瞳仁里，他脚步磕磕绊绊地退后，眼瞳猛缩，高呼道："你们为什么要杀我？我一个出家人，和你们无仇无冤的！"

"你是不是出家人我不管，可惜有人认为你坏了人家的好事，还让人家赔了一个女儿，所以只好让你以命相拼了！"黑影说完这一句，已然没有耐心，纵身跃去，举剑对着慧空杀去。

就在这一瞬间，一道白色的身影从旁边跃出，翩然若惊鸿，从半空中落下。

夜色下，剑锋凛冽，只觉得寒光闪烁，再一眨眼，便看到那四名黑影齐齐倒下，而一名雪衣男子正拍着手，缓缓转身，轻软的雪袍随着他的动作在夜色下宛若一抹云雾，那人微微一笑，望着慧空缓缓地道："大师，让你受惊了。"

面前的人容色绝丽，狭眸邪魅，只要见过的人，绝对不会忘记。

慧空方回过神来，收拾了刚才慌乱惊恐的心情，单手合十："多谢瑾王世子出手相助，否则贫僧今夜可能要枉死刀下了。"

御凤檀见他用极快的速度收敛了神色，对这位慧空大师的表现更加满意了，他举步向前，走到慧空面前三步之地，双眸望着慧空，在月空之下映下了冷冷的光辉，道："大师，是不是枉死，你心里有数。"

"瑾王世子的意思是？"慧空心头一跳，望着面前笑得高深莫测的青年男子，"贫僧想，瑾王世子不会刚好经过这里吧。"

他的神色变化在月色下掩饰得并不算完美，御凤檀扬唇一笑，眨了一下魅惑的狭眸，抬头望天，叹道："不，我就是刚好经过这里，但是大师以后会不会刚好还能遇到我这种热心的人，那就很难说了。"

说到后一句的时候，御凤檀还特意收回目光，在地上六具尸体上略微一转。

空气里的血腥味即便在空巷之中，还是挥散得很慢，无时无刻不在提醒着慧空刚才的事。

慧空的面色先是一僵，这位瑾王世子，他也算是听了无数传言了，出身高贵，容貌倾城，做事随心所欲，今日在宴会上看他当着明帝的面亮出兵器，便可看出其性格的端倪。此时再听他说话，更是让人不知道如何回答，虽然真真假假，漫不经心，可一语切中了重点。

从刚才刺客说的话里，慧空已经得知是谁派来的。他避得开今晚的追杀，那么明晚，后晚呢，就像御凤檀所说，没有那么"刚好"遇到的人来救他了。

"瑾王世子若是有什么需要贫僧帮忙的，只要世子能够让贫僧避开这次灾难，贫僧一定竭尽全力地报答世子。"慧空垂着头，单手合十，态度十分的恭谨和真诚。

识时务。

御凤檀轻笑，能在短短时间内想通这些事情，也不自作聪明，很好。

"大师的话实在是太高看我了，薛国公是皇后的父亲，是国舅爷，是手握雄兵的国公爷，他的权势可以说在京城是遮住半边天下，你这次让他最喜欢的小女儿受了钉刑，他肯定不会放过你，大师能不能活着出京城都很难说。这天下，没有薛国公不能去找的地方，只有他没有权力去找的地方，要是在那样的地方，就没有人能动得了大师你了。”

“你是说……”慧空几乎是有些不确定，心中忐忑不敢将那句话说出来，薛国公是皇后的父亲，这天下能压住皇后的人，就只有一个！

想到这里，慧空觉得心都在沸腾了，他喜欢受人敬仰的感觉，否则的话也不会行走这么多年还未收山。如果能在明帝身边，简直是出家人最登峰造极的待遇。

人年纪越大就越相信鬼神之说，何况大雍一直信奉佛教，帝王为了维护统治，也宣传佛教。当初先帝便很信佛，在宫中修了一座皇家寺庙，当时最有名的高僧智明大师是被先帝请去，作为帝王的佛前替身，和帝王一样的尊贵，受到万民的敬仰。

当然，如果不是薛国公这件事情，慧空是不会往这里想的，但是如今机缘巧合，他要避开薛国公的追杀，不要一辈子在逃亡和追捕中度过的话，攀上明帝是一个很好的出路。

而且今日在寿宴上，慧空能察觉到明帝对他还是极为尊重和相信的，否则当时便不会为了他的佛签对宁国公夫人和安玉莹发怒了。

虽然说伴君如伴虎，但是危机两字代表的是危险和机会并存。如果都是一条死路的话，还不如搏一搏，也许未来更加美好。

只是，慧空考虑好一切，略带疑惑地开口道：“贫僧如何能进宫？”

“这些你放心好了，明日自然会有机会的。”御凤檀知道慧空已经做好了选择，笑得越发的亲切，“大师只要按我说的做，保准你能进皇宫，只是能不能成为‘智明大师’一样德高望重的佛前替身，就还要看大师自身的佛性了。”

话说到这里，慧空哪能不明白的，机会在身边，他只要抓住就好了，从此以后再也不用提心吊胆了，于是眼底带着深深的渴望和期待：“瑾王世子今夜的救命和提点之情，慧空不会相忘。”

不错，会说这句话，就代表慧空是个可以利用的人。

如果慧空今晚始终都不提救命恩情，御凤檀会考虑杀了他，因为这种人，是一个小人到极点的人，这样的人，一旦登上了高位，就会忘恩负义，不知天高地厚，搞不好还会反咬别人一口。

慧空虽然也是个小人，但是还算是小人中的好人，知道御凤檀出手救他不是白干的活。

欲取之，必先予之。

知道这句话的人很多，明白这个道理的人不见得多。

青烟笼罩之中，夜色深深，只有远处透出一点点光线，呈放射状地往着殿内照来，那青青的光，照亮眼前那一小片的空间，却让周围的黑暗，显得越发的幽暗。

一阵银铃般的笑声从那青色的光中飘出，然后一个身影渐渐地出现到了大殿门前，从那窈窕的身形和衣裙来看，此人是个女子。

明帝顿时皱眉，好好的早朝之上，怎么会有女子出现，他顿时大喊：“侍卫，你们都干什么去了！”

幽静的环境里，他的声音格外的响亮，却如同石沉大海，没有一个人应声，只看那女子咯咯地笑道：“你还喊什么呢，他们早就不在这里了，再叫多少声都没有用的。”

那声音十分悦耳，却让明帝感觉浑身有一种冷气从脚底冒起，他望着下面站着的两列衣袍整齐的官员，一个个都低着头，表情淹没在了黑暗之中。觉得莫名的恐惧，手指紧紧地抓着龙椅的扶手，厉声道：“你们看不到吗？她一个女子竟然敢随意上殿，还这样和朕说话，快拦下她！”

谁知道，百官无一人动作，而那女子的面容也越来越清晰，直至显现在他的面前，粉妆玉琢，仪态万端，正看着明帝，笑容里都是阴森：“不用喊了，你知道的，老天早就说了我才是真正的天子，你坐在那上面这么多年，也该下来了！”

“女人也想做皇帝，你配吗？薛国公，快将她带回去，不要让安玉莹再到这里疯言疯语了！”明帝不知怎么，狂乱地大叫着，他看着那女子走得越来越近，怎么也阻止不了她的脚步。

站在右列的薛国公终于抬起头来，但是表情却是一片狰狞：“陛下，你也该下来了，女代御兴，难道你不知道这句话吗？玉莹就是上天选中的那个人，她才是真正的天子，你快点让位吧！”

“是啊，陛下，慧空大师不是说了凤穿牡丹龙飞天吗？她才是真正的天子啊，你让位吧……”

“你看安玉莹才是真正的帝王，让位吧……”一个个看不清面目的臣子开始不断地重复着同样的话，如同咒语一般在大殿里开始萦绕，他们的语句里透着阴森，表情沉浸在黑暗里却更让人觉得毛骨悚然。

只见安玉莹在众人之间走来，她嘴唇鲜红，如同嗜血的妖怪，双眼发青，如同鬼魅一般盯着明帝，像是随时要将他吞下的恶鬼，音色尖利地唤道：“你下来……你下来！”

……

“不，她不是！朕才是真命天子，她是祸国妖女，妖女！”

坐在门前伺候的魏宁听到里头有声音，立即睁开眼，一骨碌地从地上爬了起来，推开内殿的门小跑了进去。

偌大的养心殿中，两旁的铜鹤灯上蜡烛散发出幽幽的光芒，将殿内照得忽明忽暗。中间一张偌大的象牙床上，透过层层帐幔，可以望见睡在其上的人影，手足乱舞，似乎有什么东西在他面前一般，动作急切而带着惊惶。

魏宁心内一紧，连忙走到床前，轻声喊道：“陛下，陛下。”

“魏宁，魏宁……”明帝一下坐了起来，睁开眼望着明黄色的帐幕和站在外面微弓了身子的魏宁，知道自己刚才是梦魇了，眼眸中的混沌渐渐被一片清明所替代，深深地吸了口气。

魏宁看明帝已经醒来，心里总算是放松了些，低声道："陛下，奴才在。"

"嗯。"明帝举起双手，使劲地揉着脸，要将方才噩梦里带出来的恐惧都带走，紧紧眯着眼问道，"现在什么时辰了？"

"回陛下，寅时三刻。"魏宁望了一眼挂壁上的钟，回道。

明帝低垂了眼，望着被汗水沁湿的手心，眼眸中瞬间迸射出阴鸷的神色，声音却丝毫没有变化："都寅时了。"

"陛下，时辰尚早，你昨晚睡得迟，不如再多睡会。"魏宁垂头道，却听到从帐幔中传来明帝的吩咐，"你帮朕派人去把慧空大师请进宫来，上朝之前，朕一定要见到他。"

魏宁听到吩咐后，面色无一丝的变化，方才明帝梦中喊他的声音急而促，不是平日里那般沉稳的模样，只怕是梦到了什么不好的事情。

这事情，他伺候了明帝二十余年，也不是没遇见过，但是像今日这般的，倒是少见，不知道是什么事情，让明帝竟然如此放在心上，这么急促地要请慧空大师进来。

魏宁目光中微微一凝，昨日陛下去了宁国公府，得了那么一句不吉利的批语，今儿个就做了梦，急着找慧空大师，这两者之间，必然有联系。

他一边思忖着明帝的心思，脚下不停地踏出养心殿，去将明帝的旨意传达，无人发现就在刚才，有一只小小的蜂鸟衔着一块香料，从门前的缝隙里，如同一抹云烟，转瞬淹没在宫殿的高瓦之中。

CHAPTER 32 第三十二章　千金西戎逼和亲

月色清冷，挥洒大地。京城的一处房舍。

慧空回想起方才在小巷里发生的一切还心有余悸，将门窗关严实后，才躺到了床上，反复想着御凤檀说的话。

那容色倾城的男子虽然面容带笑，语言真假难辨，可慧空觉得，偏偏他听后便觉得很相信，而且方才借着月色，他在此人的面相上仔细观察，却发现此人的面相竟然是……

慧空心内一惊，其实他在小庙里的时候，跟着的那个师傅对面相学有着极大造诣。所以慧空平素除了心思灵活，会说会骗外，还有一点，就是会看人的面相，才让他区别于其他招摇撞骗的"神算"们。

他手指握着佛珠，想到御凤檀说的话，在心内开始谋划起来，若是真的能进宫，如何能让明帝留住他常驻在宫内。想着想着，过了好久他才迷迷糊糊地睡着。

而一直浸没在暗夜里的易劲苍听着屋内的呼吸声渐渐平和，冷漠的面上露出一丝佩服的神色，刚冷的双眸望着方才走过来的小巷，只怕那倒下的四具黑影，已经爬起来，迅速地清理了现场。

薛国公的确派人出来杀慧空大师不假，但是任何一个专业的暗杀者，都不会这么“高声”地暴露出主使者的，连这点都做不到，早就死了。

随着月儿东沉，易劲苍闭目养神，直到巷子里传来了脚步声，他立即警觉地醒来，听着那脚步声训练有素，却步步有声，不似心怀不轨，便沉气等待。

“请问慧空大师住在这里吗？”门口传来侍卫礼貌的声音。

慧空睡得不深，听到敲门声后，便醒了过来，很快又听到外面重复问道：“请问慧空大师住在这里吗？”

慧空旋即起床，将袈裟披好在身上，将脸擦净后方步履清然地走出来，将院门打开，望着门外的人，低首道：“贫僧正是慧空，不知施主有何事？”

侍卫甫一见到慧空，便看到他神色清明而干净，衣裳整洁，姿态超然，便生出了敬意，再加上魏总管叮嘱要客气地将大师请进宫去，于是越发的恭敬，为首的一名侍卫首领站出来拱手道：“打扰大师了，陛下想请大师去宫中论佛，还望大师赏脸。”

真的如御凤檀所说，来请他了。

慧空心头一紧，面色却是柔和无比：“既然陛下有请，那贫僧便随两位而去。”

侍卫本以为高僧都有架子，谁知道眼前这位大师这么随和，难怪在民间威望这么高，侧身伸手道：“大师，请。”

养心殿里，宁神香清浅的味道充斥了整个殿里。

明帝穿了一套明黄色的便服，坐在床上闭目养神，听到特意放轻而克制的脚步声从外边传来，眉头稍动，接着便听到魏宁在耳边道：“陛下，慧空大师到了。”

“请大师进来。”

“是。”魏宁应了，转身出来对着在外面候着的慧空道：“大师，请随奴才往里边走。”

慧空从外面坐着马车到了皇宫里，又换了轿子快步抬进，便知道明帝定是急切地要见到他，走到明帝面前，双手合十，行了个出家人的礼：“贫僧见过陛下。”

“大师，请坐。”明帝一声吩咐，便有小太监搬来了紫檀木精雕椅子放到了慧空的身后，慧空倒也不推辞，顺之坐下。

“大师可知，朕今日请你来有何事？”明帝见慧空自然地坐下，脸色并没有什么变化。

慧空在明帝的面上仔细地看了几眼后，但见明帝坐在床上，眉宇间有着深深的刻纹，可见方才愁思甚重，便声音徐徐道：“依贫僧愚见，陛下有所思。”

有所思，必有所梦。

一语正好说中明帝的心思，他的面色不由得便柔和了几分，问道：“大师果然是高僧，朕今日得一梦，正是昨日大师的批语，在梦境里化作现实……”

明帝疑心重，就算心内相信慧空，还是要试一试，直至慧空又准确地说出后，才觉得他真是世人所说的高僧。

其实明帝早就已经相信了，否则的话，也不会为了一句签语在安老太君的寿宴上发作，但是作为一代帝王，他觉得盲目信从这些有失风度，于是自欺欺人地再问一遍，从而从心理角度说服自己，慧空是真正的有道高僧，自己虽然是真命天子，也要尊佛敬佛的。

如此，他才能放心地将自己所梦到的东西和慧空说。当然，明帝不会说出自己在梦中被群臣逼得连连后退，被安玉莹化身的妖女逼得从龙椅上滚下来的事情，他只是描述了一下梦中安玉莹来夺他的皇位。

室内安静得可怕，只有明帝沉缓的声音在响起，慧空静静地听明帝说完，直到明帝问："大师，当时你不是说，她不是祸国妖女，但为什么朕还会做这样的梦呢？这是不是上天给朕的预兆，就算是人为的，也算是天命的一种？"

慧空半垂着双眸，先喊了一句佛号，然后才以一种非常高深的语气极其缓慢地道："陛下乃真龙下凡，能梦到此等境遇，自然是有所原因。正所谓，无因便无果，昨日寿宴中，安小姐身上闪现巨龙，虽是其母所为，但终究契合了签语。贫僧说过，若是巧合，便不算中了签语，虽则如此，但安小姐命中煞气极重，才会惹来此等巧合。"

"煞气极重？"明帝身子微微前倾，皱眉问道。

"是的，此女乃生带煞气，而招邪气。"慧空双目空远，"虽无祸国之力，但也不吉。"

"那高僧当日为何没有和朕说明？"明帝此时倒不是怀疑，而是觉得当日应该直接拉了安玉莹下去，如今倒不好再用这个罪名处理她了。他虽然是皇帝，也不能出尔反尔的，帝王一言九鼎的形象还是需要保持。

慧空目带仁慈道："陛下，当日是安老太君寿宴，又逢其母犯下大罪，贫僧乃出家人，不忍再刺激一个弱质女子。再者，贫僧也曾想过，安小姐身份高贵，虽有煞气，所嫁之人若贵气重，龙气盛，可以压制其煞气。故贫僧未曾多言，给陛下徒添烦忧。"

明帝听着慧空徐徐而言，抓住他话语里的重点，目光微微一缩，反问道："大师的意思是，安玉莹她的煞气必须要身份高贵之人，才能压制？"

"陛下果然圣明，的确如此，越为贵气之人，越能压制其身上的煞气。"慧空颔首。

"大师觉得谁的贵气重呢？"

"当今天下，自当天子最贵。"

这句话明帝当然知道，也听得颇为顺耳，但是他却摇了摇头，目光里流露出一丝怅然，"大师不知，我朝自开国以来，后宫中一家不纳两妃，如今宫里已有了莹妃，她乃莹妃的嫡妹，是不能再进宫的。"

"贫僧不知此等规矩，请陛下不要介意，只是这安小姐煞气并未重到非要最贵之人才能压制住，只要与陛下相近，也可为之。"

魏宁在一旁听着慧空大师所言，与陛下相近，也是贵气之人，那不就是说的皇子。

“大师是说，朕的皇子也可以？”明帝显然已经在思考皇子之中谁最为合适。

眼下成年的皇子只有三人，三皇子，四皇子，五皇子。

三皇子正妃已定，又有了侧妃，相比较另外两位皇子来，给他指婚并不合适。

四皇子是当今皇后所生，说起来倒是比生母早丧的五皇子还要贵气，而且五皇子已有侧妃一名，而四皇子侧妃，正妃皆无，宁国公嫡女的身份，指给四皇子也十分合适。

只是有一点，明帝心内稍有不满，好不容易薛氏被钉刑致残，据他所知，熬不过多久便会死去，这样便切断了宁国公府和薛国公府的联系。如今若是将安玉莹指给四皇子，岂不是让他们重新建立起关系。

明帝目光微沉，心思转得更为细密，忆起那恐怖的梦境，又觉得这一点算不得什么。左不过一个女儿嫁过去，就算宁国公府和薛国公府要结盟，待薛氏死了之后，还可以再让人做继室，关系不是一下两下能斩断的。

想到这里，明帝道：“四皇子年纪也不小了，府中还正侧妃皆无，朕就将安玉莹指给他……”声音顿了一下，再出声时已下定论，“为侧妃吧！”

随后，他将目光转向慧空大师，问道：“如此一来，朕的梦境便会消失吗？”

“陛下昨夜梦恶而染煞深重，贫僧将会在宫中念咒七七四十九天驱逐煞气，让陛下龙体安康，以保我朝兴旺延绵。”慧空说完这句话，站起来对着明帝敬了一礼。

其实明帝心中也有让慧空留下的意思，这样懂天命的人，在自己身边驱邪看命实乃最好不过了。但是素闻慧空大师在天下间游走，不重名利，明帝还在想用什么方式将他留下比较好，没想到慧空会说出这样的话，更觉得好。

四十九天之后，再留人就容易得多了，明帝眼中露出笑意，低声道:“那就辛苦大师了。”

“出家人生而为天下苍生，不言多谢。”慧空极其谦虚。

魏宁看了下时辰，低声提醒道：“陛下，还有半个时辰要早朝了。”

此时天且刚明，鱼肚白的天空有金红色的光线从地平线上拉出来，照亮了半边天空，外面的内侍宫女已经忙碌了起来，准备伺候明帝换衣，洗漱。

解决了噩梦的问题，明帝心情显然不错，笑道：“大师，今日早早将你叫起来，如今朕要去上朝，有时间再和大师论佛理。魏宁，将大师带到护国寺去静修。”

护国寺，就是智明大师曾经住下的地方，慧空听到这三个字，眉宇间飞快地闪过一抹得意，面上却越发的淡定从容，不喜不卑，随着魏宁朝护国寺走去。

当秋日的天空在艳阳下如碧洗一般照在储秀宫中时，里面传来了皇后和四皇子的对话声。

“慧空已经住进了护国寺了。”皇后一张保养得极好的脸上，表情雍容，望着四皇子慢慢地说道。

薛国公昨晚派出的人去杀慧空灭口，等了半晚，也没有人回来禀报，刚觉得不对劲，却从宫中传来了消息，慧空被明帝大清早请进了宫里，并入住了护国寺内，被明帝视为上宾。

一个江湖骗子而已，竟然躲过了追杀，还让明帝招了他进宫，薛国公等人气得整夜没有合上眼，却偏偏不能去告诉明帝真相。

“此事儿臣已经知道。”四皇子语调冷漠地说道，“母后不是有事要找儿臣吗？”

皇后看着四皇子冷峻的面容，古铜色的肌肤散发着一样冷冽的光泽，浓眉之下一双鹰眼锐利，让人觉得不寒而栗。这个儿子，从小就不让她操心，学什么都很快，比起五皇子还要优秀，这也让她很开心，但是却只有一点，对于男女之事相当冷漠。

据她所知，府中除了有两个通房丫鬟外，连个妾都没有，而且一个月难得和通房宿上两次，简直称得上是冷淡了。

一个二十岁的男子如此不热衷此道，倒是让她做母后的有点担心儿子是不是有什么问题。“今日让你来，是想和你说件事，你父皇有意让你娶安玉莹为侧妃。”

“儿臣不喜欢她。”对于这么一个头脑不够聪明，心肠又恶毒，长相也不是倾国倾城的女子，他实在难有任何好感。

皇后早预料到他不乐意，描得十分精致的眉毛微微皱起，微叹了口气，语气无奈道：“母后一早便知道你不乐意。可母后从你父皇的口气中听出来，这件事是没有商量的余地了。你也知道，你父皇这个人多疑，他没有直接指婚，而是让人传到本宫耳中，为的就是想试探一下你这个儿子，对他是不是恭敬，是不是从命，若是你连你父皇指一个侧妃都要反对的话，你说他会怎么想？”

皇后看着四皇子眉间皱得愈紧，知道他在听自己说话，便接着道：“你父皇会想，连侧妃都不愿意听从父皇的指派，那以后其他的事情，你还能不能听他的命令？心中有没有他这个父皇？到最后，也许不会再将其他的事情交给你去办了。”

皇后的话虽然不是全然有理，但是对于明帝的分析，还是有几分到位的，几十年的夫妻毕竟不是白做的。而四皇子在听着皇后轻柔和劝慰的话语时，脑中却浮起了另外一个女子的形象。

她站在花海之中，唇角扬起一抹淡然的微笑，肌若堆雪，在阳光下仿若随时可以融化，一双美丽的凤眸时时刻刻都散发着魅人的光芒，斜眼看人的时候，眼角微勾，透出一股难以言说的妩媚……

外表已经如此媚人，可偏偏还有那样聪慧的头脑和淡然的风情，将艳丽和清浅融合在一起，糅合出一眼能与其他人区分出来的淡艳气质。

“要娶安玉莹也可以，儿臣还有一个要求。”四皇子觉得自己仿佛被脑海里出现的女子形象所迷惑，他的心生出一种迫切的愿望。这样的愿望，在他懂事之后，已经很难出现了。

“什么要求？”皇后见四皇子松口，肯娶安玉莹回去，她虽然觉得安玉莹也算不得什么上好的媳妇，但是皇家娶妻，主要看的还是女子身后的背景，然后是品性，最后才是样貌。

四皇子抬起眼来，深红的唇角似笑非笑地掠起一个弧度：“儿臣会在父皇赐婚的时候说出的。”

要他娶安玉莹可以，但是他也可以再娶一个自己感兴趣的女人，相信父皇一定不会拒绝他的。

慧空大师进了皇宫为明帝祈福的事情，一下传遍了整个京城，大小官员的府邸之中，纷纷在议论此事，有信佛者一心说明帝是明君，所以连修为如此高的大师也愿意进宫为其祈福，一时不少人附议这种说法。

对此，云卿不过一笑付之，只是对御凤檀的能力又多了一层赞赏，她提出一个想法，他便能很好地将它付诸于实践，而且完成的速度迅而快，这等心思缜密，反应迅速，绝非寻常人能拥有的。

用了早膳后，云卿便带上流翠出门，九月菊花满城金，今日在飞星池有官府准备的菊花会。云卿头年到京城，对菊花会还是有些兴趣的，且这菊花会也不过是官府将菊花摆设在飞星池旁，任人赏玩，并没有那些宴会的种种规矩在一旁，让人觉得约束，所以她自是更加愿意去瞧一瞧的。加之又有安知府的女儿安雪莹，和新认得的一位林尚书家的嫡女林真作陪，也权当是散心了。

飞星池本来是一个很大的池塘，废弃了之后，两百年来，官道整修，其中一条因为山体崩裂而转移到了飞星池的旁边。

由于菊园是一个开放性的赏花会，所以也有不少百姓在周围，但是毕竟是由官府举办的，一般的百姓人家大多在外围欣赏，不会进入到菊园的中心来，而云卿顺着用尺高菊花摆出来的路径往前走去，突然就听见前面有马蹄声声，急如雷雨一般，转瞬就到了面前。

此地已经快到天越城，平常的马蹄一般已经开始减速，而这马蹄似乎丝毫没有收敛的迹象。云卿抬头看到官道上有一个幼童正蹲在那捡着石子，再一看前面高头大马如风一般，已经到了前面，暗道不好。

但看马蹄风卷，马上人儿一声长喝，对着那幼童依旧冲了过去。

众人看得都尖叫惊呼，喊那幼童赶紧躲开。幼童正聚精会神地捡着石子，直到众人的呼声太大，才懵懂地抬起头来，吓得完全不知道该怎么做才好。

“这里有人，别踩到人了……”一个中年布衣男子大喊，眼见马儿不停，立即从旁边冲了出去，抱着幼童堪堪地从马蹄边避过，爬起来第一时间就去看怀中的小儿，粗黑的汉子面色都是惊魂，口中唤道：“小狗儿，你怎么样，有没有受伤？”

只见那幼童两眼瞪得大大的，但脸上表情呆呆懵懵，显然已经是吓得说不出话来，两只圆圆的眼睛里空洞洞的，粗黑汉子用厚大的手掌拍拍儿子的脸，急道：“小狗儿，我是爹啊，是爹啊……”

旁边一个妇人穿着布裙，戴着木钗，也是惊魂未定地走过来，一把从粗黑汉子的手中将幼童抱过去，眼中含泪道：“小狗儿，你怎么了？”

云卿看那小孩应该只是吓到了，过一阵子就会好，但稍觉有些不放心，想要看看孩子有没有什么问题。

那汉子听到马蹄声，转头就看棕色的大马停在前头，顿时怒站起来，对着马上主人大声道："难道你没瞧见这里有人吗？没听到我刚才在喊这里有孩子吗？你还这么冲上来，万一踏死人了怎么办？"

谁知汉子这么说话，马上的人儿仿若没听到一般："到底是谁这么大胆，光天化日之下挡在路中间，还不抓起来，直接送去京兆府，让他知道这天子脚下到底有没有王法！"

这个声音极为好听，像是十岁左右女孩子的软糯的嗓音，甜美可人。不是青楼女子特意拉长时带着的那种娇媚，而是真正的小女孩的软软的音色，让人一听就想去疼惜。可偏偏说出来的话霸道到了极点，她在官道上踩人，竟然要拉着差点被踩死的人去京兆府！

云卿皱起了眉尖，微微侧抬着头望去。

一头秀发全部绾在了头顶，束了一个男子的发髻，上面簪着一根阴檀簪子，眉毛下，有两只杏仁眼，眼皮上有着眉黛笔画出来的淡淡阴影，使两只眼睛变得更长，有点像丹凤眼，微微上挑。

杏眼，圆脸是少女最甜美的模样。换上一对丹凤眼，配瓜子脸才是最漂亮华丽的，若是在圆脸上，就会将原本的俏美带上一丝凌厉，反而会将少女的美貌减少一点风情。

那汉子没想到，自己小儿如今都吓呆了，自己责问几句，竟还要拉到京兆府去："你这女子怎么这等不讲道理，你踩到人连一句道歉的话都没有，还要去京兆府，难道你是天子啊，就算是天子，也要讲道理的！"

是一个耿直的汉子，不过耿直得不是时候，云卿注意到少女唇角开始微微上勾，慢慢地露出一个可以称之为笑的表情，摆手阻止了身后的男子向前："你的意思是我给你道歉？"

不可否认，少女的声音很有诚意，特别是她放柔和的时候，粗黑汉子看到这样一个美貌的少女如此娇软地和自己说话，也没有之前那么生气了："你给我家小狗儿道歉就好了，下次要注意些。"

会错意了，云卿皱眉，这个汉子到底太老实，他没有注意到马上少女的右手已经放到了腰上。而云卿则是记得清清楚楚，少女的腰间配着一把长剑！

"好啊，那我就给你好好道歉吧！"少女一笑，露出两排整齐的牙齿，在日光下宛若野兽一般让人心里渗出一股凉意，与此同时，她的右手在腰间飞快地一动，一下将长剑从腰间拔出，左手拉着缰绳，拉转马头，剑锋在艳阳下闪烁如星，对着粗黑汉子心口刺了下去。

太跋扈了！太毒辣了！

明明少女唇角还带着春花般灿烂的笑意，可手中的动作那样的阴狠毒辣，根本就没有将人命放在眼底！

云卿在她拔剑的时候，注意到她手中的宝剑，剑柄是由宝石镶嵌，不仅有蓝宝石，红宝石，甚至在剑柄上还镶有铜钱大的一颗粉红色的宝石。

蓝色和红色的宝石在京中的权贵家中都不算罕见，但是粉红色的宝石却是不多的，就是一颗扣子大小的纯粉红色宝石，能顶得上十颗蓝色的宝石，甚至更多，可是眼前这个，就这么镶嵌到了剑柄上，可见她身份高贵。

随着她拔剑的时候，那宝石一时闪烁出来的光彩，华丽无双，耀眼夺目，简直是全天下最华美，最值钱的凶器。

云卿已经猜到，这个少女是谁了。

就在少女话音刚落之时，忽见一骑从天越城的方向奔来，暴风骤雨一般的马蹄声迅急而来，马上之人脚尖迅速地一蹬，雪白的手掌对着马儿的脖子一拍，银光淹没在指缝之间。

只听一声狂嘶，少女座下的马儿浑身抽搐了起来，往前奔了两步，高大的身躯如一座小山一般嘭地倒了下来，溅起一地的灰尘。

而两边的男子迅速地移动，将少女接下稳稳放落到了地上，然后继续恭敬地站在她的身后。

少女被那突然一个变化吓得花颜失色，又惊又怒，看着自己的爱马倒下，一瞬间眼底迸射出来的神色，仿若要将人活吞了一般，转头望见那突然出现的人时，惊怒的表情转瞬即逝，娇俏的脸上绽开最明丽的一个笑颜，对着来人唤道："沐姑姑，你的速度果然比我的快。"言语之中带着无限的乖巧，比起刚才那种娇软来，完全不同。

被少女喊作"沐姑姑"的女子身姿高挑修长，一头秀发仅用一根同色的丝带绑起，五官极美，带着一股淡淡的英气，让她整个人看起来十分的俊俏，望着站在面前的少女，语气森森："再让我看到你在街上杀人，下次匕首扎的地方就不是马脖子了。"

所有人都能感觉到她说话的时候，视线在少女的脖子上转了一圈，目光仿若一把匕首在脖子上划了一刀，森森的发凉。

直到这时，所有人才看到，那突然倒下的马是因为脖子上插着一把匕首，那匕首深深地埋入了粗壮的马脖之中。

"沐"在大雍虽然不是国姓，也不是皇后之姓，但是比起皇后薛姓来，沐姓在大雍百姓心中，地位更高更崇敬。

二百年前，大雍开国双帝中的女帝便是沐家的长女沐清歌，其父亲是大名鼎鼎的战神平南王爷。在大雍统一六国之后，以五十高龄带领将士驻守在云南之地，守卫大雍边疆。其后，平南王府世世代代驻守云南。

沐家男学长枪，女学匕首，乃名扬天下的武功绝学。长枪由乾帝的第一大将沐长风所传，招式大开大阖，极为浑厚，在战场上乃是以一敌百的招式。而沐家匕首，则由坤帝亲自相传，招式快且狠，没有花哨的手势，一出手即中要害。

而沐家在大雍的特殊地位，几乎是与御家天子相辅相成，他们忠心守护大雍，无论女子还是男子，皆可为将。

从刚才那个人出现的身法，以及下手的准头来说，这个人大概就是平南王的独女沐岚郡主。

“啧啧，沐姑姑依旧是这么霸气啊。”一阵慵懒悦耳的男声传了过来，伴随着另外一个非常不满的嘀咕声，“还不走，往这边凑什么热闹，莫要让她发现我了。”

云卿转头望去，正看到一身白色长袍，纤尘不染，眉目如画的御凤檀正怡然走来，后面跟着拖着袖子，一脸皱得和包子一般的小侯爷方宝玉。

方宝玉正拉着御凤檀的袖子，使劲地想要离开这里，但是御凤檀却一步步地坚定地朝着这边走。方宝玉只得不情不愿地往前移，漂亮的脸上都是怨气，可偏偏还是跟着御凤檀走了过来，一点都没有自己要撤退的迹象。

御凤檀走过来，很自然地就站在了云卿的身边，狭长的凤眸带着笑意望了她一眼，便收回了。可云卿依旧能看到他眼底的那一份温柔，嘴角不自觉地弯了弯，带出了最甜美的笑意，让御凤檀看得舒服极了。

这是上次两人在一起时，御凤檀订下的规矩，为了不让他觉得云卿对自己太冷漠，又为了避嫌，在暂时没有明媒正娶云卿之前，在人前遇见，云卿必须要给一个最漂亮的笑容给他，以示心中有御凤檀的存在。

本来云卿是不想答应的，可御凤檀缠着她，不答应就挠她痒痒，直将她挠得上气不接下气，只好屈服在这个恶势力之下了。

方宝玉视而不见两人的眉目传情，只眨了眨眼睛，担忧地看着那头，低声地求道：“哎哟，走吧，等下我就惨了。”

“这么大的男子汉了，还怕什么！”御凤檀美滋滋地回味着云卿的笑容，一面十分不屑地睨了方宝玉皱巴巴的可怜小脸，教训道。

就在方宝玉打算御凤檀这个重色轻友的不走干脆自己走的时候，便听到耳边响起一个十分温柔的声音：“宝玉，这么久没见，你难道不想我吗？”

方宝玉背上的寒毛根根竖起，拔腿就往前跑：“不是我，不是我，你认错人了！”

可惜，已经来不及了，他的后领已经被沐岚郡主拎起来，修长的玉手也移到了他漂亮的脸蛋上，细细地摩挲着，嘴角却挂着一个邪邪的笑容。

“檀檀，救我，快救我。”方宝玉眼泪都在眼眶里打转了，一张漂亮的脸几乎都苦兮兮得和苦瓜有得一拼，伸长手对着御凤檀拼命地求救。

这神奇的一幕将云卿和安雪莹都镇住了，这岚郡主和方宝玉的情况，怎么看着有些别扭呢，按照一般情况来说，应该是女子被男子抓住，然后女子含泪地对人求救，可是现在完全反了。

虽然方宝玉长得是很漂亮，身形也瘦瘦高高的，乍看起来跟女孩子也差不多，可实质上到底是男的啊，而且岚郡主虽然身材修长，那也是按一般女子的身高来算，若是和男子比的话，她比方宝玉还是要矮上三寸的。

可是望着御凤檀从容淡定的样子，根本就是已经很习惯眼前这样的事情了，但看方宝玉拼命挣扎，向着御凤檀求救，岚郡主视线望过来，却对着御凤檀问道："檀檀，你要过来救你的小相好吗？"

一听"小相好"几个字，御凤檀立即弯了眼眸，非常坚定地表示："不，沐姑姑，请你尽情——享受吧，不用顾忌我。"

"御凤檀，你这个没良心的……"方宝玉大叫着，岚郡主突然在他脸上一掐，那声音就卡在喉咙里断掉，然后就被岚郡主拖着往旁边走了……

云卿正看得好笑，却看有人在拉着她的手，转头一看，正是林尚书家的嫡女林真。她表情惊惧，右腿还明显十分不自然地屈了一下，一眼看去，就好像右腿有着什么毛病。

"过来，到我这边来。"林真苍白着脸色，握着云卿的手掌冰凉而湿润，如同浸在了冬日的水里，大汗淋漓，让云卿被日光晒得暖和的手心都生出一点凉意。

"林小姐，你怎么了，是不是病了？"

林真只摇了摇头，目光在云卿和御凤檀之间的距离上望了一眼，终于放开了手。

另一边，在园中菊花会上防止意外受伤而准备的大夫已经赶了过来，给那呆愣的幼童诊脉，其他负责的人已经开始在处理马匹的尸体和其他事项。

而那个开始骑马伤人的少女，则转过头来，娇俏的面容看见御凤檀的时候，绽放出一种绮丽的色彩，宛若鲜花沾染了露水，鲜嫩动人："表哥，你怎么也在这里，是特意来接我的吗？"

御凤檀道："贵顺公主，我觉得你叫我堂哥，会比较好。"

听到这句话，还有谁不明白的，眼前这个表面上如同孩子般天真的少女，就是熊烟彩，也就是明帝唯一胞姐的女儿，全府皆抄的熊府唯一留下来的女儿。

所有人都知道这位贵顺公主，因为她母亲为了明帝的帝途嫁给了熊家，导致受尽折磨和屈辱难产而死。明帝对姐姐的女儿带着一抹内疚和愧心，从小养在宫中，比起自己的女儿有过之而无不及。明眼人都看得出，明帝是将当初胞姐没有享受到的一切，都加倍甚至加上数倍地还在了她身上。

单从她的封号就可以辨别出来，贵，顺两字，便寄予明帝的喜爱，从小她喜欢的，明帝都会给她，她不喜欢的，明帝就尽力替她去除了。

比起二公主的蛮横来，贵顺公主却聪明得多。她在所有权势比她高的人面前，都是一种极乖巧的模样，就像刚才她面对岚郡主的时候，脸色转变之快堪称一绝。

正是因为这样，但凡她在背后做了什么事情，被告上去的时候，西太后，明帝都会觉得是小女孩天真无邪所为。

刚才林真的行为，让云卿记起一件事，还是在扬州的时候，隐约听夫人们聊天谈起过的，说是京城有一位林小姐，非常喜欢踢毽子，毽子也踢得极好，动作极美。有一次在花园里踢毽子的时候，瑾王世子刚好经过，那毽子正巧朝着瑾王世子踢来，他便抬腿踢了回去，而林小姐稳稳地接住了，瑾王世子夸赞了一声好身姿。谁知这句话不知怎么就让贵顺公主听到了，没过多久，林小姐在一次踢毽子的时候，就被贵顺公主一脚踩到腿上，生生地撞断了右腿。

云卿当初就是因为听了这个，觉得和御凤檀在一起，真心需要不凡的能耐才能顶得住如此厉害的公主，现在回想起林真刚才脸上的表情，和右腿不自然的动作来，那位林小姐应该就是她了。

时间过了一年，腿上的伤估计是好了，但是林真看到贵顺公主的时候，不由自主地会变瘸，可想而知，真正的伤不是在腿上，而是在心上。

刚才还特意拉开她，是怕她和御凤檀站的距离太近而受到牵连吗？而站得近一点也要避开，公主实在是太恐怖了。

听到御凤檀的话，贵顺公主眉毛动了动，可表情依旧不变，视线停在御凤檀的脸上，抬头道："表哥，你来接我，我很开心呢。"她的目光在菊花会上扫了一眼，眼底对那些花儿没有露出一丝喜爱之情，但是仍旧夸道："菊花很漂亮，我也很喜欢，不如我们一起去吧。"

云卿看着她和御凤檀两人说话的样子，终于知道，为什么看到贵顺公主的时候，她觉得有点怪异了。

贵顺公主白色的长袍丝光柔亮地披在身上，袖口绣着紫色的云纹，顺着秋风送过来的时候，可以闻到夹着一股女子甜香味的檀香扑面而来。

御凤檀宽大的雪色长袍披在身上，衣襟和袖口是一贯的云龙纹，繁复而精致，高束起的发髻上，一根阴檀的簪子就这么横贯其上。

两人的装束几乎一样，唯一不同的便是御凤檀的是男装，而贵顺公主的是女装。

如此便可以解释，为什么贵顺公主杏眼的尾部用黛眉画出了长长的阴影，将双眼挑成了丹凤眼，因为御凤檀有一双狭长贵气的凤眸。

贵顺公主在模仿御凤檀，白色的衣裳，挑起的凤眸，连时时带笑的样子，都是在仿造御凤檀。

难怪一看到她，云卿就有一种说不出的怪异。御凤檀的装束，打扮和习惯，是他自身的一种魅力气质的展现。换一个人就完全不同了。

女儿家大多数喜欢绚丽的东西，便是头钗，也爱各种手工精细，精致秀美的，而这位贵顺公主，她表面上和御凤檀一般简单，但是从她腰间佩剑上所镶嵌的宝石来看，绝不是真正素淡的人。

闻名不如见面，贵顺公主对御凤檀果然是情深如海。

但是御凤檀显然是没有好脸色给这位千金公主看，他连应付一下的意思都没有，眸光在她的装束上掠过，拒绝道："我根本就不知道你要回来，所以不是来接你的，你早点回宫，皇伯伯应该在等你。"

"就算迟点回去他也不会怪我的。"贵顺公主对御凤檀笑着说完这一句，接着目光就飞快地转过来，望着站在一旁的云卿，以及低着头一语不发的林真。

当看到林真轻微颤抖的右腿时，她的目光里含着一抹笑意："林真，没想到你也在这里啊。”

林真一看到贵顺公主，就想起那次被她死死地按住，架在石头上踩断小腿的事情。彻骨的疼痛使她心里留下了创伤，不由自主地回复到还断腿的状态，在凉爽的秋季，额上的冷汗一颗颗地冒出，低头道：“是的，今天是菊花会，我来看菊花的，没有别的意思，还请公主不要见怪。”

颤抖的声音泄露了林真的害怕，却让贵顺公主心里觉得莫名的爽快，她不屑地笑了一声，“你发什么抖，我什么都没做，你做这样子，是想说我很凶吗？”

她说话的时候目光已经从林真的身上移开，大概畏她如鼠的林真已经让她没了兴趣，直至到云卿身上时，才道：“你是谁，为何我从来没见过你？”

“她是抚安伯之女，韵宁郡君。”林真替云卿回答，她知道贵顺公主因为云卿过人的姿容而起了嫉妒之心，怕云卿谦虚只说名字，赶紧将名号说了出来。

贵顺公主突然笑了起来，银铃般的声音像是十分的开心，道：“我还以为是谁，原来就是那个送钱巴结皇帝舅舅的商人之女。生得这副妖媚的样子，是打算在京城找个权贵，再爬得高一点？”

云卿望着贵顺公主：“公主给的建议不错，找个权贵的确是个好方法。”对付这样的人，口角里占便宜是没有用的，她的心理和平常人不一样。

贵顺公主望着她明媚的笑颜，突然目光停在了她的脸上，她看到了云卿的眼睛，那是一双漂亮的眸子，如同凤翅镶嵌，透着一股难以言喻的瑰丽，让她觉得很像御凤檀的眼睛。

贵顺公主自己的杏眸是她最讨厌的地方，这是唯一没有办法改变成和御凤檀一模一样的东西，可是面前的女子却偏偏有，让她觉得很不顺眼，她往前走了两步，手臂又放到了腰间的佩剑上。

“熊烟彩！”背后一阵透凉的嗓音传来，沐岚郡主站在人群后方，双眸里透着幽然冷意。

云卿可以感觉到贵顺公主那一瞬间爆发出来的杀意，她根本就是想拔剑杀人，但是很快，她的手不着痕迹地从腰间移开，转头灿烂地一笑：“沐姑姑，你就不要吓我了，我很乖的。”

她的手从腰间放开的时候，没有人看到御凤檀在宽袍下的手指，也轻轻地放开了。若是懂武功的人看到，会明白，他方才所起的这招一出必是杀手，去而无返。

有了贵顺公主在此，其他人也没了赏菊的兴头，不多一时就找了借口接二连三地回府。云卿走的时候，看到贵顺郡主远远投来的目光，有着她熟悉的不怀好意。

就在赏菊回来后的当晚，宫中的内侍到了抚安伯府之上。

抚安伯沈茂还在出海未归，谢氏和云卿两人出来接旨，内侍吩咐身后的人端了两盘新鲜果子出来：“自抚安伯府一家进京之后，西太后就颇为记挂，今儿个让奴才差人送了鲜果来。”

谢氏连忙谢恩，内侍看着云卿，笑眯眯道：“西太后说，韵宁郡君若是有空的话，去宫中陪她老人家坐坐。”

这话可说得极为客气了，云卿一听，紧着低头道：“西太后若是想见臣女，臣女自当相陪，只怕打扰了太后休息才是。”

内侍一听就知道云卿是个懂事的，便道：“那奴才就去跟西太后回了，明儿个韵宁郡君就会进宫。”

“多谢公公。”太后想要云卿进宫，不过是内侍说得客气罢了。

若说西太后对自己真心想要见的话，来了京城半年了，如今才来召见也显得有些迟缓了，所以必然不单单是为了这个原因。

云卿笑了笑，西太后也好，还是其他人也好，总把她当成一个傻子，不，应该说是棋子。可棋子最终是执在谁手上的，不到最后谁也不知道。

“你说太后为什么忽然招你进宫？”谢氏送走了内侍，有些奇怪地问道。

上回她去皇宫里见皇后就是打算要给沈茂塞两个美妾，谢氏忽然面上带着一丝惊诧：“莫非是打算给你指婚？”

“娘，太后既然说是要请女儿去说说话，那就不会马上指婚。”云卿淡淡地说，一双眼眸中闪着幽黑的光芒，笑容温婉和静，却有一种很坚强的力量。

到了这日，云卿坐着马车到了紫禁城前，这里在其他人看来，也许是全天下最吸引人的地方，但是在云卿看来，却是这世界上最凶猛的野兽居住的地方。他们没有锋利的牙齿，也没有坚硬的爪子，却能在唇瓣开合之间，让人的生命在一瞬间消逝。

穿过了广场，云卿到了内宫之中，在宫女的示意下下了轿子，然后由她引领着朝着太后居住的慈宁宫去。

慈宁宫坐北朝南，是内宫中装修得最为华美的宫殿，比起皇后的储秀宫来，这里的所有东西，都是按照最好的规制来建造的。

西太后喜欢金碧辉煌，华丽富贵的东西。一进门，便可以看到整个宫内所有的摆设，都是价值千金的名品。

太后高高地坐在位置上，一身墨蓝色织金绣延绵不断寿字纹的长袍在身，头上梳着整齐的圆髻，上面插着金色凤衔珠步摇，左右两只手上戴着四只硕大的碧玉戒指。面上的神情带着淡淡的严肃，双手放在膝上，腰背挺直，在偌大的殿内，宛若庙中供起来的菩萨一样坐得无比端庄。

“云卿见过西太后。”云卿上前行礼，垂首等着西太后唤她起身。

西太后知道沈云卿，因为她一人的功劳，让全家都封了爵位。她并没有故意让云卿一直保持着行礼的姿势，而是摆手让她起来，然后便在她的面容上端详了一番，慢慢地眼中就露出了惊奇：“你祖上一直都是江南人士吗？”

“回太后的话，沈家一直都居住在江南一带。”虽然不知道太后为何会突然提到这个问题，云卿还是恭敬地作答。

她回答得不卑不亢，姿态从容，落到了西太后的眼中，便透出几分满意来。在听到云卿的回答后，眼底的光芒渐渐地换成了一种关切的慈爱，想到世界上相似的人也不少，偶然遇到一个有五分相似的也无甚好奇怪的。

只是不知道皇帝在看到这张脸的时候，还会不会有什么想法。

云卿回答了西太后，见她一直都不开口，便一直站在那候着，一动也不动的，从始至终没有露出一丁点不耐烦和躁动的样子，眉间平和舒展。

西太后回过神来，看了她一眼，被风霜侵蚀的面上也带上了一份笑容，缓声道："哀家听人说，江南美景，十里水连天。哀家生在北方，长在北方，一直都很想去南方看看，无奈身子骨不便行动。既然你家一直都在扬州府，不如你和哀家说一说，关于南方的情景？"

西太后的话锋转了转，便让云卿说起了关于南方的事，云卿心底明白，此时是在为后面发生的事情做铺垫，面上却仍旧是带着得体的浅笑，回答着西太后一个接一个的问题。

西太后开始还很有精神地问着，渐渐地便有些乏了，她也不让云卿走，只让人倒了醒神的茶来，直到云卿留到用了晚膳之后。

直到此时，西太后方道："你陪了哀家一天，大概也累了吧，真亏得你有这份耐心，今日已晚，你便留在宫中吧，哀家遣人给抚安伯府送了口信。"

"是。"云卿低头应了一声。

西太后似乎有些太疲惫了，她今儿个早起，中午又没有休息，眼看天色将晚，等会还有安排的事情要进行。便对着云卿道："你先休息一会。今儿个月圆之夜，天高云少，等会你陪哀家到御花园内去赏会花。"

待西太后进了偏殿后，云卿才转身出了慈宁宫。今日一天都闷在里面，脑子不停地想事情，嘴巴不停地说，真正有点闷坏了。

此时的明帝正在灯火通亮的养心殿里审阅奏折，听到宫人禀报四皇子觐见才抬起头来，"传。"

"儿臣参见父皇。"四皇子躬身行礼。

"免了，坐吧。"明帝摆摆手。

"不知父皇傍晚召儿臣来，所为何事？"

明帝拿着一份新递上的折子，缓缓道："你年纪也不小了，府中还未有妃子，朕上次在宁国公府，见安玉莹才艺超绝，容姿出色，将她赐给你做侧妃，如何？"

"谢父皇赐婚。"皇后早就和四皇子通过气，四皇子自然痛快地跪地谢恩。

"起来吧。"明帝对四皇子的态度很满意，安玉莹这个煞星只有四皇子才能压得住，只要将她嫁出去，以后就不会再做那种梦了。明帝这两日睡得很好，完全没有再重复那日的梦境，他觉得慧空大师果然是修为不凡，在心底越发地觉得慧空值得相信。

可当明帝说完后，四皇子却没有起身，依然跪在原地，明帝皱眉："你还有什么话要说吗？"

"儿臣想纳抚安伯嫡女，韵宁郡君为侧妃。"

明帝在四皇子说到韵宁郡君几个字后，脸上便出现了一种古怪的表情，他的双眸里似乎带着一种沉思，更多的是一种回忆，脑海里出现的便是那日在临江楼之上，少女扑在他前方挡箭的情形，那张犹带稚气的脸和记忆中的一个人好似有几分重叠起来，却如何也不会成为一个影子。

有些东西，一旦逝去了，就永远都回不来了。

明帝那双暗藏睿利的眼眸中露出恍惚，却仍然没有对眼前事务疏忽："你是说要纳沈云卿为侧妃？"

犹如需要再确认一次的语气，让四皇子微生诧异，难道父皇在心内对沈云卿已经有了安排？可朝中上下没有透出哪家上抚安伯府求亲的风声。

"是的，父皇。"四皇子再次肯定道。

明帝身子微微往后一倾，靠在黑色的沉木大椅上，明黄的龙袍在烛光下闪出金色的光芒。他伸手在案台上的一份奏折上轻轻一点："老四，你起来，看看这个。"

四皇子撩袍站起，在明帝略带深意的目光下，将桌上的那封奏折拿了起来。

当他在奏折上飞快地掠过其中的内容后，冰冷眸中染上了讶异："这是西戎要求和亲的折子？"

"嗯。"

"怎么会要求是烟彩和沈云卿之中选择一个？"四皇子看到这份奏折，心里想到的不单单是惊讶。

这份奏折上的日期，表明是昨日递上来的，而且是由西戎的使臣口吻书写的内容，其中提到西戎太子和安素王为了达成西戎和大雍停战之事，将前来出使大雍，意欲在大雍挑选一位聪明美丽的太子妃回去，意思也就是两国交好，以和亲的方式使这份盟约得到更一步的巩固。

而西戎太子和安素王显然在昨天之前已经达到了天越城，他们称在菊花会上目睹了贵顺公主和韵宁郡君的风采，希望从中娶一位做他们高贵的太子妃。

且不论为什么西戎太子会看上贵顺公主和韵宁郡君两人，四皇子恍然的是，西戎和大雍达成这份协议，必然不是一会儿的事情，但是他始终都没有听到一丁点的消息，直到明帝将这份奏折摆到面前，他才知道这回事。

这说明了什么？关于停战这事，明帝没有让他去处理，甚至连一点消息也没有漏给他知道。这样一件重要的事情，不给他知道是什么，是对他不够放心。怕他利用和西戎洽谈的机会，做下其他的勾当，从而达成对他升为储君的路途上，多上一些助力？

四皇子只觉得背部一阵阵发寒，那个坐在椅上，明明已经出了老态的帝王，深沉的目光和敏锐头脑却没有随着他的年纪而变得昏庸，反而越发睿智。

他知道最近明帝对他身周人所发现的一切都不满，从耿佑臣，到二公主，从安玉莹，到薛国公，这些事情在明帝心中已经留下了种子。目前这颗种子，正在明帝的内心里渐渐地生长，待到一个时机，也许会被像野草一样地拔去。

仅仅一个奏折上所书的一切，便让四皇子的脑中转过好几十个念头。

明帝将四皇子的变化放在眼底，明白方才让他看奏折的举动，已经让这个儿子明白了心思。最近四皇子身边所发生的事情的确频繁了一些，明帝不排除有其他人在其中动手脚的可能。但是薛国公那日求情的时候，朝中跟着跪了一半那一幕，让明帝很不舒服。

薛国公一家的权势，尊贵，足以称得上是权倾朝野了。一个朝臣有影响力，在有些时候对帝王来说是好事，但是更多的时候，会让帝王忌惮。

再加上安玉莹身上所带的煞气，以及那夜梦境中安玉莹和薛国公的一举一动，明帝更是疑心重重。

达到目的之后，明帝的面色稍有放松："西戎太子赫连安元说，他赏菊的时候，看到烟彩和沈云卿为女子中最为出众的，想要求娶一人。你说朕让谁去和亲好呢？"

明帝对熊烟彩的爱护，全京城谁人不知，谁人不晓，就连她喜欢御凤檀，胡闹的那些事，也是睁一只眼闭一只眼。

西戎和大雍一直以来关系就不融洽，从先帝开始，西戎和大雍之间在边境发生的大大小小战役不下于三十起。去年爆发的则是最大的一次，直至御凤檀带兵将西戎兵马杀尽一半，使西戎元气大伤，才使两国终于达成了休战的协议。但是，协议这份东西，保障的只是双方实力相当时的安稳。一旦一方强，另一方弱的时候，随时都可以再次爆发战争。届时，作为和亲的人选，一定是最先遭受这种两面夹击的尴尬境地。

这样的情况，明帝又如何会让贵顺公主去承受，所以明帝在心中，早已经定好了和亲的人选，那便是沈云卿。

正因为如此，在四皇子提出要娶沈云卿为侧妃的时候，明帝没有回答，而是给他看了那封奏折。

四皇子想说有没有人可以替代沈云卿，当他带着这种想法抬头的时候，正好迎上的是明帝两道熠熠生辉的目光，似乎在等待他开口。

明帝已经表达得很清楚了，这次的和亲是必须的，能让西戎太子满意又无关重要的人，没有更换的必要。

此时的云卿，走在花园里赏着夜景。虽说不如自家的看起来亲切，也不得不承认皇宫的夜景还是很美的。

"这不是韵宁郡君吗？真是好巧啊。"

夜色下的花影中，宝昭仪款款而出，她白日里到西太后的宫中请过安，所以云卿识得她。

"今儿个夜色真不错，看来宝昭仪也在这儿赏月了。"

"可不是，没想到又刚巧遇上了韵宁郡君，看来太后很是喜欢郡君，才让郡君宿在宫中陪伴。郡君是第一次在宫中吧，这花园里的风景和白日里没有什么不同，但是在月色下，别有一番清雅的韵味，让人时常会想起'明月松间照，清泉石上流'这样的美丽诗句。"宝昭仪很健谈，说话的时候眉眼里就带着笑意，自然而然地走到云卿的身边，声音在花园里，显得很飘渺，配合她所说的诗句，让人觉得很愉快。

云卿微弯了嘴角，听着她一句句的说话，目光瞟过她手中的团扇，微微一闪。

宝昭仪每次在路口的时候，会微微偏了身子，用身体的姿势来使云卿选择路口，云卿恍若不知，随着她的引路往前。

宝昭仪的出现一定有问题，但是身后跟着的两名宫女，并没有开口阻止她行路。这两名宫女是太后特别指给了云卿的，今日若是出了问题，这两个宫女绝对也逃不开责任，所以只能说宝昭仪所带的路，应该是另外一条通向慈宁宫的路，这样宫女没有开口阻止才能说得通。

花园里有松树剪造而成的长廊，高大的松柏翠绿成荫，即便圆月如银，也洒不进来，夜色静悄悄的，偶尔有几片花瓣从面前飘落，带着一种沉沉的香味。

“这里倒是很适合夏日的时候来散步。”云卿转头看着宝昭仪，阴影之中，她的眉目不是很清晰。

“是啊，到了夏日的时候，很多嫔妃最爱便是来这里散心了，烈日透不进来，此处又有清凉的风送来太极池的水意，极舒爽的。”

云卿挑眉一笑，两人并肩而行，不说话时，寂静无声，只有地面摩挲的轻轻衣裙摇曳声，分外清晰。

走过一处拐角时，大约是为了好看，拐角处是种的二尺高美人蕉，绿油油的大叶挡不住缝隙里透出来的月光。

宝昭仪似乎觉得有些冷，手往袖子中缩了一缩，指着另外一旁的花圃道：“郡君，你瞧，那儿便是园中有名的相思树了，传说是乾帝和坤帝一起种下来的，如今已经有两百年的历史了。”

相思树本不是相思树种，不过是因为乾坤双帝的爱情太让人向往，使这棵树也换上了一个缠绵悱恻的名字。

云卿点点头，却没有转过头去看，而是去抓宝昭仪的手：“你和我一起过去看看……咦，宝昭仪，你手中握的是什么？”

宝昭仪一惊，随即一道亮光射到她的脸上，一团白色的东西猛地扑了过来，朝着宝昭仪的脸上挠去。

紧接着宝昭仪开始尖叫：“我的脸，快来人，我的脸啊……”

云卿唇角的笑在阴影中绽放，随即放开了手，跟随她的嗓音，慌乱地喊道：“宝昭仪，你怎么了！来人，快将宝昭仪扶到慈宁宫去！”

鲜血从宝昭仪捂着脸的手指缝中流了出来，云卿惊惶的表情下，内心却是冷得像是千年冰山上的冰，终年不化。

慈宁宫里。

西太后端坐在正首，脸上的表情阴晴不定。云卿坐在下首，脸色微微发白，看起来似乎受了惊吓。

过了两刻钟，西太后坐不住地站了起来，走到偏殿中，云卿也随着西太后一起走到了里面。

屋内有一股淡淡的血腥味夹杂在药味之中，宫女蹲在榻前，将一盆污水端了出去。

宝昭仪躺在榻上，脸上被包了重重的白色纱布，喃喃问道："御医，我的脸怎样了，会不会好？会不会留疤？"

她的声音里透出一股深深的恐惧，甚至不顾仪态地抓住御医的衣袖，御医一拉竟然没拉出来，转头看到西太后走进来，一双眼眸正阴森地望着他的手，吓得猛力一扯，连忙退后两步，再转过身来对着西太后跪下道："微臣参见西太后。"

宝昭仪是明帝的妃子，平日里诊断也要尽力避免肌肤接触。方才宝昭仪竟然抓着他的袖子，又被西太后望见，只盼着不要让自己这条老命搭上了才好。

西太后目光冷冷，显然对刚才所发生的事情不满，但并未开口追究此事。"御医，宝昭仪的伤如何了？"

御医见逃过一劫，这才直起身子答话："回太后，宝昭仪脸上的伤是猫爪所划，已经止血了，不过宝昭仪的伤口里发现有'红尘尽'的成分。"

"红尘尽？那是什么？"西太后问道。

御医道："是一种药物，一般情况下接触没有问题，但若接触到伤口，伤口便会溃烂不止，极难愈合。就算愈合之后，也会有显而易见的疤痕。"

"有这种东西？"西太后面色一变，厉声问道。

"应该是猫爪上带有红尘尽，抓伤人的同时药粉也进入伤口。"

御医一说完，便听到宝昭仪失态的叫声："不会的，只是猫抓了而已，怎么会有疤？御医，你一定要治好我的脸，我的脸！"

作为一个宫里的美人来说，容颜就是她们赖以生存的东西。一张有了瑕疵的面容，在后宫里面意味着什么，已经不言而喻。不被帝王宠爱的宫妃，等待她们的将是冰冷的宫墙和无尽的黑夜，在深宫之中，因寂寞而自杀，因冷落而受到侮辱，因不堪而导致疯狂的女子，从来不是少数。

云卿望着宝昭仪被绷带包裹的脸，宝昭仪露出来的眼眸还是那样的美丽，可此时充满了惊惧和惶恐，挣扎着从榻上起来："不，贵顺公主不是这么说的，她说的是用猫抓了韵宁郡君的脸，她没有说过会有'红尘尽'，她没有跟我说，没有跟我说……"

宝昭仪半爬半滚地挣扎下来，"西太后，您救救臣妾，救救臣妾的脸吧，臣妾没了这张脸，和死了没有区别啊！是贵顺公主让臣妾带着韵宁郡君路过松柏路的，她说要给韵宁郡君一点教训，西太后，这宫中只有贵顺公主有一只白猫，只有她的猫最爱扑亮光玩……"

"还不让人把她的嘴给哀家堵起来！"西太后听着她的哭诉，心里没有生出半点怜意，眼眸停到了云卿的身上，似乎要从她的身上看出什么来。

就在此时，外面有人高喊："贵顺公主到。"

在场的人皆是一愣，只有宝昭仪如同沙漠里的路人遇到了明星指引一般，挣开两个宫女的钳制，朝着贵顺公主跑了过去："公主，赶快救救我，'红尘尽'的解药，你有的对不对？"

贵顺公主直接踢开宝昭仪，走到云卿的面前："为什么你没事？！"

云卿眸子中带着天真和不解问道："怎么，贵顺公主这么希望出事的人是我吗？"

西太后看着贵顺公主，转眸对着宫人厉声道："你们还不把宝昭仪扶起来，她受惊过度，不知体统，难道你们也不知道了吗？"

一句话，就将刚才宝昭仪所说的话，划为了惊吓过后的乱语，话语流利，中间连停顿都没有。

宝昭仪本意是想要讨好西太后和明帝的，谁知道结果让猫抓伤了自己的脸，从此以后顶着一张残颜，还被贵顺公主毫不犹豫地踢开，恨不得能挠伤贵顺公主娇美动人的脸才好。

可她来不及动作，就被宫人一脚踩到背上，缚住两手。

西太后再没看宝昭仪一眼，一个宫妃而已，还对贵顺攀咬不停，这种人在她心里得不到半点怜悯，冷冷地转过头来，喊道："烟彩，你跟我进来！"

贵顺公主望着云卿，双眸里流露出的戾气和杀意在这么多人的场合中没有一丝的收敛，她也不需要收敛，一个郡君而已，她怕什么！

"沈云卿，你等着，等下我再找你算账！"贵顺公主望着云卿，嘴角带着残忍的笑意，直到西太后的声音变得更加尖锐："烟彩！你还不进来！"她才紧跟着西太后进了内殿。

"外祖母，你叫我进来干什么！"贵顺公主脸上带着不服，但是和西太后说话的时候，明显语气软和了许多，娇娇的少女声音让人听了就心软了几分。

西太后满腔怒意地走到内殿中，转过头来，看着她，望着这张和死去女儿极为相似的脸孔，心里头的怒意又不由得化作几分无奈："你让宝昭仪帮你做了什么？"

贵顺公主浑不在意地摸了摸抱在怀中的猫儿，撇了一下嘴："外祖母，我不喜欢沈云卿那张脸，生得和狐狸精一样，看了就不顺眼。"

西太后知道这个外孙女性格不好，但是因为她娘的事情，对这个外孙女，她是极为宠爱的，但是眼下听到她这么说话，还是胸口有些发堵，眉宇里微微含了一抹冷意，训斥道："你胡闹！"

"我哪里胡闹了，你看她那模样，眼神一看就是个勾人的，要是表哥给她勾过去怎么办，我这是防患于未然，外祖母，你怎么说烟彩的不是来了！"贵顺公主不满地望着西太后，嘟着嘴反驳道。

西太后气得咳了起来，不知道外孙女怎么如此不讲理了？她完全没有意识到，贵顺公主是在她的纵容下，才变成现在这个样子。

"你听外祖母的话，你不可以再去想陷害沈云卿，毁她的容了！"

"为什么？难道外祖母你喜欢她多过我吗？"贵顺公主猛地抬起头来，杏眸里蓄满了泪水。

西太后看着她如此情态，语气不知不觉软了下来：“烟彩，你才是哀家的外孙女，唯一的外孙女，哀家怎么不喜欢你呢。只是这沈云卿你不能动，若是她没了，倒霉的就是你。”

贵顺公主突然想到今天西太后突然留了沈云卿宿在宫中，这事非同寻常。“外祖母，你是不是有什么事瞒着我，今晚你留着她在宫中，不会是真喜欢她陪着你吧。你就告诉我，她要是毁容了和我有什么关系？”

西太后接过嬷嬷端来的水，喝了一口后，胸口平复了许多，叹了口气道：“可不就是为了你。西戎太子前来提亲，说是要在你和沈云卿中娶一个去做太子妃！要是你把她的脸毁了，到时候要过去和亲的人就是你了！”

“西戎人来提亲？他们凭什么要娶我？！”

西太后道：“他们是觉得你貌美如花才提出这个要求的。”

“那为什么又要沈云卿呢？她和我能相提并论吗？”

西太后安慰道：“不管怎样，他们既然要了沈云卿，嫁过去的人就不会是你了。有个人能替你嫁到那寒漠里面去，难道不好吗？”

贵顺公主闻言拍掌笑道：“好啊，给她嫁到西戎去，滚得远远的，这样就算再好看，也不能觊觎表哥了。”

若是在路途中，再派人去将她的脸毁了，让沈云卿变成丑八怪嫁到西戎，被西戎的人耻笑怒骂，折磨致死，那才是更好。

西太后丝毫没有觉得贵顺公主如此有什么不对，贵顺公主所要求的，都是好的。身为皇家公主，该给的，能给的，就要尽量满足，这样才称之为天之娇女。

她从未想过，御凤檀始终没说过要娶贵顺公主，甚至在西太后的明示暗示下，都一再表示对贵顺公主完全没有兴趣。

就在贵顺公主想着沈云卿要滚远的时候，外面走进来一名女官，禀报：“太后娘娘，陛下过来了。”

明帝进殿后，先看了一眼贵顺公主，然后望着押在一旁的宝昭仪，微微皱眉问道：“这是怎么回事？好好的怎么会脸被抓伤的？”

在明帝进来的时候，御医已经将宝昭仪的伤解说了一遍，宝昭仪是新进的最受宠的秀女之一。一个新鲜的美人，明帝还是略微有些怜惜。

西太后也露出一份指责：“你也是的，好好的去弄那些个什么药粉，还弄了这等子不懂事的畜生，这下闹出了伤人的事情，也太顽劣了些！”

西太后这么一说，生生将蓄意毁坏云卿容貌的事，变成了畜生不懂事。

“你这猫也不是第一回挠伤人了！今日还放了它出来惹事！韵宁郡君进来陪着西太后的，你这样一闹，以后谁还敢陪太后解闷了。”明帝看了一眼宝昭仪，平日里动人的容貌变成一片沾血的白绷布，摆摆手让人扶了下去。目光转到了云卿身上，见她没有受伤，这才放心了。毕竟是要送到西戎去和亲的，若是脸面坏了，西戎太子也不会要个丑八怪。

云卿听着西太后和明帝两人一人一句，几句话将刚才的事情就解决了，反正有个畜生在前头挡着，再怎么也不会处罚贵顺公主。

她心中冷笑，面上状似惊讶："陛下，方才宝昭仪说贵顺公主指使她去对臣女下的手，这只猫也正是贵顺公主的，不知道是不是太巧合了一点。臣女十分惊惧，不知道什么地方得罪了贵顺公主，竟然要毁了臣女的容貌才能甘心！"

西太后今日和云卿说了一整天的话，认为云卿是一个懂事知进退的少女，此时才发现，似乎不是想象的那样柔顺，不由得生出三分不满。她都说了是贵顺公主的不对了，沈云卿难道还要让贵顺公主受罚才甘心不成。

"沈云卿，哀家已经说过，宝昭仪是受了惊吓胡言乱语。这猫不过是凑巧到了那里，你如此说话，难道是对贵顺公主有什么不满？"

云卿态度愈发恭谨，言语半分不让："宝昭仪被抓的只是脸，脑子并没有损伤。究竟是她胡言乱语，还是贵顺公主所为，西太后为何不问问贵顺公主呢？我知道贵顺公主身份高贵，与我等不同。臣女只是一名普通少女，若是没了容貌，以后婚嫁难言。臣女也不敢问其他，只想问问公主殿下，此事与你有没有关系？"

不识抬举的东西！

若不是还要用云卿去和亲的话，西太后恨不得让人拖了云卿立即以毁谤公主的罪名打上二十大板！什么东西，竟然敢指责烟彩！

听到了云卿的话后，贵顺公主的眼神变了，她突然几步走到了两人的面前，跪在地上，大声道："外祖母，皇舅舅，这件事的确是烟彩所为，请责罚烟彩吧！"

明帝眼底带了惊讶："烟彩，你可知自己刚才说了什么？"虽然宠着熊烟彩，却不代表明帝心中不清楚她究竟是什么样的性格。

"烟彩曾经和沈云卿起了口角，今日见她留宿在宫中，便选了时间让宝昭仪动手，让猫抓伤她。外祖母，是烟彩让你们失望了！烟彩自知行为有失，请外祖母惩罚，降烟彩为郡主，以安臣心！"

西太后听到贵顺自请降为郡主的时候，浑身都气得发抖，紧接着直直地往地下倒去，脸色苍白，气息急促，呼吸之间，还能听到破风般的呜咽声。

宫女吓了一跳，急急地上去扶着西太后就往床上躺去。她们不动还好，一动西太后更是难受地大咳了起来，甚至开始翻起了白眼！

"住手！"明帝喝了一声，宫女们立即停下了手来，站在旁边手足无措。有机灵的内侍已经跑去请御医。

方才御医替宝昭仪诊断了之后，便回太医院去抓药了，此时来去还需要一定的时间。

明帝望着倒在地上的西太后，口中骂道："你们是怎么伺候的，太后的哮喘为何又发作了！”

宫女吓得面色惨白，扑通一下跪在地上：“陛下，奴婢不知道……”

“问什么都不知道！”明帝一脚踢开跪着的宫女，撩起袍子蹲下来，面色发急，“母后，你怎样了？听得到儿臣说话吗？”

西太后躺在地上不断地咳嗽，哪里还能回答明帝的话，白眼是越翻越上，眼睛渐渐有被眼白全部覆盖的趋势。

云卿看太后的样子，若是御医不及时赶来的话，只怕西太后马上就会发生不幸了。

这个时候，西太后可不能出事！

想到这里，云卿立即从椅上取下一个抱枕，快速地走去，蹲到太后的身边，抬手将太后欲要扶起来。

贵顺公主见她要碰西太后，伸手拦道：“你又不是御医，不要碰外祖母！”

若不是怕西太后死了，于她以后的事无利，云卿还不想救呢！

“你要是想救太后，就不要随便乱碰我！”云卿脸色一凛，双眸里满是冷意，转头对明帝道：“陛下，臣女知晓哮喘病人发作救治时的方法，不如让臣女一试，以让西太后安全地等到御医到来！”

明帝望着太后的面色煞白，呼吸几乎就要跟不上，大口大口的喘气声微带撕裂感，再看云卿，她的脸色镇定，不由得点头道：“你且先试，若是太后因为你出了什么事情，朕绝不会饶你！”

云卿唤了一名宫女，与她一起将西太后扶起坐在原地，然后将抱枕塞到宫女的身上，让西太后头颈稍稍往后仰，靠在抱枕上。

接着，再伸手在西太后的虎口合谷处用力地掐按，一面对西太后道：“太后请用力地做几次吞咽动作，就像平日里吞东西一样。”

西太后被云卿扶坐起来后，整个人便轻松了一点，此时被云卿按压着手部，喘息也没有那么厉害了，努力地做着吞咽动作，又觉得舒服了不少。

明帝眼见西太后面色好了不少，低声问道：“母后，感觉如何了？”

“好多了。”西太后听到儿子的询问，脱口而出。

CHAPTER 33 第三十三章　东篱话菊点和亲

听到西太后的回答，云卿心里松了一口气。她注意到西太后居住的殿内，虽然极为华丽，但是却从不熏香，也没有新鲜的花卉在殿内。显然是为了避免任何引发哮喘发作的源头。刚才西太后发作是受了刺激而导致复发。

“御医到！”

内侍请了御医进来，宫女们连忙避开，明帝也站起身来，让御医给西太后看诊。御医瞧了一眼太后背后靠着的靠枕和抬起的头部，眼底露出一丝诧异，急忙蹲到地上给太后诊了脉。好在平日里太后的哮喘就是他负责的，诊断之后开了药方，回禀了明帝。

贵顺公主站到西太后的身边，目光闪烁地望着云卿：“不知道韵宁郡君原是有这样的好本事，对哮喘之症也如此了解。”

云卿凤眸里掠过一抹笑意，却对着明帝道：“臣女在扬州时，家中有人也有哮喘之症，所以懂得一二急处理的法子。”汶老太爷曾经说过，没有得到他正式说出师之前，是不可以对外称是他的弟子，所以云卿并不打算说出自己学医，也算是隐藏部分实力。

明帝闻言后，眉目一凛，对着贵顺公主道：“你跟随在西太后身边许久，却未见你去了解治理哮喘的法子，此时还要出言不逊，不是皇家所为。”

他说完之后，却看贵顺公主一副百依百顺的样子，再次点头道：“是烟彩不懂事，自觉不配公主身份，请陛下降烟彩为郡主。”

此次西太后似乎是想到了什么，目光微闪之间，没有再次生气，反而道：“你这次作为，实在是不妥。倒是让云卿进宫受苦了，差点被你一时任性毁了容颜，现在还不带任何怨恨，救了哀家。皇帝，哀家觉得，一定要好好地重赏云卿才是。”

明帝闻言与西太后两人的视线在半空中对视一瞬间，随即吩咐道：“传朕口谕，韵宁郡君救朕于先，治太后于后，仁孝皆俱，特封韵宁郡主。”

云卿闻言，跪下谢恩：“臣女多谢陛下太后封赏。”

明帝让她起来，接着对着贵顺公主道：“你今日所为，致宝昭仪毁容，又惹怒太后，差点危及生命，此乃朕对你太过纵容，今降你为贵顺郡主，希望以后能改正，不许再犯！”

贵顺郡主被贬下一级，却丝毫没有难过的神色，比云卿封赏要开心数倍：“烟彩一定谨遵教诲！”

西太后才好了一些，疲倦涌了上来，摆手道：“哀家累了，先去休息了。”今日唤沈云卿进来的目的总算达到了，虽然和预料中的方法有所偏差，但是到底名正言顺让沈云卿升了郡主，只待盛宴上西戎使者求亲，便可以立即指婚。

“臣女恭送西太后。”云卿恭敬行礼，然后在宫女的带领下，睡到了临时安排的，慈宁宫的一个偏间里。

夜色深深，云卿却没有睡着。今日明帝给她连升两级，封了郡主之位。很快地，就要将她送给西戎。

而贵顺公主的降级，是明帝和西太后在为她嫁给御凤檀铺路。因为新出来的驸马条例，规定了尚公主不可以再做朝官，瑾王也绝对不会同意自己的世子变成无所为的驸马，终日逢迎讨好妻子，所以顺水推舟将贵顺公主降为贵顺郡主。不仅日后好给熊烟彩和御凤檀赐婚，还能在云卿面前卖个天大的人情。

好大一个算盘，好大一个圈子！

只可惜，棋没走到最后，赢的是谁，谁也无法预料！

盛筵作为大雍大典，这一日是除了春节以外，最重要的日子。帝王在宫中设宴，邀请官员及妻女到宫中一同参加。

宴会还未开始，御花园里很热闹，有宫人准备好了宴前点心和茶水，供人先行垫肚。众人在御花园内等待宴会的开始，在被允许的范围，吟诗做对，舞文弄墨。

林真看到云卿，站起来招手道："韵宁郡主过来玩啊。"

云卿不喜欢这些东西，但是不忍拂了林真的热情，含笑应了。

梅太傅的孙女梅妤和云卿在状元宴上算是有过一面之缘，笑道："我们方才正玩行酒令，你们一起来了，便更热闹了。"接着便转头望着前方一个少女道："晨思，刚才你又赢了，这次我们可不会轻易认输哦。"

"那可难说哦，虽然多了个郡主，可不一定就能赢了。大家在这儿玩的可是文采，又不是斗富，梅妤你这话我不敢赞同呢。"被喊作晨思的少女笑着回答。一听这话，云卿便知道是冲着自己来的。怎么这些人老耿耿于怀地拿着人的出身做筏子，一回两回也就罢了，多了真是有点烦。

古晨思是内阁古次辅的孙女，年纪与云卿相仿，中上之姿，穿着一袭清雅的长裙，上面绣着梅兰竹菊，眉宇里带着一股子清傲，一看便知是平日里被人称为才女之人。

云卿对着古晨思一笑："古小姐说得没错，这是玩文采，也不是斗嘴皮子，不知道接下来怎么玩呢？"

若说云卿与古晨思有什么不对盘，倒是真没有，但是人与人之间无形地存在一些说不清道不明的暗流。古阁老和张阁老是明着不对盘的两人，一个是当朝次辅，一个当朝首辅，资历，出身相差不远，却偏偏被压着一级，明里暗里斗争不少，张阁老依旧稳稳地坐在首辅的位置上。以此类推，张阁老的外孙是耿雨臣，耿雨臣的义妹是沈云卿，自然而然就拉上了关系。

在场的小姐大部分都见过云卿，但是说过话的不多，对于这个来京城半年，一下从郡君到郡主的沈云卿也是有些好奇的，如今坐得这样的近，忍不住就多看了几眼。

古晨思也带着同样的心情。古家位高权重，她随着母亲进宫见过不少的美人，可说句实话，几乎没一人可以和沈云卿相比。

美貌不足，才情补充。

古晨思想着沈云卿不过是凭着救了陛下，又好运气地懂得一点方法救了太后，才得到今日的位置的，真才实学怕是没有。

心中下了一番定论之后，古晨思就直接走到自己的主座上坐了下来："既然有人新进来的，不如就先做个热身游戏，以免一时半会的还没熟悉玩法，郡主，先来个接字游戏如何？"

玩游戏就是为了热闹，人多就行了，林真赞同道："这么多人一起的话，接字游戏其实也不容易的呢。”有了她开头，众人也纷纷赞同，云卿自是不会反对。

古晨思见大家都同意了，便将接字游戏的规矩简单地说了一遍，大概意思是，由主持者先说第一个成语，从左往右，一人接着前一个人所说成语的最后一个字接龙，必须是同字同音。思考的时间不能过长，不许重复说过的成语，若是接不上的，必须自己罚喝一杯。

她开头，先说了一个“荣华富贵”，梅妤坐在她下首，接了一个“贵在知心”，接下来的小姐道：“心比天高。”

“高高在上。”

“上智下愚。”

“愚昧不堪。”

到了云卿的时候，便是这个“堪”字，不知道是不是这些小姐有心试她功底，每个人接的成语都是选的比较生僻的字。

“若说这个堪字还真不好接……”云卿说了这句一顿，然后目光转到古晨思的面上，“还好我想起一个成语来了——堪以告慰，不知道有没有说错？”

“堪”字开头的成语不多，那些不知道的小姐纷纷对云卿刮目相看，又接了下去——

“慰情胜无。”

玩了两圈之后，古晨思发现根本就难不倒云卿，于是对着众人道：“各位看看，那些世家公子也在对岸，不如我们写了诗歌后，邀他们过来品评一番，再评出谁的最好。”

这个提议一说，马上得到了在座小姐的拥护。她们正是思慕男子的年纪，平日里和男子接触的机会并不多。

古晨思吩咐身边的嬷嬷：“那边就让三皇子殿下主持品评诗歌了。”

她这么一说，在座的小姐脸色就有些微妙了起来。古次辅和魏贵妃所出的三皇子家是表亲，古晨思和三皇子的关系自然也亲近。三皇子作为明帝的长子，主持这样的诗歌比试也实在是正常。但是在场的有些小姐，却不是三皇子这边的，让人觉得有些异样。

当然，这样的感受也只是在心里，毕竟表面上各家与各家不会直接冲突了起来，该笑的时候还是笑，该说话的时候照说不误，更多的还是想着等会怎么表现一番，好吸引到出色的未婚公子注意。

少顷后，那位传话的嬷嬷回报，对面的公子们已经答应，一起来个联谊式的诗会。

古晨思点点头，在少女们的等待之中，出了今日的题目，“如今正是深秋之季，飞星池边菊花会也刚刚结束不久，今日就以‘菊花’为题。每人赋诗一首，交予到我的手中。”

以菊花为题，要做诗不难，关键是菊花已经被许多诗人咏颂过。要写就要写出在众人之间别树一帜的诗词来。

有宫人早就送来水墨纸张，摆在各位小姐面前，云卿想了一会，看其他小姐也差不多都开始将诗歌交了上去，便也提腕开始书写，待墨吹干后交了上去。

古晨思看云卿速度也不快，提笔的时候，眉尖还微蹙，怎么看都像很为难的样子，随手将云卿交上来的诗歌一看，瞳仁猛然紧缩。

《咏菊》

无赖诗魔昏晓侵，绕篱欹石自沉音。毫端蕴秀临霜写，口角噙香对月吟。

满纸自怜题素怨，片言谁解诉秋心。一从陶令平章后，千古高风说到今。

这首诗一出，她的诗根本就算不得什么，今日还想在这将自己才女的面子挽回，才出了这作诗的主意。如此一来，反而又捧高了沈云卿的地位，着实让人不舒服。

她想了一会，便低头吩咐了身边嬷嬷几句话。然后又站了起来，看还有几位小姐没有将诗词做出来。

云卿端着一杯新冲出来的花蜜茶，微微抿了一口，假装没有看到古晨思的动作，目光朝着对面的水榭望去。

御花园里的太极池造得相当之大，两个水榭之间望去，刚巧能勉强辨识得出人来，远远地便可以看到其中一个白色的身影，玉立如树，秀挺如松，如同明珠藏于玉石间，一眼能辨。

但云卿转头的原因，不是因为御凤檀。方才那一瞬间，她感觉到一道很陌生的视线停在了她的身上，自从重生后，她对视线变得很敏锐。

那种被注视的感觉，既不像御凤檀的缠绵，也不似四皇子的冰冷，可当她转头望过去的时候，那视线却一下就消失不见了，仿若从未存在过一般……

待她再转头看向水榭内的时候，所有人的诗词都已经写好交给古晨思。古晨思再让身边的丫鬟将每位小姐的诗歌抄写下来。因为是女眷，亲手所写诗词笔墨流落到外男的手中，惹出什么麻烦就不好了。

诗歌送过去后，小姐们又开始说着话儿，但每个人脸上都有些心不在焉，目光时不时地往对面的水榭望去。

没过多久，就见对面的公子们大都站了起来，在身形微胖，穿着深蓝色团龙锦袍的三皇子带领下走了过来。

三皇子年纪比四皇子大上两岁，眉宇间比较偏向明帝，微胖的身子没有让人生出猥琐之感，反而显得有几分气度来。只是他眉眼间深藏的厉色，显示了绝对不是看起来这么和气的人。

随他而来的，还有徐国公的嫡子徐砚奇，新科状元耿雨臣，新科榜眼资培石，安初阳，池郡王次子池曜以及其他几名年轻男子，看装束大多是世家公子。

大雍盛产俊男美女，此时站出来的这些个个都是一表人才。这些年轻男子走出来，顿时就惹得众多小姐满面娇羞。俱往一旁退开，以免失礼于人前。

三皇子手中拿着一首诗，走进来道："晨思，你不愧是京都才女啊，今日这诗歌拿出来，竟让新科状元都夸赞了，真正是不简单。"

耿雨臣近日才从扬州回来，还未与云卿一叙，两人微微点头，算是打了招呼。此时听三皇子说他夸赞此诗，作揖浅笑道："此诗岂止臣一人夸奖，便是其他人也多有赞誉，资兄便说要对古小姐你来求教。"

古晨思这首诗的确写得不错，但是刚才拿过去的时候，不止他一人夸赞，而三皇子却偏偏在众人面前点出他，不免有了暗示和拉拢之意。他自问对这位古晨思小姐并没有其他意思，还是早点表达出自己的意思才好。

方才看资培石话语里一直捧着三皇子，见到古晨思的诗词后，更是不绝赞词，想来他有巴结之意，就不如顺水推舟，做个人情。

云卿在一旁听着，心内暗笑，不得不说，耿雨臣除了才学过人外，在做人处事上，也是很圆滑的。资培石感激地看了耿雨臣一眼，脸色微红地朝着古晨思躬身行礼道："古小姐诗中意境超凡，这样入情入理的好诗，岂是一个风流别致就能概括得了，小生佩服不已。"

见新晋的状元和榜眼都如此说话了，林真倒是有点好奇："这样好的诗，我们倒是想听一听呢。"

三皇子看得出明帝对耿雨臣的看重，不说完全拉拢，至少也让关系和睦，如今知道了他的意思，眼底闪过一抹暗光，转头对着资培石道："既然榜眼郎如此说了，那你就在大家面前吟诵一遍吧。"没有状元郎，有一个榜眼也不差，只要能捧着古晨思就好了。

只见资培石上前一步，微微有些腼腆，望着古晨思，朗诵道："诗名《咏菊》，无赖诗魔昏晓侵，绕篱欹石自沉音。毫端蕴秀临霜写，口角噙香对月吟。满纸自怜题素怨，片言谁解诉秋心。一从陶令平章后，千古高风说到今。"

他一念出来后，便听得从远处传来一声赞叹："的确是好诗。"

只看五皇子正含笑收口，四皇子，御凤檀，并着两名陌生的男子一同走到公子们的中间。

三皇子见到两名陌生男子，眼底微闪，对着御凤檀道："原来世子没有与我等一起过来，是因为要和四弟五弟一起招待两位西戎来的贵客。"

明帝将招待两位西戎皇子的任务给了御凤檀，本来就惹得三皇子不满，通常这样的事情，应该是皇子来担任的，而且有资格招待外宾的，大多数是具有储君资格的皇子，可是明帝三个成年的儿子都没有指，反而让御凤檀接下了这件事，也不知道他心内究竟是怎么想的。

"只怪三堂兄你步伐如雷，迫不及待地想要看看这首诗的主人，我一时半会的跟不上。"御凤檀很显然也不是随便能言语相对的人，不动声色之间讽刺三皇子为了让自己的表亲古晨思出风头，根本就没把西戎的两位贵客放在眼底。

在场的无不对三皇子有了想法，气得三皇子脸色巨变，白圆的脸上露出几分红涨来。御凤檀见他如此，转头对着身后两位陌生的男子道："太子，安素王，眼下我们大雍的小姐正在进行诗会，你们也一道品评一下。"

被称作太子的男子正是赫连安元，他脸庞稍方，身材高大，浑身上下有着一股上位者的霸道狂妄之气。"诗歌这等东西，不过是玩物丧志的，没事聚集在一起，你一句我一句的不知道在说些什么，哪有骑马驰骋的痛快！"

话一出口，水榭里的小姐们个个都蹙了眉尖。西戎太子虽然是位高权重，但是身为客人，一点儿都不尊重别国的礼仪，实在让人没法喜欢起来。

云卿却是知道这位赫连安元太子，他是西戎王和王后的儿子，母亲一族家世不俗，十岁就被封为了西戎太子，一直风光无限地活着。这样的人，性格狂妄也没什么奇怪的。谁让人家是含着金汤匙出生的孩子呢？

就在众人脸色都不好看的时候，站在赫连安元身边的一个男子开口说话了："王兄你是男子，当然骑马驰骋列为第一快事。然女儿家温柔端秀，自不能和男儿一般，若是人人都去驰骋疆场，岂不是导致后勤空无，粮衣不接吗？"

既然是两国要订友好盟约，自然是不希望闹得太僵的，有人出来打圆场，众人都觉得松了一口气，纷纷望向这位说话的男子——赫连安素。

西戎国和大雍不一样，他们的皇子一旦成年后，便会封王。而这次陪同太子一起出使大雍的，便是这位安素王。他站在赫连安元身边的时候，会不经意地被忽视。

赫连安元听到赫连安素的话后，眼睛一睨，带着两分轻视地望着台上，目光落到云卿身上的时候，一下子便亮了起来。

他自问是见惯了美人的，当日在马车里，远远地看了云卿一眼，只觉得姿色不错，此时就近一看，顿时觉得如同繁花在眼前不断地盛开，虽然看起来柔弱了些，但是这等容貌在兄弟的那些女人里，都是难得一见的。倒也不枉他辛辛苦苦跑这一趟，来签这劳什子的友好盟约了。

御凤檀见此，笑道："刚才这诗大家品得如何？"

这样一说，倒让其他人的思绪终于回到诗会上，资培石首先道："这等诗歌，在今日里绝对是一等一的出色。"

云卿本来听到念出来的诗歌后，便有些无语。此时资培石又赞美一声，又觉得好笑。倒是林真皱着眉头道："这首诗应该是云卿写的，她和我一同交上去的，是不是搞错了？"

谁都不是傻子，交上去的诗歌上都题有做诗人的名字，弄错了只怕是难得。

三皇子本来是想让自己的表妹在众人前露脸，好择门好亲事，显然是在他的意料之外。他一直对如异类加入京城上流圈内的抚安伯府持有一种鄙视的态度。直到现在，才将目光转移到云卿脸上，眼中闪过一丝惊艳，不觉暗暗地称赞。

古晨思被众人望着脸色涨红，觉得在这么多人面前下不了台，转头对林真道："林真，你不能因为韵宁郡主位高就诬陷于我！"

林真本来说得很客气，若是古晨思聪明一点，顺着林真的话，说是丫鬟抄错了，写错了名字，其实大家也好下台。

可她现在反过来指责林真为了巴结云卿，做出无耻的行为，这绝对是林真不可以接受的，她站起来道："古小姐，这诗是韵宁郡主写出来然后交给我一起呈上去的，难道我还会不记得？"

古晨思冷笑道："就算韵宁郡主的外祖父名满天下。可你毕竟不是在书香门第中长大的，我理解你急于打入名媛圈子的心情，可是这诗词佳作必须要靠真实的本领才能做出。贸然地做出一些令人不齿的行为，只能让人觉得龌龊。"

云卿看着她两片薄唇上下翻飞，一串溜的话往外蹦，真是演绎了史上最无耻的一幕，她冷冷一笑，望着古晨思道："既然你做了龌龊事，还要在这咄咄逼人，巴不得我将真相说出来，那我就说了，这首《咏菊》是我写的。"

事情到了这一步，人人心中都觉得很疑惑。古晨思素来在京中有才名，诗会的时候时常夺得头筹，说她去剽窃别人的诗，的确有点奇怪。

但是韵宁郡主能讨得陛下和西太后的欢心，也不会是个傻子。她没事在这乱认那首诗词是自己的，一旦揭穿，那可是真正的身败名裂。

"你说是你写的，那为什么最后抄上去的又是我的名字呢？我写的诗词又在哪呢？"古晨思到了这个地步，绝对是不会承认自己剽窃的。

云卿望着她笑了笑，"你写的诗词，当然只有你知道在哪了，收诗词的是古小姐，我如何知道。不过，我想问的是，若这一首诗是古小姐你的，那我写的诗词在哪呢？"

"谁知道你的呢，也许你没有写，才故意让林真和你的一起交上来，当时我看到的只有林真的稿子。"古晨思说起谎话是越来越流利，引得林真反驳道："我交上去的时候，明明有两份稿子，你找出云卿的诗词来看看，究竟是不是她的？！"

就在众人对峙的时候，贵顺郡主走了过来，她今日依旧是一身白色的长裙，绣着紫色的小花纹，杏眸画着一点眉黛，直接从众人中间走到御凤檀的身边，脸上表情天真娇俏地问道："什么诗词？"

御凤檀眸光扫了一眼望过来的赫连安元，轻轻一笑，转过头对着贵顺郡主道："在说韵宁郡主和古小姐，究竟是谁剽窃谁的诗。"

见御凤檀会搭理自己，贵顺郡主脸上露出欣喜的笑容，转过头望了一眼站在水榭里的云卿。她今天心情不错，但对云卿的厌恶可绝不会因为心情好而消失，若不是云卿要送去和亲，她早就想让人杀了她了。

此时听到剽窃诗歌，贵顺郡主十分不屑道："古小姐在京城有名这么久了，还需要剽窃别人的诗吗？只有没有名气的人才需要窃诗吧！"

她的声音娇娇柔柔的，其实和相貌是十分相配的，惹得赫连安元也看了几眼，单说容貌的话，贵顺郡主是比不过云卿的，但是赫连安元有兴趣的是，贵顺郡主好似和御凤檀关系很好的样子。

那边三皇子已经拿出手中的诗稿翻看："本皇子手中并没有沈小姐的稿子。"

他一开始还是称我，如今已经是改口"本皇子"，可见是在对云卿施加压力了。

古晨思当然知道三皇子这是在帮她，她早就让身边的嬷嬷将云卿所写的稿子撕了。如今连贵顺郡主也站在她这边，就更加有底气："这就奇怪了，韵宁郡主若是交了诗词上来，怎么会没有？”

云卿忽然笑了，对着众人道：“其实这首诗，还真的不是我做的。我对诗词不是十分精通，这首《咏菊》是在外祖父的手札里面寻到的。据记载，是外祖父和外祖母两人对月吟诗时写下来的。方才一时没想到好的诗词，我便拿出一首来凑个数。这首《咏菊》之后，还有另外两首，既然看刚才榜眼郎对诗歌如此感兴趣，我便把另外两首也一起吟诵给大家吧。”

云卿这么一说，资培石的脸色就有些诺诺的，他方才那般高昂的赞美，就是抱着巴结三皇子的心思。

可是云卿根本就懒得管他的心情，吟道：“第二首《问菊》：欲讯秋情众莫知，喃喃负手叩东篱。孤标傲世偕谁隐，一样开花为底迟？圃露庭霜何寂寞，雁归蛩病可相思？休言举世无谈者，解语何妨话片时。”

行家一出口，便知有没有。在场的要么是世家的公子，要么就是朝中的官员，不说个个都有才华，但是欣赏的能力还是有着一二的。

这一首，明显是延续了《咏菊》一诗的风格，但是比起上一首，对菊花的感情已经达到了一个新的高度。

接着又听：“第三首《菊梦》：篱畔秋酣一觉清，和云伴月不分明。登仙非慕庄生蝶，忆旧还寻陶令盟。睡去依依随雁断，惊回故故恼蛩鸣。醒时幽怨同谁诉，衰草寒烟无限情。”

语声一落，只听五皇子赞道：“三首诗，层层递进，最后一首，更是超凡脱俗，意境绝佳！这等好作，早就应该流传出来了！”

莫说皇子，就是耿雨臣，资培石两人，眼底都是惊奇，暗暗将三首诗在心内反复地读着，越读越觉得首首相连，句句出彩，韵味无穷。

古晨思的脸色发青，喝道：“郡主，你不要欺人太甚，既然是各人创作诗句，拿了你外祖母的来充作什么数！”

“是啊，我已经说过了，才疏学浅，一时想不到好诗，便拿来凑数了，可是不知道古小姐，你怎么就刚好知道我外祖母的诗了呢！”云卿微微一笑，一双眼却是冷得好似从冰水里拿出来的一般。

这时，大家已经明白，刚才古晨思的确是偷了云卿的诗。虽然说沈云卿写的不是她的作品，但是比起这位剽窃人家作品的，就算不了什么。

人人的眼底都露出了轻视和轻鄙，古晨思难堪到了极点，最后干脆两眼一翻，装晕了事。

就在这时，突然水榭的一角上硕大的琉璃风铃断裂了开来，那风铃是特意为了配合水榭制作，每一个都大而沉，直直地就朝着下面坠来。

古晨思正装晕，哐的一下被碎裂的琉璃风铃碎片砸到了头上，当场头破血流，尖叫一声后，再也不用装，直接晕了过去。

而赫连安元和赫连安素的位置是最靠近亭子边的，只见赫连安素眼眸稍微一顿，接着就伸出手来，将赫连安元扯了出来，喊道：“皇兄小心！”

碎裂的琉璃风铃片片利而沉，又不是单单对着一个地方掉落下来，吓得亭外的公子赶紧往后急退。

贵顺郡主站在御凤檀的身边，正好也是离琉璃风铃近的地方，也不知道琉璃风铃为何突然碎裂，惊吓之余一瞬间呆住了。

就在这时，却看御凤檀竟然一手将贵顺公主拉了出来，惊险万分地避过了一块巨大的琉璃利角。

贵顺郡主开始是真的被吓到了，然后发现御凤檀抓住她的手臂，救了她出来，一瞬间的惊吓变成了惊喜，满脸如绽开的花朵，眼睛紧紧地盯着御凤檀："你救了我！"

御凤檀本来是满脸激动的表情，狭长的细眸在往一边瞟过之后，面色立即变得冷静了起来，严肃道："我不过是顺手相救而已。"

他说完，就转头正好迎上赫连安元探寻的眼神，语气中带上几分嘲笑："太子殿下，刚才你的反应可真够慢的，一点也看不出驰骋疆场的英勇来啊。"

赫连安元刚才那下也确实是反应慢了，若不是赫连安素拉了他出来，只怕已经被风铃砸到了头，再被御凤檀这么一讽刺，本来敌对的情绪就冒出来："世子倒是好心情，千钧一发还去救人，也不怕自己受伤。"

被他这么一说，御凤檀脸色一僵，随即摆出一副不以为然的样子："她是我朝的郡主嘛，我这么做当然是理所当然的。"

赫连安元望着贵顺郡主满脸的春意，眼底带着一抹深深的疑问："我记得她本来是公主的，怎么一下又成了郡主了？"

御凤檀似乎很不愿意和赫连安元讨论这个问题，岔到另外一个问题："太子殿下，你可要小心一点，等会你还要和亲的，要是砸出个问题来，怎么娶我朝的贵女呢。"

"这个不用你担心！"见御凤檀接二连三地讽刺自己，赫连安元的脸色发黑，厉声喝道。

"其实我也不愿意担心的，可事实摆在眼前，太子还是注意点吧。"御凤檀眉目里夹杂着一抹淡嘲，分明是看不起赫连安元的意思。

当初在战场上，赫连安元便被御凤檀带兵突袭了两回，每次都是在众人拼命围救之后，才能侥幸逃回！当日种种狼狈和今日又发生的情况混在一起，赫连安元只觉得御凤檀眼底的嘲笑铺天盖地地袭来，包裹在他的身边，每一个眼神，每一句话都是对他的轻慢，气得几乎是两眼欲突。

赫连安素道："世子，皇兄的安全我等自会注意，你还是去看看那琉璃风铃为何会无缘无故地掉落，大雍的亭子造得如此不结实，随时都会开裂！"

御凤檀道："也是，你说这琉璃风铃怎么早不掉，晚不掉，偏偏今日掉，也许是在上面待不住，想下来凑凑热闹吧！"

凑什么热闹，当然是想砸死下面站着的人了！

赫连安素望着御凤檀，他早知道御凤檀的名声了，一场战役让他响彻西戎，让西戎死伤一大半的精兵，良将数名，此等智睿岂是凡俗之辈。却听赫连安元怒道："你这等态度，是不想和西戎结盟吗？"

御凤檀悠悠地叹了口气："太子可别这么说，我不过是说让你小心一些，你就扯到了两国结盟。国与国之间的事情，还请太子殿下不要扯到私人恩怨，既然出使大雍，还是当以大事为重。"

赫连安元怒意冲脑，此时方意识到。父王派他来签订友好盟约，他要做的便是将这件事做得漂漂亮亮的，虽然他是太子，但是西戎王子嗣众多，虎视眈眈之辈不乏少数，一旦这次做得不完美，立即会被人拿了做筏子来攻击他。

他收了怒意，但话语仍旧平淡："我自然知道以大事为重。"

御凤檀见他收敛了脾气，太子也不是白当的，还以为真的只有脾气，没有脑子呢。

"我去亭子那边看看情况，两位先在此处歇息一会，宴会马上就开始了。"

很快有御医过来救治古晨思，另外有人来清理现场，在亭子里的小姐个个都被古晨思那一头血吓到了，在护卫下，才小心翼翼地走出了水榭。

赫连安元看着御凤檀飘然的背影，强压着怒意问道："安素，我记得贵顺郡主原本不是公主吗？"

虽然公主只比郡主高一级，但是有极大的区别。公主代表着高贵的皇室血统，是极高的尊荣。若不是特殊情况，不会随意降级。

赫连安素站在赫连安元的身后，一双墨眸蕴含了无尽的幽暗，在贵顺郡主与御凤檀之间回转："皇兄，大雍新出了一个条例，公主尚驸马后，驸马不许任官职，不许纳妾。我觉得贵顺郡主大概是不想难挑驸马吧。"

"是这样么？"赫连安元冷冷地一笑，狂妄的面容上有着一抹狠意。

处理好水榭上的事情后，盛宴即将开始，众人终于步入了大殿，随着一阵美妙的音乐，明帝和皇后坐上了龙凤座，下方依次坐着魏贵妃，莹妃，以及其他妃嫔。

云卿坐在下方，听着明帝和西戎使者，以及西戎太子，安素王一番两国友好往来，建立和谐友爱的言论之后，便听到西戎使臣往前一步道："尊敬的大雍皇帝，久闻大雍女子温婉贤惠，才华出众，今日我王特意吩咐小臣，想请皇帝封一名美丽的大雍贵女做我西戎太子妃，还请皇帝允诺。"

"好，既然两国是友邦，这等请求自然没有问题，朕一定会允诺一位美丽的贵女，嫁给西戎的太子殿下。"明帝脸上挂着和善的笑容，语气如沐春风，却让家有千金的官员们全警惕起来。

西戎太子妃，说得好听，嫁到千里之外的沙漠里去，一辈子几乎再没办法看到女儿了。这还算好的了，若是两国开战，最倒霉的就是和亲女子，不是自杀，就是被杀。

有政治触觉特别灵敏的人，隐隐地觉得抚安伯府的沈云卿在最近的日子突然连升两级，不是简单的事情。

张阁老下垂的老眼中微微一泛冷光，低着头一语不发，而耿雨臣则是拧着眉头，望向云卿，他回来没两日，但是也听说了云卿做上郡主的事，当时便觉得有些奇怪，今日看来，果然是有古怪。

安初阳冷色沉冷，手指紧紧地抓着杯子，嘴角紧抿，隐约也有感觉，云卿要出事了。

贵顺郡主虽然降了郡主，但还是坐在西太后的身边，足以证明她虽然降了等级，实则除了这个名号外，其他的都与以前一样。

此时她面上带着冷冷的笑意，等着西戎使臣将沈云卿娶走，然后到了边境的时候，她再安排人毁了沈云卿的容。沈云卿就只有自叹倒霉，一辈子悲惨地过下去吧。

沈茂昨日刚回到府中，此时听到明帝的话，心中也微微紧张，他就只有云卿一个爱女，女儿的容貌出众，千万莫被那西戎太子看上了。

可是担心什么，就偏偏来什么。

只听明帝道：“抚安伯，韵宁郡主端庄贵雅，德孝两全，朕觉得以她之能，一定能担任西戎太子妃一职。”

沈茂全身一颤：“陛下谬赞，臣女自幼生在商贾之家，不明规矩，骄纵轻狂，不识礼仪，不堪为大雍贵女典范。”

谢氏手都是抖的，明帝一张口就点着云卿，这分明是早看中了云卿。

莹妃在一旁听着，笑道：“韵宁郡主身份高贵，相貌出众，作为和亲人选，真真合适不过了。”

她这样越过说话，皇后本来是有些不高兴。可看到云卿的面容后，皇后便没有开口阻止莹妃，任她煽风点火。

薛国公坐在对面，也是一脸冷意，对于沈云卿，他早就一肚子恨意了，早先派出了两批暗杀者，每次还没接近沈云卿的时候，就无缘无故地消失。

一回也就罢了，接连两三次，暗中一定有人在保护沈云卿。要想在京中悄无声息地干掉沈云卿非常难，但是如果出了大雍呢，嫁到西戎去呢，路途遥遥，薛国公就不相信没有机会下手。

而且这个赫连安元太子，妻妾成群，西戎民风彪悍，女子不同大雍这般娇弱。沈家富裕，沈云卿自幼娇生惯养，吃穿用住无一不讲究精致，到了沙漠里，风沙漫天，又饱受欺辱，只怕那娇柔的身子骨熬不到两年，就香消玉碎！

当即，薛国公也附和道：“郡主嫁给太子，简直是身份，地位都十分恰当，此乃西戎和大雍友好联盟的第一桩喜事。”

明帝哈哈一笑：“抚安伯，你听，朝臣对郡主的赞誉不断，可见你对女儿的要求过高。以郡主的才华容貌。朕相信一定能代表大雍贵女的。”

耿雨臣眉头紧皱，脑中飞快地想着，有没有什么办法可以让云卿不去和亲，这和亲绝对不是一件好事情。

但看云卿的脸色却淡淡的，没有任何变化，乍看之下，让人觉得她已经被这个消息惊呆了，根本就没有任何反应。可耿雨臣却知道自己这个义妹，绝对不是看起来那般柔弱的人，此时那双凤眸里也带着一种异样的平静，让人琢磨不透。

谢氏听到明帝的话后，顿时就想要站起来，冲到前面去，她抱着就算是被明帝以犯上的罪名，只要不让女儿去和亲，她也豁出去求陛下收回旨令的想法……

（第一部完）